TOM CLANCY

DER CAMPUS

TOM CLANCY

UND

MARK GREANEY

DER CAMPUS

Thriller

Aus dem Amerikanischen von Michael Bayer

HEYNE

Die Originalausgabe erschien unter dem Titel *Support and Defend*
bei G.P. Putnam's Sons, New York

MIX
Papier aus verantwortungsvollen Quellen
FSC® C014496
FSC
www.fsc.org

Verlagsgruppe Random House FSC®N001967
Das für dieses Buch verwendete
FSC®-zertifizierte Papier *EOS*
liefert Salzer Papier, St. Pölten, Austria.

Redaktion: Werner Wahls

Umschlaggestaltung: Nele Schütz Design, München
Satz: Christine Roithner Verlagsservice, Breitenaich
Druck und Bindung: GGP Media GmbH, Pößneck
Printed in Germany 2015

ISBN 978-3-453-27011-4

www.heyne.de

Hauptpersonen

DOMINIC *»DOM«* CARUSO: Außenagent des Campus

ETHAN ROSS: Stellvertretender Abteilungsleiter für den Nahen Osten und Nordafrika, Nationaler Sicherheitsrat

EVE PANG: IT-Netzwerk-Systemingenieurin, Ross' Freundin

DARREN ALBRIGHT: Leitender Spezialagent, Spionageabwehr-Abteilung des FBI

NOLAN und BEALE: Sonderermittler, FBI-Special Surveillance Group

ADARA SHERMAN: Leiterin der Transportabteilung des Campus

HARLAN BANFIELD: Journalist, Mitglied des International Transparency Project

GIANNA BERTOLI: Direktorin des International Transparency Project

MOHAMMED MOBASCHERI: Iranischer Revolutionsgardist

KASCHAN, SCHIRAZ, ISFAHAN und ORMAND: Agenten der Quds-Einheit

ARTURO: Offizier des venezolanischen Geheimdiensts

LEO: Offizier des venezolanischen Geheimdiensts

RIGOBERTO FINN: Lügendetektortester, FBI

GERRY HENDLEY: Direktor von Hendley Associates und des Campus
ARIK YACOBY: Ehemaliger Agent der Schajetet 13, der Kommandoeinheit der israelischen Marine
DAVID: Israelischer Geheimagent
PHILLIP McKELL: Computernetzwerkexperte

Prolog

Im Mondlicht erschien plötzlich die indische Küste. Tatsächlich war gar nicht viel zu sehen, nur ein schmaler Sandstreifen, der einige Hundert Meter vor dem Schiffsbug aus der Dunkelheit auftauchte, aber das erste Land, das er seit vier Tagen erblickte, vermittelte dem Mann auf dem Vorderdeck zwei wichtige Informationen:

Erstens: Die Eindringphase seiner Operation war erfolgreich verlaufen.

Und zweitens: Es war Zeit, dem Kapitän die Kehle durchzuschneiden.

Der Mann auf dem Vorderdeck zog sein Messer und ging zur Treppe hinüber, die zur Kommandobrücke hinaufführte. Zwei seiner Männer folgten ihm auf dem Fuß, sollten ihm jedoch nur zusehen. Als Anführer war es seine Aufgabe, den Kapitän zu töten. Tatsächlich war das für ihn auch keine Belastung. In Wahrheit begrüßte er die Gelegenheit, den anderen wieder einmal seine Hingabe für ihre gemeinsame Mission zu beweisen.

Der Anführer und sein Sechsmannteam hatten die ersten drei Tage an Bord eines omanischen Fischkutters auf dem offenen Arabischen Meer verbracht. In der letzten Nacht näherten sie sich diesem fünfundzwanzig Meter langen Trockengutfrachter und winkten ihnen mit einem gerissenen Keilriemen zu. Auf Hindi baten sie dann um Hilfe. Als der Frachter sich neben sie legte, huschten der Anführer und seine Männer jedoch wie Sumpfratten an

Bord, überrannten die kleine Mannschaft und schlachteten alle ab. Nur den Kapitän ließen sie am Leben und befahlen ihm, genau nach Osten Kurs auf die indische Malabarküste zu nehmen.

Der Anführer hatte einen halben Tag gebraucht, um den verängstigten Kapitän davon zu überzeugen, dass er nicht dasselbe Schicksal erleiden würde wie seine Mannschaft. Wenn er ihn jetzt tötete, würde sich das natürlich als Lüge erweisen, aber als der Anführer zur dunklen Brücke hinaufstieg, machte ihm dieser Vertrauensbruch nicht im Mindesten zu schaffen. Seine Gedanken waren schon längst an Land und galten nur noch der Zielphase seiner Operation.

Der Anführer war ein Unterkommandeur der Essedin-al-Kassam-Brigaden, des militärischen Arms der Hamas. Man hatte ihn auf diese Mission geschickt, um einen einzigen Mann auszuschalten, aber er wusste von Anfang an, dass viele andere wie etwa der Kapitän und seine Mannschaft bei dieser Aktion notwendigerweise geopfert werden mussten.

Bisher hatte er vollständige Kontrolle über seinen Einsatz gehabt. Die nächste Phase lag jedoch in der Hand von jemand andres, was ihm große Sorge bereitete. Alles hing jetzt von der Kompetenz einer lokalen Kontaktperson ab – einer Frau. Bei der Einsatzbesprechung hatte man ihm mitgeteilt, dass sie die Anwesenheit der Zielperson festgestellt und die Einsatzbereitschaft der örtlichen Polizei überprüft hatte und, *Inschallah,* ein Fahrzeug zu seiner Landestelle bringen würde und, *Inschallah,* daran denken würde, die Schlüssel unter den Fahrersitz zu legen.

Am Ende der Treppe zum äußeren Brückendeck verlor der Anführer kurzzeitig das Gleichgewicht und streckte den Arm aus, um sich aufzufangen. Die Männer hinter ihm auf der Treppe hatten sein Stolpern nicht mitbekommen. Darüber war er froh, denn sie könnten sich sonst fragen, ob es sich dabei um ein Zeichen von Nervosität handelte, und das durfte auf keinen Fall geschehen. Tatsächlich hatte ihn nur ein leichter Schwenk des Schiffes nach Steuerbord aus dem Gleichgewicht gebracht. Im Übrigen war es kein Wunder, dass seine Beine nicht unbedingt seefest waren. Er stammte zwar aus dem Gazastreifen, wo er in unmittelbarer Nähe des Meeres aufgewachsen war, hatte jedoch vor dieser Woche nichts Größeres als ein Fischerboot mit Außenbordmotor betreten.

Man hatte ihn wegen seiner Intelligenz, Rücksichtslosigkeit und Entschlossenheit, aber bestimmt nicht wegen irgendwelcher seemännischen Fähigkeiten ausgewählt.

Oben auf dem Brückendeck hielt der Anführer kurz an, um aufmerksam in alle Richtungen in die Dunkelheit zu spähen. An Land gab es außer einigen Bretterbuden kaum Anzeichen von Zivilisation. Nur im Süden war im Dunst der Lichtschein der fünfundvierzig Kilometer entfernten riesigen Küstenmetropole Kochi zu erkennen.

Zufrieden, dass es niemand gab, der einen Schrei über das offene Wasser hören würde, griff er nach dem Türriegel.

Der nicht mehr ganz junge indische Kapitän schaute sich nicht einmal um, als der Anführer die Brücke betrat. Er hielt weiterhin das Steuerrad fest und schaute unverwandt geradeaus. Nur sein schwerer Atem zeigte seine Angst.

Er wusste Bescheid.

Der Anführer ging auf ihn zu und hielt sein Messer hinter dem Oberschenkel versteckt. Eigentlich wollte er ihn mit lockerer Stimme irgendetwas fragen, um ihn abzulenken, damit er einen Augenblick ruhig blieb. Aber jetzt sagte er kein Wort, sondern hob nur die Klinge in seiner rechten Hand.

Drei Schritte später stand er direkt hinter dem Rücken des Mannes, umfasste ihn mit dem rechten Arm, stieß ihm das Messer in den Hals und zog die Klinge durch die Kehle nach hinten. Danach ließ er das Messer fallen und trat einen Schritt zurück. Der Inder wirbelte herum, und sein Blut spritzte quer über die Brücke auf die Hosen und Schuhe des Anführers, obwohl dieser bis zur Wand der Steuerkabine zurücksprang, um ihm auszuweichen.

Die beiden anderen beobachteten das Ganze durch die offene Tür und entgingen damit dem rhythmisch spritzenden Blutschwall.

Der Kapitän sank auf die Knie. Für einen Augenblick war das Zischen und Gurgeln aus seiner offenen Wunde zu hören. Dann starb er. Sein Todeskampf war Gott sei Dank nur kurz, dachte der Anführer mit einer gewissen Erleichterung.

»Allahu akbar«, rief er in ehrerbietigem Ton, stieg über die Leiche, stellte sich notgedrungen mitten in die immer größer werdende Blutlache und packte das Steuerrad.

Aber nur für einen Moment. Schließlich war er kein Kapitän. Tatsächlich wusste keiner seiner Männer, wie man den Frachter sicher in einen Hafen bringen konnte. Der Kapitän hatte ihnen allerdings erzählt, dass es dort überhaupt keinen Hafen gab. Der Anführer schaltete also nur die Motoren in den Leerlauf und befahl seinen Männern, das Beiboot, in das sie bereits ihre gesamte Ausrüstung geladen hatten, zu Wasser zu lassen.

Zwanzig Minuten später kletterten die Männer in die leichte Küstenbrandung hinaus und zogen das kleine Beiboot auf den Ufersand hinauf, bis es die anbrandenden Wellen nicht mehr erreichen konnten.

Das Boot hier einfach zurückzulassen war kein Problem. Sie würden es nicht mehr benötigen. Laut Plan würde die Abzugsroute in Richtung Osten über Land nach Madurai verlaufen, wo sie mit gefälschten Papieren von einem Flugzeug ausgeflogen werden würden. Außerdem fiel das Boot hier gar nicht auf und konnte deshalb auch nicht ihren Einsatz gefährden, da auf diesem Uferstreifen mehrere kleine Wasserfahrzeuge unbeaufsichtigt herumlagen. Netzfischer hatten sie dort über Nacht zurückgelassen. Nur die Außenbordmotoren hatten sie entfernt und in ihre heimischen Strohhütten mitgenommen, um sie vor Dieben zu schützen.

Die Männer holten schwarze Segeltuchtaschen aus dem Beiboot und legten ihre Ausrüstung an. Drei zogen sich schwere Schutzwesten und darüber große schwarze Windjacken an. Die anderen vier hängten sich kleine Maschinenpistolen an Gurten um den Hals und schnallten sich Munitionstaschen um. Ihre Waffen waren Micro-Uzis, 9-mm-Maschinenpistolen, die ausgerechnet in Israel hergestellt worden waren. Aber die Ironie ihrer Auswahl wurde von der unbestreitbaren Zuverlässigkeit der Waffen in den Schatten gestellt.

Drei Minuten später hatten sie den Sandstrand verlassen und liefen eine dunkle Uferstraße entlang, die von Kokospalmen gesäumt war.

Die örtliche Kontaktperson hatte tatsächlich ihr Fahrzeug auftragsgemäß direkt neben der Straße an einen schmalen Graben gestellt. Wie man es dem Anführer während der Einsatzbesprechung mitgeteilt hatte, handelte es sich um einen großen braunen Lieferwagen, der normalerweise Milch aus einem örtlichen Bauernhof zu den Einwohnern von Kochi beförderte. Die Kühlanlage hatte man aus dem Laderaum ausgebaut, was den fünf Männern, die jetzt durch die Seitentür einstiegen, gerade genug Platz ließ.

Auch die Schlüssel lagen wie ausgemacht unter dem Fahrersitz. Der Anführer war ebenso erfreut wie erstaunt über die Tüchtigkeit dieser Frau. Er rutschte auf den vorderen Beifahrersitz, sein Stellvertreter klemmte sich hinter das Lenkrad, und die anderen setzten sich nach hinten. In dieser ganzen Zeit sprachen sie kein einziges Wort.

Sie verließen die Uferzone und fuhren nach Osten über eine enge befestigte Straße, die durch die sogenannten Backwaters führte, ein System von natürlichen und künstlich angelegten Brackwasserseen und Kanälen, wo sich das Salzwasser aus dem Arabischen Meer mit dem Süßwasser des Periyar-Flusses vermischte. Auch diese Straße säumten auf beiden Seiten Kokospalmen. Dichter Dunst zerstreute das Licht der Scheinwerfer.

Der Anführer schaute auf die Uhr und auf sein tragbares GPS-Gerät, in das er die Koordinaten eingegeben hatte, die ihnen die örtliche Kontaktfrau übermittelt hatte. Ihr erster Halt war der Mobilfunksendemast an der Landstraße von Paravur nach Bhoothakulam. Da zu ihrer Zielperson keine Telefonleitung hinführte, würde sie die örtliche Polizei nicht mehr alarmieren können, nachdem sie den Sendemast außer Funktion gesetzt hatten.

Der Anführer besprach sich kurz mit seinem Fahrer und drehte sich danach zu den Männern hinter ihm um. Er sah nur dunkle Silhouetten.

Zwei der fünf Männer kannte er bereits seit Jahren. Sie waren wie ihr Anführer und der Fahrer *Fedajin* aus den von Israel besetzten Gebieten. Obwohl er ihre Gesichter nicht sehen konnte, erkannte er sie an ihrer Körperhaltung. Die drei anderen Männer hatte er erst kurz vor der Abfahrt im Lager im Jemen kennengelernt. Er konzentrierte sich jetzt ausschließlich auf diese Ausländer und lächelte sie sogar wie ein geduldiger, gütiger Onkel an. In Wirklichkeit hielt er diese Männer für Narren. Er wollte ihnen auf keinen Fall Waffen geben, da er ihre Kampffähigkeit bezweifelte. Diese Männer würden keine Waffen tragen, hatte der Anführer beschlossen, weil sie *selbst* Waffen waren.

Sein Lächeln vertiefte sich, als er die Narren auf arabisch ansprach: »Die Zeit ist gekommen, meine tapferen Brüder. Ihr müsst euch jetzt darauf vorbereiten, Märtyrer zu werden.«

1

Dominic Caruso war erst zweiunddreißig Jahre alt und in jeder Hinsicht körperlich fit. Trotzdem fiel es ihm schwer, mit dem fünfundvierzigjährigen Mann Schritt zu halten, der mehrere Meter vor ihm herrannte. In der vergangenen Stunde hatten die beiden acht Kilometer auf Straßen und Wegen, nur unterbrochen von einer achthundert Meter langen Schwimmstrecke, zurückgelegt. Die äußeren Bedingungen waren ebenfalls nicht sehr hilfreich. Dom saugte so viel von dieser übel riechenden Luft in seine Lungen, wie er nur konnte, nur um überhaupt weiterlaufen zu können. Es war mitten in der Nacht und trotzdem immer noch brütend heiß. Der Dschungelpfad war mit Ausnahme des gelegentlichen Mondlichts, das durch die Palmwedel hindurchdrang, völlig dunkel.

Doms Laufpartner hatte anscheinend keinerlei Schwierigkeiten, den Weg in dieser Dunkelheit zu finden, während sich Dom mit der Schuhspitze in der freiliegenden Wurzel eines Jakarandabaums verfing und der Länge nach auf seine Hände und Knie stürzte.

»Verdammte Scheiße«, fluchte er schwer atmend vor sich hin.

Sein Trainer schaute sich kurz nach ihm um, ohne jedoch anzuhalten. Dom meinte, ein Lächeln auf dem Gesicht des Älteren zu entdecken. Dessen Stimme war leise und wies einen schweren Akzent auf: »Brauchen Sie einen Krankenwagen?«

»Nein, ich bin nur …«

»Dann stehen Sie auf, verdammt noch mal!« Der Ältere kicherte und fügte hinzu: »Auf geht's, D, keine Müdigkeit vorschützen!«

»In Ordnung.« Dom rappelte sich wieder hoch, wischte den Schlamm von seinen Shorts und versuchte, zu dem anderen aufzuschließen.

Noch vor einem Monat hätte der Amerikaner auf keinen Fall einen 16-Kilometer-Lauf bei dreißig Grad Hitze und einer Luftfeuchtigkeit von 95 Prozent absolvieren können und dies auch noch mitten in der Nacht nach einem ganztägigen Kampfsporttraining. Aber seit seiner Ankunft hier in Indien hatte seine körperliche und mentale Stärke schneller zugenommen, als er sich das je hätte vorstellen können. Dies alles verdankte er Arik Yacoby, dem Mann, der jetzt zwölf Meter vor ihm her trabte.

Der schlammige Dschungelpfad endete an einer befestigten Straße, auf die Arik nach links einbog. Dominic jagte ihm nach, obwohl er dachte, sie hätten sich eigentlich nach rechts wenden müssen. Er war schließlich der Besucher, und er vertraute darauf, dass Yacoby sich hier weit besser auskannte als er.

Yacoby war zwar auch kein Einheimischer, aber er lebte bereits einige Jahre hier. Seine ausgezeichnete körperliche Verfassung zeigte, dass er diese Wege und Straßen bereits Hunderte Male entlanggelaufen sein musste.

Dom wusste nur wenig über Arik Yacobys Vergangenheit, nur dass er Israeli war, nach Indien ausgewandert war und früher einmal in der Armee gedient hatte. Dom hatte keinerlei Probleme, sich Arik als Elitesoldaten vorzustellen. Seine Fitness und Disziplin und das selbstsichere und entschlossene Funkeln in seinen stählernen Augen zeigten dies jedem, der wusste, worauf er achten musste.

Dom war nach Indien gekommen, um sechs Wochen mit diesem Mann zu trainieren. Yacoby besaß den schwarzen Gürtel des vierten Grades in Krav Maga, einer Kampfsportart, die für das israelische Militär entwickelt worden war. Doms Kampftraining mit Arik war für sich allein schon höchst intensiv, aber diese zusätzlichen nächtlichen Konditionstrainingseinheiten fügten dem noch eine weitere äußerst anstrengende Facette hinzu.

Sie waren geschwommen, gerannt und geklettert – oft alle drei Fortbewegungsarten in ein und derselben Nacht. Dom hatte das Gefühl, dass es Arik als seine Pflicht empfand, ihm nicht nur seine Fähigkeiten im Kampf Mann gegen Mann weiterzugeben, sondern ihm jeden körperlichen und mentalen Aspekt zu vermitteln, den ein Mitglied der israelischen Streitkräfte besitzen musste.

Zumindest alles außer dem Gebrauch von Schusswaffen. Dies hier war Indien, und obwohl Yacoby jetzt seinen ständigen Wohnsitz in Paravur hatte, war er kein Polizist und kein Soldat und konnte deshalb legal auch keine Waffe erwerben.

Dom glaubte jedoch nicht, dass die fehlende Schusswaffe Yacoby in irgendeiner Weise ungefährlicher machte.

Dieser Aufenthalt in Indien, um Krav Maga zu üben, war der dritte von fünf Teilen eines viermonatigen Trainingskurses, den sich Dominic Caruso selbst verordnet hatte. Bevor er hierher kam, war er drei Wochen bergsteigen im Yukon-Territorium, wobei ihn ein altgedienter kanadischer Alpinist seine gesamten Kniffe lehrte. Davor hatte er sich zwei Wochen lang in Reno, Nevada, von einem Meisterzauberkünstler die besten Taschenspielertricks und andere Ablenkungsmethoden beibringen lassen.

Nach seinem Krav-Maga-Training in Indien sollte Dom nach Pennsylvania fliegen, um dort mit einem ehemaligen Scharfschützen der US-Marines das Schießen über große Entfernungen zu üben. Als Letztes würde er direkt ins japanische Sapporo zu einem Schwertkampfmeister reisen.

Bei jeder dieser Trainingsphasen profitierte Dom von der Erfahrung dieser Spezialisten, die sich ihm ganz allein widmeten. Dabei löcherte er sie buchstäblich mit Tausenden von Fragen. Die Trainer stellten ihm dagegen kaum eine Frage. Sie kannten seinen wirklichen Namen nicht – Arik sprach ihn einfach mit »D« an –, sie wussten nicht, für welche Organisation er tätig war, und sie wussten auch sonst nichts über seinen Hintergrund. Sie wussten nur, dass Dom den Segen wichtiger Persönlichkeiten aus der US-amerikanischen Geheimdienstgemeinschaft besaß. Mehr mussten sie auch nicht wissen. Ihnen war bewusst, dass Dom zur CIA, DIA, JSOC oder einer anderen Organisation mit einem Akronym gehörte, das möglicherweise Ärger bedeuten konnte, wenn man ihr zu nahe kam, und Caruso selbst tat nichts, um diese Meinung zu zerstreuen. Dabei gehörte er zu keiner von ihnen. Er war nicht einmal Mitglied einer offiziellen Regierungsbehörde.

Stattdessen war Dominic Caruso Einsatzagent einer Organisation, die sich Campus nannte. Es handelte sich um einen geheimen, nicht staatlichen Nachrichtendienst mit einer Abteilung für direkte Vor-Ort-Einsätze. Nur wenige im offiziellen Staatsapparat wussten überhaupt von der Existenz des Campus. Diese wenigen hatten jetzt ihre Beziehungen zu Eliteausbildern in der ganzen Welt spielen lassen, um Dom und seinen Mitagenten ein persönliches Spezialtraining bei Kampfsportlern, Bergsteigern, Scharfschützen, Tauchern, Extremsportlern, Sprach- und Kulturexperten und Meistern in irgendeiner anderen Disziplin zu vermitteln, die sie einmal bei ihren Geheimeinsätzen benötigen könnten.

Vor seiner Zeit beim Campus war Dom Spezialagent

beim FBI gewesen. Dort hatte er zwar eine Menge Praxistraining erhalten, aber die FBI-Akademie in Quantico ließ ihre Rekruten dennoch keine Berge emporklettern oder durch tropische Sümpfe schleichen.

Caruso hatte auf dieser sehr speziellen Trainingstour bereits eine Menge gelernt, aber seine Zeit hier mit Arik Yacoby war die bisher schönste Erfahrung. Dies lag vor allem an Yacoby und seiner Familie. Ariks Frau Hanna, eine Yogalehrerin, hatte ihn wie einen lange vermissten Verwandten in ihr Haus aufgenommen, und ihre beiden kleinen ein- und dreijährigen Jungen Mosche und Dar behandelten ihn von Anfang an wie einen menschlichen Abenteuerspielplatz und kletterten jeden Abend spielerisch an ihm hinauf, während die Erwachsenen im Wohnzimmer von Ariks rustikalem Dorfbauernhaus saßen und sich bei gutem Essen und Bier über alles Mögliche unterhielten.

Dominic war als überzeugter Junggeselle nicht wenig überrascht, wie sehr er diesen Einblick in ein Familienleben genoss.

An diesem Abend hatte sich Dom nach dem gemeinsamen Abendessen in sein Zimmer zurückgezogen, um seine »Hausaufgaben« zu machen und über die Philosophie des Krav Maga zu lesen. Noch vor elf Uhr war er eingenickt, aber kurz nach Mitternacht riss Yacoby die Tür auf und erklärte ihm, er habe genau drei Minuten Zeit, um Shorts und Laufschuhe anzuziehen und ihn vor dem Haus zu treffen.

Diese Nachtübungen, wie sie Yacoby nannte, sollten Carusos Körper daran gewöhnen, sich an plötzliche Arbeitsanforderungen anzupassen, auch dann, wenn er nur wenig geschlafen hatte oder sein Biorhythmus ihm mitteilte, es sei Zeit, die Arbeit erst einmal einzustellen.

Tatsächlich hatte sich Doms Körper, wenn auch zögerlich, an diesen Trainingsplan gewöhnt, während Arik selbst die Lauf- und Schwimmübungen mitten in der Nacht sogar zu genießen schien.

Drei Minuten nachdem Yacoby Caruso aufgeweckt hatte, begannen die beiden Männer ihren Nachtlauf. Sie wählten eine Straße, die sie aus der Ansammlung von Farmen und Bungalows des jüdischen Viertels in die Palmenwälder hinausführte. Dort wandten sie sich nach Westen in Richtung Meer, um kurz darauf nach Norden abzubiegen. Sie ließen das Nachbardorf hinter sich und joggten einen Dschungelpfad entlang, der manchmal in dieser vollkommenen Dunkelheit unter dem doppelten Blätterdach der Kokospalmen und Bananenbäume fast unpassierbar war.

Als sie das Ufer des Paravur-Sees erreichten, stürzte sich Yacoby ins Wasser, ohne groß an Geschwindigkeit zu verlieren. Seine ruhigen, aber kräftigen Bruststöße brachten ihn so schnell vorwärts, dass Dom nur in einem wilden australischen Kraulstil mithalten konnte.

Dom mochte diesen See überhaupt nicht. Als er beim ersten Mal an seinem anderen Ende ankam, stellte er voller Schrecken fest, dass er nur wenige Schritte von einem Nest voller Kobras entfernt war. Arik lachte über Doms Panik und erklärte ihm, dass die Kobras wie die meisten gefährlichen Lebewesen auf diesem Planeten nur in Ruhe gelassen werden wollten. Wenn sich Dom also ruhig verhalte, würden sie ihrerseits ganz bestimmt nichts unternehmen.

An diesem Abend bemerkte Dom im Uferschilf eine riesige Python. Als er Ariks Rat beherzigte und sie einfach ignorierte, schlängelte sie sich davon, und die beiden Männer konnten ohne weitere Komplikationen ihre Schwimmstrecke beenden. Dann liefen sie auf einem Damm an einem großen Maniokfeld entlang, bevor sie erneut den Dschungel erreichten und die nächsten dreieinhalb Kilometer dem zweiten stockdunklen Pfad an diesem Abend folgten.

Auf einer befestigten Straße erreichten sie bald das Dorf Nord-Paravur. Ein kleines Tuk-Tuk knatterte auf der ansonsten völlig leeren Straße an ihnen vorüber. Sein Zweitaktmotor hustete vor sich hin, als es an einem Haus anhielt, um eine Frau abzuholen, die zur örtlichen Bushaltestelle wollte, um zu ihrer Frühschicht in einer Fabrik in Kochi zu fahren. Arik und Dom winkten dem Fahrer und der Frau zu, als die Motorrikscha direkt vor ihnen wendete.

Schließlich wurde Arik langsamer und ging in den Gehschritt über. Er atmete zwar etwas angestrengt, konnte jedoch ohne Probleme sprechen: »Bis nach Hause sind es noch zwei Kilometer. Auf dem Rest der Strecke machen wir es uns bequem. Heute Nacht werde ich Sie ein wenig schonen.«

Dom versuchte, sein Keuchen zu unterdrücken. Trotzdem konnte er kaum antworten. Zwischen seinen Atemstößen brachte er nur ein gepresstes »Vielen Dank« heraus.

»Morgen früh werden Sie mir erst recht danken. Wir fangen mit einem Vollkontakt-Training im Dojo an und schwimmen danach noch vor dem Mittagessen eine ziemlich lange Strecke.«

Dom nickte nur und sog beim Gehen gierig die heiße, nasse Luft ein.

Einige Sekunden später tauchten hinter ihnen die Lichter eines Fahrzeugs auf. Die beiden Männer verließen kurz die Fahrbahn, als ein großer brauner Milchlieferwagen auf seinem Weg nach Süden an ihnen vorbeifuhr.

Arik runzelte beim Anblick des Fahrzeugs die Stirn, sagte jedoch kein Wort.

Eine Minute später gingen Dom und Arik an der dunklen örtlichen Synagoge vorbei. »Auf dem Friedhof dahinter liegen Vorfahren von mir«, sagte Arik. »Das hier ist die älteste jüdische Gemeinde in Indien, wissen Sie.«

Dom nickte nur. Ihm fehlte immer noch der Atem, um etwas zu entgegnen, aber er musste doch ein Lächeln unterdrücken. Schließlich hatte ihm Arik das im vergangenen Monat bereits ein halbes Dutzend Mal erzählt. Yacobys Vorfahren hatten tatsächlich seit ewigen Zeiten an der Westküste Indiens gelebt, bis seine Familie von hier nach Israel ausgewandert war. Er war vor einigen Jahren während eines Urlaubs vom Militärdienst hierher zurückgekehrt, um seine Wurzeln zu erforschen. Als er damals die alte Synagoge besuchte und durch die Straßen von Nord-Paravur ging, entschloss er sich, eines Tages zurückzukehren und hier zu leben, die kleine jüdische Gemeinde zu verstärken und seine Kinder auf demselben Land großzuziehen, auf dem seine Vorfahren bereits über viele Generationen gewandelt waren.

Das mochte Dom an Arik. Er war charakterstark und zielstrebig.

Die kleine Farm der Yacobys lag am Ende einer langen Stichstraße, die von der Temple Road abzweigte. Auf beiden Seiten lag dichter Dschungel und hinter dem Farmhaus ein riesiges Pokkali-Reisfeld. Das Gelände war vom Rest des Dorfes abgeschnitten, aus diesem Grund fiel Arik und Dom das Fahrzeug, das vor ihnen am Straßenrand parkte, bereits auf, als sie noch gut fünfzig Meter von ihm entfernt waren.

Es war der Milchlieferwagen, der vor zehn Minuten an ihnen vorbeigeprescht war.

Yacoby packte Dom am Arm und ging langsamer. »Der gehört nicht hierher.«

Als sie sich dem Wagen näherten, waren sie eher neugierig als besorgt. Als sie durch die Fenster schauten, merkten sie, dass er leer war.

Arik schaute die Straße in Richtung seiner Farm hinunter.

»Den Lieferwagen habe ich früher schon mal gesehen«, sagte Dom.

Arik zog sein Handy aus einer wasserdichten Tasche seiner Cargo-Shorts. Gleichzeitig sagte er: »Ja, aber nicht hier. Er liefert Milch von einer Farm nördlich der Stadt nach Kochi im Süden. Seine tägliche Fahrtstrecke geht zwei Kilometer westlich von hier vorbei.«

Caruso war beeindruckt. Yacoby kannte also die Bewegungen eines einzelnen örtlichen Fahrzeugs mit einer solchen Genauigkeit. Trotzdem teilte er die offensichtliche Besorgnis seines Trainers noch nicht.

Yacoby wählte die Nummer seiner Frau, während er die Straße weiter entlangging. Dom folgte dicht hinter ihm. Nach einem kurzen Moment schaute Arik auf sein Handy.

»Kein Netz.«

»Passiert das hier öfter?«, fragte Dom.

»Gelegentlich«, antwortete Arik flüsternd. »Aber ich glaube nicht an solche Zufälle. Hier geht etwas Seltsames vor.«

Dom fand, dass Arik seine Schlüsse etwas voreilig zog. Yacoby kannte jedoch die Gegend und die hiesigen Bedrohungen viel besser als er. »Schauen wir einfach mal nach«, sagte Dom und wollte auf der Straße weitergehen.

»Nicht auf diesem Weg«, entgegnete Arik. »Wir nähern uns von Westen her durch die Bäume.« Arik verschwand im dichten Unterholz, und Dom folgte ihm.

Im Dschungel selbst merkte Dom, dass der gar nicht so dicht war, wie er von außen erschien. Alle Kokospalmen und Bananen-, Jakaranda- oder Mangobäume ließen in ihrem Umfeld keinen Konkurrenten groß werden. Es gab also zwischen den Stämmen genug Platz, um ohne größere Schwierigkeiten hindurchzukommen. Außerdem beschränkte das wenige Licht, das bis zum Boden durchdrang, das Unterholz. Arik hatte zwar eine Taschenlampe dabei, ließ sie jedoch in der Tasche. Stattdessen nutzte er das schwache Leuchten seines Handys, um sie beide durch den Dschungel zu führen, ohne dabei ihren Standort zu verraten. Trotzdem kamen die beiden Männer schnell voran. Beide trieb der Wunsch vorwärts, endlich herauszufinden, wer die Handyverbindung gekappt und den Lieferwagen abgestellt hatte.

Als sie den Dschungel schließlich verließen, standen sie direkt hinter einem Holzschuppen, der neben der Kieszufahrt zu Ariks Farmhaus lag. Die beiden Männer ließen sich auf ein Knie nieder und musterten das ganze Grundstück. Dabei kam ihnen ihre ausgezeichnete Nachtsicht zugute. Sie hatten schließlich die letzten anderthalb Stunden draußen in der Dunkelheit verbracht. Deswegen waren ihre Pupillen inzwischen darauf eingerichtet, auch noch das letzte Quäntchen Umgebungslicht aufzufangen.

Die Farm war nur etwa anderthalb Hektar groß. In ihrer Mitte standen das zweistöckige Wohnhaus, ein langes einstöckiges Gebäude, das Arik in sein Dojo und Hannas Yoga-Studio umgewandelt hatte, und dahinter ein großer Hühnerstall neben dem Gemüsegarten. Auf der Zufahrt parkten direkt vor dem Wohnhaus Yacobys Kleintransporter und seine zwei Jeeps.

Caruso griff langsam zu Yacoby hinüber und kniff ihn ganz leicht in den Arm. Der Israeli folgte dem Blick des Amerikaners. In der Dunkelheit konnte er auf der anderen Seite eines kleinen Teichs vor dem Wohnhaus eine Bewegung ausmachen. Es war eine menschliche Gestalt, das war sicher, aber bei dieser Dunkelheit ließ sich unmöglich Näheres feststellen.

Einige Sekunden später wandten sich die beiden Männer dem Geräusch von knirschendem Kies zu. Eine zweite Gestalt huschte zwischen Ariks und Hannas Jeeps hindurch, die nebeneinander auf der Zufahrt standen. Von dort bis zu den Männern, die zwischen den Palmen knieten, waren es nicht einmal zwanzig Meter. Die zweite Gestalt gesellte sich zu der ersten neben dem Teich. Gemeinsam schienen sie jetzt das Haus zu beobachten.

Dominic hatte zuerst gedacht, Arik habe bei dem Anblick des leeren Lieferwagens überreagiert, aber jetzt fing sein Herz heftig zu schlagen an, und er spürte den dumpfen Schmerz in seinem Kreuz, der ihn jedes Mal in einer Gefahrensituation überkam. Irgendetwas Ominöses ging hier vor, und er war sich schmerzlich bewusst, dass er und sein Trainer unbewaffnet waren und nichts außer Cargo-Shorts trugen.

Arik zog Dom ein paar Meter in die Deckung zurück und erklärte ihm im Flüsterton, während seine Augen immer noch die Dunkelheit vor ihnen zu durchdringen versuchten: »Also zwei Leute vor dem Haus. Vielleicht kann ich erkennen, ob sie irgendwelche Waffen haben. Sie sollten sich durch die Bäume hindurcharbeiten und schauen, ob sich hinter dem Haus auch jemand befindet. Danach kommen Sie hierher zurück. Los!«

»Arik, wenn das eine Art Test ist oder …«

Yacoby wandte sich Caruso zu. Seine Augen waren starr vor Sorge, und sein Kinn war vorgereckt und leicht erhoben. »Das ist keine Übung, D. Das ist die Wirklichkeit.«

»Verstanden.« Dom schlich davon.

Caruso benötigte weniger als eine Minute, bis er einen Blick auf die Rückseite des Grundstücks werfen konnte. Zuerst fiel ihm nichts auf außer einem gelegentlichen Flügelschlag im Hühnerstall und einer großen Eidechse, die den oberen Rand eines Holzzauns beim Gemüsegarten entlanghuschte. Gerade als er wieder zum Holzschuppen zurückkehren wollte, spürte er in der Dunkelheit direkt hinter dem Haus eine Bewegung. Er schlich ein paar Meter nach rechts und reckte den Hals, um zu erkennen, was dort vor sich ging.

Jetzt sah er sie trotz der schwarzen Nacht. In dreißig Meter Entfernung standen zwei Gestalten. Wenigstens eine von ihnen besaß eine Waffe, die von einem Gurt über ihrer Schulter herabhing. Beide trugen dunkle Kleidung und standen dicht nebeneinander im Zentrum des Hinterhofs. Ihr Gesicht war Ariks Haus zugewandt.

Dom vermutete, dass einer von ihnen eine Maske trug, da sich kein Mondlicht in seinen Gesichtszügen spiegelte. Über ihre Volkszugehörigkeit oder ihre Absichten konnte er nichts sagen. Er konnte nicht einmal erkennen, um welche Waffe es sich handelte. Er zog sich in den Palmenwald zurück und machte sich so leise wie möglich auf den Rückweg. Hinter dem Holzschuppen wäre er fast an Arik vorbeigegangen, ohne ihn zu bemerken.

»Und?«, fragte Arik und tauchte aus der fast vollkommenen Dunkelheit auf.

»Zwei Männer. Ich habe eine Schusswaffe gesehen. Eine Maschinenpistole oder so etwas. Was genau, konnte ich nicht erkennen. Sie beobachten das Haus von jenseits des Hühnerstalls aus. Sind die Kerle hier vorne bewaffnet?«

»Einer hat eine Micro-Uzi und trägt eine Maske. Der andere hat vielleicht eine Pistole, aber ich kann seine Hände nicht deutlich sehen.«

Doms Gedanken überschlugen sich. »Shit. Gibt es denn irgendeine Möglichkeit, dass es sich um indische Polizisten handelt?«

Yacoby schüttelte den Kopf.

»Was denken Sie?«

»Zwei-Mann-Feuerteams. Das ist die klassische Vorgehensweise der *Fedajin*.«

»Laschkar?«, fragte Dom. Die Laschkar-e-Taiba waren eine pakistanische Terrororganisation, die seit Jahren in Indien aktiv war.

»Vielleicht«, erwiderte Arik, klang jedoch nicht sehr überzeugt.

»Glauben Sie, dass sie das Haus angreifen werden?«

Bevor Arik etwas antworten konnte, schallte der Schrei einer Frau durch die heiße Nachtluft. Es war Hanna, Ariks Ehefrau, die dort schrie, wie Dom sofort erkannte. Sie klang eher kämpferisch als ängstlich, aber ihre erhobene Stimme in der ansonsten so stillen Nacht ließ einem das Blut gefrieren.

Yacoby sprang auf und wollte erst in Richtung des Schreis seiner Frau laufen, aber er fing sich wieder und ging erneut auf die Knie. »Das haben sie bereits«, flüsterte er. »Die da vor uns sollen das Ganze nach außen absichern. Drinnen gibt es noch ein paar andere. Wenigstens zwei. Es könnten aber noch mehr sein.«

Dom schaute den Israeli entsetzt an. Er bemerkte die verhältnismäßige Ruhe in Yacobys Stimme. Er war angespannt, aber es war keinerlei Panik zu erkennen. Natürlich musste er an seine Frau und seine Kinder denken, aber es gelang ihm irgendwie, diesen Gedanken beiseitezuschieben und sich ganz auf das Problem vor ihm zu konzentrieren.

Irgendwie musste er an den vier Männern draußen vor seinem Haus vorbeikommen.

»Was haben Sie jetzt vor?«, fragte Caruso.

Arik beobachtete immer noch das Haus. Er sprach schnell, aber leise. »Es würde eine halbe Stunde dauern, um die Ortspolizei hierherzubekommen, und ich könnte mir vorstellen, dass sie die Lage eher noch schlimmer machen würden. Keiner meiner Nachbarn hat einen Festnetzanschluss oder eine Schusswaffe. Ich muss mit dieser Situation allein fertigwerden.«

»Richtig.«

»Hanna und ich haben einen Notfallplan vereinbart. Wenn sie noch die Zeit dazu hatte, hat sie die Kinder in das Badezimmer neben unserem Schlafzimmer gebracht. Dort gehe ich jetzt hin. Ich gehe direkt ins Haus. Von der Zufahrt führt eine Seitentür in die Küche.«

»Und ich?«

»Sie bleiben hier. Beobachten Sie die Männer hinter dem Haus und schlagen Sie Alarm, wenn es ein Problem geben sollte.«

Caruso schüttelte den Kopf. »Kommt gar nicht infrage. Ich werde Sie begleiten. Ich kann Ihnen *im* Haus besser Deckung geben.«

Arik drehte nicht den Kopf zu Dom, sondern nickte nur leicht, während er seine Augen weiterhin auf die Szene vor ihm richtete. »Gut. Dann gehen wir gemeinsam zur Seitentür hinüber. Wenn wir drinnen sind, hole ich mir ein Küchenmesser und versuche, zu meiner Familie im ersten Stock zu gelangen. Sie greifen sich ebenfalls ein Messer und nehmen sich die vier Typen hier draußen vor, wenn sie ins Haus eindringen wollen.«

Es klang für Dom wie ein Himmelfahrtskommando, aber er sah ebenfalls keine andere Möglichkeit.

Yacoby stand ganz langsam auf und machte sich bereit, aufs Haus zuzueilen, als er sich plötzlich noch einmal Caruso zuwandte. »Wenn mir etwas zustoßen sollte und Sie dorthin gelangen können: Ich bewahre ein Tavor-Gewehr und sechs Magazine in einer Stahlkiste mit Zahlenschloss unter meinem Bett auf. Die Kombination ist eins, neun, sechs, sechs, vier.«

Dom wusste, dass Arik hier in Indien eigentlich kein Gewehr haben durfte, aber er war dennoch nicht sehr überrascht.

»Eins, neun, sechs, sechs, vier. Verstanden.«

In aller Eile, aber immer noch flüsternd, sagte Arik: »Es darf jetzt kein Zögern geben. Sie dürfen gegenüber diesen Männern keinerlei Gnade walten lassen.«

Dom stand auf. »Gehen Sie einfach zu Ihrer Familie.«

Die beiden Männer bewegten sich gerade auf den Holzschuppen zu, als Hanna Yacoby erneut einen Schrei ausstieß. Ihre Stimme schnitt wie ein Messer durch die schwülheiße Nacht.

2

Arik und Dom krochen vorsichtig quer über die Zufahrt und zwischen den Autos hindurch, wobei sie sich Knie und Hände an dem ausgestreuten Muschelsplitt aufrissen. Dom folgte Yacoby und ließ dabei ständig seine Augen zwischen diesem und dem wenigen hin und her wandern, das er von dem hinteren Teil des Grundstücks erkennen konnte. Er hoffte inständig, dass keiner der Männer dort ein Geräusch hörte und herbeieilte, um nach dem Rechten zu sehen. Gleichzeitig versuchte Yacoby, die Männer vor dem Haus im Auge zu behalten. Hauptsächlich wollte er jedoch so schnell wie möglich die freie Fläche überwinden.

Als sie an der Seitentür ankamen, streckte Arik einen Arm in die Höhe, bis er mit der Hand den Türgriff erreichte. Er drückte diesen ganz langsam nach unten. In diesem Moment hörte man aus dem Obergeschoss des Farmhauses zum dritten Mal lautes Schreien. In diesem Fall stammte es jedoch eindeutig von einem Mann, aber Arik konnte die Worte nicht verstehen. Er nutzte jedoch den Lärm, um in die dunkle, leere Küche zu schlüpfen.

Caruso folgte direkt hinter ihm. Drinnen griffen sich beide Männer zwei scharfe Schneidemesser aus einem Messerblock. Sie sprachen dabei kein einziges Wort. Arik verschwand in dem dunklen Gang, der zur Treppe im ersten Stock führte, während Dom den einzigen Platz in der Küche einnahm, von dem aus man beide Eingänge sehen konnte. Er war jetzt neun Meter von der Vordertür und etwas über vier Meter von dem Seiteneingang in die Küche entfernt. Offen gestanden war das nicht gerade eine ideale Position, um sich im Notfall bewaffneten Eindringlingen entgegenzustellen. Er konnte sich also nur innerlich auf einen solchen Fall vorbereiten und hoffen, dass Yacoby es zu seiner Familie oder zu seinem Gewehr schaffte, ohne dabei ein Geräusch zu verursachen, das den Feind aufmerksam machte und eine Verstärkung ins Haus schicken ließ.

Als er seine Optionen überdachte, ging er zum Messerblock hinüber, um sich mit einer zweiten Waffe auszurüsten. Dieses Mal entschied er sich für ein gut ausbalanciertes, scharfes Schälmesser. Danach kehrte er zu seinem Beobachtungsposten zurück.

Dies mochte zwar immer noch ein Himmelfahrtskommando sein, aber Caruso würde sich bestimmt nicht kampflos seinem Schicksal ergeben.

Arik Yacoby hatte zwar keine Ahnung, mit wie vielen Gegnern er es zu tun hatte, aber er kam zu dem Schluss, dass das Erdgeschoss sauber war. Er konnte nur den einen Mann über ihm hören, der seiner Frau brüllend Fragen stellte, die jetzt genauso wütend zurückschrie.

Am Fuß der Treppe zog er seine Laufschuhe aus und schlich möglichst leise nach oben. Dabei hielt er sich dicht an der Wand, weil dort die Stufen nicht so knarrten.

Oben angekommen, konnte er kaum bis zum Ende des Ganges sehen, der das gesamte zweite Stockwerk durchlief. Eine offene Badezimmertür etwa in der Mitte des Ganges auf der rechten Seite ließ zumindest so viel Mondlicht herein, dass er erkennen konnte, dass die Schlafzimmertür am anderen Ende des Flurs offen stand. Es bewegten sich jedoch keine Schatten durch das schwache Licht, was ihm zeigte, dass das Badezimmer entweder leer war oder ein möglicher Eindringling dort drinnen vollkommen stillhielt. Die beiden Türen auf der linken Seite standen ebenfalls offen, aber die Zimmer dahinter waren stockdunkel. Das erste war sein eigenes Arbeitszimmer und das zweite das Zimmer seiner Kinder.

Langsam bewegte er sich mit stichbereitem Messer den Gang entlang.

Er konnte den Mann, der seine Frau im Schlafzimmer befragte, jetzt verstehen. Er sprach englisch und fragte sie wohl nicht zum ersten Mal, wohin ihr Ehemann gegangen sei. Er klang frustriert, fast verzweifelt, und das Klatschen einer offenen Hand auf Fleisch und der anschließende Schrei seiner Frau zeigten Yacoby, dass der Eindringling Hanna bisher nicht zum Reden gebracht hatte.

Arik suchte im Mondlicht im Badezimmer erneut nach der Anwesenheit eines Gegners, konnte jedoch weiterhin keine Bewegungen erkennen. Er musste zunächst die beiden Zimmer auf der linken Seite überprüfen, bevor er zum Ende des Gangs weitergehen konnte. Als er sich gerade auf sein Arbeitszimmer zubewegte, trat plötzlich ein Mann aus dem dunklen Raum auf den Flur hinaus. Er trug eine schwarze Sturmhaube und war mehrere Zentimeter größer als Yacoby. Ihre Augen begegneten sich einen Moment. Arik spürte, dass der Mann eine Waffe in der Hand hielt, aber er nahm sich nicht die Zeit, sich darauf zu konzentrieren. Stattdessen schoss seine eigene Hand wie ein Kolben nach vorne. Er stach dem Mann sein Messer in den Arm, verlor dabei jedoch kurzzeitig das Gleichgewicht, als sich sein Gegenüber zur Seite drehte. Yacoby fing sich jedoch sofort wieder und ging mit der Geschicklichkeit und Schnelligkeit eines Krav-Maga-Meisters erneut zum Angriff über. Er packte den Gurt der Maschinenpistole des Maskierten, riss ihm die MP aus der Hand, drehte sie um und richtete sie auf das

Gesicht seines Gegners. Der maskierte Terrorist versuchte, die Hände hochzureißen, um sich selbst zu verteidigen, aber Yacoby stach mit der kurzläufigen MP wie mit einer Stichwaffe zu und trieb deren Mündungsfeuerdämpfer in die Augenhöhle des Mannes. Dessen Kopf schnappte nach hinten. Als der Eindringling rückwärts in das Arbeitszimmer zurücktaumelte, stürzte sich der Israeli auf ihn, verdeckte dessen Mund mit der Hand und zog ihn auf den Boden. Dort brach er dem Mann mit einer ruckartigen Bewegung das Genick.

Der Israeli schnallte in aller Eile die Uzi von ihrem Gurt ab und schaute sich nach weiteren Bedrohungen um. Sein Arbeitszimmer war zwar leer, aber als er wieder auf den Gang hinausschaute, tauchte aus der Tür des Elternschlafzimmers plötzlich eine Gestalt auf. Arik konnte sie im schwachen Mondlicht kaum erkennen, aber es handelte sich ganz klar um einen erwachsenen Mann, der jetzt schnell den Arm hob.

In diesem Augenblick wusste Arik, dass er die Uzi abfeuern musste. Dies würde jedoch jeden Bewaffneten auf seinem Grundstück sofort alarmieren. Er zielte und gab nur einen einzigen Schuss ab. Den bewaffneten Eindringling riss es herum. Er schrie laut auf und griff sich an den Hals, als er zu Boden fiel.

Arik rannte jetzt den Gang hinunter. Er wusste, dass er möglichst schnell zu seiner Familie gelangen musste. Er hielt die rauchende Uzi im Anschlag, als er durch die letzte dunkle Tür auf der linken Seite schaute und dabei auf jede Bewegung achtete. Es war das Kinderzimmer, und er war froh, dass es leer war. Seiner Frau war es also offenbar gelungen, sie in das Badezimmer neben dem Elternschlafzimmer zu bringen.

Er wollte gerade als Letztes die Gangtoilette hinter ihm überprüfen, als er einen Mann schreien hörte. Bevor er sich umdrehen konnte, sprang eine Gestalt aus dem Badezimmer gegen seinen Rücken und schleuderte ihn gegen die Gangwand.

Arik glitt die Maschinenpistole aus den Händen, als er zu Boden stürzte.

Dom nahm an, dass der Schuss im ersten Stock zumindest einige Männer dort draußen dazu bringen würde, ins Haus einzudringen, aber er wusste nicht, durch welche Tür sie kommen würden. Seine Augen sprangen ständig zwischen dem Kücheneingang und der Eingangstür im Hausgang hin und her. Er war entschlossen, sich dem Feind entgegenzustellen, wusste jedoch noch nicht genau, wie er das anstellen sollte.

Für einige Sekunden war es still, dann gab es einen wilden Schrei und das krachende Geräusch von Männern, die auf dem Gang direkt über ihm aneinandergerieten.

Als Dom zum Wohnzimmer hinüberschaute, flog plötzlich die Haupteingangstür auf, und ein Mann stürzte herein. Dom konnte kaum mehr als seine Umrisse erkennen. Er hatte nicht die Zeit festzustellen, ob er bewaffnet war, aber dieses Risiko wollte er gar nicht erst eingehen. Er holte mit der rechten Hand hoch über seinem Kopf aus und schleuderte das Schälmesser auf den Eindringling. Dabei zielte er auf dessen Gesicht, da er wusste, dass ein solcher Neun-Meter-Wurf die Wucht des Einschlags verringern würde.

Tatsächlich drang die Stahlklinge in den Oberkörper seines Gegners direkt unter dem Schlüsselbein ein. Der Mann taumelte rückwärts durch die Eingangstür. Dom sah gerade noch, wie er zusammenbrach, bevor die federgelagerte Tür wieder zufiel.

In diesem Moment quietschte die Küchentür in seinem Rücken. Dom wirbelte herum und wollte gerade nachsehen, ob sein Angreifer eine Waffe besaß, als eine MP-Salve diese Frage klärte. Dom ließ sich hinter der Kochinsel in der Mitte der Küche auf den Boden fallen und kroch dann über den Boden, wobei er versuchte, die Kücheninsel zwischen sich und dem Mann in der Tür zu halten.

Eine weitere lange Gewehrsalve zeigte ihm, dass der Eindringling immer noch an der Tür stand. Caruso kroch links um die Kochinsel herum und sprang mit dem Messer in seiner Rechten unvermittelt auf. Mit einem einzigen Satz stürzte er sich über mindestens eineinhalb Meter auf den Eindringling, rammte ihm die Klinge bis zum Heft genau zwischen zwei Rippen in die Seite und beförderte ihn mit geballtem Körpereinsatz in die offene Speisekammer neben der Tür, wobei er den Lauf der Uzi mit Hüfte und Armen von sich wegdrückte.

Der Mann schrie vor Schmerz. Als Dom sein Gesicht gegen dessen Nylonmaske drückte, konnte er seine Angst und seinen Schweiß riechen. Er meinte auch, im Stoff seiner Kleidung den Geruch des Meeres zu erkennen. Kurz darauf spürte Dom, wie der muskulöse Körper seines Gegners allmählich erschlaffte, als der Schock eintrat und sein Gehirn nicht mehr mit genügend Blut versorgt wurde. Dom wusste, dass es einige Zeit dauern würde, bis der Blutverlust den maskierten Eindringling töten würde, aber bereits jetzt konnte er ihm die Uzi aus seinen schwächer werdenden Händen ziehen. Da der Angreifer sich die Waffe jedoch um den Hals gehängt hatte, musste sie Dom zuerst von ihrem Gurt lösen. In diesem Moment öffnete sich erneut die Küchentür, die sich nur anderthalb Meter hinter ihm befand. Als er sich umblickte, sah er im Mondlicht die Umrisse eines Mannes. Er hielt eine Uzi im Anschlag und war offensichtlich ziemlich überrascht, unmittelbar rechts von sich eine Zielperson vorzufinden. Er schwenkte seine Waffe in Doms Richtung.

Dom hörte auf, dem Mann, den er erstochen hatte, seine Uzi zu entwinden. Dafür war die Zeit zu knapp. Er griff hinter sich, um etwas zu finden, was er auf den Angreifer werfen konnte. Jetzt zahlte sich sein Training aus. Er hatte Krav Maga in den vergangenen Wochen nicht nur geübt, sondern regelrecht gelebt. Dabei hatte er von Arik gelernt, jedes Werkzeug, das ihm zur Verfügung stand, zur Abwehr einer drohenden Gefahr zu verwenden.

Krav Maga mochte keine attraktive Kampfsportart im klassischen Sinne sein, aber ihre Schönheit lag eben gerade in ihrer kalten Effizienz.

Caruso hoffte, mit der Hand ein Messer zu erwischen. Stattdessen schlossen sich seine Finger um den Rand eines Metalltopfs. Er packte zu, hob ihn hoch, schleuderte ihn durch die Luft und traf tatsächlich die Uzi und die Hand, die sie hielt, sodass der Schütze sein Ziel verlor.

Dom stürzte sich auf den Angreifer, schlug ihm die Faust in den Bauch und versuchte, ihm den Ellbogen ins Gesicht zu rammen. Dieser glitt jedoch ab und verursachte keinen weiteren Schaden.

Der Bewaffnete wollte einen Schritt zurücktreten, damit er seine MP wieder heben konnte, wurde jedoch durch die Kochinsel, die genau in der Mitte der Küche stand, daran gehindert.

Dom verpasste dem Mann einen weiteren Körperhaken. Der zeigte zwar eindeutig Wirkung, aber jetzt gelang es dem Angreifer, um den Rand der Insel herumzukommen und ein Stück zurückzuweichen.

Caruso griff sich ein Nudelholz und schleuderte es auf die Gestalt in der Dunkelheit. Tatsächlich traf es ihn auf der Brust und schleuderte ihn rückwärts auf den Kühlschrank im hinteren Teil der Küche.

Dom wusste, dass er sich nur ein paar Sekunden erkauft hatte, deshalb eilte er jetzt in die Speisekammer zurück, wo immer noch der Mann mit dem Messer zwischen den Rippen lag. Dom packte seine Uzi, drehte sie um, zog den Sterbenden am Gurt um seinen Hals hoch, bis die Waffe etwa auf Hüfthöhe war und ihr Lauf in die Küche hineinzeigte. Er drückte den Abzug. Es begann eine Art flammendes Inferno, als er lange Automatiksalven in Richtung des Bewaffneten am Kühlschrank abfeuerte. Die ausgeworfenen Patronenhülsen prallten von den Konservendosen in der Speisekammer ab, regneten auf Caruso herunter und verbrannten seinen nackten Oberkörper. Trotzdem feuerte er immer weiter. Die letzten beiden Stunden hatte er in fast vollkommener Dunkelheit verbracht. Aus diesem Grund wirkte das Dauerfeuer der kurzläufigen Waffe auf seine Augen, als ob er direkt in die Sonne schauen würde. Da er sein Ziel nicht erkennen konnte, hielt er die Maschinenpistole weiter nach oben, drückte den Abzug und ließ die Kugeln spritzen, bis das Magazin leer war.

Inzwischen war Dom durch das Mündungsfeuer praktisch blind geworden. Er rieb sich mit der freien Hand die Augen und schüttelte den Kopf in dem vergeblichen Versuch, das Klingeln in seinen Ohren zu vertreiben. Es dauerte eine ganze Weile, bis er mit seinen brennenden Augen die Zielperson wahrnahm. Befriedigt stellte er fest, dass der Maskierte rücklings ausgestreckt tot auf dem Boden lag.

Dom wusste, dass er jetzt in den ersten Stock musste, um Arik zu helfen. Er wusste auch, dass er dafür eine geladene Schusswaffe benötigte. Er wollte sich gerade hinknien, um dem ersten Toten seine Uzi abzuschnallen, als ein weiterer Mann durch die Küchentür hereinstürzte.

Dieser Typ trug jedoch keine Sturmhaube, er war glatt rasiert und jung, und seine Augen waren voller Angst und Panik weit geöffnet. Aber er befand sich in Schlagdistanz zu Caruso, der mit dem Rücken zur Kochinsel auf dem Boden kniete.

Dom sprang auf und schlug dem Mann mit seiner freien

Hand direkt in den Magen. Dabei traf seine Faust auf etwas erstaunlich Hartes. Offensichtlich trug der Eindringling einen Munitionsgurt unter seiner Jacke, wahrscheinlich um ihn vor gegnerischer Sicht zu verbergen.

Dom schlug jetzt mit seiner anderen Faust zu, machte denselben Fehler jedoch nicht zum zweiten Mal. Diesmal nahm er sich das Gesicht des jungen Mannes zum Ziel und versetzte ihm einen Kinnhaken, der ihn auf die Kochinsel im Zentrum der kleinen Küche schleuderte.

Dom ging schnell in die Knie, packte die Uzi und jagte dem Mann, der auf der Kochinsel lag, eine Kugel in die Stirn. Die Maschinenpistole bellte in seiner Hand kurz auf, und der ganze Raum wurde durch den Mündungsblitz hell erleuchtet. Danach war alles wieder dunkel und still. Er wollte gerade durch den Hausflur zur Treppe rennen, als er plötzlich haltmachte, sich umdrehte und auf den Toten zurückschaute.

Erst jetzt fiel es ihm auf. Dieser Mann hatte keine Waffe dabei, hatte jedoch etwas Schweres und Festes umgeschnallt.

Warum zum Teufel sollte er einen Gurt voller Uzi-Magazine mit sich herumschleppen, ohne eine Uzi zu haben?

Dom eilte zur Leiche zurück und riss deren Windjacke auf. Plötzlich wich er so heftig zurück, dass er sich die Hüfte an der Kochinsel anschlug.

Der Tote, der da vor ihm im Dämmerlicht lag, trug eine Sprengstoffweste. Lange, dicke Reihen von Sprengladungen waren auf graues Tuch aufgenäht. Lose Drähte verliefen kreuz und quer über die ganze Höllenmaschine.

Caruso ließ einen erstickten Schrei los. »Arik.«

Während Dominic im Erdgeschoss um sein Leben kämpfte, hatte Arik Yacoby im Flur des ersten Stockes genau dasselbe getan. Der Mann, der ihm in den Rücken gesprungen war, war jetzt tot, sein Hals, Kiefer und Schädel waren nur noch eine undefinierbare Masse zerschmetterter Knochen. Auch Yacoby war verletzt, von seinen Lippen und aus seiner Nase troff Blut, aber er verdrängte den Schmerz und die Erschöpfung. Er tastete in der Dunkelheit nach der Uzi, bis er sie fand, packte sie mit der linken Hand und stand auf.

Hinter ihm rief seine Frau auf hebräisch: »Arik! *Neschek!*« *Waffe!*

Yacoby warf sich auf den Gangboden, drehte sich noch während des Fallens um die eigene Achse und landete auf dem Rücken, als ein Feuerstoß aus seinem Schlafzimmer überschallschnelle Geschosse in seine Richtung jagte. Die Kugeln pfiffen über ihn hinweg. Er lag flach auf dem Rücken und hielt die winzige Maschinenpistole so, dass ihre Mündung zwischen seinen nackten Füßen hindurch auf das Ende des Ganges zielte. Er konzentrierte sich dabei auf das Mündungsfeuer seines Gegners. Er feuerte nur gezielte Einzelschüsse und keine automatischen Salven ab, damit er seine Familie nicht gefährdete.

Plötzlich wurde ihm seine eigene Uzi aus der Hand gerissen. Offensichtlich hatte ein Geschoss seines Gegners sie getroffen. Wahrscheinlich war sie jetzt unbrauchbar geworden. Gleichzeitig hatte jedoch auch der Beschuss aus seinem Schlafzimmer aufgehört. Trotz seiner klingelnden Ohren glaubte Arik das unverkennbare Geräusch einer Micro-Uzi zu vernehmen, die auf dem elastischen Holzboden mit einer solchen Wucht aufprallte, dass sie noch mehrmals in die Höhe sprang.

Im Erdgeschoss spielte sich derweil offenbar ein erbittertes Feuergefecht ab. Er hörte eine lange MP-Salve, die Schreie eines Mannes und eindeutige Kampfgeräusche. Im Geist war er jedoch bereits in seinem Schlafzimmer und fragte sich, was er dort vorfinden würde.

Er sprang auf die Füße und rannte los.

Dominic Caruso eilte durch das Wohnzimmer zur Treppe. Als er an der offenen Haustür vorbeikam, schaute er kurz hinaus und erwartete eigentlich, den ersten Mann zu sehen, den er mit seinem Messerwurf außer Gefecht gesetzt hatte. Aber der Boden vor dem Haus war leer. Als Caruso die Treppe erreichte, hielt er an der unwahrscheinlichen Hoffnung fest, dass der Mann, dem er das Messer in die Brust geworfen hatte, nicht gerade ebenfalls die Treppe emporstieg *und* eine Sprengstoffweste trug.

Die Treppe schien jedoch frei zu sein. Dom hastete empor, wobei er drei Stufen auf einmal nahm. »Arik! Bombenweste!«

Yacoby war inzwischen im Schlafzimmer angekommen, wo seine Frau mitten im Raum an einen Stuhl gefesselt war. Ihre zerzausten Haare hingen ihr ins Gesicht. Sie schaute in der Dunkelheit zu ihm hoch.

»Die Kinder verstecken sich im Wäscheschrank. Es geht ihnen gut.« Sie deutete mit dem Kopf auf das Badezimmer.

Arik war erleichtert, dass seine Familie noch lebte. Jetzt musste er jedoch ins Erdgeschoss hinunter, um seinem Schüler zu helfen. Er kniete sich hin, um die Micro-Uzi aufzuheben, die neben dem Toten auf dem Boden lag.

Dabei hörte er hinter sich ein Geräusch. Als er über die Schulter in den halbdunklen Flur zurückschaute, sah er einen jungen, glatt rasierten Mann auf sich zuwanken. Im schwachen Schimmer des Mondlichts, das aus der Badezimmertür in den Gang sickerte, konnte Arik erkennen, dass dem Mann ein Messer in der oberen linken Brust steckte. Trotzdem konnte er sich immer noch bewegen. Arik richtete seine MP auf den Mann.

Von der Treppe am anderen Ende des Ganges hörte er D rufen: »Arik! Bombenweste!«

Yacoby hatte die Brustmitte des Eindringlings als Ziel

gewählt. Eine Sprengstoffweste änderte schlagartig alles. Er visierte so schnell wie möglich den Kopf des Terroristen an und schrie gleichzeitig: »Hanna!«

Dominic hatte beinahe den ersten Stock erreicht, als ihn von oben eine Welle von Licht und Hitze überflutete. Sein Gehirn registrierte die Tatsache, dass er durch die Luft flog. Er fühlte sich einen Augenblick schwerelos, bis ihn ein unglaublicher Lärm überwältigte. Er wusste, dass er nach hinten stürzte. Sein nackter Rücken traf immer wieder auf den hölzernen Stufen auf, während seine Beine irgendwie über ihm schwebten. Plötzlich rollte er rückwärts die Treppe hinunter, bis er durch das hölzerne Treppengeländer krachte und mit dem Hinterkopf auf das Teakholzparkett des Erdgeschosses knallte.

Der Aufprall setzte ihn kurzzeitig außer Gefecht, und er brauchte ein paar Sekunden, bis er wieder wusste, wo er war und was gerade passiert war. Der dichte Rauch ließ ihn husten, und seine Augen brannten, aber er verdrängte den Schmerz und bereitete sich darauf vor, in den Kampf zurückzukehren.

Er blinzelte in die immer dicker werdende schwarze Luft und kämpfte sich wieder auf die Beine. Dann stolperte er zur Treppe zurück, aber seine Beine gaben nach, und er fiel auf die untersten Stufen. Als er sich mit den Armen wieder hochzustemmen versuchte, schaute er nach oben. Der erste Stock stand in hellen Flammen, und über dem Feuer war der Nachthimmel zu erkennen.

Anscheinend war bei dieser Explosion das gesamte Hausdach weggesprengt worden.

Dom zog es erneut den Boden unter den Füßen weg, und er brach ohnmächtig zusammen, während schwarzer Rauch seinen lang ausgestreckten Körper einhüllte.

3

Als Caruso erwachte, wurde er von Schmerzen geschüttelt, und ihm war speiübel. Er brauchte eine gewisse Zeit, sich selbst davon zu überzeugen, dass er nicht verbrannt war.

Er öffnete die Augen, schaute an sich hinunter und merkte, dass er in einem Krankenhausbett lag. Dies war jedoch nicht das erste Mal, dass er wieder das Bewusstsein erlangt hatte, nachdem er in Arik Yacobys brennendem Haus ohnmächtig zusammengebrochen war. Jedes Mal konnte er jedoch nur den Kopf heben, einen kurzen Blick auf den Krankenwagen, den Hospitalflur oder das Zimmer, in dem er lag, erhaschen, bevor sein Kopf wieder zurückfiel und er erneut wegdriftete.

Er wusste nicht einmal, ob einige Stunden oder einige Wochen vergangen waren.

Als seine Sicht etwas klarer wurde, merkte er, dass ein Arzt an seinem Bett stand. Der dunkelhäutige indische Doktor mit grauen Haaren und einem jugendlichen Gesicht trug immer noch einen OP-Kittel. Er fühlte Dom den Puls und legte dazu seine Finger auf Doms linkes Handgelenk, während er auf seine Uhr schaute. Als er fertig war, blickte er Dom ins Gesicht und schien erstaunt, dass sein Patient bei Bewusstsein war.

»Aber hallo, Sir. Ich bin überrascht, Sie bereits wach zu sehen. Eigentlich stehen Sie noch unter Betäubung.«

Für Dom klang der sanfte indische Akzent des Arztes

fast wie Musik, er war sich jedoch nicht sicher, ob das nicht nur ein Effekt der Beruhigungsmittel in seinem Blutkreislauf war.

Der Inder begann eine ganze Liste von Verletzungen aufzuzählen: »Sie haben eine leichte Gehirnerschütterung. Nichts Ernstes, aber Sie werden ein paar Tage mit Kopfschmerzen rechnen müssen. Vielleicht sogar ein paar Wochen.« Er schaute auf sein Klemmbrett hinunter. »Sonst sind es meistens Prellungen und Schnittwunden. Ein paar waren ganz schön groß. Ihren Unterarm mussten wir mit elf Stichen nähen. Wahrscheinlich ein kleiner Bombensplitter, aber er ist glatt durch sie hindurchgegangen, deshalb sind wir uns nicht sicher. Auf ihrer rechten Brust haben Sie eine Einschlagswunde. Es war eine Metallschraube. Wir haben sie herausgeholt. Sie saß nicht sehr tief. Wir haben die Wunde gesäubert, sie dürfte sich eigentlich nicht entzünden, aber Sie sollten auf diese Verletzungen achtgeben. Weitere größere Prellungen gibt es auf …«

Der Patient unterbrach seinen Arzt. »Was ist mit den Yacobys?«

Der Arzt gab ihm keine direkte Antwort. Er trat nur beiseite, und Dominic merkte, dass noch jemand im Zimmer war und mit übereinandergeschlagenen Beinen auf einem billigen Lehnstuhl neben der Tür saß. Es handelte sich um einen Mann mittleren Alters mit nach hinten gegelten schwarzen Haaren und einem dichten Schnurrbart. Er trug einen dunklen Anzug und eine Krawatte.

»Hallo, John.«

Caruso gab keine Antwort.

»John Doe. Das ist doch Ihr Name.« John Doe war im englischen Sprachraum gewöhnlich der Name für einen unbekannten Menschen. Er musterte den Amerikaner mit ausdruckslosem, fast müdem Gesicht. »Außer Sie nennen uns einen anderen. Nicht? Wie wäre es mit John Rambo?«

»Wer sind Sie?«

»Ich bin Kriminalkommissar Naidu.« Er stand auf. »Und ich bin hier, um Ihnen einige Fragen zu stellen.«

»Was ist mit den Yacobys?«

Naidu bewegte den Kopf nach indischer Manier vor und zurück. Die Geste zeugte jedoch nicht von großer Empfindsamkeit. »Sie sind tot.«

Dom schloss die Augen und schüttelte kurz den Kopf. »Nein.«

»Doch«, korrigierte ihn der Kriminalbeamte. »Alle vier. Zusammen mit sieben anderen, die wir dort gefunden haben. Fast ein Dutzend Leichen, und Sie, mein junger amerikanischer Freund, waren der einzige Überlebende.« Er beugte sich mit hochgezogenen Augenbrauen nach vorn. »Ein echtes Wunder, meinen Sie nicht?«

Dominic gab keine Antwort. Seine Gedanken weilten bei den Yacobys.

Dar. Mosche.

»Ein paar Nachbarn haben Sie unter höchster persönlicher Gefahr aus dem brennenden Haus gezogen. Sie haben mich zwar nicht gefragt, wer Sie gerettet hat, aber vielleicht interessiert es Sie ja doch.«

Caruso schaute ins Leere.

Arik. Hanna.

»Wir wissen von den Nachbarn, dass Sie Gast im Haus der Yacobys waren. Sie haben Sie kommen und gehen sehen, aber Sie hatten keinen Ausweis dabei, als man Sie gefunden hat. Sie meinten, dass sie Sie für einen Amerikaner hielten, und aufgrund Ihres Akzents stimme ich ihnen zu. Aber das ist auch alles, was ich habe. Wenn es in diesem Haus etwas gab, Pass, Visum, ein amerikanischer Führerschein, dann ist es natürlich verbrannt.«

Caruso kämpfte gegen die Bilder in seinem Kopf an und unternahm alles, um sie zu vertreiben, so wie er die pochenden Kopfschmerzen zu ignorieren versuchte, die mit jedem Wort aus Naidus Mund schlimmer wurden. Die Wirkung der Betäubungsmittel schien allmählich nachzulassen.

»Ich möchte telefonieren.«

»Und *ich* möchte, dass Sie meine Fragen beantworten. Warum würde jemand Ihren Freund und seine Familie töten wollen? Auf seinem Visum wird sein Beruf als Personal Trainer angegeben. Seine Frau war Yogalehrerin.«

Dom gab keine Antwort. Sein Unterarm brannte inzwischen unter dem Verband wie Feuer.

Naidu hob seine Stimme. »Wir haben das Gewehr gefunden. Wer war dieser Arik Yacoby?«

»Er war Kampfsportausbilder. Das ist alles.«

»Pakistanische Terroristen machen sich gewöhnlich keine solche Mühe, um einen Kampfsportausbilder zu töten.«

»Das waren Pakistanis?«

Naidu schaute Caruso mit echter Überraschung an. »Wir sind hier in Indien. Wer sollte es denn sonst sein?«

Caruso ließ den Kopf aufs Kissen sinken. Dies würde ein feindliches Verhör werden. Und dazu war Dom nicht in der Stimmung. »Ich habe keine Ahnung. Ich bin kein Kriminalkommissar. Wenn ich Sie wäre, würde ich mir mal den Milchlieferwagen anschauen, der am Ende der Straße parkt.«

»Das habe ich bereits getan«, erwiderte Naidu. »Wir suchen nach der Frau, die ihn gewöhnlich fährt. Sie hat das Dorf verlassen, aber wir werden sie finden.«

Caruso schaute sich im ganzen Krankenhauszimmer um und sagte: »Hier drin ist sie bestimmt nicht.«

»Sie sind für mich viel interessanter als diese Frau.«

Dom schloss die Augen. »Dann sind Ihre Ermittlungen meiner Meinung nach bereits jetzt im Arsch.«

Naidu ignorierte die Beleidigung und schaute stattdessen auf seinen Notizblock. »Wir sollten keine Zeit mit diesen Spielchen vergeuden. Wir wissen, dass Yacoby früher in den israelischen Streitkräften gedient hat. Wenn er tatsächlich noch mehr war, müssen Sie mir das sagen.«

»Was meinen Sie mit *noch mehr?*«

»War er ein jüdischer Spion?«

Dom kämpfte gegen das Verlangen an, Naidu wild zu beschimpfen. Stattdessen sagte er: »Ich möchte jemand anrufen. Ich werde nichts mehr sagen, bevor man mir das nicht erlaubt.«

Naidus Unterkiefer spannte sich an. Dann sagte er ganz langsam: »Wollen Sie denn nicht herausfinden, wer für den Tod Ihrer Freunde verantwortlich ist?«

Der Mann im Bett rührte sich nicht.

»Sie zeigen keinerlei Respekt für unsere Ermittlungen, aber vielleicht sollten Sie das. Sie sind kein Verdächtiger. Wir wissen, dass Sie gegen die Angreifer gekämpft haben. Das Blut eines Mannes, den wir in der Küche gefunden haben, klebte im buchstäblichen Sinn an Ihren Händen. Ich werde Sie deswegen nicht wegen Mordes anklagen. Das freut Sie vielleicht zu hören.«

Dom verdrehte die Augen. Im Moment waren ihm die Konsequenzen, die das Ganze für ihn selbst hatte, herzlich egal.

»Ich möchte nur, dass Sie mir helfen zu verstehen, warum sie es auf Arik Yacoby abgesehen hatten.«

»Da kann ich Ihnen nicht helfen. Das weiß ich nicht.«

Naidu seufzte. »Pakistanische Terroristen. Die Gefahr eines Atomkriegs. Ein neuer Konflikt mit China. Verbrechen. Korruption. Krankheiten. Glauben Sie nicht, dass mein Land nicht auch ohne bewaffnete Juden, die sich bei uns niederlassen und neue Feinde ins Land bringen, bereits genug Probleme hat?«

»Bekomme ich jetzt mein Telefongespräch, oder wollen Sie einen internationalen Zwischenfall provozieren, wenn ich von hier weggehe?«

»Sie bekommen Ihr Telefongespräch, wenn ich das sage. Und Sie gehen von hier weg, wenn ich das sage.«

»Behandeln Sie die Gäste in Ihrem Land immer mit solcher Wärme und Freundlichkeit?«

Naidu lachte. »Ich bin nicht vom Touristenbüro, Mr. John Doe. Vielleicht können Sie dort einen Elefantenritt vereinbaren, wenn Sie aus dem Gefängnis entlassen werden, aber ich bin jetzt hier, um von Ihnen Informationen zu erhalten.«

Gefängnis? Naidu versuchte, ihn einzuschüchtern. Dom wusste so ziemlich alles, was es über Verhörtechniken zu wissen gab. Immerhin war er vom FBI ausgebildet worden. Er merkte, dass dem Imponiergehabe dieses Kriminalkommissars die Substanz fehlte. Er bellte vielleicht, aber Dom spürte, dass er nicht zubeißen würde.

Er gönnte ihm ein schwaches Lächeln. »Ich kann es in Ihrer Stimme hören. Sie bluffen. Sie haben gar nicht die Autorität, um etwas gegen mich zu unternehmen.«

Naidu war der Wind aus den Segeln genommen. Obwohl er sein Kinn weiterhin reckte und eine feste Stimme zu bewahren versuchte, bemerkte Dom die Schwäche in seinen Augen. Nach einem längeren Anstarrwettbewerb gab Naidu auf. »Ich würde Sie gerne hierbehalten. Sie würden schließlich doch noch den Mund öffnen. Das können Sie mir glauben. Aber jemand hält sie für wichtig. Aus den Vereinigten Staaten ist ein Flugzeug eingetroffen. Meine Vorgesetzten haben mir befohlen, Sie dorthin zu bringen, sobald Sie transportfähig sind.«

Als er das hörte, schob Caruso seine Decke beiseite und streckte seine Beine über den Rand des Bettes. Als er sich aufzusetzen versuchte und dafür seine Bauchmuskeln anspannte, durchfuhr ihn ein ungeheurer Schmerz. Es fühlte sich an, als ob alle seine Rippen gebrochen oder zumindest schwer geprellt wären.

Er ließ sich zurück aufs Bett fallen.

Der Kriminalkommissar konnte ein kleines Lächeln nicht unterdrücken, als er die Qualen des jungen Amerikaners bemerkte. Er stand auf und ging zur Tür. Dort drehte er sich noch einmal um, wobei sich unter seinem dichten Schnurrbart immer noch ein Lächeln verbarg.

»Verzeihen Sie mir, John Doe. In dieser Situation muss ich eben mit solchen kleinen Freuden vorliebnehmen.«

4

Ethan Ross kam fast jeden Montag zu spät zur Arbeit, und auch heute war keine Ausnahme. Er würde es zwar nie offen zugeben, aber etwas zu spät zur Arbeit zu erscheinen war durchaus Absicht. Pünktlichkeit wäre für ihn unter der Würde seiner Amtsstellung gewesen. Außerdem war diese chronische Verspätung seine ganz eigene harmlose, passiv-aggressive Art, gegen die starren Regeln seiner Organisation zu protestieren.

Er hatte also auch an diesem Morgen wieder etwas verschlafen. Dabei hatte er die Nacht nicht daheim in Georgetown, sondern in der Wohnung seiner Freundin in Bethesda zugebracht. Am Abend hatten sich er und Eve in einer Bar ein Basketballspiel der L.A.-Lakers angeschaut, das hier an der Ostküste erst nach dreiundzwanzig Uhr zu Ende war. Danach gönnten sie sich noch eine letzte Runde, aus der dann doch insgesamt drei wurden.

Um eins waren sie dann endlich im Bett gelandet und erst gegen zwei eingeschlafen, nachdem Ethans amouröses Verlangen zuvor über die fünf Greyhound-Cocktails dieses Abends gesiegt hatte. Eigentlich hatte er vorgehabt, in seinem eigenen Haus zu übernachten, aber nach dem Sex wollte er nur noch zu seiner Seite des Bettes hinüberrollen und bis zum Morgen durchschlafen.

Um Viertel nach acht wachte Ethan plötzlich auf, als eine panische, schrille Stimme seinen Namen rief.

»Ethan!« Es war Eve. Als er ganz langsam die Augen öffnete, schaute er direkt auf ihren Wecker, den sie ihm dicht vors Gesicht hielt.

»Immer mit der Ruhe«, sagte er, aber sie war bereits auf dem Weg in ihr Badezimmer. Im Gegensatz zu ihm legte sie großen Wert auf Pünktlichkeit.

Einige Minuten später saß er bereits in seinem roten Mercedes-Coupé, stellte die Musik laut und fuhr nach Süden in sein Stadthaus in der 34th Street NW, wo er sich erst einmal eine lange, erfrischende Dusche gönnte. Danach nahm er sich alle Zeit der Welt, um seine blonden Haare mit einer modellierenden Haarpaste zu stylen. Er kleidete sich an und stellte sich vor seinen Ganzkörperspiegel, um den perfekten Sitz seines grauen, glänzenden Sharkskin-Anzugs von Ralph-Lauren zu überprüfen. Zufrieden, dass seine lilafarbene Pünktchen-Krawatte gut zum Sharkskin-Stoff passte, zog er ein Paar kirschfarbene Lederslipper an und musterte sich ein letztes Mal vor dem Spiegel.

Um neun schlenderte er die Eingangsstufen seines Reihenhauses hinunter, ohne sich allzu sehr zu beeilen, stieg wieder in seinen noch warmen Mercedes, ließ die Musik dröhnen und machte sich zu seiner Arbeitsstelle auf.

Der Verkehr auf der Wisconsin Avenue war nicht weiter schlimm. Das erste Problem an diesem Tag war jedoch der Stau auf der Pennsylvania Avenue. Während er wie im Schneckentempo vorwärts kroch, sang er den Song mit, der aus seiner Blaupunkt-Stereoanlage schallte. Neil Youngs Album *On the Beach* aus dem Jahr 1974 wäre für die meisten Zweiunddreißigjährigen vielleicht eine seltsame Musikauswahl gewesen, aber Ross war damit aufgewachsen. »Revolutionsmusik« hatte es seine Mutter genannt. Ethan war jedoch der Widerspruch durchaus bewusst, solche Anti-Establishment-Lieder mitzusingen, während er in einem Luxusschlitten zu seinem Regierungsjob unterwegs war.

Aber irgendwie war das vielleicht ganz folgerichtig. Ethan hielt sich immer noch für eine Art Rebell, der jetzt nur eine realistischere Weltsicht besaß.

Tatsächlich hatte er seine alten Alben seit dem Feierabend am Freitag angehört, zuerst allein und später mit Eve. Eigentlich mochte sie die nicht besonders, aber sie hatte sich nicht beklagt, und er hätte darauf auch keine Rücksicht genommen. Eve war ein brillantes, aber hoffnungslos unterwürfiges koreastämmiges Mädchen, das sogar über Glassplitter laufen würde, wenn er ihr das befahl. Manchmal wollte Ethan am Wochenende von siebzehn Uhr am Freitag bis neun Uhr am Montagmorgen einfach nur völlig abschalten. In dieser ganzen Zeit ging er nicht ans Telefon, schaute nicht auf sein iPad und schaltete nicht einmal den Fernseher ein. Er tat das zwar nicht sehr oft, aber es gab eben Zeiten, wo ihm sein Job fürchterlich auf den Geist ging: die endlosen, langweiligen Besprechungen und Konferenzschaltungen, die Essen mit Leuten, mit denen er eigentlich nicht essen wollte, oder die Reisen mit Leuten, mit denen er eigentlich nicht verreisen wollte. Die letzten Monate waren auf genau diese Weise verlaufen. Seine Arbeit frustrierte ihn und störte sein wohlgepflegtes Selbstverständnis als einflussreicher Entscheidungsträger in Washington. Nur wenn er sich von diesem Job entgiftete und sich mit der Musik seiner Kindheit impfte, erholte er sich so weit, dass er am Montag wieder zur Arbeit gehen konnte.

Eve beschwerte sich nicht. Ethan war sich sicher, dass sie einfach nur glücklich war, ihn zwei volle Tage ganz für sich zu haben.

Er überprüfte noch einmal seine Frisur im Rückspiegel, drehte Neil Young noch etwas lauter und sang aus vollem Hals mit, wobei es keine Rolle spielte, ob er die richtige Tonart traf. Dies war im Moment die einzige vernünftige ungefährliche Methode, gegen die Mächtigen in diesem Land anzukämpfen.

Ethan Ross erzählte den Leuten gerne, dass er im Weißen Haus arbeitete. Das stimmte zwar, aber nur mit einer gewissen Einschränkung. Sein Büro befand sich im Dwight D. Eisenhower Executive Office Building, einem Bürogebäude, das direkt neben dem West Wing stand. Das Eisenhower EOB beherbergte viele Büros von Leuten, die für das Weiße Haus arbeiteten, gehörte jedoch im eigentlichen Sinne nicht zum Weißen Haus.

Die West-Wing-Leute grenzten sich von den Eisenhower-Building-Leuten ab, indem sie behaupteten, sie würden »innerhalb des Tors« und die EOB-Leute »außerhalb des Tors« arbeiten. Ross selbst konnte da keinen Unterschied erkennen. Für jeden, der ihn fragte, oder auch für jeden, der ihm zuhören wollte, war er ein Mitarbeiter des Weißen Hauses. Punktum.

Er war seit drei Jahren und unter zwei Präsidenten als Stellvertretender Abteilungsleiter für den Nahen Osten und Nordafrika des Nationalen Sicherheitsrats (NSC) tätig. Er bereitete Strategiepapiere und politische Berichte für den Präsidenten vor. Zumindest koordinierte er die Zusammenstellung solcher Politikberichte für den Nationalen Sicherheitsberater, der darüber entschied, ob der Präsident eine Zusammenfassung dieser Berichte erhalten sollte. Diese Berichte beruhten auf den Erkenntnissen des Außenministeriums, der Geheimdienste sowie einer ganzen Reihe heimischer und ausländischer Denkfabriken und wissenschaftlicher Institutionen. Er selbst beschrieb seinen Job folgendermaßen: Es war seine Aufgabe, dem US-Präsidenten die besten verfügbaren Informationen zu verschaffen, damit dieser eine geeignete Politik festlegen konnte.

Tatsächlich bestand sein Job nach eigener Einschätzung jedoch darin, eine Menge Papierkram zu erledigen, während andere die wichtigen Entscheidungen trafen.

Ethan arbeitete eng mit den Geheimdiensten zusammen. Er erhielt Informationen von einem Großteil der sechzehn Dienste, die sich mit seiner Region der Welt befassten. Dazu gehörten neben der CIA das National Reconnaissance Office, die National Geospatial-Intelligence Agency, das Bureau of Intelligence and Research des US-Außenministeriums und manchmal sogar die Militärgeheimdienste. Seine Aufgabe war es, alle diese Berichte zu koordinieren. Er fällte zwar selbst keine Entscheidungen, aber er hatte seinen Finger ständig am Puls des Geschehens in seiner Region.

Für jemand in seinem Alter war es eigentlich eine recht gehobene Position. Für Ross selbst war sie jedoch weit unter seiner Würde. Als er seinen Posten im Alter von neunundzwanzig Jahren übernahm, hatte er ihn als zumindest annehmbar empfunden. Aber jetzt, zwei Wochen vor seinem dreiunddreißigsten Geburtstag, klagte er jeden einzelnen Tag darüber, dass er immer noch nicht zu den eigentlichen Entscheidungsträgern aufgestiegen war. Seine Arbeit empfand er nicht länger als Herausforderung. Ethan hielt sich für klug genug, um sie mit gebremstem Schaum zu erledigen. Genau das machte er jetzt bereits seit einiger Zeit.

Er hoffte, schon bald einen besseren Job zu bekommen. Nicht beim NSC, denn der war für ihn nur ein Platzhalter gewesen. Stattdessen wollte er für die US-Delegation bei den Vereinten Nationen arbeiten. Tatsächlich war er für ein solches Leben als hochrangiger Vertreter in einer internationalen Organisation prädestiniert. Sein Vater hatte zweiundzwanzig Jahre für die UN gearbeitet, bevor er als Professor für Internationale Beziehungen an Universitäten im Ausland und daheim in Georgetown tätig war. Seine Mutter hatte zu Zeiten Präsident Carters als Unterstaatssekretärin bei der US-Gesandtschaft bei den Vereinten Nationen gedient und war später unter Präsident Clinton Botschafterin in Jordanien gewesen, bevor sie selbst einen Lehrstuhl in Georgetown übernahm und zu einer Bestsellerautorin politischer Biografien wurde.

Wie an jedem Werktag stellte Ethan seinen roten E-Klasse-Mercedes in einem Parkhaus ab, das einen Block vom Eisenhower Building entfernt war, und wie an jedem Werktag wurde er wütend, als er auf seinem Weg ins EOB die vielen freien Parkplätze sah. Seine Position war nicht hoch genug, um ihm die Berechtigung für einen reservierten Amtsparkplatz zu verschaffen. Dieses Privileg blieb den etwa zwei Dutzend hochrangigsten Beamten vorbehalten.

Als er durch das Sicherheitstor an der 17th Street ging, zog er seinen Dienstausweis aus der Anzugjacke. Dass er ziemlich spät dran war, wurde jetzt zum Vorteil, da die Schlange vor der Sicherheitsschleuse nur noch kurz war. Nach weniger als einer Minute verließ er das triste graue Vorgebäude und stieg die Eingangsstufen des Hauptgebäudes hinauf.

Das Eisenhower EOB war früher als State, War and Navy Building bekannt, weil darin das Außen-, das Kriegs- und das Marineministerium untergebracht waren. Als Amerika am Ende des 19. und Anfang des 20. Jahrhunderts zu einer Weltmacht aufstieg, liefen hier alle Fäden der Außenpolitik zusammen. Das Gebäude wurde am Ende des 19. Jahrhunderts in dem prächtigen französischen Baustil errichtet, der als Zweites Empire bekannt war. Die Gesamtbauzeit betrug beachtliche siebzehn Jahre. Die kunstvollen symmetrischen Eisengitter, Balustraden und Gesimse sollten die Dauerhaftigkeit und Bedeutung der amerikanischen Stellung in der Welt verdeutlichen. Noch heute hatten viele Leute das Gefühl, dass dieser riesige

Bau in mancherlei Hinsicht das benachbarte Weiße Haus in den Schatten stellte.

Ethan war von der Architektur seiner Arbeitsstätte jedoch nicht so beeindruckt wie viele andere, vor allem deshalb, weil das Eisenhower Building nicht mehr wie früher das Machtzentrum war, schon gar nicht, wenn man es mit seinem Nachbarn in der Pennsylvania Avenue 1600 verglich.

Um genau neun Uhr neununddreißig betrat er sein kleines Büro im zweiten Stock des NSC-Flügels, hängte seinen Mantel auf den Kleiderbügel und runzelte die Stirn. Seine Sekretärin Angela hatte offensichtlich seinen Kaffee vergessen, einen Venti Mocha von Starbucks, den sie gewöhnlich auf dem Weg zur Arbeit besorgte und neben das Telefon auf seinen Schreibtisch stellte.

Angela musste da sein, jedenfalls hatte er im Vorzimmer ihre Strickjacke gesehen, die sie über die Lehne ihres Stuhls gehängt hatte. Trotzdem war sein Kaffee nirgends zu finden.

Ross seufzte. *Du hattest einen guten Job, Angie, aber den hast du jetzt an diesem tristen Montagmorgen verloren.*

Kurz darauf hörte er, wie sich jemand im Vorzimmer bewegte. Er setzte sich an seinen Schreibtisch und rief: »Angie?«

Einen Augenblick später erschien seine fünfundvierzigjährige Sekretärin in der Tür. »Gott sei Dank, Sie sind da.«

In einem Ton, der seine Missbilligung ausdrücken sollte, sagte er spitz: »Haben Sie meinen Kaffee vergessen?«

»Nein, Sir. Den habe ich Ihnen in den Konferenzsaal gestellt. Dort wartet jeder auf Sie.«

Ethan warf einen Blick auf seinen Terminplan für diesen Vormittag, der vor ihm auf dem Schreibtisch lag. Er hatte Angst, ein anberaumtes Treffen vergessen zu haben. Normalerweise fanden die nicht so früh am Montag statt. Aber sein Terminplan bestätigte, dass es da nichts gab. »Ich habe erst um halb elf einen Termin und der ist außer Haus.«

»Es hieß, man hätte heute Morgen alle angerufen, deshalb nahm ich an, Sie hätten die Nachricht erhalten.«

Ethan hatte trotz der lauten Musik in seinem Wagen das Telefon klingeln hören, aber er hatte den Anruf weggedrückt, ohne auf die Anruferkennung zu schauen. Schließlich schallte gerade Neil Young aus dem Lautsprecher, und als die letzten rauen Akkorde des »Ambulance Blues« verklangen, bog er gerade ins Parkhaus ein und hatte den Anruf vergessen.

»Was ist los?«

»Ich weiß es nicht, aber es muss etwas Wichtiges sein. Alle sollten um genau neun Uhr dreißig im Konferenzsaal erscheinen.«

Ethan schaute auf die Uhr. Es war bereits neun Uhr vierzig.

Er ließ noch einmal einen tiefen Seufzer hören und machte sich zum Konferenzsaal auf.

5

Als Ethan durch die offenen Doppeltüren den NSC-Konferenzsaal betrat, richteten sich alle Augen auf ihn. Der U-förmige Tisch war voll besetzt. Wer keinen Platz gefunden hatte, stand entlang der Wand. Da Ethan wusste, dass an diesen Tisch sechzehn Leute passten, schätzte er, dass im Moment fünfundzwanzig NSC-Mitarbeiter anwesend waren.

Sein Venti Mocha stand tatsächlich auf der Tischplatte, aber vor ihm saß Walter Pak aus der Süd- und Zentralasien-Abteilung. Ross brachte nicht den Mut auf, sich durch die Menge hindurchzukämpfen, um sein Getränk zu holen, schon gar nicht, da ihn im Moment alle anschauten.

Als er sich ein freies Plätzchen an der Wand suchte, musterte er in aller Eile die Gesichter der Anwesenden in dem Versuch, dadurch den Grund für die Dringlichkeitssitzung an diesem Vormittag zu erraten.

Er erkannte die Abteilungsleiter aller anderen Regionen und deren Stellvertreter: Europa, Russland und Eurasien, Asien, Südasien, Zentralafrika und selbst die der westlichen Hemisphäre. Um was es auch immer gehen mochte, es schien jedenfalls ein Problem größeren Ausmaßes zu sein. Ross musste lächeln, als ihm die Frage einfiel, ob die NASA etwa den bevorstehenden Angriff von Außerirdischen angekündigt hatte.

Er bemerkte auch einige Männer und Frauen aus der

IT-Abteilung. Dies war jedoch nicht gar so außergewöhnlich, da sie oft an Konferenzen teilnahmen, wenn es um die Zugangsberechtigung und Nutzung der Computernetzwerke ging.

Als er einen geeigneten Platz an der Wand gefunden hatte und sich im ganzen Raum umschaute, fiel ihm an der Stirnseite des Konferenzsaals jemand auf, den er definitiv noch nie gesehen hatte. Es handelte sich um einen athletischen Mann von Ende dreißig in einem dunkelblauen Anzug. Direkt vor ihm standen Madeline Crossman und Henry Delvecchio nebeneinander am Rednerpult und hatten offensichtlich gerade ein paar Worte an die Teilnehmer gerichtet.

So wenig Ethan diesen Anzugtypen kannte, so gut kannte er Delvecchio und Crossman.

Delvecchio war Leiter der Abteilung für Regionalangelegenheiten und damit der Vorgesetzte von ihnen allen. Er arbeitete direkt für den Nationalen Sicherheitsberater, was ihn zu einem der wichtigsten Männer des NSC machte.

Crossman war dagegen nach Ethans Einschätzung eher ein Leichtgewicht. Alle Befürchtungen, dass es sich hier um etwas Wichtiges handeln könnte, waren in dem Moment verflogen, als er Maddy Crossman am Rednerpult stehen sah. Sie war ihre Sicherheits- und Kontrollbeauftragte und musste sicherstellen, dass alle Mitarbeiter ihre Anforderungsformulare korrekt ausfüllten und beispielsweise ihre Schlüsselkarten nicht unbeaufsichtigt auf dem Schreibtisch liegen ließen, wenn sie einmal auf die Toilette mussten.

Ethan winkte Crossman und Delvecchio entschuldigend zu und sagte: »Tut mir leid, Leute. Eine Autopanne.«

Henry Delvecchio nickte ihm verständnisvoll zu und richtete sich dann wieder an alle Anwesenden: »Ich möchte mich noch einmal entschuldigen, dass ich Sie so kurzfristig herkommen ließ, aber wir haben es hier mit einer Angelegenheit zu tun, die Ihre ganze Aufmerksamkeit erfordert. Ich gehe davon aus, dass Sie alle bereits von den Ereignissen in Indien von letzter Nacht gehört haben.«

Ethan betrachtete die Gesichter der anderen. Überall bemerkte er ein zustimmendes Nicken.

Ethan Ross hatte dagegen keine Ahnung, was da in Indien passiert war. Plötzlich fühlte er sich wieder wie in seiner Zeit als Studienanfänger, wenn er mit einem schrecklichen Kater zu spät im Seminar aufgetaucht war und herausfand, dass er gleich einen unangekündigten Test über ein Thema schreiben sollte, das ihm völlig fremd war.

Was Ross betraf, gab es jedoch auch eine gute Nachricht. Er hatte mit dieser ganzen Sache nichts zu tun, denn Indien fiel nicht in seinen Zuständigkeitsbereich.

Instinktiv schaute er zu Joy Bennett hinüber, der stellvertretenden Abteilungsleiterin für Indien. Das war ihre Ecke. Ein wenig Schadenfreude konnte er sich bei diesem Gedanken nicht verkneifen. Er hatte noch nie viel von Bennett gehalten.

Mal schauen, wie sie auf den Staub reagiert, der jetzt vielleicht aufgewirbelt wird.

Trotzdem fand er es seltsam, dass Joy Bennett seinen Blick erwiderte.

Delvecchio setzte jetzt seine Ausführungen fort: »Der Angriff auf diese jüdische Familie an der Malabarküste war das erste Eindringen von Terroristen nach Indien auf dem Seeweg seit den Massakern durch diese pakistanischen Terroristen vor zwei Jahren. Zwar war die Zahl der Opfer dieses Mal weit geringer, aber das hatte wohl einen ganz bestimmten Grund. Vermutlich handelte es sich hier nicht um einen Anschlag, der möglichst viele Menschen töten sollte, sondern um die gezielte Tötung eines israelischen Staatsbürgers mit wichtigen Verbindungen zu den Spezialkräften seines Landes.«

Im ganzen Saal waren nach diesem Satz Überraschungslaute zu hören.

»In den Nachrichten wurde noch nicht gemeldet, dass die Täter eine gemischte Gruppe aus palästinensischen *Fedajin* und jemenitischen Dschihadisten waren, was so erstaunlich wie beunruhigend ist.«

Jetzt gingen in Ross' Kopf die Alarmglocken los. Israel, Palästinenser, Dschihadisten, Attentat. *Lieber Gott.* Dass er das ganze vergangene Wochenende ohne Telefon und Computer verbracht hatte, erschien ihm jetzt nicht mehr als ganz so gute Idee. Das war sogar ziemlich dämlich gewesen, und Ross hielt sich selbst für alles andere als dumm.

Verfluchte Scheiße!

Delvecchio schaute Ethans Chef, den Abteilungsleiter für den Nahen Osten, an, und der wiederum drehte sich zu Ethan um.

Ross räusperte sich, nickte langsam und nachdenklich und extemporierte dann eine Antwort, die völlig substanzlos war, aber gar nicht einmal schlecht klang: »Im Moment untersuchen wir diese Angelegenheit näher.«

»Wollen Sie von sich aus noch etwas hinzufügen?«

Ross schaute versonnen in die Ferne, was wohl den Eindruck von Nachdenken vermitteln sollte. Dann schüttelte er langsam den Kopf.

Delvecchio warf ihm einen Rettungsring zu: »Sie hatten bisher wohl noch gar nicht die Gelegenheit, den CIA-Bericht zu lesen. Langley hat ihn uns erst vor einer halben Stunde übermittelt.«

»Ich wollte ihn gerade aufrufen, als ich hörte, dass wir ein Treffen haben.«

Delvecchio fasste den Inhalt des Berichtes in aller Kürze

zusammen: »Etwa ein Dutzend Tote auf indischem Staatsgebiet. Sieben Angreifer. Drei Angreifer trugen Sprengstoffwesten. Eine Weste explodierte. Das Ganze wäre auch dann interessant, wenn die Opfer nur einfache israelische Staatsbürger im Ausland gewesen wären. Aber ein Opfer war Oberst Arik Yacoby, ein ehemaliger Offizier der israelischen Streitkräfte.«

Der stellvertretende Leiter der Abteilung für Terrorbekämpfungsstrategien meldete sich zu Wort: »Henry, es gibt Tausende von ehemaligen israelischen Offizieren. Wahrscheinlich halten sich auch zu jedem Zeitpunkt Tausende von ihnen außerhalb Israels auf. Bei allem Respekt vor dem Toten, was ist an diesem früheren Oberst so verdammt interessant?«

Delvecchio beantwortete diese Frage sofort: »Oberst Yacoby war früher Kommandeur einer israelischen Marinekommandoeinheit.« Er schaute auf das Papier, das vor ihm auf dem Rednerpult lag. »Die Schajetet 13.«

Der Antiterrormann nickte nachdenklich. »Ich verstehe.«

»Die meisten von Ihnen erinnern sich bestimmt noch an den Angriff auf die türkische Friedensflottille vor der Küste von Gaza vor vier Jahren«, fuhr Delvecchio fort. »Schajetet 13 war die Einheit, die damals diesen türkischen Frachter, die *Ardahan,* enterte. Laut CIA führte Oberst Yacoby dieses Enterkommando an. Wie Sie sich erinnern, wurden dabei neun Palästinenser, darunter drei Kampfkommandeure der Al-Kassam-Brigaden, getötet.« Delvecchio machte eine kleine Pause, um diese Information einsinken zu lassen, und fügte schließlich hinzu: »Die CIA glaubt nun, dass genau diese Organisation den Angriff in Indien an diesem Wochenende inszeniert hat.«

Während er einige Papiere auf seinem Rednerpult ordnete, fragte ihn der stellvertretende Leiter der Abteilung für Terrorbekämpfungsstrategien: »Woher weiß die CIA eigentlich, dass Yacoby an dieser israelischen Aktion gegen das türkische Schiff teilgenommen hat?«

»Unsere Freunde hatten einen bezahlten Informanten an Bord der *Ardahan*. Dieser Agent gab wichtige Informationen über die Sicherheitsmaßnahmen auf diesem Schiff an seinen Agentenführer weiter. Nachdem er sich hier mit dem NSC beraten hatte, entschloss sich unser Präsident, die CIA anzuweisen, diese Informationen an die Israelis weiterzugeben. Darauf trafen sich CIA-Agenten mit Mitgliedern des Schajetet-Kommandos, einschließlich Oberst Yacoby, in Tel Aviv. Nach diesem Treffen gelangte dessen Name in die Datenbank der CIA. Nach dem Angriff der Schajetet 13 auf die Friedensflottille erstellte die CIA einen Einsatzbericht für den internen Gebrauch.« Delvecchio machte eine Pause. »Oberst Yacobys Name wurde in diesen Einsatzbericht aufgenommen.« Nach einer weiteren Pause fügte er hinzu: »Irrtümlich.«

Jemand – Ross glaubte, es war Pak von der Abteilung für Süd- und Zentralasien – sagte: »Das war ein verhängnisvoller Irrtum.«

»In der Tat!«, bestätigte Delvecchio. »Man hätte ihn weglassen oder zumindest verschlüsseln müssen. Aber es war nicht unsere Akte, wir sind dafür nicht verantwortlich.« Hastig fügte er hinzu: »Nicht dass das für Oberst Yacoby und seine Familie irgendeinen Unterschied machen würde.«

Jetzt war wieder die Sicherheits- und Kontrollbeauftragte Madeline Crossman an der Reihe: »Wir haben die ernsthafte Befürchtung, dass die palästinensischen Terroristen Mr. Yacobys Namen aus diesem CIA-Bericht erfahren haben könnten.«

In diesem Moment meldete sich Beth Morris, die stellvertretende Leiterin der Abteilung für die westliche

Hemisphäre, zu Wort: »Entschuldigen Sie, Henry, Madeline. Gibt es hier eine Verbindung zum NSC, die ich nicht verstehe?«

Henry Delvecchio nickte. »Beth, wir haben Grund zu der Annahme, dass es hier einen Geheimnisbruch durch einen Insider gegeben hat.«

Im ganzen Raum war jetzt ungläubiges Gemurmel zu hören.

Als es sich wieder gelegt hatte, sprach Delvecchio weiter: »Die komplette CIA-Akte über die *Ardahan,* einschließlich des Namens des Einsatzführers der Schajetet 13, wurde vor vier Monaten hier im NSC-Computernetzwerk aufgerufen. Die Dateien wurden kopiert und in eine Filesharing-Sektion des Servers verschoben. Vermutlich wurden sie von dort heruntergeladen oder ausgedruckt.«

»Und *wer* hat sie aufgerufen?«, fragte Morris.

»Das wissen wir nicht«, erwiderte Crossman. »Es handelte sich um insgesamt fünfundvierzig Dokumente, die als geheim oder sogar noch höher eingestuft waren. Wer immer diese Dateien verschoben hat, konnte den elektronischen Fingerabdruck dieses Geheimnisbruches verschleiern.«

Morris' Stimme wurde jetzt vor Empörung ganz schrill: »Und Sie glauben, dass einer von uns diese Dateien gestohlen und sie den Al-Kassam-Brigaden übermittelt hat?«

»Beth, hier hat es zweifellos ein abnormales Verhalten gegeben«, antwortete Crossman. »Das ist das Einzige, was wir im Moment sicher wissen. Jetzt müssen wir schauen, ob hier eine verbrecherische Handlung vorliegt, oder ob wir das ausschließen können.«

Morris schaute zu den IT-Leuten hinüber, die fast alle zusammensaßen. »Es muss jemand gewesen sein, der wusste, wie man diesen elektronischen Fingerabdruck unterdrückt, was immer das auch sein mag.«

Die gesamte IT-Abteilung zuckte bei dieser Bemerkung zusammen, aber sie waren im Allgemeinen doch ruhiger als die Mitglieder der Regionalabteilungen. Einer von ihnen fragte: »Wurden diese Dateien vom JWICS heruntergeladen?« JWICS war das Joint Worldwide Intelligence Communications System, eine Art Internet für die amerikanischen Geheimdienste.

»Ja, das stimmt«, bestätigte Crossman. »Um genau zu sein, wurden diese Dateien auf Intelink-TS aufgerufen.« Dies war ein streng geheimes Netzwerk, das über das JWICS lief.

»Wie viele Leute hatten Zugang zu diesen TS-Dateien?«

»Wenn man die entsprechenden NSC-Mitarbeiter und IT-Administratoren zusammenzählt und dann noch die Mitarbeiter von außenstehenden Vertragsfirmen hinzunimmt, die sowohl Zugang zu den TS-Dateien als auch zu den NSC-Terminals haben: insgesamt vierunddreißig.«

Ethan Ross ließ den Blick durch den ganzen Konferenzsaal schweifen. Während er die Anwesenden zählte, meldete sich erneut Beth Morris zu Wort.

»Sind alle, die diese Daten aufgerufen haben könnten, heute hier?«

»Tatsächlich sind einunddreißig von ihnen hier. Ein Systemadministrator hat sich heute krankgemeldet, und zwei sind in Urlaub. Einer ist auf einer Auslandsreise. Ich muss wohl keinem hier erzählen, dass wir diesen Geheimnisbruch unglaublich ernst nehmen. Umso mehr, als dieser Geheimnisverrat womöglich einigen Menschen das Leben gekostet hat.«

Jetzt erhob sich im ganzen Raum ein allgemeines Gemurmel.

Pak, der stellvertretende Abteilungsleiter für Asien, fragte: »Wissen wir denn überhaupt, ob *unser* Datenleck das alles verursacht hat? Wie können wir wissen, ob es nicht auch bei den Israelis eine solche undichte Stelle gegeben hat, oder ob Terroristen die Informationen über Yacoby nicht auf irgendeine andere Weise bekommen haben?«

»Nein, wir wissen tatsächlich nicht, ob unser Leck zu diesen Todesfällen in Indien geführt hat«, erwiderte Delvecchio. »Aber es sieht nicht gut aus. Eine weitere Datei in diesem Cache war ein Ergebnisbericht der Beteiligung der CIA an dieser israelischen Kommandoaktion, der erst im letzten Jahr erstellt wurde. In dieser Datei wird Yacoby zwar nicht namentlich erwähnt, aber dort steht, dass der Schajetet-Oberst, der die Enteraktion befehligte, inzwischen im Ruhestand ist und im indischen Paravur lebt.«

Ein Zuhörer im Saal schüttelte ungläubig den Kopf. »Warum nimmt man so etwas in diese Akte auf?«

»Anscheinend hatte der National Clandestine Service der CIA einen Trainingsvertrag mit dem pensionierten Oberst. Er war so eine Art Kampfsportler. In der Datei heißt es, man könne ihn ansprechen, ob er zu diesem Ergebnisbericht beitragen wolle, was man dann jedoch nicht getan hat.« Delvecchio räusperte sich. »Die zwei Puzzleteile, die die Palästinenser für das gestrige Attentat brauchten, den Namen dieses Mannes und seinen Aufenthaltsort, befanden sich beide in den Dateien, die heruntergeladen wurden. Tatsächlich wissen wir nicht, wie die Palästinenser an diese Informationen gelangt sind, aber wir haben den Präsidenten informiert, und der hat entschieden, den israelischen Ministerpräsidenten von diesem Geheimnisbruch in Kenntnis zu setzen, deshalb müssen wir sofort Antworten finden.«

Jetzt meldete sich Ethan Ross zu Wort. »Henry, Sie können sich sicher sein, dass meine Abteilung eine vollständige Sicherheitsüberprüfung durchführen wird. Ich bin überzeugt, dass die anderen Abteilungen dasselbe machen werden.«

Crossman ergriff das Wort, bevor Delvecchio etwas erwidern konnte. »Das wird nicht nötig sein.«

»Aber das ist Vorschrift«, sagte Ethan.

»Es *ist* Vorschrift, aber bei einer solch delikaten Angelegenheit, bei der die Möglichkeit eines Informationslecks auf höchster Ebene besteht, wird das Justizministerium diese Sicherheitsüberprüfung durchführen. Dies alles geht weit über die Abteilungsleiterebene hinaus, Ethan.«

Wieder war im ganzen Raum ein gewisser Schock zu spüren. Überall waren empörte Kommentare zu hören.

Ein IT-Spezialist murmelte etwas über das antiquierte Computersystem und dessen mangelnden Schutz gegen Insiderattacken. Ein weiterer Systemadministrator versuchte, technische Fragen über diesen Datenklau zu stellen, aber Crossman ließ ihn mit der Bemerkung ins Leere laufen, dass die laufenden Ermittlungen ihr keine Beantwortung solcher spezifischen Punkte erlaubten.

Inzwischen wurde das Protestgemurmel im Konferenzsaal immer lauter, und weder Henry Delvecchio noch Madeline Crossman schienen die Lage noch unter Kontrolle zu haben. Der sportliche Mann im dunkelblauen Anzug, der bisher schweigend hinter ihnen gestanden hatte, trat jetzt zum Rednerpult vor. Ethan fiel besonders seine Clark-Kent-Frisur und der kräftige Körperbau auf, der einem Bodybuilder alle Ehre gemacht hätte.

Plötzlich murmelte Ethan vor sich hin: »Oh, Shit. Ein FBI-Mann.«

Beth Morris fragte ihn in einem beinahe verächtlichen Ton: »Wer sind Sie denn?«

»Leitender Spezialagent Darren Albright, Counterintelligence Division beim FBI.«

»Von der CID? Der Spionageabwehr-Abteilung des FBI? O mein Gott«, murmelte Morris. »Wir werden hier wie Verbrecher behandelt.«

Albright schüttelte ruhig den Kopf. Seine Stimme war leise, aber eindringlich, wie die eines Mannes, der auch in einer solchen Situation Nachsicht walten lässt, obwohl er das eigentlich gar nicht tun müsste. »Nein, Ma'am. Sie werden hier nicht wie Verbrecher behandelt, glauben Sie mir.« Er ließ den Blick durch den ganzen Konferenzsaal wandern. »Verbrecher behandeln wir ganz anders. Ich arbeite nur mit Direktor Delvecchio zusammen, um die Lügendetektortests, für die wir uns entschieden haben, auf eine Weise zu organisieren, die Ihre wichtige Arbeit hier möglichst wenig stört.«

Morris schnaubte zornig. »Wenn Sie uns nicht wie Verbrecher behandeln, wie nennen Sie es dann, wenn Sie uns vor die Lügendetektoren des FBI schleppen?«

Albright antwortete höflich, ohne jedoch zu lächeln. Ross hielt ihn sowieso nicht für den lächelnden Typ. »Ich würde es die Art und Weise nennen, wie wir vom FBI Verdächtige behandeln. Verbrechern legen wir Handschellen an und bringen sie ins Gefängnis.«

Nach dieser Bemerkung brach ein wütender Tumult los. Beth Morris protestierte dabei am lautesten. Albright unterhielt sich leise mit Madeline Crossman, aber Ethan Ross konnte doch hören, dass er nach Beth Morris' Namen fragte. Ross war nicht weiter überrascht, dass Crossman ihm diesen mit einem spöttischen Grinsen nannte. Immerhin betrachtete sich Beth ständig als Interessenvertreterin aller Amtsmitarbeiter.

»Mrs. Morris«, sagte Albright. »Entschuldigen Sie diese Bemerkung, aber anscheinend haben Sie große Bedenken, was diese Lügendetektortests angeht. Möchten Sie mir nach diesem Treffen etwas unter vier Augen sagen?«

Beth funkelte Albright und Crossman wütend an. Schließlich sagte sie: »Ich habe keinerlei Probleme, noch einen solchen Test abzulegen. Wir alle müssen ab und zu zur Sicherheitsüberprüfung erscheinen, um unsere

Geheimhaltungsfreigabe zu erhalten. Ich bin nur nicht damit einverstanden, dass sich hier das FBI einmischt. Der NSC hat seine eigenen Sicherheitsvorschriften.«

Albright lächelte Beth Morris an, wandte sich dann jedoch an den ganzen Saal. »Beachten Sie mich einfach nicht, Leute. Ich werde mich in den nächsten Tagen ein wenig umsehen, aber Sie werden gar nicht merken, dass ich da bin. Sie machen einfach Ihren Lügendetektortest, und dann können Sie zu Ihrer normalen Arbeit zurückkehren.« Nach einer kleinen Pause fügte er hinzu: »Fast alle, natürlich. Die Person, die für diesen Geheimnisverrat verantwortlich ist, wird mir ein paar Fragen beantworten müssen.«

Bald darauf war das Treffen zu Ende. Ethan kehrte in sein Büro zurück und ging dabei ohne einen Blick oder ein Wort an seiner erstaunten Sekretärin vorbei. Er setzte sich sofort an den Computer, rief sich den CIA-Bericht über diesen Terrorüberfall in Indien auf und las ihn mehrere Minuten lang immer wieder durch.

Zwanzig Minuten später kam er erneut an seiner Sekretärin vorbei, als er sein Büro verließ. Er hatte seinen Mantel an, und an seiner Hand baumelten seine Autoschlüssel, obwohl es bis zu seinem Wagen zehn Minuten Fußweg war.

Er bemerkte, dass Angie ihn überrascht anschaute. Immerhin war es erst halb elf und selbst in Washington etwas früh fürs Mittagessen.

»Ich habe ein Treffen um zehn Uhr dreißig und muss mich deshalb etwas beeilen. Ich treffe mich zu einem Kaffee mit einem Konsularbeamten am Dupont Circle. Wenn jemand anruft, sagen Sie ihm, ich rufe später zurück.«

6

Dominic Caruso traf in einem Krankenwagen auf dem Cochin International Airport in Kochi ein. Es war mitten in der Nacht, und auf der Zufahrtsstraße und dem Gelände des Flughafens herrschte nur wenig Verkehr. Dies war der indischen Regierung genauso recht wie den Leuten, die das Flugzeug geschickt hatten, ihn abzuholen.

Unterwegs hatte man Dom mit Handschellen an seine Trage angekettet. Er nahm an, dass er dies Kriminalkommissar Naidu zu verdanken hatte. Es war wohl ein letzter Ausdruck der Wut dieses Polizisten, dem seine Vorgesetzten befohlen hatten, seinen einzigen Zeugen eines Terrorattentats gehen zu lassen, ohne ihn zuvor richtig verhören zu können.

Persönlich hielt Dom von Naidu nicht allzu viel. Er war zumindest ein Arschloch und vielleicht sogar ein Antisemit. Trotzdem konnte Dom die Frustration des indischen Polizeikommissars verstehen, seinen Zeugen auf diese Weise zu verlieren. Dom hatte ja selbst als FBI-Agent gearbeitet, und zumindest auf dem Papier war er offiziell immer noch beim FBI. Wenn er selbst an Naidus Stelle gewesen wäre und einen wichtigen Fall zu untersuchen hätte und ihm dann irgendwelche schattenhaften, mächtigen Vorgesetzten befohlen hätten, den einzigen Augenzeugen sofort außer Landes zu lassen, wäre er genauso sauer gewesen. Vielleicht hätte er dann sein Missfallen auch durch eine solche kleine »Ungelegenheit« ausgedrückt, die er Dominic jetzt als eine Art »Abschiedsgeschenk« bereitete.

Dom rasselte ein wenig mit seiner Handschelle, ließ dann jedoch den Arm wieder auf seine Trage zurückfallen.

Der Krankenwagen hielt an, und Dom wurde quer über ein heißes Flugvorfeld gerollt, das in gleißendes Scheinwerferlicht getaucht war. Er konnte das leise Heulen von Jet-Turbinen hören, und er glaubte, Marke und Modell des Flugzeugs zu kennen, das ihn jetzt nach Hause bringen würde, auch wenn er sich nicht ganz sicher war.

Bald darauf hörte er Stimmen, aber aus seiner liegenden Position konnte er nicht feststellen, zu wem sie gehörten und was sie sagten. Ein Polizist nahm ihm die Handschelle ab. Er spürte, dass sich jemand von hinten näherte.

Eine attraktive Blondine, die ihr Haar zu einem festen Dutt gebunden hatte, beugte sich über ihn. Dom war erleichtert, Adara Sherman, die Transportdirektorin seiner Organisation, zu sehen. Er hatte sofort das Gefühl, dass seine Leidenszeit hier in Indien zu Ende war.

Adara sprach ihn nicht direkt an, aber das war für ihn keine Überraschung. Dom kannte Adara jetzt seit mehr als zwei Jahren und wusste, dass sie zwar freundlich war, aber zu jeder Zeit geschäftsmäßigen Abstand wahrte. Ihr Chef, Gerry Hendley, hatte Dom und die anderen Junggesellen des Campus gewarnt, dass sie Adara auf keinen Fall anbaggern sollten. Trotzdem hatten Dom und seine Kameraden zumindest gelegentlich versucht, ein freundschaftliches Verhältnis zu ihr herzustellen. Aber wann immer sie sie auf eine spielerische und kumpelhafte Weise dazu bringen wollten, etwas lockerer zu werden, trafen ihre Bemühungen auf professionelle Zurückhaltung.

Adara Sherman musterte Dom, als ob sie überprüfen wollte, dass es sich um das richtige Gepäckstück handelte. Sie nickte den beiden Sanitätern und den zwei Polizisten kurz zu und sagte: »Bringen Sie ihn bitte ins Flugzeug. Im hinteren Teil habe ich ein Sofa als Krankenbett vorbereitet.«

»Jawohl, Ma'am«, erwiderte ein Sanitäter.

Dom wollte sich aufsetzen, aber Adara legte ihm die Hand fest auf die Schulter und drückte ihn wieder nach unten, ohne ein Wort zu sagen. Er wusste, dass er hätte aufstehen und selbst an Bord des Flugzeugs gehen können. Es hätte zwar wehgetan, aber er hätte dies trotzdem vorgezogen. Aber er kam gar nicht erst auf die Idee, sich Adara Sherman zu widersetzen.

Zweifellos hielten sie diese Inder nur für die attraktive Stewardess dieses noblen Firmenjets, aber Dom wusste etwas, was diese Jungs nicht wissen konnten.

Er wusste, wo er hinschauen musste, um auf ihrem blauen Blazer die schwachen Umrisse einer 9 mm SIG Sauer zu erkennen, die sie in ihrem Hüftholster trug. Und er wusste auch, dass sie eine HK MP7-Maschinenpistole in einem Geheimfach aufbewahrte, das sich hinter der Kabinenwand gegenüber der Flugzeugtür befand. Sie war darauf trainiert, jeden Angreifer in diesem Flugzeug mit diesen Waffen in weniger als drei Sekunden zu bekämpfen.

Sherman war also nicht nur Flugbegleiterin und Transportkoordinatorin. Es war wirklich besser, sich ihren Anweisungen nicht zu widersetzen.

Adara trat beiseite, und Dom spürte, wie die Trage emporgehoben und die Gangway der Gulfstream G550 der Firma Hendley Associates hinaufgetragen wurde.

Die Sanitäter legten ihn auf das Sofa. Dabei gingen sie nicht gerade sanft mit ihm um. Seinen Brustkorb durchzuckten bei jedem Stoß und jeder Wendung höllische

Schmerzen. Sie ließen seine Beine zur Seite herunterhängen und verließen das Flugzeug, nicht ohne sich zuvor kurz die wunderschöne sündteure Einrichtung genauer angeschaut zu haben. Dom bemerkte, dass auch ein Polizeibeamter an Bord gekommen war und jetzt noch kurz zurückblieb.

Nachdem die Sanitäter verschwunden waren, beugte sich der Inder über den Amerikaner und sagte: »Naidu möchte, dass Sie ihn irgendwann mal anrufen, wenn Sie nähere Informationen haben.«

Dom zuckte die Achseln. Dabei spürte er wieder einmal seine geprellten Rippen. »Sie können ihm sagen, dass ich mich für seine Gastfreundschaft herzlich bedanke.« Danach drehte er sich weg. Der Polizist verließ die Maschine direkt hinter den Sanitätern und wechselte auf dem Vorfeld noch ein paar Worte mit Sherman. Dom kämpfte sich zu einer sitzenden Stellung empor. Dabei ächzte und stöhnte er wegen der stechenden Schmerzen in seinen Rippen und dem dumpfen Pochen in seinem Kopf. Trotzdem gelang es ihm, aufzustehen und sich auf den Weg zur Kombüse im vorderen Teil des Flugzeugs zu machen.

Er brauchte einen Drink.

Er hatte gerade die Hälfte der Strecke zurückgelegt, als Sherman die Maschine bestieg. Als sie ihn so stehen sah, deutete sie auf das Sofabett: »Sie legen sich bitte sofort wieder hin.«

»Kann ich mir nicht schnell …«

»Nein, Sie können nicht. Zurück aufs Sofa! Ich kümmere mich um alles, wenn wir in der Luft sind. Jetzt müssen wir endlich starten.«

Dom kehrte zögernd zu seiner Couch zurück. Dort merkte er, dass ihm das Hinsetzen weit mehr Probleme bereitete als das Aufstehen. Sherman war sofort an seiner Seite, um ihm zu helfen. Dann hob sie auch noch seine Beine aufs Sofa und legte eine Decke darüber.

Er stieß einen langen Seufzer der Erleichterung aus. Mit hochgelegten Beinen ließ der Schmerz in seinen Rippen tatsächlich nach.

»Danke.«

Sie gab keine Antwort. Stattdessen schnallte sie ihn an, ging schnell zur Flugzeugtür hinüber, schloss sie und besprach sich kurz mit dem Piloten und Kopiloten. Eine Minute später setzte sich die Maschine in Bewegung, und Adara kehrte in die Kabine zurück, um auf dem Klappsitz neben der Tür den Gurt anzulegen.

Während Dom auf seinem Sofa auf den Start wartete, fiel ihm ein, dass er nicht zum ersten Mal mit einer Verletzung auf genau diesem Sofa angeschnallt war. Vor ein paar Jahren hatte man in Pakistan auf ihn geschossen, und der lange Heimflug mit seinen Schusswunden war nicht gerade angenehm gewesen.

Dieses Mal waren seine Verletzungen zwar bei Weitem nicht so schwer, trotzdem gab es einen großen Unterschied. Damals war die Stimmung fast euphorisch gewesen, da er und seine Teamkameraden gerade eine Atomexplosion verhindert hatten. Seine Wunden waren ihm als vergleichsweise kleiner Preis für den Erfolg dieser Operation erschienen.

Dieses Mal flog er in dem Wissen nach Hause, dass eine vierköpfige Familie, die er richtig lieb gewonnen hatte, einen entsetzlichen Tod gestorben war. Er hatte das Gefühl, dass er jede seiner Aktionen und Reaktionen bei diesem Kampf noch eine ganze Weile hinterfragen würde.

Nach dem Start nahm die Gulfstream Kurs nach Osten in Richtung des Golfs von Bengalen. Ihre Flugroute würde sie über Thailand und Taiwan und danach quer über den Pazifik zur Westküste der Vereinigten Staaten führen. In San Diego würden sie einen Tankstopp einlegen, um danach zur Heimatbasis der Maschine in Baltimore weiterzufliegen, wo sie sechzehn Stunden nach dem Abflug von Kochi ankommen würden.

Fünf Minuten nach dem Start kehrte Adara zu Dominic zurück, der sich immer noch wie ein Gepäckstück fühlte. Im Versuch, dieses Bild aus seinem Kopf zu verdrängen, entschied er sich, sie um einen Drink zu bitten.

»Adara, ich könnte einen guten Bourbon mit Eis vertragen.«

Sie kniete sich neben das Sofa, schnallte ihm den Sicherheitsgurt ab und knöpfte sein Hemd auf. »Tut mir leid. Das wird warten müssen. Im Moment brauchen Sie weniger eine Stewardess als eine Sanitäterin. Ich werde Sie jetzt untersuchen und feststellen, was wir daheim in Washington mit Ihnen anstellen müssen. Ich habe mir von dem indischen Krankenhaus Ihre Röntgenaufnahmen und den Krankenbericht per E-Mail schicken lassen und habe sie mir während des Starts angeschaut. Es ist nichts gebrochen. Ich möchte mir trotzdem die Prellungen auf Ihrer Brust anschauen.«

Dominic reagierte mit kaum verhohlener Wut. »Mir geht es gut, Sherman. Ich habe einen ganzen Tag in diesem Krankenhaus zugebracht und bin dort nach allen Regeln der Kunst untersucht worden.«

»Aber nicht von mir.«

»Alles, was ich brauche, ist ein Drink und dass man mich in Ruhe lässt.«

Aber Adara Sherman gab nicht nach. »Wenn Sie sich unbedingt wie ein Arschloch aufführen wollen, werde ich nur etwas länger brauchen, bis ich weiß, was ich unternehmen muss.« Sie machte eine Pause, und ihr Ton wurde etwas sanfter. »Das hier ist mein Job, Dominic. Jetzt seien Sie ein braver Junge und lassen Sie mich Sie untersuchen.«

Dom merkte, dass er einfach nur seinen Frust an Adara

abließ. Er setzte sich langsam so weit auf, dass sie ihm das Hemd ausziehen konnte.

»Tut mir leid. Es waren ein paar harte Tage.«

Sie betrachtete seinen geprellten Oberkörper. Die ganze rechte Seite seines Brustkorbs war schwarz und blau. »Ja, das sehe ich. Wie ist das passiert?«

»Ich bin die Treppe runtergefallen. Auf dem Weg nach unten muss ich irgendwo aufgeschlagen sein.«

Sie zwang sich ein kleines Lächeln ab. »Wie kommen Sie denn darauf?«

Nachdem sie den Verband auf seiner Brust entfernt und die Einschlagswunde gesäubert und desinfiziert hatte, tat sie dasselbe mit seinem bandagierten Unterarm. Danach reinigte sie einige kleinere Schnittwunden und Kratzer auf seiner Brust mit einem Antiseptikum.

»Vertrauen Sie diesen indischen Ärzten nicht?«

»Doch, das tue ich. Aber eines habe ich in Afghanistan gelernt. Wunden können nie sauber genug sein.«

Dom wusste, dass sie Sanitäterin bei der Navy gewesen war, was in ihrem Fall nicht bedeutete, dass sie auf einem Schiff irgendwelche Mittel gegen Seekrankheit ausgegeben hatte. Sie hatte sowohl im Irak als auch in Afghanistan gedient und US-Marines versorgt, wobei sie oft selber unter Beschuss lag. Dom hatte in seinen Jahren beim Campus eine Menge gesehen, aber er hielt es durchaus für möglich, wenn nicht sogar wahrscheinlich, dass diese attraktive »Flugbegleiterin« noch weit mehr gesehen hatte.

»Denken Sie immer noch daran? An den Krieg?«, fragte Dom.

Er war sich fast sicher, nur eine Art professioneller Scheinantwort zu erhalten. Stattdessen hörte sie einen Moment auf, seine Wunden zu säubern. Der Wattebausch blieb ein paar Sekunden lang nur wenige Millimeter über dem beschädigten Fleisch auf seiner Brust bewegungslos stehen.

Sie schaute ihm in die Augen. »Nur jeden Tag.«

Sofort danach wendete sie sich ab. Er merkte, dass sie sich selbst dafür tadelte, für einen Moment ihre professionelle Distanz aufgegeben zu haben. Sie fing wieder an, die Abschürfungen zu säubern, ohne ein weiteres Wort zu sagen.

Von Zeit zu Zeit zuckte er vor Schmerz zusammen, aber meist saß er nur ruhig da.

Als sie ihn untersucht und seine Wunden gesäubert und neu verbunden hatte, holte sie Schmerztabletten und eine Flasche Mineralwasser.

»Nein danke«, sagte Dom.

»Haben Sie keine Schmerzen?«

»Nur Kopfweh, aber nicht so schlimm.«

Sie hielt ihm noch einmal die Tabletten hin, aber er schüttelte erneut den Kopf. »Ich muss nachdenken. Mit denen kann ich das nicht.«

»Wie wär's, wenn ich Ihnen diesen Drink mache?«

Zum ersten Mal in den letzten vierundzwanzig Stunden musste er lächeln, wenn auch nur schwach. »Wenn Sie darauf bestehen.«

Zehn Minuten später huschte Adara durch die abgedunkelte Kabine und beugte sich über Dominic, der es sich jetzt auf einem Ledersessel im hinteren Teil der Kabine bequem gemacht hatte. Sie leuchtete ihm mit dem Licht eines Satellitentelefons ins Gesicht und erwartete eigentlich, dass er tief und fest schlief. Stattdessen standen seine dunklen Augen weit offen, als er zu ihr hinaufschaute.

Sie hielt ihm das Telefon hin. »Es ist Mr. Hendley.«

Dom nahm das Telefon und schaute kurz auf einer Uhr neben dem Sessel nach der Zeit. »He, Gerry.«

Gerry Hendley war sowohl Direktor von Hendley Associates, der Finanzmanagementfirma, die als Tarnung für den Campus diente, als auch des Campus selbst. Der frühere Senator von South Carolina hatte immer noch einen starken Südstaatenakzent. »Wie geht es Ihnen, Dominic?«

»Ich bin mir sicher, dass Ms. Sherman Ihnen bereits meine sämtlichen Verletzungen aufgezählt hat.«

»Hat sie. Aber ich frage *Sie.*«

»Ich fühle mich, als ob mich ein Bus überfahren hätte, aber das wird schon wieder.« Er machte eine Pause. »Haben Sie schon irgendwelche Informationen über die Hintergründe dieses Anschlags?«

»Ich hatte angenommen, dass Sie das im Moment am meisten interessiert, deshalb habe ich einige Erkundigungen angestellt. Leider haben die bisher nicht viel ergeben. Ich habe mit ein paar Freunden in Langley gesprochen. Wir wissen wenigstens, dass die Terroristen Mitglieder der Al-Kassam-Brigaden waren. Sie sind vor fünf Tagen aus dem Jemen mit einem Fischerboot aufgebrochen und haben dann einen indischen Frachter gekapert, um damit unbehelligt in die indischen Gewässer eindringen zu können.«

Dom lehnte sich in seinen Ledersessel zurück und schloss die Augen. »Al-Kassam? Also die Scheiß-Hamas.«

»Richtig.«

»Wissen wir, warum sie es ausgerechnet auf Yacoby abgesehen hatten?«

»Nein, aber ich habe zu meinen Quellen hier in den Staaten und im Ausland Kontakt aufgenommen, um eine Antwort zu bekommen«, antwortete Gerry. »Bisher weiß ich nur, dass Yacoby bis vor Kurzem als Kommandeur in der Schajetet 13 gedient hat.«

»Er war Mitglied einer israelischen Marine-Kommandoeinheit? Das erklärt einen Großteil des Trainings, das ich bei ihm absolvieren musste.« Ihm fiel etwas ein. »Al-Kassam ist doch die Armee der Hamas. Das sind mehr oder weniger konventionelle Kämpfer. Seit wann benutzen die Sprengstoffwesten?«

»Noch nie. Angesichts der Tatsache, dass ihre Operation im Jemen begann, halten wir es für möglich, dass die Typen mit den Westen zu Al-Qaida gehörten.«

»Yacoby war ein einzelner Mann, der mit seiner Familie im Ausland lebte, also im Wesentlichen ein weiches Ziel. Warum sollte Al-Kassam neben ihren bewaffneten Kämpfern noch Selbstmordattentäter einsetzen?«

»Darüber gibt es eine Menge Spekulationen. Eine Theorie, die mir ganz plausibel erscheint, geht davon aus, dass sie zuerst Yacoby ermorden und danach in der Synagoge oder irgendwo sonst, wo sich die Juden in dieser Gemeinde versammeln, Geiseln nehmen wollten. Die Al-Qaida-Leute mit den Westen sollten sich dann selbst in die Luft sprengen und dabei möglichst viele Juden mit in den Tod nehmen, während die Palästinenser unbeschadet die Flucht ergreifen würden.«

Dom nickte. »Das würde den gezielten Mordanschlag tarnen.«

»Genau. Es würde so aussehen, als ob Arik und seine Familie in einen dschihadistischen Angriff auf die Juden in dieser Gegend geraten wären und nicht gezielt von diesen Typen aus Gaza umgebracht würden.«

Dom dachte einen Moment lang darüber nach. »Könnten sie mit diesem Anschein von Zufälligkeit eventuell denjenigen schützen wollen, der ihnen die Information über Yacoby und seinen Aufenthaltsort übermittelt hat?«

»Möglicherweise. Ich weiß es nicht. Wir sollten es mit den Spekulationen nicht übertreiben.«

»Guter Punkt.« Dom zupfte an dem Verband an seinem Arm und sagte: »Die wichtigere Frage ist doch, *wie* sie überhaupt von Yacoby erfahren haben.«

»Das ist bisher unbekannt«, erwiderte Gerry. »Ich

frage mich, ob die Israelis einen Verräter in ihren Reihen haben.«

»Shit«, murmelte Dom. Nach einer kurzen Pause fuhr er fort: »Wissen Sie was, Gerry? Ich hätte nur noch zwei Sekunden gebraucht, um den Hinterkopf des Selbstmordattentäters ins Visier zu bekommen. Ich hätte ihren Tod verhindern können.«

»So dürfen Sie nicht denken. Ich weiß, dass Sie gute Arbeit geleistet haben. Die Inder haben uns berichtet, dass Sie mehrere Angreifer getötet haben.«

Dom hörte überhaupt nicht zu. In Gedanken befand er sich wieder auf der Farm der Yacobys. »Arik hatte zwei kleine Söhne.«

»Ich weiß, mein Lieber. Ich weiß.«

»Wenn ich nur etwas schneller die Treppe hinaufgestiegen wäre, hätte ich vielleicht …«

Hendleys Südstaaten-Singsang schallte jetzt regelrecht aus dem Satellitentelefon heraus. »Sie wären vielleicht mit den anderen in Stücke gerissen worden! Hören Sie, Dom. Ich kann Ihnen nicht sagen, wie Sie darüber hinwegkommen. Das weiß ich leider nicht.« Nach einer Pause sagte er: »Sie haben das doch schon einmal durchgemacht.«

Das hatte Dom tatsächlich. Sein Zwillingsbruder Brian, der ebenfalls als Außenagent für den Campus gearbeitet hatte, war vor mehr als zwei Jahren in seinen Armen gestorben. Dom wusste, dass er sich seit dem Tod seines Bruders sehr verändert hatte, und er fürchtete, nicht unbedingt zum Besseren.

»Sie meinen mit Brian?«

»Ja. Ich war derjenige, der Sie und Ihren Bruder nach Libyen geschickt hat. Das belastet mich jeden Tag.«

Dom antwortete darauf ohne jeden Groll, denn er hatte Gerry für das, was damals passiert war, noch nie die Schuld gegeben. »Sie trafen damals die richtige Entscheidung. Was wir dort taten, musste getan werden. Brian hat einfach nur Pech gehabt.«

»So wie Arik Yacoby und seine Familie. Für die können Sie überhaupt nichts mehr tun. Es hat keinen Sinn, diese Nacht für den Rest Ihres Lebens immer wieder im Kopf durchzuspielen.«

»Jawohl, Sir.« Caruso zwang sich, die Gedanken an diese tote Familie in Indien aus seinem Kopf zu verdrängen. »Was für eine Auswirkung hat das Ganze auf den Campus?«

»Schwer zu sagen. Wir wissen nicht, woher Al-Kassam von Yacoby wusste, deshalb können wir die Gefahr Ihrer Enttarnung noch nicht abschätzen.«

Dom wusste, was Hendley dachte. »Bevor Sie nicht genau wissen, wie die Informationen über ihn und seinen Aufenthaltsort in die falschen Hände gelangt sind, können Sie auch nicht wissen, ob ich nicht ebenfalls aufgeflogen bin. Bis dahin muss ich mich vom Campus und von den anderen Jungs fernhalten.«

»Das sollte nicht allzu schwer sein«, erwiderte Gerry. »Der Rest des Teams ist gerade über die ganze Welt verstreut. Ich lasse alle dort, wo sie gerade sind, aber Sie nehmen sich eine kleine Auszeit. Lassen Sie es einfach eine Zeit lang ruhig angehen.«

Dom kicherte in sein Satellitentelefon hinein, aber in Wirklichkeit war ihm nicht zum Lachen zumute. »Ich war bereits zuvor in einer Art Wartestand. Jetzt erklären Sie mir, dass ich mich vom Acker machen soll.«

»Nein, ich erkläre Ihnen, dass Sie sich erholen sollen. Ms. Sherman hat mir erzählt, dass es einige Zeit dauern wird, bis Sie wieder völlig gesund sind. In der Zwischenzeit wird sich diese Sache abkühlen. Ich kann die Piloten anweisen, Sie hinzubringen, wohin immer Sie wollen. Soll Adara für Sie ein Urlaubshotel irgendwo in den Rocky Mountains finden? Oder ein Strandhaus auf

Hawaii? Irgendeinen Ort, wo Sie sich entspannen können, bis sich der Sturm verzogen hat.«

»Ehrlich gesagt, Gerry, möchte ich einfach nur nach Hause, nach Washington.«

»Verständlich. Ruhen Sie sich aus. Adara wird sich um Sie kümmern.«

7

Harlan Banfield war Zeitungsjournalist. Er übte diesen Beruf seit mehr als vierzig Jahren aus, was man ihm auch ansah. Er war klein und wirkte mit seinen ständig verstrubbelten silbergrauen Haaren immer etwas schlampig. Seine hellgrauen Augen strahlten jedoch eine gewisse Freundlichkeit und Empathie aus, selbst wenn er mit ihnen einen Politiker fixierte, mit dem er ein Interview führte, um ihn hinterher in einem beißenden Artikel herunterzumachen.

Harlans Tag hatte auf einem Morgentreffen einer Vereinigung von Auslandskorrespondenten in College Park, Maryland, begonnen. Er war selbst lange Zeit Auslandskorrespondent gewesen und hatte aus solchen weit entfernten Orten wie Ho-Chi-Minh-Stadt oder Montevideo berichtet. Obwohl er sich seit ein paar Jahren fest in der Gegend von Washington niedergelassen hatte, kam er immer noch gern zu einem monatlichen Frühstück mit anderen gegenwärtigen und früheren Weltenbummler-Reportern zusammen.

Das Treffen war um elf Uhr zu Ende. Harlan stieg in seinen neun Jahre alten Volkswagen und fuhr in sein Einraumbüro in einem Hochhaus in der K Street, das mitten im sogenannten »Goldenen Dreieck« der amerikanischen Hauptstadt lag. Den Rest des Vormittags wollte er mehrere Telefongespräche führen, bevor er sich zum Lunch mit einigen alten Kollegen von der *Washington Post* treffen würde. Banfield hatte in den Siebzigerjahren als Lokalreporter für den *Philadelphia Inquirer* begonnen. In den Achtzigern arbeitete er in New York für UPS, bevor er Auslandskorrespondent für die renommierte *Washington Post* wurde. Er berichtete hauptsächlich aus Europa und dem Nahen Osten. Da er ein ausgezeichneter Journalist und zudem alleinstehend war, schickte man ihn jedoch zwanzig Jahre lang in alle Brennpunkte dieser Welt, bis er nach Washington zurückkehrte, um seine Karriere im Büro der *Post* in der 15th Street zu beenden.

Banfield war jetzt sechsundsechzig Jahre alt, aber immer noch nicht im Ruhestand. Er arbeitete weiterhin als freier Journalist in Washington und verfasste hauptsächlich Artikel für verschiedene elektronische Medien. In seiner Freizeit führte er einen Blog, in dem er äußerst kritisch die Lobbyisten in Washington aufs Korn nahm, was ihm in den politischen Kreisen der Hauptstadt ein wenig Aufmerksamkeit einbrachte.

Trotzdem war das alles mehr oder weniger Fassade. In Wahrheit war Banfield viel mehr als ein Journalist. Er war der US-amerikanische Verbindungsmann einer Organisation, die sich selbst International Transparency Project nannte. Die Website des ITP drückte dessen Mission kurz und bündig aus und stellte die Gruppe als ein lockeres weltweites Konsortium von Philanthropen, Journalisten, Anwälten und Aktivisten dar, die für ein offenes und transparentes Regierungshandeln eintraten. Um dies zu gewährleisten, suchten, unterstützten, finanzierten und schützten sie alle möglichen Informanten und Whistleblower.

Die Homepage der ITP-Website zeigte einen Sonnenaufgang über Washington, über dem in Fettdruck der Satz: »Wahrheit gegen Macht« stand. Im Übrigen war es bezeichnend, dass sich auf dieser Homepage ein Bild der Stadt befand. Obwohl die Organisation angeblich Gesetzesübertretungen von Regierungen in jedem Land der Welt aufdecken wollte, konzentrierte das ITP den Großteil seiner Bemühungen auf das, was es für das »Reich des Bösen« hielt, nämlich die Vereinigten Staaten von Amerika.

Banfield hasste Amerika nicht, obwohl ihm bewusst war, dass einige seiner ausländischen ITP-Kollegen dies durchaus taten. Banfield liebte nur eine gute Story, und nichts verschaffte ihm einen größeren Kick, als streng gehütete Geheimnisse zu enthüllen. Das Durchsickern von Geheimnissen auf höchster Ebene war schon immer die gängige Währung im Umfeld von Washington gewesen, und Harlan Banfield war nur allzu gern die geheime Vermittlungsstelle für die größten und wichtigsten Enthüllungen in der amerikanischen Hauptstadt.

Banfield war der Ansicht, dass es in den Vereinigten Staaten eine Art »Untergrundstaat« gab, eine Schattenregierung aus reichen und gut vernetzten Industriellen und Bankern, die hinter den Kulissen die wahre Macht ausübten. In seiner Arbeit als US-Repräsentant des ITP sah er für sich die Chance, die oberflächlichen Geheimnisebenen der US-Regierung abzuschälen, in der Hoffnung, irgendwann tief genug zu schürfen, um die Wahrheit über diese Schattenregierung herauszufinden.

Persönlichen Ruhm wollte er sicher nicht gewinnen, denn aus begreiflichen Gründen hielten die Mitglieder des Projects ihre Identität vor der Außenwelt verborgen. Damit wollten sie der Überwachung durch Regierungsorganisationen möglichst entgehen. In Banfields Fall war das sogar gelungen. Für die meisten Menschen war er nur ein alternder ehemaliger Auslandskorrespondent, der sein berufliches Gnadenbrot verzehrte.

Kurz vor zwölf Uhr mittags bog er in die Tiefgarage seines Bürogebäudes ein. Es hatte zu nieseln begonnen, und er war wieder einmal froh, über einen trockenen

Stellplatz für sein Auto zu verfügen. Er schloss seinen Volkswagen ab und ging zum Aufzug hinüber, als er im Halbdunkel auf der linken Seite eine Gestalt wahrnahm, die sich die Garagenwand entlang an den abgestellten Autos vorbeidrückte.

Er blieb stehen und hielt den Autoschlüssel so in der Faust, dass der Schlüsselbart wie eine Klinge herausragte. Er wollte einem möglichen Angreifer zumindest nicht ganz wehrlos gegenübertreten.

Die Gestalt kam näher, blieb jedoch außerhalb des Lichts. Es war eindeutig ein Mann, der jetzt in Banfields Richtung schaute, aber kein Wort sagte.

»Hallo?«

Der Mann trat jetzt ins Licht. Er trug einen Trenchcoat mit hochgeschlagenem Kragen und auf dem Kopf eine Strickmütze. Er kam Banfield sofort bekannt vor, aber er brauchte einige Sekunden, um ihn zu identifizieren.

»Ethan? Sind Sie das?«

»Wir müssen uns unterhalten.«

»Lieber Gott, Mann. Sie haben mich zu Tode erschreckt.«

»Wohin können wir gehen?«

»Warum diese Dramatik? Sie hätten mir einfach eine E-Mail schicken können. Kommen Sie mit hoch. Wir gehen in mein Büro.«

»Nein!«, rief Ethan Ross und trat einen Schritt auf ihn zu. Banfield wich ein Stück zurück, allerdings aus Überraschung und nicht aus Angst.

»Was zum Teufel ist eigentlich los?«

»Ihr Büro könnte verwanzt sein. Ihr Telefon auch.«

»Warum sollte man sie verwanzen?«

»Wir nehmen Ihren Wagen. Ich kenne einen Ort, wo wir sprechen können.«

Sie stiegen in den VW, und Ross leitete ihn durch Georgetown und über die Francis Scott Key Bridge nach Virginia hinüber. Hier ordneten sie sich in die nach Norden führende Spur des George Washington Memorial Parkway ein, der aus der Hauptstadt herausführte.

»Soll ich mein Geschäftsessen absagen?«, fragte Banfield.

Ross gab keine Antwort.

»Soll ich tanken? Wie weit fahren wir eigentlich?«

»Nicht viel weiter.«

Banfield versuchte, Ross in ein Gespräch zu verwickeln, aber der starrte nur aus dem Autofenster und sagte kein einziges Wort.

Es hatte sich inzwischen eingeregnet, und das einzige Geräusch, das man jetzt im Volkswagen neben dem Motor hörte, war das leise Heulen der nassen Reifen und das rhythmische Klicken der Scheibenwischer.

Nach ein paar weiteren Minuten auf dieser kurvigen, hügeligen Straße wies Ross Banfield an, an der nächsten Ausfahrt rechts abzubiegen. Jetzt merkte der sechsundsechzigjährige Reporter, dass sie zum Fort Marcy Park unterwegs waren.

Der nordwestlich von der Washingtoner Innenstadt jenseits des Potomacs liegende Park war bewaldet und ziemlich abgeschieden. Im Bürgerkrieg hatte es hier wirklich ein Fort gegeben. Es lag auf einem Hügel, von dem man eine weite Sicht auf den Fluss und das offene Ackerland hatte. Früher war es mit Gräben, Unterständen und Erdwällen befestigt gewesen, deren Reste immer noch als unnatürlich aussehende Wellen in der Landschaft zu erkennen waren.

Jetzt war der Park wenig mehr als ein Autobahnrastplatz. Es gab keinerlei Gebäude, nur ein paar Kanonen, die auf kleinen Erdhügeln über den alten Gräben standen, in denen inzwischen hohe Bäume wuchsen.

Banfield stellte sein Auto auf dem kleinen Parkplatz ab und wandte sich Ross zu, um jetzt endlich Antworten zu bekommen. Der Jüngere öffnete jedoch nur die Tür und begann, den Hügel hinauf in den Wald zu gehen. Banfield holte seinen Schirm vom Rücksitz und folgte ihm.

Nach einigen Minuten setzte sich Ross auf eine nasse Bank neben einer einzelnen Kanone. Von hier aus war der Parkplatz nicht mehr zu sehen. Banfield setzte sich neben ihn. Sie schauten in Richtung Tal, konnten den Potomac jedoch durch das Laubwerk vor ihnen nicht erkennen. Banfield zuckte zusammen, als ihm eine kalte, nasse Brise ins Gesicht stach. In der letzten Stunde hatte er auf Ross Rücksicht genommen, aber jetzt verlor er langsam die Geduld, als sie so dasaßen und in den Wald starrten. »Ethan, ich bin ein alternder Stadtbewohner mit einer Schleimbeutelentzündung in der Hüfte und einer Allergie gegen fast alles und jedes, und Sie schleppen mich durch diesen eisigen Regen hier in den Wald. Was zum Teufel ist eigentlich los?«

Ross ignorierte den Regen. Er stand von der Bank auf und begann, auf dem Erdhügel neben der Kanone hin und her zu tigern. »Es geht um das verdammte Indien, Harlan, *das* ist los.«

»Indien?«

»Das gestrige Attentat. Sie haben davon gehört, oder?«

»Ja, sicher. Es kam in den Nachrichten. Aber ich weiß nicht, warum …«

»Es war ein palästinensischer Mordanschlag auf einen ehemaligen israelischen Kommandosoldaten.«

Banfields leerer Gesichtsausdruck zeigte, dass er keine Ahnung hatte, worauf Ross hinauswollte. »Das haben sie in den Nachrichten nicht gebracht«, sagte er. »Aber … nehmen Sie mir's nicht übel … Warum sollte mich das interessieren?«

»Der Typ, der in Indien getötet wurde, war der Kommandeur der Einheit, die das Massaker auf dieser türkischen Friedensflottille begangen hat.«

Banfield blinzelte vor Überraschung. Ross schaute ihm in die Augen und suchte nach Anzeichen, ob er das nicht bereits gewusst hatte.

»Oh«, sagte der Alte leise. Sein Schock schien für Ross echt zu sein. »Ich verstehe jetzt, worum es hier geht. Trotzdem wissen wir nicht, ob …«

»Doch, wir wissen es. Heute Morgen wartete das FBI auf uns, als wir zur Arbeit kamen. Sie haben uns erzählt, dass sie von dem unautorisierten Herunterladen der Flottillen-Dateien wissen. Sie sagen, dass der Israeli, der in Indien zu Tode kam, ein gewisser Oberst Yacoby, in diesen Dateien erwähnt wurde. Außerdem stand darin, dass er in diesem kleinen Dorf lebte.« Er hörte auf, hin und her zu laufen, und beugte sich über Banfield. »Er wurde in den CIA-Dokumenten namentlich genannt!«

»Daran erinnere ich mich nicht. Diese Dateien hatten eine Menge Seiten.«

»Ich kann mich auch nicht daran erinnern, aber die FBI-Leute scheinen sich ganz sicher zu sein.«

Banfield stand jetzt ebenfalls auf und reckte den Hals, um über die Bäume hinwegzuschauen. »Wann haben Sie mir eigentlich die Dateien geliefert? Das muss drei Monate her sein.«

»Vier.«

»Und erst jetzt geben sie bekannt, dass sie es entdeckt haben? Wieso denn das?«

Ross antwortete in einer Art schreiendem Flüstern: »Weil jemand, verdammt noch mal, *umgebracht* wurde! Als ich Ihnen diese Daten gab, haben Sie mir geschworen, dass alles gestrichen werden würde, das Leben gefährden könnte, und dass diese Informationen nur an die Medien gehen würden. Sie sagten, Sie hätten sie einem Journalisten beim *Guardian* gegeben, der mit dem ITP zusammenarbeitet. Der würde dann in seiner Zeitung enthüllen, dass die Vereinigten Staaten die Israelis bei diesem

Angriff heimlich unterstützt haben. Das sollte das Weiße Haus kompromittieren und vielleicht dazu führen, dass wir diese geheimen Verbindungen mit Israel aufgeben. Vielleicht würden auch ein paar pro-israelische Falken in der Regierung gefeuert werden. Würde Israel dann wieder einmal eine solche Scheiße anzetteln, wäre Washington vielleicht nicht mehr so wild darauf, einem solchen verbrecherischen Regime Spionageerkenntnisse zukommen zu lassen.«

Ross zog sich die triefend nasse Strickmütze vom Kopf, fuhr mit den Händen durch seine feuchten blonden Haare und fuhr fort: »Keiner hat etwas von irgendwelchen Terroristen gesagt, die eine vierköpfige Familie in die Luft sprengen.«

Banfield stellte sich jetzt direkt vor Ross auf. Er hielt seinen Schirm so hoch, dass auch der größere Mann darunter passte, aber Ethan wich einen Schritt zurück. »Jetzt hören Sie mir mal gut zu«, sagte der Journalist eindringlich. »Die Dateien, die Sie mir zukommen ließen, sind an niemand in Palästina gegangen.«

»Und wohin sind sie gegangen?«

»Wir haben sie immer noch.«

»Warum haben Sie sie eigentlich nicht dem *Guardian* gegeben?«

»Erinnern Sie sich noch, was ich Ihnen gesagt habe, als Sie mir diese Informationen übermittelt haben? Wenn wir sie zu bald nach der Datenverletzung veröffentlichen, könnte Sie das in Gefahr bringen.« Banfield kniff Ross in die Schulter. »Ich lasse es nicht zu, dass Ihnen etwas passiert. Meine Organisation versteht es inzwischen meisterlich, unsere Informanten abzuschirmen. Sie sind sicher.«

Ross setzte sich langsam wieder auf die Bank. Er wollte das alles ja gern glauben, war allerdings noch nicht so recht überzeugt.

»Ich würde mich besser fühlen, wenn Sie mir glaubhaft versichern, dass das ITP keine Kontakte in Palästina hat.«

»Natürlich haben wir Kontakte in Palästina. Wir haben Kontakte überall auf der Welt. Aber das hier haben wir an niemand weitergegeben. Wir würden uns niemals an einer solchen brutalen Tat beteiligen. Unsere Partner in Palästina sind von den Leuten, die dieses Verbrechen begangen haben, genauso weit entfernt wie Sie und ich von den Strolchen, die nachts in Washington Leuten das Messer in den Leib rammen, um an ihre Brieftaschen zu gelangen. Natürlich gibt es dort schwarze Schafe. Aber mit denen arbeiten wir nicht zusammen.«

Banfield setzte sich neben Ross. Der Wind trieb ihnen den Regen direkt ins Gesicht. Der Schirm war jetzt vollkommen nutzlos, trotzdem hielt er ihn immer noch über sich.

»Sie haben nichts Unrechtes getan, Ethan, und Sie sind zu hundert Prozent aus dem Schneider. Diese Sache in Indien hatte mit den Informationen, die Sie uns vor vier Monaten übermittelt haben, nichts zu tun, da bin ich mir sicher.«

»Nun ja, das FBI ist sich da gar nicht so sicher. Sie wollen uns Ende der Woche alle einem Lügendetektortest unterziehen.«

Banfield zeigte sich nicht weiter überrascht. »Das war zu erwarten. Aber das ist nur ein Schuss ins Blaue.«

»Vielleicht, aber sie werden bestimmt äußerst gründlich vorgehen.«

»Sie hatten doch in der Vergangenheit noch nie Probleme mit solchen Tests.«

Ethan seufzte und tat sein Bestes, um die Fassung wiederzuerlangen. »Natürlich nicht. Ich habe in Harvard studiert. Ich lasse mich doch nicht von so einem Typen mit dem Studienabschluss einer popligen Provinzuni und seinem Kasten voller Drähte und Lampen übertölpeln. Aber meine bisherigen Tests fanden nur im Rahmen meiner routinemäßigen alljährlichen Sicherheitsüberprüfung statt. Die führt ein zweitrangiger Tester durch, der eigentlich keinerlei Täuschungsmanöver erwartet. Ich *wusste,* dass ich diesen Lügendetektor hinters Licht führen konnte, und das habe ich dann auch getan. Dieses Mal wird jedoch alles ganz anders sein. Sie werden einen Single-Scope-Test durchführen, der meinen gesamten persönlichen Hintergrund ausleuchten wird. Dazu werden sie die besten Ermittler schicken, über die die CID verfügt. Die wissen genau, welche Fragen sie in welcher Reihenfolge stellen müssen. Diesmal wird es kein Spaziergang werden.«

Banfield versuchte, sein Gegenüber zu beruhigen. »Der Lügendetektor ist doch nur eine Art Bühnenrequisit. Für sich allein ist er völlig nutzlos. Dieser ganze Kasten soll die Schuldigen nur dermaßen einschüchtern, dass sie von sich aus gestehen. Der Tester wird Sie befragen und er wird den Lügendetektor als Vorwand benutzen, um Ihnen sagen zu können, dass er Ihnen nicht glaubt. Er ist ein Werkzeug, um Geständnisse herauszukitzeln. Gestehen Sie einfach nicht und bleiben Sie entspannt.« Banfield lächelte. »Und *glauben* Sie das, was Sie dabei als Wahrheit ausgeben.«

Ethan schaute Banfield unwillig an. »Sie erzählen mir nichts, was ich nicht bereits wüsste.«

Der alte Journalist hob entschuldigend die Hände. »Sorry. Aber eines sollten Sie nie vergessen: An diesem Attentat in Indien sind Sie nicht schuld! Die Informationen, die Sie der CIA entlockt haben, sind im Moment immer noch so sicher wie damals, als Sie sie heruntergeladen haben. Wir warten den besten Moment ab, um sie zu veröffentlichen.«

Ethan schaute in die Ferne und murmelte: »Ich kann

diesen Lügendetektorkasten besiegen.« Er klang jedoch nicht ganz überzeugt, was Banfield sehr wohl bemerkte.

»Ja, das können Sie.« Banfield legte den Arm um Ross. »Ich besorge Ihnen ein Medikament. Das wird helfen.« Er lehnte sich zurück, um Ethan ins Gesicht zu schauen. Dann zwickte er ihn noch einmal in die Schulter. »Hören Sie. Wir arbeiten mit einer Menge Patrioten wie Ihnen zusammen. Mindestens einmal im Monat muss sich einer von denen einem überraschenden Lügendetektortest unterziehen. Bisher hat es dabei noch nie Probleme gegeben. Noch *nie*.«

»Lügen Sie mich nicht an, Harlan.«

»Das würde ich nicht wagen. Ich möchte mich auf keinen Fall bei Ihnen einschleimen, wenn ich das sage, aber Sie sind definitiv intelligenter als einige unserer anderen Informanten.« Er lächelte und verdrehte die Augen, um das mangelnde Intelligenzniveau der anderen anzudeuten.

Ethan nickte und schluckte dieses Kompliment ohne den geringsten Hauch von Selbstzweifel. Er ließ den Blick durch den Park schweifen, als ob er ihn zum ersten Mal sehen würde. Außer ihm und Banfield war niemand in Sicht.

»Okay. Ich bereite mich während der nächsten Tage auf diesen Test vor. Aber in der Zwischenzeit vertraue ich keinem elektronischen Kommunikationsmittel. Wer weiß schon, wie umfassend diese Sicherheitsüberprüfung sein wird? Wir müssen vorsichtig sein. Das FBI könnte einen Gerichtsbeschluss erwirken, um das Telefon und den Computer von allen Mitarbeitern des NSC anzuzapfen, die Zugang zu Geheiminformationen haben. Also keine Telefongespräche oder E-Mails mehr!«

»Bei Bedarf können Sie sich ja in irgendeinem Elektrogeschäft ein billiges Prepaid-Handy kaufen. Damit sollten Sie mich jedoch nur im Notfall anrufen. Ich werde es genauso machen.«

»Okay, aber ich würde mich lieber persönlich mit Ihnen treffen.«

Banfield dachte einen Moment nach. »Gehen Sie morgens immer noch joggen?«

»Manchmal«, erwiderte Ross. »Warum?«

»Kaufen Sie sich etwas Kreide.«

»Kreide?«

»Ja. In den nächsten Tagen joggen Sie dann morgens die Wisconsin Avenue hinunter und biegen von dort in die N Street ab. An deren südlichem Ende steht ein grüner Feuerhydrant direkt neben der Fahrbahn. Wenn Sie mich treffen möchten, bringen Sie auf ihm einfach einen etwa zehn Zentimeter langen Kreidestrich an. Er sollte so groß sein, dass ich ihn erkenne, wenn ich auf dem Weg zur Arbeit dort vorbeikomme. Wenn ich ihn sehe, komme ich um acht Uhr morgens genau hierher.«

»Und wenn Sie mit mir sprechen müssen?«

»Dann mache ich es genauso und markiere diesen Hydranten mit einem Kreidestrich.«

Ross nickte langsam. »Ein wenig altmodisch, aber okay.«

»Die alten Methoden sind immer noch die besten, mein Lieber. Telefone kann man anzapfen. Unverschlüsselte E-Mails kann man lesen. Aber keiner achtet heutzutage noch auf irgendwelche Kreidezeichen.«

Banfield setzte Ross an dessen Wagen ab, der mehrere Blocks von Banfields Büro entfernt am Thomas Circle geparkt war. Danach fuhr er zur Tiefgarage unter seinem Bürohaus zurück. Dabei hielt er ständig Ausschau nach irgendwelchen Verfolgern. Soweit er feststellen konnte, wurde er jedoch nicht beschattet. Was das Aufspüren solcher Überwachungen anging, betrachtete er sich als kompetenten Amateur. Dies lag an einem Training, das er am Anfang seiner Berufslaufbahn mitgemacht hatte. In den Siebzigerjahren hatte der junge Harlan Banfield an einem fünftägigen Sicherheitslehrgang in London teilgenommen. Er war für Firmenmitarbeiter und Journalisten gedacht, die ins Ausland reisen mussten. Harlan fand diesen Kurs nur teilweise sinnvoll. So waren die Selbstverteidigungsübungen nach seiner Einschätzung albern und naiv. Er absolvierte diesen Kurs vor einem längeren Aufenthalt im Libanon, um dort über den Bürgerkrieg zu berichten. Er hielt es für relativ unwahrscheinlich, dass irgendein schiitischer Milizionär, der ihn an einer Straßensperre anhielt, von seiner Fähigkeit beeindruckt sein würde, jemand den Daumen umzudrehen oder ihm gar am Gemächt zu packen.

Dagegen waren andere Teile des Trainings wirklich nützlich. Dazu gehörten vor allem die Methoden, wie man einen Verfolger identifizieren und andere Beschattungsmaßnahmen erkennen konnte.

Seit seiner Zeit in London hatte Banfield dieses Training jahrzehntelang in der wirklichen Welt Nutzen gebracht. Vor allem seit er für das ITP tätig war, hielt er ständig nach irgendwelchen Beschattern Ausschau.

Als er sein Büro im zehnten Stock betrat, war er sich sicher, dass sich auch heute niemand Ungebetenes für ihn interessierte, und er schloss sich ein. Er zog nicht einmal den Mantel aus oder setzte seinen Filzhut ab, bevor er sich an den Computer setzte. Stattdessen loggte er sich in einen verschlüsselten Instant-Messaging-Dienst namens Cryptocat ein und gab aus dem Gedächtnis einen langen alphanumerischen Code ein. Auf dem Bildschirm tauchte eine Kontaktliste auf. Statt einen der Kontakte zu nutzen, tippte er eine Empfängeradresse ein, die er nicht auf seiner Buddy-Liste gespeichert hatte, und in Sekundenbruchteilen wurde die Zwei-Parteien-Verschlüsselung authentifiziert. Seine Finger schwebten kurz über der Tastatur. Einen Moment später tippte er: *Wir haben ein Problem.*

Die Antwort kam dreißig Sekunden später: *Welches?*

Ethan Ross.

Ja.

Banfield runzelte die Stirn und tippte: *Ja? Ja, was?*

Ich habe gerade die Einzelheiten des Attentats in Indien erfahren. Ich habe erwartet, von Ihnen etwas über unseren Freund zu hören.

Er glaubt, wir hätten die Informationen geliefert.

Er hat unrecht.

Das habe ich ihm gesagt. Bitte bestätigen Sie, dass ich recht hatte, als ich ihm sagte, dass wir sie noch nicht an den Guardian *weitergegeben haben.*

Sie hatten recht.

Er muss einen Lügendetektortest machen.

Wie ist seine Stimmung?

Besorgt. Ich würde sagen, sehr besorgt. Ich habe ihm das Märchen erzählt, dass wir das schon oft hatten. Ich glaube, er hat mir das abgekauft. Ich werde ihm einen Cocktail beschaffen, um den Detektor zu überlisten, aber offen gestanden weiß ich nicht, ob er das schafft.

Das muss er auch nicht.

Harlan Banfield verstand diese Botschaft nicht. Er tippte: *Was meinen Sie?*

Mehr als eine Minute kam keine Antwort. Banfield kämpfte gegen den Drang an, ein Fragezeichen zu schicken. Stattdessen ließ er seine Fingerknöchel knacken und zwang sich zu warten.

Schließlich erschien eine neue Zeile auf dem Bildschirm.

Ich bin schon unterwegs.

Banfield setzte sich an seinem Schreibtisch auf und atmete tief durch. Er wusste zwar nicht, was der Person am anderen Ende der verschlüsselten Leitung durch den Kopf ging, aber seine Sorge, dass die ITP-Führung die Bedeutung dieser Angelegenheit nicht erkennen würde, zerstob sofort, denn Banfield wusste, dass sich die Direktorin des ITP in der Schweiz aufhielt.

Wenn sie jetzt selbst vorbeikam, verstand sie offensichtlich die Größe des Problems, zu dem Ethan Ross geworden war.

8

Dominic Caruso wälzte sich langsam und vorsichtig aus dem Bett und zog sich dann mithilfe eines Gürtels auf die Beine, den er genau zu diesem Zweck um den Bettpfosten geschnallt hatte. Beim Gehen fühlten sich seine Beine nach der langen Liegezeit richtiggehend steif an, und die helle Lampe in seinem Badezimmer verursachte ihm Kopfschmerzen.

Seit seiner Heimkehr war er nur aus dem Bett geklettert, um ein menschliches Bedürfnis zu befriedigen oder sich eine Flasche Wasser oder eine Konservendose aus der Küche zu holen. Adara Sherman hatte ihn, nur Stunden nachdem sie ihn bei seiner Wohnung abgesetzt hatte, angerufen und ihm angeboten, mit ein paar Lebensmitteln vorbeizukommen, da sie wusste, dass Dom nichts Frisches in seinem Kühlschrank haben würde. Dom bedankte sich für das Angebot, erzählte ihr aber, dass sein Nachbar gerade ein paar Einkäufe für ihn erledigen würde.

Das stimmte jedoch nicht. Dom konnte einfach im Moment keine Besucher brauchen.

Gestern Nachmittag hatte er sich zum ersten Mal wieder aus der Wohnung gewagt. Mit dem Aufzug war er zu dem kleinen Lebensmittelmarkt im Erdgeschoss hinuntergefahren und mit zwei Plastikbeuteln voller Konservendosen, Joghurt, Sodawasser und Bier zurückgekehrt.

Jetzt holte er sich eine Dose mit Thunfisch und eine

mit Pfirsichen in Zuckersirup und genehmigte sich dazu ein Bier.

Dom war entschlossen, trotz seiner Schmerzen heute etwas Produktives zu tun. Er ging ins Badezimmer, drehte die Dusche auf und entfernte dann den Verband von Brust und Unterarm. Er stand da und presste seinen wunden Körper mehrere Minuten lang an die kalten Wandkacheln neben der Dusche, bis er sich endlich unters Wasser wagte.

Der heiße Strahl brannte zwar in seinen Wunden, aber er fühlte sich trotzdem endlich wieder wie ein Mensch. Nach der Dusche wickelte er einen neuen Verband um den Unterarm, trank Kaffee und ging ins Wohnzimmer hinüber. In seiner Wohnung brannte kein einziges Licht, da ihm eine zu große Helligkeit immer noch Kopfschmerzen bereitete. Er setzte sich also mit seinem Laptop im Dunkeln aufs Sofa und verbrachte den ersten Teil des Vormittags damit, alles zu lesen, was er im Internet über das Attentat in Indien finden konnte. Es war zwar eine Menge, aber das meiste waren Sensationsberichte oder reine Mutmaßungen. Ein Großteil davon war völlig falsch.

Nach etwa einer Stunde musste er den Computer ausschalten. Die Aufnahmen vom Tatort und die Spekulationen über die Geschehnisse zwangen sein Gehirn, alles, was passiert war, wie in einem virtuellen Einsatzbericht noch einmal zu durchleben. Dabei analysierte Dom notgedrungen sein eigenes Handeln so kritisch wie möglich. Er kam zu dem Schluss, dass er die Treppe gemeinsam mit Yacoby hätte hinaufsteigen sollen. Er hätte diesem dann den Rücken freigehalten und verhindern können, dass noch weitere Angreifer in den oberen Stock vordrangen. Außerdem hätte er die schlecht ausgebildeten Angreifer in der Küche schneller erledigen müssen. Darüber hinaus hätte er voraussehen müssen, dass der Terrorist mit dem Messer in der Brust nicht sofort tot war und deshalb weiterhin eine Bedrohung darstellte.

Er hätte also eine Menge anders machen können, wenn nicht sogar müssen. Als er jetzt auf seiner Couch im vierten Stock des Apartmenthauses in Washington saß, wünschte er, dass er sich anders verhalten hätte.

Je mehr Dom darüber nachdachte, desto sicherer wurde er sich über eine Sache.

Er hatte Arik und seine Familie im Stich gelassen.

Den Tod seines Zwillingsbruders Brian hatte er hinterher im Geist in fast derselben Weise durchgespielt. Seit Jahren zergliederte er jeden Aspekt des damaligen Geschehens und kam dabei jedes Mal zum Ergebnis, dass er dafür verantwortlich war. Er hätte schneller sein müssen, wenn schon nicht bei diesem Feuergefecht, dann zumindest bei der Versorgung von Brians Schusswunde. Er hätte ihn retten können.

Dom wusste, dass er sowohl in Libyen als auch in Indien sein Bestes gegeben hatte, aber dieses Beste war einfach nicht gut genug gewesen.

Kurz nach neun Uhr vertrieb er die Bilder und Ängste lang genug aus seinem Kopf, um sich eine frische Tasse Kaffee einzugießen. Es war die dritte an diesem Morgen. Er hatte sich gerade mit seinem Laptop wieder auf dem Sofa niedergelassen, als sein Handy zirpte. Die Anruferkennung zeigte ihm, dass es Adara Sherman war, die sich zweifellos wieder einmal nach seinem Befinden erkundigen wollte. Er schickte ihren Anruf auf seine Mailbox.

Kurz darauf klingelte es an der Wohnungstür. Das laute Geräusch dröhnte in seinen Ohren und verstärkte seine Kopfschmerzen. Er verdrehte die Augen. Das musste Sherman sein. Sie nahm ihre Betreuungsaufgabe tatsächlich sehr ernst, was ihn eigentlich nicht weiter überraschte. Als er jedoch die Tür zum hellen Hausflur öffnete, stand ein athletischer Mann vor ihm, der unter seinem Trenchcoat Anzug und Krawatte trug und dessen Scheitel wie mit dem Lineal gezogen war. Er war etliche Zentimeter größer als Dom. Seine kräftigen Schultern konnte auch sein Mantel nicht verbergen.

»Wie geht es Ihnen, Dominic?«

Dom erkannte diesen Mann, obwohl er ihn mehrere Jahre nicht gesehen hatte. »Sie sind Albright, richtig?«

Darren Albright nickte. »Richtig. Gutes Gedächtnis, ich bin beeindruckt.« Sie schüttelten sich die Hand.

»Es ist eine Weile her.« Dominic forschte in seiner Erinnerung. Er kannte Albright aus der FBI-Akademie in Quantico. Soweit sich Dom erinnerte, war Darren vor seiner Zeit beim FBI mehrere Jahre Polizist gewesen. Er musste also einige Jahre älter sein als Dom.

»Spezialagent?«

»*Leitender* Spezialagent, was immer das wert sein mag.«

Dom war beeindruckt. Sein Besucher hatte also beim FBI Karriere gemacht.

Was zum Teufel will der Typ hier bei mir?

»Schön, Sie wieder mal zu sehen«, sagte Albright. Er stand einen Moment vor der Tür und wartete wohl darauf, hereingebeten zu werden.

Caruso zögerte.

»Haben Sie ein paar Minuten für mich Zeit?«, fragte der FBI-Spezialagent.

»Sicher.« *Shit.*

Sie gingen beide in die Wohnung hinein, und Dom knipste ein paar Lampen an. Er schaute sich in seinem ganzen Chaos um. Die einzigen Besucher, die es ab und zu hier gab, waren weiblich. Üblicherweise Frauen, mit denen er eine kurze, intensive Affäre hatte. Er nahm sie mit, um sie mit einer Flasche Wein und einem exzellenten selbst gekochten italienischen Essen zu beeindrucken. In diesen Fällen hatte er zuvor gewöhnlich eine Menge Zeit, um seine Wohnung vorzeigbar zu machen.

Seit seiner Rückkehr aus Indien waren derartige Romanzen dagegen das Letzte, was ihm in den Sinn gekommen wäre, und seine Wohnung sah dementsprechend aus. »Entschuldigen Sie die Unordnung«, war alles, was er sagen konnte.

»Kein Problem. Ich war bis letztes Jahr selbst Junggeselle.«

»Tatsächlich?«, sagte Dom und heuchelte Interesse am Liebesleben seines ehemaligen Studienkollegen. »Glückwunsch.«

»Danke. Im August bekommen wir ein Baby.«

»Großartig.« Er musste an Dar und Mosche denken und lenkte das Gespräch in eine andere Richtung, in der Hoffnung, dass die Bilder aus seinem Kopf verschwinden würden. »Sie leiten also das FBI-Büro hier in Washington? Das ist ein fantastischer Job. Mein erster Einsatzort war in Alabama.«

»Das weiß ich. Ich habe von diesem Kindermörder drunten in Birmingham gehört, den Sie aus dem Verkehr gezogen haben. Das war gute Arbeit. Ich nahm mir damals vor, Ihnen einen Whiskey zu spendieren, wenn wir uns mal wieder begegnen.«

Caruso stand mitten in seinem Wohnzimmer. »Es ist jetzt neun Uhr fünfzehn. Ich nehme also nicht an, dass Sie deswegen hier sind.«

Der groß gewachsene Mann schüttelte den Kopf. »Nein, sicher nicht, aber ich würde mich auch mit einer Tasse von dem Kaffee zufriedengeben, der hier so gut riecht.«

Eine Minute später saßen die beiden Männer in Doms Küche an einem Tisch, auf dem die ungeöffnete Post und die ungelesenen Zeitungen eines ganzen Monats lagen.

Sie schlürften ihren Kaffee, oder genauer, Albright schlürfte seinen Kaffee, während Caruso angespannt hinter seiner unberührten Tasse saß und so tat, als ob ihn überhaupt nicht interessieren würde, warum der FBI-Mann hier war.

Albright kam auf etwas zurück, das Caruso vorhin gesagt hatte. »Tatsächlich arbeite ich gar nicht im FBI-Büro hier in Washington. Nach der Akademie haben sie mich nach Houston geschickt. Dort war es heiß in jederlei Hinsicht.«

»Vor der Akademie waren Sie Polizist, oder?«, sagte Caruso. »Waren Sie nicht im SWAT-Team irgendeiner Stadtpolizei?«

»Ja. St. Louis.«

»Ich bin überrascht, dass Sie nicht zum HRT gegangen sind«, meinte Dom. Das HRT war das berühmte Hostage Rescue Team des FBI, eine Eliteeinheit, die auf Geiselbefreiungen und den Antiterrorkampf spezialisiert war.

»Doch, das bin ich. Unglücklicherweise habe ich mir aber bei einem Trainingsunfall den Fuß ramponiert. Er ist zwar wieder in Ordnung, aber meine Zeit beim HRT war damit vorbei. Nach drei Jahren in Houston wurde ich hierher in die CID versetzt.«

Wenn Dom bisher besorgt sein mochte, dass ein FBI-Spezialagent ihn hier aufsuchte, dann hatte er dazu jetzt noch mehr Grund. Was zum Teufel wollte ein leitender Agent der FBI-Spionageabwehr-Abteilung hier in seinem Apartment?

Nichts Gutes, da war er sich sicher.

»CID?«, sagte Dom. »Interessante Arbeit?«

»Manchmal schon«, erwiderte Albright. »Wie jetzt zum Beispiel. Ich hätte da einige Fragen über die Geschehnisse in Indien vor ein paar Tagen. Das macht Ihnen doch nichts aus, oder?«

Dom rieb sich die Stirn. Er wäre besorgter gewesen, wenn ihm Albright Fragen über den Campus gestellt hätte. Obwohl einige führende Mitarbeiter des FBI und anderer Behörden von dessen Existenz wussten, für die

Dom tätig war, gehörte Albright ganz bestimmt nicht dazu.

Doms Aufenthalt in Indien dürfte dagegen auch in weiteren Kreisen des FBI bekannt gewesen sein. Er entspannte sich ein wenig, blieb jedoch weiterhin wachsam und überlegte sich genau, was er sagen konnte und was nicht.

»Überhaupt nicht. Das geht in Ordnung.«

»Ich habe gehört, dass Sie eine Gehirnerschütterung davongetragen haben.«

»Nur eine leichte.«

»Wie fühlen Sie sich?«

»Mir geht's gut, danke.«

Dom war nervös und er merkte, dass sich Albright dessen bewusst war. »Sie waren dort, um sich von Oberst Arik Yacoby, einem pensionierten israelischen Offizier, in Krav Maga ausbilden zu lassen?«

Dom zuckte die Achseln. Er wusste nicht, woher Albright seine Informationen hatte. »Ich habe mit ihm diese Kampfsportart und noch ein paar andere Sachen trainiert. Ich wusste nicht einmal, dass er Oberst war. Mit seiner Frau habe ich auch ein bisschen Yoga gemacht.«

»Yoga.« Albright zog die Augenbrauen hoch. Seinem Gesicht war seine Ungläubigkeit anzusehen.

»Genau.«

Der FBI-Agent nickte und behielt dabei Caruso ständig im Auge. Er nahm sich nicht einmal die Zeit, irgendetwas aufzuschreiben.

»Sie wirken etwas nervös, Dom.«

»Überhaupt nicht.«

»Nicht?«

»Sie ziehen wahrscheinlich aus meiner Verwirrung, Sie hier in meiner Küche zu sehen, die falschen Schlüsse.«

Albright nippte an seinem Kaffee. »Nun gut. Dann sollte ich Ihnen mal auf die Sprünge helfen und meine Karten auf den Tisch legen. Bevor ich hierherkam, erhielt ich heute Morgen in meinem Büro einen Anruf von Anthony Rivalto. Sie wissen doch, wer das ist, nicht wahr?«

»Ja. Er ist der Leiter des FBI-Büros in New York City.«

Albright legte den Kopf schief. »Das ist Jahre her. Heute ist er der stellvertretende Direktor der CID.«

»Also Ihr Chef.«

»Der Chef meines Chefs, um genau zu sein. Er hat mich am Telefon aufgefordert, Sie äußerst schonend zu behandeln. Ich darf mit Ihnen reden und Sie fragen, ob Sie uns freiwillig etwas mitteilen wollen, aber irgendwie umgibt Sie ein Kraftfeld, das es mir verwehrt, zu tief zu bohren.«

Dom gab dazu keinerlei Kommentar ab.

»Sie haben Beziehungen, das wollte ich damit sagen.«

Der dunkelhaarige Mann, der gegenüber von Albright am Küchentisch saß, schwieg immer noch eisern.

»Natürlich dachte ich zuerst, dass es damit zu tun haben könnte, dass Ihr Onkel der Präsident der Vereinigten Staaten ist. Das würde erklären, warum ich Sie mit Samthandschuhen anfassen soll. Aber dann habe ich mal nachgeschaut, was Sie so treiben, wo Sie eingesetzt waren und was es überhaupt an Informationen über Sie gibt.« Albright hielt seine leeren Hände in die Höhe. »Nichts. Nach Birmingham sind Sie einfach verschwunden. Sie sind zur dunklen Seite hinübergewechselt.«

»Zur dunklen Seite?«

»Sie sind immer noch beim FBI, das hat mir unsere Personalabteilung bestätigt. Allerdings nur auf dem Papier. Im wirklichen Leben sind Sie eine Art Geheimagent. Ich weiß, dass Sie nicht zur eigentlichen CIA gehören oder zumindest nicht insoweit, dass es jemand zugeben würde. Vielleicht haben Sie auch etwas mit einem anderen Geheimdienst zu tun oder gehören irgendwie zum Militär, obwohl ich weiß, dass Sie selbst nie Uniform getragen haben. Sie könnten aber auch zu irgendeiner geheimen Spionagezelle gehören. Aber eigentlich spielt das auch keine Rolle, denn eine Bestätigung würde ich von Ihnen sowieso nicht erhalten. Wie dem auch sei, Rivalto meinte, selbst wenn ich auf Ihrem Küchenregal eine taktische Atomwaffe sehen würde, könnte ich nichts dagegen unternehmen.«

Dom deutete auf das einzige Küchengerät, das auf seiner Anrichte stand: »Nur fürs Protokoll, das dort ist ein Entsafter. Ich würde es Ihnen beweisen, aber er ist leider kaputt.«

Albright verkniff sich ein Lächeln. »Ich kenne das bereits. Ich arbeite ja schon fünf Jahre hier. In dieser Zeit bin ich einer Menge Jungs begegnet, die mir nicht sagen durften, was sie machen oder für wen sie arbeiten. Ich warte dann nur auf einen entsprechenden Wink von meinen Vorgesetzten und lasse die Sache auf sich beruhen.«

»Und der Anruf von Rivalto war ein solcher Wink?«

»Genau. Allerdings sind wir beide alte Kumpel, deshalb habe ich Rivalto erklärt, dass ich Sie mal besuche, um einen Kaffee mit Ihnen zu trinken und etwas zu plaudern, ohne dabei die Grenzen zu verletzen.«

»Und hier sitzen wir beide tatsächlich bei einem Kaffee zusammen«, sagte Dom. Er zupfte geistesabwesend an seinem Armverband. Er und Albright waren nie Freunde gewesen, nur Studienkollegen auf der FBI-Akademie.

»Haben Sie dort in Indien irgendwann bemerkt, ob Yacoby oder Sie selbst beschattet wurden? Oder überhaupt etwas, was ungewöhnlich war?«

Hier handelte es sich um ein Feld, auf dem sich Caruso weit sicherer fühlte, als wenn er über sich selbst sprechen sollte. »Ich nehme an, dass die Palästinenser ihre Informationen von einem Einheimischen hatten. Jemand, der dort gar nicht auffiel. Sie haben einen Milchlieferwagen benutzt, den ich in den Wochen zuvor einige Male in der Stadt gesehen hatte. Ich weiß, dass die Inder dieser Spur nachgehen.«

»Ich habe gehört, dass Sie drei Angreifer getötet haben sollen.«

»Es sind die vier, die mir entkommen sind, die wirklich zählen«, erwiderte Dom betrübt.

Albright machte sich immer noch keine Notizen. Dom fiel das auf, da Spezialagenten normalerweise nach der Vernehmung einer Person im Rahmen einer Ermittlung ein offizielles Formular, das sogenannte FD-302, auszufüllen hatten. Um dies tun zu können, mussten sie das Gespräch schriftlich protokollieren. Dom fand die Abwesenheit von Papier und Bleistift eher beruhigend, obwohl er weiterhin äußerst wachsam blieb.

»Oberst Yacoby hat Ihnen nichts von irgendwelchen Feinden in den Vereinigten Staaten erzählt, oder?«

Das überraschte Caruso: »In den *Vereinigten Staaten*? Nein.«

»Überhaupt von irgendwelchen Feinden? Wo auch immer?«

»Nein. Natürlich wusste ich, dass er früher bei den israelischen Streitkräften war. Wenn man das eine Zeit lang macht, verärgert man notgedrungen einige Leute. Vor allem Palästinenser.«

»Ja, das ist wohl so. Ein guter Typ, dieser Yacoby?«

»Gut? Nein, er war mehr als das. Er war ein großartiger Mann mit einer großartigen Familie.«

Albright nickte und trommelte mit den Fingern auf den Küchentisch, während er über seine nächste Frage nachdachte.

Caruso runzelte die Stirn. »Das muss ich Sie jetzt doch fragen. Warum beschäftigt sich die US-Spionageabwehr mit dieser Sache? Was, genau, untersuchen Sie?«

Albright stellte seine Tasse ab. »Ein Datenleck.«

»Ein Datenleck?«

»Ja. Einen Datendiebstahl. Arik Yacobys Name und Aufenthaltsort standen in einer CIA-Datei, die zu einer

Reihe von Dokumenten gehörte, die unberechtigterweise vor einigen Monaten von einem Computerterminal im Eisenhower Building heruntergeladen wurden.«

»Was für Dateien?«

»Die Datei, in der Yacobys Name stand, war ein Einsatzbericht über den Angriff der israelischen Marine auf den türkischen Frachter der Gaza-Friedensflottille vor ein paar Jahren. Er war als streng geheim eingestuft. Darin wurde er namentlich als Kommandeur des Kommandoteams genannt, das sich von einem Hubschrauber auf das Deck des Frachters abseilte und die Al-Kassam-Kämpfer tötete. In einer weiteren Datei wurde die Tatsache erwähnt, dass der Oberst jetzt in Paravur lebt.«

»Wollen Sie damit sagen, dass jemand aus einer US-Regierungsbehörde Yacobys Namen und Aufenthaltsort an die Terroristen verraten hat?« Caruso schrie diese Frage richtiggehend heraus.

»Sachte, sachte. Das wissen wir noch nicht. Wir wissen nur, dass sein Name in diesen Dateien stand, und wir wissen, dass jemand diese Dateien auf einem Terminal im zweiten Stock des Eisenhower Building aufgerufen hat, wo die Leute vom Nationalen Sicherheitsrat arbeiten. Wer immer diese Daten heruntergeladen hat, konnte seine Spuren im System verwischen. Deshalb können wir auch nicht sagen, wer das war. Außerdem wissen wir noch gar nicht, ob diese Person den Inhalt dieser Akten an irgendjemand und schon gar nicht an irgendwelche palästinensischen Terroristen weitergegeben hat.«

Caruso hörte kaum noch zu. Das Eisenhower Building war weniger als 800 Meter von seiner Küche am Logan Circle entfernt, in der sie jetzt saßen. Sein Blut kochte bei dem Gedanken, dass jemand in *seiner* Stadt und in *seiner* Regierung in die Ermordung der Yacoby-Familie verwickelt sein könnte. Er wäre am liebsten aufgesprungen, hätte seine Smith & Wesson im obersten Bücherregal neben der Tür gepackt und wäre die Vermont Avenue hinuntergestürmt, um die notwendigen Antworten einzufordern.

Stattdessen zeigte nur eine leichte Straffung seiner Kiefermuskeln die Tiefe seiner Emotionen an. »Und was unternehmen Sie jetzt, um diesen Verräter zu finden?«

»Wir konnten die Zahl der Verdächtigen auf dreißig oder vierzig Leute reduzieren, die den entsprechenden Computerzugang und die Gelegenheit hatten. Wir werden sie ab morgen alle einem gründlichen Lügendetektortest unterziehen. Wenn jemand dabei auffallen sollte, werde ich ihn persönlich in die Mangel nehmen.«

»Und was noch?« Dom forderte jetzt Albright in einem beinahe anklagenden Ton heraus, aber der FBI-Mann ließ es dabei bewenden.

»Wir haben ein paar Computer-Ermittler darauf angesetzt, die versuchen wollen, die Zahl der Verdächtigen noch weiter einzugrenzen, indem sie überprüfen, welche Computerkenntnisse man für einen solchen Datendiebstahl benötigt.«

»Das ist alles?«

Albright lehnte sich zurück und verschränkte die Arme. Offensichtlich stand jetzt er unter Befragung. »Ich habe schon früher solche Datenlecks untersucht. Wenn wir den Schuldigen finden, werden wir wahrscheinlich herausfinden, dass dem Leck keine üblen Absichten zugrunde lagen. Irgendein Systemadministrator wollte wohl Zeit sparen, um am Freitag früher ins Wochenende gehen zu können, und hat dabei unerlaubte Methoden benutzt, um einige Daten unvorschriftsmäßig zu verschieben. Danach hat er die Spuren seines Fehlverhaltens verwischt. Es könnte jedoch auch sein, dass ein wohlmeinender Idiot aus Versehen die falschen Dateien in die Filesharing-Sektion des Servers verschoben hat und sie dann ohne sein Wissen in Umlauf gelangt sind.«

»Und was sagen Sie?«

»Ich sage, Caruso, dass ich mir ziemlich sicher bin, dass wir am Ende herausfinden werden, dass das Datenleck aus Nachlässigkeit, vielleicht sogar absichtlich, aber bestimmt nicht aus verbrecherischen Motiven herbeigeführt wurde. Die Möglichkeit, dass es in unserer Regierung einen Maulwurf gibt, der für die palästinensischen Terroristen arbeitet, geht gegen null.«

Albright merkte, dass seine Argumente den wütenden Mann nicht beruhigen konnten, der ihm da gegenübersaß.

»Trotzdem nehme ich natürlich die ganze Sache sehr ernst. Was immer auch der Grund für diesen unautorisierten Datenzugang gewesen sein mag, er ist passiert und ich werde herausfinden, warum.«

»Sie würden mir einen großen Gefallen tun, wenn Sie mich anrufen, falls Sie bei den Lügendetektortests etwas herausfinden«, sagte Caruso.

»Tut mir leid, Dom. Das ist eine Need-to-know-Sache, bei der die Informationen nur den damit Befassten übermittelt werden dürfen.« Albright stand vom Küchentisch auf.

Caruso stand ebenfalls auf, nur noch schneller. »Aber ich *muss* es wissen!«

»Sie nehmen das Ganze persönlich?«

Dom schüttelte den Kopf. »Natürlich nicht. Eine solche Scheiße lasse ich niemals persönlich an mich ran. Ich bitte Sie nur um einen kleinen beruflichen Gefallen. Ich bin ja schließlich auch beim FBI.«

»Auf dem Papier.«

»Nein, in echt.«

»Richtig. Wenn Sie für eine Art Spionagezelle innerhalb der CIA arbeiten, wie ich vermute, können Sie ja einen förmlichen Antrag auf Informationsübermittlung stellen. Da gibt es geeignete Kanäle.«

Dom winkte ab. »Hier geht es nur um mich, Darren. *Ich* bitte *Sie* um einen Gefallen.«

Albright dachte offensichtlich darüber nach, während er durchs Wohnzimmer ging. An der Eingangstür drehte er sich um. »Also gut. Abgemacht. Ich melde mich bei Ihnen, wenn wir etwas herausfinden, aber nur wenn Sie mir versprechen, dass Sie mir und meinem Team die Arbeit überlassen.«

»Einverstanden. Danke.«

Die Männer schüttelten sich die Hand. Zum Abschied sagte Albright: »In der Zwischenzeit rate ich Ihnen, es eine Weile ruhiger angehen zu lassen. Die dunkle Seite kommt bestimmt ein paar Wochen ohne Sie aus. Ich möchte Sie nicht beleidigen, aber Sie sehen beschissen aus.«

Albright trat in den Hausflur hinaus, und Dom schloss hinter ihm die Tür.

»Ich wünschte, Sie würden mir nicht alle sagen, dass ich es eine Zeit lang ruhiger angehen lassen soll.«

Dom erreichte Gerry Hendley in dessen Haus an der Küste von Myrtle Beach, South Carolina, wo er sich von Zeit zu Zeit von den Belastungen von Hendley Associates, des Campus und Washingtons im Allgemeinen erholte. Dom berichtete ihm von seiner Unterredung mit Albright. Beide waren sich einig, dass das Gespräch für den Campus sowohl Gutes als auch Schlechtes erbracht hatte. Ja, stimmte Gerry zu, es sei gut, dass das Datenleck, das die Palästinenser auf Arik Yacobys Spur gebracht hatte, definitiv nichts mit Dominic Caruso oder dem Campus zu tun hatte. Andererseits habe das FBI jetzt von Dominic erfahren und würde sich bestimmt auch weiterhin für ihn interessieren. Dies könnte und würde wohl auch noch mehr Aufmerksamkeit als gewöhnlich auf ihn lenken, selbst wenn er in diesem Fall nur Zeuge eines Verbrechens war. Albright hatte ihn ja bereits aufgesucht, und wenn die Ermittlungen über diesen Datendiebstahl weiterliefen, würden sich wohl auch noch andere FBI-Agenten mit den Hintergründen dieses Dominic Caruso beschäftigen.

Gerry entschied, dass sich Dominic also auch weiterhin vom Campus fernhalten und keinerlei Kontakte zum Rest des Teams aufnehmen sollte. Es sei ja nur für eine gewisse Zeit, versicherte er seinem frustrierten Einsatzagenten.

Am Ende des Gesprächs nahm Hendley Dominic das Versprechen ab, sich in nächster Zeit zu schonen.

Dominic gefiel das ganz und gar nicht, aber Gerry hatte sicherlich recht, deshalb stimmte er widerwillig zu. »Was sollte ich auch anderes tun, Boss?«

Er legte auf und griff nach der TV-Fernbedienung. Er hoffte, im Fernsehen etwas zu finden, das ihn auf andere Gedanken bringen würde. Er wusste jedoch, dass er nicht dafür geschaffen war, längere Zeit ruhig auf seinem Hintern zu sitzen.

9

Der United Airlines-Flug 951, eine Boeing 777 aus Brüssel, landete um dreizehn Uhr in strömendem Regen auf dem Washington Dulles International Airport. Wie üblich stiegen zunächst die Passagiere der ersten Klasse aus. Unter ihnen war ein kleiner Mann mit kurzen schwarzen Haaren und einem jungenhaften Gesicht.

Wenn er den anderen Passagieren überhaupt auffiel, würden sie ihn wohl für einen ausländischen Austauschstudenten aus der Türkei, dem Libanon oder Saudi-Arabien halten. Sein Rucksack war schick und angesagt, er trug Designerjeans und sah nicht älter als etwa dreiundzwanzig aus.

Tatsächlich war er bereits fünfunddreißig Jahre alt und nicht zum Studieren nach Amerika gekommen. Sein Name war Mohammed Mehdi Mobascheri, aber in seinem Ausweis, den er den Grenzkontrollbeamten vorlegte, stand etwas ganz anderes. Laut diesen Papieren war er ein junger libanesischer Diplomat, der aus Beirut über Brüssel in die Staaten geflogen war. Ein Anruf bei der libanesischen Botschaft im Woodley-Park-Viertel von Washington hätte seine Reiseroute und angebliche Identität bestätigt, aber ein solches Telefonat war überhaupt nicht nötig, da sein Diplomatenvisum in Ordnung zu sein schien.

Tatsächlich war er am Tag zuvor vom Rafic-Hariri-Flughafen in Beirut abgeflogen. Allerdings war der Flug vom Libanon nach Belgien nicht die erste Etappe seiner Reise, sondern bereits die zweite. Am frühen Morgen war er in einem Militärflugzeug aus Teheran in Beirut angekommen. Seine libanesischen Papiere hatte er erst eine halbe Stunde vor dem Abflug nach Belgien in einem streng bewachten Raum im Flughafengebäude bekommen.

Jetzt stand er in der Einreiseschlange des Dulles-Flughafens. Den US-Beamten, der seinen Pass kontrollierte, lächelte er freundlich, wenn auch etwas müde an. Die Abfertigung dauerte nur ein paar Sekunden. Danach eilte er durch den Zoll, da er nichts zu deklarieren hatte.

Während des Flugs saß Mobascheri für sich allein in der Erste-Klasse-Kabine. Aber an Bord der UA951 waren auch vier weitere Männer gewesen, deren Anführer er war. Die vier waren mit ihm zusammen aus Teheran gekommen. Allerdings hatten sie sich voneinander ferngehalten, seit sie in Beirut aus dem Militärflugzeug gestiegen waren. Sie flogen in der Economy Class und besaßen wie ihr Chef einen libanesischen Pass. Allerdings wiesen sie ihre Papiere nicht als Diplomaten, sondern als Geschäftsleute aus.

Vor dem Terminal wartete eine Limousine der libanesischen Botschaft auf Mohammed, die vier anderen wurden von einem Chevrolet Suburban mit getönten Scheiben abgeholt.

Mobascheri hatte sich diese Privilegien redlich verdient. Er war Mitglied einer Elite-Spezialeinheit innerhalb der iranischen »Armee der Wächter der islamischen Revolution«, die besser als Iranische Revolutionsgarde bekannt war. Seine vier Reisebegleiter gehörten zur Quds-Einheit, der Elitetruppe der Revolutionsgarde für Auslandseinsätze. Im Libanon hatten sie deshalb einen Zwischenstopp eingelegt, weil der iranische Geheimdienst im Bedarfsfall die Hilfe der schiitisch geführten libanesischen Regierung in Anspruch nahm, wenn er Menschen und Material in Staaten befördern wollte, in denen die Ankunft iranischer Agenten normalerweise die Alarmglocken läuten ließ.

Die fünf trafen eine Stunde später in einem »sicheren Haus« in Falls Church, Virginia, zusammen. Hier warteten zwei weitere Iraner auf sie, Geheimagenten, die in Washington lebten und tätig waren. Sie waren offizielle Angehörige der iranischen Botschaft und arbeiteten für das iranische »Ministerium für Nachrichtenwesen und Staatssicherheit«, das sogenannte VAJA.

Die beiden VAJA-Agenten waren der amerikanischen Spionageabwehr eigentlich bekannt. Das FBI bemühte sich, sämtliche iranischen Spione, die sich in Amerika aufhielten, ständig unter Beobachtung zu halten. Aber diese VAJA-Beamten waren absolute Profis. Das war auch kein Wunder. Der Iran schickte in das Land seines größten Feindes nur seine besten Leute, die sich zuvor in vielen Einsätzen im feindlichen Ausland bewährt hatten. Die beiden VAJA-Offiziere, die sich jetzt in diesem Vier-Schlafzimmer-Haus im Washingtoner Vorort Falls Church aufhielten, waren Experten im Abschütteln von Beschattern und waren hier nach einer mehrstündigen sogenannten Überwachungsentdeckungstour ohne alle ungebetenen amerikanischen Begleiter eingetroffen.

Mobascheri und seine vier Untergebenen erhielten von den zwei »ortsansässigen« Agenten alle Informationen, die für einen Einsatz in den Vereinigten Staaten wichtig waren. Nicht dass die VAJA-Beamten Näheres über diese Männer und ihre Mission gewusst hätten. Sie kannten den jugendlich aussehenden Revolutionsgarden-Offizier als Mohammed, ein Name, der in Farsi häufiger war als John im Englischen. Darüber hinaus wussten sie nur, dass er hier mit seinen vier »Assistenten« von der Quds-Einheit einen Spezialauftrag erledigen sollte und sie ihm jede Gefälligkeit erweisen und jedes Hilfsmittel beschaffen sollten, das er benötigte.

So lauteten die Befehle aus Teheran.

Die Spione aus der Botschaft wussten, dass dies höchst ungewöhnlich war. Sie mochten es nicht besonders, dass dieser Fremde aus einer anderen Organisation in ihrem Einsatzgebiet tätig wurde, aber dieses Missfallen spielte keine Rolle, da er die Unterstützung des Obersten Führers, der höchsten geistlichen und politischen Instanz des Iran, genoss. Dass er sie nicht in seine Mission einweihte, verblüffte sie zwar, es war jedoch nicht ihre seltsamste Erfahrung an diesem Tag.

Mohammed selbst war diese Erfahrung.

Die VAJA-Spione hatten in ihrer Karriere natürlich schon mit zahlreichen führenden Revolutionsgardisten zusammengearbeitet. Sie alle waren notwendigerweise starke, selbstsichere und machtbewusste Alphatiere gewesen. Niemand konnte im iranischen Militär in die oberen Ränge aufsteigen, ohne ein solches Führungstalent und echte persönliche Dominanz zu besitzen.

Als sie dagegen Mohammed zum ersten Mal sahen, hielten sie ihn sofort für einen seltsamen Vogel und keinesfalls für einen typischen Revolutionsgarden-Offizier. Sicher, er war ganz klar höchst intelligent, ein Intellektueller, und schien auch in einigermaßen guter körperlicher Verfassung zu sein. Andererseits war er eher klein, hatte ein Milchgesicht und war schüchtern, introvertiert und fast krankhaft höflich. Er hatte eine dünne Stimme und schien sich in der Gegenwart der VAJA-Agenten unsicher zu fühlen, als ob ihre Gegenwart ihn einschüchtern würde.

Seine Fragen hatten Hand und Fuß, er war also keinesfalls ein Dummkopf, aber auf die erfahrenen VAJA-Männer wirkte er wie ein erwachsenes Kind, das niemals sein Elternhaus verlassen hatte, bevor es in die Vereinigten

Staaten geschickt wurde, um dort eine Operation von offensichtlich nationaler Bedeutung durchzuführen.

Was, verdammt noch mal, ging hier vor?

Während einer Zigarettenpause hinter dem Haus meinte einer der beiden VAJA-Offiziere: »Wenn er schon vor uns, seinen Landsleuten, eine solche Scheißangst hat, wie will er es denn hier mit seinen echten Feinden aufnehmen?«

»Dieses kleine Lamm hat eine lange Flugreise zurückgelegt, nur um hier geschlachtet zu werden«, witzelte der andere.

Die Männer, die Mohammed begleiteten, waren dagegen typische Quds-Agenten. Obwohl sie sich wie Geschäftsleute kleideten und für den Uneingeweihten auch so aussahen, hielten die VAJA-Offiziere sie für ehemalige Spezialeinsatzkräfte, vielleicht Kommandosoldaten der Takavaran, handverlesene Elitekämpfer, die ein zwanzigmonatiges Spezialtraining absolvieren mussten, bevor sie in die gefährlichsten Kampfeinsätze innerhalb und außerhalb der Islamischen Republik geschickt wurden.

Männer wie diese sickerten während des Kriegs über die Grenze in den Irak ein, beförderten wichtigen Nachschub hinüber und brachten den irakischen Schiiten bei, wie sie sich den Koalitionstruppen entgegenstellen und diese vernichten konnten. Sie kämpften gegen die Israelis im Libanon und arbeiteten mit pakistanischen Milizen und Aufständischen an der afghanischen Grenze zusammen.

Die iranischen Spione kannten die Quds-Einheit gut genug, um zu wissen, dass sie es hier mit ein paar ausgesprochen gefährlichen und unheimlichen Gesellen zu tun hatten.

Allerdings bildeten diese vier einen starken Gegensatz zu ihrem sanftmütigen Anführer, der wahrscheinlich seit seinem Pflichtwehrdienst in der Armee, den er an seinem achtzehnten Geburtstag antreten musste, kein Gewehr mehr in der Hand hatte.

Die Botschaftsspione hatten in jeder Hinsicht recht. Mohammed Mobascheri war tatsächlich kein ehemaliger Kommandosoldat wie der Rest seines Teams. Als er zum Militärdienst eingezogen wurde, war der Sohn eines einflussreichen Regierungsbeamten ein junger Computernarr. In der Grundausbildung brachte man ihm dann das Marschieren und den Waffengebrauch bei. Kurz darauf wurde er jedoch von der Infanterie abgezogen und einem Spezialprogramm für Computereinsätze zugeteilt, wo er seine entsprechenden Kenntnisse nutzen konnte.

Wie die VAJA-Agenten annahmen, war dies tatsächlich Mobascheris erster Aufenthalt in den Vereinigten Staaten. Trotzdem sprach er gut Englisch. Sein Vater war früher selbst beim VAJA gewesen. Tatsächlich hatte er dem Ministerium für Nachrichtenwesen und Staatssicherheit als General gedient. Hätten diese Washingtoner VAJA-Agenten seine wahre Identität und Abstammung gekannt, hätten sie sich vielleicht sogar vor diesem kindlich wirkenden Mann verbeugt.

Mobascheri hatte die englische Sprache bereits als Kind in einer Teheraner Schule gelernt und später mehrere Jahre in Australien, Irland und Großbritannien verbracht, wo sein Vater als angeblicher Landwirtschaftsexperte der jeweiligen iranischen Botschaft wirkte.

Es war auch sein Vater, der ihn in die Computerabteilung des Militärs versetzen ließ, vor allem um ihn vor den Gefahren des Infanteriekampfes zu schützen, aber auch weil sich Mohammed bereits als Kind für Computer interessiert hatte und die entsprechenden Fähigkeiten bewies. Darüber hinaus war General Mobascheri ein vorausdenkender Geheimdienstmann, der wusste, dass ein Großteil der künftigen Spionageoperationen mit der Ausforschung von Computern zu tun haben würde. Er wollte seinen Sohn also in eine Wachstumsindustrie integrieren, die auch der Islamischen Republik nützte.

Nach seinem Wehrdienst wurde Mohammed nach London geschickt, um dort auf dem Imperial College Computerwissenschaften zu studieren. Er kehrte mit einem Doktortitel und vielen Ideen über die Zukunft der Informationstechnologien und deren Auswirkungen auf die Geheimdienstarbeit in den Iran zurück. Mit Ende zwanzig war er bereits Chefstratege der neuen Abteilung für Cyberoperationen der Revolutionsgarde.

In den folgenden Jahren entwickelte er wirksame Computerangriffsstrategien zum Nutzen seines Landes und gründete eine Einheit namens »Markazi-Computersicherheitsteam«, das zu einer der weltweit besten und erfolgreichsten Computerhacker-Organisationen wurde.

Die meisten Amerikaner wussten gar nicht, dass das iranische Militär solche umfassenden Cyberangriffsfähigkeiten besaß. Dieser fast unbekannte Erfolg der Islamischen Republik war nicht zuletzt Mobascheris Verdienst. Er und sein Hackerteam waren in die amerikanischen Verteidigungscomputernetze eingebrochen und hatten die US-amerikanischen Mobilfunkanbieter mit Infiltrationsprogrammen infiziert, deren Entfernung Jahre dauerte und viele Millionen Dollar kostete.

Dies ließ seine Macht innerhalb der Revolutionsgarde weiter wachsen, vor allem als auch der Oberste Führer sich für Mobascheris Operationen zu interessieren begann und ihm ermöglichte, immer gewagtere und kühnere Pläne zu entwickeln.

Dies hatte ihn nun nach Falls Church, Virginia, geführt. Nach monatelangen Vorbereitungen war er mit allerhöchster Unterstützung in die Vereinigten Staaten gereist, um hier eine ganz besondere Operation durchzuführen.

Mohammed war auf entwaffnende Weise ruhig und höflich, ja sogar schüchtern, vor allem im Vergleich zu den rauen Takavaran, die ihn begleiteten. Aber er hätte es in dieser Organisation nicht so weit gebracht, wenn er tatsächlich Schwäche gezeigt hätte. Er war ein Mann mit großen Ideen und hohen Zielen, und er war sich sicher, dass er Teheran schon bald eine verschlüsselte Botschaft zukommen lassen konnte, die um Zustimmung der iranischen Führung zu einer bedeutenden Ausdehnung seiner Missionsparameter bitten, ja sie sogar fordern würde.

Die VAJA-Agenten aus der Botschaft hatten eigentlich gedacht, dass sich ihre Unterstützung des Teams in Falls Church auf einige Informationen und vielleicht noch ein paar Fahrzeuge und falsche Dokumente beschränken würde. Mohammed machte ihnen jedoch auf seine freundliche und beinahe entschuldigende Art deutlich, dass er bereits am nächsten Morgen ein Überwachungsteam benötigte, das wahrscheinlich mehrere Tage hintereinander rund um die Uhr im Einsatz sein würde.

Außerdem wollte er Schusswaffen haben. Dieser kleine Mann, der wie ein Collegestudent aussah, überreichte den VAJA-Agenten eine handgeschriebene Liste, auf der genau angegeben war, wie viele Pistolen welcher Art, wie viele Schulterholster und Schalldämpfer samt der entsprechenden Munition er benötigte.

Die VAJA-Offiziere waren zwar nicht gerade begeistert, versicherten ihm jedoch, dass sie ihm alles besorgen würden. Dieser komische sanftmütige Kauz besaß immerhin die Unterstützung des Obersten Führers. Deshalb hatten sie auch keine andere Wahl, als zu tun, was immer er von ihnen verlangte, als hätte es ihnen der Oberste Führer selbst befohlen.

10

Ethan Ross saß den ganzen Nachmittag in seinem Büro, tat so, als ob er arbeiten würde, und war vor allem darauf aus, ein Bild entspannten Selbstvertrauens zu vermitteln. Normalerweise fiel ihm das nicht weiter schwer – schließlich hielt er sich tatsächlich für einen coolen Siegertyp –, aber seit diesem Treffen im Konferenzsaal war seine Welt irgendwie aus den Fugen geraten. Jetzt konnte er nur noch still herumsitzen und auf das Beste hoffen.

Beim Mittagessen in ihrer Cafeteria war dieser Datendiebstahl verständlicherweise das wichtigste Thema, doch Ethan beteiligte sich nicht an den Gesprächen. Die meisten seiner Kollegen spekulierten, dass sich irgendein außenstehender Computerfreak Zugang zu diesen Dateien verschafft habe. Danach habe er seine Spuren verwischt, weil er selbst über sich erschrocken sei. Vielleicht habe er aber auch tatsächlich für eine ausländische Macht spioniert.

Als einzigen Kommentar äußerte Ethan die Hoffnung, dass sein Lügendetektortest sich nicht mit dem Stabstreffen im West Wing am Mittwochnachmittag oder seinem Zahnreinigungstermin am Donnerstagnachmittag überschneiden werde. Er sagte das nur, weil es wohl manche seiner Kollegen für verdächtig halten würden, wenn er sich als Einziger nicht am Gespräch beteiligte.

Direkt nach dem Essen war ein Abteilungsleitertreffen angesetzt. Als er mit den anderen Teilnehmern zum Konferenzraum auf der Nordseite des Eisenhower Building hinüberging, hallten in dem prächtigen Marmorflur die aufgeregten Stimmen der NSC-Mitarbeiter wider, die sich über die Auswirkungen dieser unguten Affäre unterhielten. Während des Treffens beschwerten sich manche über die massive Einmischung des FBI in die inneren Angelegenheiten ihrer Behörde, aber auch hier meldete Ethan sich nicht zu Wort. Stattdessen blätterte er eine ausliegende Informationsbroschüre durch und versuchte, keinerlei Anzeichen von Besorgnis zu zeigen.

Einige Zeit später saß er wieder an seinem Schreibtisch. Vor ihm lag der Ausdruck eines Briefs, den er dem neuen US-Botschafter in Jordanien geschrieben hatte, in dem er um einen Bericht über die gegenwärtige öffentliche Meinung in diesem Land bat. Er machte das nur, um sich abzulenken und auf andere Gedanken zu kommen.

Allerdings hatte auch das keinen Erfolg.

Jedes Mal wenn jemand an seinem Büro vorbeiging, zog es ihm den Magen zusammen, und seine bereits trockenen und papierenen Handflächen begannen zu brennen. Er stellte sich immer wieder vor, dass plötzlich solche FBI-Typen wie dieser Albright in sein Büro hereinstürmten, vor seinem Schreibtisch Aufstellung nahmen und ihm befahlen, aufzustehen und die Hände hinter dem Kopf zu verschränken.

Ethan wurde bei dem Gedanken übel, dass sein Geheimnisbruch entdeckt werden könnte. Vor allem konnte er das Ganze jedoch einfach nicht begreifen. Er wusste, dass er alles richtig gemacht hatte. Sein Datenklau hätte eigentlich niemals entdeckt werden dürfen.

Was zum Teufel war falsch gelaufen?

Angeblich gibt es vier hauptsächliche Motive, um Spionage zu begehen, die in der Geheimdienstwelt mit dem englischen Akronym MICE abgekürzt werden: Money

(Geld), Ideology (Ideologie), Coercion (Zwang oder Erpressung) und Ego (Narzissmus). In Ethans Fall spielten Geld und Zwang keine Rolle. Seine Mutter war wohlhabend und teilte ihren Reichtum gerne mit ihrem erwachsenen Sohn. Außerdem hatte Ethan keine Leichen im Keller, mit denen man ihn hätte erpressen können.

Stattdessen könnte man seine Motive am besten als eine Mischung aus einem Teil Ideologie und vier Teilen Ego bezeichnen. Die wenigen Leute, die ihn wirklich kannten, hätte das nicht weiter überrascht. Ethan Ross war zwar etwas rechthaberisch, vor allem war er jedoch ein großer Narzisst. Wenn das nicht bereits an seinen Genen lag, so hatte ihn seine Erziehung bestimmt dazu gemacht.

Ethans Eltern waren wie alle Eltern auf der Welt davon überzeugt, ein absolut brillantes und besonderes Kind zu haben. Im Gegensatz zu den meisten Eltern wurden sie in dieser Überzeugung jedoch auch von Außenstehenden bestätigt: Bereits im Alter von vier Jahren wurde Ethan bei einem Stanford-Binet-Test als hochbegabt eingestuft. Danach behandelte ihn seine ganze Familie als eine Art Wunderkind. Sie schickte ihn auf die besten Schulen, engagierte darüber hinaus Hauslehrer für Mathematik, Naturwissenschaften und Sprachen und versicherte ihm vor allem regelmäßig, dass er zu einer wichtigen und mächtigen Persönlichkeit werden würde.

Ethan wuchs in dem Bewusstsein auf, in der Gesellschaft einen Spitzenplatz einzunehmen. Zuerst lebte er in der linksliberalen Oberschicht Europas, als seine Eltern dort als Diplomaten und Hochschullehrer tätig waren, und nach seiner Heimkehr in die Vereinigten Staaten als Professorenkind in den dortigen elitären akademischen Kreisen. Der absolute Glaube seiner Eltern an die Bedeutung und Haltbarkeit von UN-Resolutionen, multinationalen Friedensverträgen und internationalen Gerichten ließ ihn in der Überzeugung heranwachsen, dass eine wohlwollende Regierungskaste über all jene herrschen sollte, die unfähig waren, über sich selbst zu bestimmen. Ethan würde natürlich zu dieser herrschenden Klasse gehören. Er hielt es deshalb auch für nichts Besonderes, dass der französische Premierminister und eine belgische Prinzessin enge Freunde der Familie waren. Er ging in Zermatt skilaufen und verbrachte seinen Strandurlaub in Antibes. In Georgetown Heights, wo er seine Teenagerjahre verlebte, waren seine Nachbarn in der exklusiven Privatstraße, in dem das Haus seiner Eltern lag, ein Senator, drei Botschafter, ein Pulitzerpreisgewinner und ein bekannter Fernsehmoderator.

Bereits vor seinem Studium auf einer Eliteuniversität wurde er bei Partys führenden ausländischen Politikern als zukünftiger Außenminister oder sogar US-Präsident vorgestellt. Ethan Ross konnte gar nicht anders, als das am Ende selber zu glauben.

In Yale wollte er etwas studieren, was ihm für eine diplomatische Karriere hilfreich sein würde. Er wählte als Hauptfach also Internationale Beziehungen. Aber wie viele Mitglieder seiner Generation hatte er bereits als Teenager eine Leidenschaft für Computer entwickelt. Sein scharfer Intellekt sorgte dafür, dass er dabei bald ein höheres technologisches Niveau erreichte als ein Großteil seiner Altersgenossen. Zum Kummer seiner Eltern wählte er deshalb in Yale Computerwissenschaften als Nebenfach. Sie hielten es für zu »gewöhnlich«, wenn er einen Großteil seiner Zeit mit diesem Computer-Kleinkram verplemperte, anstatt sich mit den wirklich wichtigen Angelegenheiten zu befassen, die zu einer besseren Gesellschaft führen würden. Sein Vater meinte, Computerwissenschaftler seien nichts anderes als überqualifizierte intellektuelle Hilfsarbeiter, die ständig im Auftrag anderer tätig seien. Seine Mutter hielt dagegen seine Computerleidenschaft für eine vorübergehende Jugendspinnerei, so als ob er ständig

Grand Theft Auto spielen würde, anstatt sich selbst linuxbasierte Programmiersprachen beizubringen und seine eigene Software zu entwickeln.

Nachdem er seine beiden Fächer in Yale mit sehr gutem Erfolg abgeschlossen hatte, wechselte er zur großen Erleichterung seiner Eltern auf die Kennedy School der Harvard-Universität, um sich dort ganz auf die Staatswissenschaften zu konzentrieren. Nach dem Studium ging er in den Diplomatischen Dienst. Während jedoch die meisten Beamten ihre ersten Jahre auf solch schwierigen, unattraktiven Posten wie Dschibuti, Haiti oder El Salvador verbringen mussten, sorgten Ethan Ross' familiäre Herkunft und einige Anrufe von Senatoren, die mit seinen Eltern eng befreundet waren, dafür, dass ihm stattdessen sofort solche begehrten Dienstorte wie Wien, Amsterdam und Paris zugewiesen wurden.

Im Alter von achtundzwanzig Jahren verließ er das Außenministerium, um im außenpolitischen Beraterstab des neuen demokratischen US-Präsidenten mitzuarbeiten. Er erwartete, bald eine Stelle in der US-Vertretung bei den Vereinten Nationen zu bekommen. Als sich diese Aussicht zerschlug, trat er in die Dienste des Nationalen Sicherheitsrats, um praktische Erfahrungen zu sammeln, bevor der nächste hochrangige Posten bei den Vereinten Nationen frei werden würde.

Seine Karriere kam jedoch ins Stocken, als er mit einigen NSC-Falken aneinandergeriet, die aufgrund ihres militärischen Hintergrunds andere Vorstellungen hatten als er. Der Amtsantritt eines neuen *republikanischen* Präsidenten erwies sich auch nicht gerade als karrierefördernd. Als sich seine Berufsaussichten verdüsterten, verdüsterte sich auch seine Stimmung, wie es vielen ergeht, die das Gefühl haben, dass ihre Arbeit und ihre Talente nicht genügend gewürdigt werden und sie eigentlich etwas Besseres verdient hätten. Kollegen, die ihm seiner

Meinung nach weit unterlegen waren, bekamen jetzt leitende Posten bei der UN, während er selbst an seinem Schreibtisch im Eisenhower Building versauerte und das Leben an ihm vorbeiging.

Nach seinem dreißigsten Geburtstag kam Ethans Narzissmus endgültig zum Vorschein. Seine Selbstsicherheit verwandelte sich in Großspurigkeit. Nicht wenige in seiner Abteilung hielten ihn sogar für unerträglich arrogant. In seinem dritten Jahr beim NSC hielt er seine kleine Rolle in der US-Diplomatie für weit unter seiner Würde. Zusammen mit seinem Überlegenheitsgefühl machte das die Arbeitsbeziehung zu vielen seiner Kollegen eher frostig.

Trotzdem wäre niemand auf die Idee gekommen, dass er etwas mit diesem Geheimnisverrat zu tun haben könnte.

Ethan Ross' erster Vorstoß in die nebelhafte Welt des Informationshandels fand sogar mit Genehmigung seiner Vorgesetzten statt, als ihn der Abteilungsleiter für den Mittleren Osten beauftragte, einem Bekannten, einem Reporter der Zeitung *Politico,* eine kleine Hintergrundinformation zukommen zu lassen.

Die autorisierte Weitergabe eigentlich vertraulicher Regierungsinformationen war ein gebräuchliches Werkzeug staatlichen Handelns. Offizielle, die einem befreundeten Journalisten Hintergrundwissen übermittelten, ließen sich von diesem jedoch hoch und heilig versprechen, dass er seine Quelle niemals preisgeben werde.

Ethans Information erschien tatsächlich am nächsten Tag im *Politico.* Sie war zwar nicht interessant genug, um über Washington oder selbst dessen Konferenzsäle hinaus Aufmerksamkeit zu erregen, aber Ross war doch von der lasergenauen Wirkung eines zeitlich gut gewählten kleinen Gesprächs mit einem wohlgesinnten Vertreter der vierten Gewalt tief beeindruckt.

Nach dieser erfolgreichen Kontaktaufnahme zu seinem *Politico*-Bekannten benutzten ihn leitende NSC-Mitarbeiter auch bei anderen Gelegenheiten, um kleine Informationshappen weiterzugeben, die meist jedoch nicht viel mehr als Klatsch waren.

Trotzdem begann Ethan, Geschmack daran zu finden. Er verfügte über ein natürliches Gespür dafür, wie man vertrauliche Informationen ohne allzu großes Risiko dazu nutzen konnte, politische Anliegen zu befördern. Eine solche Aktion vermittelte ihm ein Gefühl der Macht, nach dem er regelrecht süchtig wurde.

Es war dann sein übergroßes Ego, das ihn davon überzeugte, dass er die Zustimmung seiner Vorgesetzten zu diesen Enthüllungen tatsächlich gar nicht benötigte. Er war durchaus kompetent genug, um selbst zu entscheiden, welche Informationen er weitergeben sollte. Er ließ sich dabei von seinen eigenen weltanschaulichen und politischen Ansichten leiten. Er glaubte, dass sich die Außenpolitik seit dem Amtsantritt des neuen Präsidenten viel zu sehr in die Angelegenheiten anderer Staaten einmischte. Es gab seiner Meinung nach viel zu viele Völkerrechtsverletzungen unter dem Vorwand der nationalen Sicherheit, außerdem arbeiteten viel zu viele amerikanische Soldaten und Spione mit viel zu vielen ausländischen Soldaten und Spionen zusammen. Die Institutionen, an die er wirklich glaubte – der Internationale Gerichtshof, die Vereinten Nationen und andere große Weltorganisationen – würden niemals Erfolg haben können, solange Weltmächte wie Amerika weiterhin hinter den Kulissen die Entscheidungen zu ihren eigenen Gunsten manipulierten.

Ethan hatte also die Mittel und das Motiv, um diesem imperialistischen Handeln durch kleine Nadelstiche entgegenzutreten. Allerdings durfte er den Reporter des *Politico* für derlei *ungenehmigte* Enthüllungen nicht verwenden, da man ihm sonst nach kurzer Zeit auf die Schliche kommen würde.

Er musste also einen neuen Vertrauensmann finden.

Zum ersten Mal erfuhr er vom International Transparency Project in einem Artikel, der aus dem *Spiegel* übersetzt worden war. Das deutsche Nachrichtenmagazin veröffentlichte damals eine Reihe von Enthüllungsberichten über den US-amerikanischen militärisch-industriellen Komplex und dessen Waffenkäufe von solchen deutschen Unternehmen wie Diehl BGT Defence und Atlas Elektronik. Mithilfe vertraulicher Firmenmemoranden enthüllte der *Spiegel* präzise Finanzkonditionen, spezifische Waffenfähigkeiten und genaue Lieferdaten. Als Beweis druckten sie die E-Mails zwischen den Rüstungsfirmen und dem US-Verteidigungsministerium ab, die ihnen zugespielt worden waren.

Laut diesem Artikel hatte das ITP den Whistleblower gefunden und geschützt, der dem *Spiegel* diese Informationen übermittelt hatte. Das ITP selbst hatte diese Angaben jedoch nie offiziell bestätigt.

Ethan verfolgte in den nächsten Monaten die Tätigkeit und die »Treffer« des ITP. Je länger er das tat, desto mehr gefiel ihm, was er da sah. Er war fasziniert von der Anonymität der Organisation und der beeindruckenden Liste von Erfolgen, die ihr zugeschrieben wurden. Allerdings nahm er ihre Behauptung zuerst etwas skeptisch auf, sie könne ihre Informanten durch eine Verschlüsselungsmethode schützen, die nicht einmal die NSA knacken könne.

Trotzdem musste Ethan zugeben, dass das ITP sein Geschäft offensichtlich verstand.

Er erfuhr noch mehr über das ITP in einem preisgekrönten Dokumentarfilm mit dem etwas pathetischen Titel *Die Zukunft der Wahrheit*. Der Film beschrieb das lose Konsortium von Whistleblowern, Enthüllungsjournalisten und ethischen Hackern (der Film gab ihnen den

Ehrennamen »Hacktivisten«) als eine Art bürgerliche Weltpolizei und Gruppe von Idealisten, die die letzte Verteidigungslinie zwischen den korrupten nationalen Regierungen und dem Normalbürger darstellte.

Etwa zu dieser Zeit hielt sich Ross in Berlin zu einer NATO-Konferenz auf. Dabei bekam er zufällig mit, dass die Regisseurin und Produzentin von *Die Zukunft der Wahrheit* in der nahe gelegenen Berlinischen Galerie einen Vortrag über ihren Film halten würde. Kurz entschlossen machte sich Ethan dorthin auf den Weg. Als amerikanischem Regierungsmitarbeiter und Geheimnisträger hätte ihm das sogar gewisse Schwierigkeiten einbringen können, wenn es bekannt geworden wäre, aber er kaufte sich einfach an der Galeriekasse eine Eintrittskarte und schlüpfte ganz hinten in den Raum, als die Filmemacherin ihren Vortrag begann.

Der Name der Regisseurin war Gianna Bertoli. Die fünfundvierzigjährige Schweizerin hatte das Filmemachen an der UC Berkeley gelernt und sprach perfektes Englisch. Sie redete lange über das ITP und betonte dabei sowohl die Integrität als auch das technische Können der Organisation. Der offenbar einzige skeptische Journalist im Raum fragte sie nach dem Gerücht, die Gruppe werde von ausländischen Mächten finanziell unterstützt. Bertoli wies diese Behauptung jedoch sofort zurück. In dem Jahr, das sie mit der Recherche und dem Drehen ihres Dokumentarfilms verbracht habe, habe sie nicht ein einziges Mal auch nur den leisesten Hinweis darauf erhalten, dass das Project etwas anderes sei als ein wohlmeinendes Kollektiv von Gleichgesinnten, unterstützt von armen und reichen fortschrittlichen Menschen meist aus den Vereinigten Staaten und Europa.

Ethan war von Bertoli ebenso beeindruckt wie vom Thema ihres Films. Am Ende des Abends hatte er sich entschlossen, sich an das ITP zu wenden.

Tatsächlich nahm er kurz darauf über das Cryptocat-Programm zur Website des ITP Kontakt auf. Einige Wochen später trafen sich er und Harlan Banfield in einem Billigimbiss in Chantilly, Virginia. Es war Ross' Idee gewesen, sich einmal persönlich zu begegnen. Er wollte auf keinen Fall irgendwelche Geheiminformationen an ein fremdes Land liefern. Er musste zumindest die Möglichkeit in Betracht ziehen, dass die Website und der Film Teil einer Täuschungsoperation sein könnten, die amerikanische Regierungsmitarbeiter dazu bringen sollte, den Chinesen oder Russen Geheimnisse zu offenbaren. Als er jedoch Banfield persönlich kennenlernte und danach dessen Vergangenheit und Verbindungen durchleuchtete, gewann er die Überzeugung, dass das Project tatsächlich das war, was es zu sein behauptete: Eine geheime Vermittlungsstelle, in der Informanten ihre Informationen gefahrlos Journalisten übergeben konnten.

Bei diesem ersten Treffen war Banfield genauso auf der Hut wie Ross. Er hatte bereits mit Informanten zusammengearbeitet, als der Mann, der ihm jetzt gegenübersaß, noch nicht einmal auf der Welt war. Er hütete sich also, diesen eitlen und intelligenten NSC-Mitarbeiter nach irgendwelchen konkreten Informationen zu fragen. Stattdessen ließ er sich von Ross von seiner Philosophie und seinem Wunsch erzählen, im Geheimen etwas gegen eine Politik zu unternehmen, die er ablehnte. Banfield hörte ruhig und aufmerksam zu. Ihm fiel auf, dass Ross einen gewissen Groll gegenüber seinen Kollegen, die ihn offensichtlich nicht genug schätzten, und gegenüber der neuen Regierung zu haben schien, die seine Weltsicht und seine Ansichten über das Völkerrecht nicht teilte.

Banfield war ein alter Hase, vor allem was solche Informanten anging. Obwohl er sie wegen des Produktes schätzte, das sie ihm lieferten, hatte er menschlich keinen allzu großen Respekt vor ihnen. Nach Banfields Meinung war Ross voller großartiger diplomatischer und politischer Ideen. Mit einigen stimmte der altgediente Journalist sogar überein, aber als er schweigend in diesem Imbiss saß und Ross reden hörte, wurde ihm plötzlich eines deutlich: Sollte sich dieser junge Mann jemals um ein politisches Amt bewerben, würde Banfield ganz bestimmt nicht für ihn stimmen.

Dieser Typ war ein selbstverliebter Wichtigtuer.

Trotzdem bestärkte ihn Harlan Banfield in seinem Vorhaben und erklärte ihm, er hoffe wirklich, dass sie gemeinsam einige der vielen Missstände beheben könnten, für die die gegenwärtige Regierung verantwortlich sei.

Bei dieser Unternehmung ging Banfield kaum ein Risiko ein. Er wusste, dass in den Vereinigten Staaten noch nie jemand angeklagt worden war, weil er vertrauliche Daten in den Medien veröffentlicht hatte, selbst wenn sie aus einem Datendiebstahl stammten. Auch wenn Banfield in diesem Fall als Mittelsmann für die entwendeten Daten fungierte und sie nicht selbst veröffentlichte, war er doch ein angesehener Vertreter der vierten Gewalt, der sich deshalb weitgehend sicher fühlen konnte. Ross war nicht hier, um ihm eine Falle zu stellen. Aber selbst wenn ihn die Regierung im Rahmen eines Komplotts zu Banfield geschickt haben sollte, damit sich dieser als US-Verbindungsmann des ITP zu erkennen gab, würden ihn die US-Behörden nicht verhaften. Er würde einfach den Stab an jemand andres weiterreichen und seine formelle Beziehung zum Project beenden.

Bei ihrem ersten Treffen übergab Ross Banfield ein einzelnes Schreibmaschinenblatt in einem Plastikbeutel. Es handelte sich nicht um ein Originaldokument, sondern um eine vertrauliche Akte, die Ross selbst abgetippt hatte. Der Beutel sollte verhindern, dass während des Transports seine Fingerabdrücke an das Papier gelangten.

Dieses erste Datenleck war nur klein. Es war das streng geheime Protokoll eines Gesprächs zwischen zwei israelischen Bankern, das die NSA abgehört hatte. Bei dieser Unterhaltung vereinbarten die beiden, einigen Firmen keine weiteren Kredite einzuräumen, die einen Kandidaten der Arbeiterpartei unterstützt hatten.

Ross lieferte keinen schriftlichen Nachweis, dass dieses Gespräch je stattgefunden hatte. Trotzdem versprach Banfield, die Information an eine Person weiterzuleiten, die etwas damit anfangen könne.

Mehr als einen Monat später erhielt Ethan von Banfield eine verschlüsselte E-Mail. Als Anhang war ein kurzer Artikel aus der Ausgabe der linksliberalen israelischen Zeitung *Haaretz* von diesem Tag beigefügt, in dem die politisch motivierten Kreditpraktiken dieser Bank enthüllt wurden. Die Banker stritten diesen Vorwurf zwar ab, taten dies jedoch recht vorsichtig, da sie offensichtlich nicht wussten, welche Informationen *Haaretz* tatsächlich besaß.

Banfield fügte dieser E-Mail einen kurzen Kommentar bei: »Gute Arbeit! Es ist zwar kein schlagender Beweis, aber die Bank wird ab jetzt vorsichtig sein, weil sie weiß, dass die Augen der Welt auf ihr ruhen!«

Natürlich war sich Ethan bewusst, dass Harlan sein Ego streicheln wollte. Trotzdem empfand Ross eine Art Machtgefühl, eine Bestätigung, dass er die Verhältnisse tatsächlich ändern konnte. Seine eigene Enthüllung hatte positive Folgen. Sie war zwar nicht sehr bedeutend, aber das äußerst minimale Risiko war es allemal wert gewesen.

Der *Haaretz*-Artikel war ein Machbarkeitsnachweis. Ethan Ross war jetzt ein ITP-Whistleblower. Ross und das ITP ergänzten sich perfekt. Beide Seiten suchten weder Ruhm noch Bekanntheit, und beide glaubten, dass sie viel besser als die US-Regierung wüssten, welche Informationen geheim bleiben und welche der ganzen Welt offenbart werden sollten.

Seine frühen Erfolge als Informant waren beeindruckend. Er spielte Banfield eine Information über eine CIA/-Mossad-Operation zu, bei der ein entschiedener Gegner der von den USA unterstützten jordanischen Regierung diskreditiert werden sollte. Dies führte in der gesamten Weltpresse zu einer heftigen Kritik an der amerikanischen Politik. Als Nächstes offenbarte er, dass ein auf den Kaimaninseln registriertes Unternehmen in Wirklichkeit eine Tarnfirma war, die der Mossad eingerichtet hatte, um Journalisten in Lateinamerika zu schmieren, damit sie in ihren Artikeln die israelischen Wirtschaftsinteressen förderten. Diese Enthüllung führte in Argentinien zu einem kleineren Medienerdbeben, als ein rechtslastiger Fernsehsender als Erfüllungsgehilfe einer ausländischen Macht entlarvt wurde und die linke Regierung ihm daraufhin die Lizenz entzog.

Mehr als ein Jahr arbeitete Ethan auf diese Weise mit dem Project zusammen. Etwa alle zwei Monate traf er sich entweder persönlich mit Banfield oder kommunizierte mit ihm über Cryptocat. Die Arbeitsbeziehung war für beide Parteien vorteilhaft, und obwohl Ethan über seinen vermeintlichen Karriereknick immer noch frustriert war, glaubte er ehrlich, dass er inzwischen mehr echte Macht besaß als die Leute, die über einen reservierten Amtsparkplatz vor dem Eisenhower Building verfügten.

Dann erfuhr Ethan von der US-Verwicklung in den israelischen Angriff auf das türkische Schiff *Ardahan,* das zu der Friedensflottille gehörte, die vor ein paar Jahren in Richtung Gaza unterwegs war. Es geschah auf einem Vormittagstreffen mit einigen Mitarbeitern des Weißen Hauses, CIA-Beamten und höheren Militärberatern. Dabei ging es um die Finanzierung von Oppositionsparteien im Libanon, ein Thema, über das Ethan eine Menge wusste. Eigentlich wollte er dafür sorgen, dass die Vereinigten Staaten Gelder für ein UN-Programm zur Verfügung stellten, bei dem palästinensische Flüchtlinge durch eine von der Hisbollah unterstützte Organisation eine Berufsausbildung erhalten würden. Sein Vorschlag fand jedoch kaum Anklang. Ein CIA-Mann wies eher nebenbei auf den sekundären Nutzen hin, den eine direkte CIA-Finanzierung einiger der kleineren libanesischen Gruppen in Gebieten haben könnte, in denen sich palästinensische Flüchtlingslager befanden. Ein Mitarbeiter des Weißen Hauses unterstützte diese Position mit der Bemerkung: »Wir haben während des Angriffs auf die sogenannte Gaza-Friedensflottille gesehen, wie nützlich es sein kann, über Informanten in diesen Lagern zu verfügen. Das war für uns ebenso nützlich wie für den Mossad.«

Sofort hob ein höherer CIA-Beamter die Hand und erinnerte den Mann aus dem Weißen Haus daran, dass nicht alle in diesem Raum die Zugangsberechtigung zu dieser Codewort-Operation hatten. Dieser entschuldigte sich leicht zerknirscht – solche Sachen passierten eben –, und die Unterredung wandte sich anderen Dingen zu.

Ross fragte sich für den Rest der Sitzung, worüber dieser Typ aus dem Weißen Haus überhaupt gesprochen hatte. Er wusste nichts von einer CIA-Beteiligung an dem Mossad-Angriff auf die *Ardahan* – ein Ereignis, das damals mehr als eine Woche lang die Medien beherrscht hatte und im Nahen Osten beinahe einen weiteren Krieg ausgelöst hatte. Er war jedoch entschlossen, dies herauszufinden. Zurück an seinem Schreibtisch brauchte Ethan nur ein paar Minuten, um die relevanten Daten über die CIA-Verwicklung in diese Affäre aufzufinden. Die Primärquellen waren zwar in einer Datenbank auf Intelink-TS gespeichert, zu der man nur mit dem richtigen Passwort Zugang bekam, aber Ethan gelang es, mit seiner SCI-Berechtigung auf einen Kurzbericht zuzugreifen, der die damalige Operation zusammenfasste.

Die CIA hatte tatsächlich einen Informanten auf diesem Schiff, der mit einem CIA-Satellitentelefon ausgerüstet war. Die CIA leitete dann sämtliche taktischen Informationen an den Mossad weiter, die für eine erfolgreiche Enterung des Schiffs notwendig waren. Allerdings hielten sie die Identität dieses Informanten auch vor den Israelis verborgen und ließen diese auch nie direkt mit ihm sprechen. Stattdessen traf sich ein CIA-Agent mit militärischer Erfahrung am Angriffstag mit den Schajetet-13-Kommandosoldaten und teilte ihnen alle Einzelheiten über die bewaffneten Palästinenser auf diesem türkischen Frachter mit.

Nach dem Angriff betonte Tel Aviv ausdrücklich, dass die Vereinigten Staaten nichts mit dieser Operation zu tun hatten. Ethan hatte das damals geglaubt und merkte jetzt, dass man auch ihn hinters Licht geführt hatte.

Er kochte vor Wut. Das pure Wissen, dass die CIA diese Informationen an die israelische Spezialeinheit weitergegeben hatte, bevor diese sich auf das Schiff abseilte und Friedensaktivisten erschoss, machte ihn wütend.

Er war in den Regierungsdienst gegangen, um in die Fußstapfen seiner Mutter zu treten und die Welt zu einem besseren Ort zu machen und nicht um ein hegemonistisches Amerika zu unterstützen, das seinen Handlangern auf der ganzen Welt half, irgendwelche Friedensaktivisten umzubringen.

Jetzt gab es kein Zurück mehr. Ethan entschloss sich zu handeln.

Er reichte seine beschränkten und unbelegten Informationen in einer E-Mail an Banfield weiter, der versprach, sie dem *Guardian* zukommen zu lassen.

Ab jetzt schaute Ethan jeden Morgen auf der Website des *Guardian* nach irgendwelchen Nachrichten über die

Friedensflottille. Nichts! Eine Woche später meldete sich Banfield über Cryptocat und erklärte Ethan, dass die englische Zeitung seinen Tipp nicht aufgegriffen habe, da er nichts geliefert habe, was diese ungeheuerliche Behauptung beweisen würde.

Ross war wütend, dass sie es nicht trotzdem veröffentlicht hatten.

Banfield versuchte, Ethan mit dem Argument zu beruhigen, dass der *Guardian* diese Geschichte über die *Ardahan* ohne Beweis einfach nicht bringen könne, ohne sein Renommee zu beschädigen. Danach schlug er Ethan vor, sich auf irgendeine Weise einen solchen Dokumentenbeweis zu beschaffen. Den könne er dann weitergeben und der Artikel würde sofort gedruckt.

Ethan dachte darüber nach. Irgendwie mochte er die geistige Herausforderung, einen Plan zu entwickeln, wie er diese Informationen bekommen konnte, ohne selbst geschnappt zu werden. Wenn er die Dokumente von Intelink-TS herunterlud, würde er einen digitalen Fingerabdruck hinterlassen. Sobald die Nachricht über die US-Verwicklung in den Angriff auf die *Ardahan* erscheinen würde, könnten die Computersicherheitsexperten der CIA den Nutzer aufspüren, der sich Zugang zu dieser Information verschafft und sie von der Datenbank des Computernetzes auf dessen Filesharing-Sektion verschoben hatte. Dies war nötig, wenn er ein solches Dokument herunterladen wollte. Selbst wenn er die Dateien nur ausdruckte, würde er immer noch eine Spur hinterlassen.

Je intensiver sich Ethan mit diesem Problem beschäftigte, desto bestimmter erklärte ihm sein eigenes Ego, dass er unbedingt eine Lösung finden *müsse*. Er beschloss, seine Computerkenntnisse aufzufrischen, um doch noch einen Weg zu finden, wie er sich die benötigten Dokumente gefahrlos beschaffen könnte.

An den Abenden wurde er wieder zu einem Student

der Computerwissenschaften und las alles über die Sicherheit der Systeme, mit denen er täglich arbeitete. Im Büro legte er den IT-Mitarbeitern ständig erfundene Probleme vor, die mit seinem Computerzugang und seinen Log-in-Möglichkeiten zu tun hatten. Dabei schaute er sie verwirrt und völlig ratlos an, damit sie ihm die ganze Sache zwei bis drei Mal erklärten.

Er meldete sich freiwillig zu Projekten, die es erforderlich machten, seine Zugangsberechtigung zeitweise zu erhöhen, sodass er NSC-Netzwerke wie etwa JWICS benutzen konnte, um etwas tiefer in die vertraulichen CIA-Datenbanken einzudringen.

Ethan musste jedoch bald erkennen, dass es da trotz seines unglaublichen Intellekts noch vieles gab, das selbst er nicht wusste und verstand. Dabei war das Problem seiner Meinung nach gar nicht seine Intelligenz. Es gab einfach keinen Weg für einen Mann in seiner Position, sich noch gründlicher mit der Funktionsweise der Computersicherheit in seiner Behörde zu befassen, ohne automatisch Aufmerksamkeit zu erregen.

Dann fand Ross jedoch eine umfassende Antwort auf dieses Problem: Ihr Name war Eve.

11

Ethan bog kurz vor achtzehn Uhr auf seine Einfahrt ein. Es graupelte leicht, deshalb hielt er sich seine Aktentasche über den Kopf, als er zur Eingangstür rannte und den Schlüssel ins Schloss steckte. Bevor er ihn umdrehen konnte, öffnete sich plötzlich die Tür. Eve Pang packte ihn an seiner Krawatte und zog ihn hinein. Dann gab sie ihm einen leidenschaftlichen Kuss.

Er zog die Tür hinter sich zu, und sie riss ihm die Krawatte vom Hals, ohne dabei ihre Lippen von den seinen zu lösen. Sie drückte ihn gegen die Tür und widmete sich seinem Mantel.

Ethan sah kurz im Gangspiegel ihre ganze Gestalt. Sie hatte sich nach der Arbeit bereits umgezogen und trug jetzt eines seiner Pinpoint-Oxford-Hemden, das gut zur Farbe ihres Höschens und ihrer dicken Wollsocken passte.

Eve zog ihm den Mantel herunter und wollte ihn auf den Boden fallen lassen. Er fing ihn jedoch hinter seinem Rücken auf und legte ihn auf einen Stuhl bei der Tür. Als sie begann, ihm sein Anzugjackett auszuziehen, wehrte er sie ab.

Schließlich beendete sie ihren Kuss. »Was ist? Stimmt was nicht?«

»Nur ein harter Arbeitstag, Babe. Können wir kurz reden?«

Überrascht antwortete sie: »Ja. Natürlich.«

»Gut«, sagte Ethan und ging ins Obergeschoss, um sich

umzuziehen, während Eve seinen Mantel an die Garderobe im Gang hängte.

Eve Pang war eine Amerikanerin koreanischer Abstammung. Sie arbeitete als leitende IT-Systemingenieurin für Booz Allen Hamilton, ein Vertragsunternehmen der US-Regierung. Ross hatte sie vor einem halben Jahr nach einem Vortrag kennengelernt, den sie am Sitz ihrer Firma in Tysons Corner, Virginia, bei einer Fortbildungstagung für Regierungsangestellte mit Top-Secret-Berechtigung hielt. Er hatte sich extra wegen ihr zu dieser ganztägigen Fortbildung angemeldet. Er wusste, dass sie zu den besten Netzwerkadministratoren des gesamten Landes gehörte. Während die meisten anderen anwesenden NSC-Mitarbeiter sich zu Tode langweilten und es kaum erwarten konnten, nach Washington zurückzukehren, war Ross absolut gefesselt – einmal von der gesamten Tagung über sichere Netzwerkinfrastrukturen, zum Zweiten jedoch von dieser jungen Asiatin mit ihrer Nerd-Brille, die einen Teil des Kurses leitete. Ethan hielt sie für unglaublich attraktiv, aber er merkte auch, dass sie ein unglaubliches Wissen über den Aufbau der geheimsten Computersysteme der US-Geheimdienste besaß. Einen Teil dieses Wissens wollte er für sich abzweigen.

Eve hatte an der Sicherheitsinfrastruktur von JWICS mitgearbeitet, seit sie im Alter von fünfundzwanzig Jahren beim MIT ihren Doktor gemacht hatte. Jetzt war sie mit zweiunddreißig eine hoch bezahlte Booz-Allen-Systemingenieurin. Ihr Büro lag in Fort Meade, aber sie arbeitete in der gesamten Hauptstadtregion an Sicherheitsprotokollen für die VPN, die Virtuellen Privaten Netzwerke, der US-Geheimdienste, die es Regierungsmitarbeitern erlaubten, sich von außerhalb der zugangsbeschränkten Netzwerke in einige der geheimsten Datenbanken der Geheimdienstgemeinschaft einzuloggen.

Ethan lud sie noch für den gleichen Abend zum Essen ein, und sie sagte mit großen Augen und pochendem Herzen zu. Sie war völlig verblüfft, dass er sich für sie zu interessieren schien. Normalerweise ging sie nur mit anderen Computer-Nerds aus, von denen die meisten auch noch Koreaner waren, aber er war ein attraktiver, charmanter und gepflegter Mitarbeiter des Weißen Hauses, der so interessant wie intelligent zu sein schien.

Ethan wusste, dass er sie ausnutzte, aber das machte ihm nichts aus, denn er hatte grundsätzlich nie so etwas wie ein Gewissen, wenn es um Beziehungskisten ging.

Bei ihren ersten Dates sprachen sie hauptsächlich über ihre Jobs. Eve hatte sich in ihrem ganzen Leben eigentlich nur für Computer interessiert und außerhalb ihrer Arbeit keinerlei Hobbys. Deshalb redete sie auch am liebsten über Netzwerke und Codes. Da ihr neuer, wissensdurstiger Freund ja eine Top-Secret-Zugangsberechtigung besaß, musste sie sich in dieser Hinsicht auch keine Gedanken machen. Sicherlich gab es Aspekte ihrer Arbeit, über die sie selbst mit ihrem Freund nicht sprechen sollte und konnte, aber ab und zu rutschte ihr, vor allem nach einem Glas Wein, doch etwas heraus. Das fand sie jedoch nicht weiter schlimm.

Immerhin standen sie auf derselben Seite.

Ethan machte natürlich gegenüber Eve niemals die leiseste Andeutung, dass er vertrauliche Regierungsinformationen an das International Transparency Project weiterleitete. Seine Fragen über IT-Sicherheit begründete er mit seinem persönlichen Computerinteresse und dem Wunsch, den Schutz des NSC vor Hackerangriffen von außen und Datenverletzungen von innen zu gewährleisten.

Ethan spielte mit Eve beim Abendessen oder vor dem Kamin ihrer Eigentumswohnung gerne Computerangriffsszenarien durch. Sie wusste, dass er wie sie höchst intelligent war. Außerdem interessierte er sich weit mehr für ihre Arbeit als sie sich für seine.

Es schadete sicher nicht, dass er ihr bei ihren Gesprächen ständig Wein nachgoss, denn bei jedem Glas lockerten sich ihre Lippen noch ein Stück weiter. Tatsächlich fand sie diese »Kriegsspielchen« unterhaltsam und geistig anspruchsvoll. Sie versuchte, alle seine Fragen zu beantworten, und war stolz darauf, dass ihr genialer Freund echtes intellektuelles Interesse an ihrer Arbeit zeigte. Manchmal meinte sie scherzhaft, dass er von solchen Sicherheitsfragen besessener sei als ein IT-Sicherheitsprofi, wie sie selbst einer war.

Eines Abends saßen sie auf dem Sofa und unterhielten sich über Schwachstellen im System. Ihre zweite Flasche Claret lag bereits leer auf dem Couchtisch, aber Ethan hatte schon die dritte geöffnet. Zwischen ihren einzelnen Schlucken erklärte Eve, dass sich der schwächste Teil der Netzwerksicherheit auf der Ebene des »Default Domain Administrator« (DDA) befinde. Dieser »Standard-Domänen-Administrator« sei das erste Nutzerkonto, das in einem Netzwerk eingerichtet werde und das über umfassende Privilegien verfüge. IT-Profis würden den DDA oft deaktivieren, nachdem sie andere Nutzerkonten mit geringeren Zugangsberechtigungen eingerichtet hätten, aber in dem streng geheimen Netzwerk der CIA, dem Intelink-TS, sei der DDA weiterhin ständig aufrufbar. Allerdings benötige man dazu ein Passwort, das nur einige wenige Administratoren kennen würden, die man zuvor auf Herz und Nieren überprüft habe.

Eve behauptete, dass jeder, der sich als DDA einlogge, einen praktisch unbeschränkten Zugang zu allen Teilen des Intelink-TS habe. Es handelte sich um den Schlüssel zum Königreich. Ein böswilliger Administrator könnte sich in die geheimsten Ecken des Systems begeben, sogar sämtliche Daten herausschleusen und danach die Spuren seines Datendiebstahls verwischen.

Als Ethan das hörte, war er sofort hellwach. Er benötigte jedoch noch weitere Informationen. »Mein lieber Mann. Die Leute, denen man diese Log-in-Rechte einräumt, müssen aber wirklich zuverlässig sein.«

Eve lächelte und zwinkerte ihm mit ihrem bereits leicht benebelten Auge zu. »Ich habe dieses Recht.«

»Hast du *nicht*.«

Ihr Lächeln wurde noch breiter. »Doch, habe ich.«

»Und damit könntest du in alle Teile des Systems gelangen und keiner würde es merken?«

»Wenn ich das wollte. Habe ich aber noch nie. Warum sollte ich?«

Ethan konnte das immer noch kaum glauben. »Für alles, was wir machen, gibt es einen Audit-Trail. Madeline Crossman, die Sicherheitsbeauftragte meiner Abteilung, kontrolliert mit dieser Überwachungssoftware ständig, dass wir uns keinen unautorisierten Zugang zu unserem Computernetz verschaffen.«

Eve lächelte erneut. »Für den DDA gibt es kein Audit, das ich nicht umgehen könnte. Das heißt, wenn ich mich als DDA einlogge, kann mich auch diese Kontrollsoftware nicht aufspüren.« Sie kicherte. »Ethan, auf meinem Zugangslevel bin *ich* das Audit.«

»Dein Passwort macht dich also unantastbar?«

»Na ja, nicht gerade unantastbar. Ich arbeite mit Virtuellen Privaten Netzwerken, die über JWICS Zugang ins Intelink-TS erhalten, und dazu ist eine sogenannte Zwei-Faktor-Authentifizierung nötig.«

Sie ging zu ihrer Handtasche hinüber und holte zwei kleine identische Sicherheits-Token oder Chipschlüssel von der Größe eines Schlüsselanhängers heraus, in die kleine LCD-Displays eingelassen waren. Auf den Displays war ein halbes Dutzend Ziffern zu erkennen. Der eine

Stick hatte einen roten Aufkleber, auf dem *Pang,* und der andere einen, auf dem *Pang-DDA* stand.

»Ich benutze diese hier. Ich kann mit meinem Laptop Zugang zum CIA-Netzwerk erlangen, wenn ich mein Log-in eingebe und dann die Zahl auf dem Display hinzufüge, die sich alle dreißig Sekunden ändert. Wenn ich jedoch als DDA einloggen möchte, mache ich dasselbe, benutze jedoch dieses andere Token hier. Diese Sicherheits-Sticks und die Zahlen auf ihnen kann man zu mir zurückverfolgen.«

Vor Ethans Augen änderten sich die sechs Ziffern auf jedem Token und ergaben eine neue Gesamtzahl.

Ethan schaute sich diese Sticks genauer an. »Wenn ich dich richtig verstanden habe, würde jemand, der nicht von außen einloggt, wie jemand innerhalb der CIA oder irgendwo, wo es einen direkten Zugang zu diesem Netzwerk gibt, diese Dinger hier überhaupt nicht benötigen.«

»Genau! Jemand, der bereits im Netzwerk ist, braucht nur das DDA-Passwort, dann kann er machen, was immer er will. Ich habe über diese Sicherheitslücke ganze Aufsätze geschrieben, aber keiner hört mir zu.« Sie lachte, warf die Sticks in ihre Handtasche zurück und griff nach ihrem Weinglas. »Die besten IT-Leute arbeiten eben nicht für die Regierung, und uns Vertragsfirmen erteilt man zwar einen weitgehenden Zugang zu den Computernetzen, aber Entscheidungsbefugnisse haben wir fast keine.«

»Unglaublich«, murmelte Ethan vor sich hin. »Du bist also beinahe unantastbar.«

Sie streckte den Arm aus, packte Ethans Hand und steckte sie unter ihr Oxford-Hemd. Sie drückte seine Hand auf ihre kleine Brust. »Ich bin antastbar, siehst du? Aber mit meinem Passwort und meinem Sicherheits-Stick bist du der Einzige, der mich antasten kann.«

Sie lachte über ihr eigenes Wortspiel. An ihrem Lachen merkte Ethan, wie angetrunken sie bereits war.

Er beschloss, sein Glück zu versuchen. »Hast du keine Angst, jemals dein Passwort zu vergessen?«

Sie schüttelte den Kopf. »Mein Passwort? Nein, denn das benutze ich jeden Tag. Den DDA-Zugangscode brauche ich dagegen nur alle paar Monate, deshalb habe ich ihn mir aufgeschrieben.«

»Was? Das ist aber nicht besonders klug. Selbst *ich* weiß das.«

Sie küsste ihn. »Keine Angst. Ich zeige es dir.«

Sie verließ einen Moment das Zimmer, während Ethan ziemlich fassungslos dasaß. *Niemand* in der IT-Branche zeigte jemand andres sein Passwort, nicht einmal einsame betrunkene Mädchen, die ihren Freund beeindrucken wollten.

Er füllte ihr Weinglas wieder auf.

Als sie zurückkam, faltete sie ein einzelnes Blatt Papier auseinander. Er war versucht, es ihr aus der Hand zu reißen, denn er kannte dessen Bedeutung für seine Mission.

Als er es jedoch betrachtete, merkte er, dass er entgegen seinen Erwartungen den Schlüssel zum Königreich immer noch nicht besaß. Das Papier war voller handgeschriebener Schriftzeichen, die irgendwie asiatisch aussahen.

»Ist das Koreanisch?«, fragte Ethan. »Das ist auch nicht gerade sicher, Babe.«

»Nein, das ist kein Koreanisch. Das ist Idu, eine tausendjährige Schrift, die früher in Korea benutzt wurde. Nicht viele Menschen können sie noch schreiben. Am besten ist jedoch, dass es wie traditionelles Chinesisch aussieht, also wie Kaishu, das es etwa zur selben Zeit gab. Wenn jemand diese Wörter und Zahlen übersetzen möchte, wird es ihm nicht gelingen, weil er es für traditionelles Chinesisch hält. Idu ist dagegen praktisch vergessen.«

Ethan war beeindruckt und erklärte ihr das auch. Sie strahlte über das ganze Gesicht, geriet leicht aus dem Gleichgewicht, und zehn Minuten später ließ sie sich einfach nach hinten aufs Sofa fallen. Der Alkohol hatte gesiegt.

Ethan fotografierte mit seinem Handy die Seite mit den seltsamen Schriftzeichen.

Während Eve tief und fest ihren Rausch ausschlief, verbrachte Ethan den Rest der Nacht damit, sich selbst für seinen unglaublichen Intellekt und seine einmaligen Manipulationsmethoden zu gratulieren und sich gleichzeitig zu fragen, wie zum Teufel er diesen Idu-Text übersetzen sollte.

Nach einer längeren Suche im Internet fand Ethan tatsächlich einen Übersetzer, einen Professor für alte ostasiatische Sprachen der University of Chicago. Der Professor machte es sogar umsonst. Bereits nach ein paar Minuten schickte er ihm eine E-Mail mit einer vierzehnstelligen Folge von Buchstaben und Zahlen zurück. Am nächsten Tag loggte sich Ethan mit diesem DDA-Zugangscode in ein JWICS-Terminal im gesicherten Verwaltungstrakt des NSC ein. Nach kurzer Zeit fand er die Dokumente über die Flottillenoperation in einer Reihe von streng geheimen SCI-Dateien. Er konnte sie nicht alle vollständig durchlesen. Das hätte Stunden gedauert, und ihm standen nur Minuten zur Verfügung.

Dann nutzte er die Methoden, die ihm Eve bei einem Abendessen erklärt hatte, um die Dateien in die Filesharing-Sektion des Servers zu verschieben und sie an Harlan Banfield zu schicken. Dieser schaute sie durch und erklärte Ross, sie würden erst einmal liegen bleiben, bis sie sich sicher sein konnten, dass das Datenleck nicht entdeckt worden sei. Dies könne bis zu sechs Monate dauern. Ethan war ungeduldig. Er war sich sicher, dass er den Sicherheitsbruch perfekt durchgeführt hatte. Banfield bestand jedoch darauf, dass das ITP auch in diesem Fall seine altbewährten Sicherheitsregeln einhalten müsse.

Danach herrschte erst mal Funkstille. Vier Monate lang hatten die Medien nichts über den Angriff auf die Flottille gebracht. Ethan hatte darauf verzichtet, weitere Dokumente aus dem JWICS zu entwenden, weil er sehen wollte, wie der *Guardian* seine erste Lieferung benutzte. Dass Banfield und seine Gruppe die Dateien noch gar nicht an die Medien geschickt hatten, machte ihn wütend.

Und jetzt das. Das FBI rückte im NSC ein und behauptete, es habe einen Datendiebstahl gegeben, der dazu geführt habe, dass ein ehemaliger israelischer Kommandooffizier und seine ganze Familie umgebracht wurden.

Irgendetwas war bei der Ausschleusung der Daten schiefgegangen. Dabei war es ihm gelungen, seine Beteiligung zu verschleiern. Er hatte als DDA eingeloggt, deshalb konnten sie nicht wissen, dass er das war. Irgendwie musste ihnen jedoch die Verschiebung der Dateien in die Filesharing-Sektion aufgefallen sein.

An diesem Abend saßen Ethan und Eve in seinem Haus und nicht in ihrem. Trotzdem tranken sie wie an dem Abend vor vier Monaten Claret und redeten über Netzwerkeinbrüche. Eve wusste alles über den Datenklau beim NSC. Obwohl es weder sie noch eines ihrer Virtuellen Privaten Netzwerke betraf, hatte man sie darüber informiert, als sie heute Morgen zur Arbeit erschien.

Ethan erzählte ihr von dem Treffen mit dem FBI-Mann und der Möglichkeit, dass es im NSC einen Maulwurf geben könnte. Damit bereitete er jedoch nur den weiteren Gesprächsverlauf vor, denn er wollte unbedingt wissen, was schiefgelaufen war. Er glaubte keine Sekunde, dass er einen Fehler gemacht haben könnte. Nein, er war sich sicher, dass Eve Pangs Behauptung nicht gestimmt hatte, dass ein DDA-Log-in das gesamte Netzwerk unter Kontrolle brachte. Dies ärgerte ihn, aber er ließ es sich nicht anmerken.

Er schenkte frischen Wein ein und streichelte Eve sanft übers Haar, während sie nebeneinander auf seiner Couch saßen. Schließlich fragte er: »Was glaubst du, was passiert ist?«

»Ich weiß genau, was passiert ist.«

Dies überraschte Ross. »Tatsächlich?«

»Ja. Diese IT-Typen bei der Regierung sind Dummköpfe. Sie haben diesen Datenklau geschehen lassen, aber dann hatten sie Glück. Es war einfach nur ein glücklicher Zufall.«

Ethan zwang sich, an seinem Wein zu nippen. Seine Finger hätten am liebsten das Glas in seiner Hand zerdrückt, aber er bemühte sich, ein gleichmütiges Gesicht zu bewahren. »Wieso hatten sie Glück?«

Eve lächelte. »Zufällig wurde zu genau dieser Zeit ein sogenannter Vor-Ort-Audit durchgeführt, das heißt, das Netzwerk auf abnormales Verhalten überprüft. Das geschieht nur während fünf Prozent der Einsatzzeit. Trotzdem wurden die Audit-Ergebnisse niemals begutachtet, sondern einfach nur automatisch auf dem Server gespeichert. Dabei hatte das Audit die Dateien registriert, die damals auf den Filesharing-Server im Büro des Nationalen Sicherheitsrats verschoben wurden.«

»Ich verstehe«, sagte Ethan. »Können sie denn feststellen, ob die Dateien heruntergeladen oder auch nur ausgedruckt wurden?«

»Höchstwahrscheinlich heruntergeladen. Die Drucker hätten von sich aus den Druckauftrag protokolliert, wenn man sie benutzt hätte. Ich nehme an, dass selbst die IT-Sicherheitsleute der Regierung kompetent genug sind, das zu überprüfen.«

Nach einer kurzen Pause fügte sie hinzu: »Jemand hätte bereits vor vier Monaten Nachforschungen anstellen müssen. Stattdessen musste erst dieses Attentat in Indien passieren, bis die Systemadministratoren in Langley den Auftrag bekamen, die Dateien auf Intelink-TS auf ihre Sicherheit zu überprüfen.« Sie lachte laut auf. »Sie haben bestimmt Shit gerufen, als sie gemerkt haben, dass man diese Dateien aufgerufen und herausgeschleust hatte.« Leise und fast beiläufig sagte sie dann noch: »Sie werden nie herausfinden, wer das getan hat.«

»Warum nicht?«

»Erinnerst du dich noch, was ich dir neulich über diesen Domänen-Administrator-Zugang erzählt habe?«

Ethan schaute geraume Zeit ins Leere. »Vage.«

»Ich würde mein gesamtes Geld darauf verwetten, dass sich bei diesem Datenklau jemand als DDA eingeloggt hat. Das kann ich zwar nicht beweisen, das ist eben das Problem mit dem DDA-Zugangscode, trotzdem glaube ich, dass genau das passiert ist. Sie werden deswegen nie erfahren, wer damals ins System eingebrochen ist. Sie könnten eigentlich gleich aufhören zu suchen.«

»So ist das also«, murmelte Ethan. Am liebsten hätte er jetzt ein Loch in die Wand geschlagen.

Wie erwartet, hatte er alles richtig gemacht. Es war einfach nur Pech gewesen.

Sein Eindringen ins System wäre also niemals aufgeflogen, wenn es da nicht ganz zufällig den Tod dieses Israelis in Indien gegeben hätte.

Eve versuchte noch einmal, Ethan anzumachen, aber der war nicht in Stimmung. Sie ging deshalb früh zu Bett, während er mit einem Glas Wein in der Hand in seinem Wohnzimmer saß und sich im Fernsehen einen Film ansah, der ihm völlig egal war.

Sein gesamtes Denken kreiste nur noch darum, wie er den Lügendetektor überlisten konnte. Wenn ihm das gelang, war alles in Ordnung. Er sagte sich, dass es auf der ganzen Welt keinen FBI-Agenten gab, der ihm in dieser Hinsicht das Wasser reichen könne. Die Ermittlungen würden im Sand verlaufen oder man würde diese Schlampe Beth Morris von der Abteilung für die westliche Hemisphäre an seiner Stelle verdächtigen.

Jetzt musste er nur noch den Lügendetektor besiegen.

12

Dominic Caruso stand an seinem Herd und rührte gewürfelte Tomaten in eine Kasserolle voller fetter Shrimps, Olivenöl und Gewürze ein. Der Geruch von Knoblauch und Oregano durchzog die ganze Küche, und der zerstoßene Cayennepfeffer ließ seine Augen tränen. In der Hitze des Herdes bildete sich auf seiner Stirn eine dünne Schweißschicht, die er mit dem Handtuch über seiner Schulter abwischte. Auch als die Stirn wieder trocken war, hielt er das Handtuch auf seiner Schulter weiterhin bereit. Immerhin handelte es sich hier um Shrimp Fra Diavolo. Er sollte also erst ins Schwitzen geraten, wenn er sie aß.

Dom hatte schon immer gerne gekocht. Als er jung war, brachte es ihn seiner Mutter und Großmutter näher, und jetzt versetzte es ihn wieder zurück in die Kindheit mit all ihren glücklichen Erinnerungen. Genau das war an diesem Abend sein Plan. Er kochte nicht, weil er hungrig war. Heute Abend hielt er es für eine gute Idee, etwas Produktives zu machen, das ihn für ein paar Stunden auf andere Gedanken brachte. Deshalb war er von seiner Couch aufgestanden, hatte seine geprellten Rippen und sein leichtes Kopfweh ignoriert, als er sich in seinen Mantel kämpfte, und war einkaufen gegangen.

Sich ein richtiges Essen zu machen war zwar vielleicht nichts Großartiges, aber es war immer noch besser, als sich eine Pizza zu bestellen oder in seiner dunklen Wohnung zu sitzen und vor sich hin zu brüten.

Dom stellte die Hitze unter der Kasserolle schwächer und ging für einen Moment zur Anrichte hinüber, um eine Flasche Trebbiano aufzumachen, die er ganz hinten in seinem Kühlschrank gefunden hatte. Er nahm einen großen Schluck direkt aus der Flasche, während er zum Herd zurückkehrte, um dort etwas Wein in das Fra Diavolo zu kippen. Er wich vor dem Dampf zurück, der aus dem blubbernden Shrimpsgericht emporzischte.

Während des Kochens musste er plötzlich an die letzte Mahlzeit denken, die er hier in seiner Wohnung zubereitet hatte. Es war am Abend vor seinem Abflug nach Indien gewesen, und im Gegensatz zu heute war er damals nicht allein, denn Dom kochte in der Regel nicht nur für eine Person.

Ihr Name war Abbie und sie war Barkeeperin in einem besseren Saloon in Georgetown. Er hatte ihre Bar regelmäßig besucht, aber sich dabei lieber ruhig ins Dunkle gesetzt, als sich mit ihren anderen Stammgästen zu unterhalten. Eines Abends blieb er bis Lokalschluss. Danach gingen beide in eine benachbarte Bar, wo es auch zu dieser späten Stunde noch etwas zu trinken gab. Dort saßen sie eine Stunde und genehmigten sich das eine oder andere Bier.

Er erzählte ihr, er arbeite für eine Sicherheitsfirma. Sie sagte nur kurz: »Cool«, und kam dann nicht mehr auf seinen Job zurück.

Zuerst liebten sie sich bei ihr, aber nach ein paar weiteren Abenden mit der unvermeidlichen Bettgeschichte nach einem späten Bier lud Dom sie in seine Wohnung zum Essen ein. Er bereitete ein original italienisches Gericht zu, das er von seiner Großmutter kannte: Hackbällchen, »Polpette«, aus Kalbfleisch und Rucola. Er servierte das Ganze bei Kerzenlicht mit einem seiner liebsten

Chiantis. Sie schien angenehm überrascht zu sein, dass er tatsächlich kochen konnte, aber sie war nicht wegen des Kalbfleischs gekommen. Bald nachdem sie ihre Teller in die Küchenspüle gestellt hatten und die Chianti-Flasche auf dem Couchtisch geleert war, verschwanden beide in seinem dunklen Schlafzimmer, und das Essen war schnell vergessen.

Dom hatte diese letzte Nacht vor Indien sehr genossen, während seines ganzen Aufenthalts dort jedoch kaum an Abbie gedacht. Auch sie hatte ihm in der ganzen Zeit weder eine E-Mail geschickt noch ihn angerufen.

Das war es also gewesen. Dom beschloss, ihre Bar eine Zeit lang zu meiden, damit beide ihr Leben einfach weiterleben konnten.

Dom lud sich seinen Teller mit den Shrimps voll und ging ins Wohnzimmer hinüber. Unterwegs griff er sich den Trebbiano. Statt Candle-Light-Dinner mit Abbie saß er jetzt allein auf dem Sofa, die Füße auf dem Couchtisch. Im Fernseher lief ein Pokerturnier, auf das er jedoch überhaupt nicht achtete. Er schlürfte seinen Wein, aß seine Shrimps und hatte miese Laune. Auf das Essen von heute Abend war er stolz, denn es hatte genau die richtige Geschmacksmischung: die buttrige Süße der Shrimps, die Schärfe des Cayennepfeffers und die Säure der Zitronen. Trotzdem war seine Stimmung düster, nicht zuletzt weil keine Frau hier war, die das Essen mit ihm teilte und ihn dafür über den grünen Klee lobte, bevor sie mit ihm ins Bett ging.

Immerhin war Dom Italiener und sich deshalb der verführerischen Wirkung einer guten Mahlzeit wohl bewusst.

Bald darauf vergaß er jedoch das Essen und die Frauen, und seine Gedanken wanderten zu den Yacobys und den Mahlzeiten weiter, die er mit ihnen geteilt hatte. Er dachte an die beiden Jungs und an diesen amerikanischen Hurensohn, der sie an die Terroristen verraten hatte, als ob ihr Leben nichts bedeutet hätte.

Dieser Gedankengang brachte ihn schließlich zu seiner eigenen Verantwortung für ihren Tod zurück. So sehr er auch versuchte, über seine eigenen Aktionen objektiv zu urteilen, warf er sich doch immer noch vor, dass er sie nicht hatte retten können.

Dom kämpfte während des ganzen Abendessens gegen diese Bilder an. Als Teller und Flasche leer waren, dachte er kurz daran, in seinem Kühlschrank nachzuschauen, ob dort irgendwo in einer Ecke eine weitere kalte Flasche Trebbiano stand. Vielleicht konnte er sie austrinken und dabei noch etwas fernsehen, bevor er wieder in sein Bett zurückkehrte.

Nein. Er konnte nicht die ganze Nacht allein hier trinken und in gefährliche Gedanken versinken.

Er schaute auf die Uhr. Es war halb elf.

Er fasste einen neuen Plan für diesen Abend, und sofort konnte er wieder an etwas anderes denken als an die Yacobys. Er wusste, dass das nur eine Zeit lang andauern würde wie vorhin bei der Zubereitung der Shrimps Fra Diavolo. Aber es war immer noch besser, als hier zu sitzen und vor sich hin zu brüten.

»Mach's nicht, Dom!«

Er wusste nicht, warum er so mit sich sprach. Er wusste, dass er es machen würde. Sein Körper ignorierte seine innere Stimme. Er stand auf, ging ins Badezimmer und zog ein Paar Jeans und eine braune Lederjacke an. Als er mit dem linken Arm in den Ärmel schlüpfte, hatte er das Gefühl, jemand würde ihm mit einer Zange eine Rippe herausdrehen, aber er kämpfte gegen den Schmerz an und schaffte es.

Bevor er ging, räumte er noch fünf Minuten seine Wohnung auf. Auch wenn er noch nicht wusste, wohin er gehen würde, und keine Ahnung hatte, wen er dort treffen würde, hatte er nicht die Absicht, allein zurückzukehren.

Um dreiundzwanzig Uhr saß Caruso auf einem Barhocker in einem noblen Gastropub in der 14th Street mit dem schönen Namen *The Pig*. Er war bestimmt schon ein Dutzend Mal hier gewesen, um etwas zu essen und zu trinken und vielleicht auch etwas anderes zu finden. Während er sein Bier schlürfte, ließ er den Blick durch das dunkle, belebte Lokal schweifen. Seine Augen wanderten über Dutzende von Tischen. Jeder war voll besetzt, und die Gäste schienen sich alle gut zu amüsieren.

Jetzt machte Dom auch mehrere potenzielle Zielpersonen aus.

Er fühlte sich dabei immer ein wenig wie bei den stationären Überwachungsoperationen beim Campus. Allerdings beschattete er hier keine Terroristen oder russische Mafiosi und musste auch nicht auf irgendwelche gegnerischen Beobachter achten.

Nein, er war hier, um sich ein Mädchen zu angeln.

Die Kontaktliste von Doms Handy war voller Möglichkeiten für eine heiße Liebesnacht, aber im Moment scheute er die persönlichen Unterhaltungen, die sie mit sich bringen würden, vor allem das Mitgefühl und die sorgenvollen Blicke, auf die er sich in seinem gegenwärtigen Zustand gefasst machen müsste. Dom war mental und körperlich angeschlagen, und alle befreundeten Frauen, auch wenn sie ihm gar nicht so nahestanden, würden ihn zu bemuttern versuchen.

Heute Nacht wollte Dom jedoch auf keinen Fall bemuttert werden.

Bei seinem ersten Rundumblick hatte er die Frau, die ein Stück von ihm entfernt ebenfalls am Tresen saß, gar nicht bemerkt, aber ganz bestimmt nicht, weil sie nicht attraktiv gewesen wäre. Im Gegenteil, es handelte sich um eine hinreißende Brünette, etwa in seinem Alter oder etwas älter, mit Mandelaugen und vollen Lippen. Er hatte sie zuerst nicht bemerkt, weil sie von drei sehr großen jungen Männern umgeben war. Zwei saßen links und rechts neben ihr an der Bar, der dritte stand dicht hinter ihr. Ein Mann lachte laut und legte den Arm um sie, während die beiden anderen Whiskeys on the Rocks tranken und sich mit einem Grinsen im Gesicht im ganzen Raum umschauten.

Doms Augen wanderten weiter. Sein Radar suchte ja nach echten Gelegenheiten, und bei dieser potenziellen Zielperson gab es ein Störsignal in Form von fremdem Testosteron.

Er bestellte sich ein weiteres Bier. Eine Rothaarige, die mit einer Freundin an einem Zweiertisch an der Rückwand des Lokals saß, fiel ihm ins Auge. Sie erwiderte seinen Blick. Als alter Hase schaute er erst einmal, ob sie einen Ehering trug. Dies war zwar nicht der Fall, aber dann fiel ihm die dramatisch-manierierte Art auf, mit der sie sich mit ihrer Begleiterin unterhielt. Außerdem konnte er selbst aus der Entfernung ihre zerbissenen Fingernägel erkennen. Sie war wohl emotional leicht angeschlagen. Das war das Letzte, was er im Moment brauchen konnte, deshalb ließ er seine Augen weiter durch den Raum schweifen.

Eine große sportliche Blondine in einem Geschäftskostüm, die offensichtlich mit einigen Kollegen und Kolleginnen den Abend verbrachte, schaute kurz zu ihm herüber. Ihre Kleidung und ihre Begleiter zeigten ihm jedoch, dass sie auf dem Kapitol arbeitete. Dom kannte ein paar Kongressmitarbeiter persönlich. Eigentlich hatte er nichts gegen sie, aber er war jetzt nicht in der Stimmung, entweder über dröge Parteipolitik zu sprechen oder den letzten zynischen Klatsch aus den Damentoiletten des Kongresses zu erfahren. Und so setzte er seine langsame Suche nach möglicherweise verfügbaren Frauen fort.

Dabei seufzte er innerlich tief auf. Je älter er wurde und je mehr seine Menschenkenntnis zunahm, desto schwieriger wurde es, jemand zu finden, der zu ihm passte. Er fragte sich, ob er jemals heiraten würde, wenn es ihm jetzt schon so verdammt schwerfiel, sich nur für eine einzige Nacht zu binden.

Nach einem weiteren tiefen Schluck aus seinem Bierglas erkannte Dom, dass vor allem seine gegenwärtige Gemütsverfassung seine Kontaktsuche behinderte. Indien hatte ihn so sehr mitgenommen, dass er im Augenblick selbst zu einer solch gefühlsarmen und kurzfristigen Beziehung wie einem One-Night-Stand unfähig war.

Auf geht's, D. Nicht aufgeben!

Er bestellte sich sein drittes Bier an diesem Abend. Als es serviert wurde, dachte er gerade darüber nach, zu einem der Tische mitten im Lokal hinüberzugehen, an dem drei gut aussehende Frauen im Collegealter saßen. Sein Plan wurde jedoch vereitelt, als er hörte, wie die schöne Brünette, die ein Stück von ihm entfernt am Tresen saß, einen der drei groß gewachsenen Männer, die sie umgaben, empört anblaffte:

»Ich sagte nein!«

Dom runzelte die Stirn. Er hatte die Frau bei seiner ersten Suchrunde ausgeschlossen, weil sie offensichtlich in männlicher Begleitung hier war, aber jetzt spitzte er die Ohren, um das Gespräch zwischen der Brünetten und den jungen Männern mitzubekommen, und blickte zu ihnen hinüber.

Die drei Typen wirkten auf Dom wie dreihundert Kilogramm geballte Probleme. Ihre dicken Muskeln spannten sich unter engen T-Shirts, die mit Adlern, Schädeln, Wölfen und anderem Unsinn »geschmückt« waren. Ihre Unterarme waren vollständig tätowiert, und auf einem Tisch in der Nähe lagen ihre schwarzen Lederjacken. An ihren Augen und ihrer Körperhaltung erkannte er, dass sie entweder bereits sturzbetrunken waren oder kurz davor standen.

Dom schätzte die Lage in aller Kürze ein. Die schöne Frau kannte die Typen nicht einmal. Sie war mehrere Jahre älter und viel besser gekleidet als sie. Jetzt wirkte sie in der Gegenwart dieser Hünen unglaublich klein und verletzlich.

Dom nutzte seine bewährte Beobachtungsgabe, um die Geschichte zu vervollständigen. Die Frau war allein gekommen. Sie hielt sich wahrscheinlich geschäftlich in Washington auf und wohnte eventuell in einem großen Vier-Sterne-Kettenhotel hier in der Gegend. Sie kam hierher, um kurz noch etwas zu essen und ein Glas Wein zu trinken. Dann war sie in die Fänge dieser Horde mit Anabolika vollgepumpter, geiler Arschlöcher geraten.

Dom konzentrierte sich auf den breitbrüstigen blonden Ziegenbartträger, der offensichtlich der Sprecher der Gruppe war. Er war es auch, der den Zorn der zierlichen Brünetten hervorgerufen hatte. Er konnte nicht verstehen, was er zu ihr sagte, aber sie antwortete ihm, indem sie die Augen verdrehte und den Kopf schüttelte.

»Deshalb brauchen Sie jetzt nicht so rumzuzicken«, rief er.

»Ich zicke hier nicht rum. Ich habe versucht, nett zu sein, aber Sie haben mir nicht zugehört.«

»Ich habe Ihnen einen Drink kommen lassen. Sie hätten wenigstens die Freundlichkeit haben können, sich an unseren Tisch zu setzen.«

»Es tut mir leid. Ich hätte den Drink nicht annehmen dürfen. Ich muss morgen ganz früh zum Flughafen und …«

»Ein weiterer Drink! Was ist schon dabei?«, rief er und beugte sich bedrängend zu ihr hinüber.

Niemand an der Bar interessierte sich für diese Unterhaltung außer einem gut angezogenen Herrn am anderen Ende des Tresens. Die Barkeeper waren gerade außer Hörweite und scherzten mit ein paar anderen Gästen.

Die beiden Freunde des blonden Ziegenbarts standen schweigend daneben, während er und die Frau sich stritten. Auch daraus zog Dom seine Schlüsse. Echte Freunde hätten ihren Kumpel weggezogen und ihm gesagt, dass er sich wie ein Idiot benehmen würde. Dass diese beiden den Mund hielten, zeigte Caruso, dass der Blonde ihr Anführer war.

Die Brünette versuchte, den jungen Rüpel zu ignorieren. Sie schaute auf ihre Rechnung, holte ihr Portemonnaie heraus und legte zwei Zwanzigdollarscheine auf den Tresen. Sie wollte ihren Barhocker ein Stück nach hinten rücken, um aufstehen zu können, aber der Mann hinter ihr bewegte sich nicht vom Fleck. Gleichzeitig legte ihr der blonde Ziegenbart seine Hand auf die Schulter, um sie zurückzuhalten.

»Wohin wollen Sie denn? Ein Glas müssen Sie noch mit uns trinken.«

Dom kippte den Rest seines Biers hinunter, legte seinerseits etwas Geld auf den Tresen und begab sich in die Schlacht.

13

Dom legte dem bärtigen Blonden ganz sanft die Hand auf die Brust und beugte sich ganz nahe zu ihm hin, als ob er die Musik und den Lärm der Lokalgäste übertönen wollte.

Er lächelte leicht und sagte: »He, Kumpel. Sie haben gefragt. Sie hat geantwortet. Und jetzt ist gut. Belassen Sie es dabei, die Nächste kriegen Sie bestimmt.«

Doms pseudofreundliches Auftreten verwirrte den größeren, jüngeren Mann. Drohte ihm dieser Fremde etwa? Mit einem Lächeln im Gesicht?

Wer zum Teufel war dieser Typ?

»Wer zum Teufel sind Sie?«

Dom glaubte, aus der Stimme des Mannes einen Michigan-Akzent herauszuhören.

»Niemand. Wie wär's, wenn ich euch Jungs einen Whiskey spendiere? Was trinken Sie? Evan Williams? Gute Wahl.« Dom hielt die Hand hoch, um den Barkeeper herbeizurufen, und warf der Brünetten einen schnellen Blick zu. Er hoffte, sie verstand, was er ihr damit sagen wollte: »Gehen Sie! Jetzt!«

Aber sie stand einfach nur da.

Einer der beiden anderen Hünen packte Dom an der Schulter und drehte ihn um.

Dom blickte jetzt direkt auf die muskulöse Brust des jungen Mannes. Er schaute zu dessen Gesicht hinauf und lächelte. »Immer mit der Ruhe. Ich habe Ihrem

Kumpel gerade erzählt, dass ich die nächste Runde übernehme.«

Die Frau bewegte sich ein Stück vom Tresen weg und hängte sich ihre Tasche über die Schulter, ging jedoch nicht zur Tür. Sie starrte nur den dunkelhaarigen Mann an, der ihr zu Hilfe gekommen war, und wusste nicht, was sie tun oder sagen sollte.

Der Blonde mit dem Ziegenbart drehte jetzt Dom seinerseits zu sich herum und benutzte dabei Doms Schulter wie eine Türklinke. Carusos geprellte Rippen durchfuhr ein höllischer Schmerz. »Keiner hat mit dir geredet, Arschloch. Halt dich da raus!«

Dom ließ einen leichten Seufzer hören. Er wusste, dass er sich eigentlich zurückziehen sollte. Diese Leute bedeuteten nichts. Dies hier war keine finstere Seitengasse in einem Dreckloch in der Dritten Welt. Diese Frau war nicht wirklich in Gefahr. Wenn sie zu schreien anfing, würde bestimmt ein anderer Mann auftauchen, um ihre Ehre zu verteidigen.

Aber Dom konnte einfach nicht anders. Er rührte sich nicht von der Stelle.

»Im Ernst, Alter?«, lachte der Blonde. »Willst du dich wirklich mit mir anlegen?«

Dom wusste, dass die Frage als Provokation gedacht war, trotzdem dachte er gründlich über sie nach. *Will ich mich mit dir anlegen,* fragte er sich selbst.

Die ehrliche Antwort lautete ja. Ein solches Arschloch in die Finger zu kriegen war genau das, was er jetzt wollte. Es war weder vernünftig noch professionell, aber Dom war einfach in der Stimmung.

Er wusste genau, dass er aus dieser Situation ohne jede Gewalt herauskommen könnte. Trotzdem gab er nicht nach.

Der Blonde lächelte und zeigte dabei seine Zähne, die von Kautabak verfärbt waren. Auf Dom wirkte er wie ein

Typ, der begriffen hatte, dass er heute keine Braut ins Bett bekommen würde, aber jetzt genauso glücklich, wenn nicht sogar glücklicher war, dass er wenigstens einem Mann ins Gesicht schlagen konnte.

Für einen Kerl wie ihn war das ein schöner Trostpreis.

»Diese Frau und ich gehen jetzt durch diese Eingangstür hinaus. Ihr Jungs solltet derweil besser hier bleiben«, sagte Dom in ruhigem Ton.

Der Blonde schüttelte den Kopf. »Wenn du mit ihr durch diese Tür gehst, folge ich dir nach draußen und brech dir deinen Bleistifthals.«

Dom glaubte nicht, dass er einen Bleistifthals hatte, wollte darüber aber auch nicht diskutieren. Stattdessen drehte er sich um, nahm die brünette Frau am Arm und sagte: »Gehen wir.«

Als er an den beiden anderen Hünen vorbeikam, die dicht hinter ihm gestanden hatten, stürzte einer von ihnen plötzlich mit erhobener Faust auf ihn zu, als ob er Dominic einen Kinnhaken versetzen wollte. Er feuerte die Faust zwar ab, hielt sie jedoch einen Zentimeter vor Doms Gesicht an.

Dom zuckte nicht einmal zusammen. Er wusste, dass ihm dieser Typ keinen echten Hieb versetzen würde, da das Alphatier der Gruppe bereits seine Ansprüche auf ihn angemeldet hatte. Er lächelte dem Mann nur leicht zu und ging weiter.

Der Typ schaute ihn entgeistert an. Er war es gewohnt, dass kleinere Männer vor ihm kuschten, wenn er sie bedrohte. Er fing sich jedoch schnell wieder und gab jetzt große Töne von sich, um sein Gesicht zu wahren: »Shane wird dir den Arsch versohlen. Nach einem einzigen Schlag ist der Kampf zu Ende, du Penner.«

Dom ging mit der Frau im Schlepptau weiterhin in Richtung Tür, während die drei Hünen in aller Eile ihre Lederjacken anzogen.

Als Dom am Ende des Tresens vorbeikam, bemerkte er einen distinguierten Herrn in einem sündteuren Anzug, der dort ganz allein vor seinem Cocktail saß. Er hatte sich abgewandt und schaute jetzt in seinen Manhattan, obwohl sich Dom sicher war, dass er alles mitbekommen hatte.

Caruso hörte deutlich, wie der Mann laut vor sich hinsagte: »Nach einem einzigen Schlag!«

Augenblicke später standen Caruso, die junge Frau und die drei tätowierten Lederjackentypen auf dem dunklen Gehsteig vor *The Pig*. Einige Paare gingen an ihnen vorüber, die sich für die kommende Auseinandersetzung entweder nicht interessierten oder überhaupt nicht merkten, dass hier etwas im Schwange war. Der Blonde mit dem Ziegenbart baute sich vor Caruso auf. Seine Nasenlöcher pulsierten, als der Adrenalinstoß seine Atmung beschleunigte.

Die junge Frau sagte genau das, was Dom von ihr erwartete: »Bitte. Das müssen Sie für mich nicht tun!«

Caruso antwortete nicht, sondern lächelte sie nur leicht an. Jetzt ging es nicht mehr um diese Frau. Er wandte sich seinem bulligen Gegner zu, während die anderen beiden Kerle hinter ihrem Anführer standen.

»Nach einem einzigen Schlag!«, wiederholte der Typ von vorhin. Dom fragte sich, ob er je etwas anderes sagte.

»Halt's Maul, Doyle! Du auch, Joey! Dieses Arschloch gehört ganz allein mir«, knurrte der Blonde mit dem Ziegenbart.

Dom blieb äußerlich völlig ruhig und entspannt. Innerlich beschimpfte er sich jedoch bereits, dass er diese Situation nicht entschärft hatte. Er zwang sich zu einem weiteren halbherzigen Versuch: »Also, Shane, wie wär's, wenn Sie jetzt ganz friedlich abziehen würden?«

»Ich polier dir die Eier!«

Dom gab keine Antwort. Er wusste, dass Arik Yacoby überhaupt nicht stolz auf ihn gewesen wäre, und das machte ihn nur noch wütender auf sich selbst.

Shane würde für Doms Wut bitter bezahlen.

Shane schlenderte ganz lässig auf ihn zu. Dom merkte, dass er nahe genug an ihn herankommen wollte, um ihn mit einem einzigen Schlag zu erledigen. Dom blieb unbeirrt stehen. Seine Hände hingen seitlich herab, und seine Schulter war völlig entspannt. Selbst als der Blonde sich mit einem Fuß nach vorne und dem anderen nach hinten einen festen Stand verschaffte und auf den entscheidenden Schlag vorbereitete, tat Dom weiterhin so, als hätte er keine Ahnung, was gleich passieren würde.

Dom war jedoch hellwach und beobachtete sein Gegenüber ganz genau. Shane war ganz klar ein trainierter Boxer mit Rechtsauslage, der den Kopf seines Gegners treffen wollte. Er wollte diesen mit einem einzigen Schlag ans Kinn zu Boden strecken, um seine Kumpel zu beeindrucken.

Dom atmete noch einmal kurz durch und fixierte dabei den Gegner nicht mit den Augen, obwohl sich alle seine Sinne auf den bevorstehenden Angriff vorbereiteten.

»Nach einem einzigen Schlag!«, krähte Doyle noch einmal los.

Shanes rechte Hand hing weiterhin seitlich herunter, aber Dom registrierte, wie sie sich auf einmal zu einer riesigen Faust zusammenzog. Als sich die Faust wie ein Hammer auf Doms Gesicht zubewegte, wollte er ihr eigentlich zuerst durch eine kurze Bewegung nach hinten ausweichen. Stattdessen drehte er seinen Oberkörper blitzschnell um und riss dabei seinen rechten Ellbogen bis auf Kopfhöhe empor. Der Schlag glitt am Ellbogen ab und wurde durch Doms Drehbewegung abgelenkt. Shanes Arm traf auf seinem eigenen Körper auf, wodurch er das

Gleichgewicht verlor, da er sein gesamtes Gewicht hinter diesen Fausthieb gelegt hatte.

Dom nutzte seinerseits die Energie seiner schnellen Körperdrehung dazu aus, mit seinem eigenen ausgestreckten rechten Arm einen weiten Bogen durch die Nachtluft zu schlagen.

Tatsächlich trafen die Knöchel von Dominics Faust den großen bärtigen Mann an der empfindlichsten Stelle seines Kinns. Das nasse Klatschen des Aufpralls hallte von den Vorderfenstern des Gastropubs wider. Shanes Kopf knickte nach links und seine Beine gaben nach, als ob jemand einen Schalter umgelegt hätte und alle Muskeln, die seinen Körper aufrecht hielten, für diesen Abend ausgeschaltet worden wären.

Shane sackte auf dem Gehsteig zusammen, während seine beiden bulligen Freunde fassungslos zusahen.

Dom schaute Doyle an. »Was sagt man dazu! Sie hatten tatsächlich recht.«

Wie Dom erwartet hatte, griff Doyle als Nächster an. Er signalisierte seine nächsten Bewegungen bereits, als er auf Caruso zustürzte. Er war Linkshänder, deshalb plante er, einen linken Haken zu schlagen, sobald er in Schlagdistanz war. Dom drehte sich in den Haken hinein, wehrte ihn mit dem Unterarm ab und hielt nach vollendeter Drehung Doyles Angriff mit dem Rücken auf. Er drückte den Hinterkopf ruckartig nach hinten in Doyles Gesicht, packte dessen linken Arm und benutzte ihn, um den Hünen auszuhebeln und über die Schulter zu werfen, sodass er mit unglaublicher Wucht auf den Gehsteig knallte.

Der Aufprall hatte Doyle die Luft aus der Lunge getrieben. Jetzt schnappte er wie ein Fisch auf dem Trockenen, um wieder Luft zu bekommen.

Der dritte Hüne, Joey, hatte bisher kaum etwas gesagt. Er schien zwar ziemlich geschockt zu sein, dass seine beiden Freunde vor ihm auf dem Boden lagen, aber seine

Aufmerksamkeit galt jetzt dem Mann, der sie dorthin befördert hatte.

Er hob die Fäuste und kam langsam näher.

»Das müssen Sie nicht tun, Joey«, redete ihn Dom an. »Shane ist ihr Boss, nicht wahr?«

»Ja.«

»Baufirma?«

»Nein, Möbelpacker.«

»Möbelpacker«, wiederholte Dom, als ob er das bereits geahnt hätte. »Er wird ein paar Wochen nicht arbeiten können. Das Gleiche gilt für Doyle. Er wird zwar wütend sein, dass Sie nicht für ihn eingestanden sind, nachdem er und Doyle außer Gefecht gesetzt wurden, aber wenigstens können Sie ihm in der Zwischenzeit etwas Einkommen erwirtschaften, während er arbeitsunfähig ist.«

Joey schien darüber nachzudenken und die Vor- und Nachteile abzuwägen. Schließlich zuckte er mit den Achseln. »So wird er das nicht sehen. Er ist kein großer Geschäftsmann.«

»Dann suchen Sie sich eben einen neuen Chef«, sagte Dom.

»Das ist in dieser Wirtschaftskrise gar nicht so leicht.«

Dom dachte über diese Aussage kurz nach. »Stimmt. Sie lassen sich wohl besser von mir zusammenschlagen.«

Aber Joey war bereits zum Angriff übergegangen. Dom wurde von der plötzlichen Geschwindigkeit und Wucht des Mannes überrascht, sodass es dem Angreifer gelang, unter Doms Schlag hindurchzutauchen, seine Arme um die von Dom zu schlingen und ihn über den Kopf zu heben.

Doms geprellte Rippen brannten wie Feuer, und die Muskeln in seinem Brustkorb gaben nach. Sein Rücken verkrampfte sich von den Schulterblättern bis hinunter zum Steißbein.

Der Hüne hob Dom mit Leichtigkeit in die Luft. Dom

war sich sicher, dass er als Möbelpacker ein absolutes Ass war.

Als Dom auf der Höhe von Joeys Kopf war, gelang es ihm jedoch, sich mit Schwung aus dessen Griff zu befreien und sich in einer Art Purzelbaum über die Schulter seines Angreifers abzurollen. Er landete etwas unsicher auf den Füßen direkt hinter Joeys Rücken. So schmerzhaft diese Aktion auch gewesen sein mochte, sie brachte ihn in eine ideale Position, als sich Joey umdrehte, um nachzusehen, was aus dem Mann geworden war, den er gerade noch wie eine Stoffpuppe behandelt hatte. Er war überrascht, als dieser ihm in Kampfstellung mit erhobenen Fäusten entgegentrat.

Dom versetzte dem Mann einen harten Schlag auf die Nase. Dessen Kopf wurde kurz nach hinten geschleudert, kehrte jedoch sofort wieder in seine normale Position zurück. Seine Nase blutete zwar, aber es gab keinerlei Anzeichen dafür, dass ihn das irgendwie körperlich beeinträchtigen würde.

Joey lächelte Dom sogar an, als wollte er sagen: Mehr hast du nicht zu bieten?

Dom beantwortete diese nicht gestellte Frage sofort mit einem zweiten Schlag. Diesmal hatte er die Finger jedoch ausgestreckt und seine Faust in eine Art Speer verwandelt, der sich jetzt in den Solarplexus des Hünen bohrte. Dem folgte der Speer seiner rechten Hand, der direkt auf Joeys Kehle auftraf. Der fiel auf den Rücken und rollte mit einem wilden Hustenanfall über den Gehsteig. Dabei war er nur eineinhalb Meter von Shane entfernt, der immer noch bewusstlos dalag, während Doyle, der sich inzwischen auf Hände und Knie emporgearbeitet hatte, immer noch nach Luft rang, um seine leeren Lungen zu füllen.

Mitten zwischen ihnen stand Dom und betrachtete das Werk seiner Hände. Er wusste genau, dass Arik enttäuscht gewesen wäre, dass sich sein Schüler nicht von einer vermeidbaren Gefahr ferngehalten hatte. Aber auf dessen Kampfkünste wäre er bestimmt stolz gewesen. Diese hatte er mit Dom ja einen Monat lang jeden Tag geübt.

Und jetzt hatte sie Dom erfolgreich angewandt.

Einen Moment später erinnerte er sich jedoch daran, dass diese Auseinandersetzung mit einer Frau zu tun hatte. Er schaute sich nach ihr um. Sie stand am Randstein. Dies war nicht seine erste Kneipenschlägerei wegen eines weiblichen Wesens. Er wusste, dass es zwei Möglichkeiten gab, wie diese Brünette auf das Ganze reagieren würde. Entweder hatte sie diese Gewaltdemonstration abgestoßen und sie würde jetzt genauso wenig von Dom halten wie von den Männern, vor denen er sie schützen wollte. In diesem Fall würde sie sich schnell entfernen, nachdem jetzt alles vorbei war. Oder sie würde sich zu ihm hingezogen fühlen. Sie würde sich an ihn hängen und ohne ihren tapferen Verteidiger nirgendwo mehr hingehen.

Er schaute zu ihr hinüber und fragte sich, zu welcher Sorte diese junge Frau wohl gehörte. Sie stand immer noch in der Dunkelheit, die Arme fest vor der Brust verschränkt, so als wollte sie sich vor dem Kampf vor ihr abschirmen.

»Das war ehrenwert, was Sie da getan haben«, sagte sie. »Dass Sie versucht haben, diesen einen Typ davon abzuhalten.«

»Er wollte es genauso wenig wie ich. Er war einfach dazu verpflichtet. Männerregeln.«

Sie nickte. »Danke.«

»Keine Ursache.«

»Ich dachte wirklich, es gäbe keine Ritterlichkeit mehr.«

»Sie liegt auf der Intensivstation. Gelegentlich zeigt sie Lebenszeichen.«

Sie lächelte und schloss kurz die Augen. Er wusste, was jetzt in ihr vorging. Sie schätzte die Situation ein. Kneipenschlägereien und Fremde, die ihr zu Hilfe kamen, gehörten nicht zu ihrem Erfahrungsschatz.

»Ich heiße Monica.«

»Dominic.«

Sie schüttelten sich die Hand. Dom drehte sich ab, um nach Hause zu gehen. Dabei versuchte er zu verbergen, dass seine Rippen und sein Rücken ihn beinahe umbrachten. Er war jedoch noch keine acht Meter weit gekommen, als sie zu ihm aufschloss.

»Das mag jetzt etwas abgedroschen klingen, aber ich hätte Sie gerne zu einem Drink eingeladen. Das ist das Mindeste, was ich für Sie tun kann.«

Dom blickte zu *The Pig* hinüber. Die Fenster waren voller Gäste und Mitarbeiter, die auf die drei groß gewachsenen Männer auf dem Gehweg und den kleineren Mann starrten, der sie dorthin befördert hatte. »Ich schätze, dort drinnen bin ich heute Abend nicht mehr willkommen.«

»Wir könnten in die Bar in meinem Hotel gehen. Ich übernachte im Loews Madison. Es liegt direkt um die Ecke.«

Dom seufzte ein wenig, zeigte dies jedoch nicht. Seine Absichten, was unkomplizierten Sex anging, waren für heute Nacht in dem Moment verflogen, als die Rolle vorwärts über die Schultern dieses Hünen die Schmerzen in seinem geprellten Brustkorb um ein Mehrfaches erhöht hatte. So schön die Frau vor ihm auch sein mochte, im Moment sehnte er sich eher nach einer Kurzzeitbeziehung mit einem Eisbeutel in seinem Schlafzimmer.

»Ich bringe Sie noch in Ihr Hotel«, sagte er. »Nur falls einer dieser Typen sich doch noch aufrappeln sollte und weiteren Ärger sucht. Aber dann gehe ich brav nach Hause.«

Monica schien ein wenig geknickt. Sie nickte nur, ohne etwas zu antworten. Dom glaubte jedoch, dass ihm das am Ende sogar noch ein paar weitere Pluspunkte einbringen würde. Sobald sie die Peinlichkeit dieser Abfuhr verdaut hatte, würde sie seine Ablehnung als Ritterlichkeit auslegen.

14

Das Economy Inn in Richmond, Virginia, gehörte einer örtlichen Familie, der das Geld für den Ausbau fehlte. Das Hotelschild, das man von der Interstate 64 aus sah, sollte es aber fälschlicherweise so aussehen lassen, als ob es Teil einer bekannten und ähnlich heißenden landesweiten Zwei-Sterne-Hotelkette wäre.

Wer jedoch dort anhielt und erwartete, zumindest einen minimalen Qualitätsstandard vorzufinden, wurde sofort eines Besseren belehrt, wenn er die winzige Lobby betrat. Die als Lockvogel dienende Neonreklame an der benachbarten Autobahn war nämlich das Hauptmarketinginstrument der Eigentümer, da die Anlage selbst eine unappetitliche Absteige war. Billige Möbel, ein alter, abgewetzter Teppichboden und ein saurer, abgestandener Geruch begrüßten jeden, der die Gemeinschaftsanlagen des dreistöckigen Motels betrat. Die Zimmer selbst waren allerdings auch nicht besser.

Das Economy Inn war zu weniger als fünfzehn Prozent belegt. Im Zimmer 309 saßen jedoch zwei Männer mittleren Alters nebeneinander auf einem durchgelegenen Bett, rauchten nervös eine Zigarette nach der anderen und schauten immer wieder auf ihre Handys. Beide Männer waren voluminös. Der eine war einmal Footballspieler an der Virginia Tech-Universität gewesen, obwohl das inzwischen zweiundzwanzig Jahre her war und er in seinem Job als Autoteilehändler nichts Schwereres heben musste als gelegentlich eine Autobatterie. Der andere Mann war einfach nur fett. Er hatte nie viel Sport getrieben. Er war nur ein junger Computerfreak, der sich auf natürliche Weise zu einem Faultier mittleren Alters verwandelt hatte.

Der Exfootballspieler schaute zum zwanzigsten Mal in den letzten dreißig Minuten auf seinem Handyscreen nach der Zeit. »Zehn Uhr achtundfünfzig. Wo zum Teufel ist dieser Scheiß…«

Ein leises Klopfen an der Tür schreckte beide Männer auf. Der fette Computerfreak stand auf und trat ein paar Schritte von der Tür zurück, während der Exfootballspieler durch den Spion blickte. Er nickte seinem Zimmergenossen zu und öffnete langsam die Tür.

Ein kleiner, jugendlich aussehender Mann stand im Dämmerlicht des Außenflurs. Er war allein. Seine dunklen Augen waren weit geöffnet und wirkten irgendwie entsetzt, als er zu dem Mann hinaufsah, der die gesamte Türöffnung ausfüllte. »Ähm … Sind Sie Mr. White?« Er hatte einen französischen Akzent.

Hinter dem Exfootballspieler am Zimmereingang meldete sich jetzt der fette Mann neben der Badezimmertür zu Wort: »Das bin ich. Sind Sie Mr. Black?«

Der kleine Mann auf dem Gang schaute schnell zwischen den beiden Männern hin und her. Fast sah es so aus, als würde er sich gleich umdrehen und flüchten. Stattdessen sagte er: »Ich … ich verstehe nicht, Mr. White. Wir hatten doch eine Vereinbarung. Sie sollten alleine kommen.«

Der Exfootballspieler packte ihn am Kragen und führte – um nicht zu sagen zog – ihn ins Zimmer hinein. Er kickte mit dem Absatz die Tür hinter sich zu.

»Nur die Ruhe«, sagte Mr. White. »Ich habe einen Freund mitgebracht, falls Sie auch jemand mitbringen würden oder sonst etwas Seltsames versuchen. Er wird Sie jetzt nach einer Wanze absuchen.«

Eine Sekunde später drückte der Exfootballspieler den jungen Mann gegen die Wand, zog ihm seinen Rucksack herunter und warf ihn aufs Bett, dann griff er mit der Hand unter sein Jackett und tastete ihn überall ab.

Der junge Ausländer runzelte die Stirn. »Eine ... Wanze? Was bedeutet das?« Seine Stimme überschlug sich fast beim Sprechen. Er schien starr vor Angst und zeigte das auch. Dies beruhigte die beiden Amerikaner erheblich.

»Entspannen Sie sich einfach«, sagte White. »Sie sollten eigentlich meine Befürchtungen verstehen. Ich muss nur sicherstellen, dass Sie kein FBI-Agent sind.«

»Aber Sie *kennen* mich doch. Wir kommunizieren bereits seit mehr als einem Jahr miteinander.«

»Und Sie kennen *mich,* Black. Ich gehe ein Scheißrisiko ein, mich mit Ihnen hier zu treffen. Ich weiß nicht, ob das eine Falle ist. Mein Kumpel wird jetzt sicherstellen, dass Sie sauber sind, und dann können wir mit dem Geschäftlichen beginnen.«

Der Exfootballspieler hob das Hemd des Mannes hoch und merkte, dass der keine fünfundfünfzig Kilo wiegen konnte. Er drehte sich zu White um: »Er ist sauber.«

»Ich bitte dich, Mann. Du hast vergessen, seine Tasche zu überprüfen.«

»Oh, stimmt.« Er öffnete den Rucksack und holte einen dünnen Toshiba-Laptop, ein Handy und einige Netzkabel heraus. Dann stülpte er die ganze Tasche um und schüttelte sie über dem Bett aus, aber nichts Weiteres fiel heraus.

»Gut«, sagte White. »Setzen Sie sich.«

Der Ausländer setzte sich auf den kleinen Stuhl neben dem Tisch, und White ließ sich wieder auf dem Bett nieder. In dem winzigen Zimmer waren sie nicht einmal anderthalb Meter voneinander entfernt.

Der Exfootballspieler stand an der Tür und beobachtete sie beide.

Mr. Black legte die Hände auf die Knie, als wollte er sich beruhigen oder müsse gegen einen Anfall von Übelkeit ankämpfen.

»Alles in Ordnung mit Ihnen?«, fragte White.

»Wäre es okay, wenn Ihr Freund draußen wartet, während wir hier unsere Geschäfte erledigen? Es tut mir leid, aber das hier macht mich etwas nervös.«

White lächelte nur, zündete sich eine weitere Zigarette an und nickte seinem Freund zu. »Eddie, geh draußen eine rauchen.« Er schaute den kleinen Ausländer an. »Ich rufe, wenn ich was brauche.«

»Ich warte vor der Tür«, sagte Eddie. Der bullige Exfootballspieler griff sich seine Zigaretten und ein Feuerzeug und verließ das Zimmer.

Mr. Whites wirklicher Name lautete Phillip McKell. Er war IT-Systemanalyst bei der Firma L-3 Communications Corp., einem Vertragsunternehmen, das wie Booz Allen Hamilton die zugangsbeschränkten Geheimdienstnetzwerke der US-Regierung wartete. Er war Experte für die Infrastruktur von JWICS und besaß deshalb eine Sicherheitsermächtigung auch für streng geheime Dateien und Dokumente. In der virtuellen Welt hatte er Black vor einem Jahr in einem Internet-Technologieforum kennengelernt. Die Beziehung begann mit ein paar Kommentaren unter den Postings des anderen, aber bald merkte McKell, dass sie viele Interessen teilten. Zuerst behauptete der Mann, den er als Black kennenlernte, ein Universitätsstudent zu sein, der sich für alles interessiere, was mit Computern und Amerika zu tun habe. Mit der Zeit enthüllte Black in privaten verschlüsselten Chats, dass er in Wirklichkeit Franzose sei. Am interessantesten war jedoch für McKell, dass sein Internet-Gesprächspartner angeblich Mitglied von Anonymous war, der weltweit größten und berüchtigtsten Hacktivisten-Gruppe.

McKell konnte das am Anfang nicht ganz glauben, aber als ihm Black, ebenfalls privat, von einem bevorstehenden Denial-of-Service-Computerangriff von Anonymous auf die Websites der britischen Regierung erzählte und dieser dann auch tatsächlich stattfand, begriff McKell, dass er es mit einem echten Anonymous-Hacktivisten zu tun hatte.

McKell wusste, dass er diese Online-Beziehung eigentlich nicht hätte eingehen dürfen. Er verletzte die Firmenregeln bereits, indem er sich eine Online-Identität zugelegt hatte und mit anderen auf Technikforen kommunizierte. Wenn L-3 herausfand, dass er private Chats mit einem Anonymous-Mitglied geführt hatte, würden sie ihn sofort feuern und er würde seine Sicherheitsfreigabe verlieren. McKell sah in Black jedoch eine mögliche Einnahmequelle. Es gab Belohnungen für Informationen, die zur Verhaftung von Mitgliedern von Blacks Organisation führten. McKell wusste, dass die Informanten, die diese Belohnungen einstrichen, anonym blieben. Damit versuchte man, Verräter innerhalb von Anonymous zu schützen. McKell plante nun, eine solche Belohnung einzukassieren, indem er Black an die Behörden verriet, deshalb hielt er den Kontakt mit dem Franzosen aufrecht. Da er jedoch nichts Greifbares über den Mann wusste, versuchte er, eine Art freundschaftliches Verhältnis zu ihm aufzubauen, in der Hoffnung, dadurch Näheres über seine wahre Identität herauszubekommen. Dies würde ihm bestimmt einen schönen Reibach einbringen.

Unglücklicherweise änderten sich jedoch Phillip McKells Prioritäten, als er seinen Job bei L-3 und seine begehrte Sicherheitsfreigabe verlor, nachdem man bei einem überraschenden Vor-Ort-Audit auf seinem Heimcomputer die Dateien mit seinen Forum-Postings gefunden hatte. McKell argumentierte zwar, dass er keine klassifizierten Informationen über Regierungsnetzwerke weitergegeben habe und seine ganze Internet-Korrespondenz auf einer allgemeinen Open-Source-Ebene abgelaufen sei. Die Ermittler sahen das jedoch etwas anders. Die Weitergabe irgendwelcher Einzelheiten über seine Arbeit war eine Verletzung seines Sicherheitsstatus. Als man ihm daraufhin seine Sicherheitsfreigabe entzog, durfte er nicht mehr mit gesicherten Netzwerken arbeiten und wurde infolgedessen von L-3 entlassen.

Der Chefermittler der Staatsanwaltschaft erklärte ihm sogar: »Sie werden in dieser Stadt nie mehr Arbeit finden.«

Nach seinem Jobverlust ging ihm schon bald das Geld aus. Er gab sich jetzt noch größere Mühe, Black zu einer Aufdeckung seiner Identität zu bewegen, damit er die Belohnung einsacken konnte. Um Vertrauen aufzubauen, teilte er ihm sogar Einzelheiten über sich selbst mit. Das spielte jetzt sowieso keine Rolle mehr, da er seine Sicherheitsfreigabe ja bereits verloren hatte. Als sich Black auch jetzt noch keine Blöße gab, kam McKell der Gedanke, er könne doch auch mit der anderen Seite Geld verdienen. Der arbeitslose Amerikaner machte Black daraufhin einen Vorschlag. Er bot Anonymous Informationen über die Funktionsweise der US-amerikanischen Regierungsnetzwerke an. Blacks Organisation könnte ihm doch ein kleines Sümmchen bezahlen, dann würde er ihr helfen, einen direkten Denial-of-Service-Angriff auf die Washingtoner Regierungscomputer durchzuführen.

Black versprach, die leitenden Leute seiner Organisation zu fragen, wie sie darüber dachten. Einige Zeit später übermittelte er McKell einen schockierenden Gegenvorschlag.

Anonymous wollte in das streng geheime Intelink-TS-Netzwerk von JWICS eindringen, und McKell sollte dafür die Infiltrationssoftware entwickeln.

McKell lachte, als er das las. Er schrieb Black, dass das unmöglich sei, da die streng geheimen Netzwerke über das Standard-Internet nicht zugänglich seien, wenn man keinen Zugang zu einem Virtuellen Privaten Netzwerk habe. McKell stand selbst in seiner Zeit bei L-3 kein solches VPN zur Verfügung, und jetzt war das schon gar nicht der Fall. Jemand müsste »physisch« in das Netzwerk einbrechen, indem er sich an einen Computer dieses Systems setzte und die Infiltrationssoftware hochlud. Anonymous-Hacker könnten dies von einem Keller in Frankreich oder Deutschland aus ganz bestimmt nicht tun.

Blacks Antwort war ganz einfach: »Das ist unser Problem, nicht Ihres. Wenn Sie das Infiltrationsprogramm schreiben, werden wir schon jemand finden, der es hochlädt. Für Ihre Arbeit werden wir Ihnen drei Millionen Dollar zahlen.«

Von jetzt an dachte McKell nur noch an dieses Geld und wie er es einstreichen könnte. Er richtete sich ein Konto in Dubai ein und übermittelte Black Kontonummer und Bankleitzahl. Nur Stunden später wurden als Anzahlung 100 000 Dollar auf dieses Konto überwiesen. Jetzt wusste Phillip McKell, dass er es mit Leuten zu tun hatte, die ihren Teil der Verpflichtungen einhalten konnten und wollten. Er schloss sich in sein Haus ein und aß in den nächsten sechs Wochen nur noch Lieferpizzen, während er fieberhaft an seinem Einschleusprogramm arbeitete.

McKell kannte die US-Geheimdienstinfrastruktur in- und auswendig, deshalb wusste er auch über die physikalischen Speicherorte Bescheid, wo diese Top-Secret-Informationen aufbewahrt wurden. Das Entscheidende an seinem Infiltrationsprogramm war dessen sogenannte Crawling-Funktion, die in den Speicherort eindrang und die Daten sowohl kopierte als auch kategorisierte, bevor sie sie herunterlud.

Nach wochenlanger ununterbrochener Arbeit und unzähligen Pizzen hatte es McKell geschafft. Er kontaktierte Black, und sie vereinbarten ein Übergabedatum.

Und jetzt saß Mr. Black vor ihm. Aber so wenig Whites Name White war, so wenig war Blacks Name Black.

Sein Name war Mohammed Mehdi Mobascheri. Er war erst am Tag zuvor via Beirut aus Teheran eingetroffen, nachdem er im vergangenen Jahr mit McKell in diesen Technologieforen kommuniziert hatte und gleichzeitig dessen Status und Zugangsberechtigungen bei L-3 Communications überprüft hatte.

Dies war nur der erste Schritt von Mohammeds Plan, den der Oberste Führer persönlich genehmigt hatte, aber der Rest des Plans hing jetzt von dem fettleibigen, amoralischen und offensichtlich gottlosen Amerikaner ab, der vor ihm auf dem schmutzigen Bett saß.

Sobald Eddie das Zimmer verlassen hatte, draußen auf dem Gang stand und sich eine Zigarette anzündete, sagte Mohammed: »Danke. Und jetzt zum Geschäft: Sie haben doch diesen Infiltrationsstick?«

»Können Sie mir das Geld auf mein Konto überweisen?«

Black klopfte auf seinen Laptop. »Das kann ich von hier aus machen, sobald ich den USB-Stick habe.«

McKell nickte, ging quer durch das kleine Zimmer und griff hinter eine Lampe auf dem Tisch neben dem Fernseher. Er zog einen gelben Speicherstick hervor und hielt ihn hoch.

Mohammed betrachtete ihn genau. Auf ihm waren mehrere verschiedenfarbige Großbuchstaben zu erkennen. Er runzelte die Stirn. »Entschuldigen Sie. Was bedeutet das? NASCAR?«

»Na ja, das hätte ich mir denken können, dass ihr Franzosen die National Association for Stock Car Auto Racing nicht kennt.«

»Nein.«

»Das ist nur Tarnung. Wenn jemand diesen billig aussehenden Stick sieht, kommt er niemals auf die Idee, dass darauf etwas Wichtiges gespeichert sein könnte.« McKell grinste über seine eigene Pfiffigkeit. »Stimmt doch, oder? Aber das ist nicht irgendein gewöhnlicher USB-Stick. Das ist ein HyperX-Stick mit einer Speicherkapazität von 1,2 Terabyte. Das Infiltrationsprogramm habe ich draufgeladen, und die heruntergeladenen Dateien können Sie ebenfalls darauf speichern. Auf einen Speicherplatz von einem Terabyte passen Hunderttausende von Dateien.«

»Ich verstehe«, erwiderte Mohammed.

»Okay«, fuhr McKell fort. »Ich habe es schon einmal gesagt, und ich sage es jetzt wieder. Richtigkeit der Werbung, vollständige Offenlegung oder wie immer das in der Rechtssprache heißt. Mit diesem Gerät werden Sie überhaupt nichts anfangen können. Sie müssen bereits im Computernetzwerk sein. Ich meine *physisch*. Dieser Stick muss in einen Port gesteckt werden, der *hinter* sämtlichen Firewalls liegt. Dann wird das Programm eindringen, die Daten sammeln, kategorisieren und herausschleusen.«

»Das ist kein Problem.«

McKell ließ sich nicht beirren. Er war Computerwissenschaftler. Genauigkeit bedeutete ihm alles, selbst in einer Situation wie dieser. »Soweit ich das sehe, gäbe es da zumindest theoretisch nur eine andere Möglichkeit. Sie müssten jemand finden, der Zugang zu einem VPN hat. Das ist ein Virtuelles Privates Netzwerk. Wenn derjenige an all den Extra-Sicherheitsschritten vorbeikäme, die es gibt, wenn man sich von außerhalb des Netzes ins Intelink einloggt, dann könnten Sie diesen Stick doch benutzen.«

Mohammed nahm den Stick in die Hand und schaute ihn genauer an. Er ignorierte, was McKell ihm gerade erzählt hatte, und stellte von sich aus eine Frage: »Sie arbeiten bereits seit Monaten nicht mehr in Ihrem Job. Wie können Sie sich sicher sein, dass sich die Dinge in der Zwischenzeit nicht verändert haben und Ihr Programm gar nicht mehr funktioniert?«

McKell schüttelte grinsend den Kopf. Er war sich seiner Sache absolut sicher. »Das ist das Gute, wenn es um Regierungsangelegenheiten geht, Junge. Die Verträge mit L-3 und den anderen Unternehmen wurden erneuert und müssen öffentlich einsehbar sein. Ich weiß, welche Systeme laufen, weil das die einzigen sind, die diese Aufgaben erledigen können. Sicher, ab und zu wechseln sie die Passwörter, Zugangscodes und Zugangsprotokolle aus, aber die technischen Details des Datenabrufs können sie gar nicht verändern.«

»Und was ist mit der Verschlüsselung? Wenn man Daten aus diesen Servern herauszieht, wie kann man sich sicher sein, dass sie auch lesbar sind?«

»An ihrem Speicherort sind die Daten niemals verschlüsselt. Wenn man also mit einem Schlüssel irgendwie in diese Speicher hineinkommt, kann man sie auch lesen. So einfach ist das.«

»Ich verstehe.« Mohammed klappte seinen Computer auf und steckte den Stick in den Port. »Ich werde Ihren Code jetzt überprüfen. Wenn er gut aussieht, werde ich die Geldüberweisung hier und jetzt autorisieren, und wir werden unser Geschäft abschließen.«

»Klingt gut!«

In den nächsten dreißig Minuten schaute McKell zu, wie Mr. Black die Verzeichnisse durchsah. Mohammeds technisches Wissen hätte nicht dazu ausgereicht, selbst ein solches Programm zu schreiben. Er benötigte deshalb jemand wie McKell und dessen jahrelange Erfahrung im Umgang mit den amerikanischen Regierungsnetzen. Trotzdem kannte sich der Iraner mit logischen Codes so gut aus, dass er auch auf der Quellcodeebene nach Hinweisen suchen konnte, ob McKell schlampig gearbeitet oder notwendige Schritte ausgelassen hatte und dadurch die Funktionsweise seines Programms beeinträchtigt war.

Er stellte dem Amerikaner einige Fragen, die dieser bereitwillig beantwortete.

Schließlich zog Mohammed den Stick aus dem Computer und sagte: »Ich bin zufrieden. Danke.«

»Nein, Black. *Ich* habe zu danken. Es war ein Haufen Arbeit, aber jetzt kommt der gute Teil. Sie können mir also nun den Rest des Geldes überweisen.«

Mohammed klappte seinen Laptop zu, verstaute alles in seinem Rucksack und stand von seinem Stuhl auf.

»Das Geld!«, wiederholte McKell.

Mohammed hielt entschuldigend die Hände in die Höhe. »Es gibt kein Geld mehr.«

Der fette Mann auf dem Bett schien völlig verwirrt zu sein. »Was meinen Sie mit, es gibt kein Geld mehr? Es sollte besser einen *Haufen* weiteres Geld geben.«

»Ich hoffe, dass Sie sich mit den 100 000 Dollar etwas wirklich Nettes gönnen. Es wird nämlich keine weiteren Überweisungen geben.«

McKells Augen waren jetzt weit geöffnet. Er spürte noch keine Gefahr, hatte aber den Eindruck, dass man ihn über den Tisch ziehen wollte. »Sehen Sie, Black. Sie scheinen eines zu vergessen. Ich habe Verstärkung mitgebracht. Verscheißern Sie mich nicht, oder das Ganze hier wird richtig hässlich werden.« Er wendete sich der Tür zu. »Eddie!«

Die Zimmertür öffnete sich sofort, und der große Exfootballspieler füllte die ganze Türöffnung aus, allerdings nur einen kurzen Moment. McKell bemerkte gerade das schartige Loch in der Stirn seines Freundes, als dessen Kopf nach vorne kippte und der ganze Eddie mit dem Gesicht voraus ins Zimmer fiel. Der hintere Teil seines

Schädels war fast völlig verschwunden. Gehirnmasse und Blut verklebten die Haare im Umkreis eines weiteren schartigen Lochs, das jedoch zehnmal größer war als das in seiner Stirn.

McKell blickte auf die Leiche und danach zur Tür hoch. Auf dem Gang standen zwei Männer, die den toten Eddie zuvor hochgehalten hatten. Sie waren viel kleiner als Eddie, aber immer noch viel größer als Black, der sich jetzt direkt neben Phillip McKell stellte.

Die beiden Männer betraten das Zimmer. Während McKell auf dem Bett saß und die schnelle Wendung der Ereignisse zu begreifen versuchte, fasste einer der beiden Männer unter seinen schwarzen Ledermantel, zog eine lange Pistole mit aufgeschraubtem Schalldämpfer hervor und richtete sie auf McKells Stirn.

Mohammed kannte die echten Namen seiner vier Quds-Leibwächter nicht. Dafür gab es keinen offiziellen Grund. Ein Major der Revolutionsgarde hätte auf jeden Fall die Berechtigung gehabt, sie zu erfahren. Stattdessen hatte Mohammed die Männer bei ihrer ersten Begegnung in Teheran aufgefordert, ihm ihre Geburtsorte mitzuteilen. Nach denen würde er sie dann nennen. Das könne er sich viel leichter merken, meinte er.

Aus diesem Grund kannte Mohammed die vier Männer nur als Schiraz, Kaschan, Ormand und Isfahan. Sie wiederum kannten ihn nur als Mohammed. Das konnten sie sich ganz bestimmt merken, da zwei der vier Quds-Kämpfer selbst Mohammed hießen.

Mohammed nickte Schiraz und Kaschan zu und setzte sich neben den fetten Amerikaner aufs Bett. »Phillip … Ja, ich weiß, wer Sie sind. Phillip McKell, dreiundvierzig Jahre alt, ledig, arbeitslos. Jetzt sollten Sie Ihre Lage begreifen. Sie werden zwar kein Geld erhalten, aber Sie können sich immer noch dafür entscheiden, diesen Raum lebend zu verlassen. Ich hoffe wirklich, dass Sie sich richtig entscheiden.«

McKell wurde totenblass.

»Wenn wir noch etwas warten, wird er von sich aus sterben«, sagte Mohammed auf Farsi zu Schiraz. Die Männer verzogen keine Miene. Keiner lachte über den Witz.

McKell hörte die Worte und bellte eine raue Frage heraus: »Sind Sie Araber?«

Mohammed schaute die beiden anderen Männer an. Auf englisch sagte er: »Amerikaner. Keine Ahnung von anderen Kulturen.« Er wandte sich wieder McKell zu: »Ich stamme aus der Islamischen Republik Iran. Ich bin kein Araber, sondern Perser.«

»Sie … Sie sind nicht bei Anonymous?«

Mohammed zuckte die Achseln und lächelte entschuldigend. »Manchmal schon. Wenn es meiner Arbeit nützt. Sie und andere Gruppen sind … wie sagt man? Nützliche Idioten.« Mohammed zuckte erneut mit den Schultern, was wohl als Zeichen der Verachtung gedacht war. »Etwa wie Sie.«

»Was wollen Sie?«

»Oh, eigentlich habe ich, was ich wollte. Sie haben es mir bereits gegeben. Ich muss jetzt nur noch wissen, ob es auch funktioniert. Vermutlich werden wir den Cyberangriff in den nächsten achtundvierzig Stunden durchführen. Sie werden so lange hierbleiben. Meine Freunde passen auf Sie auf. Wenn es ein Problem gibt … *irgendein* Problem, bekommen sie die Anweisung, Sie zu bestrafen und sich dafür richtig viel Zeit zu nehmen. Ich hoffe, dass es nicht so weit kommt.«

»Um Gottes willen!«

»Ich werde fortgehen, und wenn ich weiß, dass Ihr Programm wie vorgesehen funktioniert, werde ich meine Freunde hier anrufen und einen von zwei Befehlen geben.

Entweder leben Sie weiter, oder Sie sterben sehr, sehr langsam und unangenehm.«

McKells Augen verschleierten sich, und seine Lippen zitterten.

»Also ich gehe jetzt und nehme diesen Stick mit. Das ist jetzt Ihre letzte Gelegenheit, mir zu erzählen, ob Sie ihn auf irgendeine Weise manipuliert haben, damit er nicht funktioniert.«

Phillip McKell brach in Tränen aus.

Mohammed schaute ihm fast eine Minute lang unbehaglich zu.

Schließlich stieß McKell zwischen einzelnen Schluchzern und den Würgekrämpfen in seiner Kehle hervor: »Es ist keine Falle. Ich schwöre bei Gott, dass es funktionieren wird.« Er legte den Kopf in die Hände und begann, hemmungslos zu weinen. »Bitte. *Bitte* lassen Sie mich gehen.«

Mohammed zuckte vor Unbehagen zusammen, dann schaute er Schiraz an. Auf Farsi sagte er leise: »Ich glaube ihm.«

Schiraz nickte, trat einen Schritt nach vorne und drückte dem sitzenden Mann die Spitze des Schalldämpfers seiner Glock auf den gesenkten Kopf. McKell zog die Hände vom Gesicht und wollte gerade schreien, als der Kämpfer der Quds-Einheit ihn aus kürzester Entfernung erschoss.

Er fiel vor dem Bett tot auf den Boden. Aus seinem Mund und seinen Nasenlöchern tropfte Blut, während die Iraner mit ihrer Arbeit begannen. Schiraz und Kaschan sammelten die persönliche Habe der beiden toten Amerikaner ein und entfernten alles aus dem Zimmer, was sie identifizieren könnte. Dann hoben sie die beiden Männer vom Boden auf und legten sie nebeneinander auf das Doppelbett.

Derweil stand Mohammed an der Wand neben der Badezimmertür, ohne den Blick von den Leichen zu lösen. Während er auf die beiden Toten starrte, rief er mit seinem Handy Isfahan herbei, der kurz darauf mit zwei Zwei-Liter-Limonadenflaschen in der Hand das Zimmer betrat. Er öffnete die erste Flasche und schüttete Benzin aufs Bett. Kaschan griff sich die andere Flasche und leerte deren Inhalt über die Leichen. Dabei achtete er darauf, alle Teile ihrer Kleidung mit dem Benzin zu tränken.

Nach getaner Arbeit wandte sich Schiraz an den Befehlshaber der Operation. »Mohammed, Sie sollten jetzt zum Auto hinuntergehen. Dort wartet Ormand. Wir kommen gleich nach.«

Mohammed schüttelte den Kopf und konnte seine Augen einfach nicht von den Leichen lösen. »Geben Sie mir das Feuerzeug. Ich möchte es selber machen.«

»Sir, der ganze Raum ist bereits voller Benzindampf. Das hier geht sofort hoch. Es wäre besser, wenn …«

Mohammed brachte ihn mit einer Handbewegung zum Schweigen. »Bitte. Ich will es machen.«

Schiraz schaute die anderen an. Mit einem Schulterzucken sagte er schließlich: »Klar. In Ordnung. Aber stellen Sie sich in die offene Tür, bevor Sie es hineinwerfen. Die Flammen sind manchmal völlig unberechenbar.«

Die drei Quds-Kämpfer gingen auf den Hotelflur hinaus und überprüften die Umgebung. Dann schauten sie zu Ormand hinunter, ob er auch wirklich mit laufendem Motor am Steuer des Chrysler-Viertürers saß. Als sie sich davon überzeugt hatten, dass alles in Ordnung war, zog Schiraz sein Zippo-Feuerzeug aus der Tasche und hielt es Mohammed hin.

»Sind Sie sich sicher?«, fragte er.

»Natürlich. Warum nicht?« Mohammed ergriff mit zitternder Hand das Feuerzeug. Wie der Quds-Kämpfer ihm geraten hatte, stellte er sich in die Türöffnung und warf das brennende Feuerzeug aufs Bett. Das ging sofort in

Flammen auf. Mohammed schaute mehrere Sekunden zu, wie die Leichen von dem flammenden Inferno ergriffen wurden.

»Sir?«, redete ihn Schiraz von hinten an. »Wir müssen gehen!«

Mohammed betrachtete fasziniert das immer stärker werdende Feuer, die Toten und die Zerstörung, die er selbst bewirkt hatte. Schließlich legte Schiraz ihm die Hand auf den Arm und zog ihn sanft aus dem Türdurchgang heraus. Danach schloss der Quds-Agent die Tür des Zimmers, das jetzt von der Toilette bis zu den Vorhängen des Vorderfensters in hellen Flammen stand, und schob den kleinen Revolutionsgarden-Major in Richtung Treppe, während die beiden anderen Leibwächter vorausgingen.

15

Ethan Ross joggte kurz vor Sonnenaufgang, obwohl es eiskalt war, durch die Straßen von Georgetown, vorbei an noblen Stadthäusern und schicken Geschäften und Coffee-Shops, die noch nicht geöffnet hatten.

Er war beileibe nicht der Einzige, der hier seinen Morgenlauf absolvierte. Obwohl es erst sechs Uhr war, begegneten ihm mehrere andere Läufer. Die meisten trugen wie Ethan teure Laufschuhe, Kaltwetter-Kompressionshosen, Funktionsunterwäsche und Handschuhe. Fast keiner war über vierzig, und fast jeder trug Ohrhörer. Soweit es Ethan betraf, endeten damit jedoch die Gemeinsamkeiten. Er bezweifelte, dass einer von ihnen sich in Höchstlautstärke mit Joan Baez beschallte, wie er das tat. Außerdem war er sich ziemlich sicher, dass keiner dieser Läufer hier in Georgetown zu einem ganz bestimmten Punkt im Viertel unterwegs war, um nach einem geheimen Kreidesignal zu schauen, das ihm anzeigte, dass das Treffen im Wald später an diesem Vormittag tatsächlich stattfinden würde.

Ethan hatte überhaupt nicht gut geschlafen. Sein Lügendetektortest war für fünfzehn Uhr angesetzt. Eigentlich war er sich sicher, dass er in der Lage war, diesen Kasten zu besiegen. Doch seine Rüstung war bisher immer sein unerschütterliches Selbstvertrauen gewesen, und genau dieses hatte in letzter Zeit ein paar Schrammen davongetragen. Diese ungewohnte Unsicherheit war der Grund für seine Nervosität und seinen schlechten Schlaf.

Um genau zehn Minuten nach sechs kam er am grünen Feuerhydranten vorbei, der vor Gap Kids an der Kreuzung von Wisconsin Avenue und N Street stand. Er warf nur einen kurzen Blick darauf, als er vorbeijoggte. Er dachte, er hätte das vereinbarte Kreidezeichen gesehen, war sich jedoch nicht sicher. Deshalb hielt er mitten im Lauf an. Er stand da und versuchte, möglichst locker und ungezwungen zu wirken, als er sich gegen den Hydranten lehnte, als wollte er seine müden Waden strecken. Dabei beugte er sich tief hinunter, um besser nachsehen zu können.

Tatsächlich hatte jemand einen einzelnen weißen Kreidestrich quer über die Spitze des Hydranten gezogen.

Eigentlich wollte er bis zum Ende der N Street laufen und in einem weiten Bogen zu seiner Wohnung zurückkehren. Aber da er jetzt wusste, dass er sich noch vor Arbeitsbeginn mit Banfield treffen sollte, kehrte er um und lief die Wisconsin Avenue hinunter.

Für einen Beschatter wäre er ein leichtes Ziel gewesen, aber da ihn niemand beobachtete, spielte das keine Rolle.

Ethan kam um genau acht Uhr am Fort Marcy Park an. Er parkte sein Auto auf dem kleinen Parkplatz ein Stück von Harlan Banfields Volkswagen entfernt. Er stieg aus seinem Mercedes und ging schnell durch den frostigen Morgen den Hügel hinauf. Die Hände hatte er tief in den Taschen seines wollenen Trenchcoats begraben. Der Weg zum vereinbarten Treffpunkt führte um eine dichte Baumgruppe herum. Als er diese fast umrundet hatte, blieb er schlagartig stehen.

Harlan Banfield stand neben der Kanone, aber er war nicht allein. Neben ihm stand eine Frau mit langen lockigen Haaren. Sie trug einen schwarzen Mantel und hatte die Hände in die Taschen gesteckt. Vor ihrem Gesicht gefror in der Kälte der Atem, sodass ihre Gesichtszüge schwer zu erkennen waren.

Ethan durchfuhr kurz ein Gefühl der Panik, und sein Gesicht rötete sich vor Wut und Verwirrung. Sein erster Gedanke war, dass der Wald um ihn herum voller FBI-Agenten steckte, die ihn jetzt gleich zu Boden werfen und verhaften würden. Er schaute sich um und erwartete eigentlich, das Geräusch klickender Waffen zu hören, wie man es aus Hollywoodfilmen kennt.

Aber außer dem Rumpeln eines großen Lastwagens, der fünfzig Meter von dem Wäldchen entfernt die Chain Bridge Road entlangfuhr, war überhaupt nichts zu hören.

Banfield hob die Hand und winkte ihn zu sich her: »Es ist okay, Ethan«, rief er. »Alles in Ordnung. Kommen Sie bitte, ich möchte Ihnen jemand vorstellen.«

Ethan wäre eigentlich lieber zu seinem Wagen zurückgelaufen, aber er sah keine Möglichkeit, zu entrinnen. Er zwang sich, zur Kanone hinüberzugehen, wo die beiden auf ihn warteten.

Erst kurz bevor er sie erreichte, erkannte er die Frau. Er hatte sie im Fernsehen und im Internet gesehen und war ihr einmal sogar persönlich in Berlin begegnet.

Sie streckte die Hand aus, und Ethan schüttelte sie. »Mein Name ist Gianna Bertoli.«

»Ich weiß, wer Sie sind.« Sein Ärger verflog, aber seine Besorgnis blieb bestehen. Während er noch einmal in die Bäume hineinschaute, sagte er: »Ich habe Ihren Film gesehen. Ich bewundere, was Sie für unsere gemeinsame Sache tun.«

Sie lächelte. »Danke, aber eigentlich verdienen Sie diese Bewunderung.«

Nach einem kurzen unbehaglichen Schweigen setzten sich die drei auf die kleine Bank.

Ethan ließ ein nervöses Husten hören. »Ich hoffe wirklich, dass Sie nicht hergekommen sind, um einen Film über all das zu drehen.«

Sie schüttelte lächelnd den Kopf. »Nein. Natürlich nicht. Ich bin erst gestern Abend aus Zürich angekommen. Ich bin hier, um Ihnen persönlich zu versichern, dass wir uns während dieser ganzen Ermittlungen um Sie kümmern werden.«

»Dann nehme ich an, dass Sie das International Transparency Project leiten.«

Ihr Lächeln wurde noch breiter, und sie nickte. »Bei meiner Arbeit an diesem Dokumentarfilm habe ich jeden Aspekt des Projects kennengelernt. Ich habe alle Mitspieler getroffen und ihre Arbeit schätzen gelernt. Als der frühere Direktor gesundheitliche Probleme bekam, hat man mich gefragt, ob ich die Leitung übernehmen wolle. Es war mir eine Ehre, das zu tun.« Sie strahlte ihn an. Sie war noch immer so charmant, wie er sie von Berlin her kannte. »Diese Rolle wird durch meine filmische Arbeit sowohl erleichtert als auch kompliziert.«

Ethans Atem kondensierte in der kalten Morgenluft. »Sie sind hier, weil Harlan von meinem Lügendetektortest erzählt hat.«

Sie lächelte. »Er hat ihn erwähnt. Und er hat mir auch erzählt, dass Sie den Detektor ganz bestimmt besiegen werden, sobald Ihnen bewusst wird, dass Sie nichts zu verbergen haben.«

»Mit Verlaub, Ms. Bertoli, ich habe tatsächlich etwas zu verbergen.«

»Aber es ist keine Schuld und nichts, wofür Sie sich schämen müssten. Mit dem, was in Indien geschehen ist, haben Sie absolut nichts zu tun. Ich bin hier, um Ihnen das zu garantieren. Das war einfach nur Pech. Für alle von uns.«

Banfield griff in seinen Mantel und zog drei kleine, durchsichtige Plastikfläschchen heraus, die jeweils mehrere Tabletten enthielten. »Die werden Ihnen helfen. In den ersten beiden ist Sertralin und Clonazepam. Sie werden Sie entspannen. Sie sollten die Tabletten heute Morgen so bald wie möglich nehmen, um zu sehen, wie sie auf Sie wirken. Achten Sie vor allem auf Ihre Sprache. Ein guter Lügendetektortester erkennt, wenn Sie irgendwelche Mittelchen eingenommen haben, um den Kasten zu überlisten. Schlucken Sie jeweils eine. Das sollte Sie nicht *zu* sehr sedieren. Eine halbe Stunde vor dem Test nehmen Sie noch jeweils eine.«

»Und das andere Fläschchen?«

»Glycopyrrolat. Es wird Ihre Schweißabsonderung vermindern. Davon sollten Sie jetzt gleich zwei nehmen. Das sollte eigentlich für den Rest des Tages ausreichen.«

Ethan steckte die Medikamentenfläschchen in die Tasche seines Wollmantels, ließ dabei die Schweizerin jedoch keinen Moment aus den Augen. »Sie wären nicht gekommen, wenn Sie nicht besorgt wären. Sie glauben, ich falle durch, nicht wahr?«

»Im Gegenteil, wenn Sie verhaftet werden, wären Sie für mich verloren. Wenn ich das erwarten würde, wäre ich nicht hier. Ich werde alles unternehmen, um Sie aus dieser kurzfristigen Schwierigkeit zu befreien, damit Sie zu der wichtigen Arbeit zurückkehren können, die Sie für uns leisten. Wir beim Project haben eine Menge in Sie investiert. Für uns arbeiten zahlreiche Whistleblower.« Sie zwinkerte ihm leicht zu. »Aber Sie sind unser absoluter Star.«

Eigentlich betrachtete sich Ethan als unempfänglich gegen die Charmeoffensiven anderer Menschen. In seiner Zeit als Diplomat hatte er es mit Hunderten von Leuten zu tun gehabt, die ihn mit ihrem Charisma einzuwickeln und zu kontrollieren versuchten.

Solche Taktiken hatten bei Ethan nur selten Erfolg.

Bei Bertoli war das jedoch etwas ganz anderes. Sie

umgab eine Aura, die gleichzeitig sexy, mütterlich, intelligent und mitfühlend war. Und außerdem strahlte sie ein Gefühl ruhiger Beherrschtheit aus. Ethan geriet sofort in ihren Bann.

»Ich möchte Ihnen versichern, dass wir ohne jede Einschränkung alles unternehmen werden, um Sie zu schützen. Whistleblower wie Sie verdienen unsere Unterstützung, so lange sie sie benötigen.« Nach einer kurzen Pause fügte sie hinzu: »Ihnen wird nichts passieren.«

»Danke.«

»Aber da wäre noch etwas, wie Sie sich selbst schützen könnten.«

»Was wäre das?«

»Verschaffen Sie sich für den Fall der Fälle ein Ass im Ärmel.«

»Ich verstehe nicht.«

Bertoli lächelte ihn an. Teilnahmsvoll. Mitfühlend. »Doch, das tun Sie. Ich spreche davon, dass Sie sich aus den Dateien Ihrer Arbeitsstelle einige sensible Informationen besorgen. Etwas, dessen Veröffentlichung für Ihren Arbeitgeber eine Katastrophe wäre. Diese Daten verschlüsseln und speichern Sie dann, um sie bei Bedarf als Sie-kommen-aus-dem-Gefängnis-frei-Karte zu benutzen.«

Ethan Ross schaute in den Wald hinein. »Sie sprechen … Sie sprechen von einem Scrape.«

Banfield schaute verständnislos zwischen den beiden hin und her. »Ein Scrape?«

»Sie möchte, dass ich sämtliche klassifizierten Daten, die ich in die Finger bekomme, aus dem System herausziehe und auf irgendeinem tragbaren, gesicherten Datenträger speichere.« Seine Stimme versagte beinahe. »Und dann damit die Flucht ergreife.«

»Nein«, sagte sie. »Sie müssen jetzt nicht fliehen, aber Sie sollten sich auf einen solchen Notfall vorbereiten. Das ist der einzige Weg, Ethan. Sie sollten sich Geheiminformationen beschaffen, deren Preisgabe für die amerikanische Regierung dermaßen schädlich wäre, dass sie es auf keinen Fall darauf ankommen lässt. Ich rede nicht davon, dass Sie sie irgendjemand zukommen lassen. Nicht einmal mir. Nein, das ist ganz allein Ihre Rückversicherung. Nur für Ihre eigene Sicherheit. Wenn Sie sich schützen müssen, wedeln Sie ihnen damit unter der Nase herum.«

»So naiv bin ich nicht, Ms. Bertoli. Wenn das FBI davon erfährt, bin ich geliefert.«

»Ich heiße Gianna. Und es wäre naiv zu denken, dass das FBI nicht auch einmal in die andere Richtung schaut, wenn eine Zielperson mehr Probleme schafft, als sie wert ist. Das habe ich schon erlebt. Natürlich halten sie das unter der Decke. Niemand gibt zu, eine Ermittlung eingestellt zu haben, weil eine Zielperson etwas in der Hand hat, aber es kommt vor.«

»Ich weiß nicht einmal, wie ich dieses Scraping anstellen sollte.«

Gianna griff in ihre Handtasche. »Ich habe etwas aus Europa mitgebracht.« Sie hielt einen kleinen gelben USB-Stick mit der Aufschrift NASCAR in die Höhe.

Ross konnte sich zwar keinen Reim darauf machen, warum er ausgerechnet für Stockcar-Rennen warb, er wusste jedoch genau, was es war, und er war eingebildet genug, ihr das auch zu zeigen.

»Das ist ein Crawler.«

Die Schweizerin nickte beeindruckt.

Banfield verstand immer noch kein Wort. Als Journalist kannte er sich mit Quellen und Informanten aus, vom Computerhacken hatte er jedoch keine Ahnung. »Was kann man damit anstellen?«

Ross übernahm die Antwort. »Ms. Bertoli möchte, dass ich das hier in den NSC einschmuggle und in einen Port meines Computers stecke. Es wird dann ein spinnengleiches Programm durch das gesamte Computernetzwerk schicken, das sämtliche Daten scrapt, also zusammenkratzt. Diese verschiebt es dann alle in eine Datei auf dem Server, schleust sie heraus und speichert sie. Wie viele Daten?«

»Dieser Stick bringt es auf eine Speicherkapazität von 1,2 Terabyte.«

»Heilige Scheiße!«, flüsterte Ethan. Er musterte den Stick genauer. »Können Sie beschwören, dass der auch tatsächlich funktioniert?«

»Er wird funktionieren. Er wurde von ehemaligen NSA-Mitarbeitern entwickelt. Leuten, die wissen, wie man das Intelink-TS-Netzwerk ausforschen kann, die aber keinen Systemzugang mehr haben.«

»Also jeder, der zu einem Computer des Weißen Hauses Zugang hat, kann dieses Ding da reinstecken und …«, sagte Banfield.

Ethan unterbrach ihn. »Nein. Sie brauchen den richtigen Administrationszugang.«

»Und wir wissen, dass Sie diesen Zugang bekommen können«, sagte Gianna. »Ihre Computerkenntnisse haben uns sehr beeindruckt.«

Ethan seufzte. »Sie beleidigen meine Intelligenz, wenn Sie so tun, als ob Sie nicht wüssten, dass ich mit einer IT-Sicherheitsexpertin liiert bin, die für ein Vertragsunternehmen der Regierung arbeitet.«

Giannas Lächeln wirkte jetzt eher entschuldigend. »Verzeihen Sie mir diese vorgetäuschte Unwissenheit. Ich war mir nicht sicher, wie Sie auf die Erkenntnis reagieren würden, dass wir Ihren Hintergrund näher untersucht haben. Nicht viel, nur ein wenig.«

»Für mich hat das Ihre Organisation nur noch kompetenter gemacht. Das ist wichtig für mich, vor allem im Moment.« Er seufzte noch einmal, als er über die Möglichkeit eines solchen Scrapings nachdachte. »Ich kann das in der Tat durchziehen, aber wenn ich entdeckt werde, werden sie annehmen, dass sie mir geholfen hat.«

Giannas Stimme wurde ganz sanft. »Natürlich bin ich in dieser Frage voreingenommen, Ethan, da ich Sie sehr mag. Aber Sie müssen hier an Ihren eigenen Schutz denken. Eve wird nichts passieren. Wenn Sie tatsächlich Ihre Sie-kommen-aus-dem-Gefängnis-frei-Karte einmal benötigen, dann wurden Sie ja bereits enttarnt. Und wenn Sie enttarnt wurden, bedeutet das, dass diese Leute wissen, dass Sie in das Netzwerk eingedrungen sind. Sie und nicht Eve Pang.«

»Was soll dieser Crawler eigentlich herausschleusen?«

»Die Namen von Vor-Ort-Spionen und -Informanten auf der ganzen Welt, die für die US-Nachrichtendienste arbeiten.«

»Auf der ganzen Welt?«

»Genau.«

Ethan schüttelte leidenschaftlich den Kopf. »Sie verstehen meine Motive nicht. Diese Informationen habe ich aus ideologischen Gründen weitergegeben. Für Anliegen, an die ich glaube. Ich bin kein Staatsfeind. Ich bin kein pickliger Hacker, der alle Geheimnisse der Vereinigten Staaten ins Internet stellen will. Mir passen ganz bestimmte Verhaltensweisen der gegenwärtigen Regierung nicht, gegen die gehe ich an. Diese Regierungsmitarbeiter bekämpfe ich, aber nicht Amerika selbst.«

»Wie ich bereits sagte, das ist Ihre Entscheidung. Aber ich habe einige Erfahrung, was den Schutz von tapferen Patrioten wie Ihnen angeht, und mein Vorschlag geht auf diese jahrelange Erfahrung zurück. In neunzig Prozent der Fälle ist das auch völlig unnötig, aber ich wollte Ihnen diesen Vorschlag trotzdem machen. Denken Sie daran, wenn Sie vielleicht später einmal fliehen müssen, ist es eventuell zu spät, um diese benötigten Daten zu bekommen. Die Regierung wird Ihren Zugang zu gesicherten Netzwerken sofort sperren, wenn sie Sie als Whistleblower verdächtigt.«

Ethans Gesicht verdüsterte sich, und er beugte sich zu Bertoli hinüber. »Sind Sie darum gekommen? Damit ich Ihnen noch weitere Informationen aus den Netzwerken hole, bevor sie mich verhaften? Um noch ein paar geheime Daten von mir zu bekommen, bevor ich für Sie nutzlos werde?«

»Sie haben wirklich eine sehr lebhafte Fantasie. Nein, Ethan. Darum bin ich nicht hier. Ich habe Ihnen doch bereits gesagt, dass ich die Information, die Sie für sich selbst beschaffen, gar nicht haben möchte.«

Ethan stand auf und beendete damit das Treffen. »Ich werde diesen Crawler nicht benötigen, weil ich kein Ass im Ärmel brauche. Ich werde den Lügendetektor besiegen, das FBI wird sich in einigen Tagen mit etwas anderem beschäftigen, und die ganze Sache wird in Vergessenheit geraten. Vertrauen Sie mir, ich werde diese Situation ganz alleine meistern.«

Falls Gianna enttäuscht sein sollte, konnte sie das auf jeden Fall gut verbergen. »Natürlich, Ethan. Und wir sind hier, um Sie dabei zu unterstützen.«

Ethan schüttelte den beiden die Hand und ließ sie dann in diesem Wäldchen zurück. Er setzte sich in seinen Wagen, um nach Washington zurückzukehren. Unterwegs schluckte er ein paar von Banfields Pillen, hatte jedoch Schwierigkeiten, sie hinunterzuwürgen, da seine Kehle aus irgendeinem Grund völlig ausgetrocknet war.

16

Dominic Caruso wachte um neun Uhr auf. Das war für ihn ziemlich spät. Sofort spürte er wieder das Pochen im Kopf, die steifen Rippen und das anhaltende Stechen seiner Unterarmverletzung.

Er setzte sich auf und rieb sich das Gesicht. Seine Verfassung war eher noch schlechter als vor seinem gestrigen Ausflug in diesen Gastropub. Vor allem war er jedoch wütend, dass er sich auf die Auseinandersetzung mit diesen drei Arschlöchern eingelassen hatte. Nicht, weil sie es nicht verdient hätten, sondern weil sein Hauptaugenmerk eigentlich seiner geheimen Tätigkeit beim Campus gelten sollte. Das Anzetteln von Kneipenschlägereien war jedoch in den Einsatzvorschriften des Campus nirgends aufgeführt.

Was er gestern Nacht getan hatte, könnte vielleicht sogar seine ganze Organisation auffliegen lassen. So einfach war das.

Er hatte das Gefühl, für sein Verhalten etwas Schmerz und Buße zu verdienen. Nach einer schnellen Dusche zog er deshalb seine Joggingkluft an und brach zu einem Morgenlauf durch die Kälte auf.

Er lief auf der Rhode Island Avenue in Richtung Westen. Um ihn herum waren neben anderen Joggern ganz gewöhnliche Pendler zu ihrer Arbeitsstelle unterwegs. Der Verkehr staute sich bereits, und in der ersten Zeit musste er an jeder Fußgängerampel auf der Stelle laufen.

Für eine Weile trabte er die M Street entlang, bog dann in die Hampshire Avenue ab, bis er die K Street erreichte, der er in westlicher Richtung nach Georgetown folgte.

Dominics erster Lauf nach seiner Verletzung in Indien war zwar kein komplettes Desaster, aber er begriff schnell, dass er es auf keinen Fall übertreiben durfte. Seine Beine waren in Ordnung, er war nicht müde, aber selbst diese leichte Anstrengung ließ ihn heftiger atmen, was für seinen angeschlagenen Brustkorb die Hölle war.

Er lief quer durch Georgetown, bis er den Chesapeake and Ohio Towpath, den ehemaligen Treidelweg, erreichte, der am Potomac entlangführte. Dort begegnete er etlichen anderen Läufern. Obwohl er in besserer körperlicher Verfassung als die Mehrzahl von ihnen war, ließ er es doch langsamer angehen als sie, um eine ruhige, gemessene Atmung beizubehalten.

Am strahlend blauen Himmel war alle paar Sekunden ein neues Passagierflugzeug zu erkennen. Unmittelbar über ihm verlief die Anflugroute zum Ronald Reagan Washington National Airport weiter im Süden, die dem Potomac folgte und direkt zur Startbahn 19 dieses Inlandsflughafens führte. Dom wusste, dass dies den ganzen Tag so weitergehen würde. Er beobachtete sie eine Weile, um auf andere Gedanken zu kommen.

Als er das Georgetown Reservoir erreichte, drehte er um und machte sich auf den Rückweg.

Da ihn auf dem Weg nach Osten keine Flugzeuge mehr ablenken konnten, begaben sich seine Gedanken erneut auf die Reise. Er war wieder in Indien, sog die schwüle Nachtluft ein, an seinen Knöcheln klebte Schlamm, und aus seinen Nasenlöchern tropfte das Wasser des Dschungelsees.

Dann trafen er und Arik auf den Milchlieferwagen.

Er schüttelte den Kopf im vergeblichen Versuch, diese Bilder zu vertreiben. Er beschleunigte den Schritt, weil er hoffte, das brennende Gefühl durch die Übersäuerung seiner Oberschenkelmuskeln würde ihm helfen, seine Gedanken wieder auf das Hier und Jetzt zu konzentrieren.

Dom verließ den Treidelpfad und bog nach links in Richtung George Washington University ab. Er steigerte noch einmal die Geschwindigkeit, um sich noch ein paar Minuten richtig zu fordern, obwohl seine Brust bei jedem Atemzug schmerzte. Er rannte einmal um das Footballfeld herum und wollte es gerade ein zweites Mal umrunden, als vor ihm plötzlich die Musikkapelle der Georgetown University auftauchte. Sie überquerten direkt vor ihm die Straße, um in ein paar wartende Busse einzusteigen. Dutzende junger Männer und Frauen trugen ihre Instrumente, Notenständer, Rucksäcke und Koffer quer über die Fahrbahn. Dom wollte sich nicht durch sie hindurchdrängeln und beschloss deshalb, auf demselben Weg zurückzulaufen, den er gekommen war.

In diesem Augenblick bemerkte er das Auto.

Es war ein grauer Mazda, bereits einige Jahre alt und eigentlich völlig unauffällig. Er bog gerade fünfzehn Meter hinter ihm auf die zweispurige Universitätsstraße ein. Als Dom ihn erblickte, schien der Fahrer seine Meinung zu ändern und fuhr stattdessen nach links an den Tennisplätzen vorbei.

Dom war darauf trainiert, solche kleinen Dinge zu bemerken. Während er zur Kreuzung weiterjoggte, fragte er sich, ob seine eigene plötzliche Richtungsänderung etwas mit der dieses Fahrzeugs zu tun haben könnte. Vielleicht hatte der Fahrer jedoch nur die Kapelle bemerkt, die vor ihm die Straße versperrte, und sich deshalb anders entschieden. Als Dom über die Schulter blickte, um dies zu überprüfen, merkte er, dass die Kapelle wegen der Busse, die in der Kurve neben dem Footballfeld parkten und das Sichtfeld versperrten, von der Kreuzung aus gar nicht zu sehen war.

Da das Auto jedoch verschwunden war, nahm er das Ganze nicht weiter ernst und rannte nach Osten weiter.

Fünf Minuten später beendete er seinen Lauf auf der Wisconsin Avenue. Er wusste, dass er es im Laufschritt nicht bis ganz zurück zu seiner Wohnung schaffen würde, deshalb ging er jetzt in gemächlichem Tempo durch Georgetown. Er beschloss, sich in einer Bäckerei einen Latte und ein Croissant zu besorgen und mit dem Taxi nach Hause zu fahren.

Er betrat die Bäckerei und reihte sich in die Schlange hinter einem Dutzend Hipstern ein. Während des Wartens schaute er auf die Straße hinaus. Im Moment gab es auf der Thomas Jefferson Street fast keinen Verkehr. Plötzlich wurde er jedoch hellwach, als ein Block weiter nördlich ein grauer, viertüriger Mazda neben dem Treidelpfad anhielt. Obwohl er durch das Schaufenster nur schlecht zu sehen war, sah er wie das Auto aus, das Dom vor einer Viertelstunde vor der Universität gesehen hatte. Ganz sicher war er sich jedoch nicht. Er machte sich selbst Vorwürfe, dass er nicht bei der Sache gewesen war und besser aufgepasst hatte.

Als er die Bäckerei mit seinem Frühstück verließ, dachte er immer noch über den grauen Mazda nach. Er parkte zwar nicht mehr neben dem Treidelpfad, aber Dom beschloss nachzuprüfen, ob er ihn etwa beschattete. Dazu wollte er ein Stück den Treidelpfad entlanggehen und nachsehen, ob der Wagen in der nächsten Straße stand. Er schlenderte langsam und lässig die Thomas Jefferson Street entlang, biss in sein Hörnchen und nippte ab und zu an seinem Kaffee. Dann bog er auf den Treidelpfad ein. Dieser war von dichtem Bewuchs gesäumt, sodass er von der Straße her nicht einsehbar war. Dom wusste also, dass sich irgendwelche potenziellen Beschatter jetzt eine andere Beobachtungsposition suchen mussten. Er warf seinen Latte in einen Mülleimer, nahm sein

Croissant in den Mund und rannte los. Er hoffte dadurch seine möglichen Beschatter zu überholen, während die noch auf der Suche nach einem geeigneten Beobachtungspunkt waren.

Als er an der 29th Street ankam, war jedoch nichts Ungewöhnliches zu bemerken. Dort herrschte Parkverbot, und tatsächlich war auch kein einziges Fahrzeug zu sehen. Einige Fußgänger gingen vorbei, aber bereits auf den ersten Blick kamen sie als Beschatter bestimmt nicht infrage.

Dom überquerte die 29th Street und folgte weiterhin dem Treidelpfad. Ab und zu biss er in sein Croissant. Selbst wenn er unter Beobachtung stehen sollte, hatte er trotzdem noch Hunger. Plötzlich blieb er stehen, drehte sich und lief in schnellem Schritt zur 29th Street zurück. Dort stand tatsächlich der graue Mazda am Randstein. Er war so geparkt, dass die beiden Männer auf den Vordersitzen den Treidelpfad in Richtung Westen überwachen konnten.

Sie hatten seine Geschwindigkeit nach seinem langsamen Schlenderschritt auf der Thomas Jefferson Street berechnet. Weil er jedoch auf dem Treidelpfad gerannt war, hatte er sie überholt und konnte sich jetzt aus östlicher Richtung von hinten an sie heranschleichen.

Dom wusste, dass er sie eigentlich erst selbst einige Minuten beobachten sollte, um sich ein Bild zu machen, mit wem er es hier zu tun haben könnte. Aber diese ganze Beschattung hatte ihn dermaßen wütend gemacht, dass er wieder einmal die Vorschriften missachtete. Er spurtete über die Straße und klopfte mit den Knöcheln ans Fahrerfenster. Die beiden Männer, die in die entgegengesetzte Richtung geschaut hatten, waren vollkommen überrascht. Langsam öffnete sich das Fenster. Ein Mann mittleren Alters mit grau melierten Haaren und südländischem Teint starrte ihn mit einem müden Hundeblick an.

»Warum folgen Sie mir?«, fragte Dom.

»Ich weiß nicht, wovon Sie sprechen.« Er hatte einen schweren und irgendwie vertrauten Akzent, den Dom aber nicht sofort festmachen konnte. Dom griff blitzartig ins Autoinnere und zog den Zündschlüssel ab. Als er seine Hand mit den Schlüsseln herausziehen wollte, packte der Fahrer sein Handgelenk und hielt es mit erstaunlicher Kraft fest.

Dom wurde bewusst, dass er in der linken Hand immer noch sein Croissant hielt. Er ließ es fallen, griff unter sein Sweatshirt und riss ein kleines, gebogenes Ka-Bar-Messer aus einem Futteral, das am Bund seiner Unterhose hing. Er hielt die scharfe, mattschwarze Klinge dem Mann an seinen dicken Hals. Der Fahrer hielt derweil immer noch Doms Rechte in festem Griff.

Der Mann auf dem Beifahrersitz griff jetzt an seinen eigenen Hosenbund. Dom glaubte, er werde gleich eine Pistole hervorziehen.

Dom drückte sein Messer mit der Linken noch fester an den Hals des Fahrers.

»Wenn Sie die Waffe ziehen, schneide ich ihm in den Hals!«

Der Beifahrer hob sofort beide Hände in die Luft. In einem Akzent, der dem des Fahrers ähnelte, sagte er: »Nicht notwendig, Mr. Caruso. Wir sind Freunde.«

»Ich kenne meine Freunde, und Sie kenne ich nicht. Wer sind Sie und warum zum Teufel beschatten Sie mich?«

Der Fahrer ließ Doms Arm los. »Wir haben nicht die Berechtigung, mit Ihnen zu sprechen.«

»Und wer hat die?«

»Ich.«

Dom wirbelte herum, als er dicht hinter sich die Stimme eines Mannes hörte. Auf dem Gehsteig stand der elegant aussehende Herr, der am Abend zuvor im *The Pig* einen Manhattan getrunken hatte. Jetzt trug er einen langen Kamelhaarmantel und eine Sportmütze.

»Sie?«

»Bitte, Dominic. Stecken Sie Ihr Messer weg, bevor jemand hier die Polizei ruft.«

Dom steckte das Ka-Bar widerstrebend in sein Innenfutteral zurück und zog sein Sweatshirt darüber.

»Sehr gut. Warum machen wir nicht einen kleinen Spaziergang auf dem Treidelpfad? Sie scheinen diesen Weg zu mögen. Unterwegs beantworte ich Ihre Fragen.«

Sie gingen zurück nach Westen. Zuerst einmal schwiegen sie, als ein ganzer Joggingclub von zwei Dutzend Läufern in Zweier- und Dreiergruppen an ihnen vorbeilief. Als die Jogger hinter einer Kurve verschwunden waren und die beiden Männer den Treidelpfad wieder ganz für sich allein hatten, sagte Dom: »Okay, wir sind unter uns. Legen Sie los.«

»Mein Name ist David«, stellte sich der Ältere vor. »Ich arbeite für die israelische Regierung.«

»Sie meinen den israelischen Geheimdienst.«

»Ja.«

»Sie meinen den Mossad.«

»Vielleicht.«

»Sie beobachten mich seit gestern Abend?«

»Ja. Sie waren sehr beeindruckend.«

Dom blieb stehen. »Womit habe ich Sie denn beeindruckt?«

Der Israeli prustete los. »Ich meine natürlich die drei Männer, die Sie mit Ihren Krav-Maga-Kenntnissen erledigt haben. Wir waren allerdings nicht sehr beeindruckt, als Sie die reizende junge Dame namens Jennifer ins Loews Madison zurückbrachten und sich dann in der Lobby von ihr verabschiedeten, sodass sie allein ins Bett gehen musste.«

»Nicht dass Sie das etwas anginge, aber ihr Name war Monica.«

David brach in Lachen aus. »Nein, sie hieß Jennifer Hartley. Sie hat Ihnen einen falschen Namen genannt. Wirklich köstlich. Ich glaube, Sie beide haben wirklich keine große Zukunft miteinander.«

»Sie gehörte zu Ihnen?«

»Nein. Aber wir haben sie überprüft.«

Dom dachte darüber nach. »Also, Sie haben das Ganze letzte Nacht nicht inszeniert? Irgendeine hanebüchene Auseinandersetzung, um meine Fähigkeiten zu überprüfen, und danach eine Sexfalle, die Sie gegen mich verwenden können?«

»Inszeniert? Natürlich nicht. Wir sind doch keine Kampf-Promoter, und wir sind keine Partnervermittlungsagentur. Wir haben Sie beobachtet und danach diese Dame überprüft, weil wir herausfinden wollten, für wen genau Sie arbeiten. Dass Sie kämpfen können, wussten wir bereits, weil wir von Ihrem Privattraining bei Oberst Yacoby Kenntnis hatten.« Er zuckte die Achseln. »Aber glauben Sie mir, Mr. Caruso. Ihre Liebeskünste sind uns völlig egal.«

»Okay«, erwiderte Dom unbehaglich. Er wusste immer noch nicht, was hier eigentlich vorging.

David ging weiter, und Dom folgte ihm auf dem Fuß.

»Ihre Schlägerei gestern Abend warf mehr Fragen auf, als sie beantwortete. Sie scheinen nicht gerade Ihre Deckung aufrechterhalten zu wollen. Aus professioneller Sicht haben Sie einige höchst bedenkliche Entscheidungen getroffen.«

Dominic ließ beschämt den Kopf hängen, ohne etwas zu antworten.

»Ich glaube also nicht, dass Sie hier in Washington arbeiten«, fuhr David fort. »Ich glaube, man hat Sie aufgefordert, sich eine Auszeit zu nehmen. Ich vermute sogar, dass Ihre Vorgesetzten, wer immer sie auch sein mögen, dies nach den Ereignissen in Paravur angeordnet haben.«

Dom würde niemals etwas über seinen Arbeitgeber preisgeben, trotzdem widersprach er dieser Darstellung nicht. »Tut mir leid, wenn ich Sie beruflich gesehen enttäuscht habe.«

»Ich bin nicht enttäuscht. Ich bin erleichtert. Ich konnte aus Ihrem Auftritt einige wertvolle Schlüsse ziehen.«

»Welche Schlüsse denn?«

»Sie sind wütend. Zornig über das, was Arik passiert ist. Das frisst Sie auf. Sie versuchen andere Ventile für Ihre Wut zu finden, aber nur eine Sache wird Ihnen wirklichen Trost verschaffen.«

»Waren Sie ein Freund von Arik?«

»Ein alter Kollege.«

»Er war auch beim Mossad?«

»Das habe ich nicht gesagt. *Ich* war bei den israelischen Streitkräften. *Er* war bei den israelischen Streitkräften.«

»Waren Sie auch bei der Schajetet 13?«

David lächelte. »Auch das habe ich nicht gesagt. Sie stellen eine Menge Fragen. So wenig ich Sie fragen werde, für wen Sie arbeiten, so wenig sollten Sie mich das fragen.«

»Aber eine Frage habe ich doch: Was genau wollen Sie von mir?«

»Kurz gesagt, will ich … wollen *wir,* was Sie wollen. Wir wollen denjenigen finden, der die Informationen über diese Operation gegen die *Ardahan* preisgegeben hat.«

Dom blieb erneut stehen. Er wartete mit seiner Erwiderung, bis ein Jogger an ihnen vorbeigetrabt war. Schließlich sagte er: »Wie haben Sie von diesem Datenleck erfahren?«

»Ihre Regierung hat es meiner Regierung mitgeteilt. Wir haben gebeten, uns über die Ermittlungen auf dem Laufenden zu halten. Wir wollen einen Namen haben, aber bisher haben wir noch keinen bekommen.«

»Ich weiß auch nicht, wer das getan hat. Selbst das FBI weiß es nicht.«

»Dessen bin ich mir bewusst. Wir hoffen jedoch, dass sich das ändern wird. Wir hoffen, dass man den Schuldigen identifizieren wird.«

»Und dann?«

David zuckte die Achseln und setzte sich wieder in Bewegung. Dom folgte ihm.

»Ihre Regierung will Antworten haben«, sagte David. »Das ist gut. Aber wir hoffen, Dominic, dass Sie Rache wollen. Auch wir wollen Rache. Unglücklicherweise dürfen wir nichts tun, was unsere Beziehungen zu Washington gefährden würde. Und das wäre der Fall, wenn wir gegen einen Beamten der US-Regierung vorgehen. Wir sind große Fans des Präsidenten der Vereinigten Staaten, Ihres Onkels, und wir hoffen, dass er auch ein Fan von uns ist. Das macht unsere Tätigkeit hier, gelinde gesagt, etwas delikat.«

»Und deshalb wollen Sie mich benutzen?«

»Wir möchten, dass Sie *uns* benutzen. Unsere Logistik, Informationen, Planung, Ausrüstung.«

Dom ging eine Weile schweigend weiter und dachte über dieses unglaubliche Angebot nach, das man ihm gerade gemacht hatte. Plötzlich fiel ihm etwas anderes ein.

»Was ist eigentlich auf der *Ardahan* wirklich passiert?«

David hatte offensichtlich diese Frage erwartet und deshalb sofort eine Antwort parat: »Die *Ardahan* und die drei anderen Schiffe waren nach Gaza unterwegs und hatten angeblich Hilfsgüter an Bord. Wir wussten, dass die drei anderen zur Tarnung wirklich mit Nahrungsmitteln und Medikamenten beladen waren, die *Ardahan* jedoch auch Raketen für al-Kassam beförderte. Oberst Yacoby und sein Team flogen mit einem Hubschrauber ein. Sie seilten sich aufs Deck ab, wurden jedoch bereits mit Messern und Eisenrohren angegriffen, als sie noch am Seil hingen. Die Friedensaktivisten, wenn Sie sie so nennen wollen, schlugen ein paar Männer Yacobys zusammen. Es gab etliche Knochenbrüche. Ein Kommandosoldat wurde bewusstlos geschlagen und über Bord geworfen. Unsere Marine fischte ihn gerade noch lebendig aus dem Wasser.«

»Und dann?«

»Oberst Yacoby durfte laut Befehl nur dann tödliche Gewalt anwenden, wenn sein Leben und das seiner Männer bedroht war. Zuerst wehrten sie mehrere Angreifer nur mit Fäusten und Gewehrkolben ab, aber als dieser Mann bewusstlos ins Meer geworfen wurde und ein Palästinenser dessen Gewehr vom Deck aufhob, gab Yacoby seinem Team den Befehl, sich mit gezielten Schüssen zu verteidigen.«

Dom hatte körnige Videoaufnahmen der Geschehnisse gesehen, die von den Friedensaktivisten an Bord der *Ardahan* aufgenommen worden waren. Schwarz gekleidete Froschmänner mit kurzläufigen Gewehren hatten das Feuer auf ein Deck voller Männer und Frauen in Zivilkleidung eröffnet. Am Ende waren neun von ihnen tot und zweiundzwanzig verletzt.

»Ich sage ja gar nicht, dass alles nach Plan verlief«, fuhr David fort. »Das tat es bestimmt nicht. Aber es war auch nicht das Massaker an lauter unschuldigen Menschen, das die Weltpresse daraus gemacht hat. Arik hielt sich zurück, bis er merkte, dass diese Zurückhaltung seinem ganzen Team das Leben kosten würde. Das Schiff beförderte Raketen und Material zur Bombenherstellung, die zwischen Kisten voller Babynahrung versteckt waren.

Diese gefährliche Fracht auf hoher See zu beschlagnahmen lag im Interesse der nationalen Sicherheit unseres Landes. Wir sind also mit dem, was damals passiert ist, absolut im Reinen.«

Dom musste an Arik denken. Er war sich sicher, dass dieser alles getan hätte, um seine Mission ohne Todesopfer durchzuführen. Er wusste jedoch auch, dass Arik alles für die Sicherheit seiner Männer unternommen hätte. »Hören Sie«, sagte er schließlich. »Ich bin ganz bestimmt auch ein Fan von Israel. Und ich würde liebend gern meine Hände um den Hals dieses Verräters legen. Aber ich spioniere auf keinen Fall für eine fremde Regierung.«

David schaute ihn verblüfft an. »Spionieren? Wer hat denn etwas von Spionieren gesagt?«

»Na ja, eigentlich haben Sie überhaupt nur wenig Konkretes worüber auch immer gesagt. Zum Beispiel weiß ich immer noch nicht, was genau Sie von mir wollen.«

»Der Täter steht im Dienst der US-Regierung. So viel steht wohl fest. Wir werden jedoch ganz bestimmt nichts gegen einen Mitarbeiter der US-Regierung unternehmen, vor allem nicht hier in Washington.«

»Aber *ich* würde das tun?«

»Sie *könnten*. Eigentlich hatten wir vor, erst eine Zeit lang zu untersuchen, ob Sie uns irgendwie nützlich sein könnten. Wir hätten heute noch nicht mit Ihnen gesprochen, wenn Sie meine Beschattungsmannschaft nicht ausgetrickst hätten. Wir wollten sehen, ob Sie bereits wieder einsatzfähig sind. Wir wissen, was Sie in Indien getan haben, um Arik zu retten, und wir dachten, dass es vielleicht wichtig für Sie wäre, dass die Schuldigen zur Verantwortung gezogen werden.«

Dom nickte.

»Sie sind allein«, fuhr David fort. »Wir wissen, dass Sie sich im Moment ziemlich zurückgezogen haben, um Ihre Freunde nicht zu gefährden.«

»Und Sie wollen jetzt meine neuen Freunde werden?«

David lächelte. »Freunde, die einiges zu bieten haben. Und die keine Bedingungen stellen. Etwa so wie die Gelegenheit, die Sie gestern Nacht im Loews-Hotel verstreichen ließen.«

»Das bezeichnet man, glaube ich, nicht als Freundschaft. Das nennt man einen One-Night-Stand.«

»Wenn Sie es sagen. Ich bin mir sicher, dass Sie sich mit diesem Phänomen ziemlich gut auskennen.« David griff in die Tasche, zog eine Visitenkarte heraus und drückte sie Dom in die Hand. »Rufen Sie uns an, wenn wir Ihnen auf irgendeine Weise helfen können.«

Dom schaute die Karte an. Sie war leer außer einer handgeschriebenen Telefonnummer mit Washingtoner Vorwahl. »Ich kann Ihnen nichts versprechen«, sagte er.

»Ich will keine Versprechungen. Ich hoffe nur, dass Sie irgendwann mal anrufen.«

Dom verdrehte die Augen. »Ihre One-Night-Stand-Metapher wird allmählich etwas nervig.«

David kicherte ein wenig. »Ich halte sie für eine gute Metapher für das, was wir denken. Wenn ein Hinweis auf den Datendieb auftauchen sollte, können Sie jederzeit auf unsere Dienste zurückgreifen.«

»Ich muss allerdings erst meinerseits Ihren Hintergrund überprüfen. Ein Mann spricht mich auf der Straße an und …«

»Natürlich. Aber Sie kennen ja andere Mossad-Agenten, das weiß ich. Sprechen Sie mit Ihren Freunden. Sie werden für mich bürgen. Sie kennen mich nicht persönlich. Aber sie können meine Authentizität kontrollieren, indem sie die Nummer auf dieser Karte anrufen. Ich werde sie mit den richtigen Leuten in Tel Aviv in Verbindung bringen, und danach werden sie Sie zurückrufen und Ihnen mitteilen, dass ich genau der bin, für den ich mich ausgebe.«

Sie hatten inzwischen die Wisconsin Avenue erreicht und verließen den Treidelpfad. David trat auf die Straße hinaus, und ein weißer Taurus hielt direkt neben ihm an. Dom erinnerte sich noch schwach daran, diesen Wagen gesehen zu haben, als er am Georgetown Reservoir entlangjoggte. Damals war er ihm jedoch nicht als verdächtig aufgefallen. Direkt hinter dem Taurus kam der graue Mazda.

Die beiden Fahrzeuge mit den Mossad-Agenten fädelten sich jetzt in den Morgenverkehr ein. Als der Mazda an Dom vorbeifuhr, zeigte ihm der Fahrer mit dem Hundeblick den Vogel.

17

Als Ethan Ross um neun Uhr morgens direkt nach seinem Treffen im Fort Marcy Park im Eisenhower Building eintraf, zog er sich in sein Büro zurück und tat so, als würde er arbeiten, hielt dabei jedoch so viel Abstand von seiner Sekretärin wie möglich. Während er einige Lageberichte durchblätterte und auf dem Computer die Entwürfe von Strategiepapieren durchscrollte, fasste er die Wörter und Ideen vor ihm überhaupt nicht auf, sondern benutzte sein erfinderisches Gehirn für völlig andere Überlegungen.

Am wichtigsten erschien es ihm im Moment, die Wirkung des Clonazepams und Sertralins auf sein Zentralnervensystem zu überprüfen, bevor er an diesem Nachmittag seinen Lügendetektortest absolvierte. Nachdem die beiden Medikamente eine Stunde lang in seinem Blut zirkuliert waren, hatte er das Gefühl, dass sich seine Stimmung beträchtlich stabilisierte. Außerdem war er sich ziemlich sicher, dass es niemand auffallen würde, dass er irgendwelche Mittel zur Festigung seines Gemütszustands eingenommen hatte.

Um das Ganze noch einmal zu bestätigen, rief er seine Mutter an der Westküste an und unterhielt sich mit ihr mehrere Minuten lang. Er wusste, dass sie jede Veränderung seiner Stimme oder seiner normalen Sprechweise sofort bemerken würde. Es war allemal besser, sein Sprachvermögen an ihr als an seiner Sekretärin oder einem anderen Mitarbeiter des Nationalen Sicherheitsrats auszuprobieren.

Während des Gesprächs gab seine Mutter keinerlei Kommentare zu seiner Sprache ab. Dies stärkte seine Zuversicht beträchtlich, dass die Medikamente heute ihre Wirkung entfalten würden, ohne dass er sich durch die Verschlechterung seiner Artikulationsfähigkeit entlarvte.

Auch das Glycopyrrolat war zweifellos höchst wirksam. Zwar hatte er keinerlei Grund, hier in seinem kühlen Büro in Schweiß auszubrechen, aber er merkte, dass sein Mund unangenehm trocken war, was er auf dieses Medikament zurückführte. Direkt vor dem Test würde er zur Sicherheit eine weitere Dosis dieser Tabletten schlucken. Dies würde sein vollkommen ruhiges und gefasstes Auftreten noch weiter verstärken.

Eingeschlossen in seinem Büro, verbrachte er die Stunden vor dem Test damit, weitere Strategien zu entwickeln, wie er dessen Ergebnis zu seinen Gunsten gestalten konnte. In dem Jahr, in dem er jetzt bereits Informationen an das Project weitergab, hatte er viel über dieses Problem nachgedacht. Eigentlich hatte er es sogar ziemlich amüsant gefunden, neue Psychospielchen und Denkprozesse zu entwickeln, die seine Hirnwellen ändern würden.

In seiner Zeit als Whistleblower musste er bereits zwei Mal einen Lügendetektortest absolvieren. Bei keinem hatte es ein Problem gegeben. Heute war die Herausforderung aber um ein Mehrfaches größer. Er wusste, dass er noch besser spielen musste, um die spezifische Natur der heutigen Fragen zu bewältigen.

Ethan nahm um halb drei seine zweite Medikamentendosis ein, die aus einer Glycopyrrolat-, einer Clonazepam- und einer Sertralin-Tablette bestand. Danach brach er zehn Minuten zu früh zu seinem Lügendetektortest auf. Er beschloss, sein Anzugjackett über seinem Stuhl hängen zu lassen und in Hemdsärmeln zum Test zu gehen. Dadurch würde er sicherlich entspannter und ungezwungener erscheinen, was ihm bei der Prüfung durchaus hilfreich sein konnte. Während er den Marmorflur entlanggging, überprüfte er noch einmal seine Stimmung und Zuversicht und merkte, dass er sich eigentlich ziemlich gut fühlte.

Kein Absolvent einer popligen staatlichen Universität in einem schlecht sitzenden Anzug würde ihn übertölpeln, versicherte sich Ethan wieder einmal. Irgendwie freute er sich auf die kommende Herausforderung.

Die Tests wurden in einer Bürosuite im zweiten Stock des Eisenhower Building abgehalten, direkt neben dem Verwaltungsbüro, in das er vor vier Monaten hineingeschlichen war, um sich an dessen Computern Zugang zu den Dateien über die Gaza-Hilfsflottille zu verschaffen. Vermutlich war das reiner Zufall, da diese Bürosuite einfach der geeignete Ort für einen solchen Test war. Aus diesem Grund ließ er sich von dieser Tatsache auch nicht weiter beeindrucken.

Er wartete auf einem Sofa im Vorzimmer, während ein anderer NSC-Mitarbeiter seinen Test absolvierte. In der Zwischenzeit plauderte Ethan mit der Sekretärin. Der Leitende Spezialagent Darren Albright kam vorbei, um sich vorzustellen, und er und Ross tauschten kurz ein paar Freundlichkeiten aus. Ethan versuchte, sich bei dem kantigen FBI-Mann einzuschmeicheln, der kerzengerade wie ein Lineal dastand, aber dieser wahrte wie üblich professionellen Abstand. Außer einem förmlichen Dank, dass Ross zu diesem Pflichttest erschienen war, hatte er nicht viel zu sagen und verließ kurz darauf den Raum.

Kurz vor fünfzehn Uhr kam Walter Pak, der stellvertretende Abteilungsleiter für Süd- und Zentralasien, aus dem Prüfungszimmer. Er war ebenfalls in Hemdsärmeln, was Ethan mit einer gewissen Erleichterung wahrnahm.

Noch beruhigender fand er, dass Pak ihm erleichtert zuzwinkerte, als er das Vorzimmer verließ.

Ethan zwinkerte zurück und stand gerade vom Sofa auf, als der Prüfer aus dem Innenraum der Suite den Kopf hereinstreckte.

»Stellvertretender Abteilungsleiter Ross. Sind Sie bereit?«

Ethan verzog das Gesicht zu einem breiten Grinsen. »So bereit, wie man nur sein kann.«

Der Prüfer war ein FBI-Spezialagent mit dem etwas seltsamen Namen Rigoberto Finn. Er war etwa sechzig Jahre alt, aber noch in recht guter Verfassung. Ethan konnte nicht entscheiden, ob der dichte graue Haarbausch auf seinem Kopf echt oder ein ausgezeichnetes Toupet war.

Finn führte Ethan in ein kleines fensterloses Büro, setzte ihn auf einen Holzstuhl, auf dessen Sitzfläche ein rechteckiges Kissen lag, und verbrachte dann die nächsten Minuten damit, ihn an alle Sensoren anzuschließen, die bei dem Test benötigt wurden.

Finn legte ihm zwei Elektromesskabel um den Oberkörper, von denen das eine die obere und das zweite die untere Atmungsfunktion maß. Drei Sensoren auf seinem Zeige- und seinem Ringfinger würden seine elektrodermale Aktivität (EDR), auch galvanische Hautreaktion genannt, aufzeichnen, um seine Schweißabsonderung zu messen.

Als der Prüfer das Klettband festzog, musste Ethan gegen ein Lächeln ankämpfen. Aufgrund des Glycopyrrolats könnte Spezialagent Finn ihn heute in eine Sauna sperren, ohne dass Ross ins Schwitzen käme.

Als Letztes brachte Finn auf Ethans linkem Oberarm eine Blutdruckmanschette an.

Außerdem saß Ross auf einem Bewegungssensor-Kissen, das alle größeren und kleineren Körperbewegungen aufzeichnete, sodass der Prüfer über einen computerisierten Bericht verfügte, wie der Körper des Probanden auf die gestellten Fragen reagierte.

Finn setzte sich erst einmal hinter seinen Computer und kontrollierte die Sensorsignale, um sicherzustellen, dass alles korrekt angeschlossen und funktionsbereit war. Zwei Mal kam er hinter seinem Schreibtisch hervor, um die Klebebänder um die Fingerspitzen zu korrigieren. Ethan fragte sich, ob Finn überrascht war, welch geringe Schweißabsonderungen die EDR-Sensoren bereits vor Beginn des Tests registrierten.

»Alles okay?«, fragte Ethan.

»Alles in Ordnung«, erwiderte Finn leicht abwesend, als er zu seinem Computer zurückkehrte.

Während Finn einen Moment hinter seinem Laptop am Schreibtisch saß und noch einmal einige Fragen durchging, versuchte ihn Ethan in ein leichtes Geplauder zu verwickeln. Er fragte Finn, wie lange er das denn schon mache. Der schaute nicht einmal von seinen Unterlagen hoch, als er antwortete: »Schon sehr lang. Können wir anfangen?«

»Legen Sie los.«

Dieser grauhaarige alte Bastard schien keine Spielchen zu mögen. *Egal,* sagte sich Ethan. *Das spielt keine Rolle. Auf geht's.*

Die Medikamente entspannten ihn, da war er sich sicher, und dieser Glaube half ihm wiederum, sein Angstniveau niedrig zu halten.

Spezialagent Finn begann die Vorprüfung mit einer sogenannten Baseline-Befragung, einer Reihe von einfachen und manchmal sogar idiotischen Fragen, die feststellen sollten, wie die typische physische Reaktion des Probanden aussah, wenn seine Antworten richtig oder unrichtig waren. Diese Baseline-Fragen ähnelten sich bei jedem Test. Die ersten sollten Antworten hervorrufen, von denen Finn wusste, dass sie stimmten.

»Heißen Sie Ethan Ross?«

»Ja.«

»Arbeiten Sie für den Nationalen Sicherheitsrat?«

»Ja.«

»Leben Sie in den USA?«

»Ja.«

Nach ein paar weiteren solchen Fragen stellte Finn Fragen, von denen er wusste, dass sie eine gewisse nervöse Reaktion hervorrufen würden, selbst wenn der Prüfling die Wahrheit sagte. »Haben Sie jemals eine Lüge erzählt?«

Ethan zögerte einen Moment. »Ja.«

»Haben Sie jemals bei einer Prüfung oder einem Test betrogen, selbst als Kind?«

Ein weiteres Zögern. »Ja.«

»Haben Sie sich jemals Pornografie angeschaut?«

»Wer hat das nicht?«

»Ja oder nein, bitte.«

»Ja.«

Als Letztes folgten einige Fragen, die ein Nein hervorrufen sollten, um zu sehen, wie eine ehrliche Verneinung im Computer ausschaute.

»Heißen Sie Archie Bunker?«

»Nein.«

»Haben Sie eine Hausschlange namens Simon?«

»Nein.«

Jedes Mal wenn Finn eine Frage stellte, behielt Ross einen ruhigen und passiven Gesichtsausdruck bei, presste jedoch seine Zehen und sogar seinen Schließmuskel so fest zusammen, wie er nur konnte. Damit wollte er einerseits seine Anspannung visuell vor Finn verbergen, andererseits hoffte er, seine Sensoranzeigen auf dem Computer in die Höhe zu treiben. Gleichzeitig dachte er an peinliche und schmerzliche Ereignisse in seiner Vergangenheit.

Finn stellte eine weitere Folge von Baseline-Fragen, die Ethan auf dieselbe Weise beantwortete. Nach der zehnten Frage runzelte Finn jedoch die Augenbrauen und schaute seinen Prüfling an. »Bitte versuchen Sie, sich zu entspannen.«

Ross merkte sofort, dass er es übertrieben hatte. Die Sensoren registrierten eine zu große Anspannung bei Fragen, wo es eigentlich keine geben sollte. Er hatte versucht, die Baseline zu manipulieren, stattdessen lief er jetzt Gefahr, den Prüfer misstrauisch zu machen. Ethan wollte auf keinen Fall, dass Finn den Verdacht bekam, er wolle den Test manipulieren. Er lächelte, nickte und sagte: »Ich war schon in der Schule so. Bei Klassenarbeiten wurde ich immer gleich nervös. Ich nehme an, Sie begegnen bei Ihren Tests einer Menge solcher Leute.«

Finn schaute Ross über den Rand seines Laptops an. »Ich sehe eine Menge von allem.«

Ethan lächelte, aber der FBI-Agent hatte seine Aufmerksamkeit bereits wieder seinem Computer zugewandt und bemerkte es nicht einmal.

Finn beendete die Baseline-Befragung und begann jetzt mit der eigentlichen Testvorbereitung. Dabei sprach er mit Ethan einige Minuten über die Fragen, die er gleich stellen würde. Tatsächlich ging er nacheinander die gesamte Frageliste durch. Ethan wusste, dass man den Probanden die Prüfungsfragen aus zwei Gründen mitteilte. Zum Ersten sollte sich ein Unschuldiger etwas entspannen, wenn er vorher wusste, was man ihn fragen würde. Zum Zweiten würde ein Schuldiger nur noch aufgeregter werden, wenn er wusste, was ihn gleich erwartete, und die Sensoren würden die erhöhte Reaktion auf die Frage bereits vor der falschen Antwort registrieren.

Nachdem er alle Fragen durchgegangen war, begann der eigentliche Test.

Finn sprach in einem langsamen und gemessenen Ton. »Werden Sie während dieser Prüfung wahrheitsgemäß antworten?«

»Ja.«

Er wiederholte noch einmal einige Baseline-Fragen, bevor er wissen wollte: »Haben Sie die fraglichen geheimen CIA-Dateien heruntergeladen?«

Zum ersten Mal bei den bisher mindestens sechzig Fragen Agent Finns presste Ethan nicht die Zehen und seinen Schließmuskel zusammen, als er sie beantwortete. Stattdessen versuchte er, sich die angenehmsten, friedlichsten Gedanken durch den Kopf gehen zu lassen. Er war darauf vorbereitet gewesen, deshalb rief er sich jetzt ohne Mühe die ruhige Stimmung eines Yoga-Kurses in Erinnerung, den er vor einigen Jahren mit seiner Mutter und seiner damaligen Freundin in einem Strandpavillon in Thailand besucht hatte. Er stellte sich vor, auf der Yoga-Matte zu liegen und den Windglöckchen zu lauschen, während eine sanfte Brise über ihn strich.

»Nein.«

Finn beugte sich weiterhin über seinen Computer und zeigte keinerlei äußere Regung. Allerdings stellte er nicht sofort die nächste Frage.

Im Zimmer war es vollkommen still. Ethan kämpfte gegen das Verlangen an, sich auf seinem Sitz zu bewegen, und versuchte, möglichst ruhig zu atmen. Er fixierte einen Punkt an der Wand an, damit der Stress, den Finns ausbleibende Reaktion verursachte, ihn nicht zu einer Bewegung verleitete, die seine Sensorwerte in die Höhe trieb.

Nichts. Agent Finn schien immer noch auf seinen Computer zu schauen. Ethan tat alles, um die friedlichen Bilder in seinem Geist beizubehalten, während er auf die nächste Frage wartete.

Schließlich fragte Finn: »Wissen Sie, wer für den unautorisierten Aufruf der CIA-Dateien über den Mossad-Angriff auf die *Ardahan* verantwortlich war?«

Erneut suchte Ethan einen Zen-Gedanken zu fassen. Wasserfälle. Der Strand in Phuket. Yoga-Musik.

»Nein.«

Eine weitere lange Pause. Dann: »Heißen Sie Ethan Ross?«

Sofort war der Yoga-Kurs verschwunden, und das Muskelpressen und die belastenden Bilder kehrten zurück.

»Ja.«

Finn ging jetzt zu anderen Fragen über, erkundigte sich dazwischen jedoch mehrmals nach den CIA-Dateien. Jedes Mal dauerte es länger, bis er danach alle Sensoren überprüft hatte und zu anderen Fragen überging, bevor er wieder auf den Untersuchungsgegenstand dieses Tests zurückkam.

Ethan versuchte, den Test zu beeinflussen, aber er war sich ziemlich sicher, dass Finn dasselbe tat. Anscheinend wollte er Ethans tatsächliche Stresswerte bei den relevanten Fragen herausfinden, indem er ihn möglichst lange auf seinem heißen Stuhl schmoren ließ.

Zweimal stoppte er den Test, klappte seinen Laptop zu und verließ den Raum, einmal für fünf Minuten, das andere Mal sogar für eine Viertelstunde. Nach seiner Rückkehr fragte er Ethan jedes Mal, ob er irgendwelche Gegenmaßnahmen anwende, um den Lügendetektor in die Irre zu führen.

Dies tat Ethan tatsächlich. Trotzdem versetzten ihn diese Fragen nicht in Panik, da man sie ihm bisher bei jedem Lügendetektortest gestellt hatte. Finn arbeitete einfach sein ganzes Programm ab, sagte er sich, und er konzentrierte sich wieder darauf, die Ergebnisse zu verfälschen.

Nach insgesamt etwa neunzig Minuten erklärte Agent Finn, der Test sei jetzt zu Ende. Im Vergleich zu Ethans früheren Tests hatte dieser hier zwar etwas länger gedauert, aber nicht so lange, dass es bei ihm Alarm ausgelöst hätte. Er hatte fast die Befürchtung, sich bei diesem ganzen Muskelpressen im Unterleib einen Bruch eingehandelt zu haben, trotzdem kämpfte er gegen das Bedürfnis an, seine Erleichterung über das Testende auf irgendeine Weise zu zeigen.

Agent Finn wirkte jetzt schon viel höflicher, als er die Schweißabsonderungssensoren von seinen Fingern, die Atmungsmonitore von seiner Brust und die Blutdruckmanschette von seinem Oberarm entfernte. Finn bot Ethan eine Flasche Wasser an und kehrte hinter seinen Schreibtisch zurück.

Ross wusste, dass jetzt die wirkliche Prüfung begann, die gemeinsame Testbesprechung. Agent Finn würde dabei versuchen, Ethan ein Bein zu stellen, aber der war darauf vorbereitet.

Finn schaute Ross geraume Zeit an und sagte dann: »Wir hatten heute ein paar Probleme, nicht wahr?«

»Probleme? Probleme womit?«

»Die Computerwerte nach Ihren Antworten wiesen auf eine gewisse Irreführung von Ihrer Seite hin. Ich glaube nicht, dass Sie massiv gelogen haben, aber diesen Täuschungswerten muss ich trotzdem nachgehen.«

Ethan schüttelte nur den Kopf. »Ich habe die Wahrheit gesagt.«

»Sicher, verstehe, aber es gibt Millionen von Schattierungen der Wahrheit. Dabei können selbst die Grauschattierungen zu hundert Prozent harmlos und gutartig sein. Der Computer hat jedoch Schwierigkeiten, diese verschiedenen Schattierungen einzuordnen und zu unterscheiden.« Finn lächelte über das ganze Gesicht. »Er weist nur auf mögliche Probleme hin. Es ist dann die Aufgabe von uns Menschen, diese Probleme zu lösen, damit wir nicht irgendwelche falschen Schlüsse ziehen.«

Ethan wusste genau, was hier vorging. Finn zog gerade ein Guter-Bulle-böser-Bulle-Spiel mit seinem eigenen Computer durch. Er entschuldigte sich für dessen Misstrauen und stellte sich als der Wohlwollende bei dieser Untersuchung dar.

Ethan zuckte nur die Achseln. »Ich weiß nicht, was ich dazu sagen soll. Ich habe mit meinen Antworten keinerlei Probleme.«

»Hören Sie, Mr. Ross. Ich weiß doch, wie es bei einer solchen Regierungsbehörde zugeht. Da kann es eine Menge guter Gründe geben, eine Datei aus einem Netzwerk abzurufen. Wir sind hier nicht mit der Erwartung hergekommen, dass jemand ein …« Ethan glaubte, der andere tue nur so, als suche er nach dem richtigen Wort. » … ein Spion oder so etwas ist. Das war sicher nur eine kleine, unbedachte Fehlleistung. Sie brauchen keine Angst zu haben, dass hier jemand aus einer Maus einen Elefanten macht.« Er zögerte einen Moment. »Außer wir können den Grund für diese kleine Täuschung nicht herausfinden. Dann werden wir etwas tiefer schürfen müssen.«

Ethan versuchte, einen gemessenen Ton beizubehalten. »Ehrlich, Agent Finn, ich kann mir keinen Grund denken, warum ich mir Zugang zu einer unautorisierten Datei verschaffen sollte. Meine Arbeit ist viel zu wichtig für mich. Ich darf deshalb auf keinen Fall durch ein solches Fehlverhalten meine Sicherheitsfreigabe verlieren.«

»Trotzdem merke ich, dass Sie irgendetwas zurückhalten. Wenn Sie uns die ganze Wahrheit erzählen, wird das Albright und sein Team davon abhalten, Sie härter anzufassen, als eigentlich nötig wäre. Wenn Sie die Datei mit dem Log-in von jemand andres heruntergeladen haben, bekommen Sie Ihre Sicherheitsfreigabe für einen Monat entzogen. Vielleicht gibt es auch noch einen Eintrag in Ihre Personalakte. Aber wenn Ihr Lügendetektortest ergibt, dass Sie nicht die Wahrheit gesagt haben, und Sie das nicht auflösen können, wird Sie die CIA als potenziellen Agenten einer ausländischen Macht betrachten. Dann geht es um Spionage, und sie ziehen das ganze Programm durch. Niemand braucht das.« Ein erneutes Lächeln, diesmal beinahe entschuldigend.

Ethan konnte sich jetzt nicht mehr zurückhalten. Er lachte los. Wenn er sich wirklich bedroht gefühlt hätte, wäre er in den Selbsterhaltungsmodus übergegangen und hätte dichtgemacht, aber dieser Typ beleidigte seine Intelligenz, indem er ein albernes Psychospielchen mit ihm spielte. »Wirklich? Ist das Ihre Masche? Funktioniert die denn überhaupt jemals? Ist das der Moment bei einem solchen Lügendetektortest, wo ein Kleingeist ein volles Geständnis ablegt, weil er glaubt, man klage ihn sonst auf dem Hintergrund eines hundert Jahre alten Gesetzes an und schicke ihn für den Rest seines Lebens nach Leavenworth? Ernsthaft?«

»Wollen Sie damit sagen, dass Sie gestehen *würden,* wenn Sie nicht so verdammt klug wären?«

Ethan kicherte. »Wie ich bereits sagte, ich habe nichts zu gestehen.«

»Ich mache das schon sehr lange«, sagte Finn und ließ seine Bemerkung eine ganze Zeit in diesem stillen Raum schweben.

»Und?«

Agent Finn stand auf und streckte die Hand aus. Ethan war von der Plötzlichkeit dieser Verabschiedung überrascht. Er stand ebenfalls auf und schüttelte sie.

»Danke, dass Sie vorbeigekommen sind«, sagte Finn. »Ich glaube, ich habe, was ich brauche.«

Als Ethan gerade das Zimmer verlassen wollte, rief ihm Finn hinterher: »Noch eine Sache, Mr. Ross … Der Test ist vorbei. Sie brauchen also nicht zu antworten.«

Ethan lächelte. »Wie ich gesagt habe, ich habe nichts zu verbergen.«

»Sind Sie zufällig hyperhidrotisch?«

»Wie bitte?«

»Ich habe mich nur gefragt, ob Sie unter palmarer Hyperhidrose leiden.«

»Ich weiß leider nicht, was das ist.«

»Eine Krankheit. Eine übermäßige Schweißabsonderung der Handflächen.«

»Was? Nein. Natürlich nicht.« Ethan schlug seine Hände leicht zusammen und lächelte selbstsicher. »Ich schwitze überhaupt nicht.«

»Genau darauf wollte ich hinaus. Auf Ihre Hände. Sie sind staubtrocken. Entweder haben Sie eine Art Schaden an Ihrem *Truncus sympathicus,* Ihrem Grenzstrang, in Ihrem Brust- und Lendenbereich, oder Sie haben ein Anti-Kollagen eingenommen, um Ihre Schweißabsonderung zu reduzieren. Es gibt ein paar Tabletten, die das Schwitzen unterdrücken und Ihre Haut knochentrocken machen, wenn Sie zu viele davon nehmen. Aber alle diese Medikamente sind verschreibungspflichtig. Wir können Ihre Krankenakte überprüfen. Dazu sind wir befugt, wie Sie vielleicht wissen. Aber ich weiß jetzt schon, was wir finden werden.«

»Sie werden überhaupt nichts finden.«

Finns Lächeln wurde so breit, dass sich das Haarteil auf seinem Kopf selbst enthüllte, als es sich als Einheit bewegte. »Das weiß ich.«

»Also … worauf wollen Sie dann hinaus?«

»Vergessen Sie es«, erwiderte Agent Finn. »Vielen Dank noch mal, dass Sie vorbeigekommen sind.«

Ethan zwang sich ein kleines Lächeln ab, wich jedoch Finns Blick aus, als er den Raum verließ.

Dies hatte auf Ross nicht wie ein gewöhnlicher Trick gewirkt. Agent Finn hatte ganz offensichtlich Verdacht geschöpft.

18

Im Gegensatz zum vorhergehenden Abend war Dominic Caruso heute nicht auf der Suche nach fremden Frauen oder Gelegenheiten für eine Schlägerei. Stattdessen setzte er sich auf seine Couch, aß die aufgewärmten Reste der Fra-Diavolo-Shrimps und spülte sie mit einem Glas Wasser hinunter.

Er hatte jetzt ganz andere Sachen im Kopf. Das Essen war dabei nur Brennstoff.

Adara Sherman hatte ihn kurz nach der Rückkehr von seinem Morgenlauf wieder einmal angerufen und ihn gefragt, ob sie nicht vorbeikommen solle, um seine Wunden zu versorgen oder ein paar Besorgungen für ihn zu erledigen.

Dom schätzte diese Geste, wenngleich er sich ziemlich sicher war, dass Gerry Hendley Adara gebeten hatte, ab und zu nach ihm zu sehen und sicherzustellen, dass er sich daheim ganz brav erholte.

Dom erklärte Adara, dass alles in Ordnung sei, und sie drang nicht weiter in ihn. Gerry hatte ihr wahrscheinlich auch das aufgetragen und sie aufgefordert, Dom erst einmal zu sich selbst kommen zu lassen.

Für Gerry war Adara die Mitarbeiterin des Campus, die am ehesten die Verbindung zwischen Caruso und dem Rest der Truppe aufrechterhalten konnte. Sie war keine Einsatzagentin, sondern Angestellte der Strohfirma, für die die Gulfstream von Hendley Associates unterwegs war. Auf diese Weise ließ sie sich nicht so leicht mit dem Campus in Verbindung bringen.

Dom wusste, dass er früher oder später Adara vorbeikommen lassen musste, sonst würde er einen Anruf von Gerry erhalten. Für den Augenblick beschäftigten ihn jedoch ganz andere Sachen.

Doms Unterredung mit dem Mossad-Offizier in Georgetown hatte den restlichen Verlauf seines Tages bestimmt. Sobald Adara aufgelegt hatte, rief er einen ehemaligen Mossad-Agenten an, von dem er wusste, dass er jetzt in Maryland lebte. Dieser erklärte sich bereit, die Telefonnummer auf Davids Karte anzurufen und zu überprüfen, ob dieser Mann tatsächlich für Israel tätig war. Eine Stunde später rief Doms Freund zurück und bestätigte Davids Identität. Er sei ein ehemaliger Oberst der israelischen Armee, der jetzt in Washington für den Mossad arbeite.

Dom war froh, dass es sich nicht um das Täuschungsmanöver einer feindlichen Macht gehandelt hatte. Im Lauf des Nachmittags hatte er dem FBI-Spezialagenten Darren Albright zwei Nachrichten auf dessen Mailbox hinterlassen. Dass Albright ihn noch nicht zurückgerufen hatte, ärgerte ihn etwas. Wenn er sich allerdings kurz an dessen Stelle versetzte, wurde ihm bewusst, dass der Leitende Spezialagent der Spionageabwehr-Abteilung des FBI sicher bis zum Hals in den Ermittlungen über diesen Datendiebstahl im NSC steckte.

Dom verzichtete also darauf, ihm eine dritte Nachricht auf seine Mailbox zu schicken.

Inzwischen war es spät am Abend, und Dom ging ins Badezimmer, um seine Verbände zu wechseln. Er zog mit dem Mund ein Stück medizinisches Klebeband von einer Rolle ab und befestigte damit zwei kleine weiße Gazerechtecke, die er über die Stiche auf seinem Unterarm gelegt hatte. Danach betrachtete er zufrieden das Ergebnis seiner Arbeit. Vor allem freute es ihn, dass die Verletzungen so schnell heilten, dass er den größeren Armverband nicht mehr benötigte.

Er hatte gerade die restliche Gaze und die Klebebandrolle in eine Schublade seines Badezimmerschränkchens zurückgelegt, als sein Handy klingelte. Er hob es vom Toilettentisch auf und antwortete nach dem ersten Klingelzeichen.

»Hallo?«

»Caruso? Hier ist Albright. Ich beantworte Ihren Anruf. Ihre *Anrufe,* sollte ich besser sagen.«

»He, Mann. Ich weiß das zu schätzen.«

»Ich hatte verdammt viel um die Ohren. Was kann ich für Sie tun?«

»Ich wollte mich nur erkundigen, ob Sie schon etwas über die Ergebnisse der Lügendetektortests haben erfahren können.«

»Soweit ich mich erinnere, habe ich Ihnen gesagt, dass ich mich melde, wenn ich etwas habe.«

»Das haben Sie. Ich bin einfach nur ein ungeduldiger Scheißkerl. Tut mir leid.«

»Kein Problem.«

»Haben Sie was?«

Albright zögerte einen Moment, bevor er antwortete. »Eigentlich nicht. Nur zwei vage Möglichkeiten.«

»Erzählen Sie mir davon.« Nach dem Bruchteil einer Sekunde ließ Dom doch noch ein »Bitte« hören.

Der Spezialagent seufzte tief auf und erwiderte: »Es geht um zwei Personen. Einmal eine Frau, eine stellvertretende Abteilungsleiterin des NSC. Als ich ihr vor ein paar Tagen zum ersten Mal begegnet bin, schien sie sich über unsere Ermittlungen unheimlich aufzuregen. Der Prüfer hat sie jetzt ziemlich hart in die Mangel genommen, und der Test war nicht ganz eindeutig. Allerdings bin ich da nicht sehr hoffnungsvoll. Selbst unser Tester meinte, dass sie dermaßen nervös war, dass unsere Maschine sich wahrscheinlich keinen Reim auf sie machen konnte. Ich werde trotzdem morgen ganz überraschend in ihrem Büro auftauchen, einmal so richtig auf den Busch klopfen und schauen, ob etwas herausfällt.«

Dom hielt das für eine gute Idee, obwohl es sich nicht wie eine vielversprechende Spur anhörte. »Sie sprachen von zwei Möglichkeiten.«

»Ja, da gibt es noch einen anderen NSC-Mitarbeiter, der vielleicht einen näheren Blick verdient. Auch hier gibt es nichts Definitives, aber wir werden auf jeden Fall nachbohren. Der Test konnte keine eindeutige Täuschung nachweisen und wurde als *ergebnislos* eingestuft. Trotzdem erschien unserem Prüfer etwas an diesem Typ faul.«

»Was meinen Sie damit?«

»Dieser Prüfer ist der beste, den wir beim FBI haben. Er glaubt, dass der Mann mit dem System gespielt hat. Sie wissen schon, den Hintern zusammenkneifen, sich in die eigene Wange beißen, Tabletten schlucken, um das Schwitzen zu kontrollieren, solche Sachen eben.«

»Funktioniert das denn?«

»Ob Sie es nun glauben oder nicht, manchmal tut es das. Wir haben bei der CIA, dem FBI und im Verteidigungsministerium Leute erwischt, die jahrzehntelang spioniert hatten und dabei in ihrer gesamten Berufslaufbahn ihre jährlichen Lügendetektortests ›bestanden‹ hatten. Alle Menschen sind unterschiedlich, und die Geräte sind nur schwer so zu konstruieren, dass sie jedem einzelnen von ihnen gerecht werden. Am Ende schaut man auf einen statistischen Mittelwert. Wenn Sie sich von dem unterscheiden, können Sie den Test überlisten.«

»Und dieser Typ, der das versucht hat? Was ist seine Stellung beim NSC?«

»Er ist stellvertretender Abteilungsleiter für den Nahen Osten und Nordafrika. Er hat einen soliden Hintergrund. Er ist niemals in irgendeiner Weise in Verdacht geraten, auch wenn ihn seine Kollegen nicht sehr mögen. Es sieht nicht sehr vielversprechend aus, aber eine Sache an ihm ist vielleicht doch ganz interessant.«

»Was denn?«

»Er ist mit einer Frau liiert, die für ein IT-Vertragsunternehmen der Regierung arbeitet. Sie hat mit den Sicherheitsstrukturen geheimer Regierungsnetzwerke zu tun.«

»Müsste sie jetzt nicht auch einen Lügendetektortest absolvieren?«

»Nein. Sie hat keinen Zugang zum Eisenhower Building, und sie ist absolut sauber. Man könnte sich nur vorstellen, dass dieser stellvertretende Abteilungsleiter das technische Wissen seiner Freundin ein wenig abgeschöpft hat. Wer immer diese Dateien auf den Filesharing-Server verschob, wusste, wie man seine Identität verschleiert.«

»Wie heißt dieser stellvertretende Abteilungsleiter?«

»Ross. Ethan J. Ross. Seine Mutter ist Emily Ross.« Der Name sagte Caruso gar nichts, was Albright an seinem Schweigen merkte. »Sie ist eine bekannte Biografin. Sie hat ein paar Bücher über First Ladys und ähnliche Persönlichkeiten geschrieben. Ich kann jedoch nicht behaupten, dass ich jemals eines gelesen habe. Sie hat ziemlichen politischen Einfluss. Ihr Sohn hat deshalb vielleicht auf seinem Berufsweg eine gewisse Vorzugsbehandlung erfahren. Aber noch einmal: Alle seine bisherigen Lügendetektortests und Sicherheitsüberprüfungen waren absolut makellos.«

Dom ging zu seiner Couch hinüber und beugte sich über seinen Laptop. Während er weiterredete, gab er »Ethan Ross« ein.

»Sind Sie dem Mann schon mal begegnet?«

»Ich habe mich ihm kurz vorgestellt. Das ist alles.«

»Welchen Eindruck hatten Sie von ihm?«

Albright schnaubte ins Telefon. »Caruso, wenn ich einen Spion an seinem Händedruck erkennen könnte, wäre ich inzwischen FBI-Chef. Ich weiß es nicht.«

»Wird er künftig beschattet?«

Ein weiteres Schnauben. »Immer langsam mit den jungen Pferden! Dazu ist es noch viel zu früh. Ich weiß zwar nicht, wie ihr Jungs im Reich der Spione das handhabt, aber wir schicken nicht jedem, der mal ein bisschen auffällt, eine Überwachungsmannschaft hinterher. Der Prüfer hält ihn für etwas dubios, aber er ist bei diesem Test nicht durchgefallen, deshalb wird er erst zu einem offiziellen Verdächtigen, wenn ich noch etwas anderes finde. Ich habe begonnen, mich etwas näher mit seiner bisherigen Arbeit zu beschäftigen und schaue mir seine früheren Lügendetektortests nach irgendwelchen Anomalien an. Wir fragen seine Vorgesetzten nach seiner Einstellung und seine Kollegen nach dem Kaffeeküchentratsch über ihn. So etwas eben. Morgen tauche ich mal kurz in seinem Büro auf, schau ihn bitterböse an und nehme ihn mir ein bisschen vor, um zu sehen, ob er sich in die Hosen macht.«

»Und das ist alles?«

»Wenn er mehr Aufmerksamkeit verdient, wird er sie bekommen. Außerdem kann ich wirklich böse schauen. Glauben Sie mir, ich nehme den Kerl in die Mangel, wenn es nötig werden sollte.«

Während des Gesprächs hatte Dom den Mann gegoogelt und einen Lebenslauf sowie ein Foto aus seiner Zeit im Weißen Haus gefunden. Er vergrößerte das Bild und schaute in die Augen eines jungen, schlanken Mannes, der vor einem Fahnenmast saß, an dem die US-Flagge hing. Er hatte blonde Haare, trug einen schönen Anzug und zeigte ein leichtes Lächeln, das Dom etwas überheblich fand.

»Ach, noch etwas«, sagte Dom. »Dieser Lügendetektortester. Sie meinten, er sei der beste hier beim FBI.«

»Korrekt.«

»Dann muss es Jim Barker sein.«

Albright pfiff ins Telefon. »Verdammt, Caruso. Sie müssen mal Ihre Adressliste erneuern. Barker ging bereits vor drei oder vier Jahren nach L.A. Nein, ich spreche von Rigoberto Finn. Der sitzt im Büro in Baltimore. Einen Besseren als ihn gibt es im Moment nicht. Wir von der CID lassen ihn regelmäßig nach Washington kommen.«

»Finn, stimmt«, sagte Dom, obwohl er noch nie von dem Mann gehört hatte. Er kritzelte den Namen auf einen Notizblock, der neben seinem Computer lag, zusammen mit dem Wort *Baltimore*. Anschließend sagte er: »Und Finn meinte, Sie sollten sich diesen Ross etwas näher ansehen?«

»Ja, das hat er, und ich werde das auch tun. Aber es wird eine Zeit dauern, wie ich Ihnen bereits gesagt habe.«

»Dann will ich Sie nicht länger aufhalten, Darren. Ich bin Ihnen für Ihren Anruf wirklich dankbar. Wenn Sie noch etwas erfahren …«

»Wenn ich noch etwas erfahren sollte, rufe *ich Sie* an. Ich verspreche Ihnen, dass ich Sie in Ihrem Spionagereich nicht vergessen werde.«

»Das hier ist kein Spionagereich. Das ist meine Eigentumswohnung. Und in der sitze nur ich.«

»Richtig.« Albright legte auf.

Dom musterte immer noch das Foto.

Ross war ein gut aussehender Junge, musste Dom zugeben. Er hatte sogar seine eigene Wikipedia-Seite, aber Dom fand in der *Washington Post* einen Artikel über ihn, der ihm verlässlicher erschien. Er war zweiunddreißig Jahre alt und Mitglied bei Mensa, einem Verein, der nur Leute mit einem besonders hohen IQ aufnahm. Dem Artikel war auch ein Foto von Ethan beigefügt, wie er neben seiner

Mutter Emily Ross stand, die als ehemalige US-Botschafterin und langjährige Professorin der Georgetown University bezeichnet wurde, die vor Kurzem in den Ruhestand ging und an die Westküste zog.

Caruso konzentrierte sich wieder auf Ethan Ross. Er schaute ihm in die Augen.

»Bist du der Typ? Bist du der Wichser, der die Yacobys auf dem Gewissen hat?«

Dom hatte keine Ahnung, ob Ross tatsächlich verantwortlich war, aber gleichzeitig hatte er auch keine anderen wirklichen Verdächtigen. Aus einer Laune heraus schaute er in einer internen FBI-Telefonliste die Handynummer des Spezialagenten Rigoberto Finn nach. Inzwischen war es fast dreiundzwanzig Uhr, aber er wählte sie trotzdem.

Er ließ es oft klingeln, um sicherzugehen, dass sein Anruf auf die Mailbox gelangen würde. Plötzlich meldete sich jedoch eine raue und müde klingende Männerstimme.

»Finn.«

»Spezialagent Finn, es tut mir sehr leid, Sie so spät noch zu stören. Ich bin Spezialagent Caruso und rufe aus Washington an.«

Nach einigem Räuspern, um seine Kehle frei zu bekommen, sagte Finn: »Dominic Caruso?«

»Genau der.«

»Ich fass es nicht! Der Neffe des Präsidenten!«

»Zu Ihren Diensten.«

»Ich erinnere mich, dass Sie vor einigen Jahren diesen Kindermörder drunten in Georgia zur Strecke gebracht haben.«

»Alabama. Ja, das war eine schlimme Sache.«

»Ach was, das war ein verdammt guter Schuss. Was hätte ich dafür gegeben, nur einmal in meiner Karriere in Ihren Schuhen zu stecken.«

Dom räusperte sich jetzt seinerseits etwas verlegen und wusste nicht, was er sagen sollte.

»Was kann ich für Sie tun?«, fragte Finn.

»Ich rufe wegen Ethan Ross an. Ich habe gehört, dass Sie ihn heute Nachmittag mit dem Lügendetektor überprüft haben.«

»Ja. Arbeiten Sie mit Albright zusammen?«

Dom suchte in aller Eile nach einer Antwort, die nicht ganz gelogen war. »Sie kennen doch Darren. Dreiundzwanzig Uhr und ich habe gerade mit ihm telefoniert. Ich führe nur eine kleine Nachuntersuchung über Ross durch.«

»Ja, das ist Albright, wie er leibt und lebt. Er kennt keinen Feierabend. Ich selbst bin immer noch im Hoover Building und stelle für ihn die Berichte über die heutigen Tests zusammen. Morgen früh bin ich dann wieder beim NSC, um ein paar weitere Mitarbeiter zu überprüfen.«

»Verstehe. Was Ross angeht … Darren meinte, Sie hielten ihn für einen Verdächtigen?«

»Vielleicht nicht für einen Verdächtigen, aber bestimmt für jemand, den man genauer untersuchen sollte. Ich habe gleich gemerkt, dass er äußerst intelligent ist, aber mir wurde auch schnell klar, dass er mich mit allen Mitteln manipulieren wollte.«

»Und Sie sind sich dessen absolut sicher?«

»Ich habe es Albright gesagt und ich sage es jetzt Ihnen. Ethan Ross ist zu diesem Test mit der festen Absicht erschienen, alle relevanten physiologischen Anzeichen zu verschleiern. Niemand gibt sich nur zum Spaß solche Mühe. Mir ist völlig egal, was der Lügendetektor herausgefunden haben will. Ich musste den ganzen Test als *ohne eindeutiges Ergebnis* abhaken, weil es Ross gelungen ist, seine Täuschung vor dem Apparat zu verbergen, aber ich verwette meine gesamte baldige, aber viel zu geringe Pension darauf, dass er etwas Wichtiges verschweigt.«

Dom dankte Finn und hoffte, dass der Prüfer keinen Anlass haben würde, dieses Telefongespräch zu erwähnen, wenn er das nächste Mal mit Albright sprach, und legte auf. Den Rest des Abends verbrachte er damit, seine Ein-Mann-Operation zu planen, um das Leben von Ethan J. Ross näher zu durchleuchten.

19

Ein stetiger Wind trieb eiskalte Graupel durch die Straßen von Georgetown, aber Ethan ließ sich davon nicht beirren. Jeder, der gerade aus seinem Reihenhausfenster schaute oder an diesem frühen Morgen vorbeifuhr, dachte bestimmt, dass der Mann in seiner orangefarbenen Windjacke ein besonders passionierter Jogger sei, aber die Wahrheit war eine andere. Eine Stunde früher aufzustehen, um durch die Straßen zu laufen, war Ethan heute Morgen wirklich schwergefallen, und jetzt durch diesen Schneeregen zu traben, der in seinen Augen brannte und in seine Backen stach, war eigentlich vollkommen idiotisch. Aber gerade heute musste er unbedingt den grünen Feuerhydranten auf der Wisconsin Avenue überprüfen. Natürlich hätte er auch mit dem Auto vorbeifahren können, aber das wäre für ihn völlig ungewöhnlich gewesen. Obwohl er sich in diesen Fragen nicht so gut auskannte, wusste Ethan, dass das in dem unwahrscheinlichen Fall, dass jemand ihn beschattete, verdächtig ausgesehen hätte.

Als er an dem Hydranten vorbeilief, war kein Kreidezeichen Banfields zu erkennen. Er fragte sich, ob es bei diesem Wetter abgewaschen worden sein könnte. Er hielt das jedoch für ziemlich unwahrscheinlich, da der Hydrant selbst noch trocken war. Er joggte die 29th Street hinunter, ohne selbst ein Kreidezeichen zu hinterlassen. Obwohl er mit Banfield und Bertoli über den gestrigen

Lügendetektortest reden musste, beschloss er, noch einen Tag zu warten, bis er ein Zeichen hinterließ, dass er sich mit den beiden im Fort Marcy Park treffen wollte. Vielleicht würde sich in der Zwischenzeit die Lage etwas beruhigen.

Er lief allein und gedankenverloren durch den Graupelschauer. Er machte sich immer noch wegen dieses Lügendetektortests Sorgen, obwohl er sich immer wieder sagte, dass er einfach nur paranoid war. Selbst wenn Finn ihn vielleicht verdächtigte, nicht ganz ehrlich gewesen zu sein, wusste Ethan, dass es für ihn auf jeden Fall das Beste war, ganz ruhig zu bleiben und sich weiterhin daheim und auf der Arbeit völlig normal zu benehmen.

Finn hatte nichts, Albright hatte nichts, und wenn er sich nicht selbst verrückt machte, konnte ihm überhaupt nichts passieren.

Um sein gewohntes Leben beizubehalten, hatte er Eve am gestrigen Abend angerufen, ob sie nicht vorbeikommen könne. Sie hatten in einem koreanischen Barbecue im Adams-Morgan-Viertel etwas gegessen und waren dann in sein Haus zurückgekehrt, um sich einen Film anzuschauen, bis sie ins Bett gingen. Eve hatte ihm mitten im Film klargemacht, dass sie Sex wollte, aber Ethan hatte freundlich, aber bestimmt abgelehnt. Er sei einfach nicht in Stimmung.

Eve war etwas enttäuscht, aber nicht allzu sehr überrascht. Normalerweise übernahm Ethan in dieser Hinsicht die Initiative, aber in letzter Zeit schien er durch irgendetwas abgelenkt zu werden.

Sie verbrachte die Nacht bei ihm, fuhr jedoch früh am Morgen heim, als er gerade seinen Morgenlauf absolvierte. Bevor sie ging, kochte sie noch eine Kanne Kaffee, holte seine Tasse aus dem Schrank und stellte sie neben die Kaffeemaschine. An die Tasse klebte sie einen Post-it-Zettel, auf dem sie mit einem Filzstift ein Herz zeichnete.

Als Ethan von seinem Lauf in sein leeres Haus zurückkehrte, ging er in die Küche, zerknüllte das Post-it und warf es in den Abfall. Er schenkte sich eine Tasse Kaffee ein und ging nach oben, um zu duschen.

Um acht Uhr vierzig trat er aus der Eingangstür seines Reihenhauses in Georgetown. Inzwischen hatten sich die Wolken verzogen, und der Himmel war wieder strahlend blau. Trotzdem wehte immer noch eine kalte Brise. Er knöpfte seinen Wollmantel zu, als er die Eingangsstufen hinunterstieg und zu seinem Mercedes in der Einfahrt hinüberging.

Einen Augenblick später stellte er gleichzeitig den Motor und die Stereoanlage an. Heute Morgen war seine Stimmung nach »Rage Against the Machine«, und deshalb wählte er auf seinem Handy eine entsprechende Playlist aus, als er auf dem Weg zur Arbeit die 34th Street entlangrollte.

Dominic Caruso beobachtete ihn, wie er sein Haus verließ und davonfuhr. Er stand auf der anderen Straßenseite in einer kleinen Baumgruppe im Volta Park und hatte die Hände gegen den kalten Wind in die Taschen gesteckt. Kopf und Gesicht waren durch eine Wollmütze und eine Halsgamasche geschützt. Er trug einen grauen Arbeitsoverall und schwarze Turnschuhe. Unter den Arm hatte er sich einen weißen Schutzhelm geklemmt und über einer Schulter hing ein kleiner schwarzer Rucksack.

Er sah aus wie ein Arbeiter, der mit dem Bus aus einem ärmeren Stadtviertel hierher ins schicke Georgetown gefahren war, wo er Straßenarbeiten verrichten oder beim Renovieren einer Hausfassade mithelfen würde.

Ethan Ross' Mercedes donnerte die Straße hinunter, wobei irgendeine Art Rap-Musik, die Dom nicht identifizieren konnte, durch die geschlossenen Wagenfenster dröhnte. Er schaute ihm kurz nach und wandte dann seine Aufmerksamkeit wieder Ross' Wohnstätte zu: Die Nummer 1598 der 34th Street war ein schmales, weiß getünchtes zweistöckiges Reihenhaus, mit einer Einfahrt und einer Eingangstreppe, die auf die winzige Veranda hinauf- und zum Kellereingang hinunterführte. Es war mit einer Grundfläche von etwa 150 Quadratmetern beileibe kein großes Gebäude, aber in diesem noblen Viertel schätzte Dom seinen Wert auf mehr als zwei Millionen Dollar. Dom bezweifelte, dass sich ein durchschnittlicher NSC-Mitarbeiter ein solches Anwesen leisten konnte, was wahrscheinlich bedeutete, dass Ross' wohlhabende Mutter die Rechnung bezahlt hatte.

Dom wusste nicht, ob dieser Typ wirklich ein Verräter war, aber er hatte auf jeden Fall bereits eine heftige Abneigung gegen ihn entwickelt.

Von seiner Position im benachbarten Park aus konnte Dom die Fassaden sämtlicher anderer Reihenhäuser auf der gegenüberliegenden Seite der 34th Street sehen. Er nahm sich ein paar Minuten Zeit, um sicherzustellen, dass über keiner der Eingangsterrassen Überwachungskameras hingen, die in einem solchen Winkel angebracht waren, dass sie auch den Gehsteig vor Ross' Grundstück aufnahmen. Er wusste genau, wo er nach ihnen suchen musste, fand jedoch keine Anzeichen dafür, dass eine Annäherung an die Hausnummer 1598 von einem Nachbarn für die Nachwelt aufgezeichnet werden würde.

Die nächsten Minuten analysierte er von seinem Standort aus noch einige wichtige Merkmale von Ross' Anwesen und der gesamten Nachbarschaft. Als er alle Informationen besaß, die er benötigte, ging er wieder zur Wisconsin Avenue hinunter. Für den Moment war es seine Mission, aus der Kälte zu kommen und gemütlich eine Tasse Kaffee zu trinken. Er wollte sichergehen, dass alle in der Nachbarschaft, die an diesem Vormittag zur Arbeit oder in die Schule mussten, bereits aufgebrochen waren, deshalb entschloss er sich, erst um zehn Uhr in Ross' Wohnung einzudringen.

Nach seinem Telefongespräch mit Albright hatte sich Dom vergangene Nacht Ross' Biografie und Lebenslauf angeschaut und einige Artikel durchgelesen, die er für *Foreign Affairs* und andere Zeitschriften verfasst hatte. Dabei war ihm nichts Besonderes außer einer gewissen Abneigung gegen Israel aufgefallen, die aber in den US-amerikanischen diplomatischen Kreisen nicht gerade ungewöhnlich war. Dann hatte er unter Ross' Namen und Geburtsdatum in der Datenbank des Washingtoner Grundbuchamts nachgeschaut und dabei seine Adresse in Georgetown gefunden, sich die Lage des Hauses auf Google Maps angeschaut und Street View dazu verwendet, virtuell durch die ganze Gegend zu spazieren. Dies verschaffte ihm eine gewisse Grundkenntnis über Zuschnitt und Stil der Gebäude. Er schaffte es sogar, mithilfe seines Computers über einen Zaun im Nachbarhof zu schauen, um sich mit der Rückseite des Anwesens seiner Zielperson vertraut zu machen.

Dom wusste, dass Street View nicht alles enthüllte, schließlich handelte es sich um eine Karte und nicht um das echte Gelände. Trotzdem wusste er, dass es weit sicherer war, sich die Gegend ein paar Minuten auf seinem Tablet anzuschauen, als tatsächlich durch die Straßen um das Haus seiner Zielperson zu streifen und dabei über Zäune zu klettern.

Kein übereifriger Nachbar würde die Polizei rufen, während er sich auf seiner Couch virtuell Ross' Haus ansah, selbst wenn er dies die ganze Nacht tun würde.

Auf Doms Computer gab es noch ein weit detaillierter arbeitendes Programm. Eagle View Technologies bot einen Satellitenkartendienst an, der Google Maps zwar ähnelte, aber eine bessere Abdeckung mit einer höheren Auflösung an Orten bot, von denen Google Maps oft gar keine Daten lieferte. Er war vor allem für militärische und geheimdienstliche Zwecke geeignet. Für Ross' Haus in einer Straße in Georgetown genügte Google Maps jedoch vollkommen.

Dom schätzte solche technologischen Errungenschaften. Auch sein Onkel war in den alten Zeiten – den Achtzigerjahren – eine Art Spion gewesen. Dom konnte sich überhaupt nicht vorstellen, wie man damals ohne Smartphone und weltweite Satellitenbilder Einsätze gegen die mächtige Sowjetunion durchführen konnte.

Das musste ziemlich anstrengend gewesen sein.

Nachdem er eine halbe Stunde mit der Grundbuchsuche nach Ross' Anwesen und mit Google Street View verbracht hatte, kam er zu der Überzeugung, dass er mit etwas Umsicht und Planung Ross' Haus einen geheimen Besuch abstatten konnte, um sich dort nach weiteren Informationen umzusehen.

Er fasste diesen Entschluss jedoch keineswegs leichtfertig. Schließlich war das Einbruch und deshalb selbst für einen Mann mit einer FBI-Marke zu hundert Prozent gegen das Gesetz. Aber Dom trieb immer noch der Tod der Yacobys um. Er musste herausfinden, wer dafür verantwortlich war. Wenn jetzt der beste Lügendetektortester des FBI den Verdacht hatte, dass Ross etwas verbarg, war das für Dom Grund genug, sich einmal näher mit diesem Mann zu beschäftigen.

Dagegen würde Albright den Dienstweg einhalten müssen, was mit einer Menge unnötiger Büroarbeit verbunden war. Dom entschloss sich deshalb, Ross selbst auf die Finger zu schauen. Wenn sich dabei herausstellen sollte, dass er unschuldig war wie frisch gefallener Schnee, würde sich Dom schnell und diskret zurückziehen. Wahrscheinlich würde er wegen seines ungesetzlichen Handelns ein paar Gewissensbisse haben, aber niemand würde geschädigt werden. Wenn er dagegen den Beweis fände, dass dieser Wunderknabe mit seinem Modellaussehen und Mehrmillionenhaus etwas mit den Morden in Indien zu tun hatte, wusste er genau, was er tun würde.

Er würde Gerry um die Erlaubnis bitten, ihn zu töten.

Ethan Ross hatte an diesem Morgen Glück mit dem Verkehr und erschien sogar etwas zu früh zur Arbeit. Dies geschah so selten, dass ein Wachmann an der Eingangssperre ihn scherzhaft fragte, ob er etwa auf eine Beförderung aus sei. In seinem Büro zog Ethan den Mantel aus, griff sich den Mocha, der auf seinem Schreibtisch auf ihn wartete, und ging ins Vorzimmer zu seiner Sekretärin hinaus. Er plauderte ein paar Minuten mit Angie. Er war sich bewusst, dass er unbedingt cool und lässig erscheinen musste, und war ziemlich beeindruckt, wie gut ihm das gelang. Auch als Angie ihn nach dem Lügendetektortest fragte, blieb er entspannt, erwähnte zwar keine Einzelheiten, versicherte ihr jedoch, dass das Ganze nur eine lästige Pflichtveranstaltung gewesen sei.

Zum ersten Mal seit Tagen leistete er wieder einmal sinnvolle Arbeit. Der Nationale Sicherheitsberater hatte an diesem Nachmittag einen Termin im Oval Office, und Ethans direkter Vorgesetzter hatte ihm ein paar Fragen über einen Streit in der Knesset geschickt, der vielleicht bei diesem Treffen zur Sprache kommen könnte, und ihn gebeten, sie kurz zu beantworten. Ethan stellte einige Nachforschungen in seinen eigenen Unterlagen und im Intelink-TS-System an und führte ein kurzes Telefongespräch mit einem Kollegen bei der CIA. Noch vor neun Uhr dreißig ließ er seinem Chef die gewünschten Antworten zukommen.

Alles verlief also heute wirklich glatt, und Ethans gespielte Lockerheit verwandelte sich im Lauf des Vormittags in echte Selbstsicherheit. Er konnte das Licht auf der anderen Seite des Tunnels sehen. Die FBI-Ermittlungen würden in ein paar Tagen im Sand verlaufen, und die ganze Sache wäre vorüber, ehe er sich's versah.

Nachdem er seinem Chef den Kurzbericht übermittelt hatte, gönnte er sich eine längere Pause. Er besorgte sich eine Tasse Kaffee in der Cafeteria und plauderte mit ein paar Kollegen. Danach kehrte er an seinen Schreibtisch zurück. Er hatte sich gerade wieder hingesetzt, als er Angie im Vorzimmer mit jemand sprechen hörte. Als er aufschaute, stand FBI-Spezialagent Darren Albright in der Tür.

Der FBI-Agent wirkte von Ross aus gesehen riesig und bedrohlich, seine Augen fixierten Ethan, und seine breiten Schultern waren leicht nach vorne gebeugt, als gehe er gleich zum Angriff über.

Ethan fühlte, wie sein Kopf ganz automatisch ein paar Zentimeter zurückzuckte. Er packte die Seiten seines Schreibtischs mit beiden Händen.

Was ging hier eigentlich vor? War er verhaftet? Würde ihn Albright gleich auffordern, aufzustehen und sich umzudrehen?

Ethan entspannte sich etwas, als Albright sagte: »Bleiben Sie sitzen.« Trotzdem arbeitete er sich auf seine leicht zittrigen Beine empor.

»Ich kam nur kurz vorbei, um mich bei Ihrer Sekretärin nach Ihrem Terminplan zu erkundigen. Ich frage mich, ob Sie gerade Zeit für eine kurze Unterredung hätten.«

»Eine *Unterredung?«*

»Reine Routine«, sagte Albright. Seine ausdruckslose Miene wirkte auf Ethan jedoch eher beunruhigend. »Sie haben doch ein paar Minuten?«

Ross beugte sich über seinen Terminkalender. Dabei hielt er den Rand seines Schreibtischs weiterhin fest und versuchte mit allen Mitteln zu verhindern, dass seine Hände zitterten.

»Tatsächlich müssen wir das auf ein andermal verlegen. Ich habe mir diesen Nachmittag freigenommen. In ein paar Minuten muss ich weg.«

»Wohin müssen Sie denn?«

»Zum Zahnarzt«, sagte Ethan mit geschäftsmäßiger Stimme. Er wollte unbedingt jeden Anschein von Abwehrhaltung vermeiden.

Albright zuckte nicht mit der Wimper. »Es wird nur eine Minute dauern.«

Ross schaute von seinem Terminkalender hoch. Er zuckte die Achseln. Hinterher fragte er sich, ob er das nicht etwas zu lässig getan hatte. »Also … Ich bin gerade mitten …«

»Nur fünf Minuten. Nur für ein paar Fragen.«

Shit. Er wünschte sich, er hätte heute Morgen ein paar von Harlans Pillen geschluckt. Er hätte sie nehmen sollen, um auf eine solche überraschende Befragung vorbereitet zu sein. Er würde nicht ins Schwitzen geraten, die Wirkung des Glycopyrrolats hielt ein paar Tage an, aber er bedauerte, keine von diesen stimmungsstabilisierenden Tabletten eingenommen zu haben.

Ethan deutete auf den Stuhl vor seinem Schreibtisch, und er und Albright setzten sich. Ross verschränkte die Arme und stellte die Ellbogen auf seine Schreibunterlage. Er drückte sie sogar regelrecht hinein, weil er unbedingt verhindern wollte, dass Albright seine Aufregung wahrnahm, wenn er ins Zittern geriet.

Der FBI-Mann holte ein Notizbuch aus der Tasche und blätterte es langsam durch, als ob er nach etwas suchen würde. »Ihre Freundin.« Er drehte eine weitere Seite um und runzelte die Stirn. »Eve Pang.«

Ethan spannte den Kiefer an und streckte den Rücken. »Was ist mit ihr?«

»Sie ist Netzwerk-Systemingenieurin bei Booz Allen.«

»Das stimmt.«

»Wie ich sehe, befasst sie sich dort mit gesicherten VPN-Plattformen.«

Ethan verengte die Augen und schaute über Albrights Schulter auf einen Punkt an der Wand, als ob er nachdenken würde. »Das weiß ich nicht einmal genau. Wir reden nicht viel über unsere Arbeit, aber ich glaube, das trifft es in etwa.«

Albright legte den Kopf schief. Ethan konnte nicht erkennen, ob er tatsächlich überrascht war oder nur so tat. »Sie reden nicht über Ihre Arbeit?«

»Eigentlich nicht.«

»Sie haben einen B. A. in Computerwissenschaften, nicht wahr?«

»Ja.«

»Dann gibt es wahrscheinlich eine Menge, worüber Sie reden könnten.«

»Nicht wirklich. Was sie macht, geht Lichtjahre über meine eigenen Kenntnisse hinaus.«

Albright lächelte. Ross wurde bewusst, dass er diesen Mann noch nie lächeln gesehen hatte. »Wie können Sie wissen, was sie macht, wenn Sie nicht über Ihre Arbeit reden?«

»Nun. Ich meine ... Ganz allgemein weiß ich schon, was sie macht.«

»Tatsächlich? Wie das?«

Ethan fühlte, wie sein Blut in Wallung geriet. Albrights provozierende Suggestivfragen waren kurz und prägnant und sollten ihn dazu bringen, sich in seinen Antworten selbst zu belasten. Ethan wusste nicht, ob dies auf Finns gestrigen Verdacht zurückging, oder ob jeder hier im zweiten Stock einer solchen Behandlung unterzogen wurde, aber er spürte in der Magengrube zunehmend ein Gefühl der Angst. Gestern hatte er genug

Zeit gehabt, sich auf den Lügendetektortest vorzubereiten und war dann auch tatsächlich mehr oder weniger bereit gewesen. Dieses überraschende Verhör hatte ihn jedoch kalt erwischt. Ihn überkamen Zweifel und Angst. *Warum zum Teufel habe ich diesem Gespräch zugestimmt? Hätte es verdächtiger gewirkt, wenn ich es verweigert hätte? Was kann ich sagen, um diese Vernehmung jetzt sofort zu beenden?* »Also wirklich, Spezialagent Albright, ich halte es nicht für angebracht, dass Sie Eve hier mit hineinziehen. Sie arbeitet nicht einmal hier und …«

»Ich meine … es ist doch nur natürlich, dass man sich über seine Arbeit unterhält. Auch ich rede mit meiner Frau über meinen Job, über die allgemeinen Dinge natürlich, denn sie hat keine Sicherheitsfreigabe. Ich könnte mir vorstellen, dass Ihnen Eve bereits alles über diesen unbefugten Abruf der *Ardahan*-Dateien erzählt hat, als er vor vier Monaten passierte. Daran wäre ja auch nichts Ungehöriges. Immerhin haben Sie die Top-Secret-Berechtigung.«

Albright verstummte. Ethan spürte, dass er ihm gewisse Aussagen entlocken wollte.

Ross schüttelte langsam den Kopf.

Noch ein FBI-Mann, der versucht, mich zu einem Geständnis zu bringen. Mich kriegst du aber auf keinen Fall zum Reden.

Albright wartete geduldig auf eine Antwort.

Schließlich und nur, um das endlose Schweigen zu beenden, sagte Ross: »Nein. Sie hat mir nichts darüber erzählt. Sie hätte das gar nicht gekonnt.«

»Tatsächlich?«

Die zwei Männer sahen sich eine ganze Zeit schweigend an. Schließlich sagte Ethan: »Ja. Delvecchio hat uns doch erzählt, dass der Sicherheitsbruch zwar schon vor Monaten passiert ist, aber erst nach diesem Attentat in Indien am vergangenen Wochenende aufgedeckt wurde.«

»Oh, stimmt ja. Sie haben recht.« Albright hustete und schaute wieder auf seine Notizen. Damit wollte er wohl ein gewisses Unbehagen vorgeben. »Mein Fehler.«

Hab ich dich, triumphierte Ethan innerlich. Dieser Scheißkerl glaubte wirklich, einen geistigen Wettstreit mit Ethan Ross gewinnen zu können. Mit neuer Zuversicht erwiderte Ethan: »Sie stochern im Nebel, Spezialagent Albright. Ich verstehe. Sie müssen den Schuldigen finden. Ich hoffe wirklich, dass Ihnen das gelingt. Aber bei mir sind Sie da an der falschen Adresse.«

Albright zuckte mit den Achseln. Seine breiten Schultern hoben sich in seinem dunkelblauen Anzug. »Vielleicht. Vielleicht auch nicht.«

»Sollte ich etwa meinen Anwalt kontaktieren?«

Albright runzelte die Stirn, als überrasche ihn diese Frage. »Ihren Anwalt? Ich weiß nicht, Mr. Ross. Wenn Sie tatsächlich in Schwierigkeiten stecken sollten, dann ja, dann brauchen Sie vielleicht wirklich einen Anwalt.«

Erneut senkte sich Schweigen über das Zimmer.

Albright ließ die Spannung sich noch einige Zeit aufbauen, bevor er wieder etwas sagte. »Ich werde auch Ms. Pang befragen. Vielleicht wollen Sie die Gelegenheit nutzen, mir zuvor noch etwas mitzuteilen.«

»Sie befragen? Sie hat doch mit diesem Netzwerk hier überhaupt nichts zu tun.«

»Schon, aber sie hat eine Menge mit Ihnen zu tun. Wir werden sie keinem Lügendetektortest unterziehen, aber wir werden sie über Ihre gemeinsamen Gespräche befragen. Wenn ihr bei Ihrem Bettgeflüster etwas herausgerutscht sein sollte, etwas, das Sie dazu verwendet haben könnten, um die *Ardahan*-Dateien herunterzuladen, nun, dann wären nicht nur Sie selbst in Schwierigkeiten.«

»Das ist empörend.«

»Empörend ist die Tatsache, dass jemand in dieser Behörde, jemand, dem Geheiminformationen anvertraut wurden, dieses Vertrauen missbraucht hat. Es wäre ebenso empörend, wenn dessen Freundin ihm wissentlich oder unwissentlich dabei geholfen hat. Sie würde ganz bestimmt ihre Sicherheitsfreigabe, aber auch ihren Ruf verlieren. Wenn ich dann noch Anklage gegen sie erheben könnte, würde ich genau das tun.« Albright beugte sich nach vorne. »Ich würde ihr die Hölle heißmachen, um dem Scheißkerl ans Bein zu pissen, der sein eigenes Land verraten hat.«

Ethan verzog keine Miene. »Ist noch etwas, Spezialagent Albright?«

Albright nickte. »Stimmt, Sie müssen sich sputen, damit Sie Ihre Zähne gereinigt bekommen.«

»Und ich nehme an, dass Sie jetzt ins Nachbarbüro gehen müssen, um Walter in die Mangel zu nehmen, und danach Beth aufsuchen, um Sie in Angst und Schrecken zu versetzen. Netter Beruf, den Sie da haben. Es muss einen Heidenspaß machen.«

Der FBI-Mann wandte sich zum Gehen, drehte sich an der Tür jedoch noch einmal nach Ethan um. »Tatsächlich ist es der Teil meiner Arbeit, der überhaupt keinen Spaß macht. Aber der beste Teil, der Teil, für den ich lebe und arbeite, ist der Moment, wenn ich einem arroganten Pinkel die Handschellen anlege, der geglaubt hat, er käme ungestraft davon.«

»Dann wünsche ich Ihnen viel Glück dabei.«

»Also, bis demnächst«, sagte Albright und verließ das Büro ohne ein weiteres Wort.

Ethan saß einige Minuten ruhig da, wobei seine Ellbogen immer noch auf dem Schreibtisch ruhten, und dachte über sein Gespräch mit dem FBI-Spezialagenten nach. Dann holte er seinen Mantel von der Garderobe, griff sich seine Aktentasche und ging zur Tür hinaus.

20

Dominic Caruso kehrte um zehn Uhr in den Volta Park zurück. Er stellte sich hinter einen Zaun und beobachtete das Haus 1598 34th Street von der anderen Straßenseite aus. Er hatte immer noch den grauen Overall an, trug jetzt jedoch seinen Schutzhelm und eine Sonnenbrille.

Dom passte sich vollkommen in dieses Viertel ein. Niemand, der seinen Hund Gassi führte oder mit dem Auto vorbeifuhr, würde ihn überhaupt bemerken. Dabei half es sicherlich, dass es um zehn Uhr vormittags an einem Donnerstag hier kaum irgendwelche Autofahrer oder Fußgänger gab.

Die meisten Einbrüche geschahen bei Tageslicht, und zwar nicht nur deshalb, weil die Leute dann nicht zu Hause waren. Mitten am Tag wurde auch die natürliche Vorsicht schwächer. Leute, die aussahen, als ob sie in die Gegend gehörten, wurden in dieser Zeit kaum wahrgenommen, geschweige denn verdächtigt.

Dom überquerte die Straße an der nächsten Kreuzung, schlenderte zur Hausnummer 1598 zurück und betrat das Grundstück, als hätte er jedes Recht der Welt dazu. Er ging die Stufen zum Kellereingang hinunter. Von hier konnte ihn niemand, der auf der Straße vorbeiging, mehr sehen.

Dom bezweifelte, dass es in diesem Haus eine Wohnung im Untergeschoss gab, die Ross vermietet haben könnte. Trotzdem klopfte er an die Tür und klingelte. Als sich nach einer Minute noch niemand gemeldet hatte, wiederholte er den ganzen Vorgang einen Stock höher. Erst als er sich ganz sicher war, dass tatsächlich niemand zu Hause war, ging er die Eingangsstufen hinunter und zum schmalen Autostellplatz neben dem Haus hinüber.

Neben dem Stromzähler an der seitlichen Hauswand fand er den Telefonverteiler. Er benutzte einen Schraubenzieher aus seinem Rucksack, um den Kasten zu öffnen, und zog einfach die abgehende Telefonleitung aus ihrer Anschlussbuchse heraus.

Wenn die Alarmanlage drahtlos gewesen wäre, hätte er mehr Schwierigkeiten gehabt. Aber vorhin hatte er auf der vorderen Veranda ein kleines Schild gesehen, das ihm alles erzählte, was er wissen musste. Diese Sicherheitsfirma bot nämlich in dieser Gegend kein drahtloses Alarmsystem an, deshalb wusste Dom, dass er die Alarmanlage mit Leichtigkeit außer Kraft setzen konnte.

Er kehrte zum Kellereingang zurück, wo er von der Straße aus erneut unsichtbar war, holte eine Reihe von Dietrichen aus dem Rucksack, kniete sich hin und machte sich ans Werk. Das alte Riegelschloss hatte er in nicht einmal achtzig Sekunden geknackt.

Er öffnete die Tür äußerst langsam. Sofort begann die Alarmanlage zu zirpen. Dies zeigte dem Hausbesitzer an, dass er genau sechzig Sekunden Zeit hatte, um den Alarm abzustellen, bevor er richtig losheulte und im Normalfall die Sicherheitsfirma informierte.

Dominic hatte allerdings die dafür nötige Telefonverbindung gekappt, sodass die Alarmanlage jetzt nur noch ein nervender Krachmacher und keine echte Sicherheitseinrichtung mehr war.

Er behielt seine Sonnenbrille auf und zog sich den Helm tief ins Gesicht, als er das Haus betrat. Dabei hielt er immer noch die Tür fest und bewegte sich so langsam wie möglich. Er war auf der Suche nach Bewegungsmelder-Kameras, die Ross vielleicht an seinen drahtlosen Router angeschlossen hatte, wodurch sie unabhängig von seiner Alarmanlage funktionierten.

Dom hielt Ross für einen Technikfreak. Schließlich war er Computerwissenschaftler, deshalb konnte er sich sicher mithilfe seines drahtlosen Netzwerks ohne Probleme sein eigenes Heimüberwachungssystem einrichten.

Dom bewegte sich weiterhin äußerst langsam. Nichts an seinem Körper durfte sich schneller als acht Zentimeter in der Sekunde bewegen. Dies bedeutete, dass er für seinen Weg durchs Haus zehn Mal länger benötigte als gewöhnlich. Die handelsüblichen Bewegungsmelder waren im Allgemeinen so eingestellt, dass sie alle Bewegungen registrierten, die schneller als acht Zentimeter in der Sekunde abliefen. Dom und seine Teamkameraden beim Campus hatten unzählige ebenso geisttötende wie anstrengende Stunden damit verbracht, bei Trainingsübungen diese Bewegungsmelder zu besiegen, indem sie sich durch lange Hausflure wie mechanische Spielzeugfiguren bewegten, deren Federantrieb den Geist aufgegeben hatte.

Dies erforderte eine Menge Geduld und Umsicht. Wenn Dom hier in Ross' Haus etwas auf einem Tisch umwarf, wenn ihm etwas aus der Tasche fiel, wenn er aus Versehen mit dem Fuß etwas durch den Raum kickte oder wenn er sich einfach zwei Zentimeter pro Sekunde zu schnell bewegte, würde ihn die Kamera bemerken und Ethan Ross würde eine dringende SMS auf sein Handy bekommen, die ihn alarmierte, dass es in seinem Haus eine Störung gegeben hatte. Zusammen mit diesem Text würde ihm ein Bewegungserfassungsfoto übermittelt werden, auf dem Dom in seiner ganzen Bauarbeitermontur zu sehen war. Gleichzeitig würde eine Website der Herstellerfirma der Überwachungskameras ein jederzeit abrufbares Echtzeitvideo aufzeichnen.

Nach einer Minute begann der Alarm laut durch das ganze Haus zu schallen. Dom ignorierte ihn jedoch, da er wusste, dass das Risiko nicht sehr groß war, dass ihn jemand in dieser Gegend hören würde, dass das Risiko noch geringer war, dass dieser Jemand die Polizei anrufen würde, und das Risiko gegen null ging, dass diese rechtzeitig eintreffen würde, um ihn auf frischer Tat zu ertappen.

Drei Minuten nach seinem Einbruch fand er, wonach er suchte. Er war die Treppe zum Erdgeschoss hinaufgestiegen und hatte die Küche durch eine rückwärtige Tür zum Gang betreten. Auf der Kochhalbinsel stand eine kleine Kamera, die in Richtung Wohnzimmer und Eingangstür zeigte. Dom näherte sich der Kamera mit Normalgeschwindigkeit von hinten und stellte sie einfach mit dem Schalter auf ihrer Rückseite ab.

Jetzt konnte er sich im gesamten Erdgeschoss frei bewegen. Nach kurzer Zeit fand er an der Wand im Flur den verschlossenen Kasten der Alarmanlage. In nicht einmal zehn Sekunden hatte er ihn geöffnet und konnte jetzt die schrille Sirene abschalten. Danach nahm er seine Suche nach weiteren elektronischen Augen wieder auf.

Er hatte erwartet, eine weitere drahtlose Sicherheitskamera zu finden, die den Hintereingang überwachte. Deshalb war er auch nicht überrascht, als er eine entdeckte, die die verglaste hintere Veranda im Blick hatte. Sie ließ sich jedoch nicht so leicht abschalten wie die erste. Ross hatte sie im obersten Regal eines Speisekammerschranks versteckt, indem er einfach ein kleines Loch in dessen Tür geschnitten hatte. Dom dachte darüber nach, das gesamte Funksystem im Haus abzuschalten, aber der Router würde diese Tatsache speichern. Nachdem er eine Minute überlegt hatte, wie er die Schranktür öffnen konnte, ohne die Kamera auszulösen, entschied er sich, die verglaste hintere Veranda einfach nicht zu betreten, obwohl dort ein Korbsessel und ein Abstelltisch voller loser Papiere standen, zu denen anscheinend auch einige handgeschriebene Notizen gehörten.

Dom ging die Treppe in den ersten Stock hinauf. Dort fand er einen weiteren Bewegungsmelder, der jedoch mit der Hausalarmanlage verbunden war und deswegen jetzt nicht mehr funktionierte.

Er schaute auf die Uhr. Sein Einbruch und die Durchsuchung der Räumlichkeiten hatten genau sieben Minuten und zwölf Sekunden gedauert.

Jetzt war Schritt zwei, die sogenannte Sicherheitsbeurteilung, angesagt. Dazu machte er einen schnellen Rundgang durch das ganze Haus und suchte dabei Anzeichen auf einen Mitbewohner, der plötzlich zurückkehren könnte, einen Hund, der gerade ausgeführt wurde, eine im Haus lebende Freundin, die plötzlich zum Mittagessen erscheinen könnte, Kinder, die man von der Schule abholen musste, oder andere Hinweise auf Menschen, die außer dem Besitzer regelmäßig in diesem Haus verweilten. Aus dem Inhalt der Schränke schloss Dom jedoch, dass Ethan allein lebte, wenngleich in der Nacht zuvor eindeutig zwei Menschen im großen Schlafzimmerbett geschlafen hatten.

Dom wusste von Albright, dass der Typ eine Freundin hatte, aber die einzigen Fotos, die er im ganzen Haus fand, zeigten entweder Ethan selbst oder seine Mutter.

Als Nächstes nahm sich Dom den Aktenschrank in Ross' kleinem Arbeitszimmer vor. Er schaute die sauber in alphabetischer Reihenfolge abgestellten Aktenordner durch, bis er einen fand, auf dessen Rückenschild »Haussicherheit« stand. Er holte den Ordner heraus, blätterte ihn durch und fand nach kurzer Zeit eine Karteikarte mit dem Passwort für das Tastenfeld der Alarmanlage. Er stellte den Ordner wieder zurück, eilte ins Erdgeschoss und stellte die Alarmanlage wieder an. Auf dem Tastenfeld neben der Eingangstür gab er das Passwort ein und stellte den Alarm in den Ruhemodus, sodass er nicht losgehen würde, wenn jemand die Tür öffnete oder schloss.

Phase zwei war genau zwölf Minuten und zwanzig Sekunden nach seinem Eindringen durch den Kellereingang beendet.

Nach einem erneuten Blick auf die Uhr nahm Dom an, dass er wahrscheinlich mehrere Stunden Zeit hatte, bevor Ethan von der Arbeit zurückkehren würde. Da er jedoch nicht wusste, ob es nicht eine Reinigungskraft gab, die Ross' Haus in Ordnung hielt, gab er sich nur dreißig Minuten Zeit, um alles Nötige zu erledigen.

Nach Manier der Spezialeinsatzkräfte folgte jetzt Phase drei, die »Sensitive Site Exploitation« oder SSE: die systematische Durchsuchung des Objekts samt Sicherstellung des relevanten Materials über die Zielperson.

Er begann damit oben im Schlafzimmer, wo er neben Ross' Bett ein Handy fand, was ihn überraschte. Die meisten Leute besaßen nur ein Mobiltelefon und hatten dieses immer dabei. Für einen kurzen, entsetzten Moment befürchtete Dom, dass Ross noch irgendwo im Haus sein könnte, aber dann erinnerte er sich, dass er jeden Raum zumindest einmal überprüft hatte. Dieser Typ besaß aus irgendeinem Grund eben zwei Handys. Dom überprüfte den Apparat schnell nach irgendeinem Hinweis darauf, dass Ross es irgendwie so eingerichtet hatte, dass er merken würde, wenn jemand sich an ihm zu schaffen gemacht hatte. Dies war nicht der Fall, aber er fand heraus, dass es passwortgeschützt war.

Verdammt.

Um diesem Gerät irgendwelche Informationen zu entlocken, würde Dom eine Hackerausrüstung benötigen, die er natürlich nicht dabeihatte. Aber das Ganze war doch kein völliger Fehlschlag. Er schaute sich den Apparat genauer an und kam zu dem Schluss, dass er noch ganz neu war. Die Tasten waren noch ganz fest und das Gehäuse makellos. Danach öffnete er mit einem kleinen Schraubenzieher vorsichtig die Rückseite des Handys und fotografierte die SIM-Kartennummer. Dom wusste, dass man diese mit der richtigen Ausrüstung dazu benutzen konnte, das Handy aufzuspüren oder nachzuverfolgen, wo damit telefoniert wurde.

Als Nächstes überprüfte er das Wohnzimmer. Es war mit seiner hohen Decke und den antiken Bücherschränken für seine kleine Größe ziemlich stattlich. Dom holte sein eigenes Handy heraus, um alles auf Video aufzunehmen, was dort offen herumlag. Vor allem achtete er auf handgeschriebene Telefonnummern, Parkscheine und Quittungen, die es vielleicht erlaubten, Ethans Privatleben näher zu erforschen und ihn dadurch mit einer anderen Person oder einem anderen Ort in Verbindung zu bringen.

Die nächsten Minuten kontrollierte Dom den Inhalt der Papierkörbe und schaute die Post und die herumliegenden Quittungen durch und filmte dabei jeden seiner Schritte.

Er hatte nicht die Zeit, alles durchzugehen, aber jetzt ging es auch nur um die Beweisaufnahme, die Auswertung würde später folgen. Zu Hause würde er auf seinem Computer die Videodatei durch ein Analyseprogramm laufen lassen, das die Wörter und Zahlen auf jedem Bild identifizieren, einschätzen und kategorisieren würde.

Dominic filmte einen Stapel Bücher auf einem Regal und einen ähnlichen Stapel auf dem Couchtisch. Jedes dieser Bücher hatte mit Computersicherheit zu tun.

Natürlich wusste Dom, dass Ross' Freundin Computersicherheitsexpertin war. Aber dies schienen Lehrbücher zu sein. Die würde sie ganz bestimmt nicht benötigen, da sie ja bereits vor Jahren ihren Doktor gemacht hatte.

Gehörten sie also Ross? War dieser Typ nun Politikexperte oder Computerprogrammierer? Dom merkte, dass er gezielt nach Gründen suchte, die den Mann verdächtig machten. Diese Bücher bewiesen von sich aus nichts, aber ihre Häufung war zumindest ein wenig seltsam.

Er suchte weiter.

Auf dem Wohnzimmersofa lag ein MacBook Pro. Dom suchte es in aller Eile nach irgendwelchen offensichtlichen Manipulationserkennungszeichen ab, wie etwa ein Haar zwischen Deckel und Tastatur, das zerreißen würde, wenn jemand das Gerät öffnete. Wie bei dem Handy konnte er jedoch keines finden. Ross verhielt sich wohl wie die meisten Menschen, die fälschlicherweise vollständig auf ihre Alarmanlage vertrauten, die man ganz leicht mit einem Schraubenzieher und recht geringen Kenntnissen außer Gefecht setzen konnte.

Dom öffnete den Laptop und erkannte, dass auch dieser passwortgeschützt war. Auf der Festplatte waren bestimmt wichtige Hinweise gespeichert, aber Dom verfügte jetzt nicht über die Mittel, um sie aufzuspüren. Er dachte an David und sein Angebot, dass der Mossad ihm logistische Hilfe leisten würde, aber er hatte nicht die Zeit, etwas mit der Festplatte anzustellen, ohne dass Ross später merken würde, dass jemand in seiner Wohnung herumgestöbert hatte.

Nein. Das ging nicht. Dom musste andere Hinweise finden.

Fünf Minuten später war er wieder im ersten Stock in Ross' Arbeitszimmer und schaute die Papiere auf seinem Schreibtisch durch, bevor er dessen Schubladen filzte. In einer Klarsichthülle fand er eine Kopie der Zulassungsurkunde von Ross' rotem Mercedes-Benz E-Klasse-Coupé, Baujahr 2013. Dom fotografierte die Fahrzeug-Identifizierungsnummer (FIN) und die Kennzeichennummer. Wenn er das Auto später hier vor Ethans Haus oder auf einem

Parkplatz in der Nähe des Eisenhower Building sehen würde, könnte er einen GPS-Peilsender mit einem Magnet an der Stoßstange anbringen, um den Weg des Fahrzeugs mit einer App auf seinem Handy zu verfolgen.

Auf eine Weißwandtafel neben dem Schreibtisch hatte Ross ein paar Notizen an sich selbst geschrieben, die Dom ebenfalls mit der Videofunktion seines Mobiltelefons aufnahm.

Seine Uhr zirpte und wies ihn darauf hin, dass von den vorgesehenen dreißig Minuten nur noch zehn übrig waren. Er eilte ins Erdgeschoss, um die Küchenschubladen und -schränke durchzuschauen und nachzusehen, welche Konservendosen und -gläser dort herumstanden. Er nahm sämtliche Streichholzbriefchen, Schreibstifte und Notizblöcke mit Logos auf und interessierte sich selbst für Namen und Jahrgang der Weine im Weinregal. In einer Schublade fand er kleine Plastik-Arzneifläschchen. Sie fielen ihm auf, weil im Gegensatz zu den meisten verschreibungspflichtigen Medikamenten auf keinem ein Etikett mit dem Namen des Medikaments klebte. In den Fläschchen befanden sich mehrere Tabletten, die sich jeweils in Farbe und Form unterschieden. Dom fotografierte sie sorgfältig und legte sie dann in ihre Schublade zurück.

Er hatte gerade begonnen, auf einem leeren Merkzettel, der am Kühlschrank klebte, nach eventuellen Abdrücken eines Vorgängerzettels zu suchen, als er auf der kleinen Ziegelveranda vor der Eingangstür des Reihenhauses, die von seinem Standort nur etwa sieben Meter entfernt war, ein Geräusch hörte, das wie Fußschritte klang. Zuerst erschrak er verständlicherweise, aber einen Moment später schloss er, dass es sich um den Postboten handeln musste.

Dom stand einen Augenblick da und beobachtete den Briefschlitz in der Erwartung, dass seine Vermutung gleich bestätigt werden würde, wenn einige Briefe oder

Werbeschriften hindurchfallen würden. Derweil streckte er den Arm aus und schaltete die kabellose Sicherheitskamera wieder ein, die den Eingang und das Wohnzimmer überwachte.

Aber gerade als er den Schalter umlegte, hörte er das unverwechselbare, Panik erzeugende Geräusch eines Schlüssels, der ins Schloss der Eingangstür gesteckt wurde. Gleich darauf klickte der Türriegel, und ein Lichtstrahl raste von draußen über den Parkettboden auf ihn zu.

21

Dominic Caruso warf sich in der Küche hinter der Kochhalbinsel flach auf den Boden. So war er von der Eingangstür aus nicht mehr zu sehen. Er drehte sich blitzschnell um, um durch die hintere Tür der Küche blicken zu können, die auf den Gang hinausging, der die Nordseite des Erdgeschosses entlangführte. Er begann, sich mit den Händen nach vorne zu schieben, damit seine Turnschuhe nicht auf dem polierten Parkettboden quietschten. Sein Baumwolloverall war dabei für dieses leise Vorwärtskriechen ideal.

Hinter ihm hörte er, wie sich die Eingangstür schloss, jemand ins Wohnzimmer zum Tastenfeld der Alarmanlage ging und offensichtlich eine Zahlenkombination eingab.

Eine männliche Stimme murmelte: »Was zum Teufel ist denn das?«

Dom vermutete, dass es Ross war, der anscheinend gerade gemerkt hatte, dass die Alarmanlage ausgeschaltet war. Das bedeutete, dass sich jemand an ihr zu schaffen gemacht hatte oder er vergessen hatte, sie heute Morgen einzuschalten, bevor er zur Arbeit ging.

Dom zog sich weiterhin langsam, aber stetig auf dem Boden vorwärts. Dabei dachte er, dass Ross entweder ein unglaublich gutes Gedächtnis haben oder ein kompletter Zwangsneurotiker sein müsste, um noch genau wissen zu können, ob er die Alarmanlage aktiviert hatte oder nicht.

Um zur Treppe ins Obergeschoss zu gelangen, gab es einen direkten Weg durchs Wohnzimmer. Dom hoffte also, dass Ross die Küche erst einmal überhaupt nicht betreten würde. Plötzlich hörte er jedoch knarrende Schritte, die sich in seine Richtung bewegten.

Dom legte jetzt einen Zahn zu, um noch schneller voranzukommen. Er drückte sich beim Vorwärtsrobben mit den Unterarmen vom Boden ab und benutzte die geringe Reibung des glatten Holzbodens, um auf Brust und Hüften voranzugleiten. Dazu benötigte er jedoch die geballte Kraft seines Oberkörpers. Beim augenblicklichen Zustand seiner Rippen musste er die Zähne zusammenbeißen, um dabei nicht laut aufzustöhnen.

Im letzten Moment erreichte er den Flur, wo er erst einmal außer Sicht war. Er konnte gerade noch seine Füße aus der Küche ziehen, als auch schon die Küchenlampe anging. Ross stand nur knapp fünf Meter hinter ihm am Lichtschalter und wollte höchstwahrscheinlich zur Treppe weitergehen, die zu seinem Schlafzimmer hinaufführte.

Dom sprang auf die Füße und eilte den Gang hinunter. Dabei versuchte er, so leise wie möglich aufzutreten und dieselbe Schrittfolge wie Ross einzuhalten, der direkt hinter ihm kam. Dom ließ die Treppe links liegen und schlüpfte durch die offene Tür einer winzigen Waschküche auf der rechten Seite. Der dunkle Raum war gerade groß genug für eine Waschmaschine mit eingebautem Trockner. Dom drückte sich dicht an das Gerät, um vom Gang aus nicht gesehen zu werden.

Er hörte, wie jemand Schlüssel auf ein Büfett warf. Die Schritte hielten einen Moment an, nahmen dann jedoch ihren Weg wieder auf.

Wenn Dom geradeaus schaute, hatte er die Treppe direkt im Blick. Wenn Ross sie hinaufstieg, musste er nur leicht nach rechts unten blicken, um einen Mann in einem grauen Overall zu sehen, der einen weißen Schutzhelm trug und sich eng an seine Waschmaschine presste.

Kurze Zeit später begann Ethan Ross, die Treppe hinaufzusteigen.

Dom drückte mit aller Macht gegen seinen Rucksack, um sich noch ein paar Zentimeter dünner zu machen. Er war wütend, dass er sich ohne Not in diese kompromittierende und gefährliche Lage gebracht hatte. Er hatte zwar eine Pistole in einem Schulterhalfter unter seinem Overall dabei, aber er würde sie auf keinen Fall ziehen. Bisher verfügte Dom nur über den Hinweis darauf, dass Ross wahrscheinlich ein reiches Muttersöhnchen war. Wenn Ross ihn entdeckte, blieb Dom nichts anderes übrig, als zur Eingangstür zu rennen.

Ethan stieg langsam und geistesabwesend die Treppe zum ersten Stock hinauf. Dabei konnte es ihm eigentlich nicht schnell genug gehen, seitdem er vor einer halben Stunde sein Büro verlassen hatte. Er war in seinem Mercedes nach Hause gerast, um so bald wie möglich mit Banfield und Bertoli Kontakt aufzunehmen. Dies änderte sich jedoch, als er sein Haus betrat, seine Alarmanlage ausschalten wollte und merkte, dass sie bereits ausgeschaltet war. Heute war er wirklich nicht ganz bei sich und bei Weitem nicht so selbstsicher, wie es eigentlich nötig gewesen wäre. Trotzdem konnte er nicht glauben, dass er heute Morgen die Alarmanlage nicht aktiviert hatte, bevor er zur Arbeit fuhr.

Er meinte sich sogar noch daran zu erinnern, musste dann jedoch zugeben, dass es trotz seines scharfen Intellekts durchaus möglich war, dass er solche banalen Routinetätigkeiten nicht mehr so genau im Gedächtnis hatte.

Als er sein Schlafzimmer betrat, trat die Alarmanlage jedoch wieder in den Hintergrund, und er kehrte zu seiner Hauptsorge zurück: Spezialagent Darren Albright.

Ethan hatte seinen Arbeitstag beendet, kurz nachdem Albright sein Büro verlassen hatte. Dabei war es ihm ziemlich egal, wie das auf die anderen wirken mochte. Er erklärte Angie, dass er vor seinem Zahnarzttermin noch etwas essen wolle und danach auch nicht mehr ins Büro zurückkehren werde. Obwohl er sich sicher war, dass sie zumindest einen Teil seines Gesprächs mit dem Spezialagenten mitgehört hatte, wusste er, dass Angie ihn nicht für einen einzigen Moment als Whistleblower verdächtigen würde.

Er zog den Anzug aus und nahm sich aus seinem Wandschrank ein Paar Jeans und einen Kaschmirpullover. Dabei überlegte er die ganze Zeit über, wie er zu Banfield Kontakt aufnehmen konnte. Er durfte jetzt auf gar keinen Fall einen Fehler machen. Sich an Banfield zu wenden, ohne zuvor ein Kreidezeichen an diesem Hydranten anzubringen, war natürlich gefährlich. Aber er hielt es für dermaßen wichtig, dass es sogar das Risiko eines Telefonanrufs wert war, obwohl er wusste, dass er dabei eine Art Code benutzen musste, falls er oder Banfield abgehört wurden.

Nachdem er sich in seine Jeans gezwängt hatte, nahm er den Hörer des Telefons neben seinem Bett ab und hielt ihn ans Ohr. In diesem Moment bemerkte er das Handy, das er auf Banfields Rat vor ein paar Tagen gekauft hatte. Ihm fiel ein, dass es äußerst töricht von ihm wäre, unter diesen Umständen seinen Festnetzanschluss zu benutzen.

Er legte den Hörer wieder auf und schnappte sich das Handy. Während er mit der einen Hand die Nummer wählte, zog er sich mit der anderen seinen Kaschmirpullover über den Kopf.

Einen Stock tiefer zog Dominic seine Turnschuhe aus und band sie in aller Eile mit ihren Schnürsenkeln zusammen, damit er sie sich um den Hals hängen konnte. In

Strümpfen schlich er durch den Erdgeschossflur so leise wie möglich in den hinteren Teil des Hauses. Er betrat die verglaste Veranda. Natürlich erfasste ihn jetzt die Überwachungskamera im Speisekammerschrank, aber das spielte jetzt keine Rolle mehr, da Ross ja daheim war. Die drahtlose Kamera würde keinen Alarmruf an sein Telefon schicken, wenn dieses an das gleiche Netzwerk angeschlossen war und sie dadurch wusste, dass er sich zu Hause aufhielt.

Dom plante eigentlich, das Haus durch die Hintertür zu verlassen, über den Zaun zu steigen und sich davonzumachen, aber jetzt entschied er sich, die Gelegenheit noch schnell zu nutzen.

Er kniete sich neben den unaufgeräumten Abstelltisch und nahm mit der Videofunktion seines Handys alle Schriftstücke auf, die darauf lagen. Weitere Papiere fand er in einem Zeitungsständer neben dem Korbsessel. Er zog sie heraus, ging sie kurz durch und nahm sie Blatt für Blatt auf.

In dieser ganzen Zeit achtete er auf die Schritte direkt über ihm. Er hörte, wie Ross sich für einen Moment in seinen begehbaren Wandschrank begab. Kurz darauf war eine gedämpfte Stimme zu hören.

Dom nahm an, dass Ross telefonierte.

Dom wusste nicht, ob er das Handy neben dem Bett oder ein anderes Mobiltelefon benutzte, aber er wusste, dass er nicht seinen Festnetzanschluss verwendete, denn den hatte Dom ja vorhin gekappt.

Dom konnte nichts verstehen, bis Ross am Ende des offensichtlich sehr einseitigen Gesprächs mit höchst erregter Stimme brüllte: »Ich meine heute! Und zwar verdammt noch mal jetzt gleich!«

Für Dom klang das höchst verdächtig. Er beendete seine Arbeit auf der Veranda und ging zur Hintertür. Gerade als er sie öffnen wollte, erstarrte er. Hinter ihm war das Geräusch knarrender Treppenstufen zu hören: Ethan Ross war auf dem Weg nach unten.

Shit.

Hinter der eigentlichen Tür gab es nämlich noch ein Fliegengitter. Wenn Dom dieses jetzt öffnete, würde es wahrscheinlich entsetzlich quietschen und Ross sofort aufmerksam machen. Er huschte deshalb auf seinen bestrumpften Füßen zu einem Flurschrank am Eingang der verglasten Veranda zurück. Er drückte sich hinein und versteckte sich hinter dicken Mänteln.

Aber jetzt zeigte sich mal wieder die Gültigkeit von Murphys Gesetz. Dom hörte Ross' Schuhe auf dem glatten Parkettboden quietschen, die sich eindeutig in seine Richtung bewegten. Dom begriff, dass Ross zu genau diesem Schrank unterwegs war. Er verdrehte die Augen, drückte seinen Rucksack gegen die Schrankwand und kämpfte gegen den Drang an, seine Smith & Wesson aus dem Schulterhalfter zu ziehen.

Die Schranktür öffnete sich. Dom bewegte keinen Muskel und hielt die Luft an.

Ross fummelte eine ganze Zeit an seinen Mänteln herum, die Dom wie eine wahre Ewigkeit vorkam. Ethan holte eine Wildlederjacke vom Bügel, hängte sie wieder zurück, griff nach einem dreiviertellangen Kamelwollmantel, entschied sich jedoch am Ende für eine gefütterte North-Face-Skijacke.

Als er sie herauszog, war Dom kurzfristig zu sehen, aber Ross hatte sich bereits abgewendet. Er schloss die Schranktür und ging in den Vorderteil des Hauses zurück, während Dom einen langen, tiefen Seufzer der Erleichterung ausstieß.

Als Ross das Wohnzimmer betrat, klingelte sein Handy. Dom hörte ihn antworten, und er konnte einen Großteil des Gesprächs verfolgen, weil Ross' Stimme durch den Gang hallte.

»He, Mama. Nein, ich bin heute früher gegangen. Das habe ich dir doch erzählt. Zahnarzttermin. Den Rest des Tages habe ich mir freigenommen.«

Es folgte ein Gegrummel, das Dom nicht verstehen konnte, dann sagte Ross: »Das mache ich später. Dazu habe ich jetzt keine Zeit.«

Nach einigen weiteren Sekunden frustrierten Jammerns sagte er schließlich: »Ich muss jetzt wirklich weg! Es ist oben in meinem Arbeitszimmer. Ich rufe dich später an und …« Es folgten eine längere Pause und ein fast kindliches Seufzen, das Dom selbst durch die geschlossene Schranktür hören konnte. »Also gut! Warte einen Moment.«

Dom hörte, wie Ross die Treppe hinaufrannte. Er schien es wirklich eilig zu haben. Als Ross in seinem Arbeitszimmer angekommen sein musste, verließ Dom den Schrank und schlich in Strümpfen zur Hintertür. Er öffnete sie ganz vorsichtig und drückte danach die Fliegengittertür auf. Wie er vermutet hatte, quietschte sie entsetzlich, aber Ross telefonierte gerade im Obergeschoss und teilte seiner Mutter einen Namen und eine E-Mail-Adresse mit.

Im winzigen Garten schlich Dom dicht an der Hauswand entlang, falls Ross doch zufällig aus dem Fenster schauen sollte. Er schlüpfte um die Ecke zum Autostellplatz neben dem Haus und zog die Turnschuhe wieder an.

Auf dem Stellplatz stand der rote Mercedes. Dom kniete sich hinter ihn, holte einen GPS-Tracker mit Haftmagnet aus dem Rucksack und brachte ihn unter der hinteren Stoßstange an.

Er steckte die Festnetzleitung im Telefonverteiler wieder in die Anschlussbuchse, schloss den Verteilerkasten und machte sich zur Straße auf. Er schaute noch einmal zur vorderen Eingangstür hinüber, ob die Luft rein war, trat auf die 34th Street hinaus und folgte ihr in Richtung Norden.

Kurz darauf hörte er, wie Ross die Tür öffnete und schloss. Dom schaute jedoch nicht zurück, selbst als der Mercedes auf die Straße einbog und in südlicher Richtung davonfuhr, wobei noch lange das laute Wummern aus seinen Lautsprechern zu hören war.

Dom konnte sich zum ersten Mal seit einer Stunde entspannen. Er glaubte zwar nicht, dass seine ganze Mühe ihm viel eingebracht hatte, aber er hatte doch einige Daten gesammelt, die er jetzt analysieren würde. Außerdem konnte er ab jetzt den Weg von Ross' Mercedes verfolgen. Er glaubte nicht, dass Ross zum Zahnarzt unterwegs war. Nach seinem ganzen Verhalten musste es sich um ein eiliges und wichtiges Treffen handeln.

Dom würde ihm jedoch nicht hinterherfahren. Das wäre viel zu gefährlich. Stattdessen würde er in seine Wohnung zurückkehren und sich an seinen Laptop setzen, um Ethans Route in Echtzeit zu verfolgen, während er alle Daten, die er gerade gesammelt hatte, durch sein Analyseprogramm laufen ließ.

22

Ethan war jetzt zum dritten Mal in vier Tagen im Fort Marcy Park. Dieses Mal war er jedoch nicht mit dem eigenen Wagen hergekommen. Stattdessen hatte er seinen Mercedes in der Nähe des Washington Circle abgestellt und von dort ein Taxi nach Arlington/Shirlington genommen. Er spazierte durch The Village, ein gehobenes Einkaufszentrum in Shirlington, und fuhr dann mit dem Bus bis zu einer Haltestelle, die etwa achthundert Meter vom Park entfernt war. Den Rest des Weges legte er zu Fuß zurück.

Dieser lange Anmarschweg war nicht seine Idee gewesen. Banfield hatte ihn in ihrem kurzen Telefongespräch angewiesen, diese umständliche Route zu wählen. Gleichzeitig hatte er ihm geraten, sein übliches Handy zu Hause zu lassen. Ethan hielt das Ganze eigentlich für völlig unnötig. Unterwegs hatte er immer wieder über die Schulter geschaut und nie einen Verfolger bemerkt. Aber Banfield hatte darauf bestanden, und der alte Zeitungsmann schien zu wissen, wovon er sprach. Ross hatte also widerstrebend sein gewöhnliches Handy aufs Bett geworfen und mit dem neuen Mobiltelefon sein Haus verlassen, um seine »Sicherheitstour« zu beginnen, wie es Banfield genannt hatte.

Das Ganze hatte fünfundvierzig Minuten gedauert. Jetzt war es genau zwölf Uhr mittags. Als Ethan den Park betrat, merkte er, dass er und seine Gesprächspartner den Ort heute nicht für sich allein haben würden, wie das bei ihrem früheren Treffen der Fall war. Neben Banfields Volkswagen standen noch mehrere andere Fahrzeuge auf dem kleinen Parkplatz. Ethan sah ein paar Leute, die hinter ihrem Lenkrad saßen und picknickten. Eine Schülergruppe aus etwa fünfundzwanzig Viertklässlern sprang zwischen den Geschützstellungen aus der Bürgerkriegszeit herum, während eine Lehrerin und ein Park-Ranger mehr oder weniger auf sie aufpassten. Ein junges Pärchen im Kampfanzug – nach all den Jahren beim NSC wusste Ethan immer noch nicht, welche Uniform zu welcher Waffengattung gehörte – ging Händchen haltend den Weg entlang.

Für einen Moment hatte er die Befürchtung, jeder in diesem Park – vielleicht mit Ausnahme der Schulkinder – gehöre zum FBI und wollte ihn hier auf frischer Tat ertappen. Diesen Gedanken verdrängte er jedoch sofort wieder. Er hatte nichts Belastendes dabei, und Banfield hatte ihm erklärt, er werde ihm ein Zeichen geben, sich nicht weiter zu nähern, wenn er der Ansicht wäre, dass die Luft nicht ganz rein sei.

Banfield und Bertoli standen wieder neben der Kanone. Ethan hielt nach einem Zeichen Banfields Ausschau. Er trug eine Zeitung unter dem Arm, die er fallen lassen würde, wenn Ethan einfach an ihnen vorbeigehen sollte. Als Ethan jedoch näher kam, tat er nichts dergleichen.

Ross hatte sie noch nicht einmal ganz erreicht, als Banfield bereits zu sprechen begann: »Sind Sie sich *absolut* sicher, dass Ihnen niemand gefolgt ist?«

»Das kann ich doch gar nicht absolut sicher wissen. Aber ich glaube nicht. Ich habe zumindest niemand bemerkt, aber ich bin Politikanalyst für das Weiße Haus und kein billiger Privatdetektiv.«

Bertoli winkte beruhigend ab. »Was hat Sie heute so aus der Fassung gebracht, Ethan? Der Lügendetektor?«

»Der eigentliche Test schien wirklich gut zu laufen«, erwiderte Ethan. »Aber dann hat mich der Tester gefragt, ob ich ein Medikament nehme, um das Schwitzen zu unterdrücken.«

Banfield zuckte zusammen. Mit ernster Miene sagte er: »Sie haben das natürlich verneint.«

»Natürlich habe ich das. Aber ich glaube nicht, dass er mir das abgekauft hat.«

»Vielleicht hat er nur ins Blaue hinein gefragt«, meinte Banfield, aber Ross war sich nicht sicher, ob er das auch glaubte.

»Und dann heute. Dieser Spezialagent Albright. Er kam plötzlich herein und nahm mich richtig in die Mangel. Als ich ihn fragte, ob ich einen Anwalt benötige, machte er zwar einen Rückzieher, aber sie haben auf jeden Fall Verdacht geschöpft. Wenigstens glaube ich das.« Er fuhr mit der Hand durch seine blonden Haare. »Ich meine … Shit. Ich weiß nicht. Vielleicht krieg ich auch nur die Krise.«

»Sie machen das vielleicht mit allen, die Zugang zu dieser Akte hatten«, sagte Banfield.

»Kann sein. Aber er meinte dann noch, sie würden Eve befragen, ob sie mir vielleicht beiläufig etwas über irgendwelche Techniken erzählt hat, die ich zum Herunterladen der Friedensflottillen-Dateien benutzen konnte. Absichtlich würde sie mich nie belasten … aber Albright ist wirklich gut. Er könnte sie dazu bringen, dass sie etwas sagt, das ihn noch argwöhnischer macht.«

Die drei standen einen Augenblick lang still da und wogen die Lage ab. »Wir können herausfinden, ob Sie offiziell unter Verdacht stehen, oder ob der FBI-Agent Sie nur nervös machen wollte«, sagte Banfield schließlich.

»Und wie?«

»Wenn Sie offiziell verdächtig sind, wird man Sie künftig beschatten. Hoffentlich machen sie das nicht schon jetzt. Aber diese Sicherheitstour, die ich Ihnen verordnet habe, hat sie bestimmt abgeschüttelt, wenn sie Sie wirklich bereits überwachen sollten.«

»Ich kann nur wiederholen, dass ich niemand gesehen habe.«

»So leicht wären die auch nicht zu erkennen. Wenn Sie in Ihrem Auto fahren, würden sie Ihnen mehrere Fahrzeuge hinterherschicken, die sich in der Verfolgung abwechseln. Das ganze Team besteht bestimmt aus einem halben Dutzend Männern und Frauen, wahrscheinlich sogar mehr, wenn Sie zu Fuß unterwegs sind. Sie würden Ihr Büro- und Privattelefon abhören und sich eine gerichtliche Verfügung besorgen, dass sie auch Ihr Handy anzapfen dürfen.«

»Lieber Gott.«

»Immer mit der Ruhe«, sagte Gianna. »Harlan, das wäre das Extremszenario. Wir wollen hier keinesfalls die Pferde scheu machen.« Sie wandte sich Ross zu. »Es steht ja noch gar nicht fest, dass Sie bereits überwacht werden.«

»Wir werden Folgendes tun«, sagte Banfield. »Ich schicke Sie ein wenig in der ganzen Stadt herum.«

»Und?«, fragte Ross.

»Ich schaue derweil, ob Ihnen jemand folgt.«

»Würden Sie überhaupt …«

»Natürlich würde ich. Ich bin doch kein Anfänger mehr. Ich habe Ihnen ja bereits erklärt, dass wir nicht zum ersten Mal mit einer solchen Sache zu tun haben. Wann könnten wir diesen kleinen Test durchführen?«

Ross schaute auf die Uhr. »Ich habe mir für den Rest des Tages freigenommen. Um eins habe ich einen Zahnarzttermin.«

»Gut. Sie kaufen sich ein Headset, damit wir über Ihr neues Handy in Verbindung bleiben können. Dann gehen Sie zu Ihrem Auto zurück und fahren zu Ihrem Zahnarzt. Wenn Sie bereits beschattet wurden und die Sie jetzt verloren haben, wissen sie, dass Sie dort auftauchen werden und sie sich wieder an Ihre Fersen heften können. Nach Ihrem Termin werde ich Sie an einen Ort lotsen, wo ich auf Sie warten werde, um eventuelle FBI-Beschatter zu identifizieren.«

Ethan nickte leicht abwesend, aber Gianna trat an ihn heran und umarmte ihn. »Hoffentlich ist alles in Ordnung«, sagte sie. Für Ethan war das eine maßlose Untertreibung. »Wenn es jedoch Grund zur Besorgnis geben sollte, werden wir die nötigen Schritte unternehmen, um Sie zu schützen. Bitte entspannen Sie sich und vertrauen Sie mir.«

Ethan schaute Bertoli in die Augen. Er dachte an seine Mutter, obwohl Bertoli zwanzig Jahre jünger war. »Das tue ich.«

»Sie müssen sich beeilen, wenn Sie Ihren Zahnarzttermin einhalten wollen.«

Dominic saß an seinem Küchentisch und lud die Daten von seinem Handy auf den Laptop, wo das Softwareprogramm sie analysieren und kategorisieren würde. Da der Computer in dieser Zeit mehr zu tun hatte als Dom, öffnete er die App auf seinem Rechner, die eine Verbindung zum GPS-Peilsender herstellte, und schaute nach, wo sich Ethan Ross' Mercedes im Moment befand.

Auf dem Karten-Display sah er, dass das Fahrzeug seit mehr als fünfzig Minuten am Washington Circle parkte und sich in dieser Zeit keinen Meter bewegt hatte. Dom schloss daraus, dass die Person, die Ross so dringend treffen wollte, in dieser Gegend wohnte oder arbeitete. Wenn Ross tatsächlich dieser Verräter war, waren das keine guten Nachrichten, da es in diesem Gebiet viele Optionen für einen Mann gab, der über geheime Informationen verfügte und bereit war, sie mit unbefugten Interessenten zu teilen. Embassy Row weiter im Norden war von dort leicht zu Fuß zu erreichen, und auch sonst befanden sich in diesem Viertel Auslandsbotschaften und Büros internationaler Organisationen an fast jeder Ecke. Dom schätzte, dass es in den zehn Straßen um diesen Parkplatz herum mehr Repräsentanten von Feindstaaten gab als an irgendeinem anderen Ort in den Vereinigten Staaten.

Er merkte jedoch, dass er wieder einmal etwas vorschnell war und Schlüsse zog, die auf einer Menge Spekulationen beruhten. Er sollte deshalb auch andere Theorien in Betracht ziehen, warum sich Ross gegenwärtig dort aufhielt.

Als er bei einer Google-Maps-Suche in diesem Viertel »Zahnarztpraxen« eintippte, tauchten im Umfeld des gegenwärtigen Mercedes-Standorts ein halbes Dutzend Adressen auf.

Shit. Ross hatte also wohl tatsächlich einen Zahnarzt aufgesucht, um sich die Zähne reinigen zu lassen.

»Nein«, rief er laut aus. Die Teile des Telefongesprächs, die er in Georgetown aufgeschnappt hatte, ließen ihn fast sicher davon ausgehen, dass Ross sich mit jemand andres traf. »Und zwar verdammt noch mal jetzt gleich!« So redete man nicht mit der Empfangsdame einer Zahnarztpraxis. In Ethan Ross' Welt gab es einen dringenden Notfall, und Dom musste davon ausgehen, dass dieser etwas mit den Ermittlungen über den Datendiebstahl der *Ardahan*-Akten zu tun hatte.

Dom wusste, dass Albright dies als Beweis nicht genügen würde. Im Übrigen würde er diesem nicht mitteilen, was er herausgefunden hatte. In diesem Fall würde das FBI nämlich erfahren, dass er sich in die Ermittlungen einmischte. Er überlegte kurz, David anzurufen, aber im Moment hätte er nicht gewusst, was der Mossad für ihn tun sollte. Er wusste nur von einer verdächtig agierenden Person, die ein Geheimtreffen mit … wem auch immer verlangt hatte.

Das war zwar nicht viel, aber für Dom im Augenblick genug. Er entschloss sich, Ethan Ross nach besten Kräften zu beobachten. Dom war ganz allein auf sich gestellt und konnte Ross deshalb nicht nach allen Regeln der Kunst beschatten. Aber eine zeitweise Mobilüberwachung traute er sich allemal zu. Er schnallte sein Schulterhalfter wieder um und überprüfte den Sitz der Smith & Wesson unter seinem Arm. Er zog eine dicke schwarze Lederjacke an und griff nach seinem Motorradhelm und seinen Schlüsseln. Er rief auf seinem Handy die App für den GPS-Tracker auf, damit er Ross folgen konnte, wenn dieser losfahren sollte, solange Dom noch zu ihm unterwegs war. Dann ging er zu seiner Suzuki TU250 hinunter.

Dom kam gerade am Washington Circle an, als Ethan Ross nur ein paar Meter von seinem Mercedes entfernt aus einem Taxi stieg.

Dies hielt Caruso wieder einmal für oberfaul. Warum sollte er seinen Wagen hier abstellen und dann mit dem Taxi weiterfahren? Er konnte sich dafür zumindest kein Szenario vorstellen, in dem ein Zahnarzt eine Rolle spielte.

Dom umrundete den Block, um Ross Zeit zu lassen, zu seinem Auto zu gehen. Als Dom wieder vorbeikam, umkurvte Ross gerade das Rondell des Washington Circle Parks. Dom erwartete eigentlich, dass er auf der K Street nach Westen in Richtung Georgetown weiterfahren würde, aber stattdessen bog er in den nach Osten führenden Teil der K Street ab.

Dom reihte sich einige Fahrzeuge hinter ihm in den Verkehrsfluss ein. Durch die Autos und Lastwagen, die vor ihm fuhren, fiel er Ross auf keinen Fall auf. Aber selbst wenn dieser den Motorradfahrer wahrnehmen würde, hätten es die Entfernung und das getönte Visier verhindert, dass er dessen Gesicht hätte erkennen können. Aus diesem Grund würde er ihn auch auf keinen

Fall wiedererkennen, wenn er ihm später noch einmal begegnete.

Dom folgte dem auffallenden roten Fahrzeug bis Chinatown, wo Ross in ein Parkhaus einen Block nördlich des Verizon Centers einbog, was ihn immerhin elf Dollar in der Stunde kosten würde. Dom hatte Glück und fand einen Block weiter südlich einen günstig gelegenen Parkplatz direkt an der Straße. Während er sein Motorrad abschloss, behielt er den Eingang des Parkhauses ständig im Auge. Ross erschien eine Minute später, ging jedoch nicht nach Chinatown hinein, sondern nahm die H Street in Richtung Osten. Hier gab es eine ganze Anzahl von Bürogebäuden, aber der NSC-Mitarbeiter ging an ihnen allen vorbei, bis er die Massachusetts Avenue erreichte. Dom folgte ihm in gebührendem Abstand auf der anderen Seite der Straße. Ross sollte ihn auf gar keinen Fall bemerken. Vielleicht war dieser ja auf einer »Überwachungsentdeckungstour«, die dazu diente, mögliche Beschatter aufzuspüren. Dom benahm sich jedoch so unauffällig, dass er in dieser Hinsicht keinerlei Befürchtungen hatte.

Nachdem sie beide fünfzehn Minuten durch die Kälte gegangen waren, merkte Caruso, dass Ross direkt auf die Union Station zusteuerte. Zuerst dachte er, dass seine Zielperson in die Metrostation vor dem Bahnhof hinuntersteigen wollte. Dies würde ihm eine weitere Beschattung sehr erschweren, wenn nicht sogar unmöglich machen. Stattdessen betrat Ross die Union Station selbst. Er hatte außer einer ledernen Aktentasche kein Gepäck dabei, deshalb bezweifelte Dom, dass er an diesem Nachmittag die Stadt mit dem Zug verlassen wollte.

Dom nahm an, dass Ross hier jemand treffen wollte, um entweder mit ihm ein spätes Mittagessen einzunehmen oder eine Geheimunterredung zu führen. Im ersten Fall würde Dom sich einen Beobachtungsplatz in seiner

Nähe suchen und feststellen, mit wem er sich zum Essen verabredet hatte. Wenn jedoch Letzteres der Fall war und er sich hier mit jemand heimlich treffen wollte, hätte Dom gewisse Probleme. Die Union Station war ein riesiges Gebäude, das mit seinen unzähligen Korridoren, Geschäften, Restaurants, Toiletten und Zügen von einem einzigen Mann kaum zu überwachen war.

Dom würde ihm auf keinen Fall zu sehr auf den Leib rücken, weil er erwartete, dass hier etwas ganz Dramatisches passierte. Das gab es nur in den Hollywoodfilmen.

Sobald Ross den Bahnhof durch die Tür in der Nähe der Metrostation betrat, benutzte Dom den Eingang an der Massachusetts Avenue, um in die riesige Haupthalle zu gelangen. Es war bereits nach vierzehn Uhr, und die meisten Leute in Washington hatten bereits zu Mittag gegessen, deshalb war der Bahnhof nicht mehr ganz so voll.

Ross kam jetzt ebenfalls von der Westhalle in die Haupthalle hinüber und ging zwölf Meter an Dominic vorbei, ohne in seine Richtung zu blicken. Dom beobachtete ihn aus den Augenwinkeln, als er um das mitten in der Halle gelegene kreisrunde Center Café herumging und sich zur Hauptladenzeile des Bahnhofs aufmachte.

Dom folgte ihm in einer Entfernung, die es ihm normalerweise erlaubte, Ross auf den Fersen zu bleiben, wenn keine besonderen Probleme auftraten. Sollte dieser aber eine professionelle Abschüttelungstaktik anwenden, lief er Gefahr, ihn zu verlieren.

Ross kooperierte jedoch wohl ohne sein Wissen. Er betrat einen Buchladen und schaute sich eine ganze Zeit lang um. Dom zog sich in ein gegenüberliegendes Bekleidungsgeschäft zurück, dessen Kleiderständer hoch genug waren, um sich notfalls dahinter verstecken zu können. Er fand auch einen Spiegel, in dem er Ethan beobachten konnte, wie er an einem Bücherregal stand.

Ross kaufte jedoch nichts, sondern stieg die Treppe zu den Geschäften im Obergeschoss hinauf.

Dom entschied sich, im Erdgeschoss auf ihn zu warten und beide Treppen zu beobachten, die ins Obergeschoss führten. Wenn sich Ross mit jemand dort oben verabredet hatte, hätte Dom Pech gehabt. Aber jede Einzelüberwachung war immer eine Kosten-Nutzen-Abwägung. Auf keinen Fall wollte er diesen Mann erschrecken und ihn dazu bringen, sich künftig bedeckter zu halten.

Dom stellte sich zwischen den beiden Treppen auf und tat so, als würde er telefonieren, während er darauf wartete, dass seine Zielperson zurückkehrte. In der Zwischenzeit beobachtete er die Menschen, die die Treppe hinaufstiegen, Geschäftsleute, die die Zeit totschlugen, bis ihr Zug sie nach New York, Baltimore, Richmond oder Philly brachte, junge Mütter, die ihre Kinderwagen die Treppe hinaufhievten, und ein älteres Ehepaar, das ganz langsam die Stufen hinaufstieg und dabei von zwei Männern im Studentenalter überholt wurde, die Trainingsanzüge und Rucksäcke trugen.

Einige Minuten später kam Ethan Ross die hintere Treppe herunter. Dom folgte ihm mit großem Abstand, als er die Haupthalle durchquerte. Als Ross ein Bekleidungsgeschäft betrat, kam er an dessen Eingang an einem großen Spiegel vorbei.

Als Dom ihn in diesem Spiegel betrachtete, merkte er zum ersten Mal, dass seine Zielperson ein Bluetooth-Headset im rechten Ohr trug. Er schien sich zwar im Moment mit niemand zu unterhalten, aber Dom konnte sich da nicht sicher sein.

Er merkte auch, dass Ross ganz bestimmt nicht auf einer Überwachungsentdeckungstour war, denn er schaute sich niemals um, ob ihm jemand folgte, selbst als er an diesem Spiegel vorbeikam, wo das ganz einfach möglich gewesen wäre.

Allmählich dämmerte Dom, was hier vor sich ging: das ziellose Herumwandern, das fehlende Interesse an seiner Umgebung, das Headset in seinem Ohr …

Ross war *tatsächlich* auf einer Überwachungsentdeckungstour, aber nicht er war für diese Überwachungsentdeckung zuständig. Es musste noch jemand hier sein, ein Verbündeter, der ihn beobachtete, oder besser, der nach irgendwelchen Beschattern Ausschau hielt.

Die Härchen auf Carusos Unterarmen richteten sich unter seiner Jacke auf, als er daran dachte, dass sich genau in diesem Moment feindliche Augen auf ihn richten könnten.

23

Je mehr Dom im Geist seine eigenen Schritte der letzten halben Stunde zurückverfolgte, desto sicherer war er, dass er seine Beschattung bisher korrekt durchgeführt hatte. Er war Ross nicht in den Engpass des Obergeschosses gefolgt, und er hatte den Mann in der Ladenzeile auf sich zukommen lassen, anstatt ihm hinterherzugehen. Wenn Dom einem gegnerischen Beobachter, wer immer das sein mochte, überhaupt aufgefallen war, dann bestimmt nur als jemand, auf den man vielleicht näher achten sollte. Er hatte sich auf jeden Fall nicht als Beschatter geoutet.

In diesem Moment verließ Ross den Kleiderladen – auch dieses Mal hatte er nichts gekauft – und ging zur Treppe zurück, um nun jedoch zum Gastrobereich im Untergeschoss hinunterzusteigen.

Caruso dachte zuerst daran, sich sofort zurückzuziehen und die Union Station zu verlassen, bevor Ross' Beschützer, der ganz in seiner Nähe sein musste, seinen Schützling informierte, dass ihn ein Typ in einer schwarzen Bikerjacke verfolgte. Schließlich entschied sich Caruso jedoch, jeden Verdacht zu zerstreuen, dass es sich bei ihm um einen Beschatter handeln könnte, indem er seine Deckung bewusst aufgab. Er stieg deshalb ebenfalls die Treppe hinunter, schloss dabei zu Ross auf und überholte ihn sogar, wobei er ihn beinahe streifte. Dies war derart offensichtlich, dass sich Dom sicher war, dass ihn jeder

Beobachter in diesem Augenblick von der Verdächtigenliste streichen würde.

Im Gastrobereich stellte sich Dom an einem Kebab-Stand an. Fast drei Minuten lang zwang er sich, direkt nach vorne zu schauen, und hoffte, dass er jemand, der ihn immer noch als Beschatter verdächtigte, durch sein offensichtliches Desinteresse an allem, was nicht mit seinem Essen zu tun hatte, endgültig von seiner Harmlosigkeit überzeugte. Er bestellte ein Lamm-Kebab und eine Cola, bezahlte und wartete, bis man ihm seine Bestellung brachte. In dieser Zeit blickte er weiterhin nur auf den Kebab-Stand vor ihm oder höchstens einmal auf seine Armbanduhr. Erst als er sein Essen in Händen hielt und sich damit an einen kleinen Plastiktisch an der Mitteltreppe gesetzt hatte, schaute er wieder auf die große Halle hinaus.

Es war nur ein ganz kurzer Blick, wonach er sich sofort wieder auf sein vor ihm stehendes Essen konzentrierte. Dom war jedoch darauf trainiert, in einem einzigen Moment mit der virtuellen Kamera in seinem Gehirn ein Standfoto seiner Umgebung aufzunehmen. Er begann zu essen und verarbeitete dabei das geistige Foto, das er gerade aufgenommen hatte. Vor ihm standen etwa fünfzig Tische, rechter Hand befanden sich die Essensstände, und auf der linken Seite ging Ethan Ross gerade den Gang entlang, der zu den Toiletten führte.

Dom nippte an seiner Cola und schaute dabei wie zufällig in diese Richtung. Ethan war immer noch zu den Toiletten unterwegs. Dom würde ihm auf keinen Fall folgen, selbst wenn er nicht vermuten würde, dass irgendwo in diesem Raum jemand auf Ross aufpasste. Dieser würde Ross nämlich genau diesen Gang entlanggehen lassen, um auf diese Weise einen übereifrigen Beschatter entlarven zu können.

Nein, Dom ließ ihn allein pinkeln gehen.

Caruso biss von seinem Kebab ab, hörte aber plötzlich zu kauen auf, als ihm etwas Seltsames auffiel. Ein Mann in den Dreißigern, der einen dunkelgrauen Anzug und einen Mantel trug, war offensichtlich ebenfalls zur Männertoilette unterwegs. Das war an sich nichts Ungewöhnliches, aber Dom bemerkte, dass er einen schnellen, aber unverkennbaren Blick mit zwei jungen Männern tauschte, die an einem Tisch saßen und eine Pizza aßen. Beim zweiten Hinsehen merkte Dom, dass es die beiden Trainingsanzugträger im Studentenalter waren, die Ross vor zehn Minuten ins Obergeschoss gefolgt waren.

Der Blick des Mannes im dunkelgrauen Anzug hatte irgendwie unsicher und besorgt gewirkt. Für Dom schien er die beiden anderen zu fragen: Soll ich ihm in die Toilette folgen?

Danach ging er tatsächlich schnellen Schrittes in deren Richtung.

Dom hatte nach Ross' Beschützer Ausschau gehalten, aber diese Jungs arbeiteten eindeutig nicht mit Ross zusammen. Dieser Blick sagte etwas ganz anderes.

Das waren nicht Ross' wohlwollende Aufpasser.

Das war ein Beschattungsteam.

Sie konnten eigentlich nur vom FBI sein, und das machte Caruso richtiggehend wütend. Er hätte am liebsten mit der Faust auf die Wand neben sich geschlagen, unterdrückte jedoch diesen Drang. Es war ihm vollkommen klar, dass Ross' Beschützer den Mann bemerkt hatte, den er in diesen Engpass geleitet hatte. Er würde natürlich Ross informieren, dass er beschattet wurde, und dieser würde dann abtauchen, was die Ermittlungen gegen ihn um ein Vielfaches erschweren würde.

Dom zog sein Handy heraus und wählte eine Nummer, die er sich im Kopf gemerkt hatte. Nach ein paar Rufzeichen meldete sich eine Männerstimme.

»Albright.«

Caruso flüsterte, obwohl niemand in der Nähe war. »Verdammt, Darren, Ihre Jungs bauen gerade Mist.«

»Meine … Jungs? Welche *Jungs* denn?«

»Hören Sie! Sie müssen Ross' Beschattungsteam sofort abziehen. Er ist gerade auf einer Überwachungsentdeckungstour, wird dabei jedoch von einem Helfer beobachtet. Ihr Team ist viel zu dicht an ihm dran. Shit, ich bin mir zu neunzig Prozent sicher, dass es bereits zu spät ist. Einer von ihnen wurde gerade durch einen Engpass gelotst.«

»Wo sind Sie gerade?«

Dom seufzte. »In der Union Station. Im Gastrobereich im Untergeschoss.«

»Beschatten Sie Ethan Ross?«

»Ja, aber bedeutend besser als Ihr Team.«

»Ich hatte Ihnen doch gesagt, Sie sollten sich aus den Ermittlungen heraushalten. Und Sie haben zugestimmt. Darüber hinaus läuft noch gar keine offizielle Ermittlung gegen ihn.«

»Warum haben Sie ihm dann ein Beschattungsteam …«

»Wir beschatten ihn doch gar nicht!«

Dom beobachtete, wie die beiden jungen Männer von ihrem Tisch aufstanden und zur Treppe hinübergingen. Dom nahm an, dass sie einen festen Beobachtungspunkt im Hauptgeschoss einnehmen wollten, wenn Ross dorthin zurückkehrte.

»Wer zum Teufel sind dann diese Typen?«, fragte Dom.

Albright beantwortete die Frage nicht. Stattdessen sagte er: »Ich möchte, dass Sie sofort nach Hause gehen. Später komme ich bei Ihnen vorbei, und wir reden über das Ganze.«

»Diese Beschatter sind wirklich nicht vom FBI? Sind Sie sich da absolut sicher?«

»Ich bin nicht bereit, zu diesem Zeitpunkt mit Ihnen

über irgendeinen Aspekt unserer Ermittlungen zu sprechen, da Sie offensichtlich Ihren Teil der Vereinbarung nicht eingehalten haben. Aber damit Sie sofort von dort abziehen und keine Zivilisten behelligen, die bis zum Beweis des Gegenteils als unschuldig gelten, versichere ich Ihnen hiermit beim Grabe meiner Mutter, dass ich *keinerlei* Beschattungsteam auf den NSC-Mitarbeiter Ethan Ross angesetzt habe.«

»Was werden Sie jetzt wegen dieser Typen unternehmen?«

»Ich schlage vor, dass Sie sich mit dem NSC in Verbindung setzen. Wenn es ein Sicherheitsproblem gibt, das mit einem ihrer Mitarbeiter zu tun hat, sollen *sie* sich darum kümmern.« Albright legte auf.

Dom verdrehte die Augen. Albright hielt Carusos Befürchtungen offensichtlich für unbegründet.

Die beiden jungen Männer waren jetzt nicht mehr zu sehen, aber Dom dachte über ihr äußeres Erscheinungsbild nach. Sie hatten beide dunkle Haare und einen leicht olivfarbenen Teint, aber mit Ausnahme von Skandinavien konnten sie von überall her sein. Der Mann im dunkelgrauen Anzug hatte grau melierte Haare und eine hellere Haut, war jedoch ebenfalls kein nordischer Typ.

Aus ihrem Aussehen konnte Dom also keine definitiven Schlüsse ziehen.

Ross tauchte gerade wieder aus der Toilette auf, und Dominic blickte wieder auf sein Essen hinunter. Als er dreißig Sekunden später wieder hochschaute, war Ross verschwunden. Offenbar hatte er die Treppe auf der anderen Seite des Untergeschosses benutzt.

Dom ging ihm nicht hinterher. Hier ging für seinen Geschmack bereits jetzt zu viel vor, deswegen beschloss er, einfach nur aufzuessen und nach Hause zurückzukehren.

Als er jedoch in sein Kebab biss, merkte er, dass ihm der Appetit vergangen war. Der Gedanke, dass Ross Verbündete hatte, dass er jetzt wusste, dass man ihn verdächtigte und er sich entsprechend vorsichtig verhalten würde, war Dominic auf den Magen geschlagen. Er stand auf, warf den Rest seines Essens in einen benachbarten Mülleimer und machte sich zur Treppe auf.

Vor ihm bog ein untersetzter älterer Mann in einem Kamelhaarmantel auf die Treppe ein, und Dom musste etwas langsamer machen, um ihn vorbeizulassen.

Dom betrat gerade die erste Stufe, als er nach oben an dem älteren Mann vorbeischaute und zwei uniformierte Stadtpolizisten bemerkte, die gerade die Treppe herunterkamen. Einer sprach in das Mikrofon, das an seiner Schulterklappe befestigt war, und beide Männer machten den Eindruck, als ob sie gerade auf einem ganz bestimmten Einsatz waren und sie jemand diese Treppe hinuntergeschickt hatte.

Fast instinktiv drehte sich Dom um und entfernte sich von der Treppe.

Er wusste sofort, dass Darren Albright die Stadtpolizei alarmiert hatte.

Aber nicht, um Ross zu schnappen. Nicht, um Ross' Unterstützer zu schnappen. Nicht, um die Männer zu schnappen, die Ross beschatteten.

Sondern um Caruso zu schnappen.

»Verdammter Albright«, murmelte er vor sich hin.

Er ging den Gang zur Toilette hinunter, ließ diese jedoch links liegen und eilte zur Treppe am westlichen Ende des Untergeschosses weiter. Kurz bevor er sie erreichte, wendete er sich ganz schnell nach rechts und tat so, als ob er an einem Bankautomaten Geld besorgen wollte.

Zwei weitere Stadtpolizisten kamen gerade die Westtreppe herunter, ohne ihn jedoch zu bemerken. Nachdem sie an ihm vorbeigegangen waren, wirbelte Dom herum, spurtete die Treppe hinauf und verließ die Union Station.

Wie von Dom vermutet, hatte Ethan Ross' Beschützer *tatsächlich* die Männer bemerkt, die Ethan beschatteten. Harlan Banfield hatte im Gastrobereich auf einer Bank neben einer Crêperie gesessen, die von Carusos Standort aus nicht zu sehen war.

In dem Moment, als er die Männer erblickte, hatte sie Banfield sofort für FBI-Agenten gehalten. Dies nannte man in der Psychologie einen Bestätigungsfehler. Ross selbst glaubte, dass ihm das FBI auf den Fersen war. Als Banfield bemerkte, dass sein Schützling tatsächlich beschattet wurde, ging er deshalb fälschlicherweise sofort davon aus, dass es sich um FBI-Männer handeln müsse.

Er stand über Funk mit Ethan in ständiger Verbindung, erzählte diesem jedoch nicht, dass er beschattet wurde. Stattdessen forderte er Ethan auf, sich zu Fuß in Richtung Chinatown auf den Weg zu machen. Unterwegs würde er ihm weitere Anweisungen erteilen. Als Ethan die Toilette verlassen hatte und ins Hauptgeschoss hinaufstieg, eilte Banfield zur nächstgelegenen Treppe, wäre dabei fast auf einen jungen Mann in einer Motorradmontur geprallt und hastete die Stufen empor. Zwei Stadtpolizisten kamen auf dem Weg nach unten an ihm vorbei, aber Banfield schenkte ihnen keine Beachtung. Er dachte bereits darüber nach, was er mit Ethan Ross als Nächstes anfangen sollte.

Auf dem Rückweg zu seinem Motorrad in Chinatown angelte Dom die Karte aus der Tasche, die der Mossad-Offizier ihm am vergangenen Morgen gegeben hatte. Er wählte die Nummer, und David meldete sich beim ersten Klingelzeichen.

»Mr. Caruso, schön, dass Sie anrufen. Wie kann ich Ihnen behilflich sein?«

»Beschatten Sie gerade jemand hier in Washington?«

David kicherte. »Das ist eine etwas vage Frage. Natürlich beobachten wir hier Leute. Syrische Diplomaten. Radikale Palästinenser. Ägyptische Militärattachés. Ihre Hauptstadt ist ein erstaunlich feindliches Umfeld. Ich nehme jedoch an, Sie meinen jemand Bestimmten?«

»Jemand, der vielleicht in diesen Datendiebstahl beim NSC verwickelt ist.«

Davids Antwort war eindeutig. »Absolut nicht. Wie ich Ihnen bereits sagte, hoffen wir, dass Sie uns in dieser Frage helfen können. Natürlich haben wir auch andere Fühler ausgestreckt, dabei jedoch bisher nichts Belastbares herausgefunden. Wenn Sie mir jetzt erklären, dass Sie bereits einen Verdächtigen haben, wäre ich sehr beeindruckt.«

»Tatsächlich *habe* ich einen Verdächtigen, und der wird beschattet.«

»Vom FBI?«

»Das FBI verneint das.«

»Das ist interessant. Es gibt also irgendeinen anderen Mitspieler, der ihn beobachtet?«

»Anscheinend.«

»Wie heißt der Mann? Ich werde mal schauen, was wir über ihn haben.«

Dom zögerte. Die Situation war bereits jetzt kompliziert genug. Dom entschied, dass es besser sei, den Mossad erst einmal außen vor zu lassen – wenigstens für den Moment. »Das Ganze ist bisher nur eine Vermutung. Ich lasse es Sie wissen, wenn ich etwas mehr herausfinde.«

»Wenn Sie sagen, dass man diesen Mann beschattet, dann ist Vermutung hier wohl nicht das richtige Wort. Weihen Sie uns ein, Dominic, und wir können unsere Ressourcen einsetzen, um ihn zu überprüfen.«

»Ich rufe Sie zurück.« Dom legte auf und ging weiter. David hatte recht, das mit Ethan Ross war mehr als eine vage Vermutung. Aber im Moment konnte Dom nichts anderes tun, als sich zu überlegen, wie er Spezialagent Albright davon überzeugen konnte.

24

Nachdem Ross eine ganze Stunde durch mehrere Einkaufszentren und Kettenläden in einer sehr natürlich wirkenden »Sicherheitstour« gestreift war, gewann Banfield die Überzeugung, dass niemand mehr seinem Whistleblower folgte. Allerdings wusste er jetzt auch, dass das FBI Ross' Bewegungen zu überwachen versuchte.

Um fünfzehn Uhr dreißig rief er Ethan an und erklärte ihm, er solle zu einem Parkhaus in Columbia Heights kommen. Dort stieg Ross in Banfields VW, und die beiden Männer fuhren durch den nachmittäglichen Stoßverkehr ins Ritz-Carlton in der 22th Street, wo sie in der Tiefgarage des Hotels parkten.

Während Ethan im Wagen wartete, fuhr Banfield mit dem Aufzug allein zu Gianna Bertolis Zwei-Zimmer-Suite hinauf, überprüfte das gesamte Umfeld und kehrte dann in die Tiefgarage zurück, um Ethan die Hintertreppe hochzuführen.

In Bertolis Suite drehten die drei den Ton des Fernsehgeräts laut, ließen das Wasser in der Badewanne und Dusche laufen und setzten sich dann dicht nebeneinander ins Wohnzimmer. Bertoli glaubte eigentlich nicht, dass sie überwacht wurde, aber als Direktorin des International Transparency Project hatte sie gelernt, einige notwendige Maßnahmen zu ergreifen, um ihre Privatsphäre zu sichern.

Erst als sie sich alle mit einem Wein aus der Minibar in der Hand auf ihren Stühlen niedergelassen hatten, informierte Banfield Ross darüber, dass er zweifellos vom FBI beschattet wurde.

Ross' Augen wurden glasig.

»Sind Sie sich sicher, Harlan?«, fragte Bertoli.

»Ja. Ich machte wenigstens drei Männer ausfindig, die ihm durch die Union Station gefolgt sind. Wir konnten ihnen danach entkommen, und er war sauber, als ich ihn abgeholt habe. Aber er wurde zweifellos beschattet.«

»Shit«, murmelte Ethan.

Banfield wandte sich Ethan zu, und seine Miene hellte sich etwas auf. »Das ist die schlechte Nachricht. Die gute Nachricht ist, dass ich mich bei einer meiner Informantinnen erkundigt habe, die Zugang zu den Personalakten der Mitarbeiter der US-Bundesregierung hat. Die hat in den Personalakten des NSC nachgeschaut und dabei bei keinem Angehörigen der Behörde einen vertraulichen Hinweis oder Eintrag gefunden, der auf ein Sicherheitsproblem hindeuten würde. Auch wurden bei keinem irgendwelche Einschränkungen seiner Computerzugangsberechtigung angeordnet. Das führt mich zu dem Schluss, dass Ihre Überwachung eine reine Vorsichtsmaßnahme ist. Sie haben Verdacht geschöpft, und sie werden weiter nachbohren, aber im Moment können sie nichts Weiteres tun, als dieses Beschattungsteam auf Sie anzusetzen.«

Ethan vermutete, dass Banfield die ganze Sache schönreden wollte. Er selbst hatte das Gefühl, als ob ihm sein ganzes Leben davonschwimmen würde. Seine Familie würde das nicht verstehen. Seine Eltern würden zwar mit den ideologischen Gründen seiner Handlungsweise übereinstimmen, aber sie hatten jahrelang für die Regierung gearbeitet und würden ihn wie der Rest der Welt für einen Verräter halten.

Er lehnte sich in seinem Stuhl zurück und starrte ins Leere.

Bertoli kniete sich neben ihn auf den Boden und umarmte ihn mit einer Wärme, als ob sich die beiden bereits seit ewigen Zeiten kennen würden.

Ethan sprach in ihre Locken hinein: »Was soll ich nur tun?«

Sie legte ihm den Arm um die Schulter und drückte ihn an sich. »Im Moment sollten Sie sich einfach ganz unauffällig und natürlich verhalten.«

»Albright wird mit Eve sprechen und sie dabei hart rannehmen. Sie wird zugeben, dass sie mir von ganz bestimmten Sicherheitslücken des Systems erzählt hat, und dann werden sie mich verhaften.«

»Sie sind in einer ernsten Lage, das will ich nicht bagatellisieren«, erwiderte Bertoli. »Aber sie ist nicht aussichtslos. Noch nicht. Das Problem ist nur, dass Sie keine Zeit mehr haben werden, sich selbst zu helfen, wenn es tatsächlich brenzlig wird.«

»Was meinen Sie damit?«

»Da gibt es etwas, das Sie tun müssen, und Sie müssen es jetzt tun.«

»Sprechen Sie schon wieder von diesem verdammten Scrape?«

»Ja. Harlan hat ja gerade erst erklärt, dass Sie immer noch Zugang zu Ihrem Computersystem haben. Gehen Sie morgen zur Arbeit, laden Sie diese Dateien herunter, und bewahren Sie sie dann an einem sicheren Ort auf. Nur falls Sie einmal ein Ass im Ärmel benötigen.«

Er schüttelte den Kopf. »Ich reite mich dann nur noch tiefer rein. Es ist besser, wenn ich es jetzt darauf ankommen lasse. Wenn sie mich verhaften, besorge ich mir den besten Anwalt, den man für Geld bekommt, und mache so viel Lärm, wie ich kann. Vielleicht habe ich Glück und …«

Bertoli legte Ethan die Hand an die Wange. »Mein armer, naiver Ethan. Wenn sie Sie aus dem Verkehr ziehen, werden Sie nicht berühmt werden. Es wird keinen großen Prozess geben, in dem Sie der Welt Ihre Anliegen mitteilen können.«

»Das hier ist Amerika«, rief Ethan. »Sie *müssen* mir den Prozess machen.«

Sie schüttelte den Kopf. »Nein. Sie werden Sie psychiatrieren.«

»Psychiatrieren?«

»Sie erklären Sie zu einem Sicherheitsrisiko und sperren Sie in die Psychiatrie, pumpen Sie mit Medikamenten voll und verpassen Ihnen eine chemische Lobotomie. Sie werden Sie vergessen. Jeder wird Sie vergessen.« Mit einem betrübten Lächeln fügte sie hinzu: »Das Schlimmste ist … Sie *selbst* werden sich vergessen.«

Ethan hatte entsprechende Gerüchte gehört, sie jedoch nie geglaubt. Aber Bertoli klang wirklich glaubwürdig.

»Was schlagen Sie vor?«

»Sie machen Ihren Scrape und verschwinden aus der Stadt«, sagte Banfield. »Irgendwohin, an einen weit entfernten Ort, wo Sie niemand verhaften kann und Sie die Dinge nach Ihren eigenen Vorstellungen regeln können, und nicht so, wie die sich das vorstellen.«

»Ich könnte einfach zu meiner Mutter nach San Francisco gehen.«

Bertoli schüttelte den Kopf. »Nein, Ethan. Ich spreche davon, dass Sie ins Ausland gehen. Ich spreche davon, dass Sie irgendwo Asyl beantragen.«

Er legte den Kopf in die Hände. *»Asyl?«,* murmelte er vor sich hin. »Nein. O Gott, *nein!*« Seine Augen waren ins Weite gerichtet, als hätte er gerade einen schweren Schock erlitten, als ihm seine verzweifelte Lage voll bewusst wurde.

Plötzlich hielt sie den NASCAR-Stick in den Händen

und schloss seine Finger um ihn. Er ließ es widerstandslos geschehen. Noch einmal sagte sie: »Wenn Sie warten, bis Sie ihn brauchen, wird es zu spät sein.«

Jetzt beugte sich auch Banfield näher heran. »Durch meine Informantin werde ich erfahren, ob man Ihren Systemzugang blockiert hat. Dann wissen wir, dass das FBI Sie zu verhaften gedenkt. Aber noch einmal, dann wird es zu spät sein.«

Ethan ließ den Crawler in die Jackentasche gleiten und stand auf. »Ich weiß nicht. Ich muss erst einmal darüber nachdenken.«

Bertolis Miene drückte Besorgnis aus, aber sie sagte: »Okay. Ich verstehe.«

Harlan und Ethan verließen Giannas Suite ein paar Minuten später und schlichen wieder die Hintertreppe zur Ticfgarage hinunter.

Als die beiden Männer im VW das Viertel verließen, um Ross an einem Taxistand in Petworth abzusetzen, beschloss Ethan, mit Eve zu reden, um ein Gefühl dafür zu bekommen, wie schlimm die Dinge tatsächlich waren. Wenn Albright sie bereits befragt hatte und wenn die Lage tatsächlich hoffnungslos erschien, dann würde er morgen früh ins Büro gehen und die Geheimdateien stehlen, um sie als Faustpfand zu benutzen.

Dies würde er jedoch nur tun, wenn es unbedingt nötig war. Er versicherte sich selbst, dass immer noch *er* und nicht Bertoli, Banfield oder Albright Herr der Lage war. Er würde tun, was das Beste für ihn war. Ethan glaubte an nichts mehr als an seinen eigenen Intellekt. Er würde diese scheinbar hoffnungslose Situation schließlich doch noch umbiegen. Vielleicht nicht in einen Sieg, das wäre wohl zu viel verlangt, aber vielleicht zu einem Unentschieden, einer Verständigung zwischen den Parteien.

Ethan Ross hatte Vertrauen in seine Brillanz. Irgendwie

würde er das alles durchstehen und aus der Sache am Ende einigermaßen unbeschädigt herauskommen.

Dom Caruso saß mit einer halb vollen Bierflasche in der Hand auf seiner Couch. Der Fernseher lief nicht, der Computer war ausgeschaltet, und er hatte sein Wohnzimmer etwas aufgeräumt, weil er bald Besuch erwartete.

In der Zwischenzeit ließ er den Zustand seiner Verletzungen im Geist Revue passieren. Die Kopfschmerzen waren verschwunden, dafür war er wirklich dankbar. In seinem Brustkorb hatte er weiterhin dieses Engegefühl. Die Schmerzen hatten zwar nachgelassen, aber die Verkrampfung war immer noch da. Der Schmerz in seinem geprellten Gewebe stieg und sank bei jedem Atemzug. Die Schnitt- und Stichwunden auf seinen Armen und auf der Brust heilten so gut, dass er sie nach seiner nächsten Dusche wahrscheinlich nicht mehr verbinden musste, obwohl sie noch ein paar Wochen ziemlich hässlich aussehen würden.

Dom hatte mit solchen körperlichen Schrammen ein wenig Erfahrung. Er war robust genug, sie mental zu bewältigen, lange bevor sie körperlich verschwunden waren.

Das Klopfen an der Tür kam etwa, als er es erwartete. Selbst die Art und das Temperament des Klopfens, vier donnernde, wütende Schläge, klangen so, wie er sich das vorgestellt hatte. Zuerst stieg er nicht von seiner Couch auf. Stattdessen schlürfte er sein Bier, lehnte sich auf seinem Sofa zurück und wartete auf die nächste wütende Klopfsalve.

Was ihn jetzt erwartete, kam immer noch früh genug.

Nach ein paar weiteren Schlägen hörte er: »Caruso!«

»Es ist offen«, rief Dom zurück.

Einen Moment später kam Darren Albright herein. Er trug einen dunkelblauen Anzug, aber keinen Mantel, und seine Hände waren leer. Er schloss die Tür hinter sich, sah Dominic auf dem Sofa sitzen und stürmte auf ihn zu.

»Setzen Sie sich.« Dom deutete auf einen Lederstuhl, aber Albright ignorierte diese Aufforderung und blieb stehen.

»Wir hatten eine Vereinbarung.«

»Ich hielt es eher für ein Gentlemen's Agreement.«

»Und Sie sind kein Gentleman?«

»Manchmal gibt es eine Zeit für so etwas. Aber nicht jetzt.«

Albright atmete tief durch, als wollte er alle Kraft zusammennehmen, um weiterhin mit einem solchen unartigen Kind reden zu können. Er setzte sich und beugte sich nach vorne. »Ich kann es nicht erlauben, dass Sie sich in diese Ermittlungen einmischen. Ethan Ross ist in dieser Sache nur einer von vielen möglichen Verdächtigen. Es wird seine Zeit dauern und eine Menge guter kriminalistischer Arbeit erfordern, um den tatsächlichen Schuldigen herauszufinden. Alles, was eine gut begründete Verhaftung gefährden könnte, ist …«

»Ich glaube, er ist Ihr Mann.«

»Wenn es etwas gibt, das Sie zu diesem Schluss kommen lässt, würde ich es gerne hören.«

Dom öffnete den Mund, um zu antworten, aber Albright hielt schnell eine Hand in die Höhe. »Natürlich nur dann, wenn das, was Sie sagen, nicht die Ermittlungen gefährdet oder eine erfolgreiche Anklage unmöglich macht. Ich weiß zum Beispiel nicht, was Sie und Ihre Spionagekumpel alles gemacht haben, das Ross' Rechte nach dem Vierten Verfassungszusatz verletzt. Wenn Ihre Erkenntnisse vor Gericht nicht verwendet werden können, was wahrscheinlich bei allem, was Ihr Jungs unternehmt, der Fall ist, dann tun Sie mir den Gefallen und halten Sie mich da raus.«

Dom schloss wieder den Mund. Unter diesen Umständen hatte er nichts mehr zu sagen. Albright bemerkte das. »Großartig. Das ist wirklich großartig. Ich werde einfach so tun, als ob ich nicht wüsste, dass Sie und Ihre Spezis eine Art willkürliche Durchsuchung und Beschlagnahme durchgeführt haben.«

»Willkürliche Durchsuchung und Beschlagnahme? Das Aufsagen von Schlagworten aus dem Vierten Verfassungszusatz wird Ihnen bestimmt nicht helfen, Ihren Mann zu fangen.«

Albright sprang von seinem Stuhl auf. »Aber es wird mir helfen, die Schuldigen vor Gericht zu bringen und für ihre Verurteilung zu sorgen! Das ist alles, was für mich zählt. Ich kann es in Ihren Augen sehen, Caruso. Das hier ist etwas Persönliches. Sehr Persönliches. Aber wenn ein irregulärer Spion etwas persönlich nimmt, dann kommen Recht und Ordnung als Erste unter die Räder.«

»Wer sagt, dass ich ein irregulärer Spion bin?«

»Ich habe mir die regulären Dienstlisten angeschaut, und darin tauchen Sie nicht auf! Ich bin FBI-Agent. Ich ziehe meine Schlüsse. Hören Sie, Sie und ich haben den gleichen Eid abgelegt, als wir dem FBI beigetreten sind. Wir haben geschworen, die Verfassung der Vereinigten Staaten gegen alle inneren und äußeren Feinde zu schützen und zu verteidigen. Als ich das letzte Mal nachgeschaut habe, war der Vierte Zusatzartikel immer noch ein Teil der Verfassung.«

»Unsere Vorgehensweise mag sich vielleicht unterscheiden, aber wir sind immer noch hinter demselben Feind her«, sagte Dom.

Albright schoss verbal sofort zurück: »Sie sind hinter Ross her. Ich weiß nicht, ob er der Feind ist.«

»Sie haben immer noch keine Ahnung, wer ihn in der Union Station beschattet hat?«

»Doch, ich weiß es.«

Caruso sprang auf: »Wer?«

»Sie!«

Caruso ließ sich aufs Sofa zurückfallen und verdrehte die Augen. »Können wir das nicht endlich mal hinter uns lassen? Ich sage Ihnen, jemand andres interessiert sich für Ross.«

Albright schien die Vorstellung zum ersten Mal ernst zu nehmen. »Wenn ihn jemand beschattet hat, waren es vielleicht die Israelis. Sie haben bereits im Hoover Building vorgefühlt. Sie wollen Antworten haben. Vielleicht haben sie herausgefunden, dass er zu den Leuten gehört, die wir überprüfen, und haben dann ihre eigene Beschattungsaktion gestartet.«

Caruso schüttelte den Kopf. »Nein.«

»Nein?«

»In dieser Hinsicht müssen Sie mir vertrauen.«

»Im Moment vertraue ich Ihnen eigentlich in keinerlei Hinsicht.«

Dom überlegte, was er sagen und was er auslassen sollte. Schließlich sprach er ganz langsam, wobei er sich jedes Wort vorher durch den Kopf gehen ließ. »Die Israelis sind neulich an mich herangetreten und haben mir einige Fragen gestellt. Sie haben einen guten Mann verloren und sind dementsprechend wütend. Sie wollten wissen, ob ich irgendwelche Informationen hätte. Ich hatte keine, aber es wurde deutlich, dass sie auch keine hatten.«

»Woher wissen Sie, dass sie nicht auf irgendeine andere Weise von Ross erfahren haben?«

»Glauben Sie mir, sie stochern noch im Dunkeln. Sie wissen nichts von Ethan Ross. Wer immer ihn beschattet, arbeitet für jemand andres. Ich weiß nicht, wer es ist, aber wenn die anderen dreißig bis vierzig potenziellen Datendiebe im NSC nicht ebenfalls ihren Lügendetektortest manipuliert haben *und* von einem mysteriösen Beschattungsteam verfolgt werden, dann ist Ethan Ross im Moment unser wahrscheinlichster Verdächtiger.«

Albright stimmte dem mit einem langsamen Nicken zu. »Also gut. Ich werde Folgendes tun. Wenn Sie sich zurückziehen, und ich meine *ganz* zurückziehen, setze ich ein Beschattungsteam auf Ross an.«

»Wann?«, fragte Ross.

»Sie sind ein penetranter Mistkerl, wissen Sie das? Ich kann sie morgen früh losschicken.«

»Warum nicht jetzt gleich?«

»Weil es Zeit braucht! Sie sind doch beim FBI, zumindest geben Sie das vor, deshalb sollten Sie das wissen. Wenn ich absolut sicher wäre, dass Ross unser Mann ist, wenn ich aufgrund neuer Informationen *wüsste,* dass er hinter dem Ganzen steckt, würde ich mir von überall her Personal besorgen und sofort mit der Beschattung anfangen, aber das ist eben nicht der Fall. Ich kehre jetzt gleich ins Büro zurück und spreche mit der Technologieabteilung, der SSG und allen anderen, die ich benötige, um diese Überwachung in Gang zu setzen.«

»Sie sollten besser gut sein. Er ist bereits nervös.«

»Machen Sie sich keine Sorgen über die SSG. Sie sind die Besten.«

Darüber ließe sich trefflich streiten, dachte Dom, sagte dies jedoch nicht laut. Die Special Surveillance Group des FBI war zweifellos gut, aber es gab bestimmt noch ein paar andere amerikanische Behörden, deren Beschattungsteams die Leute von der SSG weit in den Schatten stellten.

»Noch einmal.« Albright zeigte mit dem Finger auf Dom. »Ich werde nichts unternehmen, bevor Sie mir nicht Ihr Wort gegeben haben, dass Sie sich nicht mehr einmischen werden. Und nicht Ihr Wort als Gentleman, denn dieser Zug ist bereits abgefahren, sondern als ein Typ, der weiß, dass ich ihn verhaften werde, wenn ich ihn in der Nähe von Ethan Ross erwische. Dabei ist mir scheißegal, dass Ihr Onkel der Präsident ist. Ihr Vater könnte der Papst sein, und ich würde Sie immer noch in den Knast stecken, wenn Sie mir weiterhin in die Quere kommen.«

Dom stand auf und streckte die Hand aus. »Ich verspreche es. Ich halte mich künftig raus. Jetzt seid ihr Jungs an der Reihe.« Albright schüttelte Carusos Hand, wenn auch zögerlich, weil er immer noch verärgert war, und machte sich zum Hoover Building auf.

Dom sah es dem Gesicht des FBI-Spezialagenten an. Albright hatte eine lange Nacht vor sich.

25

Ethan ließ sich mit dem Taxi zu einer Bar in der M Street bringen, die ein paar Straßen von seinem Haus entfernt war, und ging den Rest des Wegs dann zu Fuß. Eine Viertelstunde vor Mitternacht stand er für ein paar Minuten im Volta Park und beobachtete sein Haus von der anderen Straßenseite aus. Dabei achtete er vor allem auf mögliche Beschatter in Autos, Fenstern und hinter Bäumen.

In der Q Street, etwas nördlich von seinem Haus, parkte ein TV-Satelliten-Übertragungswagen. Als Ethan ihn erblickte, wurde er sofort nervös. Er hatte genug Krimis im Fernsehen und Kino gesehen, in denen FBI-Beschattungsteams in getarnten Fahrzeugen direkt vor ihrem Beobachtungsort parkten. Er fragte sich also, ob in dem dunklen, stillen Übertragungswagen eventuell drei oder vier Männer mit Ohrhörern vor ihren Computerbildschirmen saßen und auf seine Rückkehr warteten.

Aber nachdem er zehn Minuten in einer Ecke des dunklen Parks an den Füßen gefroren hatte, beobachtete Ethan, wie ein Mann in der Uniform des Satelliten-TV-Senders das Haus eines Nachbarn verließ, in der Tür noch ein paar Worte mit der Hausbesitzerin wechselte und dann in den Übertragungswagen stieg. Er fuhr die Straße hinunter und verschwand.

Zufrieden und doch auch irgendwie überrascht, dass sein Haus nicht beobachtet wurde, überquerte Ethan die

Straße und schloss die Eingangstür auf. Wie gewöhnlich ging er danach quer durch das dunkle Wohnzimmer zum Tastenfeld der Alarmanlage, um den Alarm abzuschalten, bevor er das Licht anmachte.

Als er jedoch dort ankam, merkte er, dass seine Alarmanlage bereits deaktiviert worden war.

Schon wieder?

Er stand schweigend da. Das Haus war absolut dunkel. Nur ein wenig Licht von den Straßenlaternen an der 34th Street drang durch die Jalousien und beleuchtete einen kleinen Teil des Parkettbodens. Er wollte gerade zu der Lampe auf dem Sofatisch hinübergehen, als er schlagartig anhielt. Er spürte, dass außer ihm noch jemand in diesem Raum war.

Er erstarrte. »Wer … wer ist da?« Seine Stimme zitterte beim Sprechen.

»Was hast du getan?« Es war Eve. Ihre Stimme war leise und flach, aber der Ton war gleichzeitig klagend und vorwurfsvoll.

Sein Entsetzen, gleich von Albright verhaftet zu werden, verflog und wurde durch das Wissen abgelöst, dass Eve Pang ihn offensichtlich jetzt verdächtigte. Was wusste sie? Was hatte sie dem FBI erzählt?

Er ging zu einer kleinen Lampe auf einem Beistelltisch an der Wand hinüber und machte sie an. Auf seiner Couch saß Eve Pang. Sie trug noch ihre Bürokleidung: einen langen schwarzen Rock und eine weiße Bluse. Sie hatte ihre Haare zu einem Dutt zurückgebunden und ihre Katzenaugenbrille auf. Wenn sie abends ausgingen, trug sie jedoch immer offenes Haar und Kontaktlinsen und im Haus entweder einen Pullover oder seine langen Hemden. Jetzt fand er ihr ernsthaftes und professionelles Aussehen ähnlich befremdlich wie ihre Stimme.

Wortlos setzte er sich ihr gegenüber auf einen Stuhl, ohne zuvor seine Skijacke auszuziehen oder seine Autoschlüssel wegzulegen. Es roch nach Alkohol – Wodka, glaubte er –, aber nirgends stand ein Glas oder eine Flasche. Sie musste also bereits zuvor so viel getrunken haben, dass ihre Haut es jetzt ausdünstete.

»Wo steht dein Auto?«, fragte er.

»Ich habe es ganz hinten geparkt, damit du nicht merkst, dass ich hier bin.«

»Warum?«

»Wo ist *dein* Wagen?«

Ethan räusperte sich. »Ich habe ein Taxi genommen.«

»Ich habe dich durchs Fenster kommen sehen. Da war kein Taxi.«

»Ich … ich hatte einen Platten.«

»Lügen, nichts als Lügen! Du hast mich die ganze Zeit belogen.«

»Was? Nein.«

»Das FBI kam heute bei mir vorbei.«

Ethan nickte. Also hatte Albright es tatsächlich getan. »In dieser Datenlecksache haben sie noch keine Verdächtigen, deshalb versuchen sie, einen zu fabrizieren«, sagte er. »Das wird aber nicht funktionieren. Sie haben mich herausgepickt, weil sie wissen, dass du Datenschutzexpertin bist. Sie glauben, dass du irgendwie darin verwickelt bist. Ich habe ihnen versichert, dass die Vorstellung einfach grotesk ist.«

»Aber ich bin doch darin verwickelt, oder nicht?«

»Natürlich nicht.«

Sie schüttelte den Kopf, und eine einzelne Träne tropfte aus ihrem Auge und rann den Rahmen ihrer Brille entlang. »Das FBI hat mir erzählt, wie dieser Datendiebstahl durchgeführt wurde. Jemand hat sich ins NSC-JWICS-Portal als Domänenadministrator eingeloggt. Das ist genau der Insider-Bedrohungsvektor, von dem ich dir erzählt habe. Du hast mich betrunken gemacht und …« Sie begann zu weinen. Ihre unbewegte professionelle Miene war jetzt vollkommen verschwunden. »Du hast mich immer wieder betrunken gemacht. Ich dachte, wir hätten Spaß. Ich dachte, du liebst mich. Ich dachte, dass sich Liebende hier in Amerika eben so verhalten. Aber du hast das alles nur getan, um mich zum Reden zu bringen.«

Ethans anfänglicher Schock hatte einer kalten Ruhe Platz gemacht. Er gedachte, sich auch jetzt wieder herauszureden. »Das stimmt nicht. Das FBI hat dir diesen Mist eingeredet. Du darfst ihnen nicht erlauben, dir solche Sachen zu suggerieren. Sie werden dich gegen mich verwenden.« Ethans Augen verengten sich. »Was hast du ihnen erzählt?«

Sie schluchzte jetzt hemmungslos. »Ich habe ihnen gesagt, dass sie sich täuschen. Das *musste* ich doch, oder? Ich will nicht, dass sie dich erwischen, Ethan. Das würde alles zerstören, wofür ich so hart gearbeitet habe. Du hast mir bereits das Herz gebrochen. Ich will nicht, dass du jetzt auch noch mein Leben und meine Zukunft ruinierst.«

»Beruhige dich, Eve. Du steigerst dich da in etwas hinein. Ich hatte nichts mit diesem Datenklau zu tun.«

»Als ich dir erklärte, wie man das Domänen-Administrator-Log-in verwenden kann, habe ich dir nicht von dem Vor-Ort-Audit erzählt, das den Vorgang eventuell aufzeichnen könnte. Ich hatte einfach nicht daran gedacht. Ich weiß nicht, warum. Jetzt stellt sich heraus, dass der Datendieb genau diesen Fehler gemacht hat. Jeder echte IT-Systemexperte, der sich als Domänen-Administrator einloggt, hätte davon gewusst. Nein … die Person, die für diesen Datendiebstahl verantwortlich war, hatte zwar die Zugangsberechtigung …« Sie zwang sich ein trauriges kleines Lächeln ab. »Aber nicht die nötige Sachkenntnis.«

Ethans Kiefer spannte sich an, und er presste seine Autoschlüssel zusammen, bis seine Finger weiß wurden. »Das ist doch alles Unsinn, was du da sagst.«

Sie nahm die Brille ab und wischte sich mit einem Papiertaschentuch die Tränen ab. Ethan sah ihren Augen an, dass sie angetrunken war. »Ich habe dich für klüger gehalten«, sagte sie. »Warum bist du zum Verräter geworden? Verräter sind Dummköpfe. Männer, die in eine Falle geraten sind.«

Ethan stand auf und versuchte, seine Wut zu unterdrücken.

»Ich weiß, in welcher Falle du dich verfangen hast«, fuhr sie fort. »Es ist deine eigene. Du hast deine Intelligenz überschätzt. Du hast deine Wichtigkeit überschätzt.«

»Das muss ich mir nicht anhören«, rief er. »Ich gehe. Ich ziehe in ein Hotel. Du kannst heute Nacht hierbleiben, du bist sowieso zu betrunken, um noch irgendwohin zu fahren.«

Eve reagierte überrascht. Sie sprang auf. »Nein! Du kannst jetzt nicht gehen. Ich bin noch nicht fertig.«

Aber Ethan war bereits durch die Eingangstür gestürmt und stand draußen auf der Veranda. Sie folgte ihm und packte ihn am Kragen.

Ethan sah eine einzelne dunkelfarbene Limousine die ansonsten dunkle und leere 34th Street herunterkommen. Er verlor sie kurz aus den Augen, als er Eve ziemlich grob zurück ins Haus stieß, bemerkte sie jedoch wieder, als er gerade die Verandastufen hinuntersteigen wollte.

Die Limousine hielt direkt vor ihm auf der Straße an. Das Fahrerfenster senkte sich. Ethan nahm an, dass ihm jetzt irgendein übereifriger Autofahrer, der gerade zufällig vorbeikam, die Leviten lesen wollte, weil er gesehen hatte, wie er eine junge Frau behelligte.

Er wappnete sich für ein Streitgespräch.

Aus dem Wageninneren rief ihm jedoch jemand zu: »Ross!«

Ethan blieb mitten auf der Veranda stehen. In diesem

Moment stürmte Eve wieder aus dem Haus heraus und packte ihn von hinten.

»Red mit mir, Ethan! Sag mir, warum!«, schrie sie ihn schluchzend an.

Aber Ross hörte ihr gar nicht zu. Er sah nur noch die Pistole, die der Fahrer aus dem Fenster hielt und deren metallener Lauf das Licht der Straßenlaternen widerspiegelte. Der Lauf hob sich und war jetzt aus einer Entfernung von nicht einmal neun Metern direkt auf Ethan gerichtet.

»Bitte!«, schrie Eve und rüttelte ihn an der Schulter.

Ross duckte sich.

Aus der Mündung der Pistole zuckte ein Blitz, dann hallte ein hohler Knall durch die Straße, der nicht lauter als das Zuschlagen einer Autotür war.

Ethan machte sich ganz klein, während er hinter sich ein überraschtes Japsen hörte und ein Körper zu Boden stürzte. Er schaute sich jedoch nicht um. Stattdessen beobachtete er, wie der Pistolenlauf in das Fahrzeug zurückgezogen wurde, die Limousine anfuhr und die 34th Street hinunterrollte. Ein paar Sekunden später war sie verschwunden.

Als Ethan sich umdrehte, lag Eve Pang im Hauseingang auf dem Rücken. Aus einem Loch mitten in ihrer Brust quoll Blut und rötete ihre weiße Bluse.

»Eve!« Er kroch zu ihr hinüber, aber erst nachdem er noch einmal nach dieser Limousine Ausschau gehalten hatte. Er zog sie ins Haus hinein, schloss die Eingangstür und kniete sich über sie. Ihre Augen waren geschlossen, ihr Gesicht war erschlafft, und ihr Körper wirkte klein und still.

Er kroch zum Fenster und lugte durch die Jalousien auf die Straße hinaus, aber nirgends rührte sich etwas. Niemand in der Nachbarschaft schien auch nur zu ahnen, dass man gerade versucht hatte, in ihrer Mitte einen hochrangigen Mitarbeiter des Weißen Hauses zu ermorden.

Im Moment wusste Ross nur zwei Sachen ganz sicher: Einmal, dass die Kugel, die Eve getötet hatte, eigentlich für ihn bestimmt war. Zum Zweiten, dass er jetzt keine andere Wahl mehr hatte, als dieses Scrape durchzuführen.

Er arbeitete sich auf die Füße hoch, packte Eve an den Armen und zog sie dann auf dem Parkettboden hinter das Wohnzimmersofa. Dort ließ er sie liegen. Auf der Anrichte in der Küche fand er ihre Handtasche direkt neben einer offenen Flasche Grey-Goose-Wodka und einem Glas voller schmelzender Eiswürfel. Er durchsuchte die Tasche, fand ihre Auto- und Wohnungsschlüssel und kurz darauf auch den zweiteiligen Authentifizierungs-Token mit dem Aufkleber *Pang-DDA*. Er steckte ihn in die Jackentasche, schloss die Vordertür ab und schlüpfte durch die Hintertür hinaus zu Eves Wagen.

Ethan erreichte Eves Haus in Bethesda zu Fuß, nachdem er ihren Wagen sechs Blocks entfernt neben einem Restaurant geparkt hatte und den Rest des Wegs gegangen war, wobei er die ganze Zeit nach irgendwelchen verdächtigen Fremden Ausschau gehalten hatte. Wie bei sich daheim eine Stunde früher beobachtete er den Hauseingang erst einmal von der anderen Straßenseite aus. Als es jedoch leicht zu regnen begann, kürzte er seine Aufklärungsmission ab und schlüpfte durch die Hintertür ins Haus. Er tastete sich durch die Dunkelheit, bis er eine rosafarbene Hello-Kitty-Taschenlampe fand, die Eve oben auf ihrem Kühlschrank liegen hatte. In deren Licht schlich er in das Gästezimmer im Erdgeschoss, das Eve als Arbeitszimmer benutzte. Dort stand auch ihr Laptop, betriebsbereit wie immer. Neben ihm standen ein Teebecher und eine Kekstüte. Eve arbeitete oft bis spät in die Nacht, wenn sie nicht bei Ethan war.

Er fuhr mit der Fingerspitze den Rand des Teebechers entlang. Ethan war bestimmt kein sentimentaler Mensch, aber jetzt fühlte er doch eine gewisse Traurigkeit, wenn er an Eve dachte. Danach galten seine Gedanken jedoch wieder dem Mordversuch an ihm, dem sie unglücklicherweise in die Quere gekommen war.

Ethan war sich sicher, dass der Attentäter nur zu zwei Organisationen gehören konnte: entweder zur CIA oder zum israelischen Mossad. In deren verdrehten Vorstellung von Gerechtigkeit war er wohl eine legitime Zielperson, wenn sie irgendwie erfahren hatten, was er getan hatte. Ethan fragte sich, ob Eve während ihrer Befragung durch das FBI etwas herausgerutscht war, das danach auf irgendeine Weise den Spionen und Mördern zu Ohren gekommen war, gegen die sich Ethans Diebstahl der Dateien über das Friedensflottillen-Massaker von Anfang an gerichtet hatte. Ja, genau das musste passiert sein.

Der Gedanke tröstete ihn ein bisschen, dass Eve mit ihrem eigenen Tod vielleicht doch etwas zu tun hatte.

Im Moment hatte er das Gefühl, dass jeder hinter ihm her war. Als ob sich die Wände von allen Seiten auf ihn zubewegen würden. Er dachte an das Gefängnis, er dachte an die Psychiatrie, und er dachte an die Mörder dort draußen, die jetzt vielleicht annahmen, sie hätten ihn zum Schweigen gebracht, aber bestimmt zurückkehren würden, wenn sie merkten, dass er noch lebte.

Ethan verdrängte diese Gedanken aus dem Kopf. Dafür hatte er jetzt keine Zeit. Jetzt musste er sich selbst einen Rettungsring beschaffen.

Ethan kannte das Passwort für Eves Laptop. Das hatte er sich durch einen geschickten Trick beschafft. Eines Abends bereiteten sie gemeinsam das Abendessen zu. Eve hatte kurz zuvor im Internet ein Rezept für Hummer Newburg in Blätterteig gefunden und wollte es gleich einmal ausprobieren. Ihr Laptop stand mitten in der Küche auf der Kochinsel, damit sie beide das Rezept ständig im Auge haben konnten. Als Eve gerade die Blätterteigtaschen aus dem Ofen holte und beide Hände voll hatte, schaltete der Laptop in den Bildschirmschoner-Modus. Ethan erkannte sofort die gute Gelegenheit. Er bat sie, den Rechner schnell freischalten zu dürfen, weil er unbedingt wissen müsse, ob das Eigelb vor oder nach der Zugabe von Brandy geschlagen werden müsse. Ohne vom Ofen aufzuschauen, hatte Eve ihm einen achtstelligen alphanumerischen Code zugerufen. Er hatte ihn so lange im Kopf behalten, bis er ihn bei einem Gang auf die Toilette in sein Smartphone eingeben konnte. Als sie einige Tage später gerade duschte, hatte er ihn ausprobiert, weil er wissen wollte, ob sie ihn in der Zwischenzeit geändert hatte. Zu seiner großen Freude war das nicht der Fall. Ab jetzt hatte er immer Zugang zu ihrem Rechner, den er sich natürlich nur dann verschaffte, wenn er sich hundertprozentig sicher war, dass sie ihn nicht dabei erwischen würde.

Als er sich jetzt an ihren Laptop setzte und ihren Sicherheits-Stick aus seiner Jacke holte, konnte er sich tatsächlich absolut sicher sein, dass sie ihn auf keinen Fall dabei stören würde.

Er tippte das Passwort ein und rief die Zugangsmaske zum Virtuellen Privaten Netzwerk auf. Einige Sekunden später wurde er aufgefordert, das DDA-Passwort und den gegenwärtigen Code auf Eves DDA-Sicherheits-Token einzugeben.

»Zugriff gewährt.«

Mit einem Seufzer der Erleichterung steckte er den Crawler-Stick in einen USB-Port. Es war ein selbstausführendes Programm, das sofort ins Intelink-TS eindrang und dort nach spezifischen Serverstandorten suchte, in denen hochrangige Geheimdaten gespeichert waren.

Ethan hatte keine Ahnung, wie dieser Crawler funktionierte und wer ihn hergestellt hatte, aber offensichtlich wusste dieser genau, zu welchen Servern er sich Zugang verschaffen musste, um von ihnen die gewünschten Informationen abzuziehen.

Hacker ließen sich für ihre virtuellen Ausforschungsoperationen oft Tage, Wochen oder sogar Monate Zeit, um die abgezogenen Daten immer wieder nach relevanten Informationen durchzusehen. So viel Zeit stand Ethan natürlich nicht zur Verfügung. Er hatte nur Stunden. Nur wenige Stunden, um genau zu sein. Er nahm an, dass man Eve morgen früh an ihrer Arbeitsstelle vermissen würde. Es war nur eine Frage der Zeit, bis jemand bei ihr daheim auftauchen würde, um nach ihr zu suchen. Diese Leute würden ihre DDA-Log-ins in ihrem Virtuellen Privaten Netzwerk überprüfen. Kurz darauf würde man ihre Leiche in seinem Haus entdecken. Dies würde passieren, wenn er am nächsten Morgen nicht zur Arbeit erschien.

Ethan schaute auf die Uhr. Es war jetzt ein Uhr dreißig. Er wusste, dass die Übertragungsrate über das VPN nur hundert Megabit pro Sekunde betrug, also nur einen Bruchteil der Geschwindigkeit des Netzwerks selbst. Obwohl sein Stick über einen Speicherplatz von über einem Terabyte verfügte, würde es einundzwanzig Stunden dauern, um dieses Terabyte herunterzuladen. So viel Zeit stand ihm natürlich nicht zur Verfügung. Er gab sich stattdessen vier Stunden Zeit. Dies würde ihm 150 Gigabyte Top-Secret-Informationen verschaffen. Das musste eben genügen.

Er schlich ganz langsam durch die Dunkelheit ins Erdgeschoss hinunter, um sich einen Kaffee zu kochen.

26

Ethan saß bereits auf der Bank neben der Kanone im Fort Marcy Park, als Gianna Bertoli und Harlan Banfield kurz nach acht Uhr morgens dort eintrafen. Seine Kleidung war zerknittert und schmutzig, und auch sein Gesicht war abgespannt und eingefallen. Außerdem hingen ihm jetzt blonde Haare in die Augen, während er sie sich sonst ja mit einer modellierenden Haarpaste nach hinten strich. Auf dem Rücken trug er einen schwarzen Rucksack, er hatte eine Washington-Nationals-Baseballkappe auf, und seine Augen waren hinter einer Sonnenbrille verborgen, die er sich in einer Drogerie in Bethesda gekauft hatte.

Harlan trat auf ihn zu und schüttelte ihm die Hand. »Ich habe das Kreidezeichen gesehen. Verdammt, Junge. Sie sehen aus, als ob Sie hier übernachtet hätten.«

Ethan schüttelte langsam und geistesabwesend den Kopf.

Als sich Bertoli vor ihn stellte, stand er auf und umarmte sie. Seinem ganzen Körper war die Erschöpfung anzumerken. »Sie haben versucht, mich zu töten.«

Bertoli verschlug es den Atem, während Banfield ihn ungläubig ansah. »Sie zu *töten?* Wovon in aller Welt sprechen Sie?«

»Ein Mann in einem Auto. Er hat auf mich geschossen.« Ethan zuckte mit der Schulter und fügte hinzu: »Er hat mich verfehlt. Er hat stattdessen Eve getötet.«

Banfield packte Ethan am Arm. »O mein Gott. Wie können Sie sich da sicher sein? Sie sind ja kein Arzt.«

»Er hat ihr mitten durchs Herz geschossen, Harlan. Da braucht man keinen Arzt.«

»Wer war das?«

Bertoli nahm Ethan die Antwort vorweg. »Der Mossad. Darauf würde ich mein Leben verwetten.«

Banfield begann, ruhelos hin und her zu gehen. »Wo ist ihre Leiche jetzt?«

»Auf meinem Wohnzimmerboden.«

»Um Himmels willen, Junge!«

»Was hätte ich denn tun sollen? Sie in meinem verdammten Garten begraben? Den Krankenwagen konnte ich ja wohl auch schlecht rufen.«

»Sicher. Natürlich nicht«, sagte Banfield. Auf Ross wirkte er wie ein alter Mann, dem die ganze Sache allmählich über den Kopf wuchs.

»Und was soll ich jetzt tun?«

Banfield gab keine Antwort. Er sah nicht so aus, als ob er das wüsste. Aber auch in dieser Situation ging von Gianna ein Gefühl von Ruhe und Gelassenheit aus. Sie legte Ross die Hand auf die Wange. »Sie machen sich davon, Ethan. Sie machen sich davon.«

»Wohin denn?«

»Es mag Sie vielleicht überraschen, aber die Venezolaner verfügen hier in Washington über eine richtig gute Organisation. Ihre Botschaft hat uns in der Vergangenheit schon mehrmals schnell und diskret geholfen.«

»Venezuela hilft amerikanischen Whistleblowern? Davon habe ich noch nie gehört.«

Sie zeigte ein leichtes Lächeln. »Ich habe Ihnen ja gesagt, dass sie gut sind. Die Sachen kamen nie ans Licht.«

»Die Leute vom FBI haben nie etwas herausgefunden?«

»Doch, sie haben die Vorgänge und die Identität der Whistleblower aufgedeckt. Aber sie hatten ihre guten

Gründe, über diese Angelegenheiten Stillschweigen zu bewahren. Ihr Fall ist ganz ähnlich. Wenn Sie stillhalten, halten die auch still. Entscheidend ist nur, dass Sie das Land verlassen, sobald Sie wissen, dass die hinter ihnen her sind. Wenn Sie nämlich dann noch hier sind, schnappen sie Sie, und niemand wird jemals noch etwas von Ihnen hören.«

Ethan schaute Banfield an. Der Ältere nickte nur ernst. »Die Leute, die nach Venezuela gegangen sind. Sind sie immer noch dort?«, fragte Ethan.

»Zuletzt hörte ich, dass einer in Paris lebt«, antwortete Bertoli. »Ziemlich gut, sollte ich hinzufügen. Ich habe ihn letzten Herbst besucht.«

»Sie machen Witze.«

»Ein anderer ging nach Buenos Aires und hat dort eine Einheimische geheiratet. Eine dritte ist in die Vereinigten Staaten zurückgekehrt. Man hat ihr Straffreiheit zugesichert, wenn sie den Regierungsdienst verlässt. Jetzt lehrt sie an einer Spitzenuniversität in Süd-Florida.« Bertoli lächelte. »Ein guter Tausch, würde ich sagen. Miami ist wunderschön. Noch wichtiger war jedoch, dass die Regierung in all diesen Fällen die Anklage deswegen fallen ließ, weil die Whistleblower über eine Menge Daten verfügten, die sie nie ausgewertet oder weitergegeben hatten. Sie haben diese Daten einfach zurückgegeben und zugestimmt, den Regierungsdienst für immer zu verlassen. Im Gegenzug blies die Regierung die Jagd ab. Niemand von außerhalb hat irgendetwas mitbekommen.«

Ross reagierte, als hätte man ihm einen Rettungsring zugeworfen.

»Genau das brauche ich, Gianna. Ich möchte nicht, dass meine Mutter in einen großen Skandal hineingezogen wird. Ich möchte nicht von irgendwelchen beschissenen Auftragskillern gejagt werden. Ich möchte nur, dass diese Scheiße endlich aufhört.«

»Venezuela wird Ihnen helfen, da bin ich mir sicher«, sagte sie. »Aber sie werden etwas dafür haben wollen. Wenn Sie ihnen etwas anzubieten hätten, könnte ich mich an einen Freund von ihnen wenden und das Ganze arrangieren.«

Ethan lächelte das erste Mal an diesem Tag. »Ich habe es gemacht. Ich habe es.«

»Das Scrape?«

»Ja. 150 Gigabyte. Alles kategorisiert und durchsuchbar.«

»O Ethan. Das ist wunderbar.«

Ross überlegte sich, welche Informationsjuwelen er aus dem Intelink-TS-Scrape herausziehen könnte, die für die Venezolaner wertvoll wären. »Ich kann ihnen die Namen aller Personen liefern, die in diesem Land für die CIA tätig sind. Ob mir das vielleicht ein Reiseticket verschaffen würde?«

Bertoli lächelte. »Ganz bestimmt.«

»Ich werde ihnen etwas geben, das ihnen zeigt, dass ich das habe, was sie wollen. Aber ein Großteil der Informationen bleibt verschlüsselt auf diesem Stick, bis ich aus den Vereinigten Staaten heraus bin.«

»Ich glaube, das wäre für sie annehmbar.« Gianna dachte einen Moment nach. »Ich brauche ein paar Stunden, um das alles in die Wege zu leiten. Wir werden Sie so lange verstecken.«

»Nein«, sagte Ethan schnell. »Ich muss zuerst noch etwas erledigen. Ich treffe mich später mit Ihnen.«

»Allein sind Sie aber nicht sicher.«

»Darauf lasse ich es ankommen. Ich brauche etwa vier bis fünf Stunden.«

Bertoli gab Ethan die Nummer eines Handys, das sie hier in Washington gekauft, aber noch nicht aktiviert hatte, und erklärte ihm, er solle sie anrufen, sobald er fertig sei.

Ethan gab die Nummer in sein eigenes Handy ein und schaute Banfield an. »Was ist mit Ihnen, Harlan?«

Banfield hatte eine ganze Zeit geschwiegen. »Dies ist der Zeitpunkt, wo wir zwei uns auf Wiedersehen sagen«, meinte er jetzt. »Ich bin der lokale Verbindungsmann des ITP. Ich werde nichts mehr mit Ihnen zu tun haben, wenn Sie im Ausland sind.« Der kleine, etwas altbackene Mann war noch weißer als gewöhnlich. Offensichtlich hatte er sich noch nicht von der Nachricht erholt, dass es bei dieser Geschichte einen Mord gegeben hatte. Trotzdem schüttelte er Ross die Hand und wünschte ihm Glück. »Passen Sie auf sich auf, Junge«, sagte er, bevor Ethan allein den Weg hinunterging, während ihm die beiden anderen hinterhersahen.

Darren Albright rückte unruhig auf seinem Sitz hin und her. Die Verzögerungen ärgerten ihn, aber die Aussicht, dass ein Einsatz unmittelbar bevorstand, setzte ihn unter Strom. Zum dritten Mal in den letzten zehn Minuten schaute er auf dem Handy nach der Zeit und trommelte dann mit den Fingern auf das Armaturenbrett des schwarzen GMC Yukon, während er aus dem Fenster auf das zweistöckige, weiß getünchte Reihenhaus 1598 34th Street schaute.

Heute hatte es eine ganze Reihe von verdächtigen Ereignissen gegeben, die ihn schließlich zum Wohnsitz des stellvertretenden Abteilungsleiters des Nationalen Sicherheitsrats Ethan J. Ross geführt hatten.

Alles begann, als Albright erfuhr, dass sich Ethan Ross an diesem Morgen krankgemeldet hatte. Das war an sich noch nicht bemerkenswert, wenn man einmal davon absah, dass er jetzt als verdächtige Person in einer Ermittlung wegen Geheimnisbruchs durch einen Bundesangestellten galt. Zweitens hatte das Team der Special Surveillance Group, das verdeckt vor seinem Haus auf ihn wartete, bis zehn Uhr vormittags noch keinerlei Aktivitäten gemeldet. Wenn Ross tatsächlich krank war, hatte das ebenfalls nichts zu bedeuten, aber Albrights Verdacht nahm trotzdem immer mehr zu.

Gegen elf klingelten endgültig die Alarmglocken, als Albright die Nachricht erhielt, dass Ross' Freundin Eve Pang nicht zu einer Reihe von Treffen mit IT-Spezialisten der Luftwaffenbasis Anacostia-Bolling erschienen war, die sie selbst anberaumt hatte. Sie hätte eigentlich um acht Uhr ihren ersten Termin gehabt, aber die IT-Leute hatten angenommen, dass sie die Reihenfolge der Einzeltreffen geändert hatte, und sie deshalb erst nach fast drei Stunden als vermisst gemeldet. Albright selbst rief daraufhin ihr Handy an. Weil ihm aber niemand antwortete, schickte er einige Agenten zu ihrem Haus in Bethesda, die die Genehmigung erhielten, sich notfalls gewaltsam Zutritt zu verschaffen.

Die Agenten traten die Eingangstür ein, als ihnen niemand aufmachte, fanden jedoch keine Spur von Ms. Pang und auch keinen Hinweis darauf, dass etwas nicht in Ordnung sein könnte.

Als ihm seine Männer das aus Bethesda meldeten, stellte Albright alle anderen Untersuchungen ein und setzte seine gesamte Mannschaft darauf an, Ethan Ross und Eve Pang aufzuspüren. Gleichzeitig beantragte er eine richterliche Genehmigung, die es ihm erlaubte, in Ross' Haus einzudringen. Da Ross nicht offiziell als vermisst galt, konnte er ohne eine solche Erlaubnis nicht einfach seine Tür eintreten. Während er auf die Genehmigung wartete, übermittelte er der Washingtoner Stadtpolizei eine Suchmeldung nach Ross und Pang.

Um dreizehn Uhr trafen Albright und drei Spezialagenten an Ross' Haus ein. Zwei SSG-Überwacher hatten sich als Landschaftsgärtner getarnt in dem Park auf der anderen Seite der Straße postiert. Sie meldeten Albright, dass es bisher keine Anzeichen gegeben habe, dass jemand daheim sei. Trotzdem ging der Leitende Spezialagent erst einmal zur Eingangstür hinüber und klopfte.

Niemand antwortete.

Er ging um das Gebäude herum, schlug dabei an die Keller- und Hintertür und kehrte danach zu seinem Fahrzeug zurück, um auf den Durchsuchungsbefehl zu warten und den Funkverkehr der SSG mitzuhören, die nach den vermissten Personen Ausschau hielt.

Eine Stadtpolizistin entdeckte Ross um genau fünfzehn Uhr. Ihr fiel ein Mann auf, der dem Bild auf dem Computerschirm ihres Streifenwagens ähnelte und gerade auf der Pennsylvania Avenue aus einem Taxi stieg. Er trug eine Sonnenbrille, eine Baseballkappe und einen schwarzen Rucksack. Sie meldete die vermutliche Sichtung über Funk, und bereits fünf Minuten später trafen zwei SSG-Beamte ein und übernahmen die Beobachtung. Durch die Teleobjektive ihrer Kameras konnten sie ihn tatsächlich identifizieren. Kurz darauf beobachteten sie, wie Ross in ein weiteres Taxi einstieg.

Während dieses durch die Straßen von Washington rollte, näherte sich ihm von allen Seiten ein volles sechzehnköpfiges SSG-Beschattungsteam.

Nicht jeder, der für das FBI auf operativer Ebene arbeitet, ist ein Spezialagent. Die Special Surveillance Group ist eine FBI-Einheit, die für die amerikanische Bundespolizei physische Überwachungsoperationen durchführt. Sie besitzen zwar einen FBI-Ausweis, aber sie haben nicht das Recht, von sich aus Verhaftungen durchzuführen oder beim Einsatz Schusswaffen zu tragen.

In der SSG dienen Männer und Frauen jeder Gestalt, Größe, Farbe und Abstammung, denn eine der wichtigsten Voraussetzungen ihrer Arbeit ist es, ganz gewöhnlich zu erscheinen und vor allem nicht bereits aus hundert

Meter Entfernung als FBI-Agent erkannt zu werden, wie es bei vielen Spezialagenten leider der Fall war. Die Überwachungsspezialisten in den Beschattungsteams sind darauf trainiert, möglichst im Dunkeln zu bleiben, wenn sie ihre Zielpersonen zu Fuß oder mit dem Auto verfolgen.

Die SSG-Beschattungsspezialisten Beale und Nolan arbeiteten an diesem Nachmittag zusammen. Sie waren Teil eines Sechsmann-Teams, welches das Fahrzeug ihrer Zielperson verfolgte. Zwei weiße Männer, die in einem Fahrzeug wie ziellos durch Washington kurvten, hätten vielleicht bei übervorsichtigen Zielpersonen Verdacht erregen können. Das wurde jedoch dadurch verhindert, dass Beale ein weinrotes Taxi fuhr und Nolan sein »Fahrgast« auf der Rückbank war.

Beale war einundzwanzig Jahre alt und hatte für einen Paketlieferdienst gearbeitet, bevor er beim FBI anheuerte. Nolan war sechsundvierzig und hatte zuvor als Streifenpolizist in einem Vorort von Des Moines gearbeitet, bis er nach etwas Interessanterem suchte, als irgendwelchen Rasern einen Strafzettel auszustellen oder betrunkene Teenager bei einem Highschool-Footballspiel zu verhaften. Als er deshalb im Internet auf ein Stellenangebot des FBI stieß, bewarb er sich sofort. Einige Monate später verfolgte er ausländische Spione durch die Straßen von Washington, wobei der Einsatzbefehl gewöhnlich von der Spionageabwehr-Abteilung des FBI kam.

Die Zielperson an diesem Nachmittag, Ethan J. Ross, unterschied sich jedoch von ihren gewöhnlichen Beobachtungsobjekten. Er war Amerikaner, ein relativ hochrangiger Mitarbeiter des Nationalen Sicherheitsrats und, wenn man Albrights Einsatzinformationen für Nolan und Beale glauben konnte, eine mögliche Insider-Bedrohung für die amerikanischen Geheimdienste.

Beide SSG-Männer hatten Rucksäcke in ihrem Taxi, in denen sie verschiedene Kleidungsstücke, Brillen, Kopfbedeckungen und andere Verkleidungsartikel aufbewahrten. Allerdings war ein »gewöhnliches« Taxi eine ideale Methode, sich unauffällig durch Washington zu bewegen, deshalb hatten sie auch nicht vor, ihr Fahrzeug an diesem Nachmittag für eine Fußverfolgung zu verlassen. Solche Beschattungen wurden jedoch naturgemäß durch die Personen bestimmt, die unter Beobachtung standen, deshalb mussten Beale und Nolan jederzeit bereit sein, zu improvisieren, wenn es die Situation erforderte.

Das aus sechs Fahrzeugen bestehende Team hatte Ross' Beschattung zehn Minuten nach der Meldung der Polizistin übernommen. Sie hatten eine sogenannte Rasterformation eingenommen, als sie Ross' Taxi durch die wohlbekannten Straßen der Hauptstadt folgten. Sie fuhren nach Georgetown, wo Ross vor dem Nike-Laden in der M Street ausstieg. Glücklicherweise fuhr eines der SSG-Fahrzeuge genau in diesem Moment vorbei, da das eigentliche Verfolgerfahrzeug, ein Lieferwagen, das Taxi an der vorherigen Kreuzung aus den Augen verloren hatte.

Beales und Nolans genaue Route wurde wie die Bewegungen aller anderen Autos, Lieferwagen, Motorroller und Motorräder des Teams von einer Einsatzzentrale gesteuert, die über Ohrhörer mit allen an der Operation beteiligten Beamten in Verbindung stand. Ihr Taxi war ein Stück entfernt, als Ross das seine verließ, deshalb bekamen sie den Befehl, östlich des gegenwärtigen Aufenthaltsorts der Zielperson in der Thomas Jefferson Street zu parken.

Einige Minuten später kam Ross tatsächlich in Sicht, als er gerade in Richtung Süden durch Georgetown ging. Sie nahmen ein paar Fotos von dem Mann mit der Nationals-Kappe und dem Rucksack auf, als er noch so weit entfernt war, dass er dies keinesfalls bemerkte und dadurch ihre Deckung aufflog.

»Irgendeine Idee, wohin er geht?«, fragte Nolan, als er die Kamera wieder in seinem Rucksack verstaute.

Beale dachte einen Moment nach. »Wenn er tatsächlich für einen ausländischen Geheimdienst arbeitet, könnte er hier in der Gegend zu einem Dutzend Botschaften unterwegs sein.«

»Fahr ein bisschen näher ran«, sagte Nolan. »Wenn es so aussieht, als ob wir ihn verlieren, bekommen wir vielleicht die Sondererlaubnis, ihn doch zu verhaften. Wenn ich diesen Typ aus dem Verkehr ziehen muss, habe ich keine Lust, ihm zu Fuß hinterherzurennen. Der Kerl sieht wie ein geübter Jogger aus.«

»Das würde mir gefallen«, sagte Beale. »Ich war schon an ein paar Verhaftungen beteiligt, aber eine Fußverfolgung habe ich noch nie erlebt.«

»Junge, da lass ich dir gerne den Vortritt. Ich habe genug Verfolgungsjagden absolviert, als ich noch Cop in Iowa war. Ich bleibe ganz ruhig hier sitzen und schau dir zu.«

»Mann, das glaube ich dir nicht. Wenn dieser Kerl da vorne losläuft, dann rennst du ihm sofort hinterher, das weiß ich.«

Nolan lächelte. »Ja. Das liegt uns wohl im Blut.« Er wurde wieder ernst. »Trotzdem solltest du dich schon bereit machen. Er sieht wirklich schnell aus.«

Beale kicherte, fuhr das Taxi etwas näher an Ross heran und gab seine Position über Funk an die Einsatzzentrale durch.

27

Darren Albright saß in seinem Yukon und starrte zu Ethan Ross' gerade einmal sechs Meter entferntem Haus hinüber. Dieser verdammte Durchsuchungsbefehl brauchte eine ganze Ewigkeit. Um sich die Zeit zu verkürzen, hatte er ein Walkie-Talkie in der Hand und hörte dem Funkverkehr des SSG-Teams zu, das eine seiner Zielpersonen verfolgte.

Albright schloss aus Ross' Bewegungen, dass er sich im Moment auf einer Sicherheitstour befand, was ihn nur noch verdächtiger machte. Ein Agent auf dem Rücksitz des Yukon dachte wohl gerade dasselbe, denn er murmelte vor sich hin, ob man Ross nicht endlich zu einem offiziellen Verdächtigen erklären sollte. Bevor Albright jedoch darauf antworten konnte, zirpte das Handy in seiner Tasche. Er legte das Walkie-Talkie schnell in den Schoß und ging ans Handy. »Ja? Okay. Gut.« Er steckte das Telefon wieder in die Tasche und wandte sich zu den Männern in seinem Geländewagen um. »Die richterliche Genehmigung ist da. Wir können loslegen. Schauen wir mal, was wir in diesem Haus finden.«

Er stieg aus dem SUV, und seine drei Agenten folgten ihm. Einer begab sich zum Hintereingang, während Albright und die beiden anderen die Stufen zur Eingangsveranda emporstiegen.

Er schlug mit der Faust an die Tür und rief: »FBI! Hausdurchsuchung!«

Die drei Männer zogen ihre Dienstwaffen, SIG Sauer-Pistolen, Kaliber 9 mm, und Albright trat höchstpersönlich die Tür ein. Er hatte so etwas schon lange nicht mehr gemacht und hatte deshalb großen Spaß daran. Es war ein perfekter Tritt. Die Tür zerbrach direkt am Schloss, zersplitterte und öffnete sich quasi von selbst. Dadurch löste sie eine heulende Alarmanlage aus.

Albright ignorierte den Lärm und führte die Männer durch die Tür, wobei alle ihre Waffe im Anschlag hielten.

Sofort stieg ihm ein Geruch in die Nase, den er gut kannte, wenngleich er sich nie ganz daran gewöhnen konnte. »Hier gibt es eine Leiche«, übertönte er das Heulen der Alarmanlage. Seine Männer schwärmten aus, um die gesamte Etage abzusuchen.

Sie fanden Eve Pang mitten im Wohnzimmer hinter dem Sofa. Albright war sich sicher, dass sie tot war. Trotzdem kniete er sich neben sie, um ihren Puls zu überprüfen. Während die beiden anderen Agenten schweigend in den Gang huschten, um den Rest des Hauses zu durchsuchen, hielt sich Albright das Walkie-Talkie an den Mund, das ihn mit dem Leiter des SSG-Teams verband. Er musste immer noch schreien, um die Sirene zu übertönen. »Hier ist der Leitende Spezialagent Albright! Ich möchte, dass Sie Ethan Ross sofort verhaften! Vorsicht, er ist vermutlich bewaffnet und gefährlich!«

Sofort kam die knappe Antwort: »Verstanden.«

Albright stand von der Leiche auf, hängte sich das Walkie-Talkie an den Gürtel und schüttelte ungläubig den Kopf. »Was für ein Hundesohn.«

Zum dritten Mal bei dieser Beschattungsoperation hatten Nolan und Beale die Direktbeobachtung ihrer Zielperson übernommen, dieses Mal von einer fünfzigjährigen Vespa-Fahrerin. Ross hatte inzwischen den Innenhof des Washington-Harbour-Komplexes betreten, einer Ansammlung von Einkaufszentren und Bürogebäuden direkt am Potomac. Er befand sich jetzt zwar in einem Fußgängerbereich, aber die beiden Beobachter konnten ihn von ihrem Standpunkt in der Thomas Jefferson Street immer noch sehen. Während sie also vorerst in ihrem Taxi sitzen blieben, dirigierten sie andere Fahrzeuge für alle Fälle zu den anderen Zugängen des Komplexes. Gleichzeitig ließ die Einsatzzentrale einige SSG-Beamte an den Fährschiffen am Flusshafen Aufstellung nehmen, falls Ross eines von ihnen besteigen wollte.

Beale hatte sein Taxi so gestellt, dass die Zielperson an ihnen vorbeikommen musste, wenn sie den Washington-Harbour-Komplex wieder verließ, um in Richtung Norden ins Zentrum von Georgetown zu gehen. Dort gab es eine Menge Botschaften und andere Möglichkeiten, wohin sich ein Spion flüchten konnte.

Gerade als Ross auf der Innenpromenade außer Sicht geriet, bekamen die beiden Männer über ihren Ohrhörer eine neue Anweisung: »Uniform Victor, hier ist die Einsatzzentrale. Beobachten Sie die Zielperson weiter, während wir ein SWAT-Team zu ihrem Standort schicken. Eine sofortige Verhaftung wurde genehmigt, man hat uns jedoch informiert, dass die Person jetzt als bewaffnet und gefährlich eingestuft wird.«

Uniform Victor war der Codename von Beale und Nolan. Beale antwortete über sein Headset: »Verstanden. Wir haben ihn in zwanzig Sekunden wieder im Blick.« Er drehte sich zu seinem »Fahrgast« auf der Rückbank um. »Dieser Clown sieht aber gar nicht bewaffnet und gefährlich aus.«

Nolan rollte die Augen. »Für das SWAT-Team sind alle bewaffnet und gefährlich. Sonst hätten sie ja nichts zu tun.«

»Verstehe.«

Glücklicherweise sah Beale in diesem Moment, wie Ross

den Komplex verließ und die 31th Street nach Georgetown hinaufging. Beale folgte ihm in gehörigem Abstand und gab acht, zwischen seinem Taxi und dem Mann auf dem Gehsteig immer ein paar andere Fahrzeuge zu lassen. Nolan teilte derweil der Einsatzzentrale mit, sie solle einige hundert Meter weiter den Hügel hinauf eine Einheit in der M Street postieren. Dies war die nächste größere Kreuzung und deshalb für Ross der nächste Entscheidungspunkt, wenn er nicht zuvor ein Gebäude betrat oder in eine kleine Seitengasse abbog.

»Vielleicht nimmt er den Treidelpfad«, sagte Nolan.

»Shit«, erwiderte Beale. »Du könntest recht haben. In diesem Fall verlieren wir ihn nach ein paar Sekunden aus den Augen.«

Zu beider Überraschung bog Ross jedoch von der 31th Street nach rechts in eine schmale Gasse ab, die zurück zur Thomas Jefferson Street führte. Dort war ihr eigenes Taxi ja bereits vor einigen Minuten gestanden, deshalb wussten sie, dass es dort keine sonstigen Beobachter gab.

Beale meldete das der Einsatzzentrale, die ihnen jedoch antwortete, dass es mindestens neunzig Sekunden dauern würde, ein anderes Fahrzeug zur Thomas Jefferson Street zu schicken.

»Shit«, murmelte Beale. »Soll ich ihm durch die Gasse folgen?«, fragte er seinen Partner.

Nolan zögerte. Schließlich sagte er: »Fahr erst einmal rechts ran, und wir beobachten ihn hier von der Straße aus. Wir wollen nicht in einem einspurigen Gässchen stecken bleiben, wenn wir nicht unbedingt müssen.«

Das Taxi hielt am Eingang der Gasse an. In der Ferne hatte Ross bereits mehr als die halbe Strecke zur Thomas Jefferson Street zurückgelegt.

»Wir werden ihn verlieren«, sagte Beale. »Er könnte den Treidelpfad nehmen, oder er geht zur K Street hinunter oder zur M Street hinauf oder er könnte …«

»Fahr hinterher«, befahl Nolan.

Das Taxi bog gerade in die enge Gasse ein, als Ross hundert Meter vor ihnen nach links abbog.

»Ich mache Meldung«, sagte Beale. Er rollte langsam vorwärts und ließ seine Augen ständig nach links und rechts wandern, falls Ross einen Unterstützer hatte, der ihm bei seiner Sicherheitstour den Rücken freihielt. Gleichzeitig drückte er den Finger auf seinen Ohrhörer. »Einsatzzentrale, hier ist Uniform Victor. Wir fahren östlich in Richtung T Jeff. Zielperson ist gerade nach links aus Gasse abgebogen. Er ist immer noch zu Fuß.«

»Verstanden.« Während die Zentrale ein anderes Fahrzeug losschickte, steigerte Beale etwas die Geschwindigkeit. Er hoffte, noch einen Blick auf Ross erhaschen zu können, bevor dieser einen Entscheidungspunkt erreichte und aus dem Blick geriet. Mitten in diesem Gässchen musste er jedoch wieder etwas langsamer machen, weil links an der Wand zwei große Abfallcontainer standen. Gerade als er in die Engstelle einfuhr, kam vor ihm ein großer staubiger blauer Lieferwagen rückwärts aus einer Tiefgarage heraus und hielt nur Zentimeter vor dem Kühlergrill seines Taxis an.

Beale musste eine Vollbremsung hinlegen, um einen Zusammenstoß zu vermeiden.

Er ließ das Fenster herunter. »Aus dem Weg, Arschloch!«

Nolan schaute über die Schulter und sah eine Limousine mit getönten Fenstern in die Gasse einbiegen. Sechs Meter hinter ihnen hielt sie an.

Als Beale das zweite Fahrzeug sah, wusste er sofort, dass das eine Art Hinterhalt war.

»Ich werde sie rammen!« Beale legte den Rückwärtsgang ein, weil die Limousine kleiner und leichter war als der Lieferwagen und etwas weiter weg stand.

»Auf geht's!«, rief Nolan.

Bevor Beale jedoch aufs Gaspedal treten konnte, kamen nur dreißig Zentimeter von der Fahrerseite des Taxis entfernt zwei schwarz maskierte Männer in schwarzen Wollmänteln zwischen den beiden Abfallcontainern hervor und brachten zwei schwarze Pistolen mit langen Schalldämpfern in Anschlag.

»Achtung!«, rief Nolan.

Hinter ihnen drückte der Fahrer der Limousine auf die Hupe und übertönte dadurch das Geräusch der Schüsse, die die beiden Maskierten auf das Taxi abfeuerten. Dabei jagten sie aus ihren schallgedämpften Pistolen eine Kugel nach der anderen durch die Autofenster, bis ihr Magazin leer war.

Die beiden SSG-Ermittler sackten auf ihrem Sitz zusammen. Das Taxi rollte langsam noch ein Stück nach hinten, bis es ganz leicht an die Limousine stieß, die aufgehört hatte zu hupen.

Die iranischen Quds-Agenten Ormand und Kaschan steckten ihre Waffen wieder unter ihre Mäntel. Wortlos griffen sie durch die zersprungenen Fenster, öffneten die Vorder- und Hintertür des Taxis und stießen die beiden blutigen amerikanischen Leichen beiseite. Ormand setzte sich ans Steuer und Kaschan nach hinten. Sie ließen die zerbrochenen Fenster herunter, entfernten die Glassplitter von den Türen und sahen zu, wie Schiraz den Lieferwagen vor ihnen das Gässchen hinunter steuerte und nach rechts in die Thomas Jefferson Street abbog.

Das Taxi fuhr ihm dicht hinterher.

Hinter ihnen stieg Isfahan aus der Limousine. In der Hand hielt er ein langes Gerät, das wie ein Metallbesen aussah. Tatsächlich war es ein magnetischer Nagelfeger, den Dachdecker benutzten, um lose Dachnägel im Gras aufzusammeln. Schnell und lautlos rollte er das Gerät an der Stelle des Gässchens hin und her, wo seine beiden

Kollegen gestanden hatten, und sammelte dabei elf leere Patronenhülsen ein.

Einen Moment später saß er wieder in seiner Limousine und fuhr die Gasse zur 31th Street hinunter.

Noch bevor die vier iranischen Attentäter das Viertel verlassen hatten, betrat Ethan Ross zwei Blocks weiter in der 30th Street die venezolanische Botschaft durch eine Seitentür. Er hatte keine Ahnung, was gerade hinter ihm geschehen war. Weder die US-Geheimdienste noch die amerikanische Polizei wussten, wo er abgeblieben war.

28

In den ersten Stunden saß Ethan Ross allein in einem fensterlosen Büro im Erdgeschoss der venezolanischen Botschaft. Man servierte ihm einen Kaffee, kurz darauf einen Snack und schließlich eine ganze Mahlzeit, vietnamesisches Essen aus einem Restaurant in der M Street, die er ganz allein an einem Konferenztisch zu sich nahm. Mehr als fünf Stunden sprach niemand mit ihm. Nur ab und zu streckte jemand den Kopf ins Zimmer und fragte ihn, ob er etwas benötige. So saß er die ganze Zeit an einem Konferenztisch oder auf einem kleinen Sofa. Dabei hatte er sich den Rucksack mit seinem Computer und seiner übrigen Ausrüstung so um die Brust gehängt, als ob es sich dabei um ein Baby handeln würde.

Gegen einundzwanzig Uhr betrat eine attraktive junge Frau in den Zwanzigern das Büro, die Ethan bereits vorher als Geheimagentin eingeschätzt hatte. Mit einem Lächeln führte sie Gianna Bertoli in den kleinen Raum. Ethan stand auf, um sie zu umarmen, aber mehr aus Freude und nicht mehr wie beim letzten Mal, weil er bei ihr Trost suchte.

Ethan war froh, dass ihn jemand, dem er vertraute, über seine Lage informieren würde. »Wo sind Sie gewesen? Wie lange muss ich hier noch herumsitzen?«

Gianna setzte sich neben ihn an den Konferenztisch. »Ich war den ganzen Tag hier. Meistens im Obergeschoss bei Telefonkonferenzen mit Geheimdienstlern hier in der Botschaft und Spionageabwehragenten in Caracas.«

»Warum hat das so lange gedauert?«

»Es ging alles glatt, bis dann auf den Straßen draußen irgendein Problem aufgetaucht ist.«

»Was für ein Problem?«

»Polizei. Eine *Menge* Polizei. Die ersten ein oder zwei Stunden glaubten die Venezolaner, dass sie Sie suchen würden. Sie wurden immer besorgter, weil sie glaubten, die Amerikaner wüssten bereits über Sie Bescheid und dass sie deswegen Probleme hätten, sie aus dem Land zu schleusen. Sie dachten sogar darüber nach, sich an das US-Außenministerium zu wenden und Sie auszuliefern. Ich versicherte ihnen zwar, dass die Informationen, über die Sie verfügen, wertvoll für sie seien, aber sie wollten sich erst einmal nicht festlegen.«

»Mistkerle.«

»Inzwischen ist jedoch alles wieder in Ordnung. Anscheinend haben die Vorgänge hier in Georgetown nichts mit Ihnen zu tun. Die Polizei sucht nach einem Taxi mit zwei Insassen, weitere Informationen wollte sie nicht herausrücken. Trotzdem beruhigte das die Venezolaner, und alles ist wieder in der Spur.«

In diesem Moment öffnete sich die Tür, und ein großer, gut aussehender Lateinamerikaner mit grau melierten Haaren betrat das Zimmer, gefolgt von der Geheimdienstbeamtin, die Ethan bereits kannte. Der Mann stellte sich als Arturo vor. Ethan war sich sicher, dass er zum Allgemeinen Geheimdienst, dem venezolanischen Auslandsnachrichtendienst, gehörte. Er bot Ross und Bertoli Kaffee an, den eine weitere junge Frau kurz darauf brachte.

Nach etwas Geplauder, um sich kennenzulernen, fragte Ethan nach der starken Polizeipräsenz draußen auf den Straßen, aber Arturo wusste auch nicht mehr, als ihm Gianna gerade erzählt hatte.

Kurz darauf kam Arturo auf den Grund ihres Zusammenseins zu sprechen. »Also, Mr. Ross. Wir stimmen Ihren Bedingungen zu. Wir werden Sie aus den Vereinigten Staaten herausschleusen und nach Caracas bringen, wo Sie sicher sind, aber weiterhin kommen und gehen können, wann und wohin Sie wollen.« Er hielt einen Finger in die Höhe. »Unter der Bedingung, dass Sie uns Beweisunterlagen über alle einheimischen Agenten liefern, die in Venezuela für die CIA arbeiten.«

Ethan schüttelte den Kopf. »Nein. Ich werde Ihnen nicht alles geben.«

»Ich verstehe nicht.«

»Ich gebe Ihnen einen Teil von dem, was ich habe.« Ethan lächelte. »Aber es wird mehr als genug sein, um Ihre Organisation eine ganze Weile in Bewegung zu halten, das verspreche ich. Wenn ich sicher in Venezuela angekommen bin, gebe ich Ihnen den Rest.«

In Wahrheit hatte Ethan keine Ahnung, über welche Quellen die CIA in Venezuela verfügte. Darauf hatte er keinen Gedanken verschwendet. Er war sich jedoch sicher, dass es etwas geben musste. Selbst wenn er Arturo jetzt jedes Fitzelchen relevanter Informationen liefern müsste und seine Behauptung, es gebe auf diesem Stick noch mehr, reine Lüge wäre, würde er für eine Fahrkarte, die ihn aus den USA herausbrachte, alles tun.

»Muy bien«, sagte Arturo. »Was brauchen Sie dafür?«

»Ich brauche ein Büro mit einem Drucker. Ich werde die Dateien von meinem Computer ausdrucken.«

Arturo führte ihn die Treppe in einen Kellergang hinunter und öffnete dort mit einer Schlüsselkarte eine Tür. Er verbeugte sich mit Schwung, und Ethan betrat einen kleinen Schlafraum, in dem auf einem Tisch an der Wand ein Computer und ein Drucker standen. Arturo schloss die Tür, und Ethan blieb allein zurück.

Er stellte seinen Laptop auf den Tisch, holte die Steppdecke vom Bett und zog sie sich so über den Kopf, dass auch sein Computer darunter verborgen war. Auf diese Weise würden irgendwelche Geheimkameras, die in diesem Raum installiert waren, seine Passworteingabe nicht aufzeichnen können.

Er bewahrte zwar den NASCAR-Stick in seinem Rucksack auf, holte ihn jedoch nicht heraus. Stattdessen griff er sich in die Hose und bewegte die Hand an seiner Taille entlang, bis er links über seiner Hüfte ein kleines, fleischfarbenes Moleskin-Pflaster spürte. Er riss es von der Haut und zog es heraus. In seiner Innenseite steckte eine Micro-SD-Karte etwa von der Größe eines Fingernagels. Er entfernte sie vom Moleskin und steckte sie in einen Adapter aus seinem Rucksack.

Er hatte sich einen Weg ausgedacht, wie er ganz allein über den Inhalt seines Scrapes verfügen konnte. In den Stunden nachdem er an diesem Morgen den Fort Marcy Park verlassen hatte, hatte er den gesamten Inhalt des NASCAR-Sticks auf diese Karte überspielt. Jetzt waren der NASCAR-Stick und sein Computer vollkommen leer. Er hatte beide jedoch dermaßen verschlüsselt, dass jeder, der an die Intelink-TS-Dateien herankommen wollte, überhaupt nicht merken würde, dass Ethan sie jetzt auf diese winzige Speichereinheit verschoben hatte, die er an seinem Körper versteckte.

Es war keine perfekte Lösung, aber Ethan wollte das Gefühl nicht verlieren, immer noch eine gewisse Kontrolle über sein Schicksal zu haben.

Als sein Computer die Micro-SD-Karte ausgelesen hatte, gab Ethan eine Reihe von Passwörtern ein und konnte über die Dateien verfügen. Es dauerte drei Minuten, die gesamte riesige katalogisierte Datenbank hochzuladen. Er gab einige Suchbegriffe in ein Wiki-ähnliches Programm ein, wartete einen Moment, bis die Suchmaschine ihre Arbeit erledigt hatte, und lächelte.

Jetzt stand ihm eine wahre Goldader von Geheiminformationen über US-Agenten in Venezuela zur Verfügung, die alle gut geordnet und mühelos abzurufen waren. Als er die Geheimdienstakten Seite für Seite durchscrollte, merkte er, dass sie keine Klarnamen enthielten, die man wohl vor der Speicherung im Intelink-TS-Netz entfernt hatte. Allerdings waren die persönlichen Angaben so konkret, dass man die einzelnen Agenten sicher leicht identifizieren konnte.

Eine Akte bezog sich auf die Beziehung der CIA zum stellvertretenden Direktor des Büros der staatlichen venezolanischen Fluglinie Conviasa in Caracas. Eine weitere Akte führte zwei Concierges des Gran Meliá-Hotels in Caracas auf, die Langley seit Jahren Informationen lieferten. Eine Reihe von Dokumenten befasste sich mit einer Geheimoperation der CIA, die vom Polizeichef der Stadt Maracaibo unterstützt worden war.

Ethan erfuhr sogar, dass der Staatssekretär im Innen- und Justizministerium als Agent im Sold der CIA stand.

Und so ging es Seite für Seite weiter. Es dauerte mehr als eine Stunde, aber schließlich hatte Ethan ein paar Hundert Dokumente aus CIA-Dateien ausgewählt, die vage, aber leicht identifizierbare Hinweise auf dreiunddreißig in Venezuela tätige CIA-Agenten enthielten. Diese druckte er jetzt alle aus. Er hätte bestimmt noch fünfzig oder sechzig weitere Namen herausfinden können, wollte den Rest jedoch erst nach seiner sicheren Ankunft in Caracas offenbaren.

Ein paar weitere Minuten verbrachte er damit, mit einem Spezialprogramm sämtliche Daten der Micro-SD-Karte auf seinem Computer vollständig zu löschen. Danach steckte er die Karte in die Innenseite des Moleskin-Pflasters zurück und klebte es sich wieder auf die Hüfte. Er zog sich die Steppdecke vom Kopf, warf sie aufs Bett, schnallte sich seinen Rucksack um und verließ den Raum, um in das Büro im Erdgeschoss zurückzukehren.

Gianna Bertoli, der Geheimdienstoffizier, der sich als Arturo vorgestellt hatte, und zwei junge Venezolanerinnen schauten von den Sofas hoch, auf denen sie saßen. Ein Stück entfernt standen zwei junge Männer neben den Aufzügen in der Lobby. Ethan hielt sie für Sicherheitswachen. Einerseits schätzte er ihre Gegenwart, andererseits war er sich nicht hundertprozentig sicher, ob sie nicht eher ihn drinnen als seine Feinde draußen halten sollten.

Arturo stand vom Konferenztisch auf. »Also, was haben Sie für uns Schönes?«

Ethan überreichte ihm die Ausdrucke mit den Worten: »Hier ist eine Liste von dreiundzwanzig venezolanischen Staatsbürgern und zehn in Venezuela lebenden Ausländern, die alle im Sold der Central Intelligence Agency stehen. Dreiunddreißig Männer und Frauen, meist aus Caracas, die gegenwärtig die venezolanische Regierung ausspionieren.«

Eine der Frauen sagte leise: *»Increíble.«*

Arturo ging schweigend die Dokumente durch.

Ethan schaute Bertoli an, richtete sich jedoch an die Venezolaner. »Das ist nur die Spitze des Eisbergs, das können Sie mir ruhig glauben. Wenn ich in Sicherheit bin, kann ich Ihnen noch mehr Namen, eine Liste von Tarnfirmen in Venezuela und von CIA-Informanten, die in Ihren Botschaften überall in der Welt arbeiten, sowie Informationen über die Verbindungen der CIA zu den venezolanischen Banken und Ölunternehmen verschaffen.« Ethan zog die Augenbrauen hoch. »Das ist wirklich interessantes Material. Ich bin mir sicher, dass Sie das gerne sehen würden.«

Arturo nickte ernst. »Das würde ich wirklich gerne

sehen.« Er lächelte. »Ich akzeptiere Ihre Bedingungen. Wir werden sofort nach Caracas aufbrechen.«

»Ausgezeichnet«, sagte Bertoli.

Dom saß allein in seiner Wohnung und überlegte sich, ob er heute Abend nicht ausgehen sollte. Eigentlich war er gar nicht in der Stimmung, aber an diesem Nachmittag hatte er nur herumgesessen und sich überflüssig gefühlt.

Eine Stunde zuvor hatte Adara Sherman an seiner Wohnungstür geklingelt. Er hatte jedoch nicht aufgemacht. Er wusste, dass sie es war, weil er durch seine Jalousien hindurch ihr Auto unten auf der Straße erkannt hatte. Seine Wohnung war ein totales Chaos, und er wollte keine Besucher haben, vor allem keine Besucher, die vorbeigekommen waren, um im Auftrag seines Chefs Gerry Hendley seinen körperlichen und geistigen Zustand zu überprüfen.

Er selbst hielt diesen Zustand im Moment für nicht gerade vorzeigbar.

Als er sich gerade zum Schlafzimmer aufmachen wollte, um sich für einen Abend in den Bars umzuziehen, klopfte es erneut an der Tür. Zuerst dachte er, Adara sei zurückgekehrt. Er stöhnte auf, entschloss sich dann jedoch, sie hereinzulassen und das Ganze hinter sich zu bringen. Als er durch den Spion schaute, sah er einen gewissen Herrn in einem dunkelblauen Anzug.

Er öffnete die Tür. »Albright.«

»Darf ich reinkommen?«

»Natürlich.«

Albright setzte sich nicht, sondern blieb mit den Händen in den Hüften mitten in Doms Wohnzimmer stehen.

Caruso vermutete, dass der Spezialagent ihm etwas mitteilen wollte. Albrights Körpersprache war jedoch nicht die eines Mannes, der etwas zu feiern hatte. Nein, bevor er ein einziges Wort sagte, wusste Dom, dass etwas Schlimmes passiert war.

»Ich dachte, dass Sie das wissen sollten«, sagte er. »Anscheinend hatten Sie recht, was Ethan Ross angeht.«

Dom runzelte die Stirn. »Wie haben Sie denn das herausgefunden?«

»Seine Freundin.«

»Ist sie darin verwickelt?«

»Sieht nicht so aus.«

»Warum nicht?«

»Wir haben ihre Leiche in Ross' Wohnzimmer gefunden. Ein Schuss mitten ins Herz. Sie war wohl auf der Stelle tot.«

Caruso stieß einen überraschten Pfiff aus. »Wer war das? Ross?«

»Ich weiß es nicht. Es gibt keinen Hinweis darauf, dass er eine Pistole besitzt … Aber Sie wissen ja, wie das ist. Wenn man jemand ermorden will, findet man auch mit Leichtigkeit eine Waffe dafür.«

»Stimmt.«

»Wir gehen allen Möglichkeiten nach.«

Dom verstand diese Bemerkung nicht. »Wo ist Ross jetzt?«, fragte er.

»Verschwunden.«

Caruso blickte frustriert zur Decke.

»Außerdem haben wir bei dessen Verfolgung zwei SSG-Männer verloren.«

»Verloren? Was soll das denn heißen?«

»Sie und das Taxi, in dem sie saßen, verschwanden heute Nachmittag gegen drei, gerade als ein SWAT-Team im Anmarsch war, um Ross zu verhaften. Wenn er Pang ermordet hat, um sie zum Schweigen zu bringen, hätte er wohl auch keine Hemmungen, jemand zu töten, um sich zu retten.«

»Durchaus möglich.«

»Ich weiß, was Sie denken, Caruso.«

»Da bin ich mir sicher.«

»Sie denken, das alles sei mein Fehler. Sie denken, wenn wir Ross aus dem Verkehr gezogen hätten, als sein Name zum ersten Mal auftauchte, dann würde Pang noch leben und die beiden SSG-Männer würden nicht vermisst.«

Dom gab keine Antwort.

»Aber wir beim FBI haben eben unsere Vorschriften, und die beruhen auf Recht und Gesetz, wie Sie vielleicht vergessen haben.«

»Das weiß ich. Ich war selbst einmal Polizist«, sagte Dom. »Aber das schränkt Ihre Handlungsmöglichkeiten ziemlich ein.«

»Das sollten Sie einem Mann wie mir besser nicht sagen, Caruso.«

»Ich meine nur, dass es in diesem Fall vielleicht besser gewesen wäre, mit den Vorschriften ein bisschen flexibler umzugehen und gleich zu Beginn härter zuzulangen.«

Albright stemmte immer noch die Hände in die Hüften und funkelte Caruso an.

Doms eigene Miene entspannte sich. Er hätte den Mann nicht so hart anpacken sollen, denn der tat ja nur sein Bestes. »Kann ich Ihnen irgendwie helfen?«

»Ja. Sie können mir Ihre Pistole geben. Die möchte ich von meinen Ballistikern untersuchen lassen.«

»Was?«

»Hören Sie. Ich möchte Sie einfach nur ausschließen können. Ich glaube nicht für einen Moment, dass der Neffe des Präsidenten Eve Pang ermordet hat, aber Sie sind ein bewaffneter Mann, der bei dieser Geschichte immer wieder auftaucht, deshalb wäre ich ein Narr, wenn ich nicht wenigstens überprüfen würde, ob Sie wirklich völlig sauber sind.«

Zunächst wollte Caruso protestieren, aber er wusste,

dass Albright dann einfach mit einer richterlichen Verfügung zurückkehren würde. Deshalb ging er zu seinem Bücherregal hinüber und holte seine Smith & Wesson aus ihrem Versteck. Er ließ das Magazin herausfallen, zog den Verschluss zurück, um die Patrone aus dem Patronenlager auszuwerfen, und reichte Albright die Waffe mit offenem Verschluss. »Dafür möchte ich jedoch eine Quittung.«

Albright ließ den Verschluss vorschnellen und steckte die leere Pistole in seinen Hosenbund. »Natürlich. Das ist Vorschrift.«

29

Um genau zwölf Minuten nach Mitternacht wurde Ethan Ross aus der venezolanischen Botschaft geschmuggelt. Er lag mit dem Gesicht nach unten auf dem Boden vor der Rückbank einer Infiniti-Limousine, die von einer jungen Geheimagentin aus der Garage herausgefahren wurde. Auf dem Beifahrersitz saß ein bewaffneter Sicherheitsmann. Hinten im Wagen saßen außerdem zwei männliche Agenten, deren Füße ganz leicht auf Ethans Rücken ruhten. Ross lag seinerseits auf seinem Rucksack, um ihn und vor allem dessen Inhalt mit dem eigenen Körper zu schützen.

Die vier Venezolaner hatten den Befehl erhalten, alles in ihrer Macht Stehende zu tun, um den amerikanischen NSC-Mitarbeiter auf keinen Fall zu verlieren. Wenn die US-Polizei versuchen sollte, sie zu stoppen, sollten sie mit Höchstgeschwindigkeit die Flucht ergreifen. Dem Infiniti folgte ein Begleitfahrzeug, ein Cadillac Escalade, der Ross im Notfall übernehmen und in Sicherheit bringen sollte.

Der Infiniti wurde jedoch weder verfolgt noch angehalten. Nach einer Dreiviertelstunde bog er in den Hangar eines Flughafendienstleisters auf dem Dulles Airport ein. Während alle anderen den Wagen verließen, bekam Ethan die Anweisung, einige Minuten im Infiniti auszuharren, bis seine Begleiter geprüft hatten, ob die Luft rein war, bevor sie ihn zu seiner Maschine brachten.

Ethan arbeitete sich vom Autoboden auf die Rückbank

hoch und kontrollierte den Inhalt seines Rucksacks, noch bevor er seine schmerzenden Muskeln streckte. Dabei bekam er den Akku des Handys in die Hand, das er auf Banfields Rat gekauft hatte. Er hatte den Akku sicherheitshalber herausgenommen, bevor er am gestrigen Nachmittag die venezolanische Botschaft betreten hatte. Jetzt lag er neben dem Handy in seinem Rucksack.

Plötzlich wurde ihm bewusst, dass das für unbestimmte Zeit sein letzter Augenblick in den Vereinigten Staaten sein würde. Gianna hatte ihm zwar versprochen, dass er sein altes Leben wieder aufnehmen könnte, wenn er ein Abkommen mit der Regierung geschlossen habe, aber das war vor diesem Mordversuch gewesen. Jetzt war eine Heimkehr wohl kaum noch möglich. Außerdem wusste er nicht, was ihn in Venezuela erwartete.

Aus einer Laune heraus steckte er den Akku wieder ins Handy, schaltete es an und wählte die Nummer seiner Mutter in San Francisco.

Dort war es zweiundzwanzig Uhr. Selbst wenn Ross dies vorher nicht berechnet hätte, hätte er es jetzt aus der Stimme seiner Mutter erschließen können. Sie klang gleichzeitig müde, ärgerlich und besorgt.

»Wer ist dran?«

»Ich bin's, Mama.«

»Ethan? Ethan, was ist los?«

»Nichts. Ich … ich wollte nur kurz anrufen.«

»Warum?« Emily Ross war jetzt hellwach. »Was ist passiert?«

»Ich … es ist alles in Ordnung. Ich wollte dir nur sagen, dass du dir keine Sorgen machen musst.«

»Sorgen worüber? Jetzt *bin* ich besorgt! Red mit mir!«

Die Wagentür öffnete sich, und die Geheimagentin schaute Ethan verärgert an.

»Ich muss Schluss machen. Vergiss den Anruf. Ich rufe dich morgen an, wenn ich kann.«

»Warum solltest du *nicht* anrufen …«

»Ich liebe dich.« Er legte gerade auf, als die junge Frau ihm das Handy aus der Hand riss. Sie entfernte den Akku, und Ethan stieg aus.

Er brauchte einen Moment, um sich zu orientieren. Schließlich merkte er, dass er neben einer Beechcraft King Air 350i stand.

Von diesem Flugzeug war er nicht gerade beeindruckt. Es war eine zweimotorige Turboprop-Maschine und kein Jet. Während seiner Arbeit beim Außenministerium und auch beim NSC war er oft in kleineren Düsenmaschinen durch die ganze Welt geflogen. Jetzt war er etwas enttäuscht, dass seine Flucht aus den Vereinigten Staaten in einem Flugzeug stattfand, das langsamer flog, als es ihm recht war. Ethan hätte eigentlich gedacht, dass er aufgrund seiner wertvollen Dienste für den venezolanischen Geheimdienst eine leistungsfähigere Maschine verdiente.

Die venezolanische Spionin brachte das Handy zu Arturo, der sich vor der Beechcraft mit seinen Begleitern beratschlagte. Jetzt stürmte er zu Ross am Infiniti zurück.

Ethan hob die Hand. »Keine Sorge. Keiner kann das Handy aufspüren. Ich habe es heute in Reston gekauft. Keiner weiß, dass ich es habe. Es ist nicht auf meinen Namen angemeldet. Dieser Anruf gerade war der erste, den ich überhaupt damit gemacht habe.«

Dies besänftigte Arturo ein wenig, aber die Frau sagte: »Wir werden Sie filzen müssen, bevor Sie das Flugzeug besteigen.«

»Den Teufel werden Sie tun.«

Sie schaute Arturo an. »Wen haben Sie angerufen?«, fragte er.

»Meine Mutter. Ich habe ihr nur gesagt, dass ich mich in ein paar Tagen bei ihr melden werde.«

»Sie hätten unsere ganze Operation gefährden können, Mr. Ross.«

»Dass wir hier im Freien herumstehen, ist im Moment das Einzige, was unsere Operation gefährdet, *Señor*.«

Arturo rang einen Moment um Fassung, gab Ethan dann jedoch nur ein Zeichen mit der Hand, ins Flugzeug zu steigen. Der stieg die vier Stufen zur Kabine hinauf und haderte immer noch damit, dass seine venezolanischen Komplizen nicht das Geld für einen schnittigen Firmenjet aufgebracht hatten.

Als sich Ethan in die kleine, aber erstaunlich gut ausgestattete Kabine hineinduckte, bemerkte er, dass bereits sechs Passagiere an Bord waren. Ein weiterer Mann aus der venezolanischen Botschaft stellte sich als Kulturattaché vor, schüttelte Ethan die Hand und setzte sich direkt hinters Cockpit, nachdem er Ross aufgefordert hatte, ganz hinten in einem breiten Liegesessel Platz zu nehmen. Ethan ging gebückt in den hinteren Teil der Kabine und machte es sich auf seinem Ledersitz bequem. Ihm gegenüber saß Gianna Bertoli, die jetzt lächelnd den Arm ausstreckte und seine Hand drückte. »Alles in Ordnung?«

Ethan nickte. Natürlich war nicht alles in Ordnung, aber im Augenblick gab es nichts, was sie da hätte tun können.

Neben ihr saß eng ans Fenster gedrückt ein kleiner, jugendlich wirkender Mann mit olivfarbenem Teint und kurzen dunklen Haaren. Ross hielt ihn zuerst für einen Venezolaner, obwohl die übrigen Geheimagenten in der Maschine Anzug und Krawatte trugen und dieser Mann wie ein Collegestudent gekleidet war. Er trug Blue Jeans und ein blaues Flanellhemd. Unter seinen Ellbogen hatte er einen schwarzen Skiparka geklemmt.

Auf dem Tisch vor ihm lag ein aufgeklapptes Subnotebook, in das er mit rasender Geschwindigkeit etwas eintippte. Er schaute nicht einmal Ethan an, als der sich auf seinem Sessel niederließ.

»Ethan, ich möchte Ihnen meinen guten Freund Mohammed vorstellen«, sagte Gianna.

Mohammed, dachte Ethan. Also offensichtlich doch kein Venezolaner.

Mohammed blickte jetzt in Ethans Richtung und hielt ihm mit einem nervösen Lächeln die Hand hin. »Freut mich, Sie kennenzulernen.«

»Mohammed arbeitet jetzt seit über einem Jahr mit uns zusammen«, sagte Bertoli.

»Wirklich? In welcher Funktion?«

Die Frage war zwar an Mohammed gerichtet, aber Gianna beantwortete sie für ihn: »Er ist einer unserer besten Hacktivisten. Er hat uns unglaublich geholfen.«

»Woher kommen Sie?«

Mohammeds Augen tanzten durch die Kabine und richteten sich auf alles, nur nicht auf Ethan. »Libanon«, antwortete er und schaute wieder auf sein Subnotebook hinunter.

Ethan nickte. »Sie begleiten uns auf dem ganzen Weg nach Venezuela?«

»Ja, Sir. Wenn Ihnen das recht ist.«

Ethan zuckte die Achseln. Der junge Mann erschien ihm etwas seltsam. Ausweichend. Ethan wusste zwar nicht warum, aber trotz seines ganz bestimmt nicht bedrohlichen Benehmens bereitete er ihm ein gewisses Unbehagen.

Ethan schaute Gianna an. Die lächelte zurück. »Es geht gleich los. Ihre Zukunft wartet auf Sie, Ethan. Machen Sie sich bitte keine Sorgen. Ich passe auf Sie auf.«

Die Flugzeugmotoren liefen an, und kurz darauf rollte die Maschine aus dem Hangar heraus.

Beim Start bockte und rüttelte die Beechcraft, aber als sie nach Süden abbog, geriet sie in ruhigere Luft. Als sie die Reiseflughöhe von siebeneinhalbtausend Metern erreichte, trank Ethan bereits eine Bloody Mary und knabberte Kartoffelchips.

Als er an seinem zweiten Cocktail nippte, kehrte seine Aufmerksamkeit zu dem angeblichen libanesischen Computerhacker zurück. Er stellte Mohammed einige Fragen, um herauszufinden, ob der Mann tatsächlich war, was er behauptete. Als ihm Mohammed erzählte, er habe an der Amerikanischen Universität Beirut studiert, konnte er die Ehrlichkeit des Mannes überprüfen, da er durch seine Arbeit beim NSC mehrere Professoren dort kannte. Er fragte den jungen Mann nach seinem Studium, und sein Argwohn wurde beschwichtigt, als Mohammed einige ihm bekannte Namen an dieser Universität erwähnte.

Als Nächstes erkundigte er sich nach seiner Arbeit als Hacktivist. Obwohl er etwas seltsam und unbehaglich wirkte, hatte Mohammed fachlich gesehen keinerlei Probleme, über Denial-of-Service-Angriffe, Computertrojaner, Würmer und mehrere andere Aspekte des Computerhackens zu reden. Ethan entschied, dass der Mann tatsächlich ein libanesischer Computerhacker war, was ihn doch etwas beruhigte.

Bei diesem Gespräch fiel Ethan jedoch die Nervosität auf, die den jungen Mann jedes Mal ergriff, wenn es um persönliche Dinge ging. Bei Mohammed erkannte Ross einen einzigartigen Intellekt und eine gewisse Unbeholfenheit, die nach seiner Erfahrung oft mit echtem Genie einherging. Trotzdem musste es da noch mehr geben, etwas, das Mohammed unbedingt für sich behalten wollte.

Gianna Bertoli hatte dem Gespräch der beiden Männer schweigend zugehört. Als diese jetzt etwa eine Stunde nach dem Start allmählich verstummten, legte sie Ethan die Hand aufs Knie. »Ethan, Sie laufen nicht weg. Sie entziehen nur der amerikanischen Regierung die Option, diese ganze Sache zu ihren Bedingungen zu beenden.«

Ethan nickte, aber innerlich sträubte er sich dagegen, dass Bertoli das FBI als »amerikanische Regierung« bezeichnete. Verdammt, er war genauso ein Teil der amerikanischen Regierung wie diese FBI-Agenten, die ihn jagten. Er ließ es jedoch dabei bewenden und fragte Bertoli, auf welche Weise sie sich an die US-Regierung wenden würden, damit er sein Leben zurückbekäme.

»Heute sollten wir erst einmal ankommen, morgen werden wir uns dann über unser weiteres Vorgehen unterhalten. Wir sind erst sicher, wenn wir in Caracas sind.«

Die King Air landete auf dem Opa-locka Executive Airport in Miami, um aufzutanken. Eine Zollbeamtin, die auf diesem kleinen Flughafen arbeitete, hatte einen Verwandten, der in Venezuela einen nicht besonders wichtigen, aber lukrativen Verwaltungsjob ausübte. Sie fertigte also venezolanische Regierungsflüge ab, die nach Caracas unterwegs waren, ohne die Passagiere und ihr Gepäck zu überprüfen. Damit sicherte sie sich selbst und ihrem Verwandten eine profitable berufliche Karriere.

Um sechs Uhr morgens waren sie wieder in der Luft und flogen über den Golf von Mexiko.

Nach einer weiteren Stunde beugte sich Arturo über Gianna Bertoli und weckte sie mit einem kleinen Stups auf.

»Hi, Arturo. Stimmt was nicht?«

Der Venezolaner wandte sich an Ethan. »Mr. Ross. Die Informationen, die Sie uns übergeben haben, waren hervorragend.«

Ethan hatte aufs Wasser hinuntergeschaut und dabei meist an seine Mutter gedacht. Jetzt schaute er Arturo an. »Natürlich waren sie das.«

»Aber da stellt sich uns auch ein ernstes Problem.«

»Und das wäre?«

»Wenn wir jetzt nach Caracas fliegen, werden dies gewisse amerikanische Agenten ganz bestimmt erfahren, Leute, die wir aufspüren und verhaften müssen.«

»Natürlich. Also sollten Sie gleich damit anfangen.«

»Unsere Sicherheitsdienste sind bereits dabei. Aber bei der Menge an Informationen, die Sie uns gegeben haben, werden wir diesen Saustall vor unserer Landung nicht völlig ausmisten können. Die Amerikaner haben Agenten in unserer Polizei, unseren Sicherheitsdiensten und unserer Präsidialverwaltung.«

»Was schlagen Sie vor?«

»Ich würde vorschlagen, *Señor,* dass wir uns erst einmal in einen sicheren Unterschlupf in einem Drittland begeben.«

»Einen sicheren Unterschlupf? Wo?«

»In Panama. Wir können dort für Ihre Sicherheit garantieren, bis wir unsere Organisation von jedem amerikanischen Einfluss gereinigt haben. Das wird höchstens zwei bis drei Tage dauern.«

Ross gefiel die Idee gar nicht. »In Panama können Sie mich nicht vor der US-Regierung schützen.«

»Doch, das können wir, mein Freund«, erwiderte Arturo. »Keine Angst. Unser dortiger Standort ist abgelegen und sicher. Wenn es Probleme gibt, können wir Sie sehr schnell mit dem Schiff oder Flugzeug wegbringen. Wir haben das über die Jahre schon öfters gemacht.«

»Und die Panamaer?«

»Die werden uns in Ruhe lassen.«

Ethan schaute Gianna an. Sie nickte nur leicht. Ethan blickte zu Mohammed hinüber, ob der etwas dazu zu sagen hatte, aber das libanesische Milchgesicht schlief offensichtlich tief und fest.

»Vertrauen Sie mir, *Amigo«,* sagte Arturo. »Mit den

Informationen, die Sie uns gerade gegeben haben, wäre es zutiefst unklug, jetzt nach Caracas zu gehen.«

Ethan schaute aus dem Fenster. Die Ereignisse begannen sich zu überschlagen. »Okay. Aber Sie werden von mir keine Informationen mehr bekommen, bevor wir nicht in Caracas sind.«

»Kein Problem«, sagte Arturo mit einem durchtriebenen Lächeln. »Sie haben meinem Dienst bereits jetzt so viel gegeben, dass wir damit alle Hände voll zu tun haben.« Er ging ins Cockpit, um die Piloten zu informieren.

Dom Caruso hatte den ganzen Abend über Ethan Ross nachgedacht. Er hatte Albright versprochen, sich künftig herauszuhalten, aber nur Stunden nach diesem Versprechen war die ganze Sache aus den Fugen geraten. Nach Doms Überzeugung brauchte Albright jetzt dringend Hilfe. Dabei spielte es keine Rolle, ob der FBI-Agent selbst auch dieser Ansicht war.

Er rief David um acht Uhr morgens an. »Haben Sie von Eve Pangs Ermordung gehört?«

»Ja, und von dem Verschwinden dieser beiden FBI-Männer zusammen mit Ethan Ross. Das ist alles höchst bedauerlich.«

»Wohl wahr.«

»Ich nehme an, dass es sich bei Ross um den Mann handelt, den Sie gestern erwähnt haben. Der Mann, dessen Namen Sie mir nicht geben wollten.«

»Genau der.«

»Wir hätten Ihnen vielleicht helfen können. Unsere Quellen sagen, dass es bisher noch keine Spur von ihm gibt.«

»Ich habe dasselbe gehört«, sagte Dom.

»Nehmen wir mal an, dass es sich nicht um ein zufälliges Washingtoner Verbrechen handelt, in das diese FBI-Männer nur aus Pech hineingestolpert sind, dann müssen wir uns fragen, wer außerdem noch dermaßen an Ross und dessen Wissen interessiert ist, dass er solche Schritte unternehmen würde, um ihn nicht den amerikanischen Behörden in die Hände fallen zu lassen.«

»Wenn wir herausfinden, wohin er gegangen ist, werden wir wahrscheinlich die Antwort auf diese Frage finden«, erwiderte Dom.

»Irgendwelche Fortschritte in dieser Hinsicht?«, fragte David hoffnungsvoll.

»Ich bin in die Ermittlungen nicht einbezogen. Albright hat mich aufs Trockene gesetzt. Ich kann nur vermuten, dass sie sein Mobiltelefon verfolgen und somit wissen, wohin er gegangen ist.«

David zögerte etwas, dann sagte er: »Sein Handy hat sein Haus nicht verlassen. Ich bin mir sicher, dass das FBI das inzwischen ebenfalls weiß.«

»Und woher zum Teufel wissen *Sie* das?«, fragte Dom.

»Wir haben unsere Möglichkeiten, an die Unterlagen der Mobilfunkunternehmen zu gelangen.«

»Wollen Sie mir damit sagen, dass sich der israelische Geheimdienst in US-Firmen hineingehackt hat?«

»Ich werde Ihnen nichts dergleichen sagen.«

»Richtig.« David würde bestimmt nichts über die Möglichkeiten des Mossad ausplaudern, deshalb ließ es Dom dabei bewenden. Wenigstens sprach dieser Mossad-Mann mit ihm.

»Wie dem auch sei«, fuhr David fort. »Sein Handy sendet immer noch ein Signal an den Mobilfunkmast, der seinem Haus am nächsten steht.«

Dom eilte zu seinem Laptop hinüber und öffnete ihn. »Ich habe die SIM-Kartennummer eines zweiten Handys, das er benutzt hat. Vielleicht hat er dieses jetzt dabei. Könnten Sie das mithilfe dieser Nummer aufspüren?«

»Ich weiß nicht, aber ich kann es herausfinden. Haben Sie diese Nummer auch dem FBI gegeben?«

»Nein. Das hätte ein paar Fragen nach sich gezogen, die ich nur ungern beantwortet hätte.«

»Ah. Ich verstehe vollkommen. Ich kümmere mich darum und rufe zurück, wenn ich etwas habe.«

Weniger als eine Stunde später rief David Dom an und bat ihn um ein persönliches Treffen um zehn Uhr vormittags, also in nicht einmal zwei Stunden.

30

Die Beechcraft King Air landete kurz nach neun Uhr morgens auf dem Bocas del Toro International Airport, und Ethan musste sich zusammennehmen, um sich nicht an den anderen vorbeizudrängen. Er wollte endlich aus dieser engen Kabine herauskommen und wieder frische Luft atmen. Als er jedoch auf dem schwülheißen Vorfeld stand, merkte er, dass es in diesem klimatisierten Flugzeug viel angenehmer gewesen war.

Das Flugfeld lag auf der Isla Colón. Während des Anflugs hatte Ethan gesehen, dass die Insel Teil eines Archipels war, der aus einer Fülle größerer Inseln und kleiner Cays bestand. Sie waren alle flach und von tropischer Vegetation überwuchert. Der Flughafen von Colón war dagegen von Bocas Town umgeben, einem Städtchen, dessen marode Häuser und Geschäfte in gerade einmal fünfzehn Meter Entfernung beide Seiten der Startbahn säumten. Dazwischen wuchsen tropische Gehölze und Büsche. In der heißen Brise wiegten sich Palmen. Die ganze Luft war von einem seltsamen Geruch nach Benzin und Dschungel erfüllt.

Der Beechcraft näherte sich jetzt über das heiße Vorfeld ein Kleinbus, der zwölf Fahrgäste aufnehmen konnte. Aus dem Führerhaus stiegen zwei große, grimmig dreinschauende Latinos, die Ethan für weitere venezolanische Geheimagenten hielt. Das wenige Gepäck wurde aus der King Air in den Kleinbus umgeladen, den danach alle bestiegen, um die zehnminütige Fahrt durch die schmutzigen, verstopften Dritte-Welt-Straßen zum Hafen zurückzulegen.

Die einzige Ausnahme war Arturo, der wieder ins Flugzeug stieg, um nach Caracas weiterzufliegen und dort die Verhaftung der amerikanischen Spione zu organisieren.

Während der Kleinbus durch die kleine Stadt rollte, erklärte man den drei Nicht-Venezolanern Ross, Bertoli und Mohammed, dass sich der sichere Unterschlupf auf der benachbarten Isla Bastimentos befinde. Unterwegs kamen sie an einigen Polizeiwagen und sogar einem Lastwagen voller Soldaten der panamaischen Streitkräfte vorbei. Dies machte Ethan etwas nervös, aber ihm war klar, dass er nichts anderes tun konnte, als geduldig dazusitzen und zu hoffen, dass die Venezolaner wussten, was sie da taten. Deshalb schaute er einfach nur weiter durchs Fenster.

Der Hafen war voller kleiner Schiffe, die Menschen und Waren auf die benachbarten Inseln und Cays brachten. Ethan und seine Begleiter marschierten an den Fährbooten und Wassertaxis vorbei und bestiegen zwei große Schnellboote. Diese preschten sofort los und machten sich durch das kabbelige, unruhige Wasser auf in Richtung Südosten. Sie fuhren südlich an der kleinen Isla Carenero vorbei, durchquerten eine Hauptschifffahrtsroute voller Fähren und Frachtschiffe, bis sie schließlich in die ruhigeren Gewässer zwischen den Inseln Solarte und Bastimentos einbogen.

Auf den ersten Blick hielt Ethan Bastimentos für völlig unbewohnt. Als sie sich jedoch dem Ufer näherten und in Richtung Süden an ihm vorbeituckerten, ragte alle paar Hundert Meter das Blechdach eines Gebäudes aus dem dichten Dschungel heraus.

Nach einigen Minuten fuhren die beiden Boote in eine schmale Bucht ein und bewegten sich nur noch sehr langsam vorwärts. Auf der linken Seite wuchs dichter Mangrovenwald, aber rechts von ihnen tauchte plötzlich ein gelber, palmengesäumter Sandstrand auf. Als sie eine Biegung der Bucht umrundeten, erwartete Ethan eigentlich, irgendeine baufällige Blechhütte zu sehen, aber stattdessen kam ein großes weißes Kolonialhaus in Sicht, das etwa fünfundzwanzig Meter vom Ufer entfernt lag und von einer riesigen, gepflegten Rasenfläche umgeben war. Das zweistöckige Gebäude hatte im ersten Stock eine umlaufende Veranda, auf der mehrere Männer standen und zu den ankommenden Booten hinunterschauten.

Der akkurat geschnittene Rasen erstreckte sich bis zum sandigen Ufer und auf beiden Seiten des Hauses bis zum Dschungel.

An der Anlegestelle wartete ein kahlköpfiger Mann mit einem buschigen Schnurrbart und einem Tropenanzug auf die Boote. Sein Lächeln war breit und einladend. Rechts und links von ihm standen jedoch zwei jüngere, grimmig dreinblickende Männer mit Pistolen an den Hüften.

»Willkommen, meine Freunde«, sagte er auf englisch.

Ethan kletterte vor Bertoli und Mohammed aus dem Boot und schüttelte dem Kahlköpfigen die Hand.

»Ich heiße Leopoldo. Bitte nennen Sie mich Leo.«

»Ethan Ross.«

»Bienvenido a Panamá, Señor Ross.« Er gab auch den beiden anderen Besuchern die Hand. Danach gingen alle vier die Stufen zum Haupthaus hinauf.

»Was ist das für ein Ort?«, fragte Ross.

Leo grinste stolz. »Wir betrachten es als unser Heim in der Ferne. Ursprünglich war es vor etwa hundert Jahren die Residenz eines französischen Fruchtmagnaten. Danach war es lange Zeit ein Luxushotel. Vor einigen Jahren kaufte es ein Freund der venezolanischen Regierung, der es uns immer zur Verfügung stellt, wenn wir es benötigen.«

Leo war offensichtlich auf dieses Anwesen sogar äußerst stolz. »Wir verfügen hier über jeden Komfort, Satellitenfernsehen, Telefonempfang und eine gute Internetverbindung. Wir haben hier sogar unseren eigenen Küchenchef.« Er klopfte Ethan auf den Rücken, als ob sie alte Freunde wären. »Man wird hier gut für Sie alle sorgen, und ich bin Ihnen ganz persönlich zu Diensten.«

Mohammed unterbrach ihn, wenn auch leise und beinahe entschuldigend. »Verzeihen Sie, Sir. Was können Sie uns über die Sicherheit dieses Anwesens sagen?«

Leo öffnete sein Jackett und enthüllte eine MP5-Maschinenpistole. »Keine Sorge, meine Freunde. Hier auf dem Gelände sind zehn Mann nur für Ihre Sicherheit zuständig. Fünf weitere von uns sind bewaffnet und haben eine entsprechende Ausbildung genossen. Die panamaische Polizci lässt ein schwer bewaffnetes Küstenwachboot patrouillieren, das ebenfalls auf uns aufpasst.«

Mohammed war damit offensichtlich noch nicht zufrieden. »Was ist, wenn uns die Amerikaner entdecken? Wie kommen wir von hier weg?«

»Mit unseren Schnellbooten natürlich. Es stehen jedoch auch ein paar große Geländewagen und Leicht-Lkw in der Auffahrt, die rund um die Uhr fahrbereit sind. Diese Insel hat eine Fläche von über fünfzig Quadratkilometern, und der Dschungel ist von unbefestigten Pisten durchzogen. Auf allen Seiten gibt es Anlegestellen, an denen sich weitere Boote befinden. Es gibt also viele Wege, wie wir im Notfall von hier wegkommen, wichtig dabei ist aber, dass sich niemand an uns heranschleichen kann, ohne dass wir es merken.«

»Danke«, sagte Mohammed.

Ethan fand es erstaunlich, dass der junge Libanese sich getraut hatte, die Sicherheitsmaßnahmen der Venezolaner infrage zu stellen, aber Leo schien dies überhaupt nicht beleidigend zu finden.

Das Kolonialhaus war tatsächlich riesig, mit einem gewaltigen Hauptsaal, der beide Stockwerke einnahm, mehreren Gemeinschaftsräumen im Parterre und acht Schlafzimmern im Obergeschoss. Draußen umgaben mehrere Nebengebäude einen schmutzigen Swimmingpool und einen ungepflegten Tennisplatz. In diesen Gebäuden wohnte wohl ein Teil des Sicherheitspersonals.

Ethan gab man ein Zimmer in der nordöstlichen Ecke des ersten Stocks. Vor der Tür postierte sich ein bewaffneter, silberhaariger Sicherheitsmann, der aussah, als würde er sein Geschäft verstehen.

Ethans Zimmer hatte zwar keinen Zugang zur umlaufenden Veranda, aber wenn er aus dem Fenster schaute, konnte er Affen beobachten, die auf den benachbarten Bäumen herumkletterten.

Er fühlte sich mehr oder weniger in Sicherheit, aber er war auch kein Dummkopf. Trotz der Versicherungen der Venezolaner wusste er, dass er nur noch um sein Leben rennen konnte, wenn die Amerikaner oder Israelis tatsächlich hier auftauchen würden.

31

Die Georgetown Neighborhood Library war ein wundervolles Kolonialgebäude in einem der besten Viertel Washingtons, aber heute roch es in dieser Bibliothek buchstäblich nach Scheiße. Ein Obdachloser, der in einem der bequemen Sessel seinen Rausch ausschlafen wollte, hatte sich in die Hosen gemacht, und der Gestank durchzog jetzt das gesamte Erdgeschoss des historischen Gebäudes. Die Bibliothekare, die inzwischen an die Obdachlosen in ihrer Mitte gewöhnt waren, hatten die Fähigkeit entwickelt, den Geruch zu ignorieren. Der gut gekleidete Herr, der gerade die Regale der Geschichtsabteilung inspizierte, konnte den Ausdruck äußersten Missfallens auf seinem Gesicht dagegen nicht verbergen.

Dominic Caruso tauchte an seiner Seite auf. »Alles in Ordnung?«

»Kein Problem«, log David durch zusammengepresste Zähne. »Sollten wir nicht nach oben gehen, um diesem unangenehmen Geruch zu entkommen?«

David ging zur Treppe voran, und sie stiegen in den zweiten Stock hinauf. Dort fanden sie im Peabody Room eine ruhige Ecke, die sowohl abgeschieden als auch geruchsfrei war.

»Schon besser«, sagte David. »Ich habe Neuigkeiten für Sie. Sie sind nur für Sie bestimmt. Soweit ich weiß, hat bisher noch niemand in Ihren Regierungsbehörden, auch nicht beim FBI, davon Kenntnis.«

»Lassen Sie hören.«

»Wir konnten die SIM-Karte orten, deren Nummer Sie uns gegeben haben, und mit deren Hilfe konnten wir das Handy finden.«

Dom verzog das Gesicht. »Lassen Sie mich raten. Ethan Ross hatte es nicht dabei.«

»Leider nein. Das Handy lag in einem Müllcontainer hinter einem 7-Eleven-Supermarkt in Reston, Virginia.«

»Verdammt. Also eine Sackgasse.«

»Überhaupt nicht. Wir bekamen Zugang zu den Aufnahmen der Überwachungskameras des 7-Eleven, die zu der Zeit entstanden, als das Handy weggeworfen wurde.«

Dominic lehnte sich gegen ein Bücherregal und verschränkte die Arme. »Wie zum Teufel haben Sie das geschafft?«

David lächelte. »Das hatten wir doch schon mal. Unsere Beziehung beruht auf Vertrauen, Mr. Caruso. Und sie beruht darauf, dass wir einander einfach glauben.«

»Richtig.«

»Auf den Kameraaufnahmen sahen wir, wie Ethan Ross ganz allein das Geschäft betrat und sich ein Handy kaufte. Wir nehmen an, dass er sein drei Tage altes Vorgängerhandy in den Müllcontainer warf und sich danach ein neues besorgte. Wir haben die Transaktionsdaten der Supermarktkasse dazu benutzt, um den Barcode der Handyverpackung zu ermitteln. Den haben wir dann …«

Dom hielt eine Hand hoch. »Warten Sie mal. Sehe ich das richtig? Der Mossad kann sich in ein Kassensystem von 7-Eleven einhacken?«

David runzelte die Stirn, sagte jedoch nichts.

»Okay, ich stelle keine Fragen mehr.«

Der Mossad-Offizier redete weiter. »Mithilfe des Barcodes konnten wir die SIM-Kartennummer des Handys herausfinden, das wir dann auf dem Dulles Airport geortet haben. Offensichtlich hatte er den Akku herausgenommen, ihn auf dem Flughafen jedoch wieder eingesetzt, wo wir ihn kurz orten konnten. Aber danach hat er den Akku offensichtlich wieder entfernt, und wir haben das Telefonsignal verloren. Zuerst sah das wie eine weitere Sackgasse aus, aber bei einer näheren Untersuchung stellte sich heraus, dass das Mobiltelefon nicht im Hauptterminal benutzt worden war. Stattdessen hatte es sich aus einem Charter-Hangar gemeldet. Zu dieser Zeit verließ jedoch nur eine einzige Chartermaschine den Dulles-Flughafen.«

»Und wohin?«

»Nach Miami. Dort reichte sie einen Flugplan nach Caracas, Venezuela, ein.«

»Caracas«, wiederholte Dom nachdenklich. »Wissen Sie, wer den Flug gechartert hat?«

»Ja. Eine Tarnfirma des venezolanischen Allgemeinen Geheimdienstes.«

Dom kratzte sich am Kopf und war jetzt völlig verwirrt. »Ross ist ein Nahostexperte, der Geheimnisse weitergab, die den Palästinensern nützten. Was in aller Welt hat das mit der venezolanischen Regierung zu tun?«

»Das wissen wir auch nicht. Aber da gibt es noch ein anderes Problem. Ein paar Leute von uns haben auf die Ankunft des Fluges in Caracas gewartet, aber die Maschine änderte unterwegs ihre Route und flog nach Panama.«

Dom lehnte den Hinterkopf ans Bücherregal. »Von Panama City kann man überallhin fliegen.«

»Sie flogen jedoch nicht nach Panama City. Sie flogen nach Bocas del Toro im Norden des Landes. Das ist ein kleiner Flugplatz auf der Isla Colón. Sie sollten in der vergangenen Stunde dort gelandet sein. Wir konnten niemand so schnell zu diesem Flugplatz bringen, der dort ihre Spur hätte aufnehmen können.«

»Irgendeine Idee, warum sie nach Bocas del Toro geflogen sind?«

»Nein.«

Dom dachte darüber nach. Die panamaische und die venezolanische Regierung führten zwar nicht gerade Krieg gegeneinander, aber die beiden Staaten waren sich trotzdem nicht sehr gewogen. Dom konnte sich keinen Grund vorstellen, warum der venezolanische Geheimdienst einen amerikanischen Spion aus den Vereinigten Staaten herausschmuggeln sollte, um ihn dann mitten in den panamaischen Dschungel zu bringen.

Bevor Dom die Bibliothek verließ, versprach er David, ihn bald wieder anzurufen. Keiner der beiden Männer wusste, was ihr nächster Schritt bei der Jagd auf Ethan Ross sein würde, aber Dom wusste, wo er weitere Informationen bekommen konnte.

Auf dem Weg zu seinem Motorrad auf dem Parkplatz hinter der Bücherei rief er Gerry Hendley an und fragte ihn, ob er herausfinden könne, was die CIA über venezolanische Geheimdienstaktivitäten in Bocas del Toro, Panama, wusste. Gerry war verständlicherweise über diese Bitte etwas verwirrt, versprach aber, eine seiner Kontaktpersonen im sechsten Stock von Langley anzurufen und sich danach sofort bei ihm zu melden.

Eine halbe Stunde später, Dom war gerade wieder in seiner Wohnung am Lincoln Circle angekommen, zirpte sein Handy. Er sah auf der Anruferkennung, dass es Hendley war.

»Ich hoffe, Sie haben etwas herausbekommen, Gerry.«

Gerry antwortete in seinem charakteristischen Südstaaten-Singsang. »Ich habe zwar etwas erfahren, aber ich weiß nicht, ob Ihnen das irgendwie weiterhilft. Meine Kontaktleute bei der CIA haben mir drei Meldungen aus Bocas del Toro genannt, die bisher in irgendeinen Zusammenhang mit den venezolanischen Geheimdiensten gebracht werden konnten.«

»Und welche wären das?«

»Da gibt es ein Hotel in Bocas Town, das zwei ehemalige Geheimagenten aus Caracas vor ein paar Monaten gekauft haben.«

»In der Stadt selbst? Nein, das kommt wohl kaum infrage. Was noch?«

»Ein Pilot einer Kurzstrecken-Fluggesellschaft am dortigen Flugplatz konnte als venezolanischer Spion identifiziert werden.«

»Verdammt«, sagte Dom. Vielleicht hatte man Ross in Bocas in ein anderes Flugzeug gesetzt und an einen noch entlegeneren Ort als Bocas del Toro gebracht. Je mehr er jedoch darüber nachdachte, desto weniger erschien ihm das wahrscheinlich. Sie flogen ja in einer King Air 350i, einer Maschine, die nur eine kurze Landebahn benötigte. Sie würden also deshalb nicht das Flugzeug wechseln müssen.

»Was ist die dritte Spur?«, fragte Dom.

»Für die konnten sie mir sogar eine Adresse geben und zwar ihre geografischen Koordinaten. Anscheinend handelt es sich um ein großes altes Kolonialgebäude auf einer tropischen Insel ein paar Schiffskilometer südöstlich von Bocas del Toro. Es gehört einer Familie, die enge Verbindungen zur bolivarianischen Regierung unterhält, die gegenwärtig in Caracas an der Macht ist.«

Dom wusste sofort, dass diese Spur viel bessere Aussichten bot als die ersten beiden. »Geben Sie mir bitte die Koordinaten.« Gerry folgte seinem Wunsch, und Dom gab sie in das EagleView-Programm auf seinem Laptop ein.

Als er die Satellitenkarte des Anwesens betrachtete, hielt er es durchaus für möglich, dass es der venezolanische Geheimdienst als sicheren Unterschlupf verwendete. Es war abgelegen und hatte einen guten Blick sowohl auf die schmale Inlandsbucht als auch auf eine

Dschungelpiste, die in den südlichen Teil der Insel führte. »Ja«, murmelte er vor sich hin. Dann sagte er laut: »Gerry, entschuldigen Sie bitte, aber ich muss kurz mit jemand sprechen. Ich rufe Sie gleich wieder an.«

Dom wählte Davids Nummer und schaute auf die Uhr, als auf der anderen Seite das Telefon klingelte. Sobald der andere abhob, rief der Amerikaner: »Ich glaube, ich weiß, wo Ross ist.«

»Wo?«

»Bevor ich es Ihnen erzähle, müssen Sie mir versprechen, dass Sie mir nicht in die Quere kommen werden. Sie haben mir logistische Unterstützung angeboten. Die hätte ich jetzt gerne.«

»Einverstanden.«

»Er hält sich höchstwahrscheinlich in einem sicheren Unterschlupf des venezolanischen Geheimdienstes auf einer tropischen Insel in der Nähe von Bocas del Toro, Panama, auf.«

»Ich verstehe. Haben Sie eine Ahnung, was er dort macht?«

»Überhaupt nicht. Ich kann da nur spekulieren. Vielleicht hat er den Venezolanern einige Geheiminformationen gegeben, damit sie ihn sicher aus dem Land bringen. Ich weiß jedoch nicht, um welche Informationen es sich da handeln könnte und warum sie ihn nicht direkt nach Caracas gebracht haben.«

»Und jetzt wollen Sie dort hinunterfliegen, um nach ihm zu suchen? Allein?«

»Ja.«

»Was hoffen Sie dort zu erreichen?«

»Ich hole mir den Beweis, dass er wirklich dort ist, und besorge mir ein paar Informationen über seinen Aufenthaltsort.«

»Und dann?«

»Dann könnten Sie vielleicht ein Schajetet-13-Team

dorthin schicken, um ihn zu töten. Immerhin ist das Panama und nicht Washington. Sie haben bestimmt keine Skrupel, diesen Kerl auf einer Dschungelinsel in Mittelamerika für das, was er den Yacobys angetan hat, auszuschalten.«

»Das würden wir mit großem Vergnügen erledigen«, sagte David kalt.

»Aber damit hier kein Missverständnis aufkommt, David. Wenn ich dort drunten zufällig eine Gelegenheit dazu finde ... werde ich ihn höchstpersönlich ins Jenseits befördern.«

»Das wäre sogar noch besser«, erwiderte David. »Was brauchen Sie von mir?«

»Schusswaffen, die in Bocas auf mich warten, wenn ich dort ankomme.«

David ließ einen Pfiff hören. »Unsere Operationsbasis in Panama ist ziemlich beschränkt. Aber ich werde sehen, was sich machen lässt.«

Dom rief Gerry Hendley ein weiteres Mal an und begrüßte ihn mit einer Bitte, die für den ehemaligen Senator von South Carolina nicht ganz überraschend kam. »Ich möchte um die Erlaubnis bitten, das Land ein paar Tage zu verlassen.«

»Lassen Sie mich mal raten. Sie wollen nach Panama fliegen.«

»Gut geraten.«

»Und was ist der Grund für diesen Spontanurlaub?«

»Der venezolanische Geheimdienst hat Ethan Ross. Das wurde mir von meinem Kontaktmann beim Mossad mitgeteilt. Sie brachten ihn nach Bocas, wahrscheinlich in dieses Kolonialgebäude im Dschungel.«

»Wenn ihn die Venezolaner haben, warum zum Teufel ist er dann nicht in Venezuela?«, fragte Gerry.

»Das ist die Tausend-Dollar-Frage. Die konnte ich noch nicht beantworten.«

»Was gedenken Sie dort unten zu tun?«

»Ich werde erst einmal die Sicherheitslage in Bezug auf Ethan Ross erkunden und mich mit dem Mossad in Verbindung setzen.«

»Warum teilen Sie Ihre Erkenntnisse nicht dem FBI mit?«

»Im Moment sind das im Grunde doch alles nur Vermutungen. Ich kann noch überhaupt nichts beweisen.«

Dom hatte wohlweislich nicht erwähnt, dass er selbst Ross erschießen könnte oder zumindest die israelischen Spezialkräfte dazu bringen könnte, das zu tun, aber Gerry war kein Dummkopf und wusste sehr wohl, was sein Mann seit Indien durchgemacht hatte. Er füllte die Lücken in der Geschichte aus und sagte: »Sie wissen, dass Sie die Yacobys nicht zurückbringen, wenn Sie Ross töten. Was Sie da planen, ist pure Rache. Nicht mehr.«

»Ich weiß«, sagte Dom.

Nach einem Moment seufzte Gerry. »Na gut. Aber Sie verstehen sicher, dass diese Operation, die Sie da vorhaben, in keiner Weise vom Campus oder der Regierung der Vereinigten Staaten sanktioniert ist.«

Dom wollte eigentlich sagen: Genau darum geht es ja. Stattdessen sagte er nur: »Ja. Das ist mir klar.«

»Gleichwohl lasse ich Sie keinesfalls ohne Unterstützung dort runterfliegen. Was brauchen Sie von mir?«

»Ich weiß das zu schätzen, aber ich werde unsere Organisation bei dieser Unternehmung nicht gefährden. Ich bekomme schon die Hilfe, die ich benötige.«

Bevor Gerry antworten konnte, klopfte es so laut an der Tür, dass selbst Hendley es in seinem Telefon hörte. Dom schaute kurz hoch, und seine Augen verengten sich. »Wo wir gerade von Unterstützung sprechen, Sie haben nicht Adara Sherman beauftragt, nach mir zu sehen?«

»Hat es einen Sinn, wenn ich das abstreite?«

»Ich hoffte eigentlich, dass sie endlich mein tolles Aussehen und meinen Charme bemerkt hätte.«

Gerry kicherte. »Nein. Tatsächlich ist es eher das Gegenteil. Sie hat mir erzählt, dass Sie entsetzlich aussehen und in noch düsterer und grüblerischer Stimmung sind als gewöhnlich, was bei Ihnen schon etwas heißen will. Deshalb habe ich sie gebeten, mal bei Ihnen vorbeizuschauen.« Nach einer kurzen Pause fuhr er fort: »Angesichts der Tatsache, dass Sie in letzter Zeit ständig mit irgendwelchen ausländischen Agenten auf Ihrem Ein-Mann-Rachefeldzug unterwegs waren, hat sie wohl keine so gute Arbeit geleistet.«

»An ihr hat es bestimmt nicht gelegen. Ich habe rund um die Uhr versucht, ihr aus dem Weg zu gehen. Und nun ist sie hier.« Dom blickte zur Tür. »Gerry, ich ruf Sie später zurück.«

Gerry schien überrascht, fasste sich jedoch schnell. »Ähm, gut. In Ordnung. Bis bald.«

Als Dom die Tür öffnete, stand Adara davor. Sie trug Blue Jeans, Winterstiefel und einen dicken Mantel. Ihr blondes Haar war unter einer Strickmütze verborgen. Die Mütze konnte jedoch den nervösen Ausdruck auf ihrem Gesicht nicht verbergen. »Wissen Sie eigentlich, Caruso, dass ich mit meiner Zeit auch etwas anderes anstellen könnte?«

»Natürlich. Kommen Sie herein.«

Sie trat ein, schaute sich in Doms chaotischer Wohnung um und öffnete dann den Kühlschrank, als ob er ihr eigener wäre. Er war fast leer, wie auch die Schränke, in denen sie danach nachschaute. Sie hob eine Flasche Maker's-Mark-Whiskey vom Küchentisch hoch und sah, dass sie fast leer war. Sie drehte sich zu Dom um und schaute ihn missbilligend an. »Ich werde hier mal sauber machen, und danach gehe ich einkaufen«, sagte sie. »Sie brauchen etwas zu essen, richtiges Essen. Sie werden jetzt laut protestieren, aber ich mache es trotzdem. Sie dürfen sich gerne irgendwo hinsetzen und Trübsal blasen, während ich hier für Ordnung sorge.«

Dom schüttelte heftig den Kopf. »Das weiß ich alles sehr zu schätzen, aber es ist nicht nötig, Sherman. Ich breche noch heute von hier auf und verlasse die Stadt. Ich verspreche, dass ich Sie anrufe, wenn ich wieder zurück bin.«

Adara Sherman zuckte nicht mit der Wimper. »Das wird nicht nötig sein.«

Dom runzelte die Stirn. Vielleicht waren seine Gesundheitschecks tatsächlich vorüber. »Wirklich? Warum nicht?«

»Weil ich mitkomme.«

»Nein, das geht nicht. Das ist ein OCONUS-Einsatz. So nennt man in der Militärsprache einen Einsatz außerhalb der kontinentalen Vereinigten Staaten.«

Sie seufzte und schaute ihn verärgert an. »Meinen Sie denn allen Ernstes, dass ich nicht weiß, was OCONUS bedeutet?«

Dom unterdrückte ein Stöhnen. Für so etwas hatte er jetzt keine Zeit. Er musste so schnell wie möglich ein Flugzeug erwischen. »Hören Sie, das hier ist eine Aufklärungsoperation, die Gerry zwar nicht verboten, aber auch nicht eindeutig sanktioniert hat und die wahrscheinlich sehr gefährlich werden wird. Es tut mir leid, aber da kann ich nicht auch noch für Sie die Verantwortung übernehmen.«

»Natürlich können Sie das nicht. Ich habe eher die Sorge, dass Sie für sich selbst die Verantwortung nicht übernehmen können, deshalb werde ich mitkommen, um auf *Sie* aufzupassen.«

Dom wollte gerade laut Protest erheben, verkniff sich das jedoch. »Augenblick mal. Kennen Sie sich mit Booten und kleinen Schiffen aus?«

Sie verdrehte die Augen. »Ich war in der Navy, Caruso.«

»Ich rede nicht von Schlachtschiffen. Ich rede von etwas viel Kleinerem, das auch auf dem offenen Meer ziemlich schnell ist, aber nicht zu sehr auffällt.«

»Zwei Dinge«, erwiderte Sherman. »Erstens, die US-Marine hat keine Schlachtschiffe mehr. Und zweitens, wo würde dieses Boot operieren und was würde es transportieren?«

»In einem Archipel in Panama und es müsste mich und meine Taucherausrüstung transportieren.«

»Das ist alles?«

Nach einem Schulterzucken fügte Dom hinzu: »Vielleicht auch ein Gewehr.«

Die attraktive Blondine zögerte keinen Moment. »Okay. Sie wollen etwas mit geringem Tiefgang, etwas Kleines, das etwa sechs bis neun Meter lang ist, würde ich sagen. Vielleicht ein Wasserski-Boot. MasterCraft stellt ein paar wirklich hervorragende her, mit denen ich mich auch gut auskenne. Natürlich hängt es davon ab, was dort unten verfügbar ist.«

Dom war bereits zu seinem Computer zurückgekehrt und schaute die Abflugzeiten des heutigen Tages nach. »Okay. Sie haben gewonnen, Sie können mitkommen. Gehen Sie heim und packen Sie Ihren Koffer. Wir treffen uns in einer Stunde auf dem Dulles-Flughafen. Es gibt einen Flug um dreizehn Uhr. Wenn wir uns beeilen, können wir den gerade noch erwischen und sind dann um siebzehn Uhr in Panama City. Dort finden wir bestimmt ein Kleinflugzeug, das uns nach Bocas del Toro bringt.«

Adara rührte sich nicht. »Mein Pass ist in meiner Handtasche, und in meinem Kofferraum liegt eine Reisetasche mit Wäsche für drei Tage. Das ist Teil meiner Arbeit für Gerry Hendley. Sieben Tage die Woche rund um die Uhr einsatzbereit. Was ich noch brauchen sollte, kann ich unterwegs oder dort drunten kaufen.«

Dom war wirklich beeindruckt. Selbst er und die anderen Campus-Agenten beschwerten sich, wenn sie vor einem OCONUS-Einsatz nicht wenigstens ein paar Stunden Zeit bekamen.

»Da gibt es nur ein Problem«, fügte Sherman hinzu. »*Sie* haben dunkle Haare, dunkle Augen und einen braunen Teint. Sie fallen in Panama auf keinen Fall auf, solange Sie nicht den Mund aufmachen. Ich dagegen habe kurze blonde Haare und graue Augen. Ich würde besser auf den Mond passen als nach Mittelamerika.«

Dom lachte. »Sie werden einfach meine heiße, aber kontrollwütige Freundin sein. Glauben Sie mir, Sherman, *niemand,* der Ihnen dort begegnet, wird an dieser Tarngeschichte auch nur eine Sekunde zweifeln.«

»Nicht nachdem ich Ihnen ein blaues Auge verpasst habe.«

32

Gianna, Ethan und Mohammed saßen an einem Tisch, den man ihnen neben dem schlecht gewarteten Swimmingpool hinter dem großen Kolonialgebäude gedeckt hatte. Derweil patrouillierten Sicherheitswachen durch das ganze Anwesen oder beobachteten von der Veranda aus die Umgebung. Alle drei aßen gegrillten Seebarsch. Gianna und Ethan tranken dazu einen chilenischen Pinot Grigio, während Mohammed an einem Orangensaft nippte. Dabei arbeitete er immer noch an seinem Laptop, was Ethan höchst verwunderlich fand.

Der venezolanische Geheimagent Leo hatte seit ihrer Ankunft den ganzen Vormittag mit seinen Gästen verbracht, sich dann jedoch kurz vor dem Mittagessen zu einer Telefonkonferenz mit Caracas zurückgezogen.

Zwischen einzelnen herzhaften Schlucken fragte Ethan: »Was ist jetzt der nächste Schritt?«

»Harlan und ich werden uns heute Nachmittag über Cryptocat austauschen. Er kontaktiert gerade seine Informanten, um herauszufinden, was die FBI-Ermittlungen über Eves Tod bisher ergeben haben.«

»Das ist alles?«

»Im Moment können wir kaum etwas anderes tun, als zu warten und uns zu entspannen.«

Ethan würde sich bestimmt nicht entspannen, das wusste er ganz genau. Er schenkte sich ein weiteres Glas Wein ein, ohne sich um Bertolis Glas zu kümmern.

»Es gibt neue Nachrichten aus Washington«, sagte Gianna. »Während ich mich in meinem Zimmer zum Lunch umzog, habe ich CNN geschaut. Ich weiß zwar nicht, inwieweit das Ihren Fall betreffen könnte, aber es ist trotzdem ziemlich besorgniserregend.«

»Worum geht es?«

»Man hat die Leichen zweier FBI-Beamten gefunden, die im Potomac trieben.«

Ethan riss schockiert die Augen auf. »Warten Sie … die können doch unmöglich annehmen, dass ich damit etwas zu tun habe, oder?«

Mohammed nippte einfach nur an seinem Orangensaft.

»Ich kann mir auch nicht vorstellen, dass sie das wirklich denken, aber sie könnten es trotzdem gegen Sie verwenden«, erwiderte Bertoli. »Das ist zu einem ganz schlechten Zeitpunkt passiert. Ich weiß, wie die Amerikaner vorgehen. Sie werden nach anderen Verbrechen suchen, die sie Ihnen anhängen können. Vielleicht sind diese beiden Männer bei einem Raubüberfall gestorben, und sie wollen ihnen deren Tod in die Schuhe schieben. Vielleicht gibt es gar keine Toten, und das Ganze ist nur ein Trick, um Sie des Mordes anzuklagen.«

Jetzt meldete sich Mohammed zu Wort, ohne von seinem Subnotebook aufzublicken. »Die Ermordung eines Bundespolizisten wird in Amerika mit dem Tode bestraft.«

Ethan ließ den Kopf auf den Tisch sinken. Bertoli massierte ihm den Nacken, während Mohammed ganz ruhig sein Messer in die Hand nahm und seinen Seebarsch in Stücke schnitt.

Dom und Adara flogen mit einer Maschine der Copa Airlines um genau dreizehn Uhr vom Dulles-Flughafen ab. Während des gesamten fünfstündigen Flugs erarbeiteten sie einen Überwachungsplan, ohne ein einziges Wort zu sprechen. Sie erstellten eine Ausrüstungsliste und tauschten mehrmals ein iPad mit einer EagleView-Karte der Gegend aus.

Nach ihrer Landung in Panama City stiegen sie sofort in eine Fokker 50 der Air Panama, die sie nach Bocas del Toro brachte. In dem Fünfzigsitzer saßen hauptsächlich Einheimische, aber auch einige Touristen waren in der Maschine, sodass Sherman nicht allzu sehr auffiel.

Kurz nach halb sieben landeten sie auf dem Bocas del Toro Isla Colón International Airport, der so klein wie sein Name lang war. Als sie aus der Maschine stiegen und den rissigen Asphalt des Vorfelds betraten, schulterte Dominic seinen Rucksack. Adara hängte sich ebenfalls ihre Reisetasche um, nahm Doms Hand und hielt sie fest, während sie zu dem winzigen Terminalgebäude hinübergingen. Dom gab dazu keinerlei Kommentar ab. Kurz bevor sie sich zum Taxistand hinausbegaben, beugte sich Adara dicht an ihn heran und flüsterte ihm ins Ohr: »Ein paar Typen, die hier im Terminal herumstehen, könnten Späher der Gegenseite sein. Man kann nicht vorsichtig genug sein.«

»Da gebe ich Ihnen recht.« Er legte den Arm um sie und führte sie zu einem wartenden Taxi.

Ihre Übernachtungsstätte hieß passenderweise Hotel Bocas del Toro. Sie lag an der Ostspitze der Insel im Herzen der Innenstadt von Bocas, dabei jedoch so nahe am Ufer, dass ein Teil des Kolonialstilgebäudes buchstäblich über dem Wasser hing. Dom und Adara nahmen sich ein Zimmer im zweiten Stock, von dem man einen Blick auf Isla Carenero hatte, ein unglaublich grünes Stück Land, das aus dem unglaublich blauen Wasser herausragte. Bei genauerem Hinsehen entdeckte man zwischen den Bäumen immer wieder rostige Blechdächer.

Sie warfen ihre Taschen auf einen Tisch und schauten sich in dem kleinen Zimmer um. Keiner erwähnte, dass es nur ein einziges Bett gab, als sie auf den Balkon hinaustraten, um einen Blick auf die Nachbarschaft zu werfen. Plötzlich lehnte sich Adara so dicht an Dom heran, dass dieser glaubte, sie würde ihn gleich küssen. Stattdessen sagte sie: »Sollten wir davon ausgehen, dass wir abgehört werden?«

Dom zwang sich ein kleines Lächeln ab. »Nein. Nicht hier. Wir sind okay.«

»Gerry hat unserer gesamten Flug-Crew geraten, unterwegs davon auszugehen, dass jedes Hotel verwanzt ist, und uns entsprechend zu verhalten.«

»Auf diesen Wänden gibt es keine Wanzen, sondern nur Hundertfüßer.«

Sherman wirbelte herum und schaute die Wand an, vor der sie gerade stand. Ein vorsintflutlich aussehendes Insekt von der Länge eines Filzstifts kroch gerade am Rahmen der Balkontür entlang. Adara rümpfte etwas die Nase, blieb sonst jedoch ganz ruhig.

»Sollten Sie jetzt eigentlich nicht hysterisch schreien und ausflippen?«, sagte Dom.

»Weil ich eine Frau bin?«

Dom gab nicht nur keine Antwort, sondern bedauerte, diese Frage überhaupt gestellt zu haben.

»Ich war in Afghanistan«, sagte Adara. »Dort krochen Kamelspinnen von der Größe eines Suppentellers in unserer Latrine herum. Solche Insekten wie diese da bringen mich bestimmt nicht aus der Fassung.«

»Dann müssen Sie sich ja hier wie im Ritz fühlen.«

Dominic rief David mit seinem Satellitentelefon an. Der Mossad-Offizier übermittelte ihm eine Adresse auf der anderen Seite der Colón-Insel, wo er sich um dreiundzwanzig Uhr mit einer örtlichen Mossad-Kontaktperson treffen sollte. Nach dem Telefonat gingen Dom und Adara zum benachbarten Hafen hinüber. Hier trennten sie sich. Adara sollte ein geeignetes Charterboot finden, während

Dom die Taucherausrüstung und das übrige Gerät besorgen wollte, das er morgen bei seiner Aufklärungsmission benötigen würde.

Die ersten beiden Tauchgeschäfte, die er besuchte, waren ein Misserfolg. Das erste führte keine Ausrüstungen von der Qualität, wie er sie benötigte. Im zweiten fand er zwar alles, was er brauchte, in hervorragender Qualität, aber trotzdem gab es da ein ernstes Problem. Die Tarierweste, mit deren Hilfe der Taucher seinen Auftrieb regulieren konnte und die ihm gleichzeitig als Tragegestell für seine Druckluftflasche diente, hatten sie dort nur in Rot oder Hellrosa vorrätig. Dom war ganz bestimmt kein Modenarr, aber eine solch auffällig gefärbte Weste wäre in feindlichen Gewässern sicher nicht gerade optimal.

Im dritten Tauchgeschäft bekam er jedoch genau das, was er benötigte. Er mietete zwei volle Sauerstoffflaschen, einen drei Millimeter dicken Neoprenanzug, eine schwarze Tarierweste, einen Tauchgürtel, einen Atemregler, Flossen, eine Maske und ein Tauchermesser samt Knöchelholster.

Er zahlte weitere fünfzig US-Dollar, damit man ihm die ganze Ausrüstung ins Hotel brachte, und machte sich danach auf, um die anderen Sachen zu besorgen. Er fand einen kleinen Campingladen, in dem sich vor allem Kajakfahrer eindeckten, die zu den Stränden der kleinen unbewohnten Inseln des Archipels hinausfuhren. Er kaufte eine Feldflasche, ein Seil, einen wasserdichten Rucksack, Plastikbeutel, ein Fernglas und noch ein Dutzend weitere Kleinigkeiten, die ihm bei seiner Beschattung des venezolanischen Geheimdienstanwesens vielleicht einmal gute Dienste leisten würden.

Er packte alles in seinen wasserdichten Rucksack und kehrte dann ins Hotel zurück. Adara saß dort bereits mit einem kalten Balboa-Bier in der Hand auf dem Balkon und studierte die nautischen Karten des gesamten Gebiets, die sie in der Bootsvermietung erstanden hatte. Dom warf einen Blick auf die Karten. Für ihn sahen sie wie ein kompliziertes Gewirr von Fahrrinnen und fleckigen, missgestalteten Landzungen aus, das kreuz und quer von Linien und Zahlen überzogen war.

»Können Sie die lesen?«

»Ein Kinderspiel«, sagte sie und deutete auf eine Kühlbox, die auf dem Balkontisch stand. Dom holte sich ein eiskaltes Bier heraus und setzte sich neben sie.

»Möchten Sie unser Boot sehen?«, fragte sie.

»Sie haben uns schon ein Boot besorgt?«

»Ich kann mehr, als nur Erdnüsse in einem Flugzeug verteilen, wissen Sie.«

»Das habe ich nie bezweifelt. Wo ist es?«

»Schauen Sie einmal runter. Schwarzer Rumpf, weißer Aufbau.«

Dom schaute vom Balkon herunter und sah das Boot drei Stockwerke tiefer auf dem Wasser dümpeln, wo es mit einem Seil an der Anlegestelle des Hotels festgemacht war. Es war ein MasterCraft MariStar 235. Mit seiner Länge von sieben Meter sechzig war es nicht gerade groß, aber geräumig genug für sie beide und ihre gesamte Ausrüstung. Vor allem hatte es die perfekte Größe, um notfalls in die kleinen Inlandsbuchten hineinzufahren, die den venezolanischen sicheren Unterschlupf umgaben.

»Ist es schnell?«, fragte Dom.

Adara schaute nicht von ihren Karten hoch. »Das sind 350-PS-Motoren. Für uns wird das allemal reichen. Es ist ein Wasserski-Boot, deshalb wird es auch kein Wettrennen gegen ein richtiges Schnellboot gewinnen, aber es fällt hier auch auf keinen Fall auf. Allein in der letzten Stunde habe ich im Wasser hier in der Umgebung ein halbes Dutzend davon gesehen.«

Dom nickte zustimmend. Die beiden beugten sich jetzt gemeinsam über die Karten, um einen Plan auszuarbeiten.

Da sie vor ihrem Dreiundzwanzig-Uhr-Treffen mit Davids lokaler Mossad-Kontaktperson noch einige Stunden Zeit hatten, gingen sie zu einem Restaurant direkt am Wasser hinunter, um etwas zu essen. Im *Ultimo Refugio* war heute Abend nicht besonders viel los, und sie fanden ein lauschiges Plätzchen auf der offenen Rückterrasse. Sie bestellten sich beide ein Bier und gebratenen Fisch. In der ersten halben Stunde versuchten sie, nicht über die Operation zu sprechen, die morgen bei Tagesanbruch beginnen würde.

Schließlich sagte Adara: »Das mag jetzt wie ein Klischee klingen, aber jemand muss Ihnen das sagen, denn ich glaube nicht, dass Sie von allein darauf kommen. Diesen Typ umzubringen wird die Familie dort in Indien nicht zurückbringen.«

Dom nickte. »Das hat man mir bereits gesagt.«

»Aber Sie machen es trotzdem.«

»Wenn es möglich ist.«

Adara schlürfte langsam ihr Bier. Dom merkte, dass sie gerne etwas gesagt hätte, aber nicht genau wusste, ob ihr das überhaupt zustand.

»Was?«

»Sie haben ein schlechtes Gewissen, weil Sie überlebt haben. Dabei geht es sowohl um die Yacobys als auch um Brian.«

Dom schüttelte den Kopf. »Nein, das stimmt nicht. Ich weiß, dass ich sowohl in Indien als auch in Libyen getan habe, was ich konnte.«

»Es hat nichts damit zu tun, was Sie *getan* haben. Es hat mit der Zufälligkeit des Ganzen zu tun. Mit der Tatsache, dass Sie ein solches Ereignis überlebt haben und die anderen nicht.« Sie schaute ihn an. »Wie Ihr Bruder.

Und die Yacoby-Kinder. Man nennt das das Überlebenden-Syndrom.«

»Das Überlebenden-Syndrom. Das klingt fast wie eine Geisteskrankheit, als ob ich verrückt wäre.«

»Sie sind nicht verrückt. Das Ganze ist völlig normal. Sie können nur nicht verstehen, warum Sie noch da sind und die anderen nicht. Sie finden es unfair, dass Sie bei diesem Würfelspiel gewonnen haben.«

»Sind Sie auch noch Psychiaterin, Sherman?«

Sie schüttelte lächelnd den Kopf. »Nein. Überhaupt nicht.«

»Warum konnten Sie dann diese Diagnose stellen?«

»Weil ich an derselben Sache leide und zwar schon länger als Sie.«

»Ist dort drüben in Afghanistan etwas passiert? Als Sie dort Sanitäterin waren?«

Sie nickte. »Eine Menge solcher Fälle.« Bevor Dom weitere Fragen stellen konnte, sagte sie: »Können wir es jetzt dabei belassen?«

»Sicher. Kein Problem.«

Einige Minuten lang herrschte unbehagliches Schweigen. Beide bestellten sich noch etwas zum Trinken. Schließlich fragte Dom: »Wie sind Sie überhaupt zum Campus gekommen?«

»Über einen Patienten.«

»Einen Patienten?«

»Ein junger O-1.«

»Was ist ein O-1?«

»Entschuldigung. Ein Second Lieutenant der Marines. Ich war als Navy-Sanitäterin damals einem Pionierbataillon des Marine Corps zugeteilt worden, das im Korangal-Tal operierte. Der O-1 eines benachbarten Rifle Platoons bekam eine Kalaschnikow-Kugel in den Kopf. Ich war sein Erstversorger. Er war am Verbluten, aber ich konnte die Blutung stoppen.«

Dominic prostete ihr zu. »Gut gemacht. Sie haben ihm das Leben gerettet.«

Adara wandte den Blick ab und schaute auf das ruhige Meer hinaus. Die Sonne war bereits untergegangen, aber ihre letzten Strahlen ließen das Wasser erglühen. »Nein. Kein Happy End. Leider. Sie brachten ihn in die Staaten zurück, und dort ist er gestorben.«

»Shit. Tut mir leid. Aber was hatte er mit dem Campus zu tun?«

»Der Vater des Leutnants war Oberst. Etwa einen Monat nach dem Tod seines Sohnes schickte er mir eine E-Mail und erklärte mir, wie dankbar er sei, dass sein Junge noch heimkommen konnte, um im Kreise seiner Familie zu sterben.« Sie lächelte und schaute immer noch aufs Meer hinaus, über dem inzwischen der Mond aufgegangen war. »Ich glaube, wenn man sich anstrengt, findet man in fast allem einen Silberstreifen. Wie dem auch sei, wir blieben über die Jahre in Verbindung. Nach seiner Pensionierung arbeitete er für die Firma MITRE Corporation an streng geheimen Regierungsaufträgen. Als ich die Navy verließ, bot er mir einen Job an. Eigentlich wollte ich auf eine universitäre Krankenpflegeschule gehen, aber sein Angebot war ziemlich gut. Ich wurde überprüft, bekam meine Top-Secret-Freigabe, und er brachte mich nach Maryland und stellte mich Gerry Hendley vor. Der Job bestand darin, die Transportabteilung des Campus zu leiten und vor allem das Firmenflugzeug von Hendley Associates zu betreuen.«

»Bereuen Sie es nicht, dass Sie nicht auf die Krankenpflegeschule gegangen sind?«

»Das werde ich noch. Eines Tages. Außerdem …« Sie lächelte Dom über den Tisch hinweg an. »Sie und die anderen Jungs verschaffen mir eine Menge praktisches Training. Jeder Einzelne von Ihnen.«

Dom kicherte. »Das ist nun mal der einzige Weg, wie Sie uns überhaupt etwas Aufmerksamkeit schenken.«

Es war ein Witz, aber Adara schaute ihn ernst an. »Tun Sie mir einen Gefallen. Versuchen Sie, hier unten nicht verletzt zu werden.«

Ein unfreundlicher Papagei ließ sich auf dem Geländer neben ihrem Tisch nieder. Adara fütterte ihn mit einem Stück Fisch, aber das machte ihn nur noch aufdringlicher, bis ihn Dom schließlich verscheuchte.

»Ich werde mein Bestes tun. Und ich verspreche, Sie vor jeder Gefahr zu bewahren.«

Dom bestellte eine dritte Runde.

»Wollen Sie mich betrunken machen?«

»Ich versuche, *mich* betrunken zu machen. Sie sind nur ein Kollateralschaden.«

Adara hob ihr Glas. »Das ist ein großartiger Spruch. Funktioniert er bei den Girls in Washington?«

Dom kippte sein Bier hinunter. »Nicht wirklich.«

»Wenn Sie morgen früh einen Kater haben, wird das Ihren Job noch viel härter machen.«

»Vier Bier hauen mich noch nicht um«, erwiderte Dom.

»Vier?« Bisher hatten sie erst drei.

Dom schaute auf die Uhr. »Wir haben Zeit.«

33

Kurz vor dreiundzwanzig Uhr fuhr sie ein klappriges Taxi durch Bocas Town an rostigen Blechhütten und altersschwachen, aber knallbunten viktorianischen Gebäuden vorbei.

Bei jedem Halt traten Straßenhändler an das Taxi heran und wollten handgefertigten Ramsch verkaufen. Wahrscheinlich wurden sie von Adara Shermans blondem Haar angelockt, das sie schon von Weitem als Touristin auswies.

Das Taxi setzte sie an einer Adresse am nordwestlichen Rand der Stadt ab, die David ihnen vorher mitgeteilt hatte. Die beiden Amerikaner standen ein paar Minuten allein vor einem kleinen Supermarkt auf der Straße. Sie wussten nicht, ob sie hineingehen oder draußen warten sollten. Bevor sie sich entscheiden konnten, hielt ein alter zweitüriger Kastenwagen in einer gegenüberliegenden Gasse an und ließ die Scheinwerfer aufblinken. Dom und Adara tauschten einen Blick aus und gingen hinüber.

Eine Frau in den Vierzigern stieg aus dem Fahrzeug, als sich die Amerikaner näherten. Sie stellte sich nur als Maria vor. Dom und Adara schüttelten ihr die Hand, ohne sich überhaupt vorzustellen.

Dom war auf der Hut und ließ die Augen durch das ganze Gässchen schweifen. Schließlich entschied er, dass es für eine Transaktion wie diese abgelegen genug war. Allerdings sollten sie sich trotzdem nicht zu lange hier aufhalten. Er hatte sich zwar sein Titan-Tauchermesser um die Wade geschnallt, war sonst jedoch unbewaffnet. Die Frau wirkte unglaublich nervös. Das und der unsichere Ort machten Dom jetzt selbst etwas kribbelig.

Maria zündete sich eine Zigarette an und bot den zwei Amerikanern ebenfalls eine an, die jedoch beide dankend ablehnten. »Tut mir leid«, sagte sie. »Ich bin etwas angespannt. Ich habe den Anruf heute Nachmittag bekommen. Wenn sie normalerweise etwas brauchen … Nun, seit Jahren haben sie nichts mehr gebraucht. Und dann gleich so etwas.«

Adara Sherman war verwirrt, aber Dom verstand die Situation.

»Sie sind ein Sajan, nicht wahr?«

»Ja, natürlich. Sie glauben doch nicht, dass ich so etwas berufsmäßig mache, oder?«

Sajanim waren Freiwillige des Mossad, örtliche Helfer, aber keine Angehörigen der Organisation, sondern Juden in der ganzen Welt, die dem israelischen Geheimdienst bei Bedarf Unterstützung leisteten. Sajanim konnten Ärzte, Ladenbesitzer, Reisebürokaufleute oder Lastwagenfahrer sein. Normalerweise verband sie nur das Verantwortungsgefühl gegenüber dem Staat Israel.

Ihr ängstliches Verhalten war sicher der Tatsache geschuldet, dass man sie von ihrem Job als Anwältin, Stadträtin oder etwas Ähnlichem abgezogen und beauftragt hatte, Waffen für zwei ausländische Agenten zu besorgen. Unter diesem Blickwinkel erschien Dom ihre Besorgnis vollkommen gerechtfertigt.

»Keine Angst, Maria«, sagte Adara. »Sie machen das großartig. Wir wissen Ihre Hilfe zu schätzen.«

Dom versuchte, endlich zum Zweck ihres Treffens zurückzukehren. Er wollte hier nicht länger bleiben als absolut nötig. »Sie haben uns etwas mitgebracht?«

Als sie die Heckklappe hob, sah Dom, dass im Laderaum ein riesiger Außengestell-Rucksack lag. Er öffnete ihn und holte eine ziemlich ramponiert aussehende M9-Beretta-Pistole, US-Army-Modell, und ein M16-Gewehr heraus, das teilweise auseinandergebaut war, damit es überhaupt hineinpasste. Auch das Gewehr hatte wohl einst in der US-Armee gedient, aber es schien ziemlich alt zu sein. Das Militär benutzte diese Version des M16 bereits seit Jahren nicht mehr. »Haben Sie diese Waffen aus einem Museum geholt?«

Maria rauchte hinter ihm nervös eine neue Zigarette. »Dieser Auftrag war höchst ungewöhnlich. Ich habe mein Bestes getan. Wir sind eine kleine Insel, da gibt es nicht viele Möglichkeiten, um …«

»Die werden ihren Dienst tun«, sagte Adara. »Wie ist es mit Munition?«

Maria runzelte die Stirn. »Die Patronen sind bereits in den Waffen.«

Adara schaute Dom an und fragte: »Wie ist es mit *Ersatz*munition?«

»Was? Tut mir leid. Das hat man mir nicht aufgetragen. Wie ich schon sagte, es war gar nicht leicht, diese Schusswaffen hier aufzutreiben.«

Dom überprüfte die Magazine. »Beide Waffen sind voll aufgeladen. Vollmantelmunition.« Er holte aus beiden eine Patrone heraus und schaute sie sich in der Innenbeleuchtung des Fahrzeugs genauer an. »Richtig alte Vollmantelmunition. US-Militär. Aber die Patronen scheinen in gutem Zustand zu sein.«

Dom inspizierte die Waffen noch etwas näher. »Oh, wow, die stammen aus dem Krieg.«

»Welchem Krieg?«, fragte Adara.

»Die US-Invasion in Panama im Jahr 1989. Lieber Gott, Lady. Das ist ein Vierteljahrhundert her.«

Die Sajan-Frau wirkte eher verärgert als verlegen. »Ich bin sicher, dass sie noch hervorragend funktionieren.

Viele Wachleute in den Supermärkten und Banken verwenden amerikanische Gewehre. Noch einmal, ich hatte nur ein paar Stunden Zeit, um diese Aufgabe zu erledigen. Ich sitze nicht einfach da und warte, bis jemand aus Tel Aviv mich beauftragt, irgendwelche illegalen Waffen zu kaufen.«

»Das verstehen wir«, sagte Adara. Sie klang bedeutend sanfter und verbindlicher als Dominic. »In unserem Boot gibt es etwas synthetisches Motoröl. Damit können wir diese Waffen heute Nacht reinigen und ölen.«

Dom steckte alles in den Rucksack zurück und wuchtete ihn auf die Schulter. Derweil schaute die Panamaerin Adara misstrauisch an. »Tut mir leid, aber ich muss das einfach sagen. Sie sehen wirklich nicht wie eine Mossad-Agentin aus.«

Adara lächelte nur. »Und genau das, Maria, ist das Geheimnis meines Erfolgs.«

Noch vor Mitternacht kamen sie ins Hotel zurück. Dom hätte sich in der winzigen, kleinen Bar in der Lobby gerne noch einen weiteren Drink genehmigt, aber Adara redete ihm das aus. Sie müssten diese Waffen säubern und vor der morgigen Operation auch etwas schlafen.

In ihrem Zimmer baute Adara das M16 auseinander und ölte es ein, während sich Dom der Beretta M9 widmete. Er hatte mit diesem Pistolentyp nicht allzu viel Erfahrung, aber die Waffe ähnelte in Aufbau und Funktionsweise den meisten anderen Halbautomatik-Pistolen, die er beim FBI und bei seinen Geheimeinsätzen beim Campus verwendet hatte.

Als die Waffen einsatzbereit waren, entschuldigte sich Adara und verschwand ein paar Minuten im Badezimmer. Als sie wieder herauskam, trug sie ein graues T-Shirt mit der Aufschrift NAVY quer über der Brust und eine Jogginghose, auf deren linken Bein in Hellorange VIRGINIA zu lesen war. Ihre kurzen Haare hatte sie zu einem Pferdeschwanz gebunden, und sie trug eine Brille, was Dom ausgesprochen anziehend fand.

Er warf ein paar verstohlene Blicke auf ihren Körper, als sie sich fürs Bett bereit machte. Danach ging er selbst ins Badezimmer, um sich umzuziehen.

Fünf Minuten später kam Dom mit einfarbigen schwarzen Boxershorts und einem reinweißen Muskelshirt wieder heraus. Adara hatte außer ihrer Nachttischlampe bereits alle Lichter ausgemacht.

»Ich habe den Wecker auf Punkt fünf Uhr dreißig gestellt.«

»Klingt gut«, sagte Dom und begann, zu seiner Seite des Bettes hinüberzugehen.

Adara runzelte die Stirn, was Dom sofort bemerkte. Er lächelte vertrauenserweckend. »Keine Angst, Sherman, ich bin ein Gentleman.«

Sie erwiderte sein Lächeln und sagte »wie schön«, bevor sie sich ein Kopfkissen griff und es auf das Korbsofa hinüberwarf. »Im Schrank habe ich eine Decke gesehen. Ich würde jedoch erst einmal die Käfer herausschütteln, wenn ich Sie wäre.«

Dom stand einen Moment lang mitten im Zimmer. Er schaute die gut aussehende Blondine in ihrem großen Bett an. Danach schaute er auf das wenig einladende Sofa. »Wirklich?«

Adara nickte. »Wirklich. Gute Nacht, Caruso.«

Dom holte die Decke aus dem Schrank, schüttelte sie ein paar Mal aus und ging dann zu seiner Couch hinüber, während Adara Sherman ihre Nachttischlampe ausmachte.

»Gute Nacht, Sherman.«

Um sechs Uhr dreißig gingen Adara und Dom zur Anlegestelle hinunter. Ein kühler Morgenschauer hatte die Straßen noch leerer gemacht, als sie es zu dieser Tageszeit sowieso schon waren. Beide trugen zwei große Rucksäcke und unter den Armen Taschen mit der übrigen Ausrüstung. Trotzdem brauchten sie zwei Touren, um alles ins Boot zu bringen.

An Bord holte Dom die Teile des M16 aus dem Rucksack, den ihm Maria gegeben hatte, und baute das Gewehr wieder zusammen. Danach legte er es in einen großen Kühlkasten unter der Sitzbank im Bootsheck.

Adara war überrascht. »Nehmen Sie das Gewehr nicht zu Ihrem Beobachtungsposten mit?«

»Ich wünschte, ich könnte es, aber mit all dem anderen, das ich dabeihabe, kann ich nicht auch noch ein über ein Meter langes, viereinhalb Kilogramm schweres M16 mit mir herumschleppen. Ich nehme deshalb nur die Pistole mit. Sie behalten das Gewehr an Bord, falls Sie mich in aller Eile abholen müssen.«

»Da gäbe es noch eine andere Möglichkeit«, sagte sie.

»Ich bin ganz Ohr.«

»Nachdem ich Sie abgesetzt habe, könnte ich zur anderen Seite der Insel hinüberfahren. Dort finde ich bestimmt einen abgeschiedenen Platz, wo ich anlegen kann. Danach mache ich mich mit dem Gewehr zu Fuß auf den Weg zu Ihnen. Ich werde vielleicht ein paar Stunden brauchen, aber ich schaffe das ganz bestimmt.«

Dom schüttelte den Kopf. »Ich weiß Ihr Angebot zu schätzen, Sherman, aber ich würde es vorziehen, wenn Sie die ganze Zeit beim Boot bleiben. Bei dieser Operation gibt es eine Menge Unbekannten, deshalb möchte ich keinesfalls auf die Möglichkeit verzichten, mich plötzlich davonmachen zu können.«

Adara ließ die Motoren des MasterCraft um genau sieben Uhr an. Obwohl es weiterhin leicht regnete, wurde der Schiffsverkehr allmählich dichter. Ob nun Frachtschiffe, die zu den einzelnen Inseln unterwegs waren, Fähren, Fischerkähne oder Tauchboote, Dom hatte den Eindruck, dass jedes dritte Wasserfahrzeug in der Umgebung der Insel Colón bereits auf dem Meer unterwegs war.

Adara stand am Bug und steuerte das Boot sicher und mit großer Umsicht. Als sie die Hauptschifffahrtsroute verließen, gab sie Gas, und die beiden 5,7-Liter-Motoren wirbelten das schmutzige Wasser auf, das Heck sank tiefer, und der Bug hob sich, als das Boot Fahrt aufnahm.

Dom setzte sich auf das Achterdeck und legte seine Taucherausrüstung an. Danach überprüfte er mehrmals die Gerätschaften, die er auf die Insel mitnehmen würde. Unter anderem hatte er Trinkwasser und Vorräte für achtundvierzig Stunden dabei. Bevor er alles in seinem wasserdichten Rucksack verstaute, steckte er es in mehrere Lagen Plastikmüllsäcke, um es beim Tauchen trocken zu halten.

Nach etwa zehn Minuten drosselte Adara die Geschwindigkeit und begann, an der Westküste der Isla Bastimentos entlang zu tuckern. Zuerst waren am Ufer noch ein paar kleine Eco-Lodges zu sehen, aber je weiter sie nach Süden kamen, desto einsamer wurde die Gegend. Schließlich erreichten sie den Eingang einer Inlandsbucht. Das Wasser war ruhig, nur die Regentropfen sprenkelten seine Oberfläche. Adara überprüfte ständig mit einer EagleView-Karte, die sie sich ausgedruckt hatte, die Entfernung zu dem venezolanischen Geheimdienstunterschlupf, dem sie sich keinesfalls weiter nähern wollte als nötig.

Als sie Carusos vorgesehenen Tauchpunkt erreicht hatten, stellte Adara die Motoren ab. Der leichte Regen hatte sich inzwischen zu einem regelrechten Wolkenbruch ausgewachsen. Adara trug eine Basecap, die das Wasser von ihren Augen fernhielt. Ansonsten war sie völlig durchnässt. Dom in seinem Taucheranzug machte der Regen natürlich nichts aus.

»Fahren Sie bitte direkt zum Hotel zurück, aber halten Sie sich bereit, mich jederzeit abzuholen«, sagte er.

»Ich tanke auf und bleibe in der Nähe des Bootes. Wenn Sie mich brauchen, kann ich in weniger als fünfundzwanzig Minuten wieder hier in der Gegend sein.«

»Gut. Ich melde mich jede Stunde über mein Satellitentelefon. Wenn ich zwei Anrufe verpassen sollte, bringen Sie das Boot hierher und versuchen, mich mit dem Walkie-Talkie zu erreichen. Wenn das auch nicht funktioniert, muss ich zu Ihnen hinausschwimmen. Was immer auch passiert, ich möchte auf keinen Fall, dass Sie mit diesem Boot am Ufer anlegen und selbst an Land gehen. Haben wir uns verstanden?«

»In Ordnung. Wenn die Lage brenzlig werden sollte und Sie diesen Plan überdenken wollen, geben Sie mir einfach kurz Bescheid.«

Dom band seinen Rucksack an ein Seil, das er sich um die Taille wickelte, zog sich die Tauchermaske über und setzte sich auf den Backbordrand des Bootes. Er legte seine Schwimmflossen an, steckte das Mundstück des Atemreglers in den Mund und hielt seine Maske fest, damit sie beim Eintauchen nicht verrutschte. Er nickte Adara Sherman noch einmal zu und ließ sich nach hinten fallen. Seine Flossen vollführten einen Bogen durch die Luft, als er über die Seite des Boots verschwand. Aus dem Wasser gab er Adara das Okayzeichen, ließ etwas Luft aus seiner Weste und tauchte ab.

Adara wartete ein paar Minuten, dann ließ sie die Motoren wieder an und fuhr zurück nach Bocas Town.

Dom trug einen Tauchergürtel, der mit elf Kilogramm schweren Bleigewichten beschwert war, um den Auftrieb seines Taucheranzugs, seiner Tarierweste und seines wasserdichten Rucksacks auszugleichen. Mit diesen Gewichten konnte er ganz leicht auf eine Tiefe von neun Meter abtauchen. Dort pumpte er Luft in seine Weste, um sich selbst genug Auftrieb zu verschaffen, um über den sandigen und dicht bewachsenen Meeresboden zu gleiten. Er schwamm zur Mitte der schmalen Inlandsbucht, damit die Blasen aus seinem Atemregler vom Ufer aus nicht mehr zu sehen waren. Zusammen mit dem heftigen Regen war er überzeugt, dass ein einzelner Taucher von der Wasseroberfläche aus kaum zu erkennen war. Da er jedoch allein war und es auch keinen einfachen Fluchtweg gab, wenn er doch entdeckt werden sollte, wollte er auf keinen Fall unnötige Risiken eingehen.

Er schwamm nach Osten und hielt sich knapp über dem Seegras der Brackwasserbucht. Dabei benutzte er den Kompass, der in seine Uhr eingebaut war, um die Richtung zum sicheren Unterschlupf der Venezolaner zu halten. Da er mit der Strömung unterwegs war, kam er sehr viel schneller voran, als er erwartet hatte. Nach nur zwanzig Minuten wagte er einen langsamen Aufstieg zur Oberfläche. Er sah, dass er genau dort war, wo er sein wollte, deshalb tauchte er wieder ab und schwamm in Richtung Ufer. Dabei hielt er sich dicht am Boden, zwängte sich durch hohes Seegras, schreckte einige Fische auf und suchte sich einen Unterwasserweg zwischen den dicken Mangroven hindurch. Als er glaubte, an der richtigen Stelle zu sein, hob er ganz langsam den Kopf aus dem Wasser und schaute sich um. Er merkte sofort, dass er einen Fehler gemacht hatte.

Zwar sah es am Ufer weitgehend wie auf dem Eagle-View-Bild aus, trotzdem gab es da ein Problem. Der Mangrovenwald war an dieser Stelle dermaßen dicht, dass er ohne Kettensäge nicht hindurchkommen würde. Er hielt nach einer besseren Möglichkeit Ausschau. Schließlich entdeckte er ein Stück weiter vorne eine kleine Bucht, die vielleicht so tief in die Mangroven hineinreichte, dass er sich dort hindurchkämpfen konnte. Er steckte den Atemregler wieder in den Mund und tauchte unter.

Er schwamm erneut in die Mitte der Bucht hinaus, damit die Blasen seines Atemgeräts ihn nicht verrieten. Plötzlich hörte er jedoch das unverkennbare Geräusch eines Schiffsmotors.

Er erstarrte und schwebte bewegungslos sieben Meter unter der Wasseroberfläche. Dabei stieg und sank er ganz leicht im Rhythmus seiner Atemzüge, denn jedes Mal wenn er Luft aus seiner Sauerstoffflasche einatmete, erhöhte das kurz seinen Auftrieb, der danach beim Ausatmen wieder abnahm.

Er sah jetzt direkt über sich den Rumpf des Bootes, das sich ganz langsam vorwärtsbewegte. Er schätzte seine Länge auf etwa zehn Meter. Von hier unten war natürlich nur schwer zu erkennen, um welche Art von Boot es sich handelte, aber aus seiner langsamen Fahrweise schloss Dom, dass es wohl ein Patrouillenboot war. Sie fischten nicht, denn das würden sie näher am Ufer tun, und ganz bestimmt beförderten sie mit dieser geringen Geschwindigkeit keine Güter oder Passagiere.

Dom befürchtete, dass das Boot etwas mit dem Unterschlupf der Venezolaner zu tun haben könnte. Wenn er damit recht hatte, würde das seinen Abzug im Notfall sehr erschweren.

Eine Viertelstunde nachdem das Boot verschwunden war, schwamm Dom ans Ufer, dieses Mal jedoch an eine Stelle, die nur zweihundert Meter vom Rand des Rasens entfernt war, der das venezolanische Geheimdiensthaus umgab. Er befand sich jetzt zwar etwas näher an seinem Zielobjekt, als er es eigentlich vorgehabt hatte, aber angesichts des dichten Dschungels rundum entschloss er sich, es zu riskieren. Er wollte auf keinen Fall den ganzen Tag damit verbringen, sich zu seiner eigentlichen Beobachtungsposition durchzukämpfen.

Er stieg aus dem Wasser und eilte in den Schutz der

Bäume. Dort zog er seinen Taucheranzug aus, schloss die Sauerstoffflasche und verbarg seine gesamte Taucherausrüstung in einem dichten Farngestrüpp unter hohen Carapa- und Guariubabäumen. Er holte aus seinem Rucksack ein dunkelbraunes Hemd, eine Tarnhose und ein Paar schwarze Turnschuhe heraus. Durch das dichte Blätterdach drang kaum etwas von dem Regen hindurch. Andererseits hoffte er, dass es den ganzen Tag über so dicht bewölkt bleiben würde, damit es im Urwald schön kühl blieb. Er steckte sich die M9-Pistole in den Hosenbund, schnallte den Rucksack um und stellte mit dem GPS-Gerät seine genauen Koordinaten fest. Die gab er danach als Wegpunkt ein, damit er die Stelle wiederfand. Er ging davon aus, dass er auf demselben Weg verschwinden würde, auf dem er gekommen war.

Bevor er zu seinem vorgesehenen Beobachtungspunkt aufbrechen konnte, hörte er wieder das Motorenrumpeln eines Bootes, das durch die Inlandsbucht tuckerte. Er ließ sich auf den Bauch fallen, robbte hinter das Farngestrüpp und lugte hindurch. Auf dem Wasser sah er ein etwa zehn Meter langes panamaisches Polizeiboot mit vier Mann Besatzung, aus dessen Bug ein Maschinengewehr Kaliber .50 herausragte. Aus seiner Größe und Geschwindigkeit schloss Dom, dass es das Boot war, das vor ein paar Minuten über ihn hinweggefahren war. Jetzt war es zurück. Offensichtlich war es auf einer Patrouillenfahrt und suchte nicht nach etwas Bestimmtem. Trotzdem gefiel es Dom ganz und gar nicht, dass es durch diese schmale Inlandsbucht patrouillierte. Wenn er fliehen musste, konnte er ohne Schwierigkeit unter ihm hindurchtauchen, aber falls ihn Adara aus irgendeinem Grund von hier abholen musste, wäre dieses größere, schnellere und schwerer bewaffnete Boot ein Problem.

Als die Patrouille außer Sicht war, verließ Dom das Ufer und kämpfte sich durch das dichte Gestrüpp. Er bewegte sich zielstrebig, aber ohne Hast. Dabei hielt er ständig nach Schlangen, Spinnen und anderen Kreaturen Ausschau, die ihm den Tag verderben könnten.

Es handelte sich um einen typischen tropischen Regenwald. Auf dem Boden wucherten in der schwülen Luft Farne und dichtes Buschwerk, die ein dreifaches Kronendach von Eichen, Guaven und Sandbüchsenbäumen überragte. Der Weg war mühsam, aber wenigstens war der Boden flach und nicht schlammig, sondern nur feucht. Dom warf immer wieder einen Blick auf sein GPS-Gerät, denn er wollte keinesfalls zufällig aus dem Dschungel geraten und auf einen Venezolaner treffen.

Er brauchte eine Stunde und zwanzig Minuten, um ganze zweihundert Meter zurückzulegen. Um genau neun Uhr fünfundvierzig kam durch den Regenwald zum ersten Mal die Rückseite des großen Kolonialgebäudes in Sicht.

Er hielt an, ließ sich auf Hände und Knie nieder und fand am Waldrand ein gutes Versteck. Er drückte sich fest an einen dicken Eichenstamm, der mit Lianen und Epiphyten überwuchert war. In der Umgebung der Eiche wuchs wilder Farn, als Deckung ideal. Dom legte seinen braunen Rucksack vor sich hin, um seine Umrisse für einen Beobachter aufzulösen. Erst als er sich vor Entdeckung weitgehend sicher fühlte, holte er sein Fernglas heraus und musterte das vor ihm liegende Anwesen.

Inzwischen hatte der Regen aufgehört, und die Sonne war herausgekommen. Das verdampfende Wasser machte die Luft vor allem hier am Boden des Regenwalds unangenehm schwül. Dom hatte Mühe, in diesem Dunst sein Fernglas scharf zu stellen, aber nach einigem Schrauben und Drehen sah er zwei große, alte Geländewagen auf der unbefestigten Auffahrt parken. Sie standen so, dass ihre Kühler vom Haupthaus weg zeigten. Dom wusste, dass es auf der Insel kein befestigtes Straßennetz gab, aber auf

EagleView hatte er ein paar unbefestigte Pisten gesehen, die kreuz und quer durch den Dschungel führten.

Am Steg, der über die Bucht hinausragte, standen zwei Männer. Neben ihnen dümpelten zwei weiße Schnellboote im Wasser. Die Männer trugen leichte Khakishorts und Leinenhemden, über ihren Schultern hingen G3-Gewehre von Heckler & Koch. Zwei weitere Männer, die in der Ferne durch das Grundstück patrouillierten, waren ebenfalls bewaffnet.

Dom war sich sicher, dass es weit mehr als nur vier Sicherheitswachen gab, aber von seinem Standpunkt aus konnte er nur drei Viertel der Rückseite des Grundstücks einsehen.

Auf der anderen Seite des Herrenhauses erkannte er in der Entfernung ganz schwach einen Zwinger, in dem sich einige große Hunde aufhielten. Er hielt sie für Deutsche Schäferhunde oder belgische Malinois, die sicherlich ebenfalls zur Verteidigung des Anwesens dienten.

Seine erste Überprüfung der Fenster des Gebäudes hatte keinerlei Anzeichen auf Ethan Ross ergeben, aber die Schutzmaßnahmen der Venezolaner wiesen darauf hin, dass sie in dem Haus *irgendetwas* aufbewahrten, das für sie äußerst wichtig sein musste.

Er meldete sich über Satellitentelefon bei Adara, wischte ein paar Käfer weg, die seinen Arm hinaufkrabbelten, trank etwas lauwarmes Wasser aus seiner Feldflasche und richtete sich in seinem Beobachtungsstand ein. Er ging davon aus, dass er hier wenigstens vierundzwanzig Stunden ausharren musste, deshalb machte er es sich in seinem Versteck neben der Eiche so bequem wie möglich.

34

Das russische Marineschiff *Admiral Tschabanenko* war ein moderner U-Boot-Zerstörer der Udaloy-II-Klasse. Das hundertdreiundsechzig Meter lange Schiff erregte unter den Einheimischen eine Menge Aufsehen, als es im nicaraguanischen Pazifikhafen San Juan del Sur vor Anker ging. Der Zerstörer sollte sich drei Tage dort aufhalten. Es war ein weiterer Freundschaftsbesuch auf seiner fünfmonatigen Fahrt durch den Süden der Westlichen Hemisphäre.

Die Matrosen an Bord zeigten sich von der Aussicht auf einen längeren Landurlaub begeistert. Wenngleich niemand viel von diesem verschlafenen Dritte-Welt-Hafen erwartete, wussten die Seeleute auch, dass sie nicht wählerisch sein durften. Ein paar Tage voller Alkohol, Frauen, frischem Essen und festem Boden unter den Füßen klang für jeden, dem Landgang gewährt wurde, genau in dieser Reihenfolge ausgesprochen gut. Außerdem würden sie sich für ihr Geld hier in Nicaragua mehr leisten können als in Buenos Aires oder sogar Caracas. Das Gerücht, dass ein Bier hier nur fünfzehn Córdoba, etwa zwanzig Rubel, kostete, hörten die schlecht bezahlten russischen Matrosen besonders gern. In einem europäischen Hafen müssten sie viermal so viel auf den Tisch legen.

Eine Stunde bevor die ersten Besatzungsmitglieder ihren Landurlaub antreten durften, erreichte den Chef einer Sechs-Mann-Einheit der russischen Marine-Speznas-Truppen, die an Bord des Zerstörers stationiert war, ein gesicherter Funkspruch. Der Oberleutnant hatte gerade seine Wochenendtasche gepackt, um mit seinen Männern an Land zu gehen. Stattdessen rannte er jetzt zum Operationszentrum hinauf, um den Anruf entgegenzunehmen.

Als Mitglied eines Speznas-Kommandos war der Oberleutnant Angehöriger des GRU, des Militärgeheimdienstes. Deshalb war er auch nicht allzu erstaunt, als sich über Funk erst einmal ein GRU-Kapitänleutnant meldete. Als er jedoch an einen General des russischen Geheimdienstes FSB in Moskau weitergeleitet wurde, der ihm einen kurzfristigen Sondereinsatz befahl, war er doch etwas schockiert. Über die Befehle war er sogar doppelt erstaunt. Er und seine Männer hatten alle möglichen Operationen trainiert. Trotzdem hatte der Oberleutnant noch nie etwas wie diesen Einsatz ausgeführt, den der FSB-General ihm jetzt erklärte.

Weniger als drei Stunden nach diesem Funkspruch rollten der Oberleutnant und seine Männer in Zivilkleidung ihre Kampftrageseesäcke zum Hubschrauberlandeplatz im hinteren Teil der *Admiral Tschabanenko*. Während die Matrosen, die noch nicht auf Landgang waren, interessiert zuschauten, kletterte die Speznas-Einheit in den Kamow Ka-32-Hubschrauber, der danach in den Abendhimmel über der Hafenstadt San Juan del Sur aufstieg.

Ihr Flug zu einer Luftwaffenbasis in der Nähe von Managua dauerte nur eine Stunde. Dort wurden sie von einem FSB-Offizier eingewiesen, der gerade aus Caracas eingetroffen war. Dieses Briefing dauerte eine weitere Stunde. Danach bereiteten sich die Männer auf ihre Mission vor und warteten auf grünes Licht aus Moskau.

Dieses kam erst um vier Uhr morgens Ortszeit. Sobald

der Oberleutnant seinen Einsatzbefehl bekommen hatte, bestiegen er und sein Team eine zivile Cessna Caravan, die einem Tarnunternehmen des nicaraguanischen Geheimdiensts gehörte. Sie hatten bereits zuvor ihre gesamte Ausrüstung an Bord gebracht. Dies war nicht einfach gewesen, denn jeder Kommandosoldat hatte Gepäck mit einem Gewicht von beinahe dreißig Kilogramm dabei, sodass die Kabine des zehnsitzigen Flugzeugs jetzt bis zum Rand mit Männern und Material gefüllt war. Trotzdem stieg die Cessna mit Leichtigkeit in den dunklen Himmel über dem schlafenden Managua auf und flog in Richtung Süden davon.

Zur gleichen Zeit war ein zweites Kontingent von Russen auf dem Wasser unterwegs, das am späten Nachmittag Maracaibo in Venezuela verlassen hatte. Diese Männer waren Agenten des FSB, und sie hatten einen Telefonanruf bekommen, der sie mindestens genauso überrascht hatte wie der nachmittägliche Funkspruch den Marine-Speznas-Oberleutnant.

Die FSB-Agenten sollten sich in Maracaibo eine schnelle Motorjacht besorgen und mit Höchstgeschwindigkeit quer über die unruhige Karibische See nach Nordwesten fahren. Ihr Bestimmungsort war der gleiche wie der Zielpunkt der aus Norden anfliegenden Kommandosoldaten: ein Archipel in Nordpanama namens Bocas del Toro.

Weder das GRU-Kommando noch die FSB-Agenten wussten, dass der FSB-Resident in Caracas die gesamte Operation am Tag zuvor in Gang gesetzt hatte. Befreundete Agenten der venezolanischen Spionageabwehr hatten ihm unter der Hand mitgeteilt, dass die Bundespolizei sich bereit machte, in der ganzen Stadt Männer und Frauen zu verhaften. Ein amerikanischer Verräter habe der venezolanischen Botschaft in Washington im Austausch für eine schnelle und sichere Ausschleusung aus den Vereinigten Staaten eine Liste mit den Namen von dreiunddreißig CIA-Agenten in Venezuela übergeben. Darüber hinaus hatte der Abwehr-Offizier begeistert erzählt, dass der Verräter ihnen bald eine zweite Liste zukommen ließe, auf der die Namen von Spionen aufgeführt seien, die in seinen ausländischen Botschaften gegen Venezuela operierten.

Als der FSB-Mann in Caracas in der russischen Zentrale in Moskau eine Bestätigung für diese wilde Geschichte erhalten wollte, erzählte man ihm, dass das FSB gerade durch einen hochrangigen Geheiminformanten in der US-Regierung erfahren habe, dass das FBI nach einem Mitarbeiter des Nationalen Sicherheitsrats namens Ethan Ross suche, der gerade aus dem Land geflohen sei, nachdem er möglicherweise seine Freundin und zwei FBI-Agenten, die ihn verfolgten, ermordet habe. Außerdem gehe das Gerücht um, dass er auf einem Datenträger eine große Menge streng geheimer Dokumente mitgenommen habe.

Zuerst war der FSB-Mann in Caracas skeptisch. Dies klang für ihn wie eine amerikanische Desinformationskampagne. Wie konnte ein einzelner Mann Washington mit einem solchen Geheimdienstschatz verlassen? Als der Spionageabwehr-Offizier dem FSB-Resident jedoch Ross' Liste der venezolanischen Spione zeigte, wusste der Russe, dass er es mit einem echten Informationsleck zu tun hatte. Obwohl nur die Codenamen der Agenten aufgeführt waren, beschrieben die Akten deren Positionen, Berufsbezeichnungen, Verbindungen zu bekannten Persönlichkeiten und andere Erkennungsmerkmale so genau, dass die Aufdeckung der Echtnamen dieser Agenten nicht weiter schwer war. Der Russe erkannte sofort einige amerikanische Spione wieder, die der FSB identifiziert, aber nicht offen enttarnt hatte.

Der Resident teilte Moskau seine Erkenntnisse sofort über Telefon mit. Die FSB-Zentrale wies ihn an, die Venezolaner zu drängen, den Russen das gesamte Scrape zugänglich zu machen, sobald der Amerikaner in Caracas eingetroffen war. Der Resident schlug der venezolanischen Spionageabwehr darüber hinaus vor, dem Amerikaner SP-117, ein russisches »Wahrheitsserum«, zu injizieren, um das Passwort für seine Daten zu erhalten, aber die Venezolaner lehnten dankend ab und erklärten, sie würden den Amerikaner in einem sicheren Unterschlupf in Panama behalten, bis alle Verhaftungen durchgeführt worden seien und die Zeit reif sei, ihn ins Land zu bringen.

Der FSB wusste, dass jeder amerikanische Verräter, der solche brisanten Geheimdaten bei sich hatte, eine leicht verderbliche Ware war. Die Amerikaner würden ihm sofort nachstellen, sie würden ihn innerhalb von Tagen, wenn nicht Stunden finden und dann alles unternehmen, um diese Geheimnislücke zu schließen. Der FSB-Resident in Caracas besprach sich eilig über eine Sicherheitsverbindung mit der Lubjanka, dem FSB-Hauptquartier in Moskau. Gemeinsam kamen sie zum Entschluss, sich die Dateien durch »aktive Maßnahmen« zu beschaffen. Eine solche Operation in Panama durchzuführen war auf diplomatischer Ebene einem Einsatz in Venezuela vorzuziehen. Noch besser war, dass man den Venezolanern hinterher vorgaukeln konnte, es seien die Amerikaner und keine russischen Kommandosoldaten gewesen.

Der Resident hielt es persönlich beinahe für ein Wunder, dass man diese Entscheidung innerhalb von vierundzwanzig Stunden gefällt hatte. Als das Speznas-Kommando in Managua grünes Licht bekam, war eines klar: Die Russen wollten Ethan Ross und seine Dateien in die Hände bekommen, und sie wollten dabei keine Spuren hinterlassen, die auf irgendeine Weise nach Moskau führten.

Für Dominic Caruso war es ein langer, harter Tag gewesen. Er hatte sich zwar einen Sonnenbrand erspart, weil er sich unter dem Blätterdach der Regenwaldbäume in einen großen Farnbusch gelegt hatte, aber er hatte trotzdem das Gefühl, an diesem Nachmittag einem Hitzekollaps nur knapp entgangen zu sein. Er wurde von Ameisen gebissen und von Moskitos gestochen, Spinnen waren ihm übers Gesicht gekrochen, und ein Faultier und ein Brüllaffe hatten ihn erstaunt angestarrt.

Kurz vor der Abenddämmerung hatte er dann noch ein Erlebnis, mit dem er später bei seinen Agentenkollegen vom Campus sicher einen großen Lacherfolg ernten würde.

Ein Tukan hatte ihm tatsächlich von einem Eichenast auf den Rücken geschissen. Da sich genau in dem Moment eine Zwei-Mann-Patrouille dicht vor ihm über den Rasen bewegte, hatte er sich nicht gerührt und den Fäkalangriff stoisch ertragen. Als er schließlich Gelegenheit bekam, den Vogeldreck abzuwischen, merkte er, dass dieser blutrot war, so als ob der Tukan in der letzten Zeit nur rote Wildbeeren gefressen hätte.

Dom hätte über sich selbst gelacht, wenn er dazu in Stimmung gewesen wäre. Ihm hatte es jedoch die Laune verdorben, dass er trotz der Ungelegenheiten, die der heutige Tag gebracht hatte, noch keinen Hinweis auf Ethan Ross entdeckt hatte.

Kurz vor Sonnenuntergang bemerkte er jemand, der nicht so aussah, als ob er zum gewöhnlichen Personal des Herrenhauses gehören würde. Ein kleiner Mann mit dunklem Teint, der selbst bei dieser Hitze von fünfunddreißig Grad noch lange Blue Jeans trug, stand mehrere Minuten auf der Veranda und telefonierte mit seinem Handy. Durch sein Fernglas erkannte Dom kurze Haare und ein jugendlich wirkendes Gesicht. Er schätzte das Alter des Mannes auf höchstens fünfundzwanzig.

Dom zog eine Kamera heraus und machte ein paar Aufnahmen mit dem Teleobjektiv, aber die Entfernung und die schlechten Lichtverhältnisse machten sie alle praktisch wertlos. Nach einem längeren Telefongespräch kehrte der kleine Mann in die Kühle des Hauses zurück und schloss die Tür hinter sich.

Nachdem er in den letzten sechs Stunden nur diesen kleinen Mann und die Wachmannschaft gesehen hatte, entschloss sich Dominic, seinen Beobachtungsposten zu verlegen. Er ließ den Großteil seiner Ausrüstung liegen, nachdem er das Versteck als GPS-Wegpunkt markiert hatte, und arbeitete sich vorsichtig seitwärts in Richtung Westen zum hinteren Teil des Anwesens vor.

Dort fand er ein neues Versteck, von dem aus er den Swimmingpool und die hintere Umlaufveranda beobachten konnte. Er verbarg sich wieder sorgfältig in einem tropischen Gebüsch und suchte mit dem Fernglas die Fenster ab. Im Gegensatz zum vorderen Teil des Gebäudes standen hier mehrere Vorhänge offen, und er sah einen Mann in einem Zimmer im ersten Stock auf und ab gehen.

Wahrscheinlich ein weiterer Wachmann, dachte Dom. Trotzdem gefiel ihm diese Stelle, und er beschloss, hier bis nach Einbruch der Dunkelheit auszuharren. Dann gäbe es vielleicht einen besseren Blick in die erleuchteten Räume und Flure des Hauses.

Kurz vor halb elf erhob sich eine Brise, und Dom roch, dass Regen im Anzug war. Er beschloss, zu seinem ursprünglichen Beobachtungspunkt zurückzukehren, dort hatte er bessere Deckung. Außerdem steckte in seinem Rucksack ein leichter Poncho, den er bei einem Wolkenbruch überwerfen konnte. Gerade als er sein Fernglas sinken lassen wollte, bemerkte er jedoch eine Bewegung auf der Veranda. Es war ein blonder Mann mit einem Weinglas in der Hand, der sich über das Geländer beugte und zum Swimmingpool hinüberschaute. Unter den

Arm hatte er sich etwas geklemmt, das wie ein Laptop aussah.

Dom musterte den Mann von oben bis unten. Sein Gesicht konnte er leider nicht richtig erkennen, weil er nicht im Licht stand. »Bist du das, Ross?«, flüsterte er vor sich hin. Selbst mit seinem Fernglas konnte er das aus einer Entfernung von achtzig Metern nicht genau feststellen.

Er griff zu seiner Kamera und machte ein paar eher nichtssagende Aufnahmen. Plötzlich trat eine Frau mit langen, lockigen, dunklen Haaren hinter dem blonden Mann durch die Balkontür. In der einen Hand hielt sie ein Glas und in der anderen eine Weinflasche. Selbst aus der Entfernung konnte Dom ein breites Lächeln auf ihrem Gesicht erkennen. Sie umarmte den Blonden von hinten, wenn auch etwas ungeschickt, da ihre Hände voll waren. Der Mann blickte jedoch unverwandt gebannt in die Weite, als ob sie überhaupt nicht da wäre.

Dom wartete nur darauf, dass der Blonde ins Licht zurücktrat und in seine Richtung schaute. Schließlich kam ein großer Mann in einem cremefarbenen Anzug und mit einem braunen Schnurrbart auf die Veranda und gab den anderen durch ausladende Gesten das Zeichen, ins Haus zurückzukehren. Dom richtete das Fernglas die ganze Zeit auf den Blonden, der sich schließlich umdrehte und in Richtung Verandatür ging, während er sich mit dem Mann im cremefarbenen Anzug unterhielt. Plötzlich fiel das Licht voll auf sein Gesicht, während er noch einmal zum Regenwald auf der Ostseite des Anwesens hinüberschaute. Dort lag in achtzig Meter Entfernung Dominic Caruso in der Dunkelheit eines Farnbusches und hielt sich ein Fernglas an die Augen.

Es war tatsächlich Ross.

»Schön, dich wiederzusehen, Arschloch«, murmelte Dom leise vor sich hin. »Du glaubst wohl, dass du hier in

Sicherheit bist. Du bist vielleicht sicher vor Albright, vielleicht sogar vor mir, aber ganz bestimmt nicht vor der Schajetet 13.«

Ethan verschwand im Haus, und das Licht auf der Veranda verlöschte.

35

Dominic brauchte bis kurz vor Mitternacht, um wieder zu seiner ersten Beobachtungsstellung zu gelangen. Die Regenwolken hatten den Mond verdunkelt, in dessen Licht Ethan eigentlich den Dschungel durchqueren wollte. Jetzt musste er sich dagegen gefährlich nahe am Rand des Rasens entlangbewegen. Obwohl die Lichter des Haupthauses nicht bis zum Regenwald hinüberreichten, strahlte es doch etwas Umgebungslicht ab, das Dom dazu benutzte, um zum Wasser und seinem Versteck zurückzufinden.

Als er sich wieder in dessen Sicherheit befand, holte er ein Satellitentelefon heraus. Er wollte David anrufen und ihm mitteilen, dass er Ross zweifelsfrei identifiziert hatte. Er würde ihm vorschlagen, ein israelisches Spezialeinsatzkommando hierherzuschicken. Bevor er jedoch die Nummer des Mossad-Offiziers wählen konnte, vibrierte das Telefon in seiner Hand, und auf dessen lichtgedämpfter Anruferkennung war nur ein Wort zu lesen: *ALBRIGHT.*

Das war interessant. Albright rief tatsächlich *ihn* an? Dom antwortete fast flüsternd: »Darren, seien Sie mir nicht böse, aber das ist ein ganz schlechter Zeitpunkt.«

Die Verbindung zischte und knackte. Dom nahm an, dass die Regenwolken das Signal störten. Albrights scharfer Ton war jedoch trotz der Verzerrungen deutlich zu hören. »Das ist ja wirklich großartig. Vor ein paar Tagen haben Sie mich noch gelöchert, um etwas von mir zu erfahren, und jetzt haben Sie plötzlich etwas Besseres zu tun. Na gut, ich sage es Ihnen trotzdem, bevor Sie es in den Nachrichten hören.«

»Sie sagen mir *was?«*

»Ethan Ross hat etwa 680 000 Dateien aus Intelink-TS gestohlen. Höchst sensible Geheimdienstdokumente, die sich auf CIA-Agenten überall auf der Welt beziehen.«

»Wovon zum Teufel reden Sie eigentlich?«

»Er hat vorgestern ein Netzwerk-Scrape durchgeführt und dabei eine Datenmenge von 150 Gigabyte erbeutet. Er hat sich dazu mit Eve Pangs Zugangspasswörtern in ein Virtuelles Privates Netzwerk eingeloggt und dabei eine Art Crawler benutzt, der genau wusste, wonach er suchen und was er kopieren musste. Die IT-Forensik versucht immer noch, den Datendiebstahl zu rekonstruieren, damit wir genau wissen, was er hat. Jemand hat jedoch bereits gemeint: Praktisch alles.«

»Lieber Gott.«

»Die beiden vermissten SSG-Männer hat man von Kugeln durchsiebt im Potomac treibend gefunden. Ein Mann, der vor einigen Tagen in einem Hotelzimmer in Richmond erschossen und dessen Leiche danach verbrannt wurde, konnten wir als einen weiteren IT-Experten identifizieren, der für die Regierung gearbeitet hat, ein ehemaliger NSA-Mitarbeiter namens Phillip McKell. Der Mord scheint etwas mit unserer Geschichte zu tun zu haben.«

Dom legte den Kopf auf den nassen Boden. »Das Ganze nimmt immer größere Ausmaße an, oder?«

»Da haben Sie verdammt recht. Aber das ist noch nicht das Schlimmste«, fuhr Albright fort. »Es sieht so aus, als ob Ross nach Venezuela abgehauen ist.«

Dom hob den Kopf und räusperte sich leise. »Wie kommen Sie darauf?«

»Nun, unser CIA-Verbindungsmann hat das FBI wissen

lassen, dass in Caracas gerade einheimische Agenten der Agency verhaftet werden. Allein in den letzten achtundvierzig Stunden waren es etwa zwei Dutzend.«

Das ist es, dachte Dom. Es ist der Lohn für die Venezolaner, dass sie ihn aus dem Land geschafft haben. Bevor er etwas sagen konnte, redete Albright weiter.

»Wir haben die Aufnahmen einiger Sicherheitskameras überprüft, mit denen wir die venezolanische Botschaft in der Thomas Jefferson Street hier in Washington überwachen. Dabei konnten wir beobachten, wie Ross sie vorgestern etwa zu der Zeit durch eine Seitentür betrat, als die beiden Beschattungsbeamten verschwanden. Wir glauben, dass er den Venezolanern Informationen aus seinem Scrape zukommen ließ, damit sie ihn aus der Stadt schmuggelten. In diesem Zusammenhang haben entweder Ross oder die Venezolaner Phillip McKell, Eve Pang und die beiden FBI-Beschatter umgebracht. Wir müssen davon ausgehen, dass er sich im Moment in Caracas aufhält.«

Dominics Gehirn führte in den nächsten paar Sekunden eine Menge Berechnungen durch. Er gewichtete alle Pro- und Kontra-Argumente und entschloss sich, Albright *fast* alles zu erzählen, was er wusste. »Ich habe ein paar Informationen, die Sie vielleicht weiterbringen.«

»Das hatte ich fast gehofft.«

»Ross ist in Panama. In der Provinz Bocas del Toro. Auf einer Insel namens Bastimentos.«

Wenn Albright tatsächlich dachte, Caruso könnte etwas für ihn haben, hatte er *so* etwas bestimmt nicht erwartet. »Wie bitte?«

»Er steht unter dem Schutz venezolanischer Geheimagenten. Sie haben ihn in einem sicheren Unterschlupf eine halbe Bootsstunde vom Flugplatz entfernt untergebracht.«

Mehrere Sekunden lang hörte man nur das Knistern

und Krachen der Satellitentelefon-Übertragung. Schließlich meinte Albright: »Wenn Sie mir nicht sofort sagen, woher Sie das wissen, muss ich leider davon ausgehen, dass Sie mit Ethan Ross unter einer Decke stecken.«

»Sie wissen, dass das eine absolut dämliche Vorstellung ist.«

»Wahrscheinlich. Aber ich werde Sie mir auf jeden Fall zur Brust nehmen. Sie behindern meine Ermittlungen.«

»Verdammt, Albright, ich habe Ihnen gerade mitgeteilt, wo sich Ihr Verdächtiger versteckt. Das ist gerade das *Gegenteil* einer Ermittlungsbehinderung.« Dom atmete zur Beruhigung einmal tief durch und versuchte, das Ganze mit Albrights Augen zu sehen. »Ich weiß es, weil es mir die Israelis erzählt haben.«

»Welche Israelis?«

»Die Jungs, die Ross wegen seiner Rolle bei Arik Yacobys Tod zur Rechenschaft ziehen wollen.«

»Besteht die Möglichkeit, mich mit diesen Israelis einmal zu einem freundlichen Gespräch zu treffen?«

»Das bezweifle ich. Wie dem auch sei, im Moment bin ich ihre Speerspitze und weiß mehr als sie.«

»Wieso denn das?«

»Na ja, weil ich gerade den sicheren Unterschlupf beobachte.«

Albrights Ton wurde noch düsterer und vorwurfsvoller. »Sie sind in Panama?«

»Ja.«

»Sie stecken ganz schön tief drin, Caruso, stimmt's?«

»He, Mann, es gibt kein Gesetz, dass es einem Privatmann verbieten würde, eine Reise ins sonnige Mittelamerika zu unternehmen.« Während er das sagte, begann es wieder zu regnen.

»Verscheißern Sie mich nicht. Sie sind dort unten mit Ihren Spionagekumpeln, um Ross zu töten.«

»Wie oft soll ich Ihnen das noch sagen. Ich habe keine

Spionagekumpel dabei. Ich bin hier mit einer heißen Blondine, die uns beiden zwar den Arsch versohlen könnte, die aber bestimmt keine Spionin ist.« Dom kicherte leicht, während er sich das Wasser aus den Augen wischte. »Sie ist nur eine Stewardess.«

Albright wusste offensichtlich mit dieser Bemerkung nichts anzufangen, glaubte sie jedoch nicht für einen Moment. Er hatte sich auf die Ansicht versteift, dass Caruso auf einer Tötungsmission war. »Jetzt hören Sie mir bitte sehr, sehr aufmerksam zu. Was immer Sie und Ihre Freunde mit Ross vorhaben mögen … das hier ist ab jetzt ein ganz neues Spiel. Ethan Ross hat höchstwahrscheinlich gerade dieses Scrape dabei. Wenn Sie ihn umbringen, verlieren wir vielleicht den Zugang zu diesem Scrape. Er ist irgendwo dort draußen, und wir müssen ihn unbedingt zurückbekommen.«

»Er hat einen Laptop dabei«, sagte Dom. »Ich habe ihn gesehen.«

»Das könnte es also sein. Es könnte jedoch auch ein USB-Stick sein.«

»Woher wollen Sie eigentlich wissen, dass er ihn nicht bereits jemand ausgehändigt hat?«

»Das *wissen* wir nicht. Aber dieses Last-Minute-Scrape *sollte* bemerkt werden. Jemand hat da wohl versucht, sich eine gute Verhandlungsposition zu verschaffen. Er hat die Daten gestohlen, weil er wusste, dass wir ihm auf den Fersen sind und er deshalb etwas benötigte, womit er sich freikaufen kann. Wir glauben deshalb, dass er den Datenträger immer dabeihat. Er kennt sich mit Computern aus und hat das Wissen, die Dateien so zu verschlüsseln, dass sie ohne sein Passwort für jeden anderen nutzlos sind.«

Dom wollte den Mistkerl in diesem hell erleuchteten Haus dort drüben unbedingt töten oder zumindest die Israelis dabei unterstützen, aber er wusste jetzt, dass es das Leben amerikanischer Agenten auf der ganzen Welt gefährden würde, wenn man Ross ins Jenseits beförderte, ohne zuvor das Scrape zurückzubekommen.

Fuck. Die ganze Sache wurde jetzt richtig kompliziert.

Er verstand, wie gefährlich es war, dass eine solche Informationsbombe frei auf dem Markt war. Er würde also künftig nach Albrights Regeln spielen.

»Okay. Ich bleibe, wo ich gerade bin, und helfe euch Jungs, die Dateien zurückzubekommen. Ich simse Ihnen die Koordinaten gleich nach unserem Gespräch. Wie lange wird es dauern, bis Sie hier sind?«

»Ich stelle ein Flugteam des HRT zusammen und erledige die notwendigen Formalitäten. Mit dem Flugzeug sind es nach Panama City etwas mehr als vier Stunden. Dort müssen wir in Hubschrauber umsteigen, die uns zum Einsatzort bringen. Es könnte also bis kurz nach Sonnenaufgang dauern, bis wir dort eintreffen.«

»Ich behalte das Haus bis dahin im Auge«, sagte Dom.

»Aber nicht ganz allein. Wir besorgen Ihnen Unterstützung. Wir haben ein freundschaftliches Verhältnis zu den panamaischen Streitkräften, die kann ich anrufen und …«

»Es ist natürlich Ihre Entscheidung, aber ich würde das nicht tun.«

»Und warum nicht?«

»Ich habe den ganzen Tag ein panamaisches Polizei-Patrouillenboot die Inlandsbucht vor diesem sicheren Unterschlupf auf und ab fahren sehen. Ich halte es deshalb für möglich, dass die lokale Polizei von den Venezolanern bezahlt wird, um auf ihr Anwesen aufzupassen.«

Albright verstand das Dilemma. »Shit. Selbst wenn wir mit der dortigen Bundespolizei reden, gibt es keine Gewähr, dass nicht etwas zu den Ortspolizisten durchsickert und Ross wieder verschwindet.«

»Genau«, sagte Dom. »Vielleicht solltet ihr Jungs einfach nur so schnell wie möglich hier runterkommen und dieses Anwesen stürmen. Ich habe außerhalb des Hauses nur ein halbes Dutzend Wachen gesehen. Ich nehme an, drinnen gibt es mindestens noch einmal die gleiche Anzahl, aber wenn Sie morgen früh einen Überraschungsangriff starten, solange die meisten noch schlafen, können Sie Ethan Ross und sein Scrape bestimmt in die Hände bekommen.«

»Ich würde mich besser fühlen, wenn Sie zugeben würden, dass Sie noch ein paar Spionagekumpel dabeihaben«, sagte Albright.

»Da gibt es niemand, Albright.«

Der FBI-Mann seufzte. »Ich schicke Ihnen ein paar Spezialagenten vom FBI-Büro in Panama City. Normalerweise befassen die sich nur mit Fällen von Bankbetrug, aber ich möchte, dass das FBI eine Kontrolle über Ihre Operation behält.«

»Ich weiß nicht, wie viel Zeit wir haben«, gab Dom zu bedenken. »Die Venezolaner könnten ihn jeden Augenblick wegbringen.«

»Es ist wichtig, dass Sie und Ihre Kumpel ihn im Auge behalten und ihn *auf keinen Fall* selbst festzunehmen versuchen.«

Dom seufzte. Er war es müde, ständig zu wiederholen, dass er nicht mit einer CIA-Truppe hier war. »Okay, ich gebe es an den Rest meiner Brigade weiter.«

»Klugscheißer«, murmelte Albright, bevor er auflegte.

Einen Augenblick später klingelte Doms Telefon. Auf dem Screen erkannte er Davids Nummer. Der in Washington stationierte Mossad-Offizier hoffte wohl, dass sein amerikanischer Verbündeter die Zielperson inzwischen zweifelsfrei identifiziert hatte, damit er ein Einsatzteam zu einer Rachemission hinunterschicken konnte. Die Interessen des Mossad waren klar und unverändert. Sie wollten

Ethan Ross' Kopf auf einem Spieß, während sich Dominics Mission nach Albrights Anruf verändert hatte. Er konnte David, dem Agenten einer ausländischen Macht, nicht einmal von dem Scrape erzählen. Israel war zwar ein Verbündeter der Vereinigten Staaten, deshalb würde es ihnen die CIA vielleicht irgendwann mitteilen, aber Caruso wusste, dass das ganz bestimmt nicht *seine* Aufgabe war.

Er ging also nicht ans Telefon. David war jetzt bestimmt verärgert, aber im Moment konnte Dom da überhaupt nichts machen.

Als er sich etwas in seiner Beobachtungsstellung verlagerte, geriet der Farn leicht in Bewegung. Er griff hinauf, um die Stängel und Blätter festzuhalten, als er ganz in der Nähe ein Geräusch hörte.

Dom erstarrte sofort, aber nachdem er zwanzig Sekunden die Luft angehalten hatte, erkannte er in der Dunkelheit die Quelle des Geräuschs. Zwei Brüllaffen bewegten sich keine zehn Meter vor ihm den Rasen entlang. Entweder sahen sie ihn nicht, oder es war ihnen egal, dass ein menschliches Wesen am Waldrand in einem Farngebüsch lag.

Als er seine Nerven durch ein paar Schluck Wasser aus seiner Feldflasche beruhigt hatte, merkte er, dass es wieder einmal Zeit war, sich bei Sherman zu melden. Obwohl es bereits Mitternacht war, ging sie bereits beim ersten Klingeln ans Telefon. Dom war von ihren Fähigkeiten als Hilfsagentin immer mehr beeindruckt.

Er erzählte ihr, dass er Ross gesehen hatte, und von Albrights Anruf, der bedeutete, dass es auf dieser Tropeninsel von überdrehten und angepissten amerikanischen Bundespolizisten bald nur so wimmeln würde.

»Wollen Sie, dass ich Ihnen mit dem Boot entgegenkomme?«, fragte Adara.

»Nein. Ich werde das Anwesen die ganze Nacht im Auge behalten.«

»Es ist jetzt Mitternacht. Zwischen den Inseln sind immer noch ein paar Boote unterwegs. Wenn ich Sie jetzt nicht abhole, laufen Sie Gefahr, dort stecken zu bleiben. Wenn Sie mich um drei Uhr oder irgendwann sonst in der Nacht kommen lassen, werde ich das einzige Boot auf dem Wasser sein. Die Venezolaner werden mich kilometerweit kommen hören. Vielleicht wird mich auch das Patrouillenboot stoppen. Eine blonde Touristin, die mitten in der Nacht allein übers Meer tuckert, wird bestimmt Aufmerksamkeit erregen. Das können wir beide nicht brauchen.«

»Verstehe. Das Hostage Rescue Team wird am frühen Morgen hier ankommen, und ich muss ihnen dann Echtzeit-Informationen über die Gegend geben. Bis das FBI auftaucht, bin ich ganz auf mich allein gestellt. Danach lasse ich Sie kommen und mich abholen.«

»Verstanden«, sagte Adara, und Dom legte auf. Ab jetzt lag er umgeben von der Flora und Fauna Mittelamerikas da und hoffte, dass sich in dieser Nacht nichts Größeres als ein Moskito von ihm ernähren würde, während er den amerikanischen Verräter beobachtete, der es sich in dem großen Haus jenseits des Rasens bequem gemacht hatte.

36

Um sechs Uhr morgens war es immer noch dunkel, obwohl sich die Regenwolken über Bastimentos verzogen hatten und der Mond herausgekommen war. Dom rieb sich die Augen. Er merkte, dass er ein paar Minuten geschlafen hatte, allerdings nicht lange genug, um seine Müdigkeit zu vertreiben. Die Umgebung seiner Beobachtungsstellung war Lebensraum einer ganzen Gruppe von kleinen farbigen Fröschen, die die ganze Nacht direkt neben seinem Gesicht durch das Farngebüsch gehüpft waren. Diese ständige Bewegung ganz in seiner Nähe hatte ihn die meiste Zeit wach gehalten.

Er hob das Fernglas vom Boden auf, wischte mit einem Tuch das Kondenswasser von den Linsen ab und hielt sich den Feldstecher an die Augen. Auf der gegenüberliegenden Seite des Anwesens patrouillierten zwei Wachmänner. Der Strahl ihrer Taschenlampen war von Weitem zu sehen. Im Gebäude selbst gab es keinerlei Bewegung außer zwei Wachleuten, die offensichtlich im Erdgeschoss vor dem Haupteingang auf und ab gingen.

In der Höhe flog ein Flugzeug vorbei. Dom wurde bewusst, dass ihn dessen fernes Motorenbrummen geweckt hatte. Er konnte die Maschine durch das dichte Blätterdach direkt über ihm nicht sehen, aber er hörte das Dröhnen, und es klang nach einer einmotorigen Turboprop.

Er beobachtete weiterhin das Haus. Seine Augen waren

unglaublich müde, trotzdem versuchte er, sie zu fokussieren.

Plötzlich krachte links von ihm ein Ast herunter. Der Baum stand offensichtlich nicht in der Nähe seiner Stellung, aber das Krachen war trotzdem laut genug, um alle anderen Geräusche zu übertönen. Die zirpenden Frösche verstummten. Einen Augenblick später splitterte ein weiterer Ast. Danach waren das Rascheln von Blättern und das Geräusch abbrechender Äste auch aus einem anderen Teil des Dschungels zu hören, der ebenfalls links von ihm lag.

Dom zog die M9-Pistole aus dem Hosenbund und duckte sich noch tiefer unter den Farn, da er nicht wusste, was da nur zehn, zwölf Meter links von ihm vor sich ging.

Bevor er noch weiter darüber nachdenken konnte, tauchte auf dem Rasen vor ihm eine Gestalt auf und über der Gestalt die Umrisse eines in sich zusammensackenden Fallschirms. Plötzlich fiel nur zwanzig Meter von dem ersten Mann entfernt gerade außerhalb des Lichtscheins des Hauses eine zweite Gestalt vom Himmel.

Dom wäre beinahe aus Überraschung aufgesprungen.

Jetzt krachte wieder etwas in die Bäume, dieses Mal auf seiner rechten Seite. Dom nahm an, dass ein weiterer Fallschirmspringer die vorgesehene Landezone verpasst hatte und jetzt im Regenwald an einer Eiche oder einem Flammenbaum hing.

Im Zwinger auf der anderen Seite des Hauses begannen die Hunde zu bellen, während zwei weitere Gestalten auf dem dunklen Rasen landeten, ihre Fallschirme aufsammelten und den anderen in die Bäume hinein folgten.

Dom hatte in einem Zeitraum von nicht einmal zehn Sekunden insgesamt sechs Männer vom Himmel fallen gesehen oder gehört. Sie waren jetzt alle im Regenwald verschwunden und verstauten wahrscheinlich gerade ganz in seiner Nähe ihre Fallschirme und legten ihre Ausrüstung an.

Heilige Scheiße, dachte Dom. Könnte das bereits das HRT-Team des FBI sein? Albright hatte zwar nichts von einem Fallschirmspringereinsatz erzählt, aber Dom konnte ihn auch nicht völlig ausschließen. Er hätte sich gerne bei Darren erkundigt, aber in der Nähe dieser Unbekannten konnte er jetzt unmöglich ein Telefongespräch führen. Selbst *wenn* sie zum FBI gehörten und von seiner Anwesenheit wussten, wäre es äußerst unklug, eine Gruppe von Männern zu überraschen, denen gerade der Finger am Abzug juckte.

Dom entschied, erst einmal ruhig liegen zu bleiben und das Ganze zu beobachten.

Sie gehörten ganz bestimmt zum FBI, sagte er sich. *Wer sollte es denn sonst sein?*

Der Mossad? Nein. David hatte Dom in den letzten Stunden ein halbes Dutzend Mal anzurufen versucht, aber Dom hatte nie geantwortet. Er hielt es deshalb für höchst unwahrscheinlich, dass der Mossad einen Einsatz gegen dieses Anwesen unternehmen würde, ohne sich zuvor die Beobachtungsergebnisse des Mannes vor Ort zu besorgen.

Die Lichter zweier Taschenlampen bewegten sich jetzt über die Auffahrt. Das war bestimmt das Zwei-Mann-Wachteam, das Dom die ganze Nacht durch das Anwesen patrouillieren sah. Das lässige Verhalten der Sicherheitsmänner zeigte, dass die Venezolaner das Gebell der Hunde nicht allzu sehr zu beunruhigen schien. Dom nahm an, dass sie ebenfalls irgendwelche Geräusche aus dem Dschungel gehört hatten. Angesichts all der Affen, Faultiere, Tukane und anderen Tiere, die ständig in den Urwaldbäumen rumorten, glaubten sie offensichtlich nicht, dass sich dahinter eine Gefahr verbergen könnte.

Die beiden Männer mit den Taschenlampen gingen

achtlos an Dom vorüber. Als sie sich weiter in Richtung Wasser bewegten, sah Dom, dass zwei dunkle Gestalten hinter ihnen herhuschten, in deren Händen er keine Waffen erkennen konnte. Sie schlossen schnell und lautlos zu den bewaffneten Wachmännern auf, legten ihnen zur absolut gleichen Zeit von hinten den Arm um den Hals, drehten sie herum, entwaffneten sie und brachten sie dann mit einer Reihe blitzschneller Schläge auf den Oberkörper und das Gesicht zum Schweigen.

Die beiden Wachleute brachen auf dem dunklen Rasen zusammen. Dom wusste, dass bei diesen Schlägen lebenswichtige Organe derart verletzt worden waren, dass beide Männer jetzt tot waren. Die geheimnisvollen Killer zogen die Männer und ihre Waffen rechts neben Doms Versteck in den Wald hinein.

Dom hatte den Kampf aus achtzehn Meter Entfernung verfolgt. Auch wenn dabei kein einziges Wort gefallen war, Dom die Gesichter der Fallschirmspringer nicht erkennen konnte und sie keine Abzeichen oder erkennbaren Uniformen trugen, wusste er, wer sie waren, weil er ihren Kampfstil kannte. Die beiden Männer hatten einen effizienten und flüssigen tödlichen Angriff auf die Wachen durchgeführt, der Krav Maga zwar ähnelte, aber doch so unterschiedlich war, dass Dom ihn als Systema identifizierte. Diese Kampfkunst wurde in Russland entwickelt und von russischen Spezialeinheiten angewandt.

Die Sache hier war *noch* komplizierter geworden, denn gerade waren Speznas-Kämpfer vom Himmel gefallen.

Eine Minute später sah Dom, wie sich sechs Silhouetten über den Rasen in Richtung Westen bewegten und sich den Geländewagen und dem Swimmingpool näherten. Außerdem konnte er an deren spezifischer Form erkennen, dass sie alle eine Heckler & Koch MP7-Maschinenpistole in der Hand hielten. Sie bewegten sich tatsächlich wie eine paramilitärische Truppe in Zweiergruppen, die sich abwechselnd gegenseitig Deckung gaben. Offensichtlich waren sie jedoch noch nicht direkt zum Haupthaus unterwegs. Dom hatte den Eindruck, dass sie es zuerst einmal nicht angreifen würden. Stattdessen verschwanden sie in der Auffahrt. Sie wollten sich wohl zuerst ein Gefühl für die Lage im Haus verschaffen, indem sie in der Nähe des Poolhauses Stellung bezogen und das Gebäude von dort beobachteten.

Er versuchte, Albright anzurufen, bekam jedoch keine Antwort. Dom nahm an, dass er bereits im Flugzeug saß und im Moment telefonisch nicht zu erreichen war. Selbst wenn die FBI-Agenten aus Panama City bereits in der Gegend eingetroffen sein sollten, würden sie ihm im Moment nichts nützen. Zum einen waren sie Experten für Finanzverbrechen und keine Männer mit paramilitärischer Ausbildung wie das HRT, zum anderen hielten sie sich bestimmt noch in Bocas Town auf. Selbst wenn sie sich dort ein Boot beschaffen konnten, würden sie eine halbe Stunde benötigen, um hierherzukommen.

Was immer hier noch passieren würde, wäre dann bereits längst vorbei. Dom erkannte, dass er auf sich allein gestellt war.

Nun, nicht ganz, dachte er.

Er rief Adara an.

Sie antwortete sofort. »Sie haben sich erst vor weniger als einer Stunde gemeldet. Stimmt etwas nicht?«

»Das wäre noch eine Untertreibung. Hier wird gleich eine blutige Schlacht ausbrechen.«

»Ich gehe zum Boot hinunter. Reden Sie weiter.«

»Kommen Sie noch nicht her«, erwiderte Dom. »Bleiben Sie nur in der Nähe des Bootes, damit Sie losfahren können, wenn ich Sie brauche.«

»Aber …«

»Kein Aber! Bleiben Sie, wo Sie sind, bis ich Sie anrufe.«

»Was genau ist los?«

Dom erzählte ihr von den russischen Speznas-Kämpfern und ihrer Tötung der Wachmänner. Seiner Meinung nach würden sie bald ins Haus eindringen und sich Ethan Ross und sein Scrape mit den Hunderttausenden von Dokumenten holen, die Einzelheiten über Tausende von Agenten enthielten, die rund um den Globus im Sold des amerikanischen Geheimdienstes standen.

»Ja«, stimmte Adara zu. »Diesen Datensatz hätten die Russen bestimmt liebend gern. Wenn sie dabei ein paar Venezolaner töten müssen, um einen solchen Geheimdienstcoup zu landen, wird ihnen das ganz bestimmt nichts ausmachen.«

Noch zwei weitere Male musste Dom Adara anweisen, im Hotel zu bleiben. Sie wollte ihn unbedingt unterstützen, aber er selbst wusste ja noch nicht mal, was er jetzt tun würde. Auch noch auf sie aufpassen zu müssen war das Letzte, was er jetzt brauchen konnte.

Dom versuchte, in seinem Feldstecher irgendein Anzeichen der dunklen Gestalten in der Nähe des Poolhauses zu erkennen, aber er sah nur völlige Schwärze. Wahrscheinlich würde er von der Gegenwart dieser Russen erst dann wieder etwas mitbekommen, wenn die Mündungsfeuer ihrer MP7 aufblitzten.

Dabei ging er fast sicher davon aus, dass diese sechs russischen Kommandosoldaten Ross tatsächlich in ihre Gewalt bekommen würden. Sie hatten bestimmt bereits einen Fluchtweg festgelegt. Dom nahm an, dass sie ein Boot von der Insel bringen würde oder sie vielleicht sogar ein Hubschrauber von diesem Anwesen abholte. Sie würden längst verschwunden sein, wenn Albright und sein HRT-Team hier eintreffen würden.

Er schlug mit der Faust auf den Boden. Sein Körper musste einfach einen Teil der Frustration loswerden, die sich in ihm aufgebaut hatte, als ihm klar wurde, dass er wahrscheinlich den Mann, der für den Tod der Yacobys verantwortlich war, an einen Staat verlieren würde, der ihn und seine Geheiminformationen dazu benutzen würde, die CIA zu ruinieren.

»Nein«, sagte er leise. Das durfte er auf keinen Fall zulassen.

Im Moment wusste er nur eine Sache sicher: Es war zwar nicht gut, dass sich Ethan Ross in den Händen der Venezolaner befand, aber es war zumindest *besser,* als wenn ihn die Russen in die Hände bekämen. Der Moskauer Geheimdienst konnte den Amerikanern einen weit größeren Schaden zufügen.

Dom wusste, dass er die Russen nicht aufhalten konnte, aber er konnte zumindest die Venezolaner alarmieren. Er müsste sich dann zwar selbst enttarnen und die entsprechenden Folgen tragen, wobei er wahrscheinlich erst einmal das Feuer beider Seiten auf sich zog, aber er musste unbedingt verhindern, dass die Russen sich mit Ross davonmachten.

Er rief Adara an. Sobald die Verbindung hergestellt war, sagte er: »Erinnern Sie sich, dass ich Ihnen gesagt habe, ich wollte Sie nicht in Gefahr bringen?«

»Wollen Sie mir jetzt etwa erklären, dass Sie gelogen haben?«

»Natürlich nicht. Ich will Ihnen nur erklären, dass ich mich *getäuscht* habe.«

»Ich verzeihe Ihnen, wenn Sie mir verzeihen, dass ich Ihre Anweisungen ignoriert habe. Ich bin bereits mit dem Boot zu Ihnen unterwegs.«

»Gut. Bleiben Sie auf dem Boot. Ich komme zu Ihnen.« Er dachte einen Moment nach. Was, wenn er tatsächlich Ross in seine Gewalt bekäme? Das klang zwar ziemlich unwahrscheinlich, aber in den nächsten paar Minuten würde in diesem Haus sicher ein unglaubliches Chaos ausbrechen. Die Aussicht, diese Verwirrung auszunutzen, um in den Besitz von Ross und seinem Scrape zu gelangen, erschien ihm das Risiko allemal wert. »Wenn ich Glück habe, bringe ich vielleicht einen Gast mit.«

»*Ross?* Sie sind tatsächlich hinter Ross her?«

»Ich darf doch träumen, oder?« Dom legte auf, richtete sich auf die Knie auf und arbeitete einen Plan aus. Dabei erschien es ihm doch etwas eigenartig, dass er auf der Seite eines amerikanischen Verräters und des feindlichen Geheimdienstes in die Schlacht ziehen würde, der ihn aus den Vereinigten Staaten herausgeschmuggelt hatte.

»Verrückt«, sagte er leise und rannte gebückt über den dunklen Rasen.

37

Als Dom schnell und gebückt durch das Anwesen huschte, schien das Gebell der Hunde auf der anderen Seite des Hauses lauter zu werden, die er in ihrem Zwinger jedoch nicht erkennen konnte. Zwei Männer standen auf der Umlaufveranda im ersten Stock und leuchteten mit der Taschenlampe über den Rasen zum Landesteg und zur Inlandsbucht hinunter. Dom hielt sich jedoch außerhalb des Lichtscheins und rannte zur Auffahrt hinüber. Auch von der hinteren Veranda aus leuchteten Wachmänner in die Dunkelheit hinein. Dom sah, wie die Taschenlampenstrahlen über den Swimmingpool und die Fahrzeuge huschten. Er fragte sich, ob die russischen Milizionäre, die sich irgendwo dahinten verbargen, von den Wachen auf der Veranda schließlich doch angeleuchtet werden könnten, bevor sie das Gebäude angriffen.

Dom gelangte zur Schmalseite des großen Kolonialgebäudes. Er presste seinen Körper an die kühle Wand und bewegte sich dann durch dichte Hecken an ihr entlang, bis er an ein dunkles Fenster kam. Als er hineinschaute, sah er zunächst nur eine große Schwärze.

Er stellte sich neben das Fenster, wartete einen Moment und schaute noch einmal hinein.

Es dauerte einige Sekunden, bis seine Augen überhaupt irgendwelche Gegenstände wahrnahmen, aber schließlich konnte er erkennen, dass es sich um eine Art Lagerraum handelte. Große Banketttische waren an der gegenüberliegenden Wand aufeinandergestapelt. Sportgeräte und kleine Fußballtore standen herum, und an Wandhaken hingen Netze mit mehreren Bällen und einem Krocket-Set.

Die Tür zu diesem Raum war geschlossen. Als er ans Fenster drückte, merkte er, dass es fest verschlossen war. Er dachte zuerst daran, die Scheibe in der Nähe des Schlosses zu zerbrechen. Er hob den Griff seiner Beretta, um damit das Glas zu zerschlagen, hielt jedoch mitten in der Bewegung inne und leuchtete mit seiner kleinen Taschenlampe erst einmal in den kleinen Raum hinein. Dabei achtete er vor allem auf die Decke neben dem Fenster.

Tatsächlich. Wie er erwartet hatte, war an der Decke ein Glasbruchmelder angebracht. Wenn er die Fensterscheibe zerbrach, würde eine laute Sirene losheulen, die im ganzen Haus zu hören war.

Als er sich gerade nach einer anderen Möglichkeit umschaute, hallte lautes Gewehrfeuer über den Rasen, dessen Echo von den Bäumen des Regenwaldes zurückgeworfen wurde. Es kam von der Rückseite des Anwesens in der Nähe des Pools. Offenbar waren die Venezolaner und die Russen endlich aneinandergeraten.

Überall im Haus gingen Alarmsirenen los. Dom nutzte das aus, um die Glasscheibe mit seinem Pistolengriff zu zerschlagen und das Fenster so weit hochzuschieben, dass er in den Raum hineinklettern konnte.

Ethan Ross wurde von einem lauten Geknatter aus seinem vom Alkohol beförderten Schlaf gerissen und sprang aus dem Bett. Er hielt es für Gewehrfeuer, wusste das jedoch nicht so genau, weil er Waffenlärm bisher nur aus dem Fernsehen kannte. Er streckte den Kopf aus seinem Schlafzimmer. Bisher war er noch eher neugierig als ängstlich. Er geriet jedoch sofort in Panik, als im ganzen

Haus die Sirenen losheulten. Ein Wachmann stand neben seiner Tür, hatte sich jedoch abgewandt, um über das Mezzanin in den Hauptsaal hinunterzuschauen.

»Was ist los?«, rief Ethan, aber der Mann gab keine Antwort. Ethan nahm seine paar Brocken Spanisch zusammen und fragte: *»Qué pasa?«*

»No sé«, rief der Mann zurück. Er hielt sein großes schwarzes Gewehr in Anschlag und richtete es auf das Erdgeschoss.

In diesem Moment rannte Mohammed in Strümpfen um die Ecke. Er kam direkt auf Ross zu und lief dabei achtlos an Gianna Bertoli vorbei, die aus ihrem Zimmer kam, nachdem sie sich ein Kleid übergeworfen hatte.

Ethan bemerkte, dass Mohammed in der einen Hand ein Handy und in der anderen seinen Computer trug. Seine Schuhe hatte er nicht angezogen, aber sein Notebook und sein Telefon hatte er dabei.

»Die Amerikaner sind hier!«, rief Mohammed. »Wir müssen weg!«

Ethan drehte sich um und rannte zurück in sein Zimmer. Er versuchte, die Tür zu schließen, aber Mohammed war ihm dicht auf den Fersen und folgte ihm hinein. »Holen Sie den Stick! Sie haben den Stick doch?«

Ethan schaute zu seinem Computer hinüber, und Mohammed bemerkte den Blick. »Sind die Daten auf diesem Computer?«

Ethan gab keine Antwort. Tatsächlich klebte das Moleskin-Pflaster mit der Micro-SD-Karte immer noch an seiner Hüfte. Er griff jedoch nach seinem Laptop, steckte ihn in seinen Rucksack und schnallte diesen um.

Draußen auf dem Mezzanin sah Ethan, dass der venezolanische Geheimdienstoffizier Leo inzwischen mit zwei seiner Männer eingetroffen war. Er war jetzt also von vier bewaffneten Venezolanern umgeben. Leo trug ein Sweatshirt und Baumwollhosen. In der einen Hand hielt er eine

Maschinenpistole und in der anderen ein Walkie-Talkie. »Schnell, kommen Sie mit! Am Zwinger wartet ein Mann mit einem Pritschenwagen auf uns. Die Amerikaner glauben bestimmt, dass wir die Ford Expeditions auf der anderen Seite des Hauses benutzen wollen. Wir müssen uns beeilen.«

»Wie viele Angreifer sind es?«, fragte Mohammed.

»Ich weiß es nicht!«, rief Leo, der mit seiner Waffe im Anschlag vor ihnen her ging.

Die kleine Prozession bewegte sich die hintere Treppe hinunter und danach die lange Galerie entlang, die den ganzen rückwärtigen Teil des Hauses durchlief. Leo bog nach links ab und die anderen folgten. Als sie an einem bogenförmigen Durchgang vorbeikamen, der in den großen Hauptsaal des Herrenhauses führte, schoss jemand aus dem Dunkeln mit Automatikwaffen auf sie. Ein venezolanischer Wachmann sank tot zu Boden. Leo und die anderen drei feuerten in den Saal hinein, während sie an dem Bogengang vorbeirannten, um aus der Schusslinie zu gelangen. Mohammed und Gianna schafften es durch die Todeszone, aber Ethan hatte gezögert. Jetzt stand er ganz allein zwischen der Treppe und dem Durchgang und hatte Angst, weiterzugehen und zu den anderen aufzuschließen. Mohammed schrie ihn an, endlich herzukommen, aber Ethan drehte sich stattdessen um und lief in die entgegengesetzte Richtung an der Treppe vorbei zur Küche.

Hinter ihm nahm das Gewehrfeuer weiter zu.

Er rannte um eine Ecke und gelangte in die Küche. Die Deckenleuchten über der Küchentheke waren in den Nachtmodus geschaltet. In dessen schwacher Beleuchtung sah Ethan keine neun Meter vor ihm mitten im Raum eine Gestalt stehen. Es war ein männlicher Weißer in nasser brauner Kleidung mit einem struppigen Bart. Er hatte die Ärmel hochgerollt, und seine Unterarme waren voller Schlamm. In der Hand hielt er eine schwarze Pistole, mit der er jetzt direkt auf Ethan zielte.

Ethan blieb schlagartig stehen und hob die Hände.

»Haben Sie es dabei?« Der Mann sprach englisch.

Ethan hatte viel zu viel Angst, um zu antworten. Hinter ihm fand auf der anderen Seite der Galerie immer noch ein heftiges Feuergefecht statt.

»Haben Sie das Scrape?«

»Ich … ich …«

Der Mann zog den Hahn seiner Pistole nach hinten.

»Ich habe es!«

»Sie kommen jetzt mit mir mit.«

»Wer … wer sind … nein!«

Plötzlich hob der Mann die Pistole und schoss. Ethan schrie und ließ sich mit immer noch erhobenen Händen zu Boden fallen. Hinter ihm war einer der Venezolaner mit einem G3 im Anschlag in die Küche gestürmt, aber der Amerikaner im braunen Hemd hatte ihn erschossen.

Ein zweiter Venezolaner kam in die Küche und feuerte bereits, als er durch die Tür trat. Ethan rollte sich zur Embryonalstellung zusammen und schrie wie am Spieß, hielt jedoch die Augen offen. Er sah, wie der Amerikaner im braunen Hemd quer durch die Küche rannte, während um ihn herum die Funken sprühten und Kugeln Löcher in den Herd, den Kühlschrank und den gefliesten Spritzschutz rissen. Der Amerikaner hechtete mit der Pistole in der Hand durch die Luft und machte auf dem Boden eine komplette Rolle vorwärts, um durch die rückwärtige Tür in das danebenliegende Esszimmer zu gelangen.

»Ethan!«, schrie jemand von hinten. Als er zurückschaute, sah er Mohammed, der neben dem bewaffneten Venezolaner im Türdurchgang kauerte. Mohammed streckte die Hand aus und gab Ethan das Zeichen, aus der Küche zu kriechen. »Los, kommen Sie!«

Der Amerikaner im braunen Hemd streckte jetzt aus

dem Esszimmer den Kopf in die Tür. Sofort schoss der Venezolaner auf ihn, aber der Amerikaner erwiderte das Feuer mit seiner Pistole, gab mehrere Schüsse ab und zog sich dann wieder zurück.

Ethan schaute den Venezolaner an. Er hatte eine Kugel ins linke Schienbein direkt unter dem Knie abbekommen. Jetzt krümmte er sich auf dem Boden und griff sich ans Bein. Neben ihm lag sein Gewehr.

Mohammed bückte sich blitzschnell, hob es auf, richtete es auf die Esszimmertür und feuerte mehrere Male. Selbst in all diesem Chaos war Ethan überrascht, dass der kleine libanesische Computerfreak schießen konnte.

»Ethan! Kommen Sie!«, rief Mohammed.

Ethan arbeitete sich auf Hände und Knie hoch und kroch aus der halbdunklen Küche hinaus. Draußen sprang er auf die Füße und wollte den Gang hinunterlaufen, aber Mohammed hielt ihn von hinten fest. »Nein! Nicht diesen Weg. Sie laufen den anderen Amerikanern in die Arme!«

Wie auf Kommando war jetzt von der Rückseite des Hauses weiteres Gewehrfeuer zu hören. Glas splitterte und Männer schrien.

»Laufen Sie!«, befahl Mohammed, und Ethan folgte automatisch der Anweisung des Libanesen. Zusammen rannten sie quer durch den Hauptsaal des Hauses, in dem noch vor einer Minute ein wilder Kampf getobt hatte. Jetzt schien das Gewehrfeuer jedoch aus dem ersten Stock zu kommen. Beim Rennen stolperte Ethan über eine Leiche, fiel zu Boden und blieb erschöpft und voller Panik erst einmal liegen.

»Stehen Sie auf!«, schrie ihn Mohammed an, zog ihn auf die Füße und stieß ihn vor sich her.

In einer Bibliothek im Erdgeschoss im rückwärtigen Teil des Hauses fanden sie ein zerbrochenes Fenster. Mohammed stieß mit dem Lauf seines Gewehrs so viel Glas heraus, dass sie beide hindurchklettern konnten. Draußen fanden sie sich in der Nähe des Pools in einer Hecke wieder, die um das ganze Gebäude herumführte. In deren Schutz hielt Mohammed nach irgendwelchen Bewegungen Ausschau.

Genau in diesem Moment stürmten Leo und Gianna durch die Glastür, die zum Poolbereich führte. Leo war angeschossen, und von seiner Schulter floss Blut über seinen ganzen Körper. Selbst im gedämpften Licht der dekorativen Beleuchtung am Pooldeck konnte Ethan erkennen, dass das Gesicht des Mannes totenbleich war.

Der Venezolaner stolperte an seinen Gästen vorbei und wollte über sein Walkie-Talkie mit dem Rest seiner Wachmannschaft Kontakt aufnehmen.

Niemand meldete sich, aber im ersten Stock fand definitiv noch ein Feuergefecht statt.

Leo schaffte es gerade noch zu den beiden Ford-Geländewagen in der Auffahrt. Dort drehte er sich um und richtete seine kleine Maschinenpistole auf die Veranda im ersten Stock, um mögliche Bedrohungen zu bekämpfen, während er weiterhin in sein Walkie-Talkie hineinsprach.

Gianna, Mohammed und Ethan liefen zu ihm hinüber.

»Die Geländewagen, schnell!«, rief Ethan. »Haben Sie die Schlüssel?«

»Steigen Sie in den schwarzen ein!«

In der Dunkelheit sahen beide Geländewagen schwarz aus, aber als er etwas näher kam, merkte Ethan, dass der eine dunkelgrün war. Er kletterte auf die Rückbank des schwarzen Ford Expedition, und Gianna setzte sich neben ihn. Mohammed stieg auf den Beifahrersitz, und Leo klemmte sich hinters Steuer und startete den Motor.

Die ersten Meter schlitterten sie die schlammige Auffahrt hinunter, bevor sie den Uferbereich verließen und im Urwald verschwanden.

»Wohin fahren wir?«, fragte Ethan und schaute über die Schulter, ob ihnen jemand folgte.

Leos Stimme war sehr schwach. »Wir können zu einer Anlegestelle im Osten der Insel fahren, wo wir einige Boote liegen haben. Das panamaische Patrouillenboot wird uns unterstützen, wenn wir erst einmal auf dem Wasser sind.« Er hustete. »Machen Sie sich keine Sorgen.«

Ethan hatte an diesem Plan erst einmal nichts auszusetzen. Er war überhaupt erstaunt, dass er diesen Amerikanern entkommen war. Plötzlich begannen seine Hände heftig zu zittern.

Gianna bemerkte das. Obwohl sie selbst gegenwärtig wohl ebenfalls in Panik war, umarmte sie ihn, um ihn zu trösten.

Vier Marine-Speznas-Kommandosoldaten stürmten aus der Glastür in den Poolbereich hinaus und rannten zu dem verbliebenen Ford Expedition hinüber. Sie hatten gerade den restlichen Widerstand im Obergeschoss bekämpft, als einer von ihnen auf der anderen Seite des Rasens die Rücklichter eines Geländewagens sah, der gerade in den Dschungel raste. Der Leutnant befahl seinem Team, den Kampf sofort abzubrechen und die Verfolgung des SUVs aufzunehmen.

Zwei Russen hatten diesen Einsatz nicht überlebt. Ein Mann war im hinteren Patio getötet worden, als er gerade versuchte, mit einem Dietrich ein Fensterschloss zu öffnen, um heimlich ins Haus eindringen zu können. Ein vorbeikommender Wachmann sah die Bewegung und eröffnete das Feuer. Dies zwang den Rest des Teams, das sich immer noch außerhalb des Hauses aufhielt, aus der Deckung zu kommen. Sie erkämpften sich einen Weg ins Gebäude und töteten dabei mehrere Venezolaner. Aber ihr Versuch, den Amerikaner in ihre Gewalt zu bringen, war dadurch verzögert und zumindest zeitweise vereitelt worden.

Ein zweiter russischer Kommandosoldat wurde im Durchgang vom Hauptsaal in die Galerie erschossen. Die Venezolaner hatten sich überraschend hart verteidigt. Als die verbliebenen vier Mann jetzt zu dem Fahrzeug eilten, das in der Auffahrt parkte, hatte der Leutnant die Befürchtung, dass seine Mission scheitern könnte.

Dabei hatte er bei diesem Einsatz unbedingt Hubschrauber einsetzen wollen. Er hatte bis zu dem Moment darum gekämpft, als er und sein Team mit ihren Fallschirmen an Bord der Cessna Caravan kletterten, aber der FSB leitete diese Operation und verlangte, Ross zu einer Jacht zu bringen, die am Ostrand der Insel vor Anker lag. Russische Hubschrauber seien zu offensichtlich, hatten sie gesagt, jede Aufnahme oder Sichtung dieser Helis würde beweisen, dass sie nicht amerikanisch waren. Dabei sollte die Operation den Amerikanern in die Schuhe geschoben werden. Der Leutnant hatte daraufhin vorgeschlagen, nicaraguanische Hubschrauber zu benutzen, aber der FSB hatte ihm geduldig erklärt, dass dies der Welt nicht beweisen würde, dass Amerika *wieder einmal* in Panama eingefallen war, um einen etwas redseligen Regierungsangestellten zurückzuholen. Am Ende erklärte der FSB dem Leutnant ein wenig ungeduldig, er solle sich um seinen Teil der Mission kümmern, während sie sich um den ihren kümmern würden.

Der Leutnant sprang auf den Beifahrersitz des Ford Expedition, und einer seiner Männer öffnete die Fahrertür und schlüpfte hinter das Lenkrad. Sie hatten den Wagen bereits zuvor kurzgeschlossen, um ihn als Fluchtfahrzeug zu benutzen. Es war der einzige glückliche Zufall, der dem Leutnant an diesem Tag bisher begegnet war, dass Ross und seine Begleiter sich für den anderen Ford entschieden hatten. Der Geländewagen schleuderte Schlamm, Steine und Wasser in die Luft, als er die Auffahrt hinunterraste, um den Amerikaner und seine Verbündeten zu verfolgen.

Dominic Caruso rannte um die Vorderseite des Hauses herum, um zur Auffahrt zu gelangen. Dabei schwenkte er seine Pistole ständig nach links und rechts, oben und unten.

In der Ferne sah er einen Ford Expedition in den Bäumen verschwinden. Als er seine Waffe hob, um auf ihn zu schießen, hörte er hinter sich einen lauten Ruf: *»Alto!« Stopp.*

Dom blieb sofort stehen, hob die Hände und ließ die Pistole in den Matsch fallen. Als er sich langsam umdrehte, sah er einen venezolanischen Wachmann mit einem G3-Gewehr im Anschlag über den Patio neben dem Pool schnell auf ihn zukommen. Er schrie Dom einige Befehle zu, die Dom jedoch nicht verstehen konnte. Der Mann war zwar allein, aber für Carusos Geschmack etwas zu aufgedreht, wenn man bedachte, dass er den Finger am Abzug seines Gewehrs hatte, dessen Mündung direkt auf Doms Kopf zielte.

Er bewegte das Gewehr kurz nach links. Dom nahm an, er wolle ihn damit anweisen, durch die Glastür ins Haus zurückzukehren. Er hielt die Hände weiterhin in die Höhe, folgte der Aufforderung des Mannes, drehte sich um und ging auf das Haus zu.

Der Wachmann ging hinter ihm her und richtete dabei sein Gewehr weiterhin auf Carusos Rücken.

Nach ein paar Schritten ging Dom plötzlich langsamer, ohne jedoch ganz anzuhalten. Er hoffte, der Mann würde das nicht so schnell bemerken und in ihn hineinlaufen. So ganz klappte das jedoch nicht, aber der Venezolaner sagte etwas zu ihm. Anhand der Stimme konnte er sich ein genaues Bild von der Position des Mannes und seines Gewehrs machen.

Dom wirbelte herum, riss den rechten Arm hoch und schlug das G3 blitzschnell zur Seite, während es kurz blitzte und danach der laute Knall eines Gewehrschusses über den Rasen hallte. Er stürzte sich auf den Mann und versetzte ihm einen Kinnhaken. Der Venezolaner fiel nach hinten auf die Auffahrt und vollführte eine unfreiwillige Rolle rückwärts. Dom sprang auf das Gewehr zu, merkte jedoch gleichzeitig, dass sein Gegner jetzt direkt auf der Beretta lag, die Dom vorhin in den Matsch hatte fallen lassen.

Dom hob das G3 so schnell wie möglich auf und richtete es auf den Venezolaner, der sich inzwischen auf die Knie hochgearbeitet hatte und mit den Händen die Beretta umfasste. Dom zielte auf die Brust des Knienden und drückte ab.

Das G3 in Doms Hand machte nur *klick*.

Die Augen des Venezolaners weiteten sich, und er hob die Pistole, um auf das Gesicht des Amerikaners zu zielen. Aus einer Entfernung von nicht einmal viereinhalb Metern konnte er ihn unmöglich verfehlen.

Dom schloss die Augen, als der Knall eines Schusses von der Kolonialresidenz hinter ihm widerhallte.

38

Dom öffnete die Augen, als er hörte, wie ein Mann rückwärts auf den Kies der Auffahrt stürzte.

Der Venezolaner war tot. Die Beretta hing immer noch am Abzugsfinger seiner schlaffen rechten Hand.

Dom wirbelte herum und schaute über den Rasen in Richtung Bucht. Dort stand Adara Sherman und hielt ihr M16 immer noch im Anschlag. Ihre schwarze Strickmütze verbarg ihr blondes Haar. Sie trug eine schwarze Regenjacke, aber ihre Virginia-Jogginghose verriet sie.

Sie ließ das Gewehr sinken und kam auf Dom zu, der spürte, wie ihm die Knie schwach wurden. Ihm wurde bewusst, wie knapp er dem Tod entgangen war.

Dom hielt sich gerade noch auf den Beinen, ließ das leere G3 auf den Boden fallen, drehte sich um und zog dem Toten die Beretta aus der Hand. Derweil richtete Adara Sherman den Strahl ihrer Taschenlampe auf ihn. »Sie sind verletzt!«

Dom schaute schnell an seinem Körper hinunter und befühlte Brust und Arme. »Wo?«

»Am Rücken.«

Dom griff hinter sich und rieb mit der freien Hand über sein Hemd. Er ließ einen langen Seufzer hören. »Ein Vogel hat auf mich geschissen.«

»Aber das sieht wie Blut aus.«

»Ich nehme an, er hat zuvor rote Beeren oder so etwas gefressen.«

»Oh, okay.«

Dom steckte die Pistole wieder in den Hosenbund.

Adara schwenkte ihr Gewehr hin und her und suchte vor dem Haus nach weiteren Zielpersonen. Es war jedoch kein Laut zu hören, so als ob alle in diesem Gebäude tot wären. »Das Boot liegt nur ein paar Hundert Meter östlich«, sagte sie. »Ich habe es am Ufer festgemacht. Durch die Bäume führt ein Pfad dorthin. Gehen wir.«

»Ich kann hier noch nicht weg.«

Adara beobachtete weiter das Umfeld. »Wirklich? Und wieso nicht?«

»Die Russen verfolgen Ross. Sie dürfen auf keinen Fall das Scrape und das Passwort bekommen.«

»Okay«, sagte sie. »Es ist Ihre Operation. Sagen Sie, wohin es geht.«

»Wir brauchen ein Fahrzeug.«

»Drüben am Zwinger steht ein Pritschenwagen mit einem Toten am Steuer. Der Motor läuft noch.«

»Gut. Gehen Sie rüber und bringen Sie ihn hierher. Ich besorge mir im Haus eine Waffe.«

Adara machte sich auf den Weg.

Ethan Ross schaute immer wieder durch das Rückfenster des Ford-Geländewagens, aber obwohl inzwischen die Dämmerung eingesetzt hatte, konnte er unter dem dichten Blätterdach des Dschungels nichts erkennen. Die Piste war zwar schlammig und schmal, aber in erstaunlich gutem Zustand. Als sie über eine Reihe von Hügeln preschten, heulte der V8-Motor des Expedition kraftvoll auf und nährte die Zuversicht der drei Insassen, dass dieser Angriff bald weit hinter ihnen liegen würde.

Mohammed sprach in sein Handy. Dabei flüsterte er fast, obwohl Ethan bezweifelte, dass außer ihm irgendwer in diesem Geländewagen arabisch sprach. Ethan schloss einen Moment die Augen und versuchte, einige

Worte zu verstehen. Er sprach das Arabische zwar keineswegs flüssig, aber er hatte einige Zeit im Nahen Osten verbracht und dort ein paar Wörter und Sätze gelernt. Mohammeds schnelle, leise Konversation blieb ihm jedoch ein Buch mit sieben Siegeln.

Plötzlich begann Mohammed zu schreien. Ethan dachte zuerst, dass er in sein Handy hineinbrüllen würde, aber dann merkte er, dass der junge Libanese Leo anschrie.

Als Ethan sich nun nach vorne beugte, konnte er den Grund für Mohammeds Aufregung verstehen.

Leos Augen waren geschlossen, sein Kopf hing herunter, und seine Hände waren vom Lenkrad in seinen Schoß gerutscht. Er atmete flach und ruckartig und schien bewusstlos zu sein.

»Fuck!«, schrie Ethan. »Greifen Sie sich das Lenkrad!«

Mohammed ließ sein Handy fallen und packte das Lenkrad, konnte jedoch mit dem Fuß nicht über die Mittelkonsole hinweg das Bremspedal erreichen. Er schaute geradeaus, steuerte mit der linken Hand und reichte Ethan mit der Rechten sein G3.

»Nehmen Sie das Gewehr! Drücken Sie damit auf die Bremse! Schnell!«

Ethan zwängte seinen Körper zur Hälfte durch die Lücke zwischen den beiden Vordersitzen und rammte den Gewehrlauf zwischen Leos Beinen hindurch. Nach einigen Fehlversuchen fand er das Bremspedal und drückte es mit aller Macht nach unten.

Der Geländewagen schlitterte auf der schlammigen Piste noch ein paar Meter vorwärts und blieb dann kurz vor einer scharfen Rechtskurve stehen.

Mohammed schaltete das Fahrzeug in die Parkposition, sprang aus dem Wagen, lief zur anderen Seite hinüber und öffnete die Tür. Er zog den venezolanischen Geheimagenten heraus und ließ ihn in den Schlamm fallen. Leo stöhnte, als er auf dem Boden aufschlug, bewegte sich jedoch nicht.

Mohammed kletterte hinter das Lenkrad. Gianna und Ethan wussten beide, dass der Mann noch lebte, aber keiner beschwerte sich bei Mohammed, dass er ihn auf einer Dschungelpiste verbluten ließ. Im Moment waren sie mehr um ihr eigenes Schicksal besorgt.

Ethan hielt immer noch das Gewehr in den Händen und kletterte damit auf den Beifahrersitz.

Mohammed hielt sich erneut sein Handy ans Ohr und begann wieder leise und auf arabisch zu reden.

Ethan schrie ihn an: »Hier können wir nicht bleiben! Wohin fahren wir eigentlich? Wir wissen nicht einmal, wohin Leo uns bringen wollte. Die Amerikaner sind vielleicht bereits dicht hinter uns!«

Mohammed blickte Ethan an. »Schauen Sie nach, ob im Handschuhfach eine Karte liegt.«

Ethan fand in der Ablage tatsächlich eine betagte Karte des gesamten Archipels. Mit der Hand gezeichnete Linien stellten wohl das Straßensystem dar. Mohammed nahm sie Ethan aus der Hand und betrachtete sie sorgfältig.

»Beeilen Sie sich!«, rief Ethan und schaute über die Schulter. Er erwartete jeden Moment, dass die Amerikaner hinter ihnen auftauchten.

Im Osten waren gerade die ersten Strahlen der aufgehenden Sonne zu sehen, als Dom auf den Fahrersitz des uralten Pritschenwagens kletterte. Adara stieg auf der Beifahrerseite ein und klemmte sich den Lauf ihres M16 zwischen die Beine.

Dom schaffte es, krachend den Gang einzulegen und das Fahrzeug in Bewegung zu bringen. Es wurde jedoch sofort deutlich, dass der Pritschenwagen dazu bestimmt war, schwere Lasten über die Insel zu kutschieren, und nicht dazu, andere, schnellere Fahrzeuge zu jagen.

Adara bemerkte seine Missbilligung. »Der Maserati-Händler hatte geschlossen. Etwas Besseres habe ich nicht zu bieten.«

»Die Russen sitzen in einem Ford-Geländewagen mit Allradantrieb. Sie werden Ross einholen.«

Adara griff in ihre Jacke. »Ich habe den EagleView-Ausdruck der Insel mitgebracht. Ich sehe mal, ob wir herausbekommen, wohin sie unterwegs sein könnten, und dann vielleicht eine Abkürzung finden.«

Dom glaubte nicht, dass sie die Russen noch daran hindern konnten, Ross in ihre Gewalt zu bekommen. Sein Plan, den amerikanischen Verräter selbst zu fangen, war nur noch eine entfernte Fantasievorstellung. »Eine Abkürzung? Dieses Ding hier kann weder schwimmen noch fliegen, also wird es keine Abkürzung geben.«

»Sie haben vielleicht recht. Aber die gute Nachricht ist, dass diese Straße noch acht Kilometer so weitergeht. Erst dort gibt es eine Abzweigung nach Süden. Wir müssen ihnen nur nahe genug kommen, um zu sehen, ob sie nach Westen weiterfahren oder nach Süden abbiegen. Sie können nicht mehr als zweieinhalb Kilometer vor uns sein.«

»Wir werden sie vor dieser Abzweigung auf keinen Fall einholen. Wir werden raten müssen, in welche Richtung sie fahren.«

Adara schaute sich das Satellitenbild genauer an. »Warten Sie mal. Direkt vor uns gibt es einen Damm. Für diesen Pritschenwagen sollte er trocken, eben und solide genug sein. Auf der anderen Seite trifft er wieder auf die Straße, die aber dazwischen ziemlich kurvig ist. Wenn wir den nehmen und nicht stecken bleiben, werden wir Zeit gutmachen.«

Dom dachte darüber nach. »Wir haben nichts zu verlieren. Ich versuche es. Lotsen Sie mich dorthin.«

Mohammed faltete die Karte zusammen und steckte sie sich unters Bein. Er legte den Gang ein und fuhr los. Dabei hielt er sich immer noch sein Handy ans Ohr. Sie waren gerade erst ein paar Meter gekommen, als das Scheinwerferlicht eines Fahrzeugs auf der Straße hinter ihnen das Wageninnere hell erleuchtete.

»Die Amerikaner!«, rief Gianna.

Mohammed trat das Gaspedal bis zum Anschlag durch, die Reifen quietschten, und der Ford gewann schnell an Geschwindigkeit.

Das Verfolgerfahrzeug war jedoch höchstens zweihundert Meter hinter ihnen und holte jetzt schnell auf.

Dom war erstaunt, dass sie beide diesen Damm in der Dunkelheit gefunden hatten und ihn in ganzer Länge entlanggefahren waren, ohne einen Unfall zu bauen. Zweimal wäre Dom beinahe in den Dschungel hinuntergerollt, als die Räder zu nahe an den Rand der Dammkrone gerieten und die nasse Erde nachzugeben begann.

Als sie wieder auf die Hauptstraße einbogen, machte Dom die Scheinwerfer aus. Etwa hundert Meter vor ihnen sahen sie gelegentlich Bremslichter aufblitzen.

»Das müssen die Russen sein«, sagte Dom. »Wir sind ganz bestimmt nicht *zwischen* die beiden Geländewagen geraten.«

Adara blickte nach hinten, ohne ein einziges Wort zu sagen. Die Lichtverhältnisse wurden jetzt jede Minute besser, aber unter all dieser Vegetation war es trotzdem immer noch zu früh am Morgen, um mit Bestimmtheit festzustellen, ob hinter ihnen ein dunkelfarbener Geländewagen mit ausgeschalteten Scheinwerfern fuhr. Kurz darauf kamen sie jedoch auf einen Hügel, auf dem keine Bäume wuchsen.

Adara streckte den Kopf so weit wie möglich aus dem Fenster. Für den Bruchteil einer Sekunde war etwa ein halber Kilometer der Urwaldpiste hinter ihnen zu überblicken, bevor sie um eine Kurve bogen.

»Dort ist keiner. Das vor uns sind die Russen. Ich weiß nicht, wie weit Ross vor ihnen ist, aber allzu weit kann das nicht sein.«

In diesem Moment bog der Ford Expedition hart nach rechts ab und fuhr nach Süden weiter.

»Wenn sie hier auf diese Weise abbiegen, müssen sie Ross bereits im Blick haben«, sagte Adara.

Caruso schlug mit der Hand aufs Lenkrad. »Die Russen werden ihn erwischen. Außerdem haben sie bestimmt einen guten Abzugsplan, wie sie diese Insel verlassen. Bestimmt mit einem Hubschrauber oder einem Boot. Wir werden ihn verlieren.«

»Ich könnte ja versuchen, ihre Reifen zu zerschießen«, sagte Adara.

Dom schaute sie einen Moment von der Seite an. »Schaffen Sie einen solchen Schuss bei diesem Licht und bei dieser Entfernung auf ein bewegtes Ziel?«

»Wahrscheinlich nicht. Würden Sie das schaffen?«

»Nein.« Ein weiterer Seufzer. »Irgendwelche anderen Abkürzungs-Dämme auf dieser Karte?«

»Keine. Die Straße führt von hier ein Stück flach geradeaus nach Süden, bevor sie eineinhalb Kilometer weiter wieder auf einen Hügelzug hinaufsteigt, wo es einen Haufen Kurven gibt.«

Dom trat das Gaspedal durch, um die gerade, leicht abfallende Straße auszunutzen. Nach kurzer Zeit waren sie nur noch achtzig Meter von den Russen entfernt. Es gab keinerlei Anzeichen, dass diese wussten, dass sie verfolgt wurden. Dom nahm an, dass sie voll auf ihre eigene Verfolgungsjagd konzentriert waren.

»Sie holen sie ein!«, rief Adara.

»Nur auf diesem geraden Stück. Wenn es wieder Kurven gibt, ist ihr Fahrzeug viel schneller als unseres.«

»Nicht in den Kurven.«

Dom schaute schnell zu ihr hinüber, bevor er die Augen wieder auf die Straße richtete. »Was wollen Sie damit sagen? Sie können eine Kurve doppelt so schnell fahren wie wir, außerdem muss ich auch noch herunterschalten.«

»Sie müssen nicht herunterschalten, wenn wir gar nicht um die Kurve herumkommen wollen.«

Dom schaute auf den Tacho. Er fuhr gerade mit achtzig Stundenkilometern, und das war die absolute Höchstgeschwindigkeit. »Wenn Sie eine Idee haben, lassen Sie hören.«

Adara tippte mit dem Finger auf die Karte. »Achthundert Meter vor uns gibt es am Fuß dieses Hügels eine Haarnadelkurve nach rechts. Davor können sie nirgends abbiegen.«

»Und?«

»Sie müssen fast völlig abbremsen, damit sie um diese Kurve kommen. Das *müssen* sie einfach, sie haben keine Wahl. Wir dagegen fahren volle Pulle den Hügel hinunter und holen sie ein.«

»Aber … wie halten wir dann an?« Als er diese Frage stellte, kannte er bereits die Antwort.

»Wir stoppen, indem wir auf sie draufknallen. In der Kurve halten wir genau auf ihre Beifahrerseite zu und stoßen sie von der Straße.«

»Heilige Scheiße«, murmelte Dom. »Wie sieht das Terrain auf der anderen Seite dieser Haarnadelkurve aus?«

»Dort ist Dschungel. Die ganze Insel ist ein einziger Dschungel, Dom.«

»Das weiß ich. Ich wollte wissen, ob wir einen Abhang herunterstürzen, wenn ich den Geländewagen verfehle.«

Sie schaute auf das Bild. »Auf diesem Foto ist das schwer zu erkennen.«

Dom seufzte. »Versuchen Sie's, Sherman. Immerhin hängt unser Leben davon ab.«

Sie musterte es noch einmal. »Da gibt es keinen Abhang oder so etwas. Nur Regenwald. Eventuell leicht abfallend.«

»Wenn ich es zeitlich nicht ganz genau abpassen kann, dann rasen wir mit fast hundert Stundenkilometern in den Dschungel.«

»Dann müssen Sie es eben richtig timen.«

Dom zuckte die Achseln. »Okay. Machen wir's.«

Sherman griff zu Caruso hinüber und straffte seinen Sicherheitsgurt. Danach machte sie dasselbe mit ihrem.

»Nach dem Zusammenstoß müssen wir aussteigen und auf diese Typen schießen.«

»Ich weiß«, erwiderte Adara und fragte kurz danach: »Wie viel Munition haben Sie eigentlich?«

»Ich habe eine MP7, die ich einem toten Russen abgenommen habe. Dreißig Patronen. In der Pistole habe ich noch ein paar weitere Schuss.«

Adara umklammerte ihr M16. Sie hatte nur einmal geschossen, deshalb wusste sie, dass sie noch neunundzwanzig Patronen übrig hatte. »Uns geht bei einem Feuergefecht vielleicht die Munition aus, aber wir müssen uns wenigstens nicht ums Nachladen kümmern.«

Dom kicherte trotz seiner Anspannung, während er seine ganze Aufmerksamkeit auf das Fahrzeug vor ihm richtete. »Haben wir ein Glück.«

Die vier russischen Speznas-Männer machten im hinteren Expedition ihre Waffen bereit. Sie hatten sich Ethan Ross und seiner Schutzmannschaft bis auf dreißig Meter genähert, und der Fahrer erklärte seinem Leutnant, dass er sie in den nächsten Kurven überholen könnte. Er beobachtete, wie der Geländewagen vor ihm durch eine enge Rechtskurve schlitterte, die nach Westen einen Hügel hinunterführte. Der russische Fahrer bremste sein eigenes Fahrzeug stark ab, um gut um diese Kurve zu kommen.

Einer der beiden Männer auf der Rückbank schrie plötzlich: »Fahrzeug von hinten!« Er und sein Kamerad wirbelten herum, hoben ihre Waffen und richteten sie auf das Rückfenster und den Pritschenwagen hinter ihnen. Der dunkelgrüne Expedition war gerade mitten in der Kurve, als die Kommandosoldaten auf der Rückbank eine ganze Salve aus ihren Maschinengewehren abfeuerten.

»Er macht nicht langsamer!«, rief einer der Speznas-Kämpfer.

»Achtung!«, schrie der andere, gerade als der große dunkle Kleinlaster mit voller Wucht die Breitseite des Geländewagens rammte. Der Ford-SUV drehte sich um die eigene Achse, bis seine Schnauze auf den Pritschenwagen stieß und dieser erneute Aufprall dafür sorgte, dass er rückwärts in den Dschungel rollte. Gleichzeitig schleuderte dieser erneute Stoß den Pritschenwagen nach links, die Vorderräder gerieten über die Fahrbahn hinaus, und der Kleinlaster fegte nur ein paar Meter vom russischen SUV entfernt durch die Bäume.

39

Ethan hatte versucht, den Geländewagen, der sie jagte, ständig im Auge zu behalten. Als er sich jedoch einen Moment abwandte, wanderten die Scheinwerfer, die ihn von hinten beleuchteten, plötzlich scharf nach rechts. Ethan blickte sich um und sah im morgendlichen Dämmerlicht aus dem Dschungel neben der letzten Kurve Staub, Blätter und einige Trümmerteile emporschießen, als ob die tropische Vegetation das Fahrzeug der Amerikaner zur Gänze verschluckt hätte. »Sie hatten einen Unfall! Die Amerikaner sind in dieser Kurve von der Straße abgekommen!«

Bertoli schaute sich um und legte erschrocken die Hand auf den Mund.

Als sich jetzt auch noch Mohammed umdrehte, konnte er nichts erkennen. »Gut, das ist sehr gut«, sagte er lediglich und sprach dann weiter auf arabisch in sein Mobiltelefon hinein.

Der Geruch von Kühlerflüssigkeit mischte sich mit dem erdigen Duft des Dschungels. Dominic konnte vom Haaransatz bis hinunter zum Hals eine klebrige Flüssigkeit spüren. Im Führerhaus des Pritschenwagens war es inzwischen fast vollständig dunkel. Immerhin waren sie auf den Rädern gelandet, nachdem sie von der Straße in den Regenwald geschleudert worden waren. Die Motorhaube des Kleinlasters war aufgerissen worden und in der Windschutzscheibe gelandet. Überall lagen Glassplitter herum.

Bevor er sich um die klaffende Kopfwunde kümmerte, die er offensichtlich erlitten hatte, schaute er nach rechts, ob mit Adara alles in Ordnung war. Er konnte sie jedoch nicht sehen. Ein ausladender, üppiger Feigenbaum war durch die Windschutzscheibe gekracht, deshalb sah Dom neben sich nur noch Blätter und zerbrochene Zweige. Er steckte seinen Arm durch das Grünzeug und tastete nach Adara. Er erwischte ihre linke Schulter und war froh, dass sie sich bewegte. Anscheinend war sie gerade dabei, den Sicherheitsgurt abzuschnallen.

»Sind Sie in Ordnung?«, fragte er. Während er das sagte, griff er sich ans Gesicht und war erleichtert, die Ursache für die Feuchtigkeit zu finden. Ein riesiger nasser Palmwedel bedeckte die gesamte linke Seite seines Kopfes. Er zog ihn herunter und löste ebenfalls seinen Gurt.

Adara gab keine Antwort. Dom packte die kleine HK MP7-Maschinenpistole, die er zwischen seinen Sitz und die Tür geklemmt hatte, und drehte sich um, um Sherman auf der Beifahrerseite zu finden. Er hatte gewisse Schwierigkeiten, sich in dem Dämmerlicht durch die Blättermasse zu ihr hindurchzuarbeiten. Bevor er sie noch erreichen konnte, schrie sie plötzlich aus Leibeskräften: »Feindkontakt rechts!« Sofort danach schoss sie mit ihrem M16 durch das Beifahrerfenster.

Dom verlor keine Sekunde. Er öffnete die Fahrertür und stieg auf den Sitz. Er schaute über das Fahrzeugdach und suchte mit den Augen den unglaublich dichten Dschungel auf Shermans Seite ab. Zuerst konnte er nichts erkennen, aber dann blitzte in dem dicken Unterholz in zwölf Meter Entfernung Mündungsfeuer auf.

Dom stellte den Wählhebel auf Dauerfeuer und gab mehrere Salven auf die gegnerische Feuerstellung ab.

Zwischen den einzelnen Salven rief er: »Kommen Sie auf meine Seite rüber und steigen Sie dort aus!«

Er hatte bei sechs Drei-Schuss-Feuerstößen bereits mehr als ein halbes Magazin verschossen, bis er spürte, wie sich Adara an seinen Füßen vorbeibewegte, bevor sie sich aus dem Führerhaus auf den Dschungelboden fallen ließ. Er drehte sich um und sprang zu ihr herunter. Er sah, wie sie ihr Gewehr vom Boden aufhob und auf die Rückseite des Pritschenwagens richtete. In dem Chaos zerfetzter Bäume, platt gedrückten Unterholzes und herausgerissener Pflanzen sah Dom einen Mann mit einer Waffe im Anschlag um die Pritsche des Kleinlasters herumkommen.

Adara Sherman erschoss den Mann, bevor David seine MP heben konnte. Aus dem Schädel des Mannes spritzte das Blut auf das Buschwerk in der Umgebung, und er fiel kopfüber ins Gestrüpp.

Dom packte Sherman an der Schulter und zog sie weg vom Pritschenwagen tiefer in den Dschungel hinein, in die entgegengesetzte Richtung von allen Russen, die eventuell überlebt hatten. Als sie sich zurückzogen, feuerten sie ein paar Schuss in die allgemeine Richtung ihres Gegners ab, um ihren Abzug zu sichern.

Kurz darauf stießen sie auf eine rostige Wellblechhütte. Sie war früher vielleicht der Vorratsschuppen einer Farm gewesen, die vom Regenwald zurückerobert worden war. Dom und Adara schlüpften auf dessen Rückseite, um ihn als Deckung zu benutzen.

Beide ließen sich auf ein Knie nieder, wobei Dom die eine und Adara die andere Seite des Schuppens abdeckten. Rücken an Rücken mit Dom fragte Sherman: »Sind Sie okay?«

»Ja. Und Sie?«

»Alles in Ordnung. Aber da könnte es immer noch ein paar …«

Dom griff nach hinten und drückte ihren Arm, um sie sofort zum Schweigen zu bringen. Auf seiner Seite des Schuppens hörte er eine Bewegung im Dschungel, die immer noch ein paar Meter entfernt war, jedoch rasch näher kam.

Er zog das Magazin im Griff seiner MP7 heraus und schaute nach. Er hatte nur noch drei Patronen übrig. Er führte das Magazin wieder ein und flüsterte Adara zu: »Munition?«

Er hörte, wie sie ihr Magazin entnahm und es nach kurzer Zeit wieder hineinsteckte. »Zwei.«

Dom zog die Beretta aus dem Hosenbund und reichte sie ihr. Sie nahm sie, ohne hinzusehen. »Zählen Sie bis zehn und schießen Sie dann mit der Beretta in die Bäume hinein.«

»Verstanden.«

Dom stand auf, ging zum Schuppen hinüber und schaute vorsichtig um seine linke Ecke herum. Vor sich sah er nur dichten Dschungel, deshalb huschte er an der Wellblechwand entlang, bis er die südöstliche Ecke erreichte. Dort blieb er stehen, brachte seine Waffe in Anschlag und wartete.

Bald darauf hörte er Sherman mit ihrer Pistole schießen. Er hoffte, dies würde alle aufstöbern, die in der Nähe der verunglückten Fahrzeuge in den Bäumen standen, und sie dazu bringen, das Feuer zu erwidern. Mit Glück würde er ihre Mündungsblitze erkennen und sie gezielt bekämpfen können.

Als er jedoch um die Ecke des kleinen Schuppens bog, war er überrascht, vor sich zwei Männer zu sehen, die mit dem Rücken zu ihm standen und offensichtlich ebenfalls die Wellblechhütte als Deckung benutzen wollten. Während Sherman auf der anderen Seite des baufälligen Schuppens immer noch in den Wald schoss, hob der eine Mann seine Waffe, um durch die rostigen Wellblechwände zu feuern. Der zweite lugte derweil um die Ecke herum, um nach dem unbekannten Schützen Ausschau zu halten, der keine fünf Meter entfernt sein konnte.

Dom wusste, dass Sherman auf dem Präsentierteller saß. Sie hatte keine Ahnung von diesen Jungs auf der gegenüberliegenden Seite des Schuppens. Dom schoss auf den ersten Mann, als der gerade durch die Blechwand feuerte. Der Russe trug jedoch eine schusssichere Weste, die das Geschoss absorbierte. Er wirbelte zu Caruso herum, der nur zwei Meter von ihm entfernt stand. Dom schoss aber in schneller Folge noch zwei weitere Male auf ihn. Die dritte Kugel traf ihn in den Kiefer und tötete ihn auf der Stelle. Dom hatte jetzt jedoch keine Munition mehr.

Als der letzte verbliebene Russe seine MP7 in Carusos Richtung schwenkte, zog sich dieser so eilig um die Ecke des Wellblechschuppens zurück, dass er ausrutschte und mit dem Rücken voraus ins Unterholz fiel.

»Sherman! Volle Deckung!«, rief Dom.

Der Russe eröffnete jetzt das Feuer auf den Schuppen und durchsiebte ihn mit seinen Kupfermantelgeschossen, um die beiden gegnerischen Schützen auszuschalten, die sich offenbar an entgegengesetzten Ecken der Hütte aufhielten.

Dom spürte, dass Kugeln dicht über seinen Kopf hinwegflogen. Aus dem Geräusch der knackenden Äste in seiner Umgebung konnte er schließen, dass der Mann seine Waffe hin und her schwenkte, um auch noch Adara niederzuschießen.

Für einen Augenblick wusste Dom nicht recht, was er tun sollte. Doch dann fiel ihm sein Tauchermesser ein. Er griff an seinen rechten Knöchel und zog die Titanklinge aus dem Holster. Als der Russe kurz zu feuern aufhörte, weil er seine Automatikwaffe nachladen musste, sprang Dom auf die Füße. Um ihn herum regneten Blätter von den Bäumen und Büschen herunter. Sie waren alle Opfer des schweren Gewehrfeuers, das der Dschungel gerade erdulden musste.

Dom hastete um die Ecke der Wellblechwand, die jetzt durchlöchert war wie ein Schweizer Käse, und erwischte den Russen, als er gerade seine Waffe durchlud, nachdem er ein neues Magazin eingeführt hatte. Dom stürzte sich auf den Mann, der sich zu der Bewegung herumdrehte. Dom stieß jedoch mit ihm zusammen, bevor dieser seine Waffe heben konnte. Beide Männer krachten mit voller Wucht ins Unterholz. Der Russe wehrte sich noch eine kurze Zeit, aber Dom stieß ihm das Messer unter seiner Schutzweste bis zum Heft in den Magen. Der Kampf war zu Ende.

Als der letzte Russe tot unter ihm lag, rief Dom schwer keuchend: »Adara? Adara? Sind Sie okay?«

Er kämpfte sich auf die Knie hoch und stieß sich an der Wellblechwand ab, um möglichst schnell zu seiner Partnerin zu gelangen. »Ich komme jetzt um die Ecke! Nicht schießen!«

Dom sah, wie Adara sich auf dem Boden wälzte und mit Armen und Beinen wild um sich schlug. Er nahm an, dass sie getroffen war, aber wenigstens bewegte sie sich noch.

»Adara!« Er kniete sich neben sie. »Liegen Sie still! Wo sind Sie verletzt?«

Sie schlug weiterhin um sich. »Ich bin nicht getroffen. Sie haben mir befohlen, mich auf den Boden zu werfen, und das habe ich getan. Leider bin ich auf einem verdammten Ameisenhaufen gelandet.« Sie griff unter ihren schwarzen Parka. »Diese kleinen Biester sind in meine Jacke gekrabbelt.«

Caruso überkam eine Welle der Erleichterung, und er brach in lautes Lachen aus.

Der schwarze Ford Expedition verließ die Dschungelpiste und fuhr quer über einen leeren Sandstrand an der Südspitze der Insel. Bevor Gianna oder Ethan fragen konnten, was er denn da mache, stieg Mohammed direkt am Wasser voll auf die Bremse.

»Alles aussteigen. Beeilen Sie sich bitte!«, rief er.

Ethan schaute aufs Meer hinaus. Dort schwamm im ruhigen Küstengewässer nur fünfzig Meter vor dem Ufer ein blau-weißes einmotoriges De Havilland Beaver-Wasserflugzeug. Sein Propeller bewegte sich gerade schnell genug, um es langsam durch die Wellen vorwärtszubewegen.

»Bitte! Wir müssen zu diesem Flugzeug hinüberlaufen!«, sagte Mohammed.

»Wem gehört dieses Flugzeug?«, fragte Ethan. Als niemand antwortete, schaute er Bertoli an, erkannte jedoch schnell, dass auch sie keine Ahnung hatte, wo und wie zum Teufel dieser junge Hacker Mohammed ein solches Flugzeug auftreiben konnte. Trotzdem stieg er aus dem Geländewagen und folgte Mohammed ins Wasser hinein. Jetzt erkannte er vier Männer in dieser Beaver. Einer saß auf dem Pilotensitz. Der Mann rechts von ihm war wahrscheinlich der Kopilot. Ein dritter kletterte gerade aus der Kabine und stellte sich auf den Schwimmer, der dem Ufer am nächsten war. Der vierte sprang auf der anderen Seite in das knietiefe Wasser hinunter und watete hinter dem Schwimmerflugzeug her, wobei er aufpasste, nicht in den Propellerbereich zu geraten.

Die beiden Männer waren bullige Typen mit einem olivfarbenen Teint und kurz geschnittenen Haaren, die Khakihemden und -hosen trugen. Ethan schaute, ob sie bewaffnet waren. Zu jeder anderen Zeit hätte ihn eine Schusswaffe nervös gemacht, aber im Moment wäre er froh gewesen, wenn die Leute, die ihn offensichtlich retten wollten, über die Mittel verfügt hätten, die Amerikaner abzuwehren, die vielleicht bereits in ein paar Minuten hier eintreffen würden.

Er konnte zwar keine Waffen erkennen, fragte sich jedoch, ob sie diese nicht verdeckt trugen. Immerhin sahen sie wie Sicherheitsleute aus.

Trotz seiner Bedenken hob Ross seinen Rucksack auf und hielt ihn sich über den Kopf. Dann folgte er Bertoli und Mohammed durch das Wasser zum Flugzeug hinaus. Dort ergriff er die ausgestreckte Hand eines der Männer, der ihn auf den Schwimmer hinaufzog und ihn danach ohne ein Wort in den hinteren Teil der engen Kabine bugsierte.

Sekunden später heulte der Motor der Beaver auf. Das Innere der Maschine klapperte und zitterte, als ob sie jeden Moment auseinanderfallen würde. Das Flugzeug nahm jedoch schnell an Fahrt auf und erhob sich in den Morgenhimmel.

Mohammed Mehdi Mobascheri zog sich ein Headset über die Ohren und brachte das Mikrofon dicht an den Mund heran.

Neben ihm tat Schiraz, der Anführer der Quds-Kämpfer, der direkt hinter dem Piloten saß, das Gleiche.

Mohammed sprach absichtlich arabisch und kein Farsi, auch auf die Gefahr hin, dass Ross vielleicht sogar den einen oder anderen Brocken verstand.

»Gute Arbeit«, sagte Mohammed.

»Danke. In San Salvador wartet ein Jet auf uns. Wir können in weniger als zwanzig Stunden in Teheran sein.«

Mohammed schüttelte den Kopf. »Ich würde nirgendwo lieber hingehen, aber unsere Arbeit ist noch nicht zu Ende. Wir fliegen nach El Salvador, und dort wird uns die Frau sagen, wohin es danach gehen soll.«

Schiraz starrte ihn ungläubig an. »Warum lassen Sie *sie* das entscheiden?«

»Wir wollen die Informationen auf diesem USB-Stick haben, und wir könnten den Amerikaner so lange foltern, bis er uns seine Passwörter preisgibt. Zuerst habe ich wirklich daran gedacht, sie aus dem Flugzeug zu werfen und ihn die Dateien entschlüsseln zu lassen. Aber Bertolis Organisation kann uns künftig noch eine Menge nützen. Wir fliegen also mit ihr in die Schweiz zurück und werden in den nächsten Tagen mit ihrer Hilfe Ross so lange bearbeiten, bis er uns die Daten freiwillig herausrückt. Wir können sie dann in aller Ruhe durchsehen und vielleicht ein paar heraussuchen, die wir zum Schaden der Amerikaner veröffentlichen können.«

Schiraz schüttelte den Kopf. »Ich weiß nicht, Boss. Ihre erste Idee hat mir besser gefallen. Diese Frau kompliziert alles.«

Mohammed nickte. »Zugegeben. Das tun sie doch fast immer. Wenn sie zu lästig werden sollte, wird es jedoch ein Leichtes sein, Ross gewaltsam dem Schutz des ITP zu entreißen.«

Jetzt nickte Schiraz. »Diesen Befehl würde ich mit Freude ausführen.«

Adara Sherman und Dominic Caruso standen ein paar Minuten nach der Auseinandersetzung mit den Russen wieder auf der unbefestigten Straße. Der Ort des Feuergefechts war von hier gerade einmal hundert Meter entfernt. Sie hatten keine Anzeichen dafür gesehen, dass noch mehr Russen am Leben waren, aber da sie nicht genau wussten, wie viele in diesem Geländewagen gesessen hatten, konnten sie sich natürlich nicht sicher sein. Als sie gerade zu Fuß in Richtung Süden aufbrechen wollten, stieg über ihnen ein Wasserflugzeug in den Morgenhimmel auf.

Dom hatte sich von einem toten Russen eine MP7 besorgt, die er jetzt auf das Flugzeug richtete und dessen Einzelmotor mit dem holografischen Rotpunkt anvisierte.

Aber er schoss nicht.

Stattdessen murmelte er nur: »Wenn ich sie abschieße, wird es nicht Ross, sondern eine Gruppe von Nonnen sein, die hier auf einer Missionsreise sind. Aber da ich sie nicht abgeschossen habe … verwette ich mein ganzes Geld darauf, dass uns Ethan Ross gerade entwischt ist.«

Das Flugzeug verschwand im Norden.

Adara setzte sich wieder in Bewegung. Sie holte immer noch Ameisen aus ihrer Kleidung. »Glauben Sie, das waren Venezolaner?«

»Ich weiß es nicht«, erwiderte Dom. »Wenigstens waren es keine Russen.«

»Es war vielleicht eine ganz andere Gruppierung«, sagte Adara.

»Diese Scheiße wird immer komplizierter. Wir haben verhindert, dass Ross den Russen in die Hände geriet, aber nach allem, was wir wissen, sind die, die ihn jetzt in der Gewalt haben, sogar noch schlimmer.«

»Was machen wir jetzt?«

Dom seufzte. »Wir gehen nach Hause.«

40

Spezialagent Darren Albright kam am Spätnachmittag mit leeren Händen aus Panama zurück. Sein FBI-Jet landete auf dem Reagan National Airport, und der Rest seiner Mannschaft, hauptsächlich Mitglieder des Hostage Rescue Teams, kehrte in ihre Wohnorte im Großraum Washington vor allem in Maryland und Virginia zurück.

Dagegen stieg Albright in seinen FBI-Yukon und fuhr in Washingtons Innenstadt. Er parkte in der Ladezone vor einem Apartmentgebäude in der Nähe des Logan Circle, legte seinen FBI-Parkausweis aufs Armaturenbrett und fuhr mit dem Aufzug in die Wohnung im vierten Stock hinauf.

Dominic Caruso öffnete die Tür. Wenn er überrascht war, Albright zu sehen, zeigte er das zumindest nicht. »Sie haben es schnell zurückgeschafft. Kommen Sie rein.«

Albright folgte Caruso in dessen unaufgeräumtes Wohnzimmer. Er setzte sich auf den Lederstuhl, während sich Caruso aufs Sofa fallen ließ.

»Ich habe versucht, Sie zu erreichen«, begann Albright das Gespräch.

»Tut mir leid. Ich habe heute Morgen mein Satellitentelefon verloren.«

»Sie haben es ebenfalls schnell zurückgeschafft.«

»Ich bin gerade heimgekommen. Ich habe das erste

Flugzeug aus Bocas und das erste aus Panama City erwischt.«

»Sind Sie verletzt?«

»Nur etwa hundertfünfzig Mückenstiche. Zählt das auch?«

»Wenn man bedenkt, was dort unten passiert ist? Nicht wirklich.« Nach einer Pause fügte Albright hinzu: »Ich habe gesehen, dass Sie versucht haben, mich anzurufen, bevor die Russen diesen sicheren Unterschlupf stürmten.«

Dom nickte. »Sie fielen einfach so vom Himmel.«

»Das haben wir gehört. Die panamaische Polizei hat Zeugen vernommen. Offensichtlich war dort unten heute Vormittag eine Menge los. Ich würde gerne hören, was Sie gesehen haben.«

»Wann seid ihr Jungs dort angekommen?«

»Wir waren gerade neunzig Minuten unterwegs, als die Schießerei anfing. Wir sind nach der panamaischen Polizei vor Ort angekommen. Ich bin nicht hineingegangen. Über unsere Botschaft erfuhren wir, dass keine Amerikaner mehr dort sind. Wir hatten die Sorge, dass Ross seine gestohlenen Dokumente zurückgelassen haben könnte, aber ...«

»Hat er nicht.«

Albright legte den Kopf schief. »Woher wissen Sie das?«

»Er hatte das Scrape dabei, kurz bevor er das Haus verließ.« Albright runzelte die Stirn, deshalb beantwortete Dom die nächste Frage, bevor sie gestellt wurde. »Er hat es mir erzählt.«

»Moment mal. Sie haben mit Ross *gesprochen?*«

»Nur kurz. Ich hatte ihn fast in meiner Gewalt.«

»Aber?«

»Dumm gelaufen. Er ist mir entwischt.«

»Irgendeine Idee, wohin er gegangen ist?«

»Ich konnte die Hecknummer des Wasserflugzeugs nicht erkennen. Ich nehme nicht an, dass sie einen Flugplan eingereicht haben. Haben Sie von den Panamaern etwas über diese Maschine erfahren?«

Albright schüttelte den Kopf. Auf Dom wirkte der FBI-Spezialagent wie ein Mann, der mit seinem Latein am Ende war. Wahrscheinlich hatte er nie mehr als drei Stunden am Stück geschlafen, seitdem er den Fall vor über einer Woche übernommen hatte. Jetzt steckte er offensichtlich in einer Sackgasse. »Nichts.«

»Was passiert als Nächstes?«

»Ich werde weiter nach ihm jagen. Ich habe eine Strafanzeige, auf der sein Name steht. Verletzung des US-Bundesgesetzes Abschnitt 18, Artikel 798. Diebstahl von Regierungseigentum, nicht autorisierte Weitergabe nationaler Verteidigungsinformationen und vorsätzliche Weitergabe geheimer nachrichtendienstlicher Erkenntnisse an eine nicht autorisierte Person. Außerdem wird er im Zusammenhang mit vier Morden steckbrieflich gesucht. Er soll auch auf die Liste der zehn meistgesuchten Personen gesetzt werden, aber ich bin mir sicher, dass die CIA nicht so viel Aufsehen erregen möchte. Das FBI wird wegen der beiden SSG-Jungs Nolan und Beale jedoch dagegen angehen. Wenn man einmal diese Behördenkabbelei beiseitelässt, ist Ethan Ross im Moment ganz bestimmt der meistgesuchte Amerikaner.«

Nach einer kurzen Pause fügte er hinzu: »Ich nehme an, dass Ihr Onkel, der Präsident, diesen Mistkerl einfach mit einer Drohne töten könnte, dafür müssen wir ihn jedoch erst einmal finden.«

Dom fürchtete die Antwort, die er bekommen könnte, aber er stellte die nächste Frage trotzdem: »Warum bietet ihr Jungs ihm nicht Straffreiheit für diesen Datendiebstahl an, wenn er das Scrape zurückgibt und zurückkehrt, um sich der Mordermittlung zu stellen?«

»Ich nehme an, dass wir ihm das anbieten, wenn feststeht, dass er das Scrape noch nicht an eine ausländische Macht weitergegeben hat.«

»Offensichtlich hat er das doch bereits. Sie haben mir selbst erzählt, dass Venezuela gerade massenhaft Agenten verhaftet.«

»Das sind doch nur kleine Fische im Vergleich zu dem, was er noch an Informationen besitzt.«

»Glauben Sie wirklich, sie gewähren ihm Straffreiheit, wenn er alles zurückgibt?«

»Ich bin Polizist und stehe für Recht und Gesetz. Ich würde ihm gerne den Prozess machen, ihn verurteilen und ihm für den Mord an Nolan und Beale die Giftspritze geben. Allerdings sind solche Entscheidungen weit über meiner Gehaltsklasse. Die CIA könnte, je nachdem worüber er verfügt, auf Straffreiheit drängen.«

Caruso nahm sich vor, Ross zu finden und ihn selbst zu töten, wenn ihm das Justizministerium Straffreiheit gewähren sollte. Das war jedoch leichter gesagt als getan. Der Kerl konnte gerade überall auf der Welt sein.

Minuten nachdem Albright gegangen war, rief Gerry Hendley an. Dom hatte seinen Anruf erwartet, weil er wusste, dass Sherman Hendley sofort nach der Rückkehr anrufen würde.

Dom störte das nicht weiter. Adara hatte sich in Panama als große Hilfe erwiesen, und wenn er für all ihre Unterstützung akzeptieren musste, dass sie ihren gemeinsamen Arbeitgeber über seine Geistesverfassung informierte, so konnte er damit leben.

Es gereichte Hendley jedoch zur Ehre, dass er gar nicht erst verhehlte, Sherman als seine Ersatzaugen und -ohren einzusetzen. »Ich habe mit Adara gesprochen. Sie hat mir einen ziemlich detaillierten Einsatzbericht über Ihre Heldentaten drunten in Panama gegeben.«

»Ich ging davon aus, dass sie das tun würde. Ich nehme an, dass sie Ihnen auch erzählt hat, dass ich Ross entwischen ließ.«

»So hat sie das nicht ausgedrückt. Sie meinte, dass Sie eben einfach schlechte Karten hatten, aber aus denen das Beste gemacht haben.«

»Ich habe es satt, mein Bestes zu geben. Das hat doch gar nichts gebracht. Ross ist immer noch irgendwo da draußen.«

»Ich habe mich an meine Kontaktpersonen bei den Geheimdiensten gewandt, um herauszufinden, welche Bedrohung diese gestohlenen Informationen darstellen.«

»Und wie groß ist sie?«, fragte Dom. »Hat Ihnen die CIA irgendwelche Einzelheiten genannt?«

»Möglicherweise verheerend«, erwiderte Hendley. »150 Gigabyte Geheimdokumente. Die meisten davon top secret. Informationen über örtliche Agenten, die aus den Berichten ihrer Führungsoffiziere stammen. Die Namen von Tarnfirmen. Verbindungen zu anderen Geheimdiensten.«

»Agentennamen?«

»Nein, aber viele Informationen, mit denen man sie leicht identifizieren kann. Wenn diese Dateien in die falschen Hände geraten, wäre das ein ungeheurer Schlag für die gesamte US-Geheimdienstgemeinschaft.«

Gerry machte eine kleine Pause und sprach dann weiter: »Dies ist nicht das größte Informationsleck in der US-Geschichte. Das entstand vor ein paar Jahren, als die Chinesen Dateien des US-Verteidigungsministeriums im Umfang von 40 Terabyte an sich brachten. Aber dieses Leck wird mehr Mitglieder der Geheimdienstgemeinschaft das Leben kosten, als wir es jemals erlebt haben. Überlegen Sie mal. Eine Liste fast aller Agenten, die auf der Gehaltsliste der CIA stehen. Es werden nicht nur Tausende von Ausländern in der ganzen Welt auffliegen. Jeder, der Zugang zu diesen Informationen hat, kann herausfinden, mit wem sich diese ausländischen Agenten getroffen haben. Dies wird ihn früher oder später zu deren amerikanischen Führungsoffizieren führen und größere Geheimdienstnetze aufdecken.«

Gerry atmete schwer in sein Telefon hinein. »Wenn Ross' Dateien einer ausländischen Macht in die Hände fallen, wird das jahrzehntelange Auswirkungen haben. Die CIA wird eine völlig neue Generation von Führungsoffizieren in die Welt schicken müssen und eine völlig neue Generation von ausländischen Informanten und Agenten anwerben müssen. Das Ganze wird verheerende Folgen haben.«

Caruso rieb sich die Augen. »Wir müssen dieses Leck stopfen. Es gibt keine Alternative.«

»Das FBI, das Außenministerium und die US-Geheimdienste tun alles, was in ihrer Macht steht. Ihr Onkel hat das zur absoluten Priorität erklärt.«

»Ich tue *nicht* alles, was in meiner Macht steht«, sagte Dom. »Ich muss wieder raus in den Einsatz, Gerry.«

»Sie wollen also an dieser Sache dranbleiben, nicht wahr?«

»Und ob ich das will. Auf jeden Fall. Ich will sie sogar zu Ende bringen.«

»Ich könnte Ihnen jetzt einen Vortrag halten, dass Sie das Ganze nicht zu persönlich nehmen sollten.«

Dom verdrehte die Augen. »Sicher. Wenn Sie sich dann besser fühlen, bleibe ich ganz brav hier sitzen, während Sie mir diesen Vortrag halten.«

»Nicht nötig. Aber ich muss Ihnen mitteilen, dass der Rest des Campus wieder operativ ist.«

Dies überraschte Caruso. »Versuchen sie etwa, diese Daten zurückzubekommen?«

»Nein. Sie müssen sich mit einem ganz anderen Problem befassen. Im Moment sind sie nach Asien unterwegs.«

»Erzählen Sie mir davon.«

»Nein. Sie müssen jetzt erst einmal Ihre eigene Operation zu Ende bringen. Wenn Sie wieder ins Team zurückkehren, werde ich Ihnen die Einzelheiten ihrer Mission mitteilen.«

»Aber …«

»Dominic, im Moment müssen Sie das alles nicht wissen. Sie agieren jetzt erst einmal solo, bis Sie wieder vollständig in den Campus eingegliedert werden.«

Dom brachte nur noch ein grollendes »Jawohl, Sir« heraus und der Anruf war zu Ende.

Dom war zwar wütend und frustriert, erkannte jedoch auch, dass er immer noch eine gewisse Kontrolle über seine Lage behalten hatte. Wenn er die Sache mit Ross erfolgreich gelöst hatte, könnte er wieder mit seinen übrigen Agentenkameraden im Campus zusammenarbeiten. Um die Ermittlungen gegen den Datendieb zu befördern, kehrte er zu seinem Laptop zurück und rief das i2-Analyst's-Notebook-Programm von IBM auf. Er ging alle Datensätze der Aufnahmen durch, die er in Ethan Ross' Haus gemacht hatte. Diese hatte er bereits vor Tagen in seinen Computer geladen, aber die Datenpunkte hatten zu keiner echten Rasteranalyse-Erkenntnis geführt. Um etwas in diesem ungeordneten Datenschatz zu finden, würde er weiteren Kontext benötigen. Andernfalls würde er jeder Spur, jedem Namen, jeder Telefonnummer und sogar jeder Verbindung zwischen all diesen unterschiedlichen Datenpunkten nachgehen müssen. Das war jedoch kein Job für einen Mann, der allein auf seiner Couch saß. Dazu brauchte man das ganze FBI.

Da gab es allerdings ein Problem. Dom wusste, dass ihn Albright sofort ins Gefängnis werfen würde, wenn er ihm Hunderte von Informationen vorlegen würde, die er sich bei einem Einbruch in Ross' Haus beschafft hatte.

Außerdem standen dem FBI jetzt ja dieselben Informationen zur Verfügung, deshalb hatte Dom kein allzu schlechtes Gewissen, sie für sich zu behalten.

Während er die Einzeldaten durchschaute – insgesamt mehr als achttausend –, konzentrierte er sich auf die handgeschriebenen Adressen und Telefonnummern. Er markierte einzelne Nummern und suchte auf einem Diagramm nach ihren sämtlichen Verbindungen oder Gemeinsamkeiten. Er konnte die Inhaber dieser Nummern zwar nur durch eine einfache Suche im Internet herausfinden, trotzdem waren die meisten nicht weiter auffällig. Allerdings gab es da einzelne Telefonnummern, die keinerlei Verbindungen zu anderen Datenfeldern aufwiesen. Es waren keine Restaurants, Mitarbeiter des NSC oder des Weißen Hauses oder bekannte Freunde und Verwandte von Ethan Ross.

Dom fragte sich, ob er die Wahrheit vielleicht direkt vor Augen hatte, aber die Informationsfülle einfach zu groß war, als dass er sie erkennen konnte.

Er beschloss, seine Strategie zu ändern. Er lud die Fotos der drei Tablettenfläschchen hoch, die er in Ross' Küche gefunden hatte. Er vergrößerte die Aufnahmen mehrmals und ging dann ins Internet, um die Website von PillID.com aufzurufen. Er tippte Form, Farbe und Markierungen jeder Tablette ein, und innerhalb von fünf Minuten hatte er alle drei Medikamente identifiziert.

Clonazepam, Glycopyrrolat und Sertralin. Er kannte keines von ihnen, aber sobald er sich kundig machte, merkte er, dass dies die Tabletten sein mussten, von denen bereits der Lügendetektorspezialist Finn vermutet hatte, dass Ross sie vor dem Test eingenommen hatte.

Wenn Ethan sie sich nicht selbst verschreiben ließ, musste sie ihm jemand gegeben haben. Außerdem war anzunehmen, dass diese Person wusste, dass er damit den FBI-Lügendetektor täuschen wollte.

Dom musste also den Arzt finden, der alle drei Medikamente in jenen etwa achtundvierzig Stunden verschrieben hatte, die zwischen dem Zeitpunkt, als Ross von seinem bevorstehenden Lügendetektortest erfuhr, und dem tatsächlichen Test verstrichen waren.

Diese Zeitberechnung war natürlich nicht ganz hieb- und stichfest. Ethan besaß diese Tabletten vielleicht seit Monaten oder Jahren, oder er konnte sie sich vor seinem letzten Routine-Lügendetektortest besorgt haben. Trotzdem hielt Dom diesen Achtundvierzig-Stunden-Parameter für den wahrscheinlichsten.

Dom konnte den Arzt jedoch unmöglich von sich aus finden. Er konnte sich entweder an Albright wenden, der ihn wahrscheinlich wegen Einbruch ins Gefängnis werfen würde, oder zu dem Mossad-Offizier David Kontakt aufnehmen. Der Israeli hatte ja bereits bewiesen, dass seine Organisation Antworten finden konnte. Dom wusste nicht, wie sie das machten, obwohl er vermutete, dass sie die Unterstützung hochrangiger Mitglieder der US-Geheimdienstgemeinschaft genossen.

Er entschied sich für David, obwohl er nicht wusste, ob ihm der Mossad-Mann tatsächlich helfen würde. Die beiden Männer hatten nicht mehr miteinander gesprochen, seitdem Dom in Panama seine Anrufversuche ignoriert hatte.

David meldete sich nach mehreren Klingeltönen. An seiner Begrüßung merkte Dom, dass die Sache noch nicht vergessen war. »Sie haben mir bewiesen, dass Sie mich nicht anrufen, um mir zu helfen, deshalb nehme ich an, dass dieses Mal *Sie* meine Hilfe benötigen.«

»Ja. Das mit gestern tut mir leid.«

»Ich dachte, wir hätten eine Vereinbarung, was Panama betraf.«

»Die Verhältnisse vor Ort haben sich sehr schnell verändert.«

»Wir wissen von dem Datendiebstahl, den Mr. Ross begangen hat.«

Dom nahm an, dass er auch von dem Scrape gehört hatte. »Ich hoffe, Sie verstehen, dass ich das zu diesem Zeitpunkt nicht mit Ihnen besprechen konnte.«

»Durchaus. Aber Sie haben die Situation schlecht gehandhabt. Eigentlich bin ich nicht sehr geneigt, Ihnen jetzt noch zu helfen.«

»Ich habe ein Beweisstück, das uns zu Ethan Ross führen könnte«, sagte Dom.

David ließ ein kaltes Kichern hören. »*Uns,* Mr. Caruso?«

»Also gut … mich. Hören Sie, ich möchte dem US-Geheimdienst helfen, die Dateien zurückzubekommen. Ich weiß nicht, was Sie über das Ausmaß dieses Datendiebstahls wissen, aber ich bin mir sicher, dass Ihre Organisation weiß, dass dies auch in Israels Interesse wäre.«

»Reden Sie weiter.«

»Wenn ich Ross finde, würde ich ihn gerne mit eigenen Händen töten, aber ihn zu töten bringt uns die Daten nicht zurück. Deshalb werde ich das FBI an der Sache beteiligen. Ich habe keine andere Wahl. Ich weiß, dass Sie Rache wollen …«

»Wir wollen beide Rache. Aber diese Rache kann warten. Wir stimmen mit Ihrer Einschätzung überein. Im Moment ist es entscheidend, diese Daten zurückzubekommen. Wie können wir Ihnen dabei helfen?«

Dom erzählte David von den Tabletten und seiner Theorie, dass sie in der vorigen Woche zwischen Montag und Mittwoch verschrieben worden waren. David wollte sehen, was er da tun könne.

Der Rückruf kam nur fünfunddreißig Minuten später. Dom war erstaunt, wie schnell das gegangen war. Er meldete sich mit: »Das gibt's doch gar nicht!«

Er konnte hören, wie David beim Sprechen lächelte: »Wer immer sich diese Medikamente besorgte, war ausgesprochen clever. Er benutzte nicht für alle drei denselben Arzt.«

»Wie können wir dann wissen, dass die Medikamente mit Ross zu tun haben, wenn sie nicht vom selben Arzt stammen?«

»Clonazepam und Sertralin sind sehr gebräuchliche Mittel gegen Angststörungen und Depressionen und werden oft zusammen verschrieben. Aber in einem Umkreis von hundertfünfzig Kilometern um Washington herum haben zwischen Montag und Mittwoch letzter Woche nur drei Ärzte Glycopyrrolat verschrieben. Es ist ein nicht sehr gebräuchliches Medikament.«

»Okay. Geben Sie mir die drei Namen. Ich werde sie überprüfen.«

»Nicht nötig. Zwei von ihnen sind Dermatologen. Es ist ja ein Mittel gegen übermäßiges Schwitzen, deshalb ist das keine große Überraschung. Der dritte Arzt ist dagegen Herzchirurg in der Innenstadt von Washington.«

»Ein Herzchirurg? Das klingt suspekt.«

»In der Tat.«

David gab Dom den Namen und die Telefonnummer des Mannes. Dom gab die Information in sein Analyst's Notebook-Programm ein, war jedoch enttäuscht, dass sich keine Verbindungen mit anderen Datenpunkten ergaben.

»Nichts«, sagte er.

»Ich kann Ihnen seine Anrufliste für diesen Zeitraum mailen«, erwiderte David.

Dom zog die Augenbrauen hoch. »Das könnte hilfreich sein.«

Einige Minuten später wurden Carusos Achttausend-Punkte-Datei über Ross weitere dreihundertzwanzig forensische Beweisstücke hinzugefügt, nämlich alle Telefonanrufe, die ein Washingtoner Herzchirurg in seinem Büro oder auf seinem Handy geführt oder erhalten hatte. Nachdem er diese Liste in Analyst's Notebook eingegeben hatte, klickte Dom auf ein Visualisierungs-Tool, das ihm sämtliche Querverbindungen zwischen den Daten aus Ross' Haus und dem Chirurgen zeigen würde.

Ein Grafikfeld tauchte auf seinem Bildschirm auf, und als er es anklickte, sah er die Abbildung eines Post-it-Zettels mit einer handgeschriebenen Telefonnummer, den Ross in eine Zeitschrift gesteckt hatte, die auf einem Couchtisch auf der verglasten Veranda lag.

David wartete immer noch am anderen Ende der Leitung. »Etwas gefunden?«

»Eine weitere Telefonnummer, der ich nachgehen muss.«

»Geben Sie sie mir.«

Dom las sie laut vor. Nach einer Pause von weniger als einer Minute kam bereits die Antwort. »Das Handy gehört einem gewissen Harlan R. Banfield in Washington, D.C. Er ist Reporter und hat früher einmal für die *Post* gearbeitet.«

»Bingo«, sagte Dom. Ein Journalist hatte Ross darauf vorbereitet, den FBI-Lügendetektor zu besiegen. Dom fragte sich, was der Mann sonst noch getan hatte.

41

Harlan Banfield trat nach einem langen, anstrengenden Tag müde aus dem Aufzug in die Tiefgarage hinaus. Er ging zu seinem Volkswagen in der Ecke hinüber und sagte sich wieder einmal, dass er langsam zu alt wurde, um so spät am Abend noch zu arbeiten. Die Garage war zu vier Fünfteln leer. Er nahm an, dass er der Einzige im ganzen Gebäude war, der solche Zwölf-Stunden-Arbeitstage absolvierte.

Er hatte gerade zwei Schritte gemacht, als er die Umrisse eines Mannes bemerkte, der rechts von ihm zwischen zwei Autos stand. Er dachte zuerst an Ethan. Immerhin hatte dieses ganze Trauma begonnen, als der NSC-Whistleblower vor einer Woche nur ein paar Meter von hier aus der Dunkelheit aufgetaucht war.

Aber während Ethan einfach ins Licht getreten war, stürmte diese Gestalt jetzt aus dem Dunkeln direkt auf Banfield zu.

Der Mann packte Banfield am Mantel, schleuderte ihn gegen einen Betonstützpfeiler und zog ihn dahinter, damit ihn keiner sehen konnte, der jetzt vielleicht aus dem Aufzug kommen würde.

Banfield war zu geschockt, um zu schreien, aber als er jetzt die kompakte schwarze Pistole sah, die der Angreifer aus dem Mantel zog, entfuhr ihm doch ein schwacher Schrei aus der Tiefe seiner Kehle.

Der Mann schlug Banfield erneut gegen den Pfeiler

und drückte ihm mit dem Unterarm den Kopf an den kalten Beton, sodass er die Waffe ganz kurz nicht mehr sehen konnte.

Einen Moment später wusste Banfield jedoch genau, wo sie war, als er spürte, wie ein harter metallischer Gegenstand gegen seine Weichteile gedrückt wurde.

Der Angreifer stand ihm nun von Angesicht zu Angesicht gegenüber. Er trug eine Maske. Banfield konnte aufgrund der Dunkelheit hier unten nicht einmal seine Augen sehen, obwohl sie nur Zentimeter von ihm entfernt waren.

»Wer sind Sie?« Banfield versuchte, seiner Frage einen gewissen Nachdruck zu verleihen, aber er brachte nur ein hohles Vibrato heraus.

»Ich bin der Mann, der Ihnen Ihre verdammten Eier wegschießt, wenn Sie mir nicht das erzählen, was ich wissen will.«

»Und was woll… wollen Sie wissen?«

»Ethan Ross. Erzählen Sie mir von ihm.«

»Ethan Ross? Wer ist das?«

Banfield konnte den Mund des Mannes sehen und merkte, dass er grinste. »Ist das also Ihr Spiel?« Er stieß den Lauf seiner Pistole noch härter gegen Banfields edelste Teile. »Und das hier ist *mein* Spiel!«

»Warten Sie! Bitte!«

»Ich werde nicht warten. Ich werde jetzt abdrücken. Ich muss Ihnen doch beweisen, dass ich es ernst meine, oder?«

»Nein! Ich weiß, dass Sie es ernst meinen. Ich weiß, für wen Sie arbeiten. Sie sind von der CIA.«

»Falsch geraten, Arschloch. Diese Weicheier drüben in Langley haben Vorschriften. Ich dagegen mache mir meine Regeln selbst.«

»Allmächtiger! *Sie* sind das! *Sie* haben Eve Pang getötet. Und diese FBI-Männer.«

Der Maskierte legte den Kopf schief. »Was reden Sie denn da? Ross hat sie umgebracht.«

»*Ross?* Nein. Das ist lächerlich. Ross könnte keiner Fliege etwas zuleide tun. Sie waren das.«

Der Maskierte schien einen Moment verwirrt, erholte sich jedoch schnell. Er presste die Pistole noch fester zwischen Banfields Beine.

»Ich … ich erzähle Ihnen, was immer Sie wissen wollen«, flehte Banfield.

»Wo ist er?«

»Ich habe keine Ahnung. Das schwöre ich.«

»Pech für Sie.« Der Mann spannte den Hahn der Pistole. Das Klickgeräusch hallte durch die Tiefgarage.

»Warten Sie! Ich kann es herausfinden.«

»Wie?«

»Ich habe ein verschlüsseltes Instant-Messaging-Programm auf meinem Computer. Ich kann mich bei jemand danach erkundigen.«

»Jitsi? ChatSecure? Cryptocat?«

Banfield nickte. »Cryptocat.«

»Wer ist Ihre Kontaktperson?«

Banfield schloss die Augen. Er zögerte, aber nur für einen kurzen Moment. »Die Direktorin des ITP.«

»Wie ist ihr Name?«

»Bertoli. Gianna Bertoli.«

»Sie werden jetzt sofort zu ihr Kontakt aufnehmen und herausfinden, was sie mit Ross angestellt haben.«

Banfield nickte.

Dominic Caruso begleitete Banfield nach oben in dessen Büro. Er musste seine Maske abziehen, denn er konnte sich nicht sicher sein, unterwegs nicht anderen zu begegnen. Mit einer schwarzen Neopren-Sturmhaube durch ein Bürogebäude in der Washingtoner Innenstadt zu gehen würde bestimmt über kurz oder lang zu einem massiven Polizeiaufgebot führen. Er hielt sich jedoch ständig hinter Banfield und stieß ihm in regelmäßigen Abständen die Pistole in den Rücken, die er in seiner Hosentasche trug.

Dom hatte diese Pistole seit Jahren nicht mehr abgefeuert, und er hoffte aus ganzem Herzen, sie auch dieses Mal nicht ausprobieren zu müssen. Es war eine Walther PKK, die ihm sein Bruder Brian geschenkt hatte, als er die FBI-Akademie erfolgreich abgeschlossen hatte. Es war also eher eine Schauwaffe. Doms Smith & Wesson hatte jedoch vor Kurzem Darren Albright konfisziert, deshalb hatte er seine Walther aus dem Waffensafe geholt, sie gereinigt, geölt und mit .380-Hohlspitzgeschossen geladen, bevor er zu Banfields Arbeitsstätte aufgebrochen war.

Im Aufzug bemerkte Dom, dass sich der alte Journalist so aufstellte, dass er das Spiegelbild seines Angreifers in den polierten Metalltüren sehen konnte. »Kopf runter, oder ich schieße Ihnen in die Kniescheiben, wenn wir in Ihrem Büro angelangt sind«, herrschte er ihn an.

Banfield senkte den Kopf und schaute den Rest der Zeit nach unten.

In dem winzigen Einraumbüro setzte er sich sofort an den Computer und loggte sich mit zitternden Händen ein. Dom stand hinter ihm und hielt ihm die Pistole an den Hinterkopf. »Könnten Sie diese Waffe nicht anderswohin halten?«

»Nein, kann ich nicht.«

»Sie macht mich nervös.«

»Genau das soll sie auch. Angst ist in Ihrer gegenwärtigen Lage eine vernünftige Reaktion. Ich will ehrlich sein. Wenn ich Sie wäre, würde ich mir vor Angst in die Hosen machen.«

Banfield versuchte, sich auf das zu konzentrieren, was er gerade tat. Schließlich initiierte er den Chat.

Seine Erleichterung, als sich Bertoli am anderen Ende der Cryptocat-Verbindung meldete, wurde sofort durch den zornigen Bewaffneten in seinem Rücken getrübt.

»Wenn ich den geringsten Verdacht bekomme, dass Sie sie zu warnen versuchen, werden Sie den Sonnenaufgang nicht mehr erleben. Ich werde Sie dann auf der Stelle töten.«

Harlan hielt seine zitternden Finger über die Tastatur. »An so etwas würde ich nie denken.«

»Natürlich würden Sie das. Sie denken ja gerade jetzt daran. Aber wenn Sie es *tun,* wenn Sie es nur versuchen, werden Sie einen langsamen und hässlichen Tod sterben. Ich werde Sie nicht fragen, ob Sie das verstanden haben, denn ich sehe es in Ihren Augen: Sie *haben* es verstanden. Sie waren Auslandskorrespondent. Ich weiß, dass Sie in einigen dieser Drecklöcher in der Dritten Welt waren, wo man das Foltern von Menschen zu einer Kunst gemacht hat. Stellen Sie sich vor, Arschloch, ich habe das auch.«

»Wer … wer *sind* Sie?«

»Ich bin etwas, von dem Sie schon immer wussten, dass es irgendwo dort draußen existiert. Ein Schattenwesen. Aber ich bin nicht dort draußen. Ich bin hier und drücke Ihnen eine Pistole an den Kopf.«

Banfield brachte nur ein raues »Lieber Gott« heraus.

»Entspannen Sie sich. Ich werde wieder verschwinden und Sie am Leben lassen, wenn Sie in den nächsten paar Minuten eine Reihe von richtigen Entscheidungen treffen. Aber ich werde Sie töten, wenn Sie mir auch nur den geringsten Anlass dazu geben.«

Harlan war sich sicher, dass dieser Mann zu den Geheimagenten gehörte, die er in den letzten Jahren zu enttarnen versucht hatte. Eine Organisation, die noch geheimer und dunkler war als die CIA und sich hier auf amerikanischem Boden Journalisten und andere Leute vornahm, die die Existenz der Schattenregierung enthüllen wollten.

Der Mann hinter ihm sagte jetzt: »Finden Sie heraus, wo er ist.«

Harlan tippte.

Ich wollte nur wissen, ob Sie okay sind.

Mir geht es gut.

Und unser Freund?

Ihm geht es gut.

Kann ich etwas tun?

Nicht derzeit. Danke.

Banfield zögerte eine ganze Weile, dann tippte er: *Ich muss wissen, ob ich hier noch sicher bin. Ob ich enttarnt wurde.*

Wie kommen Sie darauf?

Banfield schaute zu Caruso hoch. »Ich weiß nicht, was ich antworten soll.«

Caruso diktierte Banfield die Antwort:

Das FBI war in seinem Haus. Könnten Sie Ethan fragen, ob dort etwas war, das das FBI zu mir führen könnte? Er hat mich vor vielen Monaten einmal auf meinem Haupthandy angerufen. Besteht die Möglichkeit, dass er sich die Nummer irgendwo aufgeschrieben hat? Wenn ja, sollte ich die Stadt sofort verlassen.

Banfield hörte zu tippen auf und bewegte den Finger zur Entertaste. Bevor er sie drücken konnte, schlug ihm Dom die Hand weg.

Banfield erschrak. »Was ist los?«

Dom starrte Banfield mit einem harten, grausamen Blick in die Augen. »*Ethan?* Vorhin haben Sie ihn unseren Freund genannt. Da hatten sie noch Angst. Sie machten, was ich Ihnen sagte, und haben sich wieder etwas beruhigt, und jetzt versuchen Sie, sie zu warnen. Sie nennen ihn in Ihren Chats mit Gianna niemals Ethan, nicht wahr?« Banfield antwortete nicht, aber sein Gesicht zuckte. »Nein«, fuhr Dom fort. »Das würden Sie nicht. Und auch nicht Ross. Sie nennen ihn nur unseren Freund, oder?«

Banfield nickte.

»Wenn Sie mich jetzt anlügen, wird meine Mission scheitern. Und wenn meine Mission scheitert, werde ich viel freie Zeit haben. Eine Menge Zeit, um Sie zu finden.«

»Ich schwöre es.«

»Berichtigen Sie die Botschaft und schicken Sie sie ab.«

Banfield gehorchte, und es gab eine lange Pause.

Dann kam eine Antwort.

Er meint, er könnte Ihre Nummer irgendwo notiert haben. Er erinnert sich nicht. Ich glaube, Sie sollten aus der Stadt verschwinden.

»Sagt Ihnen das, wo er ist?«, fragte Dom.

»Ja. Ethan Ross ist in Genf.«

»Sind Sie sich da sicher?«

»Absolut. Das Welthauptquartier des ITP ist im Moment Giannas Wohnsitz in dieser Stadt.«

»Und dorthin hat sie ihn gebracht?«

»Sie genießt die Unterstützung der Kantonalregierung, der Konsulate anderer Staaten und der UN-Büros in dieser Stadt. Sie ist dort absolut sicher.«

»Haben Sie eine Adresse?«

»Nein.«

Dom drückte ihm wieder die Pistole an den Kopf.

»Keine Adresse. Aber sie arbeiten aus der Universität Genf heraus!«

»Das reicht.«

Dom sah zu, wie Banfield den Chat beendete und ausloggte.

»Heute scheint Ihr Glückstag zu sein, Banfield. Sie bleiben am Leben.«

Dom riss den Computer aus der Wand und hob ihn auf. »Den nehme ich als Pfand mit, um Ihr Schweigen zu sichern. Sollte ich irgendwann herausfinden, dass Sie Ross und irgendjemand beim ITP etwas gesteckt haben, kommt ein Kollege von mir vorbei. Meine Kollegen sind allerdings beileibe nicht so nett wie ich.«

»Ich werde nicht reden. Ich schwör's.«

Dom ließ Banfield allein und heftig zitternd in seinem kleinen Büro zurück.

42

Das Four Seasons Hotel des Bergues in Genf lag direkt an der Rhone in der Nähe der Mont-Blanc-Brücke. Aus ihrer Suite im fünften Stock genoss Gianna Bertoli mit einer Tasse Kaffee in der Hand und einem zufriedenen Lächeln im Gesicht die Aussicht.

Die Schweiz fühlte sich einfach sicherer und zivilisierter an als Panama, ganz zu schweigen von Washington, D.C. Sie war froh, diese beiden Städte hinter sich gelassen zu haben. In ihrer ganzen Zeit beim ITP hatte sie noch nie einen »Vor-Ort-Einsatz« mitgemacht, und sie bezweifelte stark, dass sie das irgendwann noch einmal tun würde.

Es war gut, daheim und sicher in Genf und unter Freunden zu sein.

Sie verließ den Balkon und setzte sich wieder zu Ethan. Er hatte sich gerade seine erste Tasse Kaffee an diesem Tag eingegossen, und sie betrachtete ihn, während er daran nippte.

Er sah schrecklich aus, so als ob er in der Woche, die sie jetzt zusammen waren, um zehn Jahre gealtert wäre. Obwohl er auf der anderen Seite des Ganges eine eigene Suite hatte, die genauso groß und komfortabel war wie die ihre, hatte er offensichtlich letzte Nacht nicht geschlafen, wie man an den roten Äderchen in seinen Augen und seinen dunklen Augenringen erkennen konnte. Seine Hände schienen ein chronisches Zittern entwickelt zu haben, das sie zuvor nie bemerkt hatte.

»Warum schenken Sie sich nicht von diesem Orangensaft ein? Sie brauchen die Vitamine.«

Er schlürfte mit zittrigen Händen weiterhin seinen Kaffee und ignorierte ihre Bemerkung. »Als wir letzte Nacht hier ankamen, hatten wir die ganze Etage für uns. Heute Morgen haben ein Dutzend Leute Koffer in ihre Zimmer gebracht. Wer sind all diese Menschen?«

»Kollegen vom ITP. Ich habe sie aus ganz Europa hierherkommen lassen. Eine Demonstration der Stärke, könnte man sagen. In jeder Suite sind vier oder fünf von ihnen untergebracht. Heute Abend werden wir von fünfundzwanzig Freunden umgeben sein: Journalisten, Hacktivisten, Rechtsanwälte, Menschenrechtler und Universitätsprofessoren.«

Ethan stellte seine Tasse ab. »Und die wissen alle von mir?«

»Nein. Überhaupt nicht. Keiner von ihnen. Sie wissen nur, dass ich hier bin und sie eingeladen habe. Als wir aus Panama zurückkamen, entschied ich, dass wir unsere Organisation um uns scharen müssen. Im Moment ist das für Sie das Beste. Wir haben das ganze Stockwerk für uns.«

»Nicht ganz. Ich habe beobachtet, dass Mohammed jetzt noch mehr Männer um sich hat. Neben den vier, die uns aus Panama herausgebracht haben, gibt es da jetzt noch zwei weitere, die genauso gefährlich aussehen wie die anderen.«

»Ja, ich weiß.«

»Wer sind sie?«

»Mohammed hat mir erzählt, das seien Freunde von ihm, die uns zusätzliche Sicherheit verschaffen würden.«

»Wieso hat ein Computerhacker Freunde, die wie eine Wachmannschaft auftreten?«

»Soweit ich das verstanden habe, gehören sie zu seiner Organisation.«

»Seiner *libanesischen* Organisation?«

Gianna nippte an ihrem Kaffee. »Ja. Warum betonen Sie das so?«

»Die vier im Flugzeug. Sie sprachen arabisch«, erwiderte Ethan. »Aber haben Sie gehört, wie sie einander nannten?«

»Ich habe sie nicht verstanden.«

»Schiraz, Isfahan, Kaschan, Ormand. Das sind iranische Städte. Was Mohammed angeht, weiß ich das nicht, aber diese Jungs sind Iraner.«

Gianna schüttelte den Kopf. »Ich war in seinem Büro in Beirut. Ich weiß, wer er ist. Die anderen Männer kenne ich nicht. Was spielt das für eine Rolle? Immerhin haben sie uns vor diesen amerikanischen Mördern gerettet. Dafür bin zumindest ich ihnen dankbar.«

»Wir wissen ja nicht einmal, ob die Männer, die uns in Panama angegriffen haben, Amerikaner waren.«

»Wer sollte es denn sonst sein? Wer sonst wünscht Ihren Tod? *Vielleicht* die Israelis, aber was tut das schon. Wir wissen doch, dass sie zusammenarbeiten.«

Ethan gab ihr in dieser Beziehung recht. »Die Frage bleibt, was ich jetzt machen soll.«

»Darüber wollte ich mit Ihnen reden. Ich hoffe, Sie werden auf mich hören und mir weiterhin vertrauen.«

Die beiden redeten den ganzen Vormittag über Ethans Zukunft. Um elf Uhr hatte Ethan Giannas Plan, wenn auch widerwillig, zugestimmt. Er kehrte in seine Suite zurück, und Gianna klopfte an Mohammeds Tür. Der arbeitete immer noch in seinem Zimmer und hielt sich sein Handy ans Ohr, während vor ihm sein Laptop stand. Vier seiner sechs Begleiter saßen im ganzen Zimmer herum.

Gianna hatte nicht den Eindruck, dass sie selbst Computerhacker waren.

Sie setzte sich mit Mohammed an einen Tisch im Wintergarten seiner Suite. »Ich habe mit Ethan gesprochen, und gemeinsam sind wir zu einem Ergebnis gelangt. Die

Amerikaner haben große Anstrengungen unternommen, um ihn zu töten. Da wird es keine Verständigung mehr geben. Das hat er jetzt begriffen. Es gibt jetzt nur noch einen einzigen Weg, wie er sich retten kann. Er muss an die Öffentlichkeit gehen.«

Mohammed schien nicht zu verstehen. »Was heißt das, an die Öffentlichkeit gehen?«

»Ethan und ich haben uns entschieden, die ganze Sache öffentlich zu machen.«

Mohammed schüttelte mit einem zaghaften Lächeln den Kopf. »Das können Sie nicht tun.«

»Wir werden morgen Mittag hier im Hotel eine Pressekonferenz abhalten. Ich werde mich als Direktor des Projects zu erkennen geben. Das wird für mich keine Konsequenzen haben, weil ich nicht noch einmal an die geheime Front zurückkehren werde. Ich bleibe lieber hier in Genf und befördere als Aushängeschild unsere Arbeit. Ethan wird im Einzelnen die Ereignisse darstellen, die ihn hierhergebracht haben, einschließlich des amerikanischen Versuchs, ihn sowohl auf den Straßen Washingtons als auch in Panama zu töten.« Gianna lächelte. »Am Dienstag werden sämtliche europäischen Zeitungen auf der ersten Seite über die Arbeit des Projects und die amerikanischen Verbrechen berichten.«

Mohammed stand auf, ging um den Tisch herum und baute sich vor der Schweizerin auf. »Gianna, das ist eine ganz schlechte Idee.«

Sie legte ihm beschwichtigend die Hand auf die Schulter. Er schaute sie leicht befremdet an, und sie zog sie wieder weg. Ohne ihm diese Abweisung übel zu nehmen, sagte sie: »Fassen Sie das nicht falsch auf, aber Öffentlichkeitsarbeit ist nicht gerade Ihr Fachgebiet. Wir werden verkünden, dass Ross aus Gesinnungsgründen nicht länger für die amerikanische Regierung arbeiten konnte. Er wurde daraufhin von Meuchelmördern aus dem Land gejagt, die seine Freundin umbrachten. Danach wurde er von den Amerikanern bis Mittelamerika verfolgt. Wenn wir dies alles öffentlich verkünden, ist er in Sicherheit. Hier in Europa werden sich genug Leute um ihn scharen, um ihn zu beschützen. Die Amerikaner werden nichts mehr gegen ihn zu unternehmen wagen.«

Mohammed schlug mit der Faust auf den Tisch. »Und was ist mit den Daten, die er bei sich hat? Unser Ziel war es doch, diese Daten in unseren Besitz zu bekommen. Haben Sie das vergessen?«

»Beruhigen Sie sich. Natürlich habe ich das nicht vergessen. Ihr Plan war brillant, und er hat auch fast perfekt funktioniert. Als Sie mir erzählten, Sie besäßen eine Software, die in die streng geheimen Datenbanken der US-Regierung eindringen könne, wusste ich sofort, dass Ethan Ross uns dafür als Insider-Helfer dienen könnte, wenn wir nur eine Situation schaffen würden, die ihm keine andere Wahl ließ. Aber wir hatten nie damit gerechnet, dass dabei Menschen zu Tode kommen.«

Mohammed gab keine Antwort.

Bertoli atmete heftig. »Das ist doch ironisch, oder? Bei unseren Bemühungen, Amerika als gesetzlose Nation darzustellen, wurden wir selbst von dem Ausmaß seiner Gesetzlosigkeit überrascht.«

»Bisher hat mich überhaupt nichts überrascht, Gianna. Außer der erstaunlichen Tatsache, dass Sie der ganzen Welt von Ross erzählen wollen. So leid es mir tut, aber in dem Moment, wo Sie das machen, werden wir beiseitegeschoben werden, wenn die Geheimdienste der ganzen Welt hier anrücken. Im Four Seasons wird es von Spionen aus aller Herren Länder nur so wimmeln. Sie alle werden Ross und seine Daten haben wollen.«

»Wir werden ihn beschützen. Die Sicherheitskräfte des Hotels werden ihn beschützen. Die Kantonspolizei wird ihn beschützen. Wenn wir mit der Nachricht über diese Morde und ihren Angriff in Panama an die Öffentlichkeit gehen, bringen wir die Amerikaner in Verlegenheit, und unsere ganze Organisation wird davon profitieren. Ethan wird zu geeigneter Zeit dem ITP Zugang zu seinen Daten gewähren.«

»Wenn die Amerikaner erfahren, dass er hier ist, werden wir diese Zeit nicht mehr haben.«

Die Schweizerin hielt ganz leicht den Kopf schief. »Sie wollen doch das ITP unterstützen, oder? Ihre Loyalität gilt uns, nicht wahr?«

»Natürlich«, erwiderte Mohammed. »Warum fragen Sie?«

»Ethan scheint zu glauben, dass Sie für den iranischen Geheimdienst arbeiten. Ich habe ihm gesagt, dass das eine verrückte Vorstellung sei und dass ich Ihre Organisation im Libanon seit Jahren kenne. Aber ich muss zugeben, dass Sie jetzt etwas seltsam agieren, so als ob Sie für die amerikanischen Dateien noch eine andere Verwendung hätten.«

Er atmete erst einmal tief durch, um sich zu beruhigen, bevor er sagte: »Ich glaube einfach, dass Sie einen Fehler machen.«

Bertoli schaute den kleinen Mann auf der anderen Seite des Tisches eine ganze Weile an. Schließlich sagte sie: »Die Entscheidung ist gefallen. Wir haben die Presse bereits verständigt.«

Mohammed stand auf und stürmte ohne ein weiteres Wort aus der Suite.

Ethan Ross saß in einem privaten Speisesaal des Four Seasons beim Abendessen, umgeben von zwei Dutzend prominenten Hacktivisten, Menschenrechtsanwälten, Journalisten und anderen Anhängern Gianna Bertolis und des ITP. Vor der Tür des Speisesaals hielt eine Sicherheitsmannschaft des Hotels Wache.

Während der amerikanische NSC-Angehörige den ganzen Tag keine Erklärung abgegeben hatte – das würde er erst morgen tun –, konnten sich die anwesenden ITP-Mitglieder die Geschichte weitgehend selbst zusammenreimen. Dieser Amerikaner in ihrer Mitte kam offensichtlich aus Washington. Bertoli würde am nächsten Tag aufdecken, wer er war und was genau er getan hatte. Dabei hatte sie einigen ausgewählten Gästen bereits ein paar Informationshäppchen zukommen lassen. Das lernte man bereits in einem Anfängerkurs über Öffentlichkeitsarbeit: Man musste vor der eigentlichen großen Enthüllung erst einmal für Aufmerksamkeit sorgen und das Interesse schüren.

Während des Essens flossen Wein und Champagner in Strömen. Dafür war bei den seltenen Gelegenheiten, wo alle Mitglieder des Projects zusammenkamen, eigentlich jede Ausrede recht. Die Völlerei an diesem Abend schien aber tatsächlich mit der Bedeutung von Bertolis kommender Bekanntmachung in Einklang zu stehen.

Es fiel jedoch auf, dass Mohammed nicht anwesend war. Er hatte den ganzen Tag telefoniert. Ethan hatte ihn in der Lobby, im fünften Stock und auf seinem Balkon gesehen. Seine Begleiter standen dabei ständig dicht um ihn herum, als ob sie eine Art Leibwache wären.

Während des Essens, der Trinksprüche und des fröhlichen Geplauders saß Ethan da, ohne ein einziges Wort zu sagen. Sein Widerwille gegen diese gesamte Veranstaltung wurde ständig größer. Die Feierstimmung an diesem Abend schien ihm im völligen Widerspruch zu den bisherigen Geschehnissen zu stehen.

Darüber hinaus machte ihm noch etwas anderes zu schaffen. Er hatte das starke Gefühl, dass man diese ganze Affäre inszeniert hatte, um ihn an genau diesen Punkt zu bringen. Man hatte ihn offensichtlich beschwatzt, bedrängt und manipuliert, damit er die Entscheidungen traf, die er getroffen hatte, handelte, wie er gehandelt hatte, insgesamt genau diesen Weg gegangen war.

Dieses Gefühl, eine bloße Schachfigur zu sein, widersprach seinem Selbstverständnis. Dagegen bewies ihm diese Dinnerparty, dass das International Transparency Project aus seinem Missgeschick großen Nutzen zog. Allerdings war er beim ITP noch keiner einzigen Person, Bertoli eingeschlossen, begegnet, die er für fähig hielt, auf diese raffinierte Weise die Strippen zu ziehen. Er begann sich zu fragen, ob da nicht eine ganz andere Organisation dahintersteckte.

Diese Überlegungen überforderten ihn jedoch an diesem Abend. Er griff deshalb zur nächsten Champagnerflasche und füllte sich sein Wasserglas bis zum Rand. Er musste erst einmal ein wenig zur Ruhe kommen, bevor er überhaupt sinnvoll über seine Zukunft nachdenken konnte. Jetzt würde er sich sinnlos betrinken, und morgen würde er sich den anstehenden Aufgaben stellen.

43

Dominic Caruso und Adara Sherman kamen morgens um sieben Uhr vierzig mit einem United-Direktflug aus Washington in Genf an. Sie mieteten sich am Flughafen kein Auto, sondern fuhren mit dem Taxi direkt zum Hôtel St-Gervais in der Stadtmitte, wo sie ein Deluxe-Zimmer im zweiten Stock bezogen.

Ursprünglich hatten sie geplant, Ross und Bertoli hier in Genf auf irgendeine Weise aufzuspüren, wie lange dies auch dauern mochte. Ihre Jagd wurde jedoch bedeutend erleichtert, als Gerry Hendley sie informierte, dass das ITP um zwölf Uhr mittags im Four Seasons eine große Pressekonferenz abhalten werde. Es war zu erwarten, dass auch Ross an dieser Konferenz teilnehmen würde, deshalb plante Dom, dorthin zu gehen, um sich ihm von diesem Hotel aus an die Fersen zu heften.

Zu diesem Zweck mietete sich Adara ein Stück die Straße hinunter eine viertürige BMW-Limousine, die gut ins wohlhabende Genf passte, und Dom bei einem benachbarten Motorradhändler eine BMW F 800 GS samt Helm und Motorradkombi. Es war sehr wahrscheinlich, dass sie bei ihrer Beschattungsoperation Fahrzeuge benötigen würden, dabei wären natürlich zwei besser als eines.

Bei diesem Plan gab es jedoch ein nicht ganz unbeträchtliches Problem. Im lokalen Wetterbericht wurde gemeldet, dass sich in den Bergen südlich von Genf gerade ein Spätwintersturm zusammenbraute, der die

Stadt wahrscheinlich gegen Mittag erreichen würde. Dom war nicht sehr erpicht darauf, mit einem Motorrad durch einen Schneesturm zu fahren, und hatte kurzzeitig daran gedacht, stattdessen ein zweites Auto zu nehmen. Schließlich hatte er sich doch für das Motorrad entschieden. Wenn das Wetter zu schlecht werden würde, könnte er die BMW immer noch irgendwo stehen lassen und sich ein vierrädriges Fahrzeug besorgen.

Eine Stunde später trafen sich die beiden wieder in ihrem Hotelzimmer. Adara hatte auf dem Rückweg vom Mietwagenbüro das Four Seasons ausgespäht und bot Dom jetzt an, ihm einen Plan von dessen Inneren zu zeichnen.

Dieser zog es jedoch vor, selbst hinüberzufahren, um sich ein Bild zu machen. Da er auf keinen Fall noch dort sein wollte, wenn die Medienvertreter zur Pressekonferenz eintrafen, brach er sofort auf.

Als er sein Motorrad einen Straßenzug vom Four Seasons entfernt neben der English Church of the Holy Trinity abstellte, fielen die ersten Schneeflocken. Er ging zum Hotel hinüber, vor dem bereits mehrere Satellitenübertragungswagen parkten, schlüpfte durch einen Seiteneingang hinein und machte sich mit dem gesamten Erdgeschoss vertraut.

Er wollte ein Gefühl dafür bekommen, welchen Weg Ross nach der Pressekonferenz gehen könnte. Eigentlich nahm er an, dass sie den Amerikaner durch einen Nebeneingang zu einem wartenden Fahrzeug bringen würden, aber aufgrund der Lage des Konferenzsaals schien es ihm durchaus möglich, dass Ross das Hotel durch den Haupteingang verlassen würde.

Dom befürchtete deshalb, nachher eventuell einen falschen Beobachtungspunkt zu wählen. Als er noch darüber nachdachte, zirpte das Satellitentelefon in seiner Tasche. Es war Gerry Hendley.

»He, Gerry. In Washington ist es etwa vier Uhr morgens, oder?«

»Erinnern Sie mich nicht daran. Hören Sie zu. Ich habe es gerade von meinem Kontaktmann im Justizministerium erfahren. Ihr Freund Albright ist in Genf und hat grünes Licht bekommen, Ross dort zu verhaften.«

Dom war beeindruckt, aber immer noch etwas ungläubig. »Ich hoffe, er erwartet nicht, dass es leicht wird.«

»Ich denke nicht. Er hat ein HRT-Team und eine Beschattungseinheit dabei. Sie werden es schnell und kraftvoll erledigen.«

»Haben die Schweizer ihre Genehmigung erteilt?«

»Nein. Das FBI wird versuchen, ihn den Schweizern vor der Nase wegzuschnappen. Es geht um dieses Scrape. Selbst wenn es den Schweizern in die Hände fällt, ist es nicht sicher. Sie sind zwar ein Verbündeter, aber es gibt bei ihnen vielleicht Leute, die diese Informationen missbrauchen könnten. Wir müssen die Daten aus dem Verkehr ziehen. Danach können wir uns bei den Schweizern immer noch entschuldigen.«

»Und wann findet das Ganze statt?«

»Es steht kurz bevor, soweit ich weiß. Sie wollen es im Four Seasons noch vor der Pressekonferenz durchziehen. Nur dann wissen sie ganz genau, wo er sich aufhält. Außerdem ist es die letzte Chance, ihn zu erwischen, bevor alles an die Öffentlichkeit gelangt.«

Dom blickte sich in der Lobby um. Wer weiß, vielleicht waren bereits FBI-Beschattungsteams im Gebäude. »Ich glaube, ich verschwinde besser von hier, bevor Albright auftaucht.«

»Das klingt wie eine gute Idee, Junge.«

Caruso verließ schnell das Hotel und ging zum Parkplatz zurück. Er stellte sich neben sein Motorrad und schaute zum Himmel hinauf. Riesige dunkle Gewitterwolken ballten sich über den Bergen im Süden zusammen. Er rief Adara an und bat sie, in die Lobby des Four Seasons zu kommen und ihn über alles auf dem Laufenden zu halten, was dort gerade passierte.

Ethan zog einen Anzug an, den er an diesem Vormittag in einem edlen Männerbekleidungsgeschäft in der Hotellobby erstanden hatte. Während er seine Krawatte band, betrachtete er sich im Badezimmerspiegel.

Ethan mochte ein Narzisst sein, aber er war auch realistisch genug, um zu erkennen, dass er absolut beschissen aussah. Seine Augen waren eingesunken und hatten dunkle Ringe, und seine Wangen waren durch den schlechten Schlaf und die noch schlechtere Ernährung fahl geworden.

Er versuchte eine ganze Minute, seine Frisur zu retten. Schließlich gab er es auf und setzte sich auf den Rand seines Bettes. Er beugte sich nach vorne und bedeckte den Kopf mit den Händen. Eine ganze Weile saß er reglos da und bewegte sich erst wieder, als es an seine Tür klopfte.

Einen Moment später trat Gianna ein, setzte sich neben ihn und wollte ihn umarmen, aber Ethan stieß sie weg.

»Was ist los? In einer Viertelstunde müssen wir im Konferenzsaal sein. Mohammeds Männer werden uns nach unten eskortieren.«

Ross schüttelte den Kopf. »Ich kann das nicht tun.«

»Was meinen Sie?«

»Ich kann nicht an die Öffentlichkeit gehen. Ich möchte noch vor einer solchen Pressekonferenz Kontakt zum FBI aufnehmen. Ich werde ihnen erklären, dass ich ihnen den Daten-Stick übergebe. Sie werden mir bestimmt nicht Straffreiheit gewähren … aber sie könnten …«

»Nein. Das können Sie nicht machen.«

»Natürlich kann ich das. Ich möchte nach Hause. Es war nie meine Absicht, für die Iraner zu spionieren.«

Gianna schüttelte den Kopf. »Ich habe es Ihnen doch erklärt. Mohammed ist Libanese. Und Mohammed arbeitet für mich.«

»Sind Sie wirklich so naiv?«

Ross hatte teilweise deshalb mit dem ITP zusammengearbeitet, weil er sich für intelligenter gehalten hatte als die Kollegen, mit denen er für die US-Regierung gearbeitet hatte. Plötzlich ging ihm auf, dass er auch intelligenter war als das ITP. Die Folgen dieser Erkenntnis waren verheerend.

Gianna seufzte lange und rückte näher an Ethan heran. »Hören Sie. Er hat mir immer erzählt, er sei Libanese. Wie ich bereits sagte, war ich in seinem Büro. Aber wenn er tatsächlich Iraner ist, was spielt das für eine Rolle?«

Ethan murmelte nur: »Ich muss von hier weg.«

Bertoli sprach mit Ross jetzt in einem Ton, als ob er ihr Untergebener wäre. »Ich erkläre Ihnen mal, wie das alles läuft. Die besten Hackergruppen der Welt sitzen in China und die zweitbesten in Russland. Danach kommen die Iraner. Sie sind besser als die Privatgruppen hier in Europa.«

»Warum arbeiten Sie dann nicht mit den Chinesen oder Russen zusammen?«

»Die Chinesen arbeiten für ihren Staat. Mit den Russen arbeiten wir gelegentlich zusammen, aber die sind nur am Geld interessiert.«

»Und die Iraner? Warum machen die das?«

»Aus den gleichen Gründen wie wir.«

»Um dem Westen zu schaden?«

Sie zuckte die Achseln. »Wenn Sie so wollen.«

»Sie sind eine Närrin. Mohammed und seine Gruppe stehen unter dem direkten Befehl Teherans. Er arbeitet nicht für Sie. Sie arbeiten für ihn!«

»Das ist lächerlich.«

»Eine Frage. Als Sie vor vier Monaten meine Informationen über den Angriff auf die Friedensflottille bekamen, habe Sie die an Mohammed weitergegeben?«

Sie zögerte. »Wir brauchten sie, um die Dateien zu dekomprimieren und einige Namen zu verdecken. Das ist ein zeitraubender Prozess. Mohammed hat sich darum gekümmert.«

Ross verstand jetzt alles. Seine Tätigkeit beim Nationalen Sicherheitsrat half ihm, die Einzelteile dieses wahrhaft brillanten und teuflischen Komplotts zusammenzusetzen.

»Mohammed hat mich die ganze Zeit manipuliert. Durch Sie hat er von Yacoby erfahren, er wusste, dass die Palästinenser ihn umbringen würden, und er wusste, dass dies Ihren Whistleblower in der US-Regierung auffliegen lassen würde. Jetzt musste er nur noch irgendwie dafür sorgen, dass ich aus dem Land fliehe …« Er dachte einen Moment nach. »Etwa durch einen Mordversuch.«

Die Tür zu Ethans Suite öffnete sich. In der Türöffnung standen Schiraz und Isfahan. Sie hatten schwarze Ledermäntel an, denen anzusehen war, dass sie unter den Armen Waffen trugen. Ein weiterer Mann erschien im Gang und betrat hinter ihnen das Zimmer. Es war Mohammed, aber Gianna und Ethan brauchten ein paar Sekunden, um ihn zu erkennen. Sein unbeholfenes Auftreten und seine studentische Kleidung waren verschwunden. Stattdessen trug er jetzt Anzug und Krawatte. Er schien irgendwie größer geworden zu sein, seine Schultern waren durchgedrückt, und er schien vor Selbstbewusstsein nur so zu strotzen. »Gut gemacht, Ethan. Bisher hatten Sie vollkommen recht, den Rest werde ich Ihnen jetzt erzählen.«

Ethan blickte sich um. »Sie haben mein Zimmer verwanzt?«

Mohammed lächelte und hob entschuldigend die Hände. »Meine ursprüngliche Sicht dieser Mission war viel zu eng«, begann er. »Ich bekam Verbindung zu einem IT-Profi bei der NSA und wusste, dass ich ihn dazu bringen konnte, den Crawler herzustellen, den wir benötigten, um an die gesicherten Daten zu gelangen. Mir fehlte jedoch noch ein Insider, um diesen Crawler irgendwie an das Geheimdienstnetz anzuschließen. Als Gianna mir die Flottillen-Dateien zur Bearbeitung übergab, begriff ich, dass derjenige, der sie sich beim NSC verschafft hatte, Zugang zu weit mehr haben musste und zwar zu einem Großteil der Geheiminformationen über die amerikanischen Agenten in der ganzen Welt. Ich konnte diese Person nicht selbst finden, deshalb musste ich sie oder ihn dazu bringen, sich zu offenbaren. Um dies zu erreichen, gab ich die Informationen über Yacoby an die Palästinenser weiter. Ich wusste, wie sie darauf reagieren würden, ich half ihnen sogar bei der Vorbereitung des Attentats in Indien, indem ich sie mit einer jemenitischen Dschihadistenzelle zusammenbrachte.

Ich wusste, dass früher oder später herauskommen würde, dass das amerikanische Datenleck zu diesem Mordanschlag geführt hatte. Es würde Ermittlungen geben. Ich brachte die Amerikaner dazu, diese Arbeit für mich zu erledigen. Ich wusste nämlich, dass Gianna dem Mann beim NSC ihren Schutz anbieten würde, wenn ihm das FBI auf den Fersen war.« Er lächelte. »Und ich wusste, dass ich selbst dort inmitten des Geschehens sein musste.«

Er wandte sich Bertoli zu. »Ich konnte nicht sicher sein, ob Sie ihn aus den USA herausbringen konnten. Das war die absolute Schwachstelle in meinem Plan. Nach Beratungen mit meinen Kollegen in Teheran erteilten sie mir die Genehmigung, selbst nach Amerika zu gehen, um einen Erfolg der Aktion zu gewährleisten.

Wir erfuhren seinen Namen von Banfield und haben ihn danach selbst beschattet. Aber es wäre für uns nicht günstig gewesen, ihn auch noch in unsere Gewalt zu bringen. Wir hätten das tun können, aber es hätte vielleicht zu unserer Enttarnung geführt. Außerdem musste er erst einmal diese Daten beschaffen und den Scrape durchführen.«

Mohammed lächelte. »Dafür hat dann meine Freundin Gianna gesorgt. Ich habe ihr von dem Crawler erzählt, und sie glaubte, sie könnte Sie durch ihre Überredungskünste dazu bringen, die Dateien herunterzuladen. Aber zu ihrer Überraschung waren Sie nicht so leicht zu manipulieren, wie sie gedacht hatte.«

Er schaute Ross an. »Deshalb habe ich den Druck erhöht. Wir machten Ihnen deutlich, dass Sie beschattet wurden, aber Sie blieben immer noch störrisch und wollten die Dateien nicht herunterladen. Deshalb mussten wir zu ernsteren Maßnahmen greifen.«

Ethan verstand. »Eve. Sie haben sie ermordet. Es war gar kein Mordversuch an mir. Sie versuchten, mir Angst einzujagen.«

Mohammed lächelte. »Und Sie *hatten* Angst, nicht wahr? Sie haben sich tatsächlich geduckt und es uns auf diese Weise leicht gemacht, sie zu erschießen. Das war auch nur hilfreich. Sie verdächtigte Sie bereits. Hätte sie weitergelebt, hätte sie vielleicht dem FBI einen Tipp gegeben, und die hätten sie verhaftet. Das wäre für uns höchst bedauerlich gewesen. Außerdem wusste ich, dass Sie ihre Passwörter benötigten, um Zugang zu dem Virtuellen Privaten Netzwerk zu bekommen, von dem aus Sie ins Computersystem der CIA gelangen konnten. Ich schätzte die Chancen auf fünfzig Prozent, dass Sie nach ihrem Tod den Kopf verlieren und den Scrape nicht durchführen würden. Dabei habe ich jedoch Ihre Schläue unterschätzt.«

»Sie hätte mich nicht verraten«, murmelte Ethan.

Mohammed zuckte die Achseln. »Dann habe ich ihren

Patriotismus überschätzt. Wie dem auch sei, alles funktionierte perfekt.«

»Sie haben mich benutzt«, murmelte Ross.

»Ein verwundbarer Informant ist ein wertvoller Informant.«

»Sie haben *mich* benutzt!«, rief Gianna wütend.

Mohammed deutete auf ihr Gesicht. »*Natürlich* habe ich Sie benutzt! Das war auch nicht weiter schwer. Sie wussten, dass ich den Crawler habe, und Sie wussten, dass Sie Ethan dazu bringen mussten, ihn zu installieren. Aber in dieser Beziehung waren Sie hilflos. *Ich* habe ihn dazu gebracht, die Dateien zu besorgen.«

»Und was werden Sie jetzt machen?«, fragte Ethan.

»Ich wollte Sie eigentlich nach unserer Flucht aus Panama kidnappen und nach Teheran bringen, aber meine Führung hat verlangt, dass ich meine Verbindungen zum ITP aufrechterhalte, wenn das möglich ist. Ich hielt es für möglich. Ich dachte, wir würden hierherkommen, Gianna und ich würden Sie ein paar Tage bearbeiten und mürbe machen, bis Sie uns das Passwort für Ihren Geheimdienst-Scrape mitteilen. Aber Sie haben das vereitelt. Sie bestanden darauf, an die Öffentlichkeit zu gehen und die Aufmerksamkeit der ganzen Welt auf sich zu lenken. In diesem Moment würden die Amerikaner Sie entführen oder umbringen. Ich kann nicht warten, bis jemand andres auftaucht und sich den Scrape unter den Nagel reißt, für den ich so lange und hart gearbeitet habe. Ich werde ihn deshalb selbst an mich nehmen. Und zwar jetzt!« Er gab Schiraz das Zeichen, zum Laptop hinüberzugehen, der auf dem Tisch stand. Der Quds-Mann öffnete den Deckel und drehte sich dann zu Ross um.

»Ich nehme an, dass die Dateien auf dem Computer sind«, sagte Mohammed. »Sie würden sie bestimmt nicht auf dem Crawler-Stick lassen. Wir brauchen jetzt bitte nur noch die Passwörter.«

»Was werden Sie mit diesen Informationen anstellen?«

»Wir werden sie natürlich in den Iran bringen.«

Ethan schüttelte den Kopf. »Ich werde Ihnen überhaupt nichts sagen.«

Mohammed lächelte. Es war ein düsteres Lächeln, vor allem weil es überhaupt nicht zur Persönlichkeit des Mannes passte, den Ethan in den letzten Tagen erlebt hatte. Es wirkte, als ob sein Körper von einem anderen Wesen übernommen worden wäre.

»Natürlich sagen Sie das jetzt«, lachte der Iraner. »Schauen wir mal, ob Sie das auch noch sagen, wenn ich mit Ihnen fertig bin.«

Plötzlich stürmte Kaschan ins Zimmer. Er sagte etwas auf Farsi, das Ross nicht verstand. Er hielt es jedoch für bezeichnend, dass sich die Männer nicht länger die Mühe machten, miteinander arabisch zu reden. Sie mussten nicht mehr verhehlen, dass sie Agenten aus Teheran waren.

Mohammeds Gesichtsausdruck wandelte sich schlagartig von ruhiger Zuversicht zu offener Besorgnis. »Das FBI ist hier. Dort draußen.« Er deutete auf die Tür. »Wir brechen sofort auf.«

»Wohin bringen Sie uns?«, fragte Bertoli.

»Wir müssen los.« Sein Ton war nachdrücklich und schroff. »Wir gehen die Treppe hinunter in die Tiefgarage. Jetzt.«

Schiraz stopfte den Laptop in den Rucksack und schnallte ihn sich um. Isfahan steckte vorsichtig den Kopf durch die Tür und schaute den Gang hinauf und hinunter.

Ross fragte sich, wo die anderen Iraner waren, erkundigte sich jedoch lieber nicht danach.

»Ich gehe nirgendwo hin. Ich bleibe hier.«

Isfahan und Schiraz richteten ihre schallgedämpften Pistolen auf Ethan und Gianna. Sekunden später waren alle zur Treppe unterwegs.

44

Mohammed Mobascheri und zwei weitere Mitglieder seines Teams führten Ross und Bertoli schnell und professionell durch die Tiefgarage. Sie wirkten jetzt wie eine echte Leibwächtertruppe, auch wenn die beiden Westler eindeutig Gefangene waren.

»Wir sollten im Hotel bleiben und warten, bis die örtliche Polizei mit den Eindringlingen fertiggeworden ist«, schlug Gianna Bertoli vor. »Die Schweizer Behörden werden es nicht erlauben, dass die Amerikaner Ethan in die Hände bekommen. Sie haben dazu keinerlei Autorität.«

Mobascheri schüttelte den Kopf, während er weiterging. »Das FBI wird jede Tür in diesem Gebäude eintreten, um unseren Freund zu kriegen.«

»Wir verlassen also das Hotel?«, fragte Bertoli.

»Genau.«

»Aber draußen ist es eiskalt.«

»Ihre Mäntel und den Rest Ihres Gepäcks haben wir bereits aus Ihren Zimmern geholt. Sie werden in Kürze hier eintreffen.«

»Was? Ihre Leute haben meine Sachen durchwühlt?« Giannas empörte Stimme hallte von den Wänden der Tiefgarage wider.

Mobascheri telefonierte mit jemand auf Farsi.

»Glauben Sie nicht, dass das FBI auch draußen Leute postiert hat?«, fragte Ross.

Der Iraner nahm das Telefon vom Ohr. »Das FBI bewacht die Ausgänge des Hotels. Aber dort, wo wir hingehen, gib es keinen Hotelausgang. Ich versichere Ihnen, Ihre Sicherheit liegt mir sehr am Herzen. Ich brauche Sie noch. Gehen Sie weiter.«

Sie bogen um eine Ecke und standen plötzlich in einem schmalen Treppenaufgang, der ganz klar nicht zum Hotelgrundstück gehörte. Sie stiegen ihn hinauf, bis sie an eine Tür kamen. Ein Iraner öffnete sie langsam und schaute kurz hinaus, bevor er den anderen das Zeichen gab, ihm zu folgen.

Ross hatte eigentlich erwartet, jetzt auf einer Straße vor dem Hotel zu stehen, stattdessen befanden sie sich in einem langen schmalen Innenhof, der gerade wegen Bauarbeiten gesperrt war. Das Four Seasons war offensichtlich mit einem ganzen Block von fünf- bis achtstöckigen Gebäuden verbunden. Die zum Patio ausgerichteten Innenfronten der Apartment- und Bürogebäude waren mit einem grünen Maschennetz überzogen, um die Fenster vor den Bauarbeiten zu schützen, sodass im Moment niemand auf diesen Hof hinausschauen konnte.

Ross fühlte sich plötzlich entsetzlich einsam. Noch vor ein paar Minuten stand er auf einer Hoteletage, umgeben von Dutzenden von Menschen, und jetzt war er völlig allein inmitten einer kleinen Gruppe von Leuten, denen er in keiner Weise trauen konnte.

Der Hof war menschenleer, da die Bauarbeiten im Moment ruhten. Ross war klar, dass die Iraner diese Fluchtroute bereits früher festgelegt hatten. Er erwartete jetzt, dass sie alle auf die Straße hinaustreten und sich dort Taxis besorgen würden, obwohl er sich fragte, ob Mohammed noch einen anderen Trick im Ärmel hatte.

Zum ersten Mal versuchte er, den Iranern Widerstand zu leisten. Er blieb stehen und packte Gianna am Arm, um sie ebenfalls zum Anhalten zu bringen.

»Hören Sie, Mohammed. Ich gehe keinen verdammten Schritt mehr weiter. Sie bekommen die Dateien nicht. Ich möchte hierbleiben.«

Mobascheri verlangsamte kaum seine Schritte. Er nickte dem Mann links von Ross zu, der dem Amerikaner mit der Faust auf die Schulter schlug, sodass dieser aus dem Gleichgewicht geriet und fast zu Boden gestürzt wäre.

Als er sich umdrehte, um sich gegen einen weiteren Schlag zu wehren, blickte Ross in die Mündung einer schwarzen Pistole. Obwohl sie der Iraner auf Hüfthöhe hielt, war sie ganz klar auf Ethans Brust gerichtet.

Gianna begann zu schreien, aber ein zweiter Mann legte ihr den Arm um den Hals, hielt ihr den Mund zu und zog sie in einer Art Schwitzkasten mit sich.

Mobascheri sagte mit ruhiger Stimme auf englisch: »Bitte gehen Sie alle weiter.«

Ethan Ross drehte sich um, hielt dabei immer noch die Hände in die Höhe, um weitere Schläge zu verhindern, und setzte sich wieder in Bewegung.

Caruso hätte ein Halbjahresgehalt gegeben, wenn er im Four Seasons hätte beobachten können, wie Darren Albright und seine HRT-Kollegen Ross in Gewahrsam nahmen. Er war sicher, dass das Ganze auf Video aufgenommen werden würde. Dieses Video würde in den Kabelkanälen in der Heimat für eine lange Zeit immer wieder gezeigt werden. Die Aufnahme würde allerdings wohl gewisse Probleme verursachen. Dom war sich verdammt sicher, dass die UN, die EU und Gott weiß wer noch bei deren Betrachtung einen mittleren Herzanfall bekommen würden, vor allem wenn Albright und Genossen mit Brachialgewalt in dieses Nobelhotel eindringen mussten.

Das Video wird bestimmt cool, sagte er sich, aber es

wäre doch noch weit besser, vor Ort dabei zu sein und beobachten zu können, wie dieser Penner Ross bei der Erkenntnis ganz bleich werden würde, dass er den Rest seines Lebens in einer drei mal vier Meter großen Zelle in einem Hochsicherheitsgefängnis verbringen musste.

Aber Dom wusste, dass er unmöglich dort hineingehen konnte. Sein Gesicht durfte keinesfalls auf irgendeinem Video auftauchen, und außerdem wollte er nicht, dass Albright etwas von seiner Anwesenheit mitbekam. Er musste bereits an die Nachwirkungen dieser Operation denken. Dabei sollte ein Mann wie Albright nicht noch neugieriger auf ihn und seine Organisation werden, als er es ohnehin bereits war.

Dom ging also zu seinem Motorrad vor der English Church of the Holy Trinity zurück, zog den Reißverschluss seiner Motorradkombi hoch und setzte den Helm auf. Inmitten dicker Schneeflocken ließ er seine BMW F 800 GS an und fuhr langsam zum Four Seasons zurück. Er hoffte, vielleicht doch noch das Ende der Verhaftung mitzuerleben. Immerhin schützte ihn jetzt sein getöntes Helmvisier vor den Überwachungskameras des Hotels und möglichen Spähern des FBI.

Aufgrund des Schneefalls herrschte nur wenig Verkehr. Vor dem Hotel ordnete er sich in die linke Abbiegespur ein.

In der Straße, die an der Rhone entlangführte, parkten drei silberne Geländewagen. Höchstwahrscheinlich gehörten diese Fahrzeuge zum Einsatzteam des FBI. Dies bestätigte sich einen Augenblick später, als er deren Fahrer sehen konnte. Sie sahen aus, als ob sie ein Besetzungsbüro in Hollywood ausgesucht hätte: militärische Igelfrisuren, muskelbepackte Hälse, die in dunklen Overalls verschwanden, und schwarze Rollmützen.

Dom lächelte in seinen Helm hinein. Die Verhaftung fand bestimmt gerade in dem Gebäude zu seiner Rechten statt. Ethan Ross' Ergreifung wäre zwar nicht der Abschluss, der ihn über den Tod der Yacobys leichter hinwegkommen lassen würde, aber sie war sehr viel besser als nichts.

Dom wäre gerne hier bei den Geländewagen stehen geblieben, um die Geschehnisse zu beobachten, aber als sich am Eingang des Four Seasons nichts rührte, erwartete er, dass es noch ein paar Minuten dauern würde, bis man Ross in Handschellen herausführen würde. Da er in der Zwischenzeit niemand auf sich aufmerksam machen wollte, entschied er sich, einmal um den ganzen Block herumzufahren, um etwas Zeit totzuschlagen.

Als er nach links in die Rue du Mont-Blanc einbog, sah er vier weitere FBI-Männer die Straße beobachten. Sie standen in zwei Zweiergruppen gegenüber des Hotels. Sie wussten wahrscheinlich, dass man von der Lobby des Hotels aus in einige Geschäfte direkt an der Straße gelangen konnte.

Gut, dachte Dom. Das HRT-Team platzte also nicht einfach in die Pressekonferenz hinein, es war auch auf den Fall vorbereitet, dass sich Ross durch einen anderen Ausgang verdrücken wollte.

Er bog noch einmal nach links in die Rue du Cendrier ein. Dies war das Ende des Blocks, deshalb hätte er auch hier FBI-Männer erwartet, konnte jedoch keinen sehen. Er nahm deshalb an, dass die Geschäfte hier, ein Luxusoptiker und ein Herrenbekleidungsladen, keine Verbindung zum Hotel am anderen Ende des Blocks hatten.

Das dichte Schneetreiben machte es unmöglich, mehr als hundert Meter weit zu sehen, aber als er die nächste Ecke erreichte und gerade nach links abbiegen wollte, sah er vor sich einen großen weißen Transporter auf sich zukommen. Sein erster Gedanke war, dass das HRT-Team noch weit größer war, als er gedacht hatte. Wenn sie mit drei Fahrzeugen angerückt waren, konnten sie bis zu sechsunddreißig Personen befördern.

Aber das erschien ihm doch etwas seltsam. Er fragte sich, ob man Albright die Erlaubnis erteilt hatte, neben Ross noch weitere Personen zu verhaften. Vielleicht war dieser weiße Transporter also eine Art fehlfarbene grüne Minna, mit der das FBI die gesamte Führung des ITP abtransportieren würde.

Nein, entschied Dom. Es würde für Albright schwer genug sein, den amerikanischen Staatsbürger über die Brücke ins US-Konsulat zu befördern. Bereits dessen Verhaftung würde größere internationale Verwicklungen hervorrufen.

Darüber hinaus auch noch Schweizer, italienische und deutsche Staatsbürger verhaften? *Nein,* dachte Dom. Auf keinen Fall hatte man Albright dazu die Genehmigung erteilt.

Er tat das große entgegenkommende Fahrzeug also als reinen Zufall ab und bog nach links auf die Place Kléberg ein. Dort parkten einige FBI-Beobachtungswagen neben einem Personaleingang des Hotels und der Rampe, die zur Tiefgarage hinunterführte. Ihre Motoren liefen, und in jedem Fahrzeug saßen mehrere Männer.

Sie waren leicht zu entdecken, aber Dom kreidete ihnen das nicht weiter an. In diesem Operationsstadium sorgten sich die Sicherheitsteams, die das ganze Gebiet absperrten, nicht mehr um ihre Tarnung. Ihre einzige Aufgabe war es jetzt, die Ausgänge zu blockieren und im Bedarfsfall die Einsatzkräfte innerhalb des Hotels zu unterstützen.

Dom fuhr an den Fahrzeugen an der Garagenrampe vorbei und kehrte zum Haupteingang des Hotels zurück, in der Hoffnung, dass Albright und seine Männer dies endlich zu Ende bringen würden.

Mohammed Mobascheri führte die kleine Gruppe zum Ende des schmalen Innenhofs. Er zwängte sich durch einen langen Schnitt im grünen Maschennetz, das vor den Gebäuden hing, und hielt den anderen eine Tür auf.

Sie gelangten in einen kleinen Raum, den der Hausmeister des Anwesens als Büro und Lagerraum benutzte. An einer Wand befand sich ein kleiner Schreibtisch, und im gesamten übrigen Raum, der gerade einmal drei auf drei Meter maß, standen Regale voller Werkzeuge, Verlängerungskabel, Gerätschaften und anderem Krimskrams. An einer Wand lehnten Schneeschaufeln, in einer Ecke stand ein benzinbetriebener Schneebläser.

Am gegenüberliegenden Ende des Raums gab sich jetzt ein weiterer Begleiter Mobascheris zu erkennen. Er hatte einen Vorschlaghammer in der Hand, mit dem er anscheinend gerade ein beeindruckendes Loch in die verputzte Schalsteinwand geschlagen hatte. Es war einen Meter hoch und einen halben Meter breit und würde für alle ausreichen, um hindurchzuschlüpfen.

Während der Iraner den Vorschlaghammer auf den Boden fallen ließ und seine schwarze Jacke wieder anzog, deutete Mobascheri mit der Hand auf das schwarze Loch.

»Ms. Bertoli, hätten Sie die Güte?«

»Wo bringen Sie uns …«

»Vorwärts!« Sein gebrüllter Befehl erschütterte das kleine Hausmeisterzimmer.

Bertoli, Ross und die Iraner kletterten durch die Wandöffnung. Auf der anderen Seite lag der enge, dunkle Lagerraum eines Herrenbekleidungsgeschäfts. Sie nahmen sich einen Moment Zeit, um den Staub und den Gips abzuklopfen, und gingen dann in den Verkaufsraum weiter.

Durchs Schaufenster drang nur gedämpftes Licht herein. Schließlich tobte draußen ein Schneesturm. Als Ross sich jedoch der Eingangstür näherte, sah er draußen einen weißen Transporter vorfahren.

Der würde sie von hier wegbringen, so viel stand fest.

Aber wohin würde er sie bringen? Ross hatte nicht die leiseste Ahnung.

Sein erster Gedanke war, draußen auf der Straße sofort wegzurennen. Er war ein schneller Läufer, und obwohl er für die Kälte nicht richtig angezogen war, befand er sich doch hier mitten in Genf und nicht irgendwo in den Bergen. Er musste nur einen Polizisten oder FBI-Agenten oder irgendeine Behörde finden. Vielleicht konnte er auch in der ersten diplomatischen Vertretung, an der er vorbeikam, Zuflucht suchen.

Ganz bestimmt würden die Iraner ihm hier mitten in der Stadt nicht in den Rücken schießen.

Als sie sich dem Eingang näherten, hielt Mobascheri Ross an, indem er ganz leicht seinen Arm berührte.

»Ihre Kleidung. Schnell, ich möchte, dass Sie sich etwas anderes anziehen.«

Ethan schaute sich um. Der Laden war voller Lacoste-Produkten. Einiges davon war sogar Skikleidung. Er zog eine dicke Nylonhose an und suchte sich dann einen dicken Pullover aus.

In der Zwischenzeit war Gianna Bertoli ungewöhnlich schweigsam geworden. Ross merkte, dass ihr langsam bewusst wurde, dass sie jede Kontrolle über ihre Lage verloren hatte. Dies machte ihr große Angst. Ihre Besorgnis war für Ethan ein Grund mehr, von diesen Männern wegzurennen.

In ein paar Sekunden hatte er sich neu eingekleidet und sogar noch ein Paar Gummistiefel angezogen.

Mobascheri nickte ihm befriedigt zu. Danach schloss ein Quds-Mann die Glastür des Bekleidungsgeschäfts auf.

Ethan schlug das Herz bis zum Hals, und er atmete

noch einmal tief die warme Luft des Geschäfts ein. Das hier war jetzt seine Chance.

Bei seiner zweiten Runde um den Block war Dom davon überzeugt, dass im Hotel etwas schiefgelaufen war. Er wusste, dass die HRT-Jungs schnell und überraschend in den Konferenzsaal stürmen würden, um ihre Zielperson und ihre Leibwächter zu überwältigen. In jeder weiteren Minute, die sie zuvor in diesem Gebäude herumsaßen, konnte ihnen ein Sicherheitsmann oder ein Polizist in die Parade fahren.

Wie auf ein Kommando hörte Dominic genau in diesem Moment, dass sich aus Richtung der Rhone-Brücke Sirenen näherten.

Die örtliche Polizei war auf dem Weg hierher, und Dom hoffte aus ganzem Herzen, dass Albright die Verhaftung durchführen und verschwinden konnte, bevor diese Polizisten mit ihren Fragen hier eintrafen, warum zum Teufel sich dieses gute Dutzend Amerikaner in Overalls in der Umgebung des Fünfsternehotels herumtrieb.

Gerade als Dom zum zweiten Mal nach links in die Rue du Cendrier einbog, die einen Block vom Hoteleingang entfernt lag, bemerkte er erneut diesen weißen Transporter. Er parkte jetzt vor einem Herrenbekleidungsgeschäft.

Dom schaute über die linke Schulter auf das FBI-Beschattungsteam in der Rue du Mont-Blanc zurück. Er konnte ihre Fahrzeuge zwar trotz des heftigen Schneetreibens erkennen, aber sie waren fünfzig Meter entfernt und standen in entgegengesetzter Richtung.

Plötzlich bremste Dom stark ab, als er sah, wie sich die Tür zum abgedunkelten Bekleidungsgeschäft öffnete und Ethan Ross heraustrat.

Er war einer Gruppe aus mehreren anderen Männern und einer Frau nur einen Schritt voraus, aber im Gegensatz zu diesen rannte Ross plötzlich los, als ob der Teufel hinter ihm her wäre.

»Das gibt's doch nicht«, murmelte Dom entgeistert.

Sobald er draußen auf der Straße war, rannte Ethan nach rechts und versuchte, um die Schnauze des Transporters herumzukommen. Er hatte Mohammed und seine Männer überrascht und war nach ein paar Schritten seinen Verfolgern bereits drei Meter voraus. Der Schnee auf dem Gehsteig war inzwischen knöcheltief. Als er jetzt auf die Fahrbahn hinaussprang, geriet er auf deren festen, vereisten Belag leicht ins Stolpern. Er fing sich jedoch wieder und lief weiter.

Er war fast am Kühlergrill des weißen Transporters vorbei, als der Fahrer den Gang einlegte und aufs Gaspedal trat. Der Kastenwagen machte einen Satz nach vorne und prallte auf die linke Seite des flüchtenden Amerikaners. Dieser flog ein Stück durch die Luft und blieb nur fünfzehn Meter vor Caruso auf der eisigen Fahrbahn auf dem Rücken liegen.

Heilige Scheiße!«, rief Dom in seinen Motorradhelm.

Zuerst war er versucht, an Ross heranzufahren, um ihn aufzuheben und mitzunehmen oder ihn endgültig zu erledigen, indem er ihn ein zweites Mal rammte, aber die drei Männer hatten sich bereits um die ausgestreckte Gestalt auf der schneebedeckten Fahrbahn versammelt. Sie rollten ihn auf den Bauch und zogen ihnen äußerst grob auf die Füße.

Dom blieb ruhig auf seinem tuckernden BMW-Motorrad sitzen, als die Gruppe Ross in ihre Mitte nahm, ihn zurück auf den Gehsteig bugsierte und in den Transporter stieß. Kurz darauf setzte sich der Kastenwagen in Doms Richtung in Bewegung.

Caruso ließ ihn an sich vorbeifahren. Als er über die

Schulter schaute, sah er ihn gerade noch links in die Rue du Mont-Blanc abbiegen.

Als er nicht mehr zu sehen war, brachte Caruso den Motor auf Touren, kuppelte ein und legte auf der glatten, schneebedeckten Fahrbahn eine beeindruckende 180-Grad-Wende hin, um die Verfolgung des amerikanischen Verräters aufzunehmen.

45

Ethan lag hinten im Transporter auf dem Rücken. Neben ihm saß Gianna Bertoli, die ihren Mantel um sich gewickelt hatte. Mobascheri hatte sein Wort gehalten und ihren Koffer packen lassen, der jetzt neben dem von Ross an der Hintertür des Fahrzeugs lag. Beim Einsteigen hatte sie ihren Mantel herausgeholt. Jetzt kauerte sie neben Ethan, kümmerte sich jedoch nicht weiter um ihn. Sie hatte genug mit ihren eigenen Gedanken und Ängsten zu tun.

Ethans Hüfte, Rücken und Arm schmerzten nach dem Aufprall des Transporters und dem Sturz auf den harten Eisboden.

Mohammed saß auf der mittleren Sitzbank. Er drehte sich um und schaute zu Ethan zurück. »Alles in Ordnung?« Die Besorgnis in seiner Stimme klang echt.

»Sie hätten mich töten können!«

Mohammed lächelte, drehte sich nach vorne und sagte auf Farsi etwas zu den anderen. Sofort stürzten sich zwei Männer auf Ethan und begannen, an seinen Kleidern zu ziehen.

»Was machen Sie denn da?«

»Sie sind weggelaufen, haben aber Ihren Computer nicht mitgenommen. Das Scrape ist also nicht auf dem Computer, stimmt's? Sie haben irgendwo einen Stick versteckt.«

»Nein!«, schrie er.

In einer einzigen Minute hatten sie ihn völlig ausgezogen und seine Kleidung durchsucht, während er nackt und in Embryonalstellung dalag. Ein Mann packte ihn an den Armen und der andere an den Beinen. Offensichtlich wollten sie seine sämtlichen Körperöffnungen durchsuchen, aber Ethan rief, sie sollten damit aufhören.

»Okay! Okay!« Er griff an seine Hüfte und zog das Moleskin-Pflaster ab. Die Männer reichten es Mohammed, der die Micro-SD-Karte herauspickte.

Er nickte anerkennend. »Gut gemacht, Ethan. Der Computer war also nur ein Täuschungsmanöver.«

Ethan zog sich wieder an. Dabei fragte er Mohammed: »Sie gehören zur Quds-Einheit, nicht wahr?«

»Ich bin ein Revolutionsgardist, der gerade einen Auftrag des Obersten Führers ausführt. Diese Männer sind von der Quds-Einheit.«

»Wohin fahren wir?« Bertoli schrie diese Frage regelrecht heraus. Man hatte sie offensichtlich in ihrer Ecke des Transporters vergessen.

Mohammed schien einen Augenblick zu überlegen, ob er überhaupt darauf antworten sollte. Schließlich sagte er: »Sie haben gesehen, was passiert, wenn Sie zu fliehen versuchen, oder?«

Bertoli und Ross nickten.

»Wir fahren nach Genua.«

»Genua in *Italien?*« Bertoli war verwirrt. »Was gibt es in Genua?«

Mohammed lächelte. »Ein Schiff, das uns nach Libyen bringt.«

Bertoli beschimpfte Mohammed mit den unflätigsten Ausdrücken und machte deutlich, dass sie auf keinen Fall nach Libyen wollte. Ross versuchte dagegen eine andere Taktik.

»Bis Genua müssen es vier bis fünf Stunden sein. Das

werden wir niemals schaffen, bevor uns die Amerikaner finden.«

Mohammed winkte ab. »Das lassen Sie mal meine Sorge sein, Mr. Ross. Sie sollten sich lieber darüber Sorgen machen, was wir mit Ihnen anstellen werden, wenn wir unseren Bestimmungsort erreicht haben.«

Ross wusste, was sie wollten. Sie wollten das Passwort. Er nahm sich vor, es ihnen niemals zu geben, aber wenn er daran dachte, was sie alles unternehmen würden, um ihn zu dessen Preisgabe zu zwingen, wurde ihm richtiggehend übel.

Dom Caruso war zwar ein geübter Motorradfahrer, aber er war noch nie zuvor über solche vereisten Straßen gerast, während sein Helmvisier zur Hälfte von nassem Schnee verklebt war.

Und jetzt musste er auch noch seine volle Konzentration aufgeben, um einen Telefonanruf zu erledigen.

In den ersten Minuten seiner Verfolgungsjagd waren sie durch die engen, gewundenen Straßen der Genfer Altstadt gekurvt. Alle hundert Meter kamen sie an eine Kreuzung, und die massiven Gebäude hatten Doms Blick behindert. In dieser Zeit konnte er unmöglich telefonieren, weil er seine ganze Aufmerksamkeit darauf richten musste, seine Beute nicht zu verlieren.

Schließlich verließen sie jedoch die Innenstadt, und die Straße wurde etwas gerader. Dom konnte sich also etwa hundert Meter zurückfallen lassen, um bei diesem Schneefall nicht mehr gesehen zu werden. Es brauchte jedoch seine Zeit, bis er seine Hand unter seinen Hintern gebracht hatte, um auf diese Weise beim Fahren seinen Handschuh auszuziehen. Er passte jetzt auf, dass dieser unter seinem Allerwertesten blieb, während er die Telefonnummer wählte.

Nach vier Klingeltönen hörte Dom in seinem Ohrhörer

eine aufgezeichnete Ansage: »Dies ist der Anschluss des Leitenden Spezialagenten Darren Albright. Ich bin derzeit nicht erreichbar. Bitte hinterlassen Sie eine Nachricht. Guten Tag.«

»Fuck.«

Trotz seines hochmodernen Bluetooth-Headsets und der geräuschdämpfenden Wirkung des Helms musste Dom beinahe schreien, um den Motor seiner Maschine zu übertönen. »Albright, ich bin's! Ross, Bertoli und mehrere Bewaffnete sind in einem weißen Zwölf-Personen-Transporter unterwegs nach ... Ich glaube, das muss Süden sein. Wir haben den Pont du Mont-Blanc überquert und sind auf – warten Sie, bis ich an einem Straßenschild vorbeikomme – wir sind auf der Route de Malagnou. Ich brauche ein HRT-Team hier, das die Verfolgung aufnimmt, bevor sie auf Nimmerwiedersehen verschwinden. Rufen Sie mich zurück!«

Er beendete die Verbindung.

Dom musste etwas dichter aufschließen, als sie ein leicht hügeliges Viertel im Südosten erreichten. Auf dem anschließenden breiten und geraden Straßenstück ließ er sich wieder etwas zurückfallen. Als der Schneesturm immer stärker wurde, verlor er sie jedoch kurz aus dem Blick. Er fuhr wieder etwas schneller und bekam zu seinem Glück gerade noch mit, wie das weiße Fahrzeug auf die Autobahnauffahrt einbog.

Sie gelangten auf die A40. Dies war einerseits gut, weil Dom den Transporter wohl nicht mehr viel länger auf den Straßen der Stadt hätte verfolgen können, ohne ihn entweder zu verlieren oder entdeckt zu werden. Andererseits waren hier bei diesem Wetter weit weniger Autos und Lastwagen unterwegs, sodass in dieser immer weißer werdenden Landschaft ein Motorrad automatisch auffallen musste, vor allem wenn es rabenschwarz war und sein Fahrer eine dunkelgraue Motorradkluft und einen schwarzen

Helm trug. Er hielt sich also so weit dahinter wie möglich, während er mit dem linken Ärmel seiner Kombi etwa alle zwanzig Sekunden sein Visier frei wischte.

Dom war sich nicht sicher, ob Darren seine Botschaft rechtzeitig erhalten würde, um Ross noch erreichen zu können. Vielleicht hatte die Schweizer Polizei das FBI-Team inzwischen in Gewahrsam genommen oder es zumindest so lange aufgehalten, dass es jetzt nicht mehr eingreifen konnte.

Dom rief deshalb Adara an, die sich bereits nach dem ersten Rufzeichen meldete. »Wo sind Sie denn? Ich bin gerade ins Four Seasons zurückgekehrt. Dort wimmelt es nur so von Polizei.«

Dom erklärte ihr, wo er war.

»Was kann ich tun?«

»Rufen Sie Gerry an und finden Sie die Namen der CIA-Stationschefs in Genf, Mailand und Lyon heraus. Dies sind die nächsten Städte, wo es solche CIA-Stützpunkte gibt. Danach rufen Sie diese Leute an. Wenn sie den Stationschef nicht erreichen, wenden Sie sich an dessen Stellvertreter. Wen immer Sie an die Leitung bekommen, erklären Sie ihm die Lage.«

Adara zögerte. »Verstanden. Nur, dass ich es weiß … was genau ist die Lage?«

»Gute Frage. Zuallererst sollten Sie ihnen nicht erzählen, wer Sie sind und wer ich bin. Sagen Sie ihnen nur, dass Ethan Ross auf der A40 in einem weißen Transporter in Richtung Südosten unterwegs ist. Das Kennzeichen des Transporters ist Golf, Echo, drei, acht, neun, sieben, sieben, zwei. Zielort unbekannt. Er hat etwa ein halbes Dutzend Bewaffnete dabei, möglicherweise Palästinenser, aber da kann ich nur raten.«

»Okay. Aber sie werden trotzdem wissen wollen, mit wem sie es bei mir zu tun haben.«

»Erzählen Sie ihnen, dass Sie für Darren Albright, FBI

CID, arbeiten. Wenn diese Stationschefs auch nur einen Pfifferling wert sind, werden sie alle Hebel in Bewegung setzen, um diese Dateien von Ross zurückzubekommen. Für den Tippgeber werden sie sich erst hinterher interessieren.«

»Ich bin schon dabei«, sagte Adara und legte auf. Dom hatte jetzt eine gewisse Mühe, das Telefon wegzustecken und seinen Handschuh wieder anzuziehen.

Beinahe fünfzehn Minuten lang fuhr Caruso alleine durch den Schnee und hatte in der Ferne dabei immer die Rücklichter des Transporters im Blick. Das adrenalinbetriebene Herzklopfen in den Anfangsminuten seiner Verfolgungsjagd war inzwischen abgeklungen. Jetzt blieb nur noch das Dröhnen des Motorrads übrig.

Er erschrak beinahe, als das Headset in seinem Ohr zirpte. Er nahm den Anruf entgegen, indem er seinen Handschuh erneut unter Einsatz seines Hinterteils auszog und danach mit dem Daumen auf eine Taste seines Telefons drückte.

»Albright?«

»Das gibt's doch nicht. Caruso? Sie sind *hier?* In Genf?«

»Tatsächlich habe ich die Stadt bereits verlassen und fahre gerade durch die Alpen in Richtung Südosten.«

»Und was machen Sie in der Schweiz?«

»Im Moment bin ich bereits in Frankreich und verfolge Ihre Zielperson. Was machen Sie noch in Genf?«

»Eines meiner Teams wurde von der Kantonspolizei festgesetzt. Wir glauben, dass irgendjemand von hier Ross gewarnt hat und sie deshalb auf uns vorbereitet waren.«

»Das ist anzunehmen.«

»Wie viele haben Sie dabei?«, fragte Albright.

»Wie viele *was?*«

»Wie viele Männer sind in Ihrem Team?«

»*Team?* Es gibt kein Team. Ich operiere solo. Ich bin ganz allein. Ich sitze auf einem BMW-Motorrad und jage diese Bastarde durch einen Schneesturm.«

»Schwachsinn. Ich weiß, dass Sie auf einem CIA-Einsatz sind.«

»Ich sage Ihnen was. Wenn Sie zu mir aufschließen, werden Sie sehen, dass ich allein bin. Dann können Sie Ross schnappen und sacken den gesamten Ruhm ein.«

»Ich bin mit fünf Mann unterwegs. Die anderen Geländewagen fahren nach Norden, um die Schweizer Polizei abzulenken.«

Dom fuhr gerade an der Kleinstadt Bonneville vorbei. Er war immer noch auf der A40, und Ross machte keine Anstalten, hier die Autobahn zu verlassen. Dom gab diese Information sofort an Albright weiter. Dieser setzte Caruso eine Zeit lang in die Warteschleife, um sich mit seinem Team zu beraten. Nach ein paar Minuten meldete er sich wieder: »Okay, es sieht so aus, als ob Sie höchstens zehn Minuten vor uns sind. Sie fahren direkt in die Berge. Bei diesem Scheißwetter werden wir keine Luftunterstützung anfordern können, aber das ist eigentlich eine gute Nachricht. Ross und seine Leute werden nicht von hier wegfliegen können. Wenn Sie an ihnen dranbleiben und uns zu ihnen führen, werden wir sie am Boden bekämpfen und diese ganze Sache heute noch zu Ende bringen.«

Dom war bezüglich des Wetters zum selben Schluss gelangt. Kein Hubschrauberpilot auf der Welt würde bei diesem Schneesturm einen Flug wagen.

»Irgendeine Ahnung, wohin sie fahren?«

»In ein paar Minuten sind sie in Chamonix. Dort geht es nach Süden in die italienischen Alpen. Ich weiß nicht, inwieweit das ihnen hilft. Aber vielleicht haben sie dort irgendwo einen sicheren Unterschlupf, wo sie bleiben können, bis das Wetter besser wird und jemand sie ausfliegt.«

»Wenn sie die Autobahn verlassen, kann ich nicht lange an ihnen dranbleiben, bevor sie mich bemerken«, sagte Caruso.

»Verstanden. Wir holen jedoch schnell auf. Ich rufe Sie an, wenn ich Sie sehen kann.«

Caruso fügte noch etwas hinzu. »Da gibt es etwas, das Sie nicht wissen. Im Moment hat Ross keine Kontrolle über die Geschehnisse mehr. Ich habe gesehen, wie er fliehen wollte. Diese Bewaffneten haben ihn und vielleicht auch Bertoli in ihrer Gewalt.«

Albright antwortete, ohne zu zögern: »Das macht die Sache vielleicht für Ross komplizierter, aber nicht für mich. Wenn wir ihn verhaften, werde ich alle auf der anderen Seite als Gegner betrachten.«

Dom nickte beim Fahren in seinem Helm. »Das ist nachvollziehbar.«

46

Wie Caruso und Albright vermutet hatten, verließen Ross und seine Entführer in Chamonix die Autobahn und bogen auf eine Straße ein, die sie zum Mont-Blanc-Tunnel brachte, einem 11,6 Kilometer langen Straßentunnel, der unter dem Montblanc, dem höchsten Berg Europas, hindurch nach Italien führte.

Dom informierte Albright darüber, bevor er in den Tunnel einfuhr, wo sein Telefon erwartungsgemäß keinen Empfang mehr hatte.

Im Mont-Blanc-Tunnel ließ sich Dom sofort anderthalb Kilometer hinter den weißen Transporter zurückfallen, damit er nicht entdeckt wurde. Als er zehn Minuten später den Tunnel auf der italienischen Seite verließ, hatte der Schneesturm sogar noch zugenommen, und die Sichtverhältnisse waren so schlecht geworden, dass er Ross' Fahrzeug nicht mehr sehen konnte. Er gab Gas, um den Abstand zwischen sich und seiner Zielperson zu verringern. Gleichzeitig hätte er gerne Albright angerufen, um ihn auf den neuesten Stand zu bringen, aber entweder fuhr er durch ein enges Tal oder raste durch einen der vielen weiteren Tunnel, die man durch die Berge gebohrt hatte, sodass er keinen telefonischen Kontakt zu dem FBI-Team aufnehmen konnte.

Glücklicherweise kam kurz darauf der Transporter wieder in Sicht. Dom heftete sich in ein paar Hundert Meter Entfernung an seine Rücklichter und konzentrierte sich darauf, diese Distanz einigermaßen einzuhalten.

Etwa fünfzehn Kilometer hinter dem Tunnel bog der Transporter von der A5 auf die SS26 ab, eine zweispurige kurvige Landstraße, die die Nordseite des Aostatals entlangführte.

Kurz darauf zirpte Doms Headset in seinem Ohr.

»Albright?«

»Ja. Okay, wir sind direkt hinter Ihnen. Ich habe Ihr Rücklicht gesehen, als Sie auf die SS26 abbogen. Ist Ross immer noch vor Ihnen?«

»Er ist höchstens einen halben Kilometer voraus.«

»Ich möchte, dass Sie an der nächsten Ausfahrt Saint-Maurice rausfahren und auf der benachbarten Autobahn an der Stadt Aosta vorbeibrausen, damit Sie vor ihn gelangen. Auf diese Weise geraten Sie nicht in die Schusslinie und sind vielleicht auch unsere letzte Auffangbasis, wenn wir unsere Verhaftungsaktion vermasseln und er uns doch noch entkommen sollte.«

»Verstanden«, sagte Dom. »Ich sause an der Stadt vorbei und warte auf der anderen Seite, bis ich etwas von Ihnen höre.«

»Sie sind bewaffnet, nehme ich an?«

»Leider nicht. Ich hoffe, er entwischt Ihnen nicht, denn ich werde ihn nicht aufhalten können. Also alles Gute!

»Danke.« Albright legte auf.

Albright und seine Männer fuhren jeweils zu dritt in zwei identischen silberfarbenen Ford Expeditions. In den letzten Minuten waren sie durch ein Dutzend Bergtunnel gerauscht, in denen sie auf über hundertsechzig Stundenkilometer beschleunigt hatten, um danach auf achtzig Kilometer herunterzugehen, wenn sie aus den Tunneln auf die glatten Straßen hinausgekommen waren.

Diese Taktik hatte es ihnen erlaubt, den flüchtigen amerikanischen Verräter einzuholen, dessen Fahrzeug sie jetzt nur fünfzig Meter vor sich erkennen konnten, als sie in einen weiteren Tunnel hineinfuhren.

»Wollen Sie den Angriff in einem Tunnel oder auf offener Strecke starten?«, fragte Albrights Fahrer.

»Auf offener Strecke«, erwiderte Albright. »So beschissen das Wetter auch sein mag, wir können es ausnutzen, um unentdeckt zu ihnen aufzuschließen. Die schlechten Straßenverhältnisse könnten uns auch hilfreich sein, wenn wir sie zum Anhalten bringen.«

»Verstanden.«

Albright befahl dem anderen Ford Expedition, sich auf das Anhaltemanöver vorzubereiten. Der Agent, der den zweiten Geländewagen steuerte, wartete, bis sein Chef den Tunnel verlassen hatte und im Schneegestöber verschwunden war, dann begann er ebenfalls, sich dem Zielfahrzeug zu nähern.

In beiden FBI-Geländewagen umklammerten die Männer ihre kurzläufigen M4-Karabiner, während Albright selbst seine Hand an den Griff der SIG-Pistole in seinem Hosenbund legte. Alle konzentrierten sich auf das hochriskante Anhaltemanöver, das in ein paar Sekunden stattfinden würde.

Ethan Ross hatte die letzten Minuten Mohammed nicht aus den Augen gelassen. Der Iraner hielt sich sein Handy weiterhin fast ständig ans Ohr. Er sprach mit jemand. Es klang wie arabisch und nicht wie Farsi, aber Ross war sich nicht ganz sicher.

Ross sprach keine der beiden Sprachen, aber etwas hatte er doch genau verstanden. Nach mehreren lauten, fast wütenden Ausbrüchen rief Mohammed auf englisch: »Lokalisiere einfach mein iPhone!«

Ross und Bertoli schauten sich verwirrt an.

Während Mohammed in sein Mobiltelefon bellte, schaute der Fahrer des Transporters in den Rückspiegel und gab Alarm. Erneut verstand Ethan nicht, was gesagt wurde, aber er konnte es sich zusammenreimen, als alle Iraner die Köpfe herumrissen und nach hinten schauten. Als Ross es ihnen nachtat, sah er einen silbernen Geländewagen auf der linken Spur heranrasen.

Ross nahm an, dass es nur irgendein verrückter Fahrer war, der die schlechten Straßenverhältnisse ignorierte, und erwartete immer noch, dass sie das Fahrzeug überholen würde. Aber zu seinem Schrecken schwenkte der silberne SUV plötzlich auf die Fahrspur des Transporters hinüber. Das rechte vordere Seitenpaneel des Ford-Geländewagens stieß kurz und nicht einmal hart auf den linken hinteren Kotflügel des Transporters. Aber das war alles, was es bei dieser vereisten Straße brauchte. Der Fahrer des Transporters schrie laut auf, und Ross merkte, dass er die Kontrolle über sein Fahrzeug verloren hatte. Der Lieferwagen rutschte vorn nach links und brach hinten nach rechts aus. Jeder in seinem Innern versuchte sich jetzt an etwas oder jemand festzuhalten, während der Transporter mit über achtzig Stundenkilometern seitwärts die zweispurige Landstraße entlangschlitterte. Ross prallte auf Bertoli, als sich der Transporter um hundertachtzig Grad drehte, ohne an Geschwindigkeit zu verlieren, und rückwärts an einer Leitplanke entlangschrammte.

An deren Ende kam der Transporter endgültig von der Straße ab und rutschte langsam rückwärts einen schneebedeckten Abhang hinunter. Unten wurde er kurz von einer Schneewehe aufgehalten und schwankte hin und her, bis er schließlich umstürzte und auf der Seite liegen blieb.

Am Ende lag Ross ganz hinten im Transporter auf Gianna Bertoli. Mohammed und drei Quds-Männer hatten sich vor ihm regelrecht ineinander verwickelt, während der Fahrer und der Mann auf dem Beifahrersitz immer noch von ihren Sicherheitsgurten gehalten wurden.

In aller Eile kletterten die Männer übereinander hinweg, um durch die Fahrertür nach draußen zu klettern. Einer nach dem anderen ließen sie sich von der Seite des Transporters in den Schnee hinunterfallen und suchten hinter der Motorhaube und dem Dach Deckung.

Ross hörte, wie jemand die Hintertür des Transporters öffnete. Dann spürte er Hände an seiner Jacke, seinem Gürtel und selbst in seinen Haaren. Zwei Männer zogen ihn grob heraus und ließen ihn in den Schnee fallen. Er schrie vor Schmerzen, als man ihm seine Haare beinahe aus der Kopfhaut herausriss.

Für einen kurzen Moment lag er allein neben dem Transporter auf dem Rücken. Von seiner Position aus konnte er zur Straße hinaufsehen, wo jetzt zwei silberne Ford-Geländewagen standen. Mehrere Männer tauchten auf, kauerten nieder und zielten mit ihren Gewehren in seine Richtung.

Obwohl Ross auf dem Boden lag, hob er die Hände hoch in die Luft.

In diesem Augenblick packte ihn jemand an den Fußgelenken und zog ihn aus der Schusslinie.

Als er in die Runde schaute, saß Gianna im Schnee und hatte den Rücken an das Dach des Transporters gelehnt. Sie schien benommen. Eine blauschwarze Prellung, die sich über ihre gesamte rechte Wange und Augenhöhle zog, zeigte ihm, dass sie bei der Havarie des Transporters verletzt worden war.

Die Iraner in ihren Skijacken waren vollständig um ihn herum versammelt. Die beiden, die ihn gerade aus der Gefahrenzone gezogen hatten, gesellten sich jetzt zu den anderen, die hinter dem Transporter knieten oder kauerten und alle Pistolen in der Hand hielten. Sie schwenkten den Kopf ständig zwischen der Straße über ihnen und Mohammed hin und her, der ebenfalls hinter ihrem umgekippten Fahrzeug kniete.

Als Ross Mohammed anschaute, konnte er es kaum fassen, dass dieser auch jetzt noch in sein Telefon hineinsprach.

Was zum Teufel …

In diesem Moment hörte er das Quäken eines Megafons: »Ethan Ross? Können Sie mich hören?«

Ross antwortete instinktiv: »Ja.«

»Sagen Sie Ihren Männern, sie sollen die Waffen niederlegen.«

Ross war verwirrt. Er schaute sich um. MEINE MÄNNER? »Das sind nicht *meine* Männer! Ich bin ihr Gefangener.«

Die verstärkte Stimme rief jetzt: »Werfen Sie Ihre Waffen sofort so in den Schnee, dass ich sie sehen kann!«

Bertoli kroch in Panik zu Mohammed hinüber, packte ihn am Arm und zog ihm das Handy vom Ohr. »Wir müssen uns ergeben! Meine Freunde hier in Italien werden uns schützen! Bitte, tun Sie nichts, was …«

Mohammed gab ihr mit dem Handrücken einen Stoß, der sie auf den Rücken fallen ließ, während er weiterhin in sein Handy hineinsprach.

Von oben meldete sich der Mann mit dem Megafon: »Wenn Sie nicht sofort unseren Anweisungen folgen, sind wir gezwungen …«

Mohammed rief etwas auf Farsi, und sofort stellten sich seine sechs Männer links und rechts neben den Transporter und eröffneten das Feuer auf die Männer oben auf der Straße.

Ross rollte sich wieder einmal in die Embryonalstellung zusammen und hielt sich die Ohren zu. Er schloss die Augen. Um ihn herum regneten die heißen ausgeworfenen Patronenhülsen aus den Pistolen herunter.

Das Gewehrfeuer von oben war jedoch noch beträchtlich lauter als die Pistolenschüsse.

Fünf Sekunden später spürte Ross einen harten Stoß am Kopf. Als er die Augen öffnete, sah er, dass ein Iraner auf ihn gestürzt war, dessen schwarz gekleidetes Bein und Skistiefel jetzt quer über ihm lagen. Er war ganz offensichtlich tot.

Ein Mann auf der gegenüberliegenden Seite des umgestürzten Transporters fiel auf die Knie und ließ seine Pistole aus der Hand gleiten. Er fasste sich an die Kehle, und Ethan sah, wie ein Blutgeysir durch seine Finger spritzte. Er stieß einen gurgelnden Schrei aus, bevor sein Hinterkopf explodierte und sich Blut und Gehirnmasse über den Schnee ergossen. Er sackte zusammen, während die Männer neben ihm weiterfeuerten.

Darren Albright positionierte sich an der Hinterachse eines Geländewagens auf eine Weise, dass das Fahrzeug zwischen ihm und den schießenden Iranern stand. Er hielt seine SIG-Pistole in der Hand, während die fünf HRT-Männer auf dem Bauch lagen und auf die bewaffneten Männer weiter unten schossen.

Nach dreißig Sekunden ununterbrochenem Waffenfeuer trat eine kleine Kampfpause ein. Albright sah, dass ein HRT-Mann getroffen worden war und von einem anderen Agenten in die Deckung gezogen wurde. Er schien jedoch nur leicht verletzt zu sein. Die anderen verteilten sich die Straße entlang. Albright wusste, dass sie die Männer dort unten von den Flanken angreifen wollten. Er gab ihnen mit seiner Pistole Deckung und war bereit, auf jeden zu schießen, der hinter dem umgestürzten Transporter auftauchen würde.

Albright hörte als Erster das Geräusch. Er legte den Kopf schief und schaute zum Himmel hinauf, als das schwache, aber unverkennbare Pochen von Hubschrauberrotoren die Luft erfüllte. Bei diesem Wetter war das Dröhnen eines Helikopters eine surreale Erfahrung, und innerhalb von Sekunden folgte jedes einzelne Mitglied des Hostage Rescue Teams Albrights Blick zum Himmel. Es schneite immer noch dicke Flocken, und es schien, als ob die Wolken keine zehn Meter über dem Boden schwebten.

Albright hielt sich sein Funkgerät an den Mund. »Dieser Heli gehört *nicht* zu uns. Wer zum Teufel fliegt in diesem …«

Direkt über der Straße tauchte in weniger als hundert Meter Entfernung ein blau-weißer Hubschrauber aus der grauen Wolkensuppe auf. Er flog nur sechs Meter über der Fahrbahn. Als er sich den beiden Geländewagen näherte, drehte er sich um neunzig Grad, und man sah, dass seine seitliche Schiebetür offen stand. In seinem Innern bewegten sich einige Gestalten. Wie in einem Albtraum sah Albright, wie aus dem Hubschrauber Blitze herausschlugen, und hörte die schnellen Stakkatogeräusche von automatischem Gewehrfeuer.

Der erste Geländewagen auf der Straße schwankte hin und her, als die Kupfermantelgeschosse seine Aluminiumkarosserie durchschlugen.

Ein FBI-Agent neben Albright richtete seine Waffe auf die neue Bedrohung, verkrampfte sich jedoch sofort und brach zusammen. Aus seinen Beinen und seinem Unterleib schoss das Blut auf die schneebedeckte Straße.

Albright warf sich zu Boden und rief in sein Mikro hinein: »Bekämpft endlich diesen beschissenen Hubschrauber!«

47

Sechs Männer aus einer Hisbollah-Zelle in Lyon saßen angeschnallt in dem Eurocopter EC145, der jetzt seitwärts über dieser verschneiten italienischen Landstraße schwebte. Fünf Männer feuerten mit ihren ganz unterschiedlichen Automatikwaffen auf die Amerikaner und ihre Fahrzeuge hinunter, während der sechste auf dem Kopilotensitz saß und dem Piloten eine CZ-9-Millimeter-Pistole an den Kopf hielt.

Sein Name war Ajiz. Er war der Anführer dieser Zelle und mit seinen vierundzwanzig Jahren auch der Älteste. Den Großteil der letzten vierundzwanzig Stunden stand er in fast ständigem Kontakt mit dem Offizier der Iranischen Revolutionsgarde, der diese Operation leitete.

Als Mohammed Mobascheri in Genf ankam und den begeisterten Begrüßungsempfang der ITP-Mitglieder miterlebte, hielt er es für durchaus möglich, dass er Ross dem Einfluss des ITP entziehen musste, um seinen Missionserfolg zu gewährleisten.

Er begann deshalb, eine Entführung seiner Zielperson zu planen. Er wusste, dass das Wetter schlechter werden würde, immerhin wurde der kommende Schneesturm in allen Nachrichtensendungen gemeldet, vor allem da der Winter doch eigentlich schon vorüber war. Er hielt es unter diesen Umständen für praktisch unmöglich, Ross über Land in einer fünfstündigen Fahrt zum Mittelmeer zu befördern.

Mohammed wusste, dass er einen Hubschrauber brauchte. Bei dem zu erwartenden Sturm würde er darüber hinaus den besten verfügbaren Piloten benötigen, der es mit diesen miserablen Wetterbedingungen aufnehmen konnte.

Am vergangenen Nachmittag hatte er deshalb länger auf Google gesucht und dabei ein privates Hubschrauberunternehmen gefunden, das Rettungsflüge in dieser Region durchführte. Ihre Hubschrauber bargen verletzte Bergsteiger, die am Montblanc und auf anderen Bergen der Grajischen Alpen verunglückt waren. Sie waren wohl am besten geeignet, mit diesem schweren Schneesturm fertigzuwerden. Er befahl der Lyoner Hisbollah-Zelle, einen Helikopter und einen Piloten dieses Unternehmens zu entführen und ihn damit auf einer Straße außerhalb von Genf abzuholen.

Weitere Recherchen führten Mobascheri zur Erkenntnis, dass der Hubschrauber nicht auf den Radarschirmen erscheinen würde, wenn er nur tief genug durch die Alpentäler flog. Er entschied deshalb, dass Ross erst irgendwo im Aostatal vom Transporter in den Hubschrauber umsteigen sollte.

Die sechs Hisbollah-Agenten waren an diesem Morgen um zehn Uhr am Hangar der Firma Mont Blanc Services Hélicoptères angekommen. Der Flugverkehr war zwar aufgrund des Schneesturms eingestellt worden, aber die in der Nähe wohnenden Mitarbeiter waren trotzdem erschienen, um fällige Büro- und Wartungsarbeiten zu erledigen. Auf dem ganzen Grundstück gab es kein Sicherheitspersonal, nur eine Sekretärin, drei Wartungsmechaniker, zwei Piloten und eine Rezeptionistin.

Ajiz und sein Team führten sämtliche Mitarbeiter mit vorgehaltener Waffe in ein Büro. Dort wollten sie wissen, welcher der beiden Piloten der erfahrenere sei. Keiner meldete sich, aber ein Foto auf dem Schreibtisch der Rezeptionistin erzählte Ajiz alles, was er benötigte. Die dreißigjährige Rezeptionistin Claudette war die Tochter des sechsundfünfzigjährigen Piloten Henri. Der Kommandeur der Hisbollah-Zelle wusste sofort, dass er dies zu seinem Vorteil nutzen konnte.

Der französische Pilot erklärte den jungen Arabern, dass sie verrückt seien, wenn sie glaubten, jemand könnte bei solch schlechter Sicht fliegen.

In Wirklichkeit wollten die Mitglieder dieser Lyoner Zelle bei diesem Wetter eigentlich ebenso wenig fliegen wie dieser Franzose, aber Mohammed hatte es ihnen befohlen. Wenn sie diese Befehle nicht ausführten, würden sie und ihre Familien dies nach ihrer Rückkehr in den Libanon mit dem Leben bezahlen.

Der französische Pilot und seine Tochter wurden in den Hangar geschleppt und die anderen mit eisernen Halteketten in einen Vorratsraum neben dem Hangar geprügelt und dort mit Vorhängeschlössern aneinandergekettet. Sie wurden deshalb nicht auf der Stelle umgebracht, weil Mohammed Ajiz angewiesen hatte, sie am Leben zu lassen. Er wusste, dass der Pilot glauben musste, das Ganze lebend zu überstehen, um seine schwierige Aufgabe erfüllen zu können.

Wenn sie jetzt die anderen töteten, würde ihm das zeigen, dass selbst eine totale Willfährigkeit ihn und seine Tochter nicht retten würde.

Ajiz wies den Piloten an, den größten Hubschrauber im Hangar, einen blauen Eurocopter EC145, aufzutanken und flugbereit zu machen. Danach zogen er, seine Tochter und die sechs Hisbollah-Agenten aus Lyon die Maschine auf einem Trailer nach draußen in den tiefen Schnee.

Der Pilot bat die Männer noch einmal, das Ganze zu überdenken. Sie würden wahrscheinlich an einen Berg prallen, bevor sie das erledigen könnten, was sie planten, was auch immer das sein mochte. Ohne zu antworten, schnallte sich Ajiz auf dem Sitz neben ihn an und wedelte mit seiner Pistole, während Claudette mitten zwischen die restliche Lyoner Zelle gesetzt wurde. Ajiz setzte sein Headset auf und erklärte dem Franzosen, dass sie ins Aostatal hinüberfliegen würden. Unterwegs würde er ihm weitere Instruktionen erteilen.

Der Hubschrauber hob in den grauen Himmel ab. Der Pilot nutzte seine Instrumente, sein Radar und sein GPS, um einen Weg zwischen den Berggipfeln hindurch zu finden. Er war sicher, dass sie alle sterben würden. Er war sich jedoch auch bewusst, dass er seine Kollegen im Hangar gerettet hatte. Jetzt musste er nur noch einen Weg finden, auf irgendeine Weise auch noch seine Tochter zu retten.

Der Flug war für alle Beteiligten entsetzlich und aufreibend. Ajiz stand dabei die meiste Zeit mit Mohammed in Kontakt, was die Sache für ihn noch weiter erschwerte. Der Pilot flog viel langsamer als von Mohammed gefordert. Henri weigerte sich auch dann noch, schneller zu fliegen, als ihm Ajiz seine CZ-Pistole in den Nacken drückte.

Mithilfe einer Ortungs-App auf Mobascheris iPhone konnte Ajiz den Piloten zu dem Transporter unten auf der Straße dirigieren, obwohl das iPhone-Signal zwischenzeitlich immer wieder aussetzte, wenn der Transporter durch einen Tunnel fuhr.

Als der Helikopter auf eine Höhe von nur siebeneinhalb Meter über dem Boden herunterging, konnte der Pilot endlich die Straße und alle Fahrzeuge, die sich auf ihr bewegten, sehen. Dies gestattete ihm, die Geschwindigkeit beträchtlich zu erhöhen.

Nur Sekunden nachdem der Transporter den Abhang hinuntergerollt war, rief Mobascheri Ajiz an. Er erzählte ihm, dass er angegriffen werde, und befahl den Männern im Hubschrauber, die Amerikaner und ihre Fahrzeuge unter Beschuss zu nehmen.

Einen Augenblick später tauchten hundert Meter vor dem Heli die beiden silberfarbenen Geländewagen auf. Ajiz befahl dem Piloten, die Maschine seitwärts zu drehen, damit seine Männer durch die Seitentür schießen konnten. Henri tat zuerst so, als würde ihm das nicht gelingen, aber der Schlag einer Kalaschnikow an Claudettes Schläfe zeigte ihm, dass er den Befehl befolgen musste. Als er quer zur Landstraße flog, hörte Henri das schwere Gewehrfeuer aus seiner Kabine. Er duckte sich so tief, wie er nur konnte, und hoffte, dass seine Tochter hinter ihm dasselbe tat.

Eine Minute zuvor war Dominic Caruso durch das Bergdorf Villair gerast, so schnell er nur konnte, ohne mit seinem schweren Motorrad ein Steinhaus zu streifen oder durch einen Holzzaun zu krachen. Über seiner rechten Schulter konnte er in etwa einem Kilometer Entfernung das rollende Echo eines Schusswechsels zwischen M4-Karabinern und Pistolen hören. Jetzt wollte er schnellstmöglich zur Hauptstraße zurück, um sich dort auf irgendeine Weise eine Waffe zu beschaffen und selbst an diesem Kampf teilnehmen zu können.

Als er noch ein paar Hundert Meter von der SS26 entfernt war, ging er kurzzeitig etwas vom Gas, weil er glaubte, über sich einen Hubschrauber gehört zu haben. Dies schien jedoch ziemlich unwahrscheinlich, ja sogar unmöglich, da auf beiden Seiten der Straße hohe Berge standen, die fast bis zum Boden von Wolken verhüllt waren.

Das Geräusch verschwand, und er dachte nicht weiter darüber nach. Plötzlich wurde das Gewehrfeuer wieder stärker. Anscheinend hatte sich die Zahl der beteiligten

Schusswaffen inzwischen erhöht. Caruso konnte sich das nur so erklären, dass es die Iraner doch irgendwie geschafft hatten, auf dem Luftweg Verstärkungen einzufliegen.

Er bog nach Westen in Richtung des Feuergefechts auf die SS26 ein, drehte den Gashebel seiner BMW auf und machte sich hinter seiner kleinen Windschutzscheibe ganz flach. Er flog regelrecht durch den Schneesturm, hatte jedoch keine Ahnung, was ihn an der Kampfstätte erwarten würde.

Darren Albright drückte sich ganz fest an die vereiste Straßendecke. Vor dem Hubschrauber über ihm gab es keinerlei Deckung. Er konnte ihn also nur mit seiner Pistole bekämpfen und gleichzeitig versuchen, sich selbst zu einem möglichst kleinen Ziel zu machen.

Nur ein paar Meter von ihm entfernt brach ein HRT-Mann zusammen, und dicht neben ihm schlugen Geschosse in den Asphalt ein.

Der Hubschrauber flog in Querstellung langsam die Straße entlang. Albright feuerte ein ganzes Pistolenmagazin auf die Maschine ab, danach griff er nach dem Gewehr des gefallenen HRT-Manns, stellte den Wählhebel auf Einzelfeuer, zielte sorgfältig auf den Heckrotor und gab einen einzelnen Schuss, kurz darauf einen zweiten und am Ende noch einen dritten ab.

Nach einem weiteren Schuss auf den Heckrotor musste er jedoch hinter dem Geländewagen rechts von ihm Deckung suchen, da der blaue Heli direkt auf ihn zukam. Er senkte den Karabiner und begann zu laufen. Aus den Augenwinkeln sah er jedoch einen Mann auf einer Anhöhe über der Straße stehen. Er gehörte zu den Leuten aus diesem Transporter. Albright schwenkte das Gewehr in seine Richtung, gerade als der Schütze ihn ins Visier seiner Pistole nahm.

Albright spürte einen Schlag auf die rechte Schulter über seiner kugelsicheren Weste, und das Gewehr entglitt ihm. Eine zweite Kugel wurde von seiner Weste aufgefangen, aber die dritte schlug in sein Becken ein und zerbrach es. Der FBI-Mann fiel rückwärts auf die Straße und sah über sich den Hubschrauber vorbeifliegen.

Im Eurocopter waren zwei Mitglieder der Lyoner Zelle von FBI-HRT-Männern vom Boden aus erschossen worden. Jetzt hingen sie tot, aber immer noch angeschnallt in ihren Sitzen, wobei ihre schlaffen Köpfe bei jeder Bewegung des Helis hin und her wippten. Ein dritter Mann war in die rechte Hand getroffen worden, feuerte jedoch mit der Linken immer noch auf die Straße hinunter, bis er und die anderen sahen, wie die Iraner den Abhang zur Straße hinaufstiegen und zwischen den Menschen herumgingen, die dort auf der Straße lagen.

Ajiz befahl dem Piloten zu landen, und Henri tat, wie ihm geheißen.

Als der Hubschrauber landete, stand Mohammed Mobascheri hinter dem Transporter am Fuße des Abhangs auf. Er richtete seine Pistole auf Ethan Ross, der immer noch in Embryonalstellung auf dem gefrorenen Boden lag.

»Bewegung!«, befahl Mobascheri.

Ethan stand langsam mit erhobenen Händen auf. Jetzt regte sich auch Gianna Bertoli und arbeitete sich auf die Füße hoch. Sie stiegen den Abhang hinauf, während Mohammed die Nachhut bildete.

Der französische Pilot schaute zu Ajiz hinüber, während ihr Hubschrauber auf der Fahrbahn stand. Durch sein Headset sagte er: »Ich möchte mit meiner Tochter sprechen.«

»Warum?«

»Sie kennt die Straßen hier unten viel besser als ich. Sie kann uns helfen, von hier wegzukommen. Ich fliege normalerweise nur droben in den Bergen.«

Ajiz schaute über die Schulter. Ihre Handgelenke waren mit Stoffstreifen zusammengebunden, die seine Männer aus einem Sitz herausgeschnitten hatten. Sie selbst war auf ihrem Sitz festgeschnallt. Auf ihrem Gesicht klebte Blut, das jedoch nicht ihr eigenes war, sondern von einem toten Hisbollah-Kämpfer stammte. Neben ihr hing an der Kabinenwand ein Headset. Er bedeutete ihr mit der Pistole, das Headset aufzusetzen.

Als sie das mit ihren zusammengebundenen Händen nach einiger Zeit geschafft hatte, begann ihr Vater sofort auf italienisch zu reden, bevor sie selbst ein einziges Wort sagen konnte. Henri und seine Tochter waren Franzosen, verstanden jedoch beide auch die Sprache ihrer Nachbarn. Dabei konnte er nur beten, dass der Araber neben ihm kein Italienisch verstand.

»Nach dem Start werde ich ganz niedrig über die Berge fliegen. Wenn du kannst ... musst du dort oben hinausspringen.«

»Und was ist mit dir?«

»Diese Männer werden uns nicht am Leben lassen, glaube mir. Ich möchte, dass du überlebst. Ich werde das auch versuchen, aber erst wenn du in Sicherheit bist.«

»Ich kann dich doch nicht hier zurücklassen ...«

Er unterbrach sie und herrschte sie an. Ajiz schaute ihn überrascht an, vermutete jedoch, dass sie sich über die richtige Route durch das Tal stritten. »Dann werden wir *beide* heute sterben. *Bitte,* Claudette. Nur du kannst uns beiden eine Chance verschaffen.«

Ihre Augen begegneten sich, und sie nickte leicht. Danach besprachen sie die Route, die sie in Richtung Süden nehmen würden.

Das Straßenstück der SS26 im Umkreis des wartenden Hubschraubers war jetzt voller Leichen, Blut und beschädigter Fahrzeuge. Davor und dahinter standen jetzt auf beiden Fahrspuren vier oder fünf unbeteiligte Privatwagen. Deren Fahrer hatten das Feuergefecht gar nicht mitbekommen und sahen jetzt nur, was sie zuerst für einen schrecklichen Verkehrsunfall und einen Rettungshubschrauber hielten. Der Rotorabwind des Hubschraubers wirbelte den Schnee auf. Zusammen mit dem dichten Schneefall verschlechterte dies die Sichtverhältnisse weiter, was das allgemeine Chaos noch verstärkte. Nur die ersten Fahrzeuge in jeder Richtung sahen die Waffen und wunderten sich wohl darüber, dass sich niemand um die herumliegenden Männer kümmerte.

Die vier Quds-Kämpfer, die noch am Leben waren, kletterten in den Hubschrauber, schnallten die beiden toten Libanesen ab und ließen ihre Leichen auf die gefrorene Fahrbahn hinunterfallen.

Jetzt bekam Ross den Befehl, in den Helikopter zu steigen. Drinnen wurde er auf einen Sitz ganz hinten in der Kabine bugsiert und angeschnallt.

Mobascheri bildete immer noch die Nachhut. Als seine Männer in den Heli kletterten, merkte er jedoch, dass es nicht genug Platz für alle gab. Er drängte sich an Gianna Bertoli vorbei, die gerade einsteigen wollte. Die ließ das gerne geschehen, weil sie glaubte, er würde sie jetzt gehen lassen.

Aber als er seinen Sitz eingenommen hatte, schaute Mohammed zu Gianna hinaus. In einer Lautstärke, die das Dröhnen der Rotoren übertönte, rief er ihr zu: »Dummerweise brauche ich Ross und diese Männer. Für Sie oder das ITP habe ich jedoch keine Verwendung mehr.«

Er hob seine Pistole und schoss ihr aus einer Entfernung von weniger als zwei Metern mitten in die Stirn.

Ihr Kopf schnappte nach hinten, ihre schwarzen Locken flogen ihr ins Gesicht, und sie fiel rücklings auf die Straße.

Als Ross die Schweizerin sterben sah, schrie er entsetzt auf, während sich der Hubschrauber ins Schneegestöber erhob.

48

Als Dominic sich der Kampfstätte näherte, hörte er direkt über seinem Kopf das Pochen eines niedrig fliegenden Hubschraubers. Er schaute nach oben, sah jedoch in den dichten Wolken nur noch den schwachen Lichtschein der Positionslichter, als sich der Helikopter entfernte. Er konnte sich immer noch nicht vorstellen, wie sich jemand bei diesen Bedingungen in die Luft wagte.

Ein paar Sekunden später fuhr er mit seinem Motorrad durch eine Art Schlachtfeld. Auf der Straße lagen regungslose Menschen. Er kam an der unverkennbaren Gestalt Gianna Bertolis vorbei. Sie lag auf dem Rücken, und der Schnee hatte ihren Körper bereits wie ein weißes Leichentuch bedeckt.

Albright lag neben einem zerschossenen silberfarbenen Geländewagen auf der Seite. Dom parkte seine BMW, lief zu ihm hinüber und drehte ihn auf den Rücken.

Albright lebte noch, war aber blutüberströmt. Er war in die Schulter und die Hüfte getroffen worden. Er stöhnte vor Schmerzen, war jedoch bei Bewusstsein. Er streckte den Arm aus, um sein Mobiltelefon zu finden, das ihm während des Feuergefechts aus der Hand geschlagen worden war.

Dom hob es auf und gab es ihm. »Ist Ross getürmt?«

Albright nickte. Er stöhnte erneut vor Schmerz und sagte dann nur: »Hubschrauber.«

»Ich höre ihn immer noch. Er fliegt nach Südwesten.«

»Farsi.«

»Was meinen Sie?«

»Sie sprachen Farsi. Das sind Iraner.«

»Das hätte man sich denken können«, sagte Caruso.

»Wir müssen die Italiener informieren«, sagte Albright und stöhnte.

Dom holte einen Sanitätskasten aus dem Fahrzeug und kehrte zu Albright zurück, der gerade mit blutigen Fingern eine Telefonnummer eintippte.

Dom kniete sich neben ihn, um seine Wunden zu versorgen, aber Albright winkte ihn weg. »Kümmern Sie sich zuerst um die anderen.«

Mohammed Mobascheri war mit der Leistung des Piloten überhaupt nicht zufrieden. Sie schienen viel zu langsam zu fliegen, obwohl das bei der weißen Suppe draußen nur schwer festzustellen war.

Der Iraner setzte ein Headset auf und kroch zwischen die Hisbollah-Kämpfer hinter dem Pilotensitz. »Machen Sie schneller!« Er schaute zu Ajiz auf dem Kopilotensitz hinüber, der jetzt dem Piloten mit seiner Pistole vor dem Gesicht herumfuchtelte.

Der Pilot schien das überhaupt nicht zu bemerken. Er war schweißgebadet, und seine Augen waren starr auf die Multifunktionsanzeige vor ihm gerichtet. Seinem Gesicht war die Besorgnis anzusehen.

Ajiz, der jetzt bereits seit einer halben Stunde neben dem Mann saß, bemerkte eine Veränderung in dessen Verhalten.

»Was ist los?«

»Es gibt ein Problem.«

Mohammed hielt jetzt seine eigene Pistole dem Piloten an den Kopf. »Sie lügen! Sie werden den Hubschrauber nach Süden fliegen. Nach Genua.«

Der Pilot sprach in sein Mikrofon. »Es ist der Heckrotor.«

»Was stimmt nicht mit ...«

»Er reagiert nicht korrekt.«

Mobascheri schrie den Mann an. »Nein! Sie lügen!«

Er versetzte dem Piloten einen Schlag an den Kopf, aber der reagierte gar nicht, sondern beobachtete nur weiterhin seine Anzeigen. Nach ein paar weiteren Sekunden sagte er: »Es wird schlimmer!«

Tatsächlich spürte Henri ungewöhnliche Schwingungen im Heckrotor, aber sie wären normalerweise durchaus beherrschbar gewesen. Jetzt benutzte er jedoch die Gelegenheit, um nach rechts abzudrehen und mithilfe der beweglichen Kartenanzeige auf seinem Armaturenbrett an einer verschneiten Kammlinie oberhalb des Tals entlangzufliegen.

Er verringerte Höhe und Geschwindigkeit. Der Libanese neben ihm schrie ihn an, ebenso wie der Mann zwischen den Sitzen direkt hinter ihm, aber Henri konzentrierte sich ganz auf sein Vorhaben.

Als er die Spitze der Kammlinie erreichte, rief er in sein Headset:

»Claudette!«

Hinter ihm packte Henris Tochter die Gelegenheit beim Schopf. Sie schnallte ihren Sicherheitsgurt auf, hechtete auf den Mann neben der Hintertür und trat nach hinten aus, um sich mit Schwung aus dem Hubschrauber zu stürzen. Schiraz begriff, was sie vorhatte. Er lehnte sich zu ihr hinüber und versuchte, irgendeinen Teil ihrer Kleidung zu erwischen, um sie aufzuhalten. Die Kabel seines Headsets waren zum Zerreißen gespannt, als er tatsächlich den Aufschlag ihrer Skijacke zu fassen bekam. Aber die Schwerkraft war stärker als sein Griff, und sie fiel aus dem Hubschrauber.

Die anderen Männer im hinteren Teil des Helikopters sahen die Bewegung, aber sie konnten sich jetzt nur noch über die Seite der Kabine hinauslehnen und beobachten, wie sie in den verschneiten Bäumen verschwand. Zwar waren es bis zum Boden immer noch fünfzehn Meter, aber ihr Sturz wurde von Hunderten von Ästen und Zweigen verlangsamt, bevor sie auf dem weichen Neuschnee aufkommen würde.

Sie würde sich vielleicht einige Knochen brechen und starke Schmerzen haben, aber sie würde auf jeden Fall überleben.

Henri drehte sich in seinem Sitz um, als er das Rufen auf Farsi hörte. Er betete, dass seine Tochter nicht mehr in der Kabine war, konnte sich zuerst jedoch nicht sicher sein. Er sah nichts außer Armen und Beinen und den heftigen Bewegungen wütender Männer, die übereinander krochen. Weitere Schreie in seinem Headset zeigten ihm die Aufregung dieser Männer, deshalb bekamen seine Hoffnungen neuen Auftrieb. Da er jedoch die Sitze direkt hinter ihm nicht einsehen konnte, war es immer noch möglich, dass man Claudette irgendwo anders hingesetzt hatte. Erst als die Männer auf der Steuerbordseite auf die Bäume hinunterschauten und er den Schock, die Wut und auch die Angst auf ihren Gesichtern bemerkte, wusste er, dass sie es geschafft hatte.

Seine schöne, brillante, tapfere Tochter hatte es tatsächlich geschafft!

Sein Herz, das in der ganzen letzten Stunde voller Angst gepocht hatte, schlug jetzt voller väterlichem Stolz.

Henri drehte sich wieder nach vorn und flog den Hubschrauber über den Bergrücken. Dabei beschleunigte er möglichst stark. Das kleine gewundene Tal unter ihnen war verschwunden, und diese Männer würden sie nie mehr finden. Claudette mochte vielleicht nicht ganz in

Sicherheit sein, aber vor diesen mörderischen Terroristen war sie auf jeden Fall sicher.

Jetzt nahm er sich vor, genauso tapfer zu sein wie sein kleines Mädchen. Er schaute kurz nach rechts zu diesem Mann namens Ajiz hinüber, danach blickte er über die Schulter auf den kleinen Mann mit dem jungenhaften Gesicht. Sie nannten ihn Mohammed. Auf den ersten Blick hätte er ihm eigentlich von allen diesen Männern am wenigsten zugetraut, irgendetwas oder irgendjemand, geschweige denn diese brutalen Kerle anzuführen. Mohammed hatte sich ganz auf das Geschehen hinter ihm konzentriert. Er rief seinen Männern offensichtlich irgendwelche Anweisungen zu, obwohl nur zwei unter ihnen waren, die ein Headset trugen und ihn überhaupt hören konnten.

Plötzlich hörte Mohammed zu sprechen auf und drehte sich zum Piloten um.

Henri erwiderte seinen Blick. Seinen Mund umspielte ein dünnes, aber entschlossenes Lächeln.

Die Augen des Iraners weiteten sich. Er rief: *»Non!«*

Henris Lächeln wurde breiter, als er die Angst auf Mohammeds Gesicht erkannte. *»Oui«,* sagte er und grinste.

Henri schaute wieder durch seine Windschutzscheibe, holte tief Luft und stieß den Steuerknüppel nach vorne, während er gleichzeitig die Kollektive Blattverstellung bis zum Anschlag nach unten drückte.

Der Eurocopter kippte nach vorne ab und stürzte auf die wellige Landschaft Hunderte von Metern weiter unten zu. Mohammeds Schrei drückte pures Entsetzen aus, während Henri die Augen schloss und vollkommen mit sich im Reinen war. Er musste daran denken, wie viel Glück er gehabt hatte, in einer solch wunderbaren Landschaft wie diesen Bergen leben zu dürfen.

Mohammeds Blick wurde vom Piloten abgelenkt, als die rechte Hälfte der Windschutzscheibe plötzlich dunkel wurde. Der Eurocopter steuerte direkt an einer zerklüfteten Felswand entlang. Ein gewaltiger Schlag von hinten zeigte allen an Bord an, dass der Heckrotor gerade auf einen Felsen geprallt war. Der Rotor brach auseinander, und der Hubschrauber kippte nach links ab. Der Hauptrotor grub sich in die umstehenden Bäume, und der Helikopter schlug auf einem bewaldeten Berghang auf.

Dom hatte neben Albright zwei weitere Amerikaner gefunden, die noch am Leben, wenngleich schwer verletzt waren. Mehrere Insassen der Privatwagen, die inzwischen am Ort des Geschehens angekommen waren, hatten ihre eigenen Sanitätskästen aus ihren Autos geholt und versorgten ihre Wunden, so gut sie konnten. Caruso war zu Albright zurückgekehrt und kniete sich gerade neben ihn, um ihm zu helfen, als er im Südosten ein lautes Geräusch hörte.

Es war weit entfernt, aber unverkennbar. Es war der dumpfe Schlag eines Aufpralls.

Das schwache, aber andauernde Rotorgeräusch des sich entfernenden Hubschraubers hörte schlagartig auf.

Dom sprang auf und drehte sich dem Geräusch zu. »Sie sind abgestürzt! Der Hubschrauber ist gerade runtergegangen!«

Albright hielt sich mit der einen Hand sein Handy ans Ohr und drückte mit der anderen Gaze an seine blutende Hüfte. Er schaute Caruso an: »Schnappen Sie sich dieses Arschloch. Ich komme hier alleine zurecht.«

»Sind Sie sicher?«

Albright schrie jetzt: »Gehen Sie!«

Der FBI-Spezialagent legte sein Telefon beiseite und streckte Dom seine Pistole hin. Aber Caruso schüttelte den Kopf. Stattdessen besorgte er sich den Karabiner eines toten HRT-Mitglieds und zog das Magazin heraus, um die Patronen zu zählen. Tatsächlich war es mit dreißig Patronen noch voll aufgeladen. Außerdem war das Gewehr mit einem Zielfernrohr mit 3,5-facher Vergrößerung ausgestattet.

Dom lief ohne ein weiteres Wort zu seinem Motorrad zurück.

49

Als Mobascheri wieder zu sich kam, lag sein Gesicht im Schnee und der Rest seines Körpers auf einer zerbrochenen Plexiglas-Windschutzscheibe. Er stemmte sich hoch, arbeitete sich langsam auf die Knie und schüttelte den Kopf, um die Benommenheit loszuwerden. Als er sich selbst untersuchte, sah er, dass der linke Ärmel seiner Jacke völlig zerrissen war. Direkt über seinem linken Ellenbogen spürte er eine tiefe Wunde.

Irgendwie hatte es ihn aus der zerfetzten Hubschrauberkabine herausgeschleudert. Jetzt blies ihm der Wind ins Gesicht, und der Schnee schmolz in seinen Haaren.

Zuerst dachte er, es sei Nacht, weil das Licht so schlecht war. Aber als er sich umschaute, merkte er, dass der Hubschrauber in einem dichten Wald am Abhang eines Berges abgestürzt war. Hohe Bäume hielten einen Großteil des Lichtes von oben ab.

Es brannte nicht, was Mohammed zuerst einmal überraschte, bis ihm einfiel, was er in seiner kurzen Militärausbildung vor langer Zeit gelernt hatte. Die Benzintanks der Helikopter waren so konstruiert, dass sie auch bei einem Aufprall kaum auf eine Weise explodierten, wie man es aus den Hollywoodfilmen kannte.

Er erinnerte sich an seine Mission und fühlte in seiner Jacke nach Ross' Micro-SD-Karte. Glücklicherweise war sie noch in der Reißverschlusstasche, in die er sie gesteckt hatte. Danach schaute er sich nach Ethan Ross um.

Als er ihn fand, hing er immer noch angeschnallt in seinem Sitz. Von seiner Stirn tropfte Blut, aber seine Augen standen offen und wanderten verwirrt hin und her. Mobascheri überkam trotz seiner eigenen Schmerzen eine Welle der Erleichterung.

Der Iraner arbeitete sich durch das Hubschrauberwrack zu Ross vor. Dabei sah er, dass sich einige seiner Männer noch bewegten und entweder gerade ihre Gurte lösten oder bereits aus dem abgestürzten EC145 hinausgeklettert waren und jetzt durch den Schnee krochen.

Andere lagen völlig schlaff mit verdrehten Armen und Beinen da.

Mohammed öffnete den Gurt des Amerikaners, worauf Ross sofort von seinem Sitz herunterrutschte und in einem Gewirr aus Metallstücken und Leitungen zusammensackte.

»Stehen Sie auf!«

Ross' unfokussierte Augen und seine kreidebleiche Haut zeigten Mohammed, dass er unter Schock stand. Trotzdem tat er, wie ihm geheißen. Als er jedoch beim Aufstehen seine Beine belastete, schrie er laut auf und fiel wieder zu Boden.

Mohammed sah jetzt, dass Ross' rechtes Bein zehn Zentimeter über dem Fußgelenk gebrochen war.

»Madar jende!«, schrie der Iraner frustriert. *Deine Mutter ist eine Hure!*

Er rief seine restlichen Männer herbei. Er wusste nicht, wer noch lebte und wer tot war, und er fragte nicht, wer von ihnen verletzt war. Er befahl ihnen nur, den Amerikaner aus dem Kabinenwrack zu ziehen.

Als er sich schließlich selbst aus dem Chaos des zerstörten Hubschraubers herausgearbeitet hatte, konnte er über seine derzeitige Lage Bilanz ziehen. Er hatte einen Quds-Kämpfer verloren. Es war Kaschan, der jetzt kopfüber in einem Baum hing, wo sich ihm ein Ast durch den

Unterleib gebohrt hatte. Ein Libanese aus Lyon lag halb tot im Hubschrauberwrack. Er hatte das Bewusstsein verloren und atmete nur noch ganz schwach.

Es verblieben also immerhin drei Quds-Agenten und drei Hisbollah-Männer, einschließlich Ajiz, der ebenfalls aus dem Helikopter auf einen Baum geschleudert wurde, dabei jedoch kaum verletzt worden war und als erster Mann überhaupt wieder auf den Beinen stand.

Mohammed gesellte sich ein paar Meter von dem Wrack entfernt zu Schiraz und Ajiz. Gemeinsam musterten sie die Absturzstelle. Auf den ersten Blick erschien der Ort denkbar abgelegen. Sie befanden sich auf einem steilen, bewaldeten Abhang. In keiner Richtung gab es irgendwelche Anzeichen eines Wegs oder einer menschlichen Behausung. Allerdings war ihre Sicht sehr beschränkt. Sie waren von Kiefern umgeben, auf deren Ästen und Zweigen über dreißig Zentimeter Schnee lag, wenn sie nicht in der Nähe der Absturzstelle standen.

Da kein Feuer ausgebrochen war, hätte nur der Dampf ihre Stellung verraten können, der sich gebildet hatte, als der heiße Hubschraubermotor auf dem kalten Schnee aufkam. Solange jedoch der Sturm andauerte und diese einsame Berglandschaft vollständig in Wolken gehüllt war, würde man das Wrack niemals finden.

Mohammed kletterte um den Hubschrauber herum, um von außen durch die Windschutzscheibe hineinzuschauen. Der Pilot lebte noch, aber er blutete stark und war offensichtlich schwer verletzt. Er lag halb unter dem Schnee und der Erde begraben, die in die zerschmetterte Kabine eingedrungen waren.

Das spielte keine Rolle, denn Mohammed brauchte ihn nicht mehr.

Das große Problem war Ross. Er wies zwei seiner Männer an, den Amerikaner aus dem Schnee zu heben und ihn beim Gehen links und rechts zu stützen. Er erklärte ihnen – natürlich auf Farsi –, dass es ihm egal sei, ob der Mann starke Schmerzen habe, sie müssten einfach nur die Unglücksstelle so schnell wie möglich verlassen.

Bereits drei Minuten nach dem Absturz brachen Mohammed, seine Männer und ihr Gefangener auf, auch wenn sie nur äußerst langsam vorankamen. Bevor er selbst die Stelle verließ, ging Mohammed zum Piloten zurück und zog dabei seine Pistole.

Der Franzose wusste, dass sie nach Genua wollten, deshalb musste er sterben.

Dominic raste beinahe zehn Minuten lang in Richtung Südwesten. Dabei wurden die Straßen immer schmaler, je weiter er in das raue Vorgebirge der italienischen Alpen vorstieß. Er fuhr durch das Dorf Pondel, das praktisch verlassen erschien. Außer dem Geruch von Holzrauch und ein paar Autos vor einem kleinen Laden entdeckte er keinerlei Lebenszeichen. Er schlitterte eine Minute durch die schneeglatten Straßen des Dörfchens, bis er wieder den Wald erreichte.

Er konnte eigentlich nur raten, wohin er fahren musste, aber es war zumindest eine begründete Vermutung. Er berücksichtigte dabei die Richtung, in die der Hubschrauber unterwegs war, als er vorhin über ihn hinwegflog, und die Richtung, aus der das Absturzgeräusch gekommen war.

Schließlich endete die Teerstraße und wurde zu einem unbefestigten Wanderweg. Dom ließ den Motor seiner schweren Straßenmaschine aufheulen und preschte los. Nach nicht einmal zwanzig Metern merkte er jedoch, dass dies nicht eine seiner besseren Ideen gewesen war. In der ersten Kurve kam er ins Schlittern, verlor das Gleichgewicht und flog in hohem Bogen von seiner Maschine in das Unterholz neben dem Weg.

Er entschied sich, das Motorrad hierzulassen. Er riss

sich den Helm vom Kopf und rannte weiter nach oben, wobei ihm das M4 immer noch über dem Rücken hing.

Er folgte dem kurvigen Weg, sog die dünne, kalte Luft ein und bekämpfte das Bedürfnis, selbst für einen Moment langsamer zu machen oder sich gar kurz auszuruhen. Der Weg führte zwar nach Süden, aber irgendwie hatte er das Gefühl, dass er ihn eher von der Stelle wegbrachte, wo er den Absturz gehört hatte. Gerade als er anhielt und sich überlegte, ob er die Richtung wechseln sollte, hörte er das unverkennbare Geräusch eines einzelnen Pistolenschusses.

Dom verließ den Weg und kletterte durch die Bäume in Richtung des Knalls hinauf.

Mobascheri und seine Begleiter bewegten sich mehrere Minuten durch den Wald. Zuerst ging es steil nach oben, aber als sie hinter dem Bergrücken eine schmale bewaldete Senke durchquert hatten, sahen sie plötzlich ein enges Tal vor sich. Da es unterhalb der niedrig hängenden Wolken lag, konnten sie ein paar Hundert Meter weit sehen.

Etwa zweihundert Meter vor ihrem jetzigen Standpunkt entdeckte einer von Mohammeds Männern ein paar Schieferdächer, die in diesem Dunst und Schneetreiben kaum sichtbar waren. Sie machten sich sofort in deren Richtung auf den Weg, wobei sie Mohammed dieses Mal anführte.

Weit hinter ihnen waren jetzt auf der anderen Talseite die Sirenen von Rettungsfahrzeugen zu hören, die nach einem Hubschrauber suchten, dessen Absturz Einheimische gemeldet hatten.

Als die Gruppe vom Hügel ins Tal hinabgestiegen war, versperrten ihr eine gewisse Zeit dicke Kiefern die Sicht. Mohammed konnte also nur raten, ob er in die richtige Richtung unterwegs war. Kurz darauf kam die langsame

Prozession aus den Bäumen heraus und traf auf eine einspurige Asphaltstraße, deren Windungen sie ab jetzt folgte.

Als der Schneefall einmal kurz aufhörte, konnte Mohammed in einiger Entfernung ein Chalet erkennen, das er als ein Geschenk Allahs betrachtete. Es sah wie das Ferienhaus einer wohlhabenden Familie aus. Allem Anschein nach war es jedoch gegenwärtig unbewohnt.

»Dort! Dorthin gehen wir«, sagte er.

Schiraz trat ein Erdgeschossfenster ein, kroch hindurch und öffnete den anderen eine Seitentür. Es war ein kleines Haus, aber es wirkte trotzdem recht geräumig, da das gesamte Erdgeschoss ein einziger großer Raum war.

Für eine Berghütte war das Chalet gut ausgestattet. Es hatte elektrisches Licht, alle möglichen Haushaltsgeräte, und in der Ecke stand ein Schreibtisch mit einem Mac-Computer mit Großbildschirm.

Mohammed postierte zwei Hisbollah-Männer als Wachleute vor der Tür und befahl seinen drei Quds-Agenten, den humpelnden und benommenen Ethan Ross auf einen Stuhl vor dem Kamin zu setzen. Währenddessen führte Mohammed Ajiz zur entgegengesetzten Seite des Raumes.

»Der Amerikaner hält uns viel zu sehr auf. Ich brauche nicht ihn, ich brauche das Passwort in seinem Kopf. Sobald ich es habe, brechen wir auf.«

»Weiter die Straße hinunter standen noch ein paar Häuser. Ich könnte dort ja mal nach einem Fahrzeug schauen, das uns von hier wegbringt.«

»Tu das.«

Nachdem Ajiz das Chalet verlassen hatte, zog Mohammed seinen eigenen Stuhl direkt vor Ross. Der Amerikaner hatte schlimme Schmerzen, sein gebrochenes Bein war geschwollen und derart verfärbt, dass es Mohammed übel wurde, als er es betrachtete.

Der Iraner holte die Micro-SD-Karte aus seiner Jacke

und gab sie Schiraz. Der steckte sie in einen SD-Adapter, den er an den Port des Computers auf dem Schreibtisch in der Ecke anschloss. Als der passwortgeschützte Sperrbildschirm der Crawler-Datenbank auftauchte, schaute Schiraz zu seinem Revolutionsgarden-Kommandeur hinüber.

Mohammed blickte seinerseits Ethan an. »Wir sollten keine Zeit vergeuden. Sie wissen, was ich brauche. Geben Sie mir das Passwort für die verschlüsselten Dateien, und wir lassen Sie hier. Sie sind dann in Sicherheit.«

Ross wischte sich mit dem Aufschlag seines Mantels die Tränen vom Gesicht und schüttelte schwach den Kopf.

Mohammed hielt den Fuß über Ross' gebrochenes Bein. »Ich kann Sie nicht mitnehmen. Selbst wenn wir ein Auto finden, werden wir in Begleitung eines verletzten Amerikaners nicht aus diesem Land gelangen. Mir sind die Optionen ausgegangen. Entweder bekomme ich das Passwort jetzt gleich, oder …« Ross legte seinen Schuh auf Ross' Fuß. »Tatsächlich gibt es keine andere Möglichkeit.« Er trat mit aller Wucht zu, und Ross begann zu schreien und auf den Stuhl einzuschlagen.

Mohammed rief zwei seiner Männer herbei. Ormand und Isfahan stellten sich hinter Ross und verdrehten ihm die Arme hinter dem Rücken, um ihn an Ort und Stelle zu halten.

Ross schrie vor Schmerz, aber Mohammed übertönte sogar noch sein Geschrei. »Geben Sie mir das Passwort und es hört auf!«

»Das kann ich nicht tun«, schrie der Amerikaner hysterisch.

Mohammed nahm den Fuß von den gebrochenen Knochen und lehnte sich einen Moment in seinen Stuhl zurück. »Sie sind stärker, als ich dachte.« Mit einem Achselzucken sagte er etwas auf Farsi. Schiraz eilte in die

Küche und fand dort eine Flasche Rotwein. Nachdem er sich einen Moment mit Mohammed besprochen hatte, schlug er den Hals der Flasche gegen den Herd. Der Wein floss auf den Boden, die leere zerbrochene Flasche mit ihrem gezackten Rand reichte er Mohammed und kehrte zu dem Computer auf dem Schreibtisch zurück.

Ross' Augen wurden vor Angst ganz rund, und Tränen tropften auf den Boden, als er den Kopf panisch vor und zurück bewegte. Seine Stimme war nur noch ein leises Gewimmer. »Bitte nicht! Lieber Gott, bitte nicht!«

Mohammed setzte sich mit der zerbrochenen Flasche vor ihn hin.

»Ich kenne mich mit Schmerzen aus, Mr. Ross. Das gebrochene Bein tut zwar weh, aber das Schienbein ist kein größeres Nervenzentrum, und das geschwollene Gewebe hat sogar eine leicht betäubende Wirkung auf diese Körpergegend, die meinen Interessen entgegenarbeitet.

Es ist für Sie ausgesprochen bedauerlich, dass ich Folter selbst erlebt habe. Mein Vater war darin Experte. Er wurde vom Staat ausgebildet, hat es aber durchaus auch einmal an seinen Kindern ausprobiert.« Als Mohammed bei dieser Aussage lächelte, wirkte er auf Ethan absolut verrückt. »Ich weiß also, was am wirksamsten ist.«

Er schaute die Männer hinter Ross an. »Stellt ihn hin und zieht ihm die Hosen runter!«

»Nein!«, schrie Ross.

Die Männer folgten dem Befehl. Ross konnte nur noch sein linkes Bein belasten, trotzdem schlug er um sich und versuchte, sich von den beiden Männern hinter ihm loszureißen. Aber seine Bemühungen waren vergeblich. Nach einer halben Minute stand er mit heruntergelassener Hose und Unterhose da, während sich Mohammed mit dem improvisierten Folterwerkzeug vor ihm aufbaute.

»Was ich Ihnen jetzt antun werde, ist körperlich und psychologisch das Schlimmste, was man einem Mann antun kann. Das hat mein Vater nie mit mir angestellt.« Er lächelte, aber seine Augen verengten sich, als er an seine Vergangenheit dachte. »Aber er hat es mir mehr als einmal angedroht. Dabei genügte nur die Vorstellung, und ich tat, was er von mir verlangte. Und jetzt gilt für Sie dasselbe. Sie können das Ganze ganz leicht vermeiden. Denken Sie nur mal kurz darüber nach, wie bedauerlich es für Sie wäre, wenn ich Ihnen zuerst die Genitalien zerfetze und Sie *dann* erst das Passwort preisgeben. Das wäre doch eine unnötige Verschwendung, oder?«

Ethan begann, hemmungslos zu schluchzen, und Mohammed seufzte so erschöpft wie frustriert auf.

50

Caruso sollte die Absturzstelle des Hubschraubers nie erreichen. Er ging zwar zwischen den Bäumen fünfzig Meter rechts daran vorbei, aber als er durch den Wald kletterte, entdeckte er im Schnee die Spuren mehrerer Männer, von denen einer offensichtlich blutete. Er folgte der Spur, bis er eine Senke zwischen zwei Bergrücken erreichte. Von dort blickte er auf ein enges Tal hinunter. Die Spuren und die Blutspritzer an diesem Ort zeigten ihm, dass auch Ross und seine Begleiter eine kurze Pause gemacht hatten.

Dom beobachtete durch das Zielfernrohr seines Gewehrs eine Reihe von Schieferdächern in der Entfernung. Sie schienen zu Chalets zu gehören, die links und rechts neben der Straße standen, aber mehr als das konnte er von hier aus nicht erkennen. Er hielt es jedoch für wahrscheinlich, dass sich die Iraner, die Ross in ihrer Gewalt hatten, zu diesen Gebäuden begeben würden, um dort eventuell Transportmittel zu finden, mit denen sie die Gegend verlassen konnten. Die Aussicht, sie schon wieder zu verlieren, ließ Caruso schnell handeln. Er rannte den Abhang hinunter durch die Bäume zur Straße. Gleichzeitig versuchte er, Adara anzurufen. Er war jedoch nicht sehr überrascht, dass er hier keinen Empfang hatte. Er steckte sein Telefon wieder ein und wusste jetzt, dass er der Einzige war, der die Iraner noch daran hindern konnte, einen vollständigen und ungehinderten Zugang zu diesem Geheimdienst-Scrape zu bekommen.

Caruso brauchte nur ein paar Minuten, um die Straße zu erreichen, die er jetzt vorsichtig überquerte, um sich danach durch die Bäume an das erste Chalet heranzuschleichen.

Der Wald endete nur zwanzig Meter vor dem Haus, aber Dom nahm bereits fünfzehn Meter vor dem Waldrand Stellung, um auf keinen Fall entdeckt zu werden. Er sah einen Mann, der auf den Eingangsstufen des Holzhauses saß und eine Kalaschnikow auf den Knien hielt. Er hatte einen olivfarbenen Teint, trug eine graue Skijacke und Blue Jeans. Er sah jung und fit aus, aber die Art, wie er die Waffe hielt, zeigte, dass er nicht sehr gut ausgebildet war. Dom hatte die Männer gesehen, die Ross in ihrer Gewalt hatten. Zu dieser Crew gehörte dieser Typ ganz bestimmt nicht. Er war wohl Teil der Verstärkungsmannschaft, die mit dem Hubschrauber eingeflogen war.

Nur Sekunden später erblickte er eine zweite Wache. Der Mann trug eine HK MP5-Maschinenpistole und hatte sich neben einen Holzstoß gekauert, um dem kalten Wind zu entgehen.

Dom bewegte sich zu einer Position weiter, von wo aus er in ein großes Fenster an der Seite des Hauses hineinsehen konnte. Er benutzte das Zielfernrohr seines Gewehrs, um in das Chalet zu blicken. Das Licht brannte, und durch das 3,5-fach vergrößernde ACOG-Kampfvisier auf seinem M4 konnte er einen Mann sehen, der an einem Schreibtisch vor einem Computerbildschirm saß. Links von ihm gab es jetzt eine Bewegung. Als Dom seinen Fokus dorthin verlagerte, hatte er plötzlich Ethan Ross vor Augen.

Zwei Männer hielten den Amerikaner fest und hatten seine Arme auf höchst schmerzhafte Weise hinter ihm hochgezogen. Seine Hose und Unterhose waren bis zum Knöchel heruntergelassen.

Dom war so überrascht, dass er kurzzeitig das Auge vom Visier nahm.

Als er wieder hindurchschaute, sah er einen weiteren Mann, der vor Ross stand und mit ihm sprach. Aus seinem aufgeregten Gebaren schloss Dom, dass er ihn anschrie.

Diesen Mann erkannte Dominic. Er hatte ihn auf der Veranda des venezolanischen sicheren Unterschlupfs in Panama gesehen.

Und dann begriff er, was hier vor sich ging. Der Iraner hielt eine zerbrochene Flasche in der rechten Hand. Direkt vor Ross' Genitalien.

»O Gott«, murmelte Caruso.

Dom verlagerte seine Stellung in aller Eile und hielt sein Gewehr neben einen dünnen Kiefernstamm. Dort schuf er sich mit dem Unterarm eine stabile Schießplattform, indem er das Gewehr in seiner Armbeuge ablegte und sich gleichzeitig mit der linken Hand an der Kiefer festhielt. Danach platzierte er den roten Winkel in seinem Visier auf der Stirn des kleinen Mannes.

Dom war sich bewusst, dass, wenn er auch nur einen einzigen Schuss abgeben würde, die beiden Wachmänner vor ihm wissen würden, wo er war, und ihn aus zwei Richtungen bekämpfen konnten.

Scheiße, dachte Dom. Er befand sich gerade in einem gewaltigen taktischen Nachteil. Sein gesamtes Training sagte ihm, dass er sich sofort in diesen Wald zurückziehen sollte, aber er wusste, dass er diese Option nicht hatte.

Er musste das einfach zu Ende bringen, wenngleich er den starken Verdacht hatte, dass er nach diesem Schuss große Probleme bekommen würde.

Mohammed trat mit der zerbrochenen Weinflasche einen Schritt nach vorn. Ethan schrie, ihm spritzte der Speichel aus dem Mund und tropfte der Rotz aus der Nase.

»Nein! Bitte nicht!«, schluchzte er. »Ich werde es Ihnen sagen!«

»Wie lautet das Passwort?«

»Ich sage es Ihnen, wenn wir im Iran sind.«

Mohammed schüttelte den Kopf. »Unsere gemeinsame Reise geht hier zu Ende, Ethan. Das ist meine Entscheidung. Sie können jetzt nur noch entscheiden, ob Sie Ihre Männlichkeit behalten wollen.«

»Ich habe noch andere Informationen. Bringen Sie mich in den Iran und ich werde Ihnen …«

Mobascheri schüttelte den Kopf. »Sie haben keine Verhandlungsmacht mehr, denn ich weiß, dass Sie mir geben werden, was ich benötige.« Er ließ die zerbrochene Flasche zwischen Ethans Beine gleiten.

Caruso hielt den Finger am Abzug, aber er drückte nicht ab. Er nahm sein Auge erneut vom Visier und zählte die Zielpersonen. Insgesamt sah er sechs. Zwei draußen und vier drinnen. Wenn er den Mann mit der zerbrochenen Flasche erschoss, konnte er in aller Eile die beiden Männer vor dem Haus bekämpfen. Vielleicht würde er dabei beide erwischen, vielleicht aber auch nur einen. Selbst wenn er beide ausschaltete, gäbe es dann noch die zwei Männer, die gerade Ross festhielten. Die wären allerdings gewarnt und absolut bereit, wenn Dom zu ihnen vordringen wollte.

Sie hatten immer noch Zugang zu Ethan, deshalb hatten sie auch immer noch Zugang zu seinen Informationen.

Aus fünfzig Meter Entfernung hörte er einen markerschütternden Schrei. Als er wieder durch sein Zielfernrohr schaute, sah er, wie der Iraner Ross mit der Flasche folterte.

Schnell platzierte er den roten Leuchtpunkt wieder auf der Stirn seiner Zielperson. Er atmete tief ein und zur Hälfte aus.

Dann drückte er ab.

Mohammed beugte sich zu Ethans Gesicht hinüber, während er ihm die Genitalien zerschnitt, und schrie ihn an, endlich zu reden.

Ethan war jetzt tatsächlich so weit. Zwischen einzelnen grauenerregenden Schreien rief er: »Ich werde es Ihnen sagen!«

Als Mohammed daraufhin die Flasche wegzog, riss sich Ross aus den Armen der Männer hinter ihm los, stürzte auf Mohammed und riss diesen mit sich zu Boden.

Mobascheri glaubte, Ethan wolle ihn angreifen, aber als er mit dem Rücken auf dem Holzboden landete, spürte er, wie ihm heißes Blut ins Gesicht spritzte und in die Augen tropfte. Er hatte keine Ahnung, was hier vorging. Da Ross ja keine Waffe hatte, glaubte er zuerst, der Amerikaner habe ihn gebissen.

Die drei anderen Männer im Raum begannen jetzt auf Farsi und arabisch wild durcheinander zu rufen.

Mohammed hob die zerbrochene Flasche, wollte Ross damit schlagen. Doch dann kämpfte er sich unter dem Amerikaner hervor und drückte diesen zur Seite. Dabei bemerkte er erst die ungeheure Menge an Blut, das beide bedeckte.

Ross' Augen standen weit offen.

Erst jetzt ergaben die Rufe seiner Männer Sinn.

»Scharfschütze!«

Ross war tot. In den Hinterkopf geschossen. Mobascheri hatte keine Ahnung, warum die Kugel nicht den Kopf durchschlagen und auch ihn getötet hatte.

Draußen war jetzt vor und hinter dem Chalet das Knattern von Automatikwaffen zu hören. Mohammed ließ sich auf Hände und Knie fallen, kroch in aller Eile zum Computer auf dem Schreibtisch hinüber und zog den Adapter samt Micro-SD-Karte ab. Er steckte beides in seine Jacke und huschte geduckt zur Eingangstür.

Wie Dom erwartet hatte, begannen jetzt die Probleme. Nachdem er Ethan Ross in den Kopf geschossen hatte, da er dies für die weniger schlechte Option hielt, schwenkte er seine Waffe, um einen der Männer vor dem Haus unter Beschuss zu nehmen. Gerade als er den Mann im Visier hatte, pfiffen die Kugeln des anderen Wachmanns nur einen Meter über Doms Kopf durch die Bäume. Dom erschoss den Mann mit der Kalaschnikow an der Eingangstür, aber der Mann hinter dem Chalet bewies mit seiner MP5 eine beeindruckende Zielgenauigkeit. Rings um Dom herum brachen Äste von den Bäumen. Er ließ sich zu Boden fallen. Neun-Millimeter-Geschosse zischten so nahe an ihm vorbei, dass er ihren Überdruck spürte, als sie die kalte Luft in der Nähe seines Gesichts teilten.

Er drückte sich fest in den Schnee, bis der Mann zu schießen aufhörte, um sein Magazin zu wechseln. Dom erhob sich auf die Knie und feuerte mehrere Schuss auf den Mann mit der MP5 ab. Eine Kugel drang diesem in den Bauch und warf ihn in den Schnee. Inzwischen feuerte jedoch ein anderer. Dom glaubte, dass die Schüsse aus dem Küchenfenster kamen. Er drehte sich um und kroch etwa fünfzehn Meter durch den Wald, stand dann auf und richtete sein Gewehr auf das Haus. Er gab drei Schüsse ab, ohne jemand Bestimmten im Visier zu haben. Es ging ihm nur darum, mögliche Verfolger zu verlangsamen.

Tatsächlich wurden seine Schüsse von ganzen Salven aus unterschiedlichen Waffen beantwortet, die alle in seine Richtung zielten. Er warf sich erneut zu Boden und kroch weiter in den Wald hinein, um dort Deckung zu finden.

Mohammed Mobascheri stand im Türeingang des Chalets. Ein Hisbollah-Mann der Lyoner Zelle lag tot vor ihm. Jemand hatte ihm mehrmals in die Brust geschossen. Isfahan war bereits von der Veranda gesprungen, um die Verfolgung des flüchtenden Scharfschützen aufzunehmen, aber Mohammed rief ihm zu, er solle stehen bleiben. Er wollte nicht, dass sich sein kleines Team aufsplitterte. Schon bald würden hier eine Menge Polizisten auftauchen, und er wusste, dass sie bis dahin verschwunden sein mussten.

Seine gesamte Operation war durch die Kugel in Ethan Ross' Hinterkopf infrage gestellt. Seit er in der letzten Woche in Washington aus dem Flugzeug gestiegen war, hatte er seinen Plan immer wieder ändern müssen, um sich den jeweiligen Herausforderungen anzupassen, aber er hätte nie gedacht, dass er jede Möglichkeit verlieren würde, dieses Passwort von Ross zu erhalten.

Jetzt konnte er nur noch mit dieser Micro-SD-Karte voller CIA-Dokumente in den Iran zurückkehren, um es dort den Computern zu überlassen, die Verschlüsselung zu knacken. Man hatte ihm erzählt, dass dies mit den gegenwärtigen Entschlüsselungsprogrammen Monate, wenn nicht Jahre dauern würde, aber da jetzt die einzige andere Option in dem Haus hinter ihm tot auf dem Boden lag, hatte er keine Wahl, als Europa mit der Micro-SD-Karte zu verlassen und daheim den langwierigen Prozess zu beginnen.

Ajiz steuerte jetzt mit einem Mercedes 4Matic SUV die kurze Zufahrt hinauf. Mohammed ließ alle einsteigen, während Ajiz am Steuer blieb. Als sie auf die kleine Zufahrtsstraße hinausfuhren und das Chalet mit dem toten Ross hinter sich ließen, stellte Mohammed das Navigationsgerät in dem Geländewagen so ein, dass es sie so schnell wie möglich aus den verdammten Bergen hinunter nach Genua brachte.

Dom brauchte ein bis zwei Minuten, bis er es mitbekam, was verständlich war, wenn man bedachte, dass er sich bisher darauf konzentriert hatte, nicht beschossen zu werden. Aber als er schließlich erkannte, dass ihn niemand durch den Wald verfolgte, stolperte er auf die kleine Straße zurück, überquerte sie im Laufschritt und nahm im gegenüberliegenden Straßengraben Stellung. Er brachte das schwarze M4 in Anschlag und beobachtete den Weg, den er gerade gekommen war. Mit seinem Zielfernrohr konnte er durch den Wald bis zum Chalet blicken. Er beobachtete, wie auf dessen Zufahrt ein roter SUV auftauchte, der wie einer dieser kastenförmigen Mercedes-Geländewagen aussah. Leute konnte er aus dieser Entfernung selbst durch das ACOG-Visier nicht erkennen. Es war also ausgeschlossen, auf dieses Fahrzeug zu schießen. Er atmete immer noch schwer, und im Rhythmus seines Keuchens schoss kondensierter Atem aus seinem Mund. Er zwang sich, kurzzeitig die Luft anzuhalten, um auf die bezeichnenden Geräusche eines Verfolgers zu horchen, aber außer dem leisen Zischen des Schneefalls und dem Wimmern des Windes, der durch die Kiefern strich, war kein Laut zu hören. Ganz in der Ferne wurde der Sirenen-Singsang der Rettungsfahrzeuge abwechselnd stärker und schwächer. Es sah so aus, als wären sie noch ziemlich weit entfernt. Dom hielt es für wahrscheinlich, dass sie noch nicht einmal zur Absturzstelle des Hubschraubers vorgedrungen waren.

Er versuchte erneut, Adara anzurufen, ohne dabei seine Umgebung aus den Augen zu verlieren. Es gab jedoch immer noch keinen Empfang. Am liebsten hätte er dieses Scheißtelefon in den Schnee geworfen, aber stattdessen steckte er es wieder in die Jacke zurück und beobachtete weiter.

Er hatte gerade Ethan Ross getötet, das kam ihm erst jetzt zu Bewusstsein. Er hatte keine große Wahl gehabt. Wenn er bedachte, was der Iraner mit der zerbrochenen Flasche noch weiter mit Ross angestellt hätte, hatte er diesem Bastard sogar einen Gefallen getan. Diese Kugel in den Kopf hatte der amerikanische NSC-Mann bestimmt verdient. Aber Dom hatte bereits vor Längerem begriffen, dass Ethan Ross zwar für den Tod der Yacobys verantwortlich war, aber eigentlich in dieser Geschichte auch nur als Komparse diente.

Ein Narr, dem die ganze Sache über den Kopf gewachsen war.

Er hatte kein Problem damit, den amerikanischen Verräter getötet zu haben, aber er fühlte sich jetzt auch nicht so gut, wie er es eigentlich erwartet hatte, als er seinen Rachefeldzug begann.

Dom fragte sich, was die Iraner jetzt tun würden. Er glaubte nicht, dass Ross ihnen vor seinem Tod das Entschlüsselungspasswort mitgeteilt hatte. In diesem Fall hätten sie sich wohl kaum die Zeit genommen, mitten in ihrer Flucht in ein Haus einzubrechen, nur um ihrem Gefangenen die Genitalien zu zerschneiden. Nein, sie hatten ihn gefoltert, um das Passwort zu bekommen. Aber jetzt blieb ihnen doch noch eine andere Option: die sogenannte Brute-Force-Entschlüsselung. Dabei würde man den verschlüsselten Datenträger an einen Computer anschließen, und dieser würde Abermillionen Passwörter ausprobieren, bis er das richtige gefunden hatte. Das war zwar ein zeitraubender Prozess, aber Dom wusste, dass der iranische Geheimdienst mit genug Zeit und Aufwand das Scrape knacken und dessen Geheimnisse aufdecken würde.

Außerdem kannte sich Caruso im Geheimdienstgeschäft gut genug aus, um zu wissen, dass die CIA ab jetzt unter der Annahme operieren musste, dass alle Daten auf diesem Stick entschlüsselt worden seien. Sie müsste deshalb Operationen stoppen, wertvolle Verbindungen zu Agenten kappen, Stützpunkte schließen oder verlegen und Führungsoffiziere abberufen. Das Ganze wäre eine Katastrophe, selbst wenn der Gegner den gestohlenen Datensatz gar nicht vollständig ausbeuten konnte.

Der rote SUV fuhr jetzt rückwärts aus der Zufahrt des Chalets heraus und brauste in entgegengesetzter Richtung davon.

Dom stand auf und schälte sich aus seiner einteiligen Motorradkombi. Sie behinderte seine Bewegungen, und er wusste, dass er ab jetzt rennen musste. Das Motorrad war irgendwo hinter ihm im Tal, einen halben Kilometer in der falschen Richtung. In Jeans und Sweatshirt packte er sein Gewehr und spurtete über die Straße zurück. Er war wenigstens fünf zu eins in der Unterzahl, sah jedoch keine Alternative. Er musste diesen Datenstick in die Hände bekommen.

Beim Laufen hörte er im Kopf die Stimme Arik Yacobys: »Auf geht's, D, keine Müdigkeit vorschützen!«

51

Eine Minute nachdem die Iraner losgefahren waren, kam Dominic am Chalet an. Er beschloss jedoch, gleich weiterzulaufen, da in der Berghütte bestimmt nichts Interessantes mehr zu finden war.

Er rannte zuerst durch die Vorgärten der anderen Winterchalets und dann zurück auf die Straße. Er wusste, dass er den Mercedes unmöglich erreichen konnte, aber er suchte nach einer Stelle, wo er wieder Handyempfang haben würde.

Nach der ersten Kurve nur etwa hundert Meter hinter dem Chalet, in dem Ethan Ross' Leiche jetzt lag, war der Wald zu Ende. Direkt neben der Straße lag eine kahle, windgepeitschte Anhöhe, die das gesamte Tal überragte. Dom hielt es für möglich, dort wieder ein Telefonsignal zu bekommen. Als er oben angekommen war, wollte er gerade nach seinem Handy greifen, das er sich in den Hosenbund gesteckt hatte, als sein Ohrhörer zirpte. Er berührte ihn mit dem Finger, um den Anruf entgegenzunehmen.

»Adara?«

»Ja, ich bin's. Ich versuche, Sie bereits seit einer halben Stunde zu erreichen! Wo sind Sie denn?«

»In Italien. In irgendeinem Gebirge. Viel mehr weiß ich selber nicht.«

»Na ja, in diesem Fall bin ich im Moment wohl gar nicht so weit von Ihnen entfernt. Wenn Sie mir eine präzisere Ortsangabe geben können, rufen Sie mich bitte sofort an. In der Zwischenzeit kann ich Sie an den stellvertretenden CIA-Stationschef von Mailand weiterverbinden. Er versucht seit zwanzig bis dreißig Minuten, irgendetwas zu organisieren, aber dazu muss er selbst mit Ihnen sprechen.«

Dominic fand es äußerst anstrengend, gleichzeitig zu laufen und zu telefonieren. Trotzdem blieb er nicht stehen, sondern sagte: »Stellen Sie ihn durch.«

Über eine Minute lang blieb die Leitung jetzt tot. Als Dom von einem Aussichtspunkt das Tal überblickte, bemerkte er, dass dieses ab einem bestimmten Punkt steil abfiel und die Fahrstraße sich in ihrem weiteren Verlauf in zahlreichen Spitzkehren hin und her wand, um sämtliche Ferienchalets zu erreichen, mit denen irgendein Baulöwe die Landschaft überzogen hatte. Dom erkannte darin seine Chance. Wenn er den bewaldeten Abhang in gerader Linie hinunterrannte, konnte er den Mercedes, der der gewundenen Straße folgen musste, vielleicht doch noch einholen.

Als er gerade losrannte, hörte er in seinem Ohr eine dröhnende, leicht gereizt klingende Stimme: »Mit wem spreche ich?«

»Deputy Director, ich bin ein FBI-Spezialagent, der mit dem Intelink-TS-Spionageabwehr-Fall in Genf befasst ist. Sie sind doch über die Ereignisse dort auf dem Laufenden, nicht wahr?«

»Ja. Ich habe mit der Frau gesprochen, die mich zu Ihnen durchgestellt hat. Ich weiß also, *was* Sie sind, jetzt möchte ich Ihren Namen wissen.«

»Leider kann ich Ihnen den nicht nennen.«

»Warum zum Teufel nicht?«

Dom stolperte über ein Fahrrad, das hinter einem Chalet im Schnee vergraben war. Aber nach wenigen Sekunden hatte er sich wieder aufgerappelt, rannte weiter und überquerte eine Spitzkehre. Dabei sprach er zwischen den einzelnen Atemzügen in sein Headset-Mikro hinein. »Also gut, ich heiße Jones. Genügt Ihnen das?«

»Nein, überhaupt nicht. Das FBI benutzt keine Tarnnamen, deshalb weiß ich, dass Sie nicht zum FBI gehören. Bevor wir weiterreden, muss ich wissen, für wen Sie arbeiten.«

»Wenn Sie wissen müssen, für wen ich arbeite, brauchen wir erst gar nicht weiterzureden.«

Es folgte eine kleine Pause. Dom hatte weitere zwanzig Meter zurückgelegt, als der Mann sich wieder meldete: »Sie sind einer von denen, stimmt's?«

»Im Moment bin ich der Einzige, der weiß, was zum Teufel hier oben los ist. Also das allein sollte genügen.«

Der DCOS zögerte einen Moment. Schließlich sagte er: »Okay. Soweit ich weiß, verfolgen Sie gerade Ross und eine Gruppe von Unbekannten.«

Dom schüttelte den Kopf. »Ross ist tot. Jetzt haben iranische Geheimagenten seine Dateien. Ich weiß nicht, ob sie auch das Passwort haben, um sie zu entschlüsseln, aber ich bin mir sicher, dass sie den Datenträger selbst haben. Sie fahren in einem roten Mercedes-SUV in südlicher Richtung.«

»Scheiße. Wo befinden Sie sich gerade?«

»Ich bin etwa 800 bis 1200 Meter südlich der Absturzstelle des Hubschraubers. Das heißt ein paar Kilometer südlich der Autobahn A5 und der SS26. Hilft Ihnen das weiter?«

»Ja, ich weiß, wo sich die örtlichen Rettungsmannschaften gerade aufhalten. Ich schicke Ihnen Unterstützung.«

»Von der CIA?«

»Nein. Ich bin hier in Mailand, und uns stehen im Moment keine bewaffneten Agenten zur Verfügung. Die Unterstützung kommt von der US-Armee. Zufällig befindet sich eine Einheit der 173. Luftlandebrigade in Ihrer Gegend. Sie sind normalerweise in Vicenza stationiert, aber ein Kampfzug führt gerade eine Gebirgskampfübung in den Bergen südlich der SS26 durch. Ich konnte ihren Kommandierenden Offizier erreichen. Er ließ sie alle auf ihre Trucks aufsteigen und ist jetzt in Ihre Richtung unterwegs. Ich rufe ihn gleich an und erzähle ihm von dem roten Mercedes, der diese Bergstraße herunterkommt.«

Dom machte langsamer und ging in den Gehschritt über. Er konnte sein Glück kaum fassen. »Ein Infanteriezug! Das gibt's doch nicht! Das ist perfekt!«

»Nun, nicht ganz. Es gibt da ein Problem.«

»Was für ein Problem denn?« Eine solche Truppe konnte das doch in ein paar Minuten erledigen.

Der stellvertretende Stationschef erklärte ihm die Situation. Noch bevor er zu Ende war, spurtete Dom wieder los. Er rannte den Berg hinunter, so schnell er nur konnte.

Der dreiundzwanzigjährige Oberleutnant D. J. Dower rammte sein Funkgerät wieder in die Halterung im Führerhaus seines Lkw und befahl dem Fahrer, an der nächsten Kreuzung scharf links abzubiegen. Die Sichtverhältnisse hatten sich im Laufe des Tages zwar etwas verbessert, trotzdem konnte er die Abzweigung kaum erkennen, die bergauf zu den Luxuschalets weiter im Norden führte.

Dower wusste zwar immer noch nicht, was genau hier vor sich ging, aber er wusste, dass dies keine Übung, sondern ein »Real-World-Einsatz« war. Einen derartigen Einsatz hatte D. J. Dower jedoch in seiner gesamten Karriere noch nicht mitgemacht.

Er und sein Zug hatten sich nach einem langen Übungsvormittag gerade in ihrem Biwak etwas über dem Lagerfeuer gebrutzelt, als ihn ein Oberst des US-Army-Stützpunkts Vicenza anfunkte. Er befahl ihnen, ihre gesamte Ausrüstung außer ihren persönlichen Waffen im Biwak zu lassen, auf ihre drei M939-Fünftonner-Lkw aufzusitzen und in Richtung Süden zu fahren. Zehn Minuten später erreichte Dower kurz nach ihrer Abfahrt ein zweiter Funkspruch, den Vicenza an ihn weitergeleitet hatte. Es meldete sich ein Mann, der überhaupt keine Informationen über sich preisgab, aber Oberleutnant Dower nach der Zahl der Soldaten in seinem Zug fragte und ihm danach erklärte, dass es in seinem Operationsgebiet eine Gefährdung der nationalen Sicherheit gebe.

Dower hatte keine Ahnung, was er meinte. Das Gebiet, zu dem er unterwegs war, bestand aus wilden schneebedeckten Bergen und ein paar noblen Ferienvillen. Es war also nicht gerade West-Pakistan.

Der unbekannte Mann auf dem Brigade-Funkkanal erklärte dem Oberleutnant, dass er und seine Männer einen roten Mercedes-SUV aufhalten müssten, der von einem Berg etwas südlich ihres derzeitigen Standorts herunterkommen würde.

D. J. Dower hustete nervös. »Ähm, Sie sollten wissen, dass wir keine scharfe Munition dabeihaben.«

»Das weiß ich. Sie müssen eben improvisieren.«

Dower schaute zu seinem Ersten Offizier hinüber, der den Lkw steuerte. Dieser erwiderte den Blick und runzelte die Stirn. Nach einer Weile fragte der Oberleutnant: »Womit improvisieren, Sir?«

»Junge, Sie müssen einfach angsteinflößend wirken. Sie haben vierunddreißig bewaffnete, uniformierte Soldaten unter Ihrem Befehl. Das ist ein beeindruckender Anblick. Machen Sie das Beste daraus.«

»Jawohl, Sir«, sagte Dower. »Die Insassen des Mercedes. Sind sie bewaffnet?«

»Ja, und zwar schwer. Ich will Ihnen nichts vormachen, Junge. Ich werfe Sie in eine ganz beschissene Situation.«

Zwei Minuten später meldete sich derselbe Mann noch einmal über Funk und teilte ihnen ihren genauen Bestimmungsort mit. Es war eine Kreuzung am Fuße eines hohen, steilen Abhangs, den eine kurvenreiche Straße hinaufführte, bis sie oben in ein Hochtal mündete. Sie schlängelte sich mehrere Kilometer hin und her, um sämtliche kleinen, aber luxuriösen Bergchalets zu erreichen, die über den bewaldeten Hang verteilt waren.

Dower ließ die Trucks so anhalten, dass sie die gesamte Kreuzung blockierten. Danach gab er seinen Männern über Funk den Befehl zum Absitzen.

Der gesamte Bravo-Zug hatte auf seine M4-Karabiner und leichten Maschinengewehre vom Typ M249 Manöverpatronengeräte geschraubt. Das waren hellrote Metallaufsätze, die auf die Gewehrmündungen aufgeschraubt wurden, um den fehlenden Gasdruck der aus Platzpatronen bestehenden Manövermunition auszugleichen, der das Nachladen der Waffe bewerkstelligte.

Mit den aufgesetzten MPGs war das Abfeuern der Manövermunition genauso laut wie das von scharfen Patronen. Die vierunddreißig Gewehre des Zugs klangen dann wie tödliche Waffen. Tatsächlich waren sie jedoch nur eine wirkungslose Gewehrattrappe. Außerdem waren die knallroten MPGs bereits aus einer Entfernung von hundert Metern zu erkennen.

Als sie ihre Stellung bezogen, erklärte Dower seinen Soldaten, dass sie den Befehl hätten, ein Fahrzeug voller Bewaffneter genau an dieser Kreuzung aufzuhalten. Er war sich sicher, dass jeder Einzelne seiner vierunddreißig Männer jetzt mehr oder weniger laut vor sich hin fluchte. Einige fluchten sogar so laut, dass man es deutlich hören konnte, während andere sich etwas zurückhielten. Der Oberleutnant konnte ihnen das nicht verdenken. Sie waren auf ihn genauso sauer, weil er ihnen diesen Befehl erteilte, wie er auf den Mann sauer war, der ihm diesen Befehl gegeben hatte. Trotzdem würden Dower und seine Männer ihren Auftrag erledigen.

Sie verteilten sich so weit vor den Lkw, dass Dower schreien musste, um von allen gehört zu werden. »Alle, die ein M4 haben, werden hier mit mir die Straße absperren. Die sechs Mann mit den LMGs sollen uns von dieser Anhöhe hinter den Trucks Deckung geben. Sie müssen aufpassen, dass sie von der Straße aus nicht gesehen werden.«

Ein LMG-Schütze, ein neunzehnjähriger Latino namens Chacon, fragte verwundert: »Ihnen Deckung geben? Mit Platzpatronen?«

»Ja. Im Gegensatz zu Ihnen werden wir unsere MPGs abschrauben, damit wir richtig echt aussehen. Wenn die Bösewichte jedoch auf uns zu schießen beginnen, möchte ich, dass ihr alle sechs mit euren LMGs voll losrattert. Alles, was wir haben, ist unser entschlossenes Auftreten. Dazu gehört, dass wir eine Menge Lärm machen.«

Dower wusste, dass seine einzige Chance darin bestand, den Bewaffneten, die auf sie zukamen, den Eindruck zu vermitteln, dass ihre Lage hoffnungslos war. Wenn sie sich nämlich zum Kampf entschlossen, waren Dower und sein ganzer Zug praktisch tot. In aller Eile schraubten er und seine Männer die MPGs von ihren Gewehren und steckten sie in ihre Cargotaschen. Dann warteten sie auf der eiskalten Straße, wobei alle Augen auf den Berg vor ihnen gerichtet waren.

52

Plötzlich kam in zweihundert Meter Entfernung der rote Mercedes-SUV aus dem Wald. Er fuhr noch einige Sekunden weiter den Berg hinunter, als ob die Insassen die Fünftonner, die mitten auf der zweispurigen Straße standen, und die zwei Dutzend Infanteristen, die ihre Waffen in Anschlag hielten, nicht sehen würden. Schließlich trat der Fahrer doch auf die Bremse und blieb fünfzig Meter vor der Straßensperre stehen.

Jetzt standen sie sich direkt gegenüber. Auf der einen Seite der SUV und auf der anderen Dower, der sich direkt vor die Lastwagenbarrikade gestellt hatte. In diesem Moment fühlte er sich wie ein Matador, der einen Stier niederstarrt.

Sein Erster Offizier, der direkt hinter ihm stand, rief seinem Zug zu: »Genau so, Männer! Die Gewehre im Anschlag und ein bitterböses Gesicht machen! Keiner legt sich ungestraft mit dem Dritten Zug an!«

Zwanzig Sekunden später fuhr der Mercedes ein Stück zurück, drehte um und raste wieder den Berg hinauf.

»LMGs … Gebt ihnen was zum Davonlaufen!«, rief Dower.

Alle sechs LMG-Schützen begannen, ihre Waffen abzufeuern. Wenngleich die Platzpatronen nicht ganz so laut waren wie echte Munition, klang das Ganze doch ziemlich realistisch. Der unglaubliche Lärm wurde von den Bäumen weiter oben zurückgeworfen, und Oberleutnant

Dower wusste, dass die Männer im Mercedes jetzt glaubten, sie würden von hinten beschossen.

Der rote SUV verschwand wieder im Wald.

Der Führer von Dowers Charlie-Trupp fragte: »Wir jagen ihnen nicht nach, oder?«

Dower wusste das selbst nicht so genau, denn man hatte ihm keine Anweisungen für den Fall erteilt, dass sich die Bewaffneten zurückziehen würden. Aber er wollte gegenüber seinen Männern keinerlei Unentschlossenheit zeigen. »Fuck, aber klar tun wir das! Alle aufsitzen!«

Dom war am Ende seiner Kräfte. Er hatte jetzt bereits fast zwei Kilometer meist steil bergab durch tiefen Schnee zurückgelegt.

Ein halbes Dutzend Mal war er auf die Nase gefallen, trotzdem rannte er immer noch wie der Teufel. Er wusste, dass die Männer auf der Straße etwas unterhalb von ihm im Wesentlichen wehrlos waren und es mit mehreren schwer bewaffneten und zu allem entschlossenen Killern zu tun haben würden. Dom verfügte dagegen über eine geladene Waffe, die er in die bevorstehende Auseinandersetzung einbringen musste, bevor es zu spät war.

Er näherte sich gerade der fünften Spitzkehre, die er bisher überquert hatte, als er mehrere vollautomatische leichte Maschinengewehre irgendwo drunten im Tal feuern hörte. Ihm sank das Herz in die Hose, wenn er daran dachte, dass diese Männer ein halbes Dutzend gut ausgebildete iranische Agenten mit Platzpatronen bekämpften.

Als er über die Straße rannte, um auf die andere Seite zu gelangen, bog der rote Mercedes-SUV links von ihm um die Kurve und kam direkt auf ihn zu.

Als er noch zwanzig Meter entfernt war, sah ihn der Fahrer. Dom war zwar nur ein einzelner dunkelhaariger, bärtiger Mann in Jeans und Sweatshirt, aber er hielt einen amerikanischen Karabiner in der Hand. Der Mercedes gab Gas, Dom brachte sein Gewehr in Anschlag, stellte den Wahlhebel auf Dauerfeuer und drückte den Abzug.

Die Windschutzscheibe zersprang, die Motorhaube wurde von Kugeln durchsiebt, und aus den zerschossenen Leitungen im Motorraum stiegen Rauch und Dampf auf. Trotzdem sah Dom das Fahrzeug weiter auf sich zukommen. Er sprang von der Straße und stürzte in den Schnee. Dabei hätte ihn der Kühlergrill beinahe gestreift.

Er rollte sich auf die Knie und schoss dem Mercedes hinterher, aber nach ein paar Schüssen machte es nur noch klick.

Er hatte keine Munition mehr.

Offensichtlich hatte er zuvor jedoch getroffen, denn der Mercedes kam von der Straße ab und prallte auf eine hohe Kiefer, die Hunderte Kilo Schnee auf das Dach des havarierten roten Fahrzeugs hinunterdonnern ließ.

Dom sprang auf die Füße, das Adrenalin vertrieb seine Erschöpfung, und er rannte zur Unfallstelle.

Mohammed Mehdi Mobascheri öffnete die Beifahrertür und rollte sich in den Schnee hinaus. Er war von oben bis unten blutverschmiert, aber er wusste, dass das Blut von Ajiz auf dem Fahrersitz stammte. Der libanesische Anführer der Lyoner Hisbollah-Zelle hatte eine Kugel in den Hals und eine weitere in die Stirn abbekommen. Jetzt waren die Vordersitze des Mercedes ebenso rot wie seine Karosserie.

Als er leicht benommen im kalten Schnee lag, fühlte Mohammed als Erstes nach Ethan Ross' Micro-SD-Karte. Glücklicherweise steckte sie immer noch in seiner Jacke. Dann griff er nach der Pistole in seinem Gürtel und zog sie heraus.

Hinter ihm hörte er einen Schrei, danach eindeutige

Kampfgeräusche. Nur ein paar Meter von ihm entfernt fochten irgendwelche Männer offensichtlich einen erbitterten Nahkampf aus. Er arbeitete sich auf Hände und Knie hoch und schwang seine Pistole herum, um die Bedrohung zu bekämpfen. Aber gerade als er einen Mann ins Visier seiner Pistole bekam, trat sie ihm dieser aus den Händen, sodass sie in hohem Bogen durch die Luft flog und irgendwo im Schnee weit hinter ihm landete.

Ein bärtiger Mann mit einem wilden Blick packte Mohammed am Jackenkragen, zog ihn hoch und warf ihn auf die Motorhaube des Mercedes. Der Iraner schaute sich nach einer Unterstützung durch seine Quds-Männer um, sah jedoch durch die zerschmetterte Windschutzscheibe Schiraz tot im Wagen liegen, während Isfahan lang ausgestreckt im Schnee lag und sich nicht mehr rührte.

»Wo ist das Scrape?« Der Mann sprach englisch. Das war an sich noch keine Überraschung, aber dass er offensichtlich allein und unbewaffnet war, erschien doch etwas seltsam.

»Wo ist das verdammte *Scrape?*«, schrie der Mann und schlug Mohammeds Kopf mit voller Wucht auf die Kühlerhaube. Der junge Revolutionsgarden-Offizier wollte in seine Jacke greifen, aber der Amerikaner hielt sein Handgelenk fest, zog die Micro-SD-Karte selbst aus der Tasche heraus und schaute sie sich an.

»Ist es das?«

Mobascheri nickte.

»Das ist alles?«

Ein weiteres Nicken. Mohammed schloss die Augen. Er hatte versagt.

»Alle diese Leute mussten wegen diesem kleinen Ding hier sterben?«

Mohammed öffnete die Augen und schaute diesen seltsamen Mann neugierig an. »Ja«, sagte er schließlich.

»Das mussten sie. Natürlich. Wir stehen mit dem Westen im Krieg.« Er zuckte leicht mit den Achseln. »Der weiß es nur noch nicht.«

Dominic Caruso umfasste mit seinen starken Händen den dünnen Hals des Mannes und begann zuzudrücken. Er wusste, dass er ihn ganz leicht erwürgen konnte, und zwar so langsam oder so schnell, wie er nur wollte. Er hatte vor, jetzt genau das zu tun. In ihm stieg eine ungeheure Wut auf, die stärker war als seine Erschöpfung, die Kälte und die Schmerzen und sich aus der Trauer über den Verlust all jener speiste, die nicht überlebt hatten. Diese Wut war eine unverfälschte und mächtige Kraft, die Dom jetzt beinahe überwältigt hätte.

Als er seinen Griff immer fester zuzog, hörte er ein rumpelndes Geräusch. Zuerst hielt er es für ein leichtes Gurgeln des Iraners, dessen Luftröhre wohl allmählich zerdrückt wurde. Er ignorierte es für einen Moment, bis drei große grüne Lastwagen der US-Armee um die Kurve bogen und hinter ihm anhielten. Männer sprangen heraus, verteilten sich über das ganze Gebiet, schauten nach den Toten und Verwundeten, zogen Insassen aus dem Mercedes und stellten Waffen sicher.

In dieser ganzen Zeit hielt Dom den Druck auf den Hals des kleinen Mannes aufrecht. Der Iraner wurde blau im Gesicht, sein Mund öffnete sich, und seine Zunge trat um mehrere Zentimeter heraus.

Dom betrachtete ihn fasziniert. Er fragte sich, wie lange es noch dauern würde, bis er …

»Sir?«

… tot war.

»Sir?«

Dom lockerte den Griff. Der Iraner auf der Motorhaube des Mercedes schnappte verzweifelt nach Luft.

»Sir?«

Dom drehte sich um. Ein afroamerikanischer Oberleutnant richtete sein Gewehr auf ihn.

»Treten Sie beiseite!«

»Wollen Sie mich mit Ihren Platzpatronen erschießen?«, fragte Dom.

»Wenn Sie wissen, dass wir nur Platzpatronen geladen haben, müssen Sie zu den guten Jungs gehören«, erwiderte der junge Offizier.

Dom zuckte die Achseln und ließ den Hals des Iraners los. »Ja. Ich glaube, das tue ich.«

»Sir, wir haben den Befehl, diesen Ort hier zu sichern.«

Dom nickte immer noch leicht abwesend. Schließlich sagte er: »Gut. Am besten fangen Sie damit an, dass Sie diesen kleinen Wichser hier sichern. Aber Vorsicht! Er könnte irgendwelche Waffen an sich versteckt haben. Sie sollten ihn völlig ausziehen und danach fesseln. Er ist weit gefährlicher, als er aussieht.«

»Jawohl, Sir.«

Dower befahl seinen Männern, den immer noch japsenden Mann von der Kühlerhaube des SUV zu holen und ihm mit ihren Kampfmessern die Kleider vom Leib zu schneiden. Sie zogen ihn auf die Straße hinaus, und Mohammed schrie entsetzt auf, als sie sich an ihm zu schaffen machten.

Dom führte Dower ein Stück vom Rest der Gruppe weg. In der Ferne hörte man bereits die ersten Sirenen, die von Sekunde zu Sekunde lauter wurden.

»Ich bin vom FBI«, sagte Dom, ohne sich jedoch auszuweisen. »Die Sache ist die, Oberleutnant. In ein paar Minuten wird halb Italien hier sein. Bis dahin muss ich verschwunden sein. Es würde nicht schaden, wenn Sie und der Gefangene dann auch nicht mehr hier wären.«

Der junge Offizier nickte nur.

Dom holte die Micro-SD-Karte aus der Tasche und gab sie Dower. »Um dieses kleine Ding hier geht es bei dieser ganzen Sache. Mehr müssen Sie nicht wissen. Ein Typ von der CIA wird bald in Ihrer Kaserne in Vicenza auftauchen. Wer weiß, er wird vielleicht eher dort sein als Sie. Er möchte, dass Sie ihm das hier übergeben. Wenn Sie das tun, werden Sie und Ihr Zug wahrscheinlich ein paar richtig schöne Belobigungen bekommen. Wenn Sie es verlieren, ist Ihre Karriere zu Ende.«

Dowers Hand schloss sich um die Karte.

»Den Gefangenen sollten Sie auch mitnehmen. Wenn er bei mir bleibt, endet er nur in einem flachen Grab, aber vielleicht kann er irgendjemand von unserer Seite doch noch nützlich sein.«

»Wir nehmen ihn mit.« Dower schaute sich nach den herumliegenden Toten um. »Darf ich fragen, wer diese Männer sind?« Er zögerte etwas, während er weiterhin die Leichen im Schnee betrachtete. »Ich meine … wer sie *waren?*«

Dom zuckte die Achseln. Dieser junge Mann und die anderen hatten gerade ihr Leben riskiert. Sie verdienten ein paar Informationen, worum es hier ging. »Das sind alles iranische Spione. Sie haben in der letzten Woche auf vier Kontinenten unschuldige Menschen getötet. Und heute habt ihr Jungs sie gestoppt.«

Dowers Brust schwoll vor Stolz an. Trotzdem sagte er: »Ich glaube, *Sie* haben sie gestoppt, Sir.« Er lächelte. »Aber ich werde nicht leugnen, dass wir dabei vielleicht ein bisschen mitgeholfen haben.«

Dom lächelte, schlug dem jungen Mund auf die Schulter, drehte sich um und verschwand in den Bäumen.

Epilog

Adara Sherman holte Caruso zwanzig Minuten später an der Zufahrt eines unbewohnten Bergchalets ab. Dom hatte sich hinter einem Holzschuppen vor den vorbeirasenden italienischen Polizeiautos versteckt. Als sie eintraf, rannte er über die Zufahrt, stieg in ihren schwarzen Miet-BMW, ließ sich vorsichtig auf dem Beifahrersitz nieder und senkte diesen nach hinten ab.

Adara wendete, und schon waren sie wieder unterwegs.

Auf der Straße durch das Tal kamen ihnen Dutzende von Rettungsfahrzeugen entgegen. Sie hörten sogar das Geräusch eines Hubschraubers in der Luft, obwohl weiterhin minimale Sichtverhältnisse herrschten. Adara konzentrierte sich auf die Straße, aber nachdem ein paar Minuten lang kein Wort gefallen war, schaute sie auf Dom hinunter und hatte plötzlich das Gefühl, dieser habe das Bewusstsein verloren.

»Caruso? Caruso? Kommen Sie, reden Sie mit mir. Sind Sie verletzt?«

Dom nickte nur langsam und schwach.

Ihre Augen weiteten sich. »Wurden Sie getroffen? Wo wurden Sie getroffen?«

»Sie müssen mich unbedingt untersuchen und nachschauen, wie schlimm es ist.«

»Okay. Ich fahre rechts ran.«

»Nein. Fahren Sie weiter. Wir müssen möglichst schnell

von hier wegkommen. In ein paar Minuten erreichen wir die Autobahn und setzen uns auf ihr in Richtung Nordwesten ab.«

»Sind Sie sicher, dass Sie es so lange aushalten?«

Dom nickte, hustete ein wenig und schloss die Augen. »Reden Sie einfach weiter mit mir, okay?«

»Ich … Ich versuch's.«

Nach einer weiteren Minute sagte Adara: »Als Sie vorhin auf dieser Zufahrt auf mich zukamen, hatte ich nicht den Eindruck, dass Sie verletzt sind. Sie sahen müde und erschöpft aus, das schon, aber nicht verwundet.«

»Es ist schlimm, Sherman. Glauben Sie mir.«

»Okay.« Nach einer kleinen Pause fragte sie: »Wo genau wurden Sie getroffen? Ich sehe überhaupt kein Blut.«

Dom musste ein kleines Lächeln unterdrücken, was Adara jedoch nicht bemerkte. »Hören Sie. Sie sind die Sanitäterin, nicht ich. Sie müssen nachschauen, was mir fehlt. Auf dem Hinweg bin ich an einem Hotel vorbeigekommen. Es sah wirklich nett aus. Neben der Lobby gibt es dort ein Steak-Restaurant. Ich würde vorschlagen, wir nehmen uns heute Nacht dort ein Zimmer und lassen uns ein paar Flaschen Champagner kommen.« Er öffnete kurz ein Auge und linste zu Adara hinüber, um es sofort wieder zu schließen. »Natürlich nur für medizinische Zwecke.« Er hustete jetzt so übertrieben, dass man merkte, dass er eine kleine Schau abzog. »Und dann unterziehen Sie mich einer Ganzkörperuntersuchung.«

Als er jetzt langsam beide Augen öffnete, sah er, dass Adara ganz leicht lächelte, auch wenn sie es zu unterdrücken versuchte.

»Sie sind ein Arschloch. Ich habe mir wirklich Sorgen gemacht.«

»Bis dorthin sind es noch etwa fünfzehn Kilometer. Es liegt in der Nähe der Grenze.« Er lächelte. »Ich versuche, so lange durchzuhalten.«

Adara hielt den Blick strikt auf die Straße gerichtet. Nach einer geraumen Weile sagte sie: »Meine erste Überlegung war, nein zu sagen, Sie an der ersten Bushaltestelle aussteigen zu lassen und ohne Sie heimzureisen.«

Dom drückte auf den Knopf, um den Sitz wieder in eine aufrechte Position zu bringen. »Ich hoffe nur, dass es da auch noch eine zweite Überlegung gibt.«

Adara nickte. »Gerry wird darauf bestehen, dass ich Ihre Rückkehr in den aktiven Dienst des Campus genehmige. Um dieses Gutachten komme ich nicht herum. Vielleicht sollten wir diesen ganzen Prozess tatsächlich mit einer Ganzkörperuntersuchung beginnen.«

Dom zuckte die Achseln. »Okay. Kein Problem. Tun wir's für Gerry.«

»Aber ich warne Sie«, sagte Adara. »Es wird nicht leicht werden. Sie werden mir beweisen müssen, dass Sie in Topform sind.«

»Ich werde mein Bestes geben, Sherman.«

Der schwarze BMW fuhr durch den heller werdenden Nachmittag, der Schneefall hörte auf, und die Wolken hoben sich, während der letzte Wintersturm dieses Jahres nach Osten weiterzog.